Anna Fleck

Meeresglühen

Geheimnis in der Tiefe

Für Geelke,
die mein Geschreibsel seit der siebten Klasse
erträgt und immer noch meine Freundin ist.

MIX
Papier aus verantwortungsvollen Quellen
FSC® C083411

Mineralöl freie Druckfarbe

5

ISBN 978-3-649-63906-0

Text: Anna Fleck
Covergestaltung: Carolin Liepins
Lektorat: Frauke Reitze
Satz: Sabine Conrad, Bad Nauheim
Printed in Germany
www.coppenrath.de

Wir drucken umweltfreundlich:
Kurze Wege durch den Produktionsstandort Deutschland,
besonders ausgewählte umweltschonende Materialien
(Farben, Leim und Papier)

Das ebook erscheint unter der ISBN 978-3-649-64009-7.

Anna Fleck

MEERES glühen

Geheimnis in der Tiefe

COPPENRATH

Jetzt

Ich stehe am Rand der Klippen und sehe hinaus auf das unruhige Meer. Der Himmel ist blassgrau, der Wind zerrt an meinen Haaren. Ein Sturm kommt auf. Der erste richtige Sturm seit Juni … seit dem Tag, als Aris fast gestorben wäre und meine Welt eine andere geworden ist.

Ich streiche über die goldgestreifte Muschel in meiner Hand, fahre über das feine Perlmutt und die rauen Kanten. In Gedanken wiederhole ich Aris' Botschaft, sein Versprechen: *»Wir werden uns wiedersehen.«*

Kapitel 1

Cornwall, auf dich kann man sich echt verlassen! Verspürt jemand den Wunsch nach eiskaltem Wind und Starkregen an einem Tag, der in Berlin als sonniger Frühsommermorgen begonnen hat? Kein Problem: Man fliegt einfach nach Gatwick, steigt ein paar Mal um, erst in Züge, dann in Busse – ta-daa: Schon hat man Nässe und Kälte. Aber auch die umwerfende Aussicht auf den schiefergrauen, von weißer Gischt gekrönten Atlantik, der aufgewühlt durch den Sturm an Strand und Klippen kracht ...

Ich zog meinen 50-Pence-Regenponcho etwas fester um mich und meinen Wanderrucksack und versuchte, noch ein bisschen schneller die lange, unregelmäßig gepflasterte Hauptstraße von Greycove hinaufzugehen. Hier und da warfen mir die Ladenbesitzer mitleidige Blicke durch ihre regennassen Schaufenster zu. Einige der Gesichter kannte ich und winkte fröhlich. Jawohl, die kleine Ella Keane aus Deutschland war wieder da! Wenigstens daran erkannte man, dass der Sommer kam.

Ein Windstoß traf mich schräg von vorn und drückte mich gegen eins der malerischen grauen Fischerhäuser, denen Greycove seinen Namen verdankt. Von der Fischerei lebte hier allerdings seit Jahren kaum noch jemand. Na ja, die Einwohner dieses Dörfchens waren schon immer eher Strandräuber und Schmuggler gewesen als brave Fischer oder Minenarbeiter. Hatte zumindest meine Granny gern gescherzt.

Beim Gedanken an Granny Rose verschwand meine Fröhlichkeit. Sie war hier aufgewachsen, gehörte zum Örtchen wie die Seeluft und das Möwengeschrei und ich hatte sie fast jeden Sommer mit meiner Mutter besucht. Doch vor zwei Jahren war sie gestorben – und statt ihres ansteckenden Lachens und ihrer großartigen Rosinenscones wartete nur noch ihr kleines Cottage mit dem verwilderten Gärtchen auf mich. Ich seufzte, wischte mir die Regentropfen aus dem Gesicht und stopfte ein paar verirrte blonde Ponyfransen zurück unter die Kapuze. Nicht zum ersten Mal gratulierte ich mir zu dem praktischen Kurzhaarschnitt. *Hey, wo kein Styling ist, kann auch keins ruiniert werden!*

Ich stieß mich von der rauen Hauswand ab und marschierte weiter. Nach wenigen Minuten erreichte ich das kleine geduckte Häuschen mit der weißen Tür, von der die Farbe abblätterte. Einer meiner Jobs diesen Sommer, eindeutig.

Gerade wühlte ich in den Hosentaschen meiner nassen Jeans nach dem Schlüssel, da klingelte mein Handy. Unbekannte Nummer. Ich ging trotzdem ran, doch bevor ich etwas sagen konnte, überfiel mich die Stimme meiner Mutter mit einem ganzen Wortschwall.

»Ella? Leg nicht auf, ich bin es! Das ist das Handy von Lars, kannst gleich die Nummer speichern. Auf meins hab ich versehentlich den Defi gestellt und jetzt macht es keinen Mucks mehr, aber ich hab eh nur Empfang, wenn ich aufs Dach der Klinik gehe …«

»Ganz langsam, Mama!« Ich versuchte, sie zu bremsen und gleichzeitig die Tür aufzuschließen. Sie klemmte, wie immer bei Feuchtigkeit. Also die Tür, nicht meine Mutter. »Bist du etwa immer noch in Afghanistan?«, fragte ich. »Wer ist Lars?«

»Es tut mir so leid, Mäuschen, ich kann erst nächste Woche nach Greycove kommen, die machen uns hier Ärger wegen der Sicherheitslage. Aber keine Sorge, es ist wirklich alles ruhig und Lars fährt mich dann mit dem Jeep nach Kabul …«

»Nett von ihm. Wer ist Lars?«

Okay, das Schloss war offen. Die Tür nicht. Ich versuchte, den rutschigen Knauf in den Griff zu bekommen und fest gegen die Tür zu drücken, wobei mir die Kapuze herunterrutschte. Der Regen nutzte die günstige Gelegenheit, mir in den Kragen und den Rücken hinunterzulaufen. *Uäh …*

»Du bist nicht böse, oder? Ich schaffe es bestimmt nächste Woche, spätestens übernächste, und dann machen wir es uns richtig schön, ja?«

»Ich bin nicht böse. Wer ist Lars?«

»Ich muss Schluss machen, die brauchen mich gleich wieder im OP! Hab dich lieb!«

»Mama?!«

Weg war sie. Ich starrte auf mein Handy. Das leuchtete noch einmal schwach auf und wurde dann schwarz. Ich brauchte echt ein neues, der Akku hielt überhaupt nicht mehr.

»Wer ist Lars?!«, fragte ich die weiße Tür vor mir. Doch die blieb stumm und geschlossen.

Das war mal wieder typisch meine Mutter! Mit der einen Hand die Welt retten und mit der anderen Chaos verbreiten. So war sie, seit ich denken konnte. Mein Vater musste ein sehr entspannter Mann gewesen sein. Leider konnte ich mich nicht an ihn erinnern – er starb, als ich noch ganz klein war. Krebs, natürlich. Stirbt überhaupt noch jemand an etwas anderem? Okay, dazu hatte meine Mutter sicher eine eigene Meinung. Schließlich nahm sie sich seit Jahren regelmäßig ein paar Wochen im Jahr frei, um statt ihrer berechenbaren Stelle als Chirurgin im Berliner Westend-Krankenhaus für *Ärzte ohne Grenzen* durch die Weltgeschichte zu hüpfen. So hatte sie, das Kreuzberger Urgestein Sophie Herrmann, auch den Briten Scott Keane kennengelernt. Und so war es ziemlich schnell zu der kleinen Ella Keane gekommen, die zwar in Berlin wohnte und dort auch nächstes Jahr ihr Abi machen würde – Daumen drücken für die Deutschnote! –, aber einen Sommer nach dem nächsten in Cornwall aufgewachsen war. Und die deshalb nun einen schönen, extralangen Mutter-Tochter-Urlaub geplant hatte, bevor der ganze Prüfungsstress losging. Dass Mama mal wieder nicht pünktlich sein würde, hatte ich, ehrlich gesagt, schon eingerechnet. Dass die Verspätung allerdings mit einem Männernamen zu tun hatte, den ich bisher noch nie von ihr gehört hatte, machte mich schon etwas stutzig.

Komm wieder runter, redete mir meine innere Stimme gut zu, *vermutlich ist es bloß ein Kollege. Und selbst wenn nicht, die Frau hat sich seit Dads Tod nur um dich und ihre Arbeit gekümmert. Da hat sie doch wohl ein Anrecht auf ein bisschen Spaß, oder?*

In diesem Moment raste ein grauhaariges Ungetüm um die Ecke und stürzte sich auf mich. Ich ging zu Boden, mitten hinein in eine matschige Pfütze.

»Snowflake! Kommst du her! Ach, du bist das, Ella …«

Hinter dem Monster, das mir verrückt vor Freude seine dreckigen Pfoten in den Bauch drückte, erkannte ich das Gesicht von Mrs. Kemp, der Nachbarin. Sie war gut mit meiner Granny befreundet gewesen und kümmerte sich seit deren Tod um das Cottage, wenn Mama und ich nicht da waren. Worum sie sich noch kümmerte, war Snowflake – ein riesiger, spindeldürrer irischer Wolfshund mit zottigem grauem Fell, der Granny gehört hatte, aber eigentlich so etwas wie das Dorfmaskottchen war. Eine Seele von Hund, auch wenn er auf manche Leute einschüchternd wirkte. Mich konnte er schon immer besonders gut riechen.

Eingeklemmt zwischen meinem Rucksack unter mir und dem enthusiastisch hechelnden Riesenzottel über mir winkte ich Hilfe suchend. Mrs. Kemp hatte jedoch bereits entschieden, dass alles seine Ordnung hatte. Die kleine Ella war da, somit lagen Hund und Cottage für die nächsten Wochen nicht mehr in ihrer Verantwortung. Und es war *wirklich* unangenehm nass und windig hier draußen, nicht wahr? Sie winkte also einfach herzlich zurück, rief noch etwas von Hundefutter und Auflauf und eilte dann zurück in ihr warmes, trockenes Häuschen.

Ich kämpfte mich von Snowflake frei, kam auf die Beine und verpasste der Eingangstür einen beherzten Tritt. Noch mehr Farbe platzte ab, aber die Tür sprang auf.

Na bitte, geht doch.

Eine Stunde später war die Welt wieder in Ordnung. Zumindest für jemanden wie mich, der eher mit der Unordnung vertraut ist. Ich hatte geduscht, trockene Sachen aus meinem Rucksack gewühlt und mir Mrs. Kemps Auflauf im Backofen heiß gemacht. Snowflake hatte fast den halben Sack Trockenfutter verputzt, lag nun zu meinen Füßen und verbreitete den unverkennbaren Geruch von nassem Hundefell. Draußen riss der Himmel auf und ein Sonnenstrahl fiel durch das Küchenfenster herein. Eine Möwe schrie. Snowflake hob den Kopf und sah mich aus seinen dunklen Augen erwartungsvoll an.

Ich zwinkerte ihm zu. »Geht gleich los.«

Er verstand natürlich genau, sprang auf und rannte glücklich bellend in Richtung Hintertür. Ich schnappte mir mein Handy und meinen guten Anorak – den ich ganz unten in meinen Rucksack gepackt hatte, in der irrigen Annahme, ihn vorerst nicht zu brauchen, weshalb ich mir am Busbahnhof dann den geschmackvollen 50-Pence-Regenponcho besorgen musste. Es war Zeit für mein Greycove-Ritual: eine schöne lange Wanderung entlang der Steilküste bis zu meinem Lieblingsstrand, gemeinsam mit meinem großen, dummen Lieblingshund.

Hinter dem Cottage empfing mich eine neue Welt. Der Wind hatte den Regen vertrieben und jagte nur noch verspielt ein paar Wolkenfetzen über den strahlend blauen Himmel. Die Sonne beschien die sturmzerzauste Graslandschaft, die sich vor mir bis zum Rand der Steilküste ausbreitete. Die Luft jedoch war immer noch empfindlich kühl, untypisch für Cornwall im Juni. Gut gelaunt stapfte ich den Trampelpfad entlang, der wahrscheinlich außer von mir nur von Kaninchen genutzt wurde. Snowflake rannte in weiten Kreisen um mich herum und versuchte vergeblich, nach den Möwen zu schnappen. Die sahen ihn natürlich lange vorher kommen, stießen sich lässig vom Boden ab und segelten mühelos auf der nächsten Windböe davon.

Ich atmete tief ein. Zwar wohnten wir seit Jahren in Berlin, der Heimatstadt meiner Mutter, wo ich auch den größten Teil meiner Schulzeit verbracht hatte – aber richtig zu Hause fühlte ich mich eigentlich nur hier. Ich erreichte einen halbherzig asphaltierten Feldweg, der an den Klippen entlangführte und an einer Stelle sogar gefährlich nah an den Abgrund heranreichte. Tatsächlich hatte man in Greycove in den letzten Jahren immer mal wieder darüber nachgedacht, den Weg zu verlegen, wegen der Absturzgefahr. Aber da er eigentlich nur genutzt wurde, wenn die Dorfjugend zum Surfen oder Grillen in die darunter liegende Bucht wollte, war nie etwas daraus geworden. Die Leute von hier wussten schließlich, an welchen Stellen man Abstand halten musste.

Umso besser, dachte ich zufrieden. *So kommen nicht mehr Besucher in mein Revier als unbedingt nötig.*

Vorsichtig trat ich an die Felskante und warf einen kurzen Blick hinunter: hier und da abgesackte Erde, aber nichts, was besonders dramatisch wirkte. Alles cool. Die Bucht lag unter mir und der schmale Strand leuchtete mir einladend entgegen. Baden war natürlich nicht drin, das Meer wirkte noch viel zu aufgewühlt. Ich sah zu, wie die Brandung an eine Reihe flacher Felsen schlug, die die *King's Steps* genannt wurden. Der Legende nach hatte König Artus an dieser Stelle mal ein Schiff besteigen wollen, woraufhin die Felsen wie von Zauberhand aus dem Wasser aufgetaucht waren, damit sich der Gute nicht die herrschaftlichen Füße nass machte ...

Auf der anderen Seite der Bucht lag, außer Sichtweite, ein einsames Cottage: die Frühstückspension der Schwestern Hildy und Helen Bernhardt. Die beiden alten Damen galten im Dorf als etwas versponnen und zahlende Gäste konnten sie eher selten begrüßen – Greycove lag einfach zu abgeschieden. Aber jedes Kind, das nach dem Spielen am Strand in ihren Garten hereinschneite, hatte die sichere Aussicht auf ein Glas Limonade und manchmal auch eine spannende Abenteuergeschichte. Zwar war ich längst kein kleines Mädchen mehr, aber ich besuchte sie trotzdem jeden Sommer. Ich nahm mir vor, gleich heute bei ihnen vorbeizuschauen.

Erst einmal aber zog es mich hinunter ans Wasser. Wer weiß, vielleicht hatte der Sturm interessantes Treibgut angespült?

»Strandräuber« war immer das liebste Spiel meiner englischen Sandkastenfreunde Lisa und Kenneth gewesen – und daher natürlich auch meins.

Plötzlich machte es *Ping* und in meinem Handy poppte eine Nachricht auf: »Hey, Baby, alles klar? Wie wär's mal wieder mit 'nem Drink oder so? Diesen Sa? ☺«

Ich sah ungläubig auf das Display.

Echt jetzt?

Die Nachricht war von Luca – oder vielmehr von »Luca, dem Mistkerl«, wie er bei meinen Berliner Freundinnen nur noch hieß, seit er mich letztes Jahr kurz vor Weihnachten abserviert hatte. Weil er sich noch nicht »reif genug für eine Beziehung« gefühlt hatte. Ha. Er war aber reif genug gewesen, schon am nächsten Tag mit der hohlen Céline aus der Parallelklasse rumzumachen. Vermutlich hatte sich das sogar schon länger angebahnt, aber ich war einfach zu verknallt gewesen, um irgendwas zu checken. Na ja, ein Gutes hatte die Aktion immerhin: Denn als ich davon erfuhr, war ich so sauer geworden, dass mein Liebeskummer mit einem Schlag verschwunden war. Im Nachhinein ärgerte ich mich nur, dass ich ausgerechnet an diesen Idioten mein erstes Mal verschwendet hatte. Tja.

Was lernen wir daraus?, dachte ich seufzend. *Manche Prinzen sind eben einfach nur Frösche.*

Vielleicht küssen manche Prinzessinnen auch einfach nicht so gut, wie sie glauben, kicherte es frech in meinem Kopf.

Ich streckte mir selbst die Zunge heraus. Also echt, manchmal fragte ich mich, auf wessen Seite meine innere Stimme eigentlich stand.

Ich warf noch einen Blick auf die Nachricht. Erst wollte ich etwas schön Fieses zurückschreiben, leider fiel mir nichts Richtiges ein. Und auf einmal merkte ich, dass mir das Ganze – und vor allem Luca – mittlerweile komplett egal war. In diesem Moment schnaufte mein Handy den letzten Funken Energie aus und schaltete ab. Akku alle, schon wieder. Aber auch: Thema erledigt. Zufrieden grinsend steckte ich das Teil weg. Dann pfiff ich nach Snowflake, der begeistert vom Strand unten zurückbellte und ansonsten kein bisschen gehorchte. Lachend rannte ich den steilen Pfad hinab, immer auf der Hut vor losen Steinen und heimtückischen Wurzeln.

Endlich stand ich in der kleinen Bucht. Der Sand leuchtete fast weiß im Sonnenlicht. Er war bedeckt von Algenfetzen, Treibholz … und leider auch einer ganzen Menge Dosen, Flaschen und zerfetzten Plastiktüten. Das weniger romantische Strandgut. Ich sah keine Fußspuren außer den mächtigen Pfotenabdrücken von Snowflake, der immer noch hoffnungsvoll den Möwen nachjagte. In einiger Entfernung schmiegte sich ein kleiner, grob gezimmerter Verschlag an die Steilwand: Stewarts Bootsschuppen. Er wirkte nicht beschädigt – bis dahin war die Sturmflut letzte Nacht also nicht gekommen. Vor mir allerdings krachten die Wellen immer noch mit Wucht ans Ufer. Wo sie die zerklüfteten Felsen trafen, spritzte die Gischt hoch und wurde vom Wind durch die Luft gewirbelt. Das Wasser, bei ruhiger See fast türkisblau, war jetzt von dunklem, undurchdringlichem Grau. Gedankenverloren folgte ich mit den Augen einer Möwe, die Snowflake aufgescheucht hatte. Sie schwebte dicht über den Wellen, als ob sie in dem aufgewühlten Wasser einen Landeplatz suchte.

Und dann sah ich ihn.

Es war ein Surfer, der die dämliche Idee gehabt hatte, an so einem Tag mit seinem Brett hinauszupaddeln, um nach der richtigen Welle zu suchen. Stattdessen hatte er wohl mehr als genug von den falschen gefunden. Ich sprang auf einen der Felsen am Strand, um besser sehen zu können. War er in Schwierigkeiten? Verdammt, es sah ganz so aus. Die Wellen rissen das Brett unkontrolliert hin und her, der bäuchlings darauf liegende Körper schien sich kaum zu bewegen.

»Hey!«, brüllte ich gegen den Wind an. »Alles in Ordnung bei dir?«

Snowflake kam bellend heran und sprang an meinem Felsen hoch, doch ich ignorierte ihn. Hatte der Kerl auf dem Brett reagiert? Ich konnte es nicht erkennen. Panik bohrte sich in meinen Magen und meine Gedanken stürzten durcheinander. Schließlich konnten die Strömungen in der Bucht schon an ruhigen Tagen zur tödlichen Gefahr werden. Das Brett verschwand unter einem gewaltigen Brecher … und tauchte leer wieder auf. Nein, mit der Unterseite nach oben. Dann, Gott sei Dank, drehte es sich und der Surfer war wieder über der Wasseroberfläche, regte sich jedoch nicht mehr. Nichts war in Ordnung.

Ich zerrte mein Handy aus der Jackentasche. Verdammt, kein Lebenszeichen, die letzte Nachricht hatte es erledigt.

Mach doch was, Ella! schrie meine innere Stimme. *Bei der nächsten Welle kommt er vielleicht nicht wieder hoch!*

Ich tat das Dümmste, was ich tun konnte.

Ich tat das Einzige, was ich tun konnte.

Ich riss mir Anorak und Schuhe herunter und rannte ins Wasser.

Kapitel 2

Schon die erste Welle fegte mich fast von den Füßen und tränkte mich mit eiskaltem Salzwasser. Ich schnappte nach Luft, rammte meine Füße in den sandigen Untergrund und stemmte mich gegen den Druck des Wassers. Noch konnte ich stehen, das war gut. Schritt für Schritt kämpfte ich mich voran. Um mich herum sprühte die Gischt und nahm mir die Sicht, aber als erneut eine Welle anbrandete und etwa auf meiner Höhe brach, sah ich mein Ziel wieder: Der Surfer war weiter in Richtung Ufer getrieben und klammerte sich verzweifelt an sein Brett. Oder hing er irgendwie darauf fest?

»Hey! Hierher!«, brüllte ich ihm zu und bereute es sofort, denn ich bekam einen Schwall Meerwasser in den Mund. Hustend und spuckend versuchte ich weiterzukommen, aber jetzt wurde es langsam tiefer. Ich spürte, wie die Unterströmung an meinen Beinen riss.

Das schaffst du nicht, warnte meine innere Stimme. *Du musst zurück, sofort, oder sie fischen nachher zwei Leichen aus dem Meer!*

Ein Versuch noch!, schrie ich ihr zu.

Ich stieß mich vom Boden ab. Ein Schwimmzug, zwei, drei. Die Gischt machte mich halb blind. Vier, fünf. Plötzlich vor mir: eine graue Wand. Ein enormer Brecher, der sich immer höher auftürmte. Aber auch der Surfer, der mitsamt seinem Brett emporgerissen und auf mich zugetrieben wurde, näher, näher ... Die Welle brach mit ungeheurer Wucht direkt über mir. Ich hatte gerade noch Zeit zum Luftholen, da wurde ich auch schon unter Wasser gedrückt und herumgewirbelt. Wild ruderte ich mit den Armen – und bekam etwas zu fassen: die Leine des Surfbretts. Das war vermutlich meine Rettung, denn das Brett hatte einen fantastischen Auftrieb. Im nächsten Moment durchstießen wir die Wasseroberfläche und ich rang keuchend nach Atem. Ein kurzer Blick auf den Surfer genügte mir – nein, er bewegte sich wirklich nicht mehr. Panik erfasste mich.

Beeil dich, Ella!

Ich krallte mich an das Heck des Bretts und schlug mit den Beinen, so kräftig, wie ich nur konnte. Tatsächlich, das Ufer kam langsam näher, auch wenn uns jede Welle erneut ein Stück zurückzog. Gott sei Dank war Flut, auflaufendes Wasser, wie mein langsam wieder einsetzender Verstand nun registrierte. Sonst hätte ich keine Chance gehabt. Schließlich fühlte ich Boden unter den Füßen; das Brett im Schlepptau, taumelte ich durch das hüfthohe Wasser dem Strand entgegen.

Dort begrüßte mich ein grauer, nasser Schatten und rammte meine Beine, sodass ich fast das Gleichgewicht verlor.

»Snowflake, du blödes Vieh!«, schrie ich. »Zurück ans Ufer, aber sofort! Du kannst mir nicht helfen!«

Nicht zu fassen. Sonst wasserscheu wie eine Katze, aber wenn man es gar nicht gebrauchen konnte ... Zum Glück gehorchte er und preschte mir voraus, offenbar beruhigt, dass sein Frauchen heil zurückgekommen war. Ich zog das Brett mit seinem Passagier so weit aus der Brandung, wie es mir mit meinen zitternden Beinen möglich war, dann sackte ich erst einmal zusammen.

Aber mein Wunderhund ließ mir keine Ruhe, knuffte mich, jaulte und bellte, so aufgeregt und froh war er.

»Ab, Snowflake!« Ich schob ihn mühsam von mir und stemmte mich auf die Knie. Was war mit dem Surfer? Lebte er noch? Reglos lag er auf seinem Brett. Hektisch versuchte ich ihn herunterzuzerren, bis ich bemerkte, dass er daran festgeschnallt war. Wie sollte man denn so surfen? Egal. Irgendwie befreite ich ihn von den Gurten und drehte ihn auf den Rücken.

Es war ein junger Typ in meinem Alter. Schwarze, kurze Haare umrahmten sein Gesicht. Ein Gesicht mit auffallend schönen männlichen Zügen – aber totenblass. Ein Schauer durchfuhr mich. Hatte ich es nicht rechtzeitig geschafft? Fieberhaft tastete ich nach seinem Puls, erst am Hals, dann am Handgelenk, aber meine Finger zitterten, und seine Haut war so kalt, dass ich keinen klaren Eindruck bekam. Kurz entschlossen riss ich sein Hemd auf – ein dunkler Stoff, ganz sicher kein Neopren – und presste mein Ohr auf seine Brust.

Super, Ella, wirklich professionell, von wegen Arzttochter!, nörgelte es in meinem Kopf.

Ich schloss die Augen. Es gelang mir, Wellenrauschen, das Pfeifen des Windes und Snowflakes Gehechel auszublenden. Und dann hörte ich ihn: seinen Herzschlag. Schwach, aber stetig. Erleichtert setzte ich mich auf. Und bemerkte etwas Seltsames: ein schwaches goldenes Glühen auf der nassen Brust des Surfers. Hatten sich dort Leuchtalgen oder so etwas verfangen? Ich wischte mit der Hand über seine Haut, das Glühen blieb. Aber viel wichtiger war ja: Atmete er noch? Keine Chance, das auf die Schnelle und bei Wind zweifelsfrei festzustellen. Mund-zu-Mund konnte nicht falsch sein, oder?

Los jetzt, feuerte mich meine innere Stimme an. *Du kannst das, Mama hat's dir gezeigt.*

Ich hielt dem Typen also die Nase zu, öffnete seinen Mund, presste meine Lippen auf seine und atmete tief aus. Verdammt, war das richtig so? Wenn ich es nun vermasselte? Unsicher hob ich den Kopf – und bekam einen Schwall Salzwasser ins Gesicht. Mein Beatmungsopfer hustete und spuckte krampfhaft. Gerade noch rechtzeitig wälzte ich ihn auf die Seite, bevor er den halben Ozean erbrach.

Er keuchte und würgte eine gefühlte Ewigkeit, dann folgte ein tiefer, zitternder Atemzug. Eine Weile hockte ich einfach nur neben ihm. Ich fühlte mich vollkommen erschlagen. Das Adrenalin ließ nach, und ich begann, heftig zu frieren. Jetzt erst merkte ich, wie kalt das Wasser gewesen war, wie stark der Wind pfiff und wie wenig Wärme meinem Körper in den durchnässten Sachen blieb. Wenn schon mir die Unterkühlung drohte, war es für den Geretteten ganz sicher lebensbedrohlich. Wir brauchten Hilfe. Und zwar schnell.

Ich kam taumelnd auf die Füße und blickte um mich. Noch immer trieb sich keine Menschenseele in der Bucht herum. Mein Handy blieb natürlich auch tot. Und Snowflake hatte so gar nichts von einem Rettungshund an sich. Das nächstgelegene Haus mit Telefon war das der Bernhardts, aber es würde eine Ewigkeit dauern, bis ein Rettungswagen die Bucht erreichte. Runter zum Strand konnte er sowieso nicht fahren, der Weg war zu schmal. Was sollte ich nur tun? Der Surfer musste ins Warme, so schnell wie möglich. Dann fiel mein Blick auf Stewarts alten Bootsschuppen. Und ich hatte die rettende Idee.

Na ja, vor allem hatte ich unverschämtes Glück. Denn im Sommer bewahrten die Wassersport-Fans aus dem Dorf ihre Surfbretter und Kajaks in dem Schuppen auf. Zu dieser Ausrüstung gehörte auch ein selbst gebauter Karren, mit dem der ganze Kram am Ende der Saison wieder abtransportiert wurde – eigentlich kaum mehr als ein Brett mit Rädern. Der perfekte Krankentransporter.

Mittlerweile hatte die Haut des Surfers einen bläulichen Ton angenommen, der mir wirklich Angst machte. Eilig streifte ich ihm meinen trockenen Anorak über und hievte ihn auf den Wagen. Und dann schob und zerrte ich mit aller Kraft, die mir noch blieb. Das schwierigste Stück war der Anfang, durch den Sand. Dachte ich. Dann kam der steile Weg die Klippen hinauf – und der hatte es echt in sich. Ein paar Mal verlor ich den Halt, rutschte mit den Füßen weg und konnte gerade noch verhindern, dass mir der Karren aus den Händen glitt. Jedenfalls war mir ganz schnell nicht mehr kalt. Snowflake rannte laut bellend um uns herum, als ob er mich anfeuern wollte. Endlich hatte ich die Kuppe erreicht, ab jetzt war der Weg zum Glück eben, sogar leicht abschüssig. Und das Haus der Bernhardts lag schon in Sichtweite.

»Miss Bernhardt! Miss Bernhardt!« Mein Geschrei scheuchte die zwei alten Damen auf, die gerade friedlich im Vorgarten ihre Rosen beschnitten.

»Du meine Güte!«, rief Hildy, die jüngere, und rückte ihre Brille zurecht. »Ist das nicht die kleine Ella?«

Beinahe hätte ich gelacht, schließlich überragte ich die Schwestern inzwischen um einen ganzen Kopf. Aber die beiden begriffen sofort die Lage und verloren keine Sekunde.

»Schnell ins Haus, setz den Kessel auf, wir brauchen heißes Wasser!«, kommandierte Helen, die ältere Schwester. »Und dann ruf den Notarzt!«

»Wird gemacht!« Ohne nachzufragen, ließ Hildy die Rosenschere fallen und verschwand im Haus.

Helen zog rasch die Handschuhe aus und öffnete das Gartentor. »Ein Badeunfall, was? Aber noch am Leben?«

Völlig außer Atem nickte ich.

»Dann los, Mädchen, nichts wie ins Haus mit ihm. Der Ärmste ist ja ganz blau vor Kälte! Einen Moment ...« Mit sicherem Griff tastete sie Beine, Arme und Brustkorb des Bewusstlosen ab. »Scheint nichts gebrochen zu sein. Na komm, ich fasse mit an!«

Mühsam schafften wir ihn vom Karren ins Haus.

»Nach oben, ins Gästezimmer! Hier unten haben wir kein Bett!«, befahl Helen.

Die enge Treppe zogen wir den armen Kerl eher hinauf, als dass wir ihn trugen. Noch ein paar Schritte durch den schmalen Flur, dann hatten wir das Gästezimmer erreicht und legten ihn aufs Bett. Hastig zerrten wir ihm den Anorak und das zerrissene, lange Hemd vom Körper.

Dann zögerte ich. Schließlich hatte ich noch *nie* einem fremden Mann die Hosen ausgezogen – ob bewusstlos oder nicht.

»Na, was hast du denn, Herzchen?« Die alte Dame blickte mich fragend über den Rand ihrer Nickelbrille an. Dann verstand sie, was los war, und schnalzte tadelnd mit der Zunge. »Das ist doch jetzt wohl zweitrangig, oder?«

Oh Mann, natürlich hatte sie recht. Also zogen wir ihm auch noch die Hose aus, so schnell das eben mit dem nassen Stoff ging. Wobei, eine normale Hose war es gar nicht, sondern irgendein weit geschnittenes, an der Hüfte und den Knöcheln geschnürtes Teil. Er trug auch keine Unterhose im eigentlichen Sinne, eher so etwas wie einen Lendenschurz. Hatte ich schon wieder einen dieser Hipster-Trends verpasst?

Zum Glück war Helen vollkommen beherrscht bei der Sache. Zum Abschluss zauberte sie aus dem schmalen Wandschrank mehrere Decken hervor, in die wir den Bewusstlosen einhüllten.

»Hildy! Was machen die Wärmflaschen? Und wo haben wir das Fieberthermometer?«

»Gleich da!«, schallte es von unten zurück. »Ich hänge beim Notruf noch in der Warteschleife!«

»Wie? Na, das wollen wir doch mal sehen!« Helen Bernhardt drehte sich zu mir, strich energisch ihre Strickjacke zurecht und warf mir einen strengen Blick zu. »Und du, Kleine, ab unter die Dusche! Keine Widerrede!«

Ich hatte keine Widerrede.

Zwei Minuten später stand ich hinter einem mit Rosenblüten bedruckten Duschvorhang und ließ heißes Wasser über meinen Körper laufen. So lange, bis das Kältezittern aufhörte, das Schockzittern anfing und die Tränen kamen. Die Knie wurden mir weich, ich sank in der Wanne zu Boden und heulte mir den Schreck und die Anspannung der letzten Stunde aus dem Leib.

Dann war der Boiler leer. Ich bekam einen Schwall kaltes Wasser ab, der mich aufkreischen ließ und wieder auf die Beine brachte. Ein letztes Mal schniefte ich, atmete tief durch und machte mich ans Abtrocknen. Es klopfte an der Badezimmertür.

»Wenn du so weit bist, Liebes, kannst du das hier erst einmal überziehen«, hörte ich die ältere Bernhardt-Schwester sagen. »Hat Hildy in Hongkong gekauft. Keine Ahnung, was das wieder sollte, wurde noch nie getragen ...«

Durch den Türspalt reichte sie mir eine Art Morgenmantel, ein unglaubliches Teil in Dunkelblau und Gold mit aufwendiger Drachenstickerei. *Wow.* Aber da meine eigenen Klamotten in einem kalten, salzigen Klumpen auf dem Fliesenboden lagen, warf ich mir den Bruce-Lee-Fummel dankbar über. Als ich das Badezimmer verließ, war weder von der einen noch von der anderen Miss Bernhardt etwas zu sehen, doch ich hörte ihre Stimmen im Erdgeschoss. Sie kämpften immer noch mit der Notruf-Warteschleife. Ich tappte den Flur entlang zum Gästezimmer, um nach dem Surfer zu sehen. Vorsichtig öffnete ich die Tür und trat ein.

Er lag noch so da, wie ich ihn verlassen hatte. Regungslos, tief versunken unter einem Berg pastellfarbener Decken und Quilts, den Kopf auf ein Kissen mit Veilchenaufdruck gebettet. Nein, etwas war anders: Zwar sah er noch fahl im Gesicht aus, aber es war nicht mehr diese halb erfrorene bläuliche Blässe, die mich vorhin so erschreckt hatte. Sein Atem ging gleichmäßig und ruhig. Entweder verfügte er über eine bemerkenswerte Konstitution – oder die Bernhardts hatten ganze Arbeit mit ihren Wärmflaschen geleistet. Vermutlich beides.

Leise trat ich an das Bett heran und setzte mich vorsichtig auf die Kante. Mein erster Eindruck hatte mich nicht getrogen: Er musste wirklich ungefähr mein Alter haben. Ich sah in ein ausdrucksvolles Gesicht mit einer geraden Nase und starken Wangenknochen. Mit dem dunklen, leicht gewellten kurzen Haar erinnerte es mich an die Büsten römischer Herrscher, die ich letztes Jahr in einer Berliner Ausstellung gesehen hatte. Kam der Unbekannte vielleicht aus Italien? Seine Lippen waren schmal, aber schön geschwungen.

Der kann bestimmt gut küssen, schoss es mir durch den Kopf.

Whoa, Ella, reiß dich zusammen! Meine innere Stimme verpasste mir einen Tritt in den Hintern. *Mädchen, du brauchst echt einen neuen Freund, wenn du schon am Bett eines fast Ertrunkenen an so etwas denkst …*

Die Hauptsache war schließlich, dass es ihm offenbar besser ging. Alles andere spielte überhaupt keine Rolle, richtig? Mein

Blick fiel auf seine rechte Hand, die unter der Bettdecke hervorschaute. Am Zeigefinger steckte ein großer goldener Ring. War der etwa echt? Statt eines Edelsteins zierte das Schmuckstück eine ovale Scheibe aus Gold mit feinen eingravierten Mustern.

Gerade als ich sie genauer betrachten wollte, hörte ich den Surfer leise aufseufzen. Ich zuckte zurück. Seine Lider flatterten, öffneten sich – und dann blickte ich ihm in die Augen. Sie waren grün. Kein Grasgrün, eher ein Graugrün, aber eine ganz unglaubliche, strahlende Farbe. Wie der Atlantik im Sonnenschein.

Aus so einem Meer müsste mich bestimmt niemand retten, dachte ich versonnen.

Sein Blick schweifte zuerst ziellos in die Ferne, aber dann bemerkte er mich – und fuhr zusammen, als ob man ihm einen Elektroschock verpasst hätte.

»Hey, schon gut.« Ich versuchte, meiner Stimme einen beruhigenden Tonfall zu geben, und legte meine Hand leicht auf die Decken über seiner Brust. »Es ist alles okay. Du warst ein bisschen zu lange im Wasser, aber es ist noch mal gut gegangen. Der Arzt kommt gleich.«

»Nein!«, brachte er hervor. Gehetzt blickte er um sich, stieß meine Hand weg und versuchte, sich aufzurichten. »Nicht ... Arzt! Niemand!« Seine Stimme klang heiser, und er sprach mit einem Akzent, den ich nicht einordnen konnte.

»Komm, du musst jetzt ruhig liegen bleiben!«, bat ich. »Verstehst du nicht, das hätte echt übel ausgehen können ...« Doch er wehrte sich weiter, erstaunlich kräftig sogar, obwohl ihn sein Kampf mit den Wellen geschwächt haben musste. »Beruhige dich doch! Es ist alles in Ordnung!« Als ich schon dachte, er würde sich wirklich hochstemmen, verließ ihn die Kraft. Sein Atem ging schwerer und er sackte zurück auf das Kissen. »Alles okay. Nur keine Panik«, murmelte ich. »Wir holen einen Arzt, der weiß, was zu tun ist.«

»Nein …« Seine Stimme war nur noch ein Flüstern. Seine Augenlider zitterten, als würde er gleich wieder bewusstlos werden. Aber er kämpfte dagegen an – und plötzlich packte er meine Hand. Er umklammerte sie in einem geradezu eisernen Griff. Ganz dicht heran zog er mich, sodass ich seine unglaublichen seegrünen Augen besser sehen konnte, als mir lieb war. »Niemand … holen!« Noch nie hatte ich einen Tonfall gehört, der so dringlich und verzweifelt ernst war. »Niemand. *Niemand.* Sie … finden mich. Sie töten mich. Und … dich auch …«

Dann kippte sein Kopf zur Seite und er war wieder bewusstlos. Doch seine Finger umklammerten noch immer meine Hand. Ich hatte Mühe, sie zu befreien.

Oh Mann. Was war hier eigentlich los?

Kapitel 3

Als ich ins Wohnzimmer der Bernhardts kam, blickten mir die beiden alten Damen erwartungsvoll entgegen.

»Äh … Er war kurz wach und hat gesprochen«, machte ich pflichtgetreu Meldung. »Dann wurde er wieder bewusstlos. Atmet aber ruhig … und sieht auch aufgetaut aus.«

»Oh, das ist gut. Sehr gut!« Helen lächelte und bot mir einen Platz auf der Couch an. Ihr Gesicht erinnerte mich immer an einen gut gereiften Apfel – von der Seeluft gerötete runde Wangen und unzählige Fältchen, dazu scharfe, dunkle Augen, die hinter einer Brille mit Goldgestell hervorblitzten. Ihre Kleidung war jeder Zoll englische Lady vom Lande, stilvoll, aber praktisch: Über der geblümten Bluse trug sie eine dunkelgrüne Wolljacke, passend zum gleichfarbigen knielangen Rock, und feste, vernünftige Lederschuhe, mit denen man vermutlich stundenlang über die Klippen stapfen konnte. Ihre weißgrauen Haare waren zu einem strengen Dutt hochgesteckt. Keine Strähne zitterte, als sie ihrer Schwester auffordernd zunickte. »Hildy, einen Becher Tee, na los …«

»Ich glaub, das kriegt er noch nicht hin …«, murmelte ich und setzte mich.

»Nicht für ihn, Schätzchen, für dich!«

Die jüngere Bernhardt-Schwester kicherte und drückte mir

einen riesigen, dampfenden Becher mit verblichenem *Arielle die Meerjungfrau*-Aufdruck in die Hand. Dahinter ließ sich mein belämmerter Gesichtsausdruck wunderbar verstecken.

»Beim Notruf spielen sie die ganze Zeit so eine dumme Musik ab und bitten um etwas Geduld«, seufzte Hildy und schob die Zuckerdose zu mir herüber. »Ist das zu fassen? Man stelle sich vor, wir hätten jemanden mit Herzinfarkt hier!«

Sie sah ihrer Schwester im Gesicht unglaublich ähnlich, doch ihr Outfit war eindeutig weniger Laura Ashley als vielmehr Vivienne Westwood: Über einer verwaschenen himmelblauen Batik-Tunika und neongrünen Leggins saß eine kurze Jacke in Hot Pink. An den Füßen trug sie Filzlatschen in Lila und Gold, um den Hals mehrere bunte Perlenketten. Auf ihrer Nase thronte eine riesige Brille mit violett getönten Gläsern, was ihr den Ausdruck eines leicht zugedröhnten Uhus verschaffte, und in ihren grauen Haaren, die zu zwei flotten Knoten gezwirbelt waren, entdeckte ich lila Strähnchen. Schon als Kind hatte ich gestaunt über ihre Aufmachung, die so gar nicht in das Cornwall-Postkartenidyll passte – und erst recht nicht zu der stilbewussten Helen. Doch trotz des unterschiedlichen Kleidungsgeschmacks waren die beiden Schwestern ein Herz und eine Seele.

Dementsprechend sprang Helen auch jetzt Hildy bei. »Recht hast du! Ich frage mich, wofür wir jedes Jahr höhere Steuern zahlen, wenn am Ende so was dabei herauskommt!«, sagte sie kopfschüttelnd. »Tja, da heißt es wohl erst einmal abwarten und Tee trinken, was, Kindchen?«

»Vielleicht ist das ja auch besser so«, erwiderte ich, hinter meinem Becher verschanzt.

Hildy warf mir einen neugierigen Eulenblick über den Rand ihrer violetten Brille zu. »Du meine Güte, Liebes, was soll denn das bedeuten?«

»Na ja …« Ich zog den Morgenmantel enger um mich. »Es war voll schräg. Kaum wach, ist der Typ total abgedreht. Vor allem, als er hörte, dass wir einen Arzt rufen. Er will keinen Arzt, es soll überhaupt niemand kommen. Er hat gesagt …« Ich holte kurz Luft. »Er hat gesagt, man würde ihn sonst töten. Und mich auch.«

Die Schwestern wechselten einen Blick.

»Was noch?«, wollte Hildy wissen.

»Nichts weiter, dann war er wieder weg«, erklärte ich. »Aber ich glaube nicht, dass er von hier ist. Vielleicht nicht mal aus Großbritannien. Er spricht mit Akzent und hat nach Worten gesucht, Grammatikfehler gemacht. Englisch ist bestimmt nicht seine Muttersprache.«

»Hm …« Helen nahm einen Schluck aus ihrem eigenen Riesenbecher, der in knalligem Blau-Schwarz-Grün die Aufschrift *»Jambo!«* trug.

Einen Moment lang herrschte Stille. Ich gebe zu, ihre Reaktion überraschte mich. Sollten alte Damen bei Todesdrohungen unter ihrem eigenen Dach nicht vielleicht etwas … was weiß ich, besorgter reagieren? Doch wenn ich das Funkeln in ihren Augen richtig deutete, war da eher Abenteuerlust als Angst.

»Drogen«, verkündete Hildy schließlich dramatisch. »Es könnte mit Drogen zu tun haben.«

»Ein Dealer mit Surfbrett?« Helen warf ihr einen spöttischen Blick zu. »Wir sind doch nicht in Kalifornien!« Dann wandte sie sich an mich. »Was meinst du denn?«

Ich pustete in meine Riesentasse und sagte: »Was macht ein Krimineller auf einem Surfbrett vor Cornwalls Küste? Noch dazu in einem Sturm? Die werden ja wohl auch den Wetterbericht hören …« Ich nahm einen Schluck Tee und überlegte. »Also, ich glaube, er ist ein Flüchtling. Ein Illegaler. Er war draußen auf einem Boot, und dann haben ihn die Schlepper auf dem Brett ausgesetzt, damit er an Land kommt. Vielleicht waren da noch mehr.«

Helen runzelte die Stirn. »Aber wovor hat er solche Angst?«

»Wahrscheinlich vor der Polizei hier«, vermutete ich. »Wer weiß, was die ihm erzählt haben.«

Hildy warf ein Stück Zucker in ihren gigantischen *Winnie-Puh*-Becher und nickte verständig. »Schön und gut. Was machen wir denn jetzt?«

»Egal, was er sagt, er muss doch untersucht werden, oder?«, fragte ich unsicher. »Vielleicht sollten wir ihn direkt ins Krankenhaus bringen?« Ich fühlte mich ziemlich hilflos. Wäre doch bloß meine Mutter hier!

Die ältere Bernhardt-Schwester warf der jüngeren einen verschwörerischen Blick zu. »Wir könnten deinen Verehrer holen.«

»Colin ist nicht mein Verehrer!«, zischte Hildy empört, schob aber sogleich hinterher: »Du hast recht, das könnten wir. Bei dem läuft bestimmt keine Warteschleife ...« Eifrig verschwand sie in Richtung Telefon, begleitet vom Klickern ihrer zahlreichen Perlenketten.

»Dr. Wilkes ist ein alter Freund aus St. Ives«, erklärte mir ihre Schwester augenzwinkernd. »Er ist Arzt. Oder war es. Seine Praxis hat er vor gut zehn Jahren aufgegeben, aber so was verlernt man ja nicht, denke ich. Wenn wir ihn bitten – oder wenn Hildy ihn bittet«, sie schmunzelte, »kommt er bestimmt sofort und schaut sich dein Strandgut an. Und er kann den Mund halten.«

Ich stellte den *Arielle*-Becher ab und lehnte mich erschöpft in die Kissen der Couch zurück. »Hauptsache, das ›Strandgut‹ wacht während der Untersuchung nicht auf. Dann garantiere ich für nichts ...«

Mir fielen die Augen zu, und ich schüttelte mich kurz, um

wach zu bleiben. Aber Helen tätschelte mir beruhigend den Arm. »Mach du ruhig ein Nickerchen, Kindchen. Du hast für heute genug getan.«

Und das klang plötzlich nach einer richtig guten Idee.

Es war eine tiefe Stimme mit unverkennbar cornischem Akzent, die mich weckte. Sie klang, als ob sich ein freundlicher Pirat an Land verirrt hatte.

»Kein Wunder, dass ihr beim Notruf nicht durchgekommen seid, meine Lieben«, tönte es aus dem Flur. »Der Sturm letzte Nacht war wohl schlimmer als erwartet. Hat im Süden einen Haufen Dächer abgedeckt und Unfälle verursacht. Und auf See erst! Wie ich gehört habe, wird mindestens ein halbes Dutzend Boote vermisst. Zwei sind bei den Scillies Leck geschlagen und gesunken. Zum Glück keine Toten – bisher ...«

Ich zwang mich, die Augen zu öffnen. Das Licht, das in das kleine, zugestellte Wohnzimmer der Bernhardts fiel, hatte sich verändert. Es musste bereits früher Abend sein. Oh Mann, ich war wirklich auf der Couch eingeschlafen! Jemand hatte mich fürsorglich mit einem hellblau gemusterten Quilt zugedeckt. Ich richtete mich auf und zupfte hastig den verrutschten Morgenmantel zurecht.

»Jetzt vielleicht doch ein Tässchen, Colin?« Hildy lugte um die Ecke. »Oh Liebes, du bist ja wach! Kommt, dann setzen wir uns zu dir. Colin, das ist Ella Keane. Ella – Dr. Wilkes.«

Ein grauhaariger Herr betrat das Wohnzimmer, angeführt von den Bernhardts. Ich versuchte, nicht daran zu denken, wie zerrupft ich aussehen musste, mal ganz abgesehen von meinem schrägen Asia-Look. Dr. Wilkes begrüßte mich förmlich mit *How do you do?*. Ganz Gentleman der alten Schule. Dazu passte auch der leicht verstaubt wirkende dunkelbraune Dreiteiler, den er trug. »Dir verdankt der Junge da oben also sein Leben, ja?«, sagte er. »Keine Widerrede, so ist es. Schließlich konnte ich mich gerade selbst von seinem Zustand überzeugen. Aber einen Schutzengel hattest du auch, das weißt du, oder?«

Ich murmelte etwas und bemühte mich, den festen Händedruck des Doktors zu erwidern. Er hatte ein zerfurchtes, wettergegerbtes und sehr freundliches Gesicht, das mehr nach einem Kapitän als einem Arzt im Ruhestand aussah. Dann wurde er auch schon in den Sessel neben mir beordert und bekam ebenfalls einen Becher Tee. Darauf prangte ein grünes Cartoon-Krokodil nebst der Aufschrift *»No worries, mate!«*.

»Nun erzähl aber endlich.« Hildys Stimme unterbrach meine Gedanken. »Wie geht es unserem Gast? Du sprachst von einem Rätsel?«

»Wenn es nur eins wäre …« Dr. Wilkes blickte nachdenklich in die Runde. »Ihr wisst nichts weiter über ihn? Wo er herkommt?« Dabei sah er mich an.

Ich schüttelte den Kopf. »Er war nur kurz bei Bewusstsein. Hatte Angst vor irgendjemandem.«

»Ella vermutet, dass er ein illegaler Flüchtling ist«, schaltete sich Helen ein und reichte einen Keksteller herum. Ich merkte, wie leer mein Magen war, und griff mir gleich eine Handvoll. Custard Creams – schon etwas pappig, aber trotzdem lecker.

»Schätzchen, das weißt du ja noch nicht, aber wir haben in der Zwischenzeit seine Sachen ein bisschen unter die Lupe genommen.« Hildy zwinkerte mir verschwörerisch durch die lila Gläser ihrer Brille zu.

»Und nichts gefunden«, bremste ihre Schwester die Dramatik aus. »Keine Papiere, kein Handy oder Geld, nichts.«

»Da ist dieser Ring …«, fiel mir ein.

Beide nickten zustimmend.

»Massives Gold, dürfte ziemlich wertvoll sein. Sehr feine Arbeit«, meinte Helen mit Kennermiene. »Wirkt wie nach einem antiken Vorbild angefertigt. Aber der Stil sagt uns nichts. Keine Ahnung, aus welchem Kulturkreis der stammen könnte. Falls also Name und Adresse nicht innen eingraviert sind, hilft er uns auch nicht weiter.«

»Übrigens waren keinerlei Etiketten an der Kleidung«, ergänzte Hildy. »Der Stoff ist ausgesprochen hochwertig, soweit man das noch sagen kann. Und alles handgefertigt, schätzen wir.«

»Dann ist er entweder sehr reich«, ich schluckte hastig den Custard Cream hinunter, den ich noch im Mund hatte, »oder er kommt von *echt* weit her. Ich meine, in welchem Land zieht man sich heute noch so an?«

Nachdenkliche Blicke waren die Antwort.

»Aber entschuldigen Sie, wie geht es ihm denn nun?«, wandte ich mich an Dr. Wilkes und dachte an das Rätsel, das Hildy erwähnt hatte.

Der pensionierte Arzt räusperte sich. »Also, soweit ich das sagen kann, geht es ihm nicht schlecht. Genauer kann ich das erst beurteilen, wenn er wach ist, aber fürs Erste wirkt sein Zustand stabil. Und damit beginnt der weniger klare Teil meiner Anamnese.« Jetzt blickte er mich an. »Er ist erkennbar dehydriert, hat schätzungsweise seit zwei Tagen nichts getrunken. Ich habe einen Tropf mit Elektrolytlösung für ihn improvisiert, den müsstet ihr in etwa zwei Stunden erneuern.«

»Das kann ich machen«, bot ich an. Damit kannte ich mich immerhin aus, dank Mama.

Dr. Wilkes nickte anerkennend und fuhr fort: »Außerdem

habe ich Sonnenbrand festgestellt, vor allem an Nacken, Unterarmen, Waden und Handrücken. Eben alle Stellen, die nicht mit Kleidung bedeckt und exponiert waren, wenn er bäuchlings auf dem Surfbrett lag. Das kann er sich nicht gestern geholt haben, bei dem Sturm. Aber vorgestern hatten wir einen wolkenlosen Himmel. Von daher müsste er tatsächlich seit zwei Tagen auf dem Meer gewesen sein.« Die Worte des Arztes klangen bedächtig, als ob er mit sich selbst spräche. »Das ist allerdings höchst unwahrscheinlich – bei diesen Temperaturen, ohne entsprechende Ausrüstung ... Ein Freund bei der Navy hat mir einmal gesagt: Im Atlantik ist die Rettungsweste vor allem dazu da, damit deine Leiche nicht untergeht.«

»Er hatte dieses echt coole Surfbrett«, warf ich ein. »Das dürfte seinen Körper komplett über Wasser gehalten haben.«

Der Nicht-Verehrer von Hildy Bernhardt wiegte den Kopf hin und her. »Das könnte der Grund dafür sein, warum er nur unterkühlt und nicht tot ist. Aber noch etwas ist mir aufgefallen: seine Haut. Nicht mitgenommen genug für zwei Tage im Salzwasser.«

»Apropos Haut«, hakte Helen nach.

»Das hast du auch gesehen, ja?« Dr. Wilkes' Gesicht wirkte jetzt sehr ernst.

»Als wir ihm die Wärmflaschen ins Bett gepackt haben«, nickte Helen, und ihre Schwester nickte ebenfalls, wobei die wilden lila-grauen Haarknoten auf ihrem Kopf bedenklich wackelten.

Haben die drei auch dieses Glühen auf der Brust bemerkt?, fragte ich mich im Stillen. Laut sagte ich nichts, um mich nicht lächerlich zu machen.

»Er hat frische Abschürfungen an den Hand- und Fußgelenken, dazu einige schwere Hämatome im Rippenbereich«, erklärte Dr. Wilkes an mich gewandt. »Hildy hat mir berichtet, dass du ihn von Gurten befreien musstest? Könnten die Spuren daher stammen?«

Ich schüttelte den Kopf. »Äh ... glaub ich kaum. Die waren zwar am Oberkörper befestigt, aber mehr so an Schulter und Hüfte. Arme und Beine konnte er frei bewegen.«

Der Arzt seufzte, als ob er meine Antwort befürchtet hatte. Es fiel ihm sichtlich schwer fortzufahren. »Da sind auch noch diese anderen ... Spuren. Hautirritationen, ziemlich schwere. Etwa drei Zentimeter Durchmesser jeweils – und ein eigenartiges Muster. Wie ein Stern mit Strahlenkranz. Je einer unter dem rechten und linken Schlüsselbein, neben den Nackenwirbeln und je einmal an der Innenseite der Unterarme.« Er rieb sich mit der Hand über die Augen. »Ich kann nicht sagen, was das verursacht hat. Eine Verbrennung oder Verätzung? Am ehesten erinnert es mich an einen Quallenstich. Aber einen verdammt ernsten. Ich ... als ich damals in Brisbane gearbeitet habe, brachten sie ein Kind zu uns ins Krankenhaus, das beim Baden an eine dieser hochgiftigen Würfelquallen geraten war. Es hat überlebt, aber seine Schreie werde ich nie vergessen. Das hier sieht fast so ähnlich aus. Er ist ja im Meer getrieben ...« Dr. Wilkes schwieg einen Moment. »Aber wir sind nicht in Australien, sondern in Cornwall. Und dann diese präzise Verteilung? Nein. Das ist nicht beim Schwimmen passiert. Und auch nicht zufällig.«

Während seiner Worte war eine dumpfe Unruhe in mir aufgestiegen. Mit belegter Stimme fragte ich: »Was wollen Sie damit sagen?«

Er warf mir einen langen Blick aus seinen auf einmal sehr müde wirkenden Augen zu. »Ich bin nur ein einfacher Landarzt. Na ja, war es. Mit solchen Dingen habe ich keine Erfahrung. Aber wenn ich etwas aus meinen Beobachtungen schließen soll ...« Er holte tief Luft. »Ich denke, dieser Junge wurde längere Zeit gefangen gehalten. Man hat ihn misshandelt. Vielleicht gefoltert. Und dann ... ist er entkommen.«

Das Mondlicht schimmerte durch die Gardinen. Die Bernhardt-Schwestern hatten mich kurzerhand in ihrem zweiten Gästezimmer einquartiert, wogegen ich nur schwach protestiert hatte. Nun lag ich seit bestimmt schon einer Stunde in einem unglaublich weichen Bett unter warmen, leicht nach Lavendel duftenden Decken, war wahnsinnig müde und bekam trotzdem kein Auge zu. Was genau war heute eigentlich passiert? Ich hatte jemanden aus dem Wasser gezogen. So viel stand fest. Nur war dieser Jemand kein Surf-Freak, der sich selbst über- und die Wellen unterschätzt hatte. Nein, dieser Jemand hatte Todesangst und, wenn Dr. Wilkes mit seinen Vermutungen richtiglag, auch allen Grund dazu. Was aber sollten wir jetzt machen? Es kam mir schrecklich unfair vor, dass ich die Bernhardts unwissentlich in etwas hineingezogen hatte, das vielleicht richtig gefährlich werden konnte. Obwohl ich mittlerweile den leisen Verdacht hegte, dass Hildy und Helen von allen noch am besten mit dieser seltsamen Situation klarkamen. Sie wirkten geradezu abenteuerlustig, wenn es um das Geheimnis des Gestrandeten ging.

Ich dachte an die ungewöhnlichen Souvenirs und Fotos, mit denen das Cottage vollgestopft war und die ich schon als Kind bestaunt hatte. Eine Aufnahme zeigte die Schwestern auf einem eisbedeckten Gipfel, noch sehr jung und in unpraktischer altmodischer Ausrüstung. Daneben hing ein mannshohes Indio-Blasrohr mit passendem Pfeilköcher an der Wand. Auf einem gerahmten Zeitungsausschnitt sah man Hildy und Helen in Badeanzügen aus dem vorigen Jahrtausend, erschöpft und glücklich in die Kamera grinsend – nachdem sie, laut Bildunterschrift, den Ärmelkanal durchschwommen hatten. Dann ein Regalbrett voll afrikanischer Masken, die wie Monsterfratzen aussahen. Eine Aufnahme von Hildy und Helen auf Safari, jede mit einem Gewehr in der Hand. Und so weiter und so fort. Ja, all diese Schätze waren mir lange vertraut. Ich hatte sie betrachtet wie die Requisiten eines Theaterstücks. Doch langsam dämmerte mir etwas: Sollten die Abenteuergeschichten, die die Bernhardts uns Kindern erzählt hatten, in Wahrheit Anekdoten aus ihrem eigenen Leben gewesen sein?

Wenn auch nur die Hälfte davon stimmt, haben die beiden mehr hinter sich, als du jemals erleben wirst, kommentierte meine innere Stimme trocken. Ich musste ihr seufzend recht geben.

Natürlich wollten meine Gastgeberinnen auch nichts von Dr. Wilkes' Vorschlag hören, unser »Strandgut« doch in ein Krankenhaus zu bringen – oder, noch besser, zur Polizei. Jedenfalls nicht, bevor er aufwachte und erklärte, was er mit seiner Warnung gemeint hatte. Das machte Helen mit resolutem Tonfall klar, Hildy mit einem betörenden Blick aus lila Eulenaugen. Und so hatte Dr. Wilkes zwar zweifelnd den Kopf geschüttelt, aber vorerst Stillschweigen versprochen. Ein bisschen beruhigte ihn meine Versicherung, dass wir beim kleinsten konkreten Verdacht den Behörden Bescheid geben würden. Und dass in einer Woche meine Mutter zu uns stoßen würde, die weiß Gott schon Erfahrungen mit traumatisierten Menschen gemacht hatte. Vielleicht konnte sie uns sogar sagen, welche Sprache der Fremde sprach und aus welchem Land er kam. Dass sie auch erst deutlich später hier in Greycove ankommen könnte, daran wollte ich lieber nicht denken …

Fürs Erste jedenfalls wohnten wir alle unter einem Dach: zwei mehr als rüstige Rentnerinnen, eine überforderte Abiturientin und ein mysteriöser Fremder.

Ein großer, dunkelhaariger und gut aussehender Fremder. Der Klassiker!, flüsterte mir meine innere Stimme spöttisch zu. *Und diese Augen! Beschwer dich bloß nicht.*

Ich verpasste ihr innerlich eine Kopfnuss.

Ach ja: Und dann war da noch ein Riesenhund, der den Nachmittag getrennt von seinem Teilzeit-Frauchen im Garten der Bernhardts verbringen musste, dort die Hälfte ihrer gepflegten Rasenfläche aufgebuddelt hatte und jetzt schnarchend auf dem weiß lackierten Dielenboden vor meinem Bett schlief.

Ich versuchte, Ordnung in mein wirres Gedankenkarussell zu bringen. Und mich zu beruhigen. War es wirklich denkbar, dass jemand den neuen Hausgast der Bernhardts umbringen wollte? Und dazu jeden, der ihm half? Hatte ich uns alle in Todesgefahr gebracht? Nein, das erschien mir selbst im Dunkel der Nacht zu unwirklich.

Moment mal. Hatte da nicht die Treppe geknarrt?

Ich hielt den Atem an. Zehn Sekunden, zwanzig.

Nichts.

Langsam atmete ich wieder aus.

Toll, Ella, man braucht dir keine Angst zu machen, das erledigst du schon ganz alleine, schimpfte es in mir.

Dann klappte irgendwo eine Tür.

Ich schoss aus meinem Bett hoch. Mein Herz klopfte wie wild. War jemand außer uns im Haus? Snowflake, der Wunderhund, hob träge den Kopf und gähnte mich an. Das entspannte mich trotz allem etwas. Zwar hatte ich noch nie Gelegenheit gehabt, es zu überprüfen, war aber überzeugt, dass mich dieses Vieh im Ernstfall verteidigen würde. Ich zog Snowflake am Halsband hoch und zwang ihn, mit mir das Zimmer zu verlassen. Angestrengt lauschte ich, hörte aber keinen Laut bis auf das leise Ticken der Regency-Uhr, die unten auf dem Kaminsims stand. Mein Blick fiel auf die Tür zum anderen Gästezimmer. Sie stand offen. Und ich begriff: Es war niemand gekommen und ins Haus eingedrungen. *Jemand war gegangen.*

Wenige Schritte über den Flur und mein Verdacht war bestätigt: Das Krankenbett war leer. Von Dr. Wilkes' Tropf-Konstruktion baumelte verlassen der Schlauch mit der Infusionsnadel herab. Unser Gast hatte sich aus dem Staub gemacht.

Einen Augenblick später stand ich vor dem Haus der Bernhardts, bekleidet nur mit der wunderbaren Hongkong-Robe und einem Paar pinker Crocs, die ich neben der Tür gefunden hatte. Snowflake kratzte von innen am Holz und winselte flehend.

»Nichts da, du bleibst hier!«, zischte ich ihm zu. »Du gehst mir noch verloren!«

Dann drehte ich mich um und rannte durch den Garten hinaus in die Nacht. Das Mondlicht sorgte für harte, tiefschwarze Schatten. Ich blickte mich suchend um. Von Dr. Wilkes' Patienten keine Spur. Wohin war er gegangen? Zur Straße? Zu den Klippen? Ich wandte mich Richtung Strand und rannte den Trampelpfad entlang, den ich erst am Nachmittag, also vor einer halben Ewigkeit, entlanggekeucht war. Nichts und niemand war zu sehen. Sollte ich rufen? Nein. Wenn er merkte, dass er verfolgt wurde, würde er vielleicht in Panik geraten. Ihn einfach gehen zu lassen, kam mir nicht in den Sinn – schließlich war er in Schwierigkeiten, und ich fühlte mich für ihn verantwortlich.

Ich brauchte einen Aussichtspunkt, von dem ich das Gelände überblicken konnte. Also stolperte ich hügelan, zu den Klippen, die diese Seite der Bucht überragten und von denen man sowohl den Strand als auch die Wiesen rund um das Haus der Bernhards einsehen konnte. Ich erreichte die Kuppe und sah mich um. Auf der Festlandseite konnte ich keine Bewegung entdecken. Mit den Augen suchte ich den Weg ab, der tief unter mir in schmalen Windungen zum Strand führte. Der dunkle Fleck dort – war das ein Mensch? Ich machte einen Schritt in Richtung der Felskante und beugte mich vor.

Ohne Vorwarnung gab der Boden unter meinen Füßen nach. Erde und Gesteinsbrocken stürzten die Steilwand hinab – und ich mit ihnen. Trotz des Schocks warf ich mich instinktiv im Fallen herum und schlug mit dem Oberkörper auf einem Vorsprung auf. Ich bekam eine Wurzel zu fassen und klammerte mich daran. Verzweifelt tastete ich mit den Füßen nach einem stabilen Halt, doch die Masse aus Erde und Geröll rutschte immer wieder unter mir weg. Vom Strand schallte das Geräusch aufschlagender Steine zu mir hinauf.

Vermutlich hatte ich schon aufgeschrien, als ich den Halt verlor, aber jetzt schrie ich erst recht: »Hilfe! Hört mich jemand?«

Doch wer sollte mich hören? Unser Flüchtling? Der war bestimmt längst über alle Berge. Die Bernhardts vielleicht? Oder Snowflake? *Dämlich, dämlich, dämlich!*, hämmerte es in meinem Kopf. Jedes Kind wusste, dass man hier nicht zu nah an die Steilkante treten durfte.

Unverhofft fand mein rechter Fuß Halt – einen Sekundenbruchteil lang, dann brach mein Trittstein aus der Wand und stürzte ebenfalls in die Tiefe. Ich klammerte mich verbissen an die Wurzel. Wenn ich mich etwas hochziehen konnte ... die Kante war nur zwei Handbreit über mir ... Aber selbst das Festhalten wollte mir kaum noch gelingen. Meine Armmuskeln schmerzten bereits vor Anstrengung und meine Füße traten nur noch mehr lose Erde aus der Wand. Schon merkte ich, wie die Wurzel meinen tauben Fingern entglitt – da spürte ich einen festen Griff um mein Handgelenk.

Kapitel 4

»Lass los und greif meinen Arm«, hörte ich eine Stimme dicht über meinem Kopf. »Ich ziehe jetzt. Nicht ... zappeln.«

Einen Moment später lag ich bäuchlings im Gras, meine Füße keinen Meter von der Abbruchkante entfernt. Ich drückte meine Stirn in die kühle Erde und holte tief Luft. Für ein paar Atemzüge zählte nichts außer der wunderbaren Gewissheit, wieder festen Boden unter mir zu spüren.

»Geht es dir gut?« Da war sie wieder, die Stimme mit dem fremden melodischen Akzent.

Langsam hob ich den Kopf, unwillig, meinen Kontakt zum stabilen Untergrund schon wieder aufzugeben. Neben mir im Gras kniete der nicht-englische Patient. Ich setzte mich auf.

»Puh, das war knapp«, begann ich. »Du warst echt –«

Doch der Fremde drehte sich abrupt weg und stand auf.

Wie ist der denn drauf?, dachte ich irritiert.

Da deutete er vage in meine Richtung und sagte: »Deine ... Garderobe ...«

Oh, verdammt. Der Kaiser-von-China-Morgenmantel war total verrutscht und hatte mir ein mehr als großzügiges Dekolleté verschafft. In Windeseile zerrte ich alles zurecht.

»Okay. Kannst wieder gucken«, murmelte ich dann, bestimmt knallrot.

Er wandte sich um, reichte mir galant die Hand und zog mich auf die Füße. Meine Beine fühlten sich noch ziemlich wacklig an, aber sein fester Griff verhinderte, dass ich gleich wieder auf dem Hintern landete. Ich beschloss, unseren Handschlag zu nutzen.

»Hi. Ich ... ich bin Ella. Ella Keane. Ähm ... Vielen, vielen Dank für deine Hilfe.«

Einen langen Moment blickte er mich wortlos an, ein leichtes Lächeln auf den Lippen. Beleuchtet vom Vollmond, wirkte er mit seinen schwarzen Haaren, der hellen Haut und der dunklen Kleidung wie einem altmodischen Schwarz-Weiß-Foto entstiegen. Die ungewöhnliche Farbe seiner Augen war in diesem Licht nicht zu erkennen, doch sein Blick war klar und wach, als er mich eingehend musterte. Dabei ließ er meine Hand nicht los. Seine Finger fühlten sich warm und trocken an, sicher ein Zeichen, dass es ihm besser ging. Er war groß – mich mit meinen 1,76 Metern überragte er etwa um einen halben Kopf, so dass ich zu ihm aufsehen musste.

Und eine verdammt gute Figur, was?, stichelte meine innere Stimme. *Schlank, starke Schultern, durchtrainiert. Könnte schon als Surfer durchgehen.*

Ich ignorierte sie und konzentrierte mich lieber auf etwas anderes: Er trug wieder die Kleidung, in der ich ihn gefunden hatte. Sie war noch feucht, lag daher eng an seinem Körper an und sah wirklich sehr kostbar aus. Sein Hemd – wohl eher so etwas wie eine Tunika – reichte ihm bis zu den Knien, die weiten Ärmel bis zum Ellenbogen. Kragen und Saum waren mit feinen Stickereien verziert, die im Mondlicht schimmerten. Eine handbreite, geflochtene Stoffbahn diente als Gürtel. Darunter trug er ein weites, hosenartiges Kleidungsstück von hellerer Farbe. Da ich das Hemd am Strand so rücksichtlos aufgerissen hatte, klaffte es ziemlich weit auf. Verstohlen wanderte mein Blick über die glatte Haut seines Brustkorbs. Von einem Leuchten war jedoch absolut nichts zu sehen.

Langsam, als würde er sich die Worte sorgfältig zurechtlegen, sagte er: »Ich erkenne dich. Ich habe dich gesehen, in diesem Zimmer. Und ... im Wasser.«

Aha. Er war anfangs also noch bei Bewusstsein gewesen. Ich nickte. »Ich war zufällig am Strand und habe dich da draußen entdeckt. Dann habe ich versucht, dir zu helfen. Schätze, jetzt sind wir quitt, was?« Mein Tonfall war bewusst locker – ich fand, wir hatten für diesen Tag genug Drama gehabt.

Aber das Lächeln war aus seinem Gesicht verschwunden. »Quitt ... kein Gedanke. Du hast dich für mich in tödliche Gefahr gebracht.« Seine Stimme klang rau. Im nächsten Augenblick kniete er vor mir auf dem Boden, ein Bein angewinkelt, den Kopf gebeugt. Meine Hand lag immer noch in seiner – und einen Moment lang dachte ich schon, er wollte sie küssen. Doch stattdessen führte er sie an seine Stirn und sagte: »Ella Keane, du hast mir das Leben gerettet und dabei das deinige riskiert. Diese Schuld kann nicht beglichen werden. Aber ich schwöre bei allen Göttern, beim Wind, bei der Erde und der See, ich werde es versuchen.«

Ach du Schande. Was sollte ich jetzt bloß sagen? Erwartete er etwa eine ähnlich formale Erklärung? Mir fiel nichts ein außer: »Äh ... Ist schon okay.« Er kniete weiter vor mir wie ein Mann, der den Ritterschlag erwartet. Oder die Antwort auf einen Heiratsantrag. Mit beidem hatte ich nicht die geringste Erfahrung. Schließlich murmelte ich: »Stehst du jetzt bitte mal wieder auf?«

Einen Moment später war er wieder auf Augenhöhe mit mir. Meine Hand bekam ich auch zurück, genau wie sein Lächeln.

Das ermutigte mich. »Verrätst du mir deinen Namen?«

Darüber schien er ernsthaft nachzudenken. Dann sagte er zögernd: »Ich heiße Aris.«

»Aris«, wiederholte ich. Den Vornamen hatte ich noch nie gehört. »Und … weiter?«

Stille.

»Woher kommst du?«

Er schüttelte den Kopf. »Das kann ich dir nicht sagen.«

Okay. Ich atmete kurz durch. »Hör zu«, versuchte ich es auf die vernünftige Art. »Ich bin sicher, du hast ganz schön was mitgemacht, um hierherzukommen. Und du weißt nicht, wem du vertrauen kannst. Das verstehe ich. Ehrlich gesagt, hab ich keine Ahnung, wie wir die Sache am besten angehen, aber ich kenne Leute, die dir helfen können. Wenn du hierbleiben willst, musst du allerdings auch ein paar Regeln befolgen.«

»Hierbleiben?« Aris sah mich an, als hätte ich ihm vorgeschlagen, sich einen dritten Arm wachsen zu lassen. »Ich will doch nicht hierbleiben! Ich *darf* es nicht. Ich muss unbedingt zurück nach … ich meine, zu meinen Leuten. So schnell wie möglich.«

»Aber …« Jetzt wusste ich echt nicht weiter. »Ich dachte, du bist ein Flüchtling!«

»Geflohen bin ich«, nickte er düster. Unwillkürlich rieb er sich die Handgelenke, als spürte er dort immer noch Fesseln. Bei der Bewegung klaffte der zerrissene Ausschnitt seines Hemdes auf, sodass das Mondlicht auf seine Haut fiel. Unter dem rechten Schlüsselbein erblickte ich zum ersten Mal bewusst einen der sternförmigen Abdrücke, die Dr. Wilkes sich nicht erklären konnte.

»Davor?«, fragte ich leise und wies darauf.

Hastig wandte er sich ab und richtete den Stoff. Sein Körper war plötzlich angespannt wie ein Wildtier in der Falle. Ich war zu weit gegangen. Wie einen Vorwurf spürte ich dumpf meinen Herzschlag. Was sollte ich tun, wenn er nun davonrannte?

Aris schien einen kurzen Kampf mit sich auszutragen. Schließlich trat er zu mir und legte mir sachte die Hände auf die Schultern. »Ella Keane ...«

Die ungewohnte, vertrauliche Geste verpasste mir ein eigenartiges Ziehen in der Brust. Ich murmelte: »Nur Ella. Keane ist mein Nachname. Der ... der Name meiner Familie.«

»Ella.« Er sah mir direkt in die Augen. Sein schön geschnittenes Gesicht war ernst und konzentriert, doch ich konnte auch Anspannung und Erschöpfung darin erkennen. »Ich will dich nicht anlügen. Aber alles erklären kann ich dir auch nicht. Es ... es ist nicht nur mein Geheimnis, verstehst du?«

Leider verstand ich überhaupt nichts.

Die letzten Stunden waren eindeutig noch nicht richtig bei mir angekommen. Standen da wirklich mitten in der Nacht auf den Klippen hoch über dem Meer die kleine Ella Keane und ein geheimnisvoller Fremder namens Aris, die in den letzten Stunden beide fast umgekommen waren? Oder war ich in Wirklichkeit im Flieger eingeschlafen und würde gleich mit steifem Nacken aufwachen? Ich hätte mich gern gekniffen, aber die blauen Flecken von meinem Sturz schmerzten schon genug. Der Nachtwind verschaffte mir eine Gänsehaut, dafür spürte ich die Wärme von Aris' Händen durch den dünnen Stoff an meinen Schultern umso deutlicher. Nein ... das hier war ohne Zweifel real. Ich rang mir also ein Nicken ab.

»Gut.« Er schien erleichtert. »Dann erzähle ich dir, was ich kann.«

Ich lächelte schwach. »Können wir uns dafür vielleicht wieder hinsetzen? Ich glaub, ich kipp gleich um.«

Er lächelte zurück. »Gute Idee. Ich auch.«

Kalt und still lag die Bucht unter uns, nur das sanfte Rauschen der Wellen klang zu uns herauf. Der Mond war ein Stück weiter über den klaren Himmel gezogen.

Aris saß dicht neben mir. Ich spürte die Feuchtigkeit, die von seiner Kleidung ausging und die für ihn alles andere als angenehm sein musste. Ich fror ja selber in meinem blau-goldenen Seidenfähnchen. Aber keiner von uns machte Anstalten, zum Haus der Bernhardts zurückzukehren und sich aufzuwärmen.

Nach einer Weile begann er zu sprechen. Sein Englisch war trotz des Akzents nahezu fließend, doch manchmal suchte er erkennbar nach dem richtigen Wort. »Ich habe dir gesagt, dass ich geflüchtet bin. Aber nicht, wieso. Du musst wissen ... Meine Familie ist sehr einflussreich in meiner Heimat. Mein Vater ist der ... ist ein Herrscher. Er hat große Ziele. Und viele Feinde. Das haben wir in den letzten Jahren zu spüren bekommen.« Er starrte hinaus auf das Meer. »Aber ganz ehrlich: Ich dachte lange nicht, dass mich das wirklich kümmern muss.« Jetzt blickte er mit einem schiefen Grinsen im Gesicht zu mir. »Ich bin nur der dritte Sohn, verstehst du? Und, hm ... so etwas wie das schwarze Schaf der Familie.«

Echt jetzt? Ich überschlug kurz den Eindruck, den ich bisher von Aris gewonnen hatte. Wenn *er* das schwarze Schaf war – wie außergewöhnlich musste der Rest der Familie dann sein?

Er fuhr fort, nun wieder ganz nüchtern: »Letztes Jahr ist mein ältester Bruder gestorben. Ermordet, glauben wir. Eine politische Intrige, um meinen Vater und seine Nachfolge zu schwächen. Vor einigen Wochen hat es dann meinen zweiten Bruder getroffen. Er – er hatte einen schweren Unfall. Wenn es ein Unfall war. Noch schwebt er zwischen Leben und Tod. Wir beten, dass er sich erholt ...« Unwillkürlich berührte er mit der Linken den Goldring an seinem Finger.

»Das tut mir so leid«, sagte ich mitfühlend.

Aris nickte und schluckte. »Das Gleichgewicht verschiebt sich. Jeder konnte es spüren. Nur ich nicht. Ich wollte es wohl nicht wahrhaben. Und dann ... hat es mich erwischt. *Sie* haben mich erwischt.«

»Wen meinst du?«, fragte ich flüsternd.

»Aufständische. Verschwörer. Sie handeln aus dem Schatten heraus. Sie hatten den Befehl, mich lebend zu fangen. Zuerst dachte ich, sie wollten so meinen Vater erpressen. Aber es ging um etwas anderes.«

Seine Stimme stockte. Ich hielt den Atem an und war mir auf einmal gar nicht mehr sicher, ob ich den Rest wirklich hören wollte.

Doch Aris sprach weiter. Er klang abwesend, als müsste er sich mühsam an etwas erinnern, das vor langer Zeit geschehen war. »Ich bin mir sicher, dass sie mich töten wollten. Nur sollte ich ihnen vorher noch etwas verraten. Ein Geheimnis, das meine Familie hütet.« Er fuhr sich mit der Hand über den Nacken, wo Dr. Wilkes ebenfalls die seltsamen Male entdeckt hatte.

Was haben sie mit dir gemacht?, dachte ich erschrocken. Vorsichtig fragte ich: »Und ... hast du es ihnen gesagt?«

»Ich weiß nicht.« Er senkte den Blick. »Aber ich ... ich kann es mir nicht anders vorstellen.« Er sah mich wieder an, und ich konnte in seinem Gesicht lesen, wie schwer es ihm fiel, über all das zu reden.

»Du bist ihnen entkommen«, stellte ich fest und bemühte mich, meiner Stimme einen aufmunternden Klang zu geben. Irgendwie musste ich ihn doch aus seinen schwarzen Gedanken herausholen! »Wie hast du das geschafft?«

Er rieb sich mit der Hand über die Augen. »Unter denen, die mich gefangen hielten, war einer, den ich kannte. Er ... hatte Mitleid. Oder ein Gewissen. Er hat die anderen hintergangen, hat mich befreit und aus ihrem Unterschlupf herausgeschmuggelt. Was ihn das gekostet hat, weiß ich nicht. Mir blieb keine Wahl, keine Zeit zum Nachdenken. Er hatte ein Skriff für mich gestohlen. Damit bin ich entkommen.«

»Ein ... was?«, fragte ich. »Meinst du das Brett, auf dem ich dich an Land gezogen habe?«

Er nickte. »Eine Notfallausrüstung zum kurzfristigen Überleben auf dem offenen Meer. Es hat einen kleinen Antrieb und auch einen Signalsender. Den einzuschalten habe ich allerdings nicht gewagt. Meine einzige Chance war das Festland. Ich habe gebetet, dass sie mich nicht finden, bevor ich es erreiche. Oder dass ich stattdessen auf meine Leute stoße. Schließlich war der Antrieb jedoch erschöpft. Der Sturm trieb mich zur Küste. Und da ... hast du mich gefunden.«

Ich lächelte ihm zu, aber Aris reagierte nicht, sondern schien wieder ganz in Gedanken versunken.

»Ich muss zurück, unbedingt. Meine Eltern müssen wissen, dass ich noch lebe. Dass ... dass ich uns wahrscheinlich alle in Gefahr gebracht habe. Vielleicht können wir die Verschwörer dann noch aufhalten.«

»Und du denkst, die sind immer noch hinter dir her«, bemerkte ich.

Er warf mir einen fragenden Blick zu.

Ich räusperte mich. »Als du das erste Mal aufgewacht bist, da hast du gesagt ...« Ich schluckte kurz. »Du hast gesagt, wenn jemand von deiner Anwesenheit hier erfährt, wirst du getötet. Und ... ich auch. Also, ich nehme an, jeder, der dir hilft, nicht speziell *ich*.«

»Daran erinnere ich mich nicht«, murmelte er. »Ich ... ich war wohl nicht ganz bei mir. Aber ja, sie suchen mich bestimmt.«

»Und ... wenn sie dich finden?«

»Ich bin eine Gefahr für dich und deine Leute«, sagte er ernst. »Das war einer der Gründe, warum ich gegangen bin.«

»Aber was hattest du denn vor? Wohin wolltest du, mitten in der Nacht? Wo *ist* deine Heimat?« Ich musste einfach fragen. »Versteh doch ... ich will dich nicht aushorchen, ich will dir helfen!«

»Ich brauche das Skriff«, erwiderte er. »Das ist meine einzige Chance. Mit ein bisschen Ruhe und Werkzeug kann ich die Einstellungen des Peilsenders verändern. Dann sendet er ein gezieltes Signal, das hoffentlich nur meine Leute erreicht und nicht von den Verschwörern abgefangen wird.«

»Deshalb bist du zurück zum Strand«, schloss ich. »Aber da wirst du es nicht mehr finden.« Unglücklich zog ich die Schultern hoch. »Ich dachte, es ist bloß ein Surfbrett, und hab's in der Brandung liegen gelassen. Doch inzwischen war Flut ...«

Aris antwortete erst nicht. Dann sagte er leise: »Es ist nicht mehr am Strand. Ich habe schon gesucht. Bei diesem Licht könnte man es gar nicht übersehen. Meine letzte Hoffnung war, dass du es vielleicht versteckt hast.«

Ich schüttelte stumm den Kopf.

Er blickte zur Seite, atmete langsam aus und murmelte schließlich: »Dann ... weiß ich nicht weiter.« Er sank in sich zusammen, als ob man die Fäden einer Marionette abgeschnitten hätte.

»Aber ich!« Erklären konnte ich es nicht, aber es traf mich bis ins Mark, diesen jungen Fremden, den ich erst seit ein paar Stunden kannte, so ... so besiegt zu sehen. Ja, seine Geschichte klang unglaublich, und ich hatte keinerlei Beweise dafür, dass sie der Wahrheit entsprach. Trotzdem vertraute ich ihm. Und ich konnte nicht zulassen, dass er aufgab. Entschlossen wandte ich mich zu ihm und fasste ihn an den Oberarmen. »Pass auf. Ich habe Freunde hier. Gute Freunde, auf die Verlass ist. Die kennen die Gegend wie ihre Westentasche, wissen alles über die Gezeiten und Strömungen. Strandgut treibt hier oft von Bucht zu Bucht. Ich bin sicher, wir haben noch eine Chance, dein … Dings zu finden.«

Er hob den Kopf. In seinen Augen leuchtete ein Funken Hoffnung auf.

Schnell fuhr ich fort: »Wenn dich diese Kerle bisher nicht aufgespürt haben, wissen sie wahrscheinlich nicht, wo genau du dich befindest – nicht mal, dass du an Land gegangen bist. Das verschafft uns Zeit, richtig?«

Er nickte langsam, fast widerwillig. »Trotzdem, das Risiko für dich …«

Ich unterbrach ihn: »Lass mich meinen Freunden deine Geschichte erzählen und sie um Hilfe bitten. Sie werden dich nicht verraten, ganz sicher. Vertraust du mir?«

Aris senkte den Kopf und wurde still. Er focht einen weiteren inneren Kampf aus, das merkte ich deutlich. Dann blickte er wieder auf und sah mir genau in die Augen.

Kapitel 5

»Und was hat er geantwortet? Jetzt komm schon, Ella!«

Der nächste Tag war da. Ich saß bei strahlendem Sonnenschein vor dem Imbiss auf der Hafenmauer von Greycove. Lisa neben mir zappelte ungeduldig. Sie war nicht nur meine Cornwall-Ferienfreundin seit Kindertagen, sondern einfach meine beste Freundin überhaupt, auch wenn wir uns meist nur in den Sommerferien sahen.

Sie war ein Jahr jünger als ich, hatte die kurvige Figur und die langen, blonden Locken, die ich mir heimlich wünschte, und ein ausgesprochen schwärmerisches Temperament. Ihr kleines Zimmer war vollgestopft mit Liebesromanen und Disney-Merchandise. Zwar wusste sie noch nicht genau, welcher Beruf einmal der richtige für sie sein würde – aber *ein* Ziel hatte sie auf jeden Fall schon jetzt: die Welt erobern und dabei ihren Traumprinzen finden. Eine Menge Leute aus ihrem Umfeld hielten sie deshalb für naiv und überspannt, aber ich beneidete sie dafür, dass sie wenigstens solche festen Vorsätze hatte. Schließlich wusste ich selbst noch so gar nicht, was ich mit mir anfangen sollte, und dabei musste ich mich schon in einem Jahr für irgendetwas entscheiden. Medizinstudium, wie meine Mutter? Lehramt? Irgendwas mit Medien? Na ja, im Zweifel schob ich halt ein Gap-Year ein, das planten einige aus meiner Klasse.

Wer Lisa ebenfalls für zu überschäumend hielt, war ihr großer Bruder. Kenneth Rowe war sechs Jahre älter als sie, bärtig und riesengroß, doch dank seiner dunkelblonden Haare und braunen Augen war die Familienähnlichkeit unverkennbar. Charakterlich war er ihr genaues Gegenteil: Er stand mit beiden Beinen fest auf dem Boden – oder auf dem Deck seines Fischkutters – und war geradezu die Definition von Verlässlichkeit. Ausufernde Fantasie gehörte für ihn zwischen zwei Buchdeckel, nicht in den Alltag oder in Zunkunftspläne. Diese Einstellung hatte ihm das Leben schmerzhaft eingehämmert: Denn die Rowe-Geschwister hatten schon als Kinder ihre Eltern verloren und waren mehr schlecht als recht bei ihrem Onkel untergekommen. Kenneth hatte ihm früh beim Fischen helfen müssen. Als der Onkel starb – weil er, wie so oft sturzbesoffen, in das Hafenbecken von Greycove gefallen war –, übernahm es Kenneth, für sich und Lisa zu sorgen. Wenn er auch manchmal etwas brummig und verschlossen wirkte – für Lisa hätte er sich zerreißen lassen. Und für mich, seine kleine »Teilzeit-Schwester«, vermutlich auch.

»Ella Mortadella!« Lisa tippte mir ungeduldig mit dem Plastiklöffel ihres Frozen-Yoghurt-Bechers gegen die Nase. Sie war restlos begeistert von meinem Abenteuer und wollte jetzt natürlich alles wissen. Ich gebe zu, es tat gut, die Geschichte mit meiner besten Freundin zu teilen. Vor allem aber brauchte ich die Unterstützung ihres Bruders, der vor Greycove jeden Felsen und jede Strömung kannte und mir sicher helfen würde.

Ich wehrte Lisas Attacke mit meinem eigenen Löffel ab. »Ist ja gut! Er hat gar nichts weiter gesagt. Nur genickt. Aber wir sind dann zusammen zurück ins Cottage der Bernhardts und heute Morgen war er noch da, also …« *Also vertraut er mir hoffentlich wirklich,* führte ich den Satz in Gedanken zu Ende.

Lisa vibrierte geradezu vor Aufregung. »Wahnsinn! Ein Fremder mit einem dunklen Geheimnis … Und du hast ihn gerettet. Wie romantisch!«

»Irre romantisch«, erwiderte ich trocken. »Vor allem der Teil, als er mir einen Eimer Meerwasser ins Gesicht gespuckt hat.«

Doch sie ließ sich nicht beirren. »Und jetzt helfen wir ihm, wieder nach Hause zu kommen … Warte nur, bis Kenny das erfährt!«

»Vielleicht müssen wir ihm nicht alles erzählen, oder?«, bat ich. »Du kennst ihn doch.«

»Du hast recht.« Sie nickte heftig, wobei ihr goldblonder Pferdeschwanz auf und ab hüpfte. »Er würde sicher kein Wort glauben.«

Aber du schon, Lisa, dachte ich amüsiert. *Und was bin ich gerade dankbar für deine Vorstellungskraft!*

»Wir fragen ihn einfach nur, wohin Strandgut von den *King's Steps* am ehesten treibt«, sagte sie, checkte auf ihrem Handy die Uhrzeit und schaute hinaus auf das glitzernde Meer. »Er müsste bald wieder reinkommen von seiner Angeltour.«

Doch zunächst kam jemand ganz anderes in Greycove an.

Als Erstes hörten wir das Wummern eines starken Automotors. Ein dunkelgrüner Jaguar drängte sich um die enge Kurve, die zum Hafenbecken von Greycove führte. Der Motor heulte noch einmal auf, dann schoss der Wagen an uns vorbei und stoppte kurz vor dem Übergang zum Pier.

Der Fahrer stieg aus. Es war ein junger Typ mit kastanienbraunem, perfekt geschnittenem Haar, eine Sonnenbrille in seinem aristokratischen Gesicht. Seine Klamotten sahen ziemlich teuer aus – Hemd und Sakko, so die Upperclass-Nummer. Besitzergreifend musterte er die Umgebung: die malerischen, aber leicht heruntergekommenen Fassaden der schmalen grauen Häuser, das Hafenbecken mit seinen wenigen Booten, den schäbigen Imbiss … und uns.

Neben mir war Lisa zur Salzsäule erstarrt. Nun stieß sie ein kleines Quietschen aus. »Das ist Tristan!«

Ich guckte etwas genauer hin. »Könnte sein … Den hab ich ja seit Jahren nicht mehr gesehen. Studiert bestimmt noch in Oxford, oder?«

Lisa nickte, hatte mir aber definitiv nicht zugehört. Sie starrte weiter zur gegenüberliegenden Seite des Hafenbeckens, wo sich der Neuankömmling nach einer offensichtlich langen Fahrt gerade ausgiebig reckte – was bei seiner sportlichen Figur echt sehenswert war. Mittlerweile waren noch drei weitere, ähnlich angezogene Typen aus dem Wagen gestiegen und taten es ihm gleich.

Ich blickte Lisa an und überlegte, ob ich jetzt ihr mit meinem Löffel gegen die Nase klopfen sollte. *Na, na,* flüsterte meine innere Stimme. *Die Ankunft des Kronprinzen von Greycove ist es schon wert, einen Moment auf Pause zu drücken, oder?*

Tristan Prideaux war der einzige Sohn und Erbe von Oliver Prideaux und entstammte damit einer der ältesten Familien Cornwalls. Dem Senior gehörten fast das gesamte Dorf und weite Teile des umliegenden Landes. Das war ihm aber nicht genug gewesen, denn er hatte sich schon in früher Jugend darangemacht, die Hochfinanzwelt zu erobern – mit Erfolg. Den Stammsitz seiner Familie, ein ziemlich beeindruckendes Herrenhaus zwei Meilen außerhalb von Greycove, nutzte er nur noch für Stippvisiten. Tristan, der Goldjunge, sollte natürlich in die Fußstapfen seines Vaters treten und eines Tages dessen Finanzimperium übernehmen. Die Vorbereitungen liefen, wie man so hörte – Wirtschaftsstudium in Oxford, Praktika bei amerikanischen Top-Unternehmen, Bullingdon Club …

Lisa und ich kannten Tristan von früher. Er war ein paar Jahre älter als wir und ebenso wie ich vor allem als Sommergast in Greycove aufgetaucht. Das hätte uns vielleicht zu Freunden machen können, aber Tristan ließ sich nicht oft im Dorf oder an den Stränden sehen. Wenn doch, beachtete er uns nicht. Und wir waren natürlich zu schüchtern, den älteren Jungen anzusprechen. Stattdessen himmelten wir ihn von Weitem an und malten uns die schönsten Aschenputtel-Szenarios aus. Seit er auf die Uni ging, hatte Tristan sich praktisch gar nicht mehr in Cornwall blicken lassen. Doch jetzt war er mal wieder im Lande. Greycove hatte sich wohl überlegt, mir diesen Sommer so richtig was zu bieten.

»Er kommt hierher«, hauchte Lisa und stieß mir ihren Ellenbogen in die Seite.

Tatsache: Seine Freunde im Schlepptau, schlenderte Tristan am Hafenbecken entlang in unsere Richtung. Wir bemühten uns um Coolness und versuchten, unbeeindruckt unser Eis weiterzulöffeln, das mittlerweile eher zu Unfrozen Yoghurt geworden war.

Ein paar Schritte vor uns blieb der Prideaux-Erbe stehen und nahm lässig seine Sonnenbrille ab. Dahinter kamen die eisblauen Augen zum Vorschein, die uns damals ganz schön viele schlaflose Nächte gekostet hatten. »Ladys«, grüßte er uns.

»Hi«, antwortete ich, hoffentlich ebenso lässig. Lisa saß stumm neben mir, wie das Kaninchen vor der Schlange.

Tristans Blick fiel auf die Becher in unseren Händen. Mit gespielter Missbilligung fragte er: »Eis? Am Vormittag? Ich dachte, ihr Mädels achtet immer so auf eure Linie!«

»Das ist Frozen Yoghurt«, informierte ich ihn hoheitsvoll. »Fettfrei und zuckerreduziert.« Ich grinste zu ihm hoch. »Genuss ohne Reue, Tristan.«

Er runzelte einen Moment die Stirn, dann erinnerte er sich. »Warte mal ... Ella, richtig? Die aus Deutschland?«

Ich nickte.

Ziemlich unverhohlen musterte er mich von Kopf bis Fuß. »Hast dich verändert.«

Du wohl auch, dachte ich belustigt. *Vor ein paar Jahren hast du uns nicht mal gegrüßt!*

Sein Blick schweifte zu meiner Freundin und er hob anerkennend die Augenbrauen. »Du bist die Schwester von diesem Rowe, oder?«

»Lisa«, antwortete sie, ihre Stimme gut eine Oktave höher als sonst.

Er schenkte uns ein 100-Watt-Lächeln, drehte sich dann zu seinen Kumpels um. »Und ich warne euch noch, dass ihr in Greycove nur alte Fischweiber findet. Stattdessen bekommen wir ein erstklassiges Empfangskomitee!«

Die anderen lachten beifällig.

»Aber wo sind meine Manieren? Leute, das sind Ella und Lisa. Wir kennen uns von früher.« Er zwinkerte seinen Freunden zu, als ob er mehr als eine simple Bekanntschaft mit uns andeuten wollte. »Ladys: Der Rotschopf heißt Ralph, das blonde lange Elend ist Charles und das dünne Hemd mit den schwarzen Haaren ist Jacob. Wie ich alles Mitglieder im Oxford Fencing Club.«

»Die was zu feiern haben!«, ergänzte Ralph mit dröhnender Stimme und schlug Tristan kräftig auf die Schulter. »Der Kerl hier hat uns gerade den Sieg gegen die Poser von Cambridge erkämpft!«

»Ach, ihr fechtet?«, erkundigte ich mich interessiert.

Tristan nickte. »Lief ziemlich gut die letzten Jahre. Ich komme demnächst in die Auswahl für unsere Olympiamannschaft.«

»Wie cool!«, hauchte Lisa.

Ich war ebenfalls beeindruckt. »Na dann, herzlichen Glückwunsch!«

»Die Jungs hier sind aber auch nicht schlecht«, meinte Tristan gönnerhaft. »Ralph und Charles sind Spezialisten fürs Florett – das sind die Degen mit der ganz dünnen Klinge –, aber ich kämpfe mit dem Säbel. Familientradition. Tja, und Jacob …« Er grinste zu dem schwarzhaarigen Schlacks hinüber. »Jacob ist richtig gut im Taschentragen.« Seine Kumpel lachten, auch wenn Jacob das vermutlich nicht ganz so witzig fand.

Tristan schien einen Moment über etwas nachzudenken. Dann sagte er beiläufig: »Wie gesagt, wir haben was zu feiern. Deshalb schmeiße ich morgen Abend 'ne große Party auf unserem Anwesen. Wart ihr da eigentlich schon mal?«

Oft sogar, antwortete ich im Stillen, *aber nur, weil wir uns hingeschlichen haben. Nicht auf deine Einladung hin.*

Er wartete ohnehin keine Antwort ab, sondern fuhr nonchalant fort: »Fast der ganze Club wird da sein, na, und ein bisschen einheimische Füllmasse. Kommt doch auch!«

»Als Füllmasse?«, fragte ich ironisch.

»So war das nicht gemeint. Ich würde mich wirklich freuen.«

Ich blickte in seine eisblauen Augen und dachte an eine ganz andere Farbe. War das etwa der Grund, warum mich das Gespräch mit Tristan nicht so umwarf wie meine Freundin?

Blödsinn, entschied ich. Meine Schwärmerei für ihn war mit den Jahren einfach abgekühlt und meine erste echte Beziehung – oder vielmehr ihr Ende – hatte mich in puncto Traumprinzen etwas ernüchtert.

Lisa dagegen war kurz vor dem Schmelzpunkt und nicht wirklich sprechbereit. Also antwortete ich für uns beide: »Mal gucken, was unser Terminkalender sagt.«

Tristan nahm das als Ja. »Könnt auch noch wen mitbringen«,

ergänzte er großzügig und zwinkerte uns zu. »Aber nur was Gutaussehendes, okay?«

Wow, charmant! Ich schnaubte spöttisch. Doch bevor ich den Spruch passend kommentieren konnte, wurde ich abgelenkt. An der gegenüberliegenden Seite des Hafens war etwas passiert, auf das keiner von uns geachtet hatte: Kenneths Kutter, die »Minnie«, war gerade eingelaufen und machte fest – im Schlepptau eine kleine weiße Segeljacht. Mehrere Leute standen am Kai und wirkten sehr aufgeregt. In diesem Moment bog ein Streifenwagen um die Ecke und fuhr langsam über das holprige Pflaster zu ihnen hinunter.

»Wahnsinn! Er macht 'ne Party! Und wir sind eingeladen!« Lisa war immer noch auf Planet Tristan, auch wenn der und seine Satelliten unsere Umlaufbahn bereits in Richtung Prideaux Hall verlassen hatten. Aber dann kam ihr ein Gedanke und das Strahlen wich einer verzweifelten Miene. »Mann, Kenny lässt mich da bestimmt nicht hin! Der ist grad voll sauer auf die Prideaux' wegen der letzten Mieterhöhung. Und außerdem darf ich eh nie was Cooles allein machen …«

»Na und?«, murmelte ich abwesend. »Geh doch trotzdem, bist schließlich nicht mehr zwölf.«

»Du kommst aber mit, ja?«

»Mal sehen …« Gerade war ich mehr daran interessiert, was die Polizei in Greycove wollte. Das konnte doch nichts mit Aris zu tun haben, oder? »Lass uns mal rübergehen, okay?«

Wir schlenderten den Kai entlang in Richtung der beiden frisch eingetroffenen Boote. Mittlerweile hatte sich dort halb Greycove versammelt, und alles beobachtete neugierig, wie die

Beamten an Bord der Segeljacht herumstöberten. Inmitten der Menschenmenge entdeckte ich Mr. Coad, den Hafenmeister, der sich wild gestikulierend wichtigmachte.

Auf halbem Wege kam uns Kenneth entgegen, Bart und Haare vom Wind zerzaust. Wie fast immer trug er Jeans und einen grauen, ausgeleierten Wollpullover. Als er Lisa und mich sah, leuchteten seine Augen auf. Im nächsten Moment steckte ich in einer bärigen Umarmung fest.

»Ella! Ich wusste gar nicht, dass du schon angekommen bist!«

»Ich hab dir vier Nachrichten geschickt«, moserte Lisa. »Wenn du mal auf dein Handy gucken würdest …«

»Ich kann die Dinger nicht ab, das weißt du genau«, knurrte Kenneth in ihre Richtung. »Diese winzigen Bedienfelder! Du mit deinen Babyhänden kommst damit vielleicht klar …«

Ich grinste und dachte: *Schön, dass sich manche Dinge nie ändern.*

Wie immer in Kenneths Nähe stieg ein warmes Gefühl der Vertrautheit in mir auf. Er war mehr großer Bruder als Kumpel für mich, doch im Gegensatz zu Lisa bekam ich seine brummige Seite so gut wie nie zu spüren. Na gut, ich sah ihn ja auch viel seltener – und mit echten Geschwistern kabbelt man sich eben mehr, wie die beiden gerade wieder bewiesen.

»Weißt du, es gibt da jetzt diese Senioren-Handys«, flötete Lisa, »mit extragroßen Tasten und gaaanz einfach zu bedienen. Vielleicht wär das was für dich?«

»Ich brauch eher eins mit automatischer Abschaltung – für dein Mundwerk!«, kam prompt die Antwort. »Und für deinen anderen Online-Quatsch gleich mit. Wir knapsen jeden Monat mit der Kohle, aber Prinzessin Lisa muss timbern …«

»Das heißt Tinder! Und das war kostenlos! Hab die App außerdem längst gelöscht, ich wollt ja nur mal gucken …«

»Eine wird gelöscht, zehn neue kommen dazu, alle gleich dämlich und überflüssig.« Er schaute grimmig, was bei seiner Statur und dem bärtigen Gesicht ganz schön bedrohlich wirkte, Lisa aber überhaupt nicht beeindruckte.

Dann jedoch fragte ich nach dem anderen Boot. Kenneth wurde schlagartig ernst.

»Ich war mit diesen Ami-Touristen draußen, kleine Angeltour«, berichtete er. »Die Jacht da haben wir ein paar Meilen nordwestlich von hier entdeckt. Trieb einfach vor sich hin, nur die Fock gesetzt, kein Mensch an Bord.« Er kratzte sich nachdenklich am Kopf. »Das hab ich auch alles schon den Bullen gesagt. Die schieben's auf den Sturm. Aber ich könnte schwören, ich hab das Boot gestern gesehen, und zwar bemannt. Nachmittags. Da hatten wir draußen nur noch wenig Wellengang, das sollte nicht mal Sonntagsskipper in Schwierigkeiten bringen. Na, das kriegen die schon raus.«

»Gibt's Spuren an Bord?«, fragte ich beiläufig. Irgendwie bereitete mir die Geschichte ein mulmiges Gefühl.

»Ella Mortadella, CSI Greycove.« Kenneth grinste breit. »Was meinst du denn für Spuren? Einschusslöcher, Blutspritzer oder vielleicht ein mobiles Meth-Labor? Tut mir leid. Da waren nur zwei umgekippte Kaffeebecher. Schöne Sauerei.« Er warf Lisa einen scharfen Blick zu. »Das kommt davon, wenn man an Bord nicht immer anständig klariert. Kennst du ja auch.«

Sie streckte ihm die Zunge heraus.

Also sind mindestens zwei Personen an Bord gewesen, überlegte ich. Das mulmige Gefühl in meinem Magen hatte sich fest eingenistet, aber ich wusste nicht, was es mir sagen wollte. Konnte das verlassene Boot etwas mit Aris zu tun haben? Hatte man ihn dort festgehalten? Aber warum war dann jetzt niemand mehr an Bord? Ich schüttelte den Gedanken ab. Konkrete Anhaltspunkte gab es nicht und wilde Spekulationen halfen mir nicht weiter.

Stattdessen erinnerte ich mich an mein ursprüngliches Vorhaben und fragte Kenneth nach den Strömungen vor Greycove – vorgeblich, weil die Sturmflut Stewarts Schuppen erwischt hatte und ein paar der Bretter davongetrieben waren. Natürlich konnte er mir ein paar gute Tipps geben und versprach auch, sich bei seinen Kumpels umzuhören. Vielleicht hatte ja jemand ein Surfbrett aus dem Wasser gefischt.

Ich bedankte mich herzlich, doch Kenneth winkte ab – kein Thema, er müsse ja eh noch im Hafen bleiben, solange die Polizei auf den Booten herumschnüffelte.

Lisa und ich verabschiedeten uns mit unschuldiger Miene. Schließlich hatten wir noch eine Aufgabe: Wir mussten etwas klauen.

Kapitel 6

Eine Stunde später stapfte ich den Weg zum Haus der Bernhardts entlang. Auf dem Rücken hatte ich Lisas kleinen *Die Schöne und das Biest*-Rucksack, vollgestopft mit alten Klamotten von Kenneth, die wir aus seinem Schrank stibitzt hatten. Sie stammten noch aus seiner Schulzeit und würden Aris hoffentlich einigermaßen passen – denn der war zwar groß, aber kein menschlicher Grizzly wie Lisas Bruder. Die Suche nach passenden Schuhen hatte sich allerdings als hoffnungslos herausgestellt. Da musste mein rätselhafter Fremder wohl oder übel weiterhin die geschnürten Ledersandalen benutzen, in denen ich ihn gefunden hatte.

Auf dem Weg zum Cottage der Schwestern war mir das verlassene Boot nicht aus dem Kopf gegangen. Umso mehr, weil Kenneth erwähnt hatte, dass seit dem Sturm vorgestern noch vier weitere Boote ohne Besatzung vor der Küste aufgefunden worden waren. Keins hatte ein SOS abgesetzt; keins war beschädigt gewesen; nur eins war gekentert und wies somit eine erkennbare Notsituation auf.

In meinem Kopf kreisten pausenlos zwei Sätze umeinander: *»Sie suchen mich bestimmt …«*, gefolgt von: *»Ich bin eine Gefahr für dich und deine Leute.«*

Genau so hat er das gesagt, Fräulein Sonnenschein. Natürlich ließ mich meine innere Stimme nicht in Ruhe. *Und du hast es nicht ernst genommen, oder?*

Stimmt. Hatte ich nicht. Nicht wirklich. Wie konnte ich auch? Sollte ich ernsthaft glauben, dass sich da draußen auf dem Meer jemand herumtrieb, der heimlich Boote überfiel und deren Besatzung verschwinden ließ? Nein, das hatte ich mir nicht einmal im Dunkel der Nacht vorstellen können. Und jetzt, am helllichten Tag, kam es mir noch unwahrscheinlicher vor.

Hörst du Hufschläge, denk an Pferde, nicht an Zebras, sagte ich mir den Medizinerspruch auf, den meine Mutter so gern zitierte. Hieß übersetzt: Die wahrscheinlichste Erklärung ist meist auch die richtige. Es war der Sturm und fertig. Kenneth beschwerte sich doch immer, dass heutzutage zu viele Nichtskönner auf dem Wasser unterwegs waren …

Trotzdem, das mulmige Gefühl blieb.

Es half auch überhaupt nicht, dass ich bereits zweimal erfolglos versucht hatte, meine Mutter zu erreichen, nachdem ich mein Handy in Grannys Cottage aufgeladen und mich umgezogen hatte. Normalerweise hätte ich Mama nie freiwillig Grund zur Beunruhigung gegeben, wenn sie unterwegs war. Denn trotz ihres Talents zur Chaos-Queen war sie eine Problemlöserin. Und wenn sie nicht direkt eingreifen konnte, ging sie die Wände hoch, umso mehr, wenn ihr einziges Kind das Problem hatte. Aber gerade jetzt hätte ich ihren Rat echt gut gebrauchen können.

Oh Mann, seufzte ich innerlich, *warum muss sie auch ihr Handy mit nem Defibrillator killen. Hoffentlich ist Lars bald mal wieder auf Empfang …*

Im Vorgarten der Bernhardts lief ich der älteren Schwester in die Arme. Heute trug sie eine dunkelblaue Version des Landadel-Outfits von gestern, dazu eine passende Gartenschürze, aus deren Tasche Blumendraht und Bindfäden hervorquollen. Die grüne Zink-Gießkanne in ihrer Hand war fast so groß wie Snowflake. Obwohl sichtlich schwer beschäftigt, begrüßte Helen mich freundlich und setzte dann verschmitzt hinzu: »Sehr gut erzogen, dein junger Mann, das muss ich sagen. Hat von allen Saisongästen bisher die besten Manieren, auch wenn er nichts weiter über sich erzählen mag.«

»Er ist nicht *mein* junger Mann«, protestierte ich halbherzig. Aber ich merkte, dass sie mich nur aufziehen wollte.

Ja, ich hatte Aris letzte Nacht überzeugt, dass es das Beste war, wenn er bis auf Weiteres bei den Bernhardts blieb. Aber nur, wenn die beiden genauso viel über ihn wissen durften wie ich. Also war ich morgens gleich hinunter ins Erdgeschoss getapst, wo die beiden Schwestern bereits fröhlich plaudernd beim Tee saßen, und hatte reinen Tisch gemacht. Ich erzählte ihnen alles – okay, nicht den Teil mit dem Morgenmantel –, und zog dann den Kopf ein. Eine derartig abgefahrene Story konnte schließlich niemand einfach akzeptieren, erst recht nicht, wenn sie so bedrohlich klang. Aber nicht zum ersten Mal hatte ich mich gründlich in den Bernhardts getäuscht: Sie ließen sich von der Aussicht auf eventuelle Gefahren nicht im Geringsten ins Bockshorn jagen.

»Da saßen wir schon mal tiefer in der Tinte, oder, Hildy?«, hatte Helen trocken kommentiert.

Ihre Schwester war genauso entspannt gewesen: »Gottchen, ja, wenn ich an die Sache damals in Kairo denke … Noch einen Tee, Liebes?«

Es hätte mich nicht gewundert, wenn sie im nächsten Moment eine Kalaschnikow unter dem Sofakissen hervorgezogen hätte. Jedenfalls war das Thema damit für die beiden erst einmal abgeschlossen.

Aris befand sich folglich in besten Händen und hatte sogar widerwillig einer zweiten Visite von Dr. Wilkes zugestimmt. Den guten Mann hatte ich gerade verpasst, aber, wie mir Helen haarklein berichtete, er war zufrieden mit dem Zustand seines Patienten gewesen: Weitere Infusionen oder Medikamente seien nicht notwendig, stattdessen eine anständige Mahlzeit.

Und deshalb fand ich den neuen Pensionsgast der Bernhardts wenig später in ihrer winzigen Küche, vor sich einen großen Teller Nudeln in Tomatensoße, die er argwöhnisch beäugte. Als er mich sah, leuchteten seine Augen auf. Ich stellte fest, dass ich mich in Bezug auf ihre seegrüne Farbe doch nicht getäuscht hatte. Sein Blick ließ mich noch weniger kalt als gestern. Das Unbehagen in meinem Bauch verknotete sich mit irgendetwas anderem.

Um mich abzulenken, konzentrierte ich mich lieber auf die Tatsache, dass Aris immer noch seine ziemlich mitgenommen wirkenden Kleider trug, die inzwischen zumindest getrocknet waren. So konnte ich erkennen, dass die Tunika in einem ungewöhnlichen Rostrot gefärbt war. Die feinen Stickereien an den Hals- und Ärmelausschnitten schimmerten matt golden. Alles in allem wirkte er an dem kleinen Resopaltisch mit den bunten Platzdeckchen ungefähr so fremdartig wie der Mann im Mond.

Hildy setzte mir ebenfalls einen Teller vor. Sie hatte heute das Lila ihrer Eulenbrille knallhart in ihrem ganzen Outfit durchgezogen, dafür waren ihre beiden Haarknäuel mit fein geschnitzten Essstäbchen aus Elfenbein festgesteckt. Als sie sich vergewissert hatte, dass wir satt werden würden, ging sie hinaus, um ihre Schwester etwas Lebenswichtiges zum Thema Hortensiendünger zu fragen.

Mein Verdacht zu den verlassenen Booten kam mir mittlerweile albern vor, und ich beschloss, niemanden damit zu beunruhigen. Ich warf einen Blick zu Aris hinüber, der seine Farfalle noch immer mit zweifelndem Blick musterte.

»Das ist ein seltsames Essen«, stellte er schließlich fest. Gegenüber der fürsorglichen Hildy hatte er wohl aus Höflichkeit geschwiegen.

Der Knoten in meinem Bauch platzte. Ich musste lachen. »Kein Mensch findet Pasta seltsam.«

»Ich *bin* ein Mensch«, verkündete er würdevoll. »Und ich finde diese Paste ...«

»Pasta.«

»... *ausgesprochen* seltsam.«

Nichtsdestotrotz begann er zu essen.

Mit der Hand.

Ich sah mir das einen Moment an und griff dann betont langsam nach meiner Gabel. Er bemerkte die Geste und versuchte rasch, es mir gleichzutun. Schlecht schlug er sich nicht, aber ich war mir sicher, dass er noch nie in seinem Leben eine Gabel in der Hand gehabt hatte.

Hey, wenigstens kämmt er sich damit nicht die Haare!, kicherte meine innere Stimme. Ich kämpfte heroisch gegen ein Grinsen an und konzentrierte mich auf meinen eigenen Teller.

Immerhin schmeckte es dem fremden Küchengast. Tatsächlich wirkte er, als ob er sich das Essen am liebsten mit *beiden* Händen hineingeschaufelt hätte und sich nur mühsam beherrschte – vermutlich aufgrund der guten Erziehung, die die Bernhardts bei ihm diagnostiziert hatten. Irgendwie kam ich mir fies vor, dass ich ihn so auflaufen ließ. Aber ich hatte nun mal versprochen, keine Fragen zu stellen. Und wenn er nichts erklären wollte, musste er eben den Star in »Mann gegen Nudel« geben. Oder?

Komm schon, Ella, sagte ich mir, *sei kein Arsch!*

Also suchte ich kurz nach der Besteckschublade, griff mir zwei Suppenlöffel und schob einen davon Aris hinüber. Er nahm ihn mit dankbarem Blick. Genau wie die Papierserviette, die ich auf der Anrichte fand. Danach lief das Essen für uns beide deutlich entspannter.

Abgesehen davon schien er sich überdurchschnittlich für alles um sich herum zu interessieren. Sein Blick schweifte unauffällig durch die kleine Küche und blieb an den banalsten Dingen hängen: dem altersschwachen Kühlschrank, einem Kalender mit Ansichten von Paris, sogar der verdammten *Eieruhr*. Doch er sagte kein Wort, und ich tat so, als ob ich nichts bemerkte.

Als schließlich die letzte Schmetterlingsnudel besiegt war, verkündete ich die gute Nachricht, dass Kenneth mir vier Buchten genannt hatte, in denen Treibgut von den *King's Steps* mit hoher Wahrscheinlichkeit angespült wurde. Zwei davon waren von hier aus sogar zu Fuß zu erreichen.

Aris wäre am liebsten gleich aufgesprungen und losgelaufen. Aber vorher bekam er von mir noch den Rucksack mit den gemopsten Klamotten in die Hand gedrückt, dazu die klare Ansage, sich umzuziehen. Falls wir auf dem Weg jemandem begegneten, würde er wenigstens nicht weiter auffallen.

Mach dir bloß nichts vor, Baby, raunte mir meine innere Stimme spöttisch zu. *Wer so aussieht wie der, fällt immer auf!*

Ich ignorierte sie und ging nach draußen zu den Bernhardts, die gerade begeistert Theorien über die Herkunft ihres Pensionsgastes austauschten. Aktuell lag Helen vorn, mit irgendeiner steilen These zu Uruguay.

Schließlich trat Aris vor die Tür und blinzelte vorsichtig in die Sonne. Er trug jetzt eine alte Jeans von Kenneth und darüber ein ausgewaschenes grün-schwarz-kariertes Hemd, das ihm locker über den Hosenbund hing. Alles ein bisschen zu groß, aber okay. Die steife Art, mit der er sich darin bewegte, ließ jedoch darauf schließen, dass er sich unwohl fühlte. Weil nichts so richtig passte ... oder weil er solche Anziehsachen nicht gewohnt war?

Jedenfalls sollte es verboten sein, in zwei Nummern zu großen Klamotten so gut auszusehen, seufzte meine innere Stimme. *Aber hey: Wenn alles andere schiefgeht, kannst du ihn vielleicht als Baggystyle-Model vermitteln ...*

Wie schon in der Küche warf er auch hier verstohlene Blicke um sich. Letzte Nacht hatte er wohl kaum Zeit gehabt, die Umgebung gründlich zu begutachten. Mir schien, als ob er sich unheimlich zusammenriss, nicht zu sehr in Staunen zu verfallen. Dabei gab es wahrhaftig nichts Außergewöhnliches im Garten der Bernhardts zu sehen: die gepflegten Rosenbüsche, ein paar Hortensien und den von Snowflake frisch gepflügten Rasen. Aris betrachtete das alles jedoch mit einem Gesichtsausdruck, als wäre er soeben auf die Welt gekommen.

Helen und Hildy hatten seine Reaktion ebenfalls bemerkt und warfen sich einen vielsagenden Blick zu. Dann ertönte ein begeistertes »Waff!« und 50 Kilo zottige Hundeliebe stürmten auf unseren Gast zu.

»Ella, Vorsicht!« Aris sprang schützend vor mich und versuchte, mich zurück ins Haus zu drängen.

»Hey, lass das!« Ich leistete entschieden Gegenwehr, sobald ich mich von meiner Überraschung erholt hatte. »Das ist doch Snowflake! Der will nur spielen ...«

Zugegeben, der Spruch klang total lahm und hatte wahrscheinlich noch nie jemanden beruhigt, der Hundeangst hatte. Rasch zerrte ich mein wild hechelndes Zottelvieh am Halsband zurück. Aris blieb in der niedrigen Tür stehen und beobachtete ungläubig, wie ich das Monster bändigte, das uns gerade angefallen hatte.

»Was ist – *das?*«, rutschte es ihm heraus.

Und ich begriff: Das war keine Hundeangst. Das war die Reaktion auf eine vollkommen unbekannte Bedrohung.

Immerhin hat er versucht, dich zu beschützen!, kommentierte meine innere Stimme. *Unnötig … aber ritterlich.*

»Du weißt nicht, was ein Hund ist?« Okay, das war jetzt *mir* herausgerutscht.

Aris schüttelte den Kopf und sagte gleichzeitig: »Doch … natürlich!«

»Vielleicht hast du noch keinen so großen gesehen, hm?«, baute ich ihm eine Brücke. »Aber das sind bei uns ganz normale Haustiere.«

»Sogar die Queen hat welche«, warf Hildy hilfreich ein.

»*Hatte.* Und deutlich kleinere«, berichtigte Helen streng.

»Dafür mehrere! Das macht auch nicht weniger Arbeit!«, kam die Retourkutsche.

»Pah, als ob Ihre Majestät sich selbst um Hundehaufen und Futternäpfe kümmert!«

Der Schlagabtausch ging noch weiter, aber ich hörte nicht mehr zu. Stattdessen zog ich Snowflake außer Reichweite und sperrte ihn in den Geräteschuppen hinter dem Cottage. Ein tief enttäuschter Blick aus dunklen Hundeaugen traf mich, bevor ich die Tür schloss. »Nachher gibt's Leckerli, versprochen!«, wisperte ich schnell, bevor ich zurücklief.

Die Bernhardts waren mittlerweile von den Corgis der Queen zum Thema »Koreanische Hundefleischgerichte, die man probieren muss« übergegangen.

Buäh.

Aris stand daneben und wirkte noch etwas durchgeschüttelt

von seiner unheimlichen Begegnung der sabbernden Art. Ich ging zu ihm hinüber und gab ihm einen leichten Schubs gegen die Schulter. »Na los. Suchen wir dein Dingsbums.«

»Skriff«, korrigierte er mich lächelnd, und ich wusste, er war wieder an Bord.

»Sag ich doch.«

Unsere erste Chance lag etwa drei Meilen westlich – ein entspannter Spaziergang bei strahlendem Sonnenschein und fast völliger Windstille. Aris ging neben mir her. Er hatte kein weiteres Wort zu Snowflake gesagt, und mir war es recht, die Sache auf sich beruhen zu lassen. Stattdessen herrschte eine entspannte Stille zwischen uns. Mir fiel auf, wie er die Landschaft mit seinen Blicken geradezu einsog.

»Warst wohl noch nie in Cornwall, was?«, fragte ich schließlich, ohne Hoffnung, darauf eine Antwort zu bekommen. Doch da lag ich überraschenderweise falsch.

»Ich war überhaupt noch nie irgendwo«, erklärte er und klang dabei richtiggehend begeistert.

»Was, hält dich deine Familie in einem Turm gefangen, Rapunzel?«, fragte ich neckend. »Weil du das schwarze Schaf bist? Was hast du denn so Schlimmes gemacht – Mamas Schmuck geklaut oder Papas Auto geschrottet?«

Lachend fuhr er sich mit der Hand durch sein kurzes Haar. »Nichts dergleichen. Ich benehme mich nur nicht würdevoll genug. Kein Interesse an den Staatsgeschäften, kein Verständnis für die großen Zusammenhänge ...« Er zuckte mit den Achseln. »Mein Vater ist ziemlich enttäuscht von mir, schätze ich. Aber wir sehen uns nicht oft.«

»Eltern, hm?«, sagte ich. »Man kann's ihnen halt nicht immer recht machen.«

»Ist das bei dir auch so?«, erkundigte er sich interessiert.

»Na ja, nicht wirklich«, musste ich zugeben. »Meine Mutter ist eigentlich ganz cool. Keine Ahnung, ob mein Vater da anders gewesen wäre. Er ist schon lange tot.«

Aris nickte mitfühlend. »Ah. Das tut mir leid. Wurde er umgebracht?«

»Aber nein!« Ich warf ihm einen scharfen Blick zu. Wollte er mich aufziehen? Doch er guckte total ernst. Ich erklärte: »Er hatte Leukämie.«

Höfliche Verständnislosigkeit.

»Du weißt schon, Blutkrebs.«

Immer noch nichts.

»Eine schwere Krankheit? Mann, du musst doch schon von Krebs gehört haben?!«

Nein, hatte er nicht. Und als ich versuchte, ihm das Ganze zu erklären, wechselte er ziemlich schnell das Thema. Ich war mir sicher, dass er gerade unbeabsichtigt eine weitere Wissenslücke zugegeben hatte und davon ablenken wollte. War das jetzt Eitelkeit oder etwas ganz anderes? Denn dass es Länder auf der Welt gab, wo man weder Pasta noch Gabeln kannte, sah ich ja gerade noch ein. Aber Krebs ...?

Mann, Aris, dachte ich, *unter welchem Stein lebst du bloß?*

Jedenfalls kamen wir wieder zu unseren Familien zurück. Ich beschrieb meine unorganisierte Mutter, die partout nicht einsehen wollte, welches Chaos sie regelmäßig mit ihrer Art anrichtete. Aris konterte mit seinem Onkel, der wohl früher die Rolle des schwarzen Schafes besetzt und schon so manche Familienfeier gesprengt hatte.

»Du müsstest ihn mal hören, wenn er Vater bei einer seiner Tiraden über mich nachäfft!« Er warf sich in Positur und schwadronierte mit dröhnender Stimme: »Der Junge hat nicht einen Knochen seiner Brüder im Leib! Nichts als Glücksspiel und Wettkämpfe im Sinn!«

»Und stimmt das?«, fragte ich grinsend. So langsam wurde das mit dem schwarzen Schaf etwas glaubhafter.

Er setzte eine todernste Miene auf. »Nicht im Geringsten. Hm. Wetten, ich bin schneller am Rand der Steilküste da vorn als du?« Zwinkernd fügte er hinzu: »Einen Extrapreis für jeden, der nicht runterfällt.«

»Oh, hahaha!« Ich verpasste ihm einen Schlag gegen den Arm und knurrte: »Wette gilt! Auf drei? Eins, zwei –«

Aris lief los.

»Hey!«, schrie ich empört. Ich hörte sein Lachen und rannte hinter ihm her.

Er war schnell. Richtig schnell, wie ich nach wenigen Metern einsehen musste – und dabei war ich an meiner Schule eine der besten Sprinterinnen. Allerdings kannte ich jede Windung des Pfades und holte rasch auf. Dicht hintereinander liefen wir über die grasbewachsene, weite Ebene. Aris warf mir einen strahlenden Blick über die Schulter zu. War er von meinem Tempo beeindruckt? Ließ er mich etwa absichtlich herankommen? Und konnte es sein, dass mir das vollkommen egal war? Schneller als wir waren in diesem Moment ohnehin nur die Möwen und der Wind.

Außer Atem erreichten wir etwa gleichzeitig unser Ziel. Die Aussicht war beeindruckend. Tief unter uns glitzerten die Sonnenstrahlen auf den blaugrünen Wellen, die weiße Gischt wurde an den dunklen Felsen emporgeschleudert. In der Ferne lag ein leichter Dunst über dem Wasser, sodass der Ozean direkt in das leuchtende Blau des Himmels überzugehen schien. Am liebsten hätte ich unseren Anlauf genutzt, um hineinzuspringen. Aris drehte sich überwältigt, als versuchte er, den Himmel, das Meer und die Landschaft gleichzeitig zu erfassen.

»Du kannst jetzt gern anfangen, über deine Träume zu singen«, schlug ich gönnerhaft vor. Lisa und ich waren große Disney-Fans und so eine Szene kam schließlich in jedem Film vor.

»Das willst du nicht.« Er sah mich amüsiert an. »Som sagt, von meinem Gesang platzt ihm der Kopf.«

Ich wollte fragen, wer Som war, aber ich kam nicht dazu. Denn plötzlich wurde Aris kreidebleich, riss die Arme vor die Brust und brach vor meinen Füßen zusammen.

Kapitel 7

»Aris! Aris, was hast du? Sag doch was!«

Er hörte mich nicht. Mit fest zusammengepressten Augen und Lippen lag er auf dem Boden, von heftigen Krämpfen geschüttelt, das Gesicht schmerzverzerrt. Ich packte ihn an den Schultern, versuchte, ihn zu beruhigen, ihm zu helfen, erreichte aber gar nichts. Er war völlig weggetreten.

Voller Panik riss ich mein Handy heraus und wählte den Notruf. Ich kam genau bis zu »Hallo, ich brauche dringend Hilfe, hier ist jemand mit einem epileptischen Anfall oder so etwas«, dann wurde mein Display schon wieder schwarz. Verdammter Akku! Wütend schleuderte ich das nutzlose Teil weg.

Verzweifelt fiel ich neben Aris auf die Knie und versuchte, mir ins Gedächtnis zu rufen, was man bei Krampfanfällen tun sollte. Atemwege freihalten? Stabile Seitenlage? Aber auf der Seite lag er ja eh schon. Und seinen Mund würde ich nicht aufkriegen, keine Chance. Die Kiefermuskeln waren vollkommen verspannt und er schien kaum zu atmen. Sein Körper zitterte, als ob eine unsichtbare Bestie versuchte, ihn totzuschütteln. Was immer das auch war – er musste entsetzliche Schmerzen haben. Mir wurde schlecht vor Angst. Mühsam rang ich nach Luft, um das Gefühl niederzukämpfen.

Endlich merkte ich, dass der Anfall abklang. Zumindest entspannten sich Aris' Glieder langsam wieder und er atmete ruhiger.

»Hey ... hey, alles klar? Kannst du sprechen?«

Wie konnte ich ihm nur helfen? Er war schweißgebadet und hatte die Augen noch immer fest geschlossen. Als ich ungeschickt nach seinem Puls am Hals tastete, verrutschte der Kragen des karierten Hemdes und für einen Moment sah ich die rätselhaften Male unter seinem Schlüsselbein. Nur waren sie jetzt nicht mehr rot, sondern so dunkel, dass sie geradezu schwarz wirkten. Was zur Hölle war das?

Seine Lippen bewegten sich. Ich beugte mich ganz nah zu seinem Gesicht hinab. »... geht gleich wieder«, flüsterte er kaum verständlich. »Keine Sorge ... Das ist normal ...«

»Normal?!«, fauchte ich mit zitternder Stimme. »Scheiße, in welcher Welt ist das normal? Was hast du?«

Aber ich musste noch ein paar Minuten auf eine Antwort warten. Minuten, in denen ich versuchte, mein wild schlagendes Herz zu beruhigen. Es half kein bisschen, dabei zuzusehen, wie er sich mit vor Schmerz aschfahlem Gesicht vollends ins Bewusstsein zurückkämpfte. Schließlich war er so weit, dass er sich mit meiner Hilfe wieder aufsetzen konnte. Selbst durch den Hemdstoff fühlte sich seine Haut feucht und fiebrig an.

»Aris, was war das? Bist du krank?« Ich ließ mich neben ihn sinken. Noch immer schnürte mir die Panik fast die Kehle zu. Ich konnte kaum glauben, dass er mir jetzt so etwas wie ein aufmunterndes Lächeln zuwarf.

»Nachwirkungen ... Das Gift ist wohl noch nicht ganz raus.«

Was für Gift?

»Kann ... kann das wieder passieren?«

»Möglich.« Er zuckte schwach mit den Schultern und grinste schief. »Ist für mich auch das erste Mal ...«

Ich zog die Beine an und vergrub meinen Kopf zwischen Armen und Knien. Meine Nerven brauchten einen Moment Pause. Aris lehnte sich kraftlos an mich, und ich hörte, wie sein Atem langsam ruhiger und kontrollierter ging. So saßen wir eine ganze Weile.

Er könnte drogenabhängig und auf Entzug sein, erklang es in mir, als ich etwas klarer denken konnte. *Oder psychisch krank.* Meine innere Stimme war wieder in Form. *Sei ehrlich, Ella: Nichts von dem, das du bisher gesehen und erfahren hast, würde dem widersprechen. Vielleicht ist er selbst die größte Gefahr, die er zu befürchten hat. Dann verhinderst du, dass er professionelle Hilfe bekommt. Was, wenn er noch so einen Anfall hat? Und dein einziger Beitrag ist ein Handy mit kaputtem Akku? Vielleicht stirbt er dann.*

Ich weiß!, beteuerte ich. *Aber was soll ich denn machen?*

Jedenfalls nicht rumheulen, klar?

Klar. Ich atmete tief durch und fasste einen Entschluss. *Also gut. Wir suchen jetzt dieses blöde Brett. Wenn wir es finden – mal sehen, ob das ein Grund ist weiterzumachen. Aber wenn nicht, sage ich morgen den Behörden Bescheid.* Ich nickte mir in Gedanken zu. Sicher war das eine vernünftige Entscheidung.

Aber war sie auch richtig?

Ein Blick zu Aris neben mir ließ mich schon wieder zweifeln. Nichts an seinem Verhalten wirkte für mich labil oder Misstrauen erweckend. Schließlich hätte er mir genauso gut eine glaubhafte Geschichte vorlügen können. Stattdessen hatte er mich um mein Vertrauen gebeten. Und ich hatte es ihm zugesagt. Also: Was war das wert? Mir blieb vorerst nichts anderes übrig, als sitzen zu bleiben und auf seine Atemzüge zu horchen.

»Schwarze Perlen.« Nach einer gefühlten Ewigkeit begann Aris, leise zu sprechen. »So nennen wir sie. Es sind eigentlich

Medusen. Winzige Quallen. Ungefähr so groß.« Er hielt Daumen und Zeigefinger etwa zwei Zentimeter weit auseinander. »Sie sind sehr selten. Aber wenn man sie sieht, dann in Schwärmen. Sie verbinden sich mit ihren Nesselfäden und treiben leuchtend im Wasser nebeneinander, in langen Reihen ... wie Perlenketten. Das ist ein wunderschöner Anblick.«

Wo siehst du so was bloß?, fragte ich mich fasziniert. Aber ich hielt meinen Mund, um ihn ja nicht zu unterbrechen.

Er sprach weiter, geradezu mechanisch. »Ihre Körper sind durchsichtig. Bis auf einen schwarzen Punkt im Inneren. Dort sitzt das Gift. Nicht stark genug, um einen Erwachsenen zu töten. Aber es lähmt und ... und wirkt stundenlang. Der Schmerz ist ... unbeschreiblich.« Er senkte den Kopf und schloss die Augen. Seine Stimme wurde leiser. »Ist aber wohl nicht so einfach mit der richtigen Dosierung. Sie haben jedenfalls immer abgewartet, bis die ... Behandlung vollständig abgeklungen war. Sonst wäre ich ihnen vielleicht doch zu früh verreckt.«

Entsetzt blickte ich ihn an. Ich hatte eine schlimme Geschichte vermutet, sicher. Aber *so etwas* ...? Was er erzählte, klang so grausam und gleichzeitig so ... so *fremd,* dass ich gar keine Worte fand. Aris saß ebenfalls vollkommen still neben mir. Seine Augen waren geöffnet, doch sie blickten leer auf den Horizont.

Schließlich wagte ich mich wieder an eine Frage: »Und ... wie lange ging das?«

»Keine Ahnung«, murmelte er. »Ein paar Tage? Es ist alles ziemlich verschwommen.«

Ich schluckte. »Wie hast du das bloß ausgehalten?«

»Gar nicht.« Er lächelte bitter. »Ich glaube, ich hätte ihnen schon nach dem ersten Mal alles gesagt, was ich weiß. Aber sie wollten ... das Verschlossene.«

»Das Verschlossene?«

Aris atmete tief ein, rückte von mir ab und setzte sich ganz gerade hin. Weil es ihm besser ging – oder weil er Abstand von mir wollte? Die zweite Möglichkeit war mir unerwartet unangenehm.

»Ich hatte dir ja erzählt, dass meine Familie viele Geheimnisse hütet«, antwortete er. »Manche sogar vor sich selbst. Wir haben eine Methode, so etwas in Menschen zu … verschließen. Das Wissen ist da. Aber der Betroffene selbst kennt es nicht. Erst, wenn die Zeit gekommen ist.«

»Soll das heißen, da ist irgendwelches Zeug in deinem Kopf und du hast keinen Zugriff darauf?«

»Ja. Ich kann es nur bewahren, aber nicht nutzen. Also auch nicht missbrauchen – oder verraten. Es sei denn …«

»Es sei denn, jemand kommt mit diesen komischen Quallenviechern?«

Er nickte. »Wenn das Gift hoch genug dosiert ist, fällt das Opfer schließlich in einen tranceähnlichen Zustand. Dann redet jeder. Und selbst die Barriere zum Verschlossenen löst sich auf.«

Mir lief es kalt den Rücken hinunter. Man hatte Aris Furchtbares angetan, damit er etwas verriet, das ihm nicht einmal bewusst war? Angespannt blickte ich zum Himmel. Ein Schatten schien sich vor die Sonne gelegt zu haben. Ihre Strahlen wärmten nicht mehr und leuchteten auch weniger hell. Jedenfalls kam es mir so vor.

Er warf mir ein entschuldigendes Grinsen zu. »Ich hielt das auch immer für eine dieser Legenden, die politische Gegner einschüchtern sollen. Falls Schwarze Perlen überhaupt je für Befragungen missbraucht wurden, ist das Jahrhunderte her, hieß es immer. Es sei zu gefährlich, niemand von Ehre würde das heute tun und so weiter.« Er zuckte mit den Schultern. »Da habe ich wohl Neuigkeiten für unsere Berater.«

»Ihr habt Berater zu … zu Foltermethoden?«

»*Verschärfte Befragung* nennt man das«, korrigierte er nüchtern. »So haben sie es uns erklärt, meinen Brüdern und mir. Womit wir rechnen müssen, im Fall einer Entführung. Da war aber mehr die Rede von Schlafentzug, Dauerverhören, so etwas. Ich … ich hätte nie gedacht –« Er lachte freudlos auf. »Besonders würdevoll habe ich mich jedenfalls nicht benommen. Und ich habe alles verraten, ganz sicher.«

»Weißt du denn jetzt wenigstens, um was es ging?«, fragte ich behutsam.

Aris schüttelte den Kopf. »Nein. Alles ist wie vorher. Es fühlt sich an wie eine graue Wand in meinem Kopf. Ich kann sie nicht durchbrechen. Ha, ich kann mich ihr nicht einmal nähern! Sinnlos. Aber wenn die Verschwörer ein solches Risiko eingegangen sind, muss es da etwas Großes geben, etwas Gefährliches. Vielleicht ist es schon längst zu spät …«

Ich sah die Verzweiflung in seinem Blick und fragte mich vergeblich, ob man so etwas vortäuschen konnte.

Reiß dich zusammen, Ella, ermahnte mich meine innere Stimme. *Du hast einen Entschluss gefasst. Jetzt bleib dabei.*

Richtig.

Und ich hatte versprochen, dass wir in jedem Fall dieses »Skriff« suchen würden. Also los: Zeit, die Sonne wieder anzuknipsen.

Entschlossen stand ich auf und streckte Aris die Hand entgegen. »Kannst du wieder laufen? Wir haben noch was vor.«

Einen Moment lang sah er mich unsicher an. Dann ergriff er meine Hand und ließ sich auf die Beine ziehen. Immerhin lag die erste Bucht direkt unter uns.

Und dann ... hatten wir richtiges Glück.

Denn dort, verkeilt zwischen zwei Felsen, leuchtete im hellen Sonnenlicht ein sanft gebogenes und längliches Brett: das Skriff.

Aris rannte so schnell über den Strand darauf zu, dass ich schon dachte, ich hätte mir seinen schrecklichen kräftezehrenden Anfall von vorhin nur eingebildet. Als ich ihn eingeholt hatte, kniete er bereits im knöcheltiefen Wasser und war dabei, das Teil zu untersuchen.

Ich fragte mich, wie ich es für ein normales Surfbrett hatte halten können. Okay, die Form war ähnlich, auch wirkte es auf den ersten Blick ganz herkömmlich weiß. Das komplizierte Geschirr, aus dem ich Aris befreit hatte, war an fünf Punkten befestigt. Jetzt verstand ich, dass seine Funktion nichts mit Surfen zu tun hatte, sondern allein darin bestand, einen Körper möglichst sicher bäuchlings auf dem Brett zu fixieren. Die Verschlüsse ähnelten keinem mir vertrauten System – weiß der Himmel, wie ich die aufgekriegt hatte. Bei genauem Hinsehen erkannte ich, dass die Hülle des Skriffs nicht aus einem weißen Kunststoffüberzug bestand, wie ich angenommen hatte, sondern mit feinen Schuppen bedeckt war, die perlmuttartig glänzten. Ich hatte außerdem noch kein Surfbrett gesehen, an dessen Oberfläche bei leichtem Druck schwach pulsierende goldene Adern zum Vorschein kamen. Was war das bloß für ein Material?

Aris strich mit den Händen darüber, ganz benommen vor Freude. »Es ist nicht beschädigt ... Ella!« Im nächsten Augenblick sprang er auf, riss mich in seine Arme und wirbelte mit mir im Kreis herum.

Seine Begeisterung war so echt und ansteckend, dass ich meine guten Vorsätze in den Wind schoss, mich mitreißen ließ und einfach das irre Gefühl genoss, wie mühelos er mich durch die Luft schwang.

Schließlich setzte er mich wieder ab, ich stolperte lachend gegen ihn auf der Suche nach Halt. Einen Moment lang starrten wir uns atemlos an. Ich sah in seine Augen und mir schoss durch den schwindeligen Kopf: *Heute, im Sonnenlicht, haben sie wirklich genau die Farbe des Meeres.*

Dann merkte ich, dass ich bis zu den Knöcheln im Wasser stand. *Oh Mann! Meine schönen Sneakers!* Na, die waren wohl im Eimer. Ich hastete ins Trockene, hinter mir Aris' leichtherziges Lachen.

Kapitel 8

Eine Stunde später saßen wir hinter dem Cottage der Bernhardts, die sich gemeinsam mit mir zum technischen Beratungsteam ernannt hatten. Das bedeutete in erster Linie, dass wir den Haushalt der beiden Schwestern auf alles hin durchforsteten, das Aris für die Arbeit am Sender verwenden konnte. Es stellte sich jedoch schnell heraus, dass nahezu das ganze Arsenal klassischer Werkzeuge dafür unbrauchbar war. Am Ende hockte Aris auf dem Boden über dem umgedrehten Skriff, bewaffnet mit einem Schaschlikspieß, einem Buttermesser und einem Eierlöffel aus Perlmutt, der angeblich aus Sankt Petersburg stammte. Wir sahen ihm fasziniert zu. Als Erstes klopfte er fest auf die Spitze des Bretts, was wieder ein goldenes Pulsieren unter der schimmernden weißen Oberfläche auslöste. Plötzlich klaffte in dem Material eine schmale Öffnung mit harten Kanten, wie eine Muschel, die sich geöffnet hatte. Darin konnte man so etwas wie einen leuchtenden Knopf erkennen.

»Druck von außen löst den automatischen Peilsender aus«, erklärte Aris. »Aber das ist eine offene Notfrequenz, die könnte jeder empfangen.« Er sah auf und fügte hinzu: »Also, jeder von *uns*. Genau das will ich nicht.«

Hildy, Helen und ich nickten verständig und dachten vermutlich alle dasselbe: *Wen genau meint er mit »uns«?* Aber keine fragte nach. Dazu waren wir zu beeindruckt von der seltsamen Technik, die sich da vor uns zeigte.

Na, reicht das, um weiterzumachen?, fragte ich meine innere Stimme herausfordernd. Sie antwortete nicht. Für mich war es jedenfalls genug. Das Brett, seine völlig fremdartige Technologie und Aris' Vertrautheit damit, all das deutete auf ein unvorstellbares Geheimnis hin – dabei hatte ich haufenweise Fantasie und konnte mir eigentlich eine Menge vorstellen. Aber hier stieß ich an meine Grenzen. Konnte ein militärisches Geheimprojekt dahinterstecken? Allerdings wirkte Aris nicht gerade wie ein Soldat oder Spion. Okay, dann waren seine Eltern vielleicht Wissenschaftler und … Ich seufzte innerlich. Wie gut hätte ich jetzt Lisa und ihre wilden Theorien brauchen können!

Mittlerweile hatte Aris die Öffnung dank des Buttermessers gewaltsam erweitert und stocherte mit dem Perlmuttlöffel darin herum. Eine kurze Drehung, ein kräftiger Ruck – schon hielt er etwas in der Hand, das mich an das Innere einer Miesmuschel erinnerte. Allerdings war dieses spezielle Muschelfleisch kinderfaustgroß, transparent wie Glas und mit feinen goldenen Adern durchsetzt. Ich konnte mich nicht entscheiden, ob ich das jetzt wunderschön oder einfach eklig fand.

Aris jedenfalls war begeistert. »Der Sender! Das hat schon einmal geklappt. Jetzt muss ich nur noch die Frequenz ändern, und dann –«

Er sprang auf und rannte hinein, um seine Arbeit am Küchentisch fortzusetzen. Hildy, Helen und ich lächelten uns verschwörerisch zu. Natürlich würden wir weiter mithelfen – wer weiß, was wir dabei noch herausfinden konnten … Aber erst einmal war das technische Beratungsteam vollauf damit beschäftigt, Gegenstände mit immer feineren Spitzen heranzuschaffen, weil der Schaschlikspieß sich als zu grob erwies. Am

Ende des Nachmittags lagen vier Rouladenpiker, einige Haarnadeln und Hildys zerfleddertes Nähset auf dem Tisch. Mehrere Nadeln waren zerbrochen, mir taten allein vom Zuschauen die Finger weh, aber es war geschafft: Der Sender würde jetzt auf Knopfdruck nur eine ganz bestimmte Frequenz bedienen.

Ich sah Aris erwartungsvoll an. »Und? Willst du ihn nicht benutzen?«

»Er muss ins Meerwasser«, erklärte er und rieb sich die Augen. »Nur dann funktioniert er.«

»Aber erst einmal gibt es einen anständigen Tee, Kinder!« Helen rief uns nach draußen an den Gartentisch und gegen ihren resoluten Ton war Widerstand zwecklos. Ich merkte zwar, dass Aris die Verzögerung kaum ertrug, aber er bedankte sich höflich für das Angebot und ging brav mit mir hinaus.

Die Bernhardts hatten einen Berg Sandwiches und Kekse auf dem kleinen weiß lackierten Eisentisch aufgebaut, der, umgeben von hohen Wildrosenbüschen, in einer Ecke des Gartens stand. Wir setzten uns und bekamen außer gut gefüllten Tellern auch jeder noch einen der hübsch-hässlichen Riesenbecher mit dampfendem Tee serviert. Für mich gab es wieder den *Arielle*-Becher, der für Aris zeigte ein pummeliges Einhorn in Regenbogenfarben. Entzückend. Er riss sich bewundernswert zusammen und machte nicht die kleinste Andeutung über »seltsames Essen«. Und da man für Sandwiches kein Besteck braucht, lief alles problemlos. Auch lobte er ausdrücklich den stark gesüßten Earl Grey – das Getränk schien das einzig Vertraute für ihn hier zu sein. Ich überlegte: War seine Heimat vielleicht Teil des alten britischen Imperiums? Das grenzte es allerdings auch nicht wirklich ein. Indien, Australien … alles so absurd weit weg. Ich zermarterte mir das Gehirn, welche afrikanischen Länder dazugehört hatten.

Genau, weil man ja nirgendwo auf der Welt Tee trinkt außer im ehemaligen Commonwealth, Miss Superhirn!, ertönte es spöttisch in mir. *Schon mal was von Russland gehört? Oder China?*

Mit einem inneren Seufzer gab ich das Detektivspielen für den Moment auf. Ohnehin war Aris' hoffnungsvolle Fröhlichkeit einfach zu ansteckend.

Also saßen wir vier einfach in der warmen Sonne und ließen uns die Brote schmecken, umweht von Rosenduft und einer salzigen Meeresbrise. Die Bernhardts plauderten aufgeräumt mit uns über Gott und die Welt und gaben ein paar Anekdoten aus ihrem bewegten Leben zum Besten, wie früher in Kindertagen, wenn Lisa und ich andächtig ihren Geschichten gelauscht hatten. Wieder war ich wahnsinnig beeindruckt von dem, was sie alles erlebt und gesehen hatten – vielleicht auch ein kleines bisschen neidisch. Schließlich war ich, abgesehen von Berlin und Cornwall, noch nicht viel herumgekommen. Aris war ähnlich hingerissen. Er hörte gespannt zu, wagte manchmal eine erstaunte Nachfrage und wirkte insgesamt so gelöst wie noch nie seit seiner unfreiwilligen Ankunft.

Auch Snowflake war kein Problem mehr. Zwar hatte Aris weiterhin Respekt vor ihm, ließ aber zu, dass das halb verhungerte Tier – *ha!* – den Kopf auf seinen Oberschenkel legte und sich mit treuem Blick ein Sandwich erbettelte. Ausgerechnet mit Gurke, aber der zottige Gierschlund fraß ja eh alles. Er ließ keinen Krümel übrig und entschied danach, dass der großzügige Spender die Beförderung vom Kauknochen zum besten Kumpel verdient hatte.

»Das war großartig. Ich danke Ihnen beiden sehr, aber jetzt drängt die Zeit.« Mit diesen Worten erhob Aris sich schließlich und verbeugte sich leicht in Richtung seiner Gastgeberinnen, die es kichernd zur Kenntnis nahmen.

Es war bereits ausgemachte Sache, dass der Sender am äußersten Felsen der *King's Steps* befestigt werden würde. Jetzt herrschte Ebbe und alle Steine waren gut erreichbar. Auch ich stand auf. Natürlich würde ich mit hinunter zum Meer gehen.

Aris schnappte sich den zauberhaft-ekligen Muschelsender, den Hildy formlos in eine Tesco-Plastiktüte gestopft hatte, und wir machten uns auf den Weg. Die Bernhardts blieben mit einem auf weitere Brote hoffenden Snowflake am Gartentor zurück und winkten uns nach. »Viel Glück, Kinder!«

Ich musste lächeln. Auf einmal kam ich mir wieder vor wie das kleine Mädchen, das den ganzen Tag mit seinen Freunden Schätze am Meer gesucht hatte, auf eine Limo bei den lieben Omis eingekehrt war und jetzt zu neuen Abenteuern aufbrach.

Es dämmerte bereits, als wir zügig den sandigen Pfad in Richtung Bucht entlangmarschierten. Aris' Gedanken waren trotz seiner Eile noch beim Cottage.

»Diese Damen sind fantastische Menschen«, murmelte er. »Sie sind einfühlsam, mutig, klug … und witzig.« Er warf mir einen raschen, scheuen Blick zu. »Wie du.«

Wow, hatte er mir gerade ein Kompliment gemacht? Ich versuchte, locker zu bleiben, und lachte: »Na ja, ich bin allerdings noch nicht durch den Ärmelkanal geschwommen.«

»Den …?«

»Das Meer zwischen England und Frankreich.«

»So etwas haben sie getan?« Er war angemessen beeindruckt. Dann wurde er wieder nachdenklich. »Ich hätte nicht gedacht, dass es hier solche Menschen gibt.«

»Hier?«

»Hier.« Er zeigte unbestimmt in die Umgebung.

Ich dachte mir, dass er wohl ganz Großbritannien oder vielleicht Europa meinte.

»Die gibt es überall«, versicherte ich ihm und erinnerte mich daran, dass er laut seiner eigenen Worte noch nicht viel von der Welt gesehen hatte. »Meine Mutter war schon sonstwo. Als Chirurgin für *Ärzte ohne Grenzen*, du weißt schon. Und obwohl sie eigentlich immer in Krisengebieten unterwegs ist, müsstest du mal hören, was sie von den Leuten dort erzählt. Auch krasse Sachen, klar. Aber hauptsächlich Positives. Gastfreundlichkeit, Hilfsbereitschaft ... all so was.« Ich merkte plötzlich, dass ich sie ganz schön vermisste.

Aris hatte aufmerksam zugehört. »Sie lässt dich oft allein?«

»Nein, nein, so richtig im Einsatz ist sie immer nur drei, vier Wochen pro Jahr. Sie kommt in ein paar Tagen her, gerade ist sie noch in Afghanistan.«

Das Land sagte ihm nichts. Ich schob ein paar Erklärungen ein. Nicht sehr gute offenbar, denn was ihn am meisten beeindruckte, war die Entfernung. »So weit weg ist deine Mutter? Sie muss großes Vertrauen in dich haben.«

»Hm, vermutlich«, antwortete ich. »Darüber habe ich mir noch nie Gedanken gemacht. Aber ich werde ja nächstes Jahr auch schon 18.« Ich lachte. »Dann bin ich volljährig und kann eh machen, was ich will.«

»Aber einen Ehemann hast du noch nicht? Oder ... bist du jemandem versprochen?« Er sah mich von der Seite an.

»Was? Quatsch, nein!« Ich schüttelte heftig den Kopf. Hallo, sollte das ein Witz sein? »Das wäre mir jetzt echt ein bisschen zu früh. Außerdem, äh, gibt es da gerade keinen, der infrage käme.« *Moment mal.* Mir kam ein anderer Gedanke: Wollte er etwa geschickt herausfinden, ob ich einen Freund hatte?

Aris grinste nur. »Vielleicht hat deine Mutter schon jemanden für dich in Aussicht. In so etwas sind Mütter gut.«

»Na, der würde ich was erzählen!« Kichernd riss ich ein paar hellgelbe Blüten von einem verkrüppelten Ginsterbusch und warf sie in seine Richtung. »Und was ist mit dir? Bist *du* etwa schon jemandem ›versprochen‹?« Extrem peinlich: Aber ich hielt geradezu den Atem an, als er antwortete.

»Nicht, dass ich wüsste«, erwiderte er unbekümmert. »Ich bin ja nur der dritte Sohn, da ist das nicht ganz so ... Ich meine, jetzt bin ich der zweite.« Kurz flogen Kummer und Ernüchterung über sein Gesicht. Aber schon schob er den Gedanken beiseite und lächelte wieder. »Na ja, das ist jedenfalls nur eine Frage der Zeit.«

»Wie, suchen deine Eltern echt die Frau für dich aus?«, fragte ich ungläubig. Ella, leg nicht immer deine eigenen Maßstäbe an andere Kulturen an, hörte ich meine Mutter sagen. Trotzdem konnte ich mich nicht zurückhalten. »Das ist aber ganz schön ... traditionell!« Im letzten Moment schaffte ich es, ein härteres Wort zu vermeiden.

Aris nickte. »Wir sind eine traditionelle Gesellschaft.«

Vorsichtig hakte ich nach: »Und ... das ist okay für dich?«

»Gehört eben dazu.« Er zuckte mit den Achseln.

»Aber was ist, wenn du dich verliebst?«, fragte ich kritisch.

Er musste nicht lange überlegen. »Das ist natürlich von Vorteil. So war es bei meinen Eltern. Damit hat damals wohl niemand gerechnet, aber sie sind ein echtes Paar geworden.«

Ich verdrehte die Augen. »Ich meine, wenn du dich in eine andere verliebst als in deine Zukünftige. Oder wenn *sie* jemand anderen hat.«

Er hob nochmals die Schultern. »Dann gibt es wohl Tränen am Hochzeitstag.«

»Bist du entspannt!«, kommentierte ich und fügte scherzhaft hinzu: »Na, musst du dich eben vor deiner Heirat noch ordentlich austoben.«

»Mache ich ja auch.« Er warf mir einen frechen Blick zu. »Alles – außer das, was du gerade denkst.«

Erwischt.

Ich merkte, wie ich rot wurde, und schoss zurück: »Äh, und warum, wenn ich fragen darf? Ist das was Religiöses?«

»Nein, etwas Politisches«, antwortete er sachlich. »Aus Liebe wird schnell ein Kind. Es gibt Parteien bei uns, die einen Bastard meiner Familie zu gern für ihre Zwecke einsetzen würden. Ganz sicher verhindern lässt sich das eben nur auf einem Weg.« Er fuhr sich mit der Hand durchs Haar. »Ich habe meinen Eltern ja schon so einiges zugemutet. Aber *das* tue ich ihnen nicht an.«

»Echt nicht?« Ich musste einfach fragen. »Ich meine, du hast noch nie ...?« Kopfschütteln. »Nicht mal geknutscht?«

»Doch, geknutscht schon«, gab er zu. »Zweimal. Sag's aber nicht meiner Mutter. Die macht mich zu Krakenfutter.«

»Versprochen«, versicherte ich.

Oh Mann ... Wie genau war denn das jetzt passiert – dass ich mit einem Wildfremden allerpersönlichste Themen besprach? Und dann auch noch mit *diesem* Wildfremden *dieses* Thema?

Er hätte ja nicht antworten müssen, beruhigte ich mich.

Hat er aber, sagte meine innere Stimme und schickte eine knallharte Analyse hinterher: *Das bedeutet entweder, dass er dir einfach vertraut – oder dass du bei dem Thema ch draußen bist.*

Na toll, danke.

Sehr wahrscheinlich Letzteres.

Hey!!!

Bevor ich meiner inneren Stimme an die Gurgel gehen konnte, hatten wir glücklicherweise die *King's Steps* erreicht. Die

Felsenreihe ragte vollständig aus dem ruhigen Wasser heraus und zog sich als steinerner Pfad gute dreißig Meter ins Meer hinein – dorthin, wo es selbst bei Ebbe schon richtig tief wurde. Angeblich hatten Schmuggler sie früher benutzt, um ihre verbotenen Waren an Land zu bringen, ohne die Boote bis zum Strand rudern zu müssen. Jedenfalls erzählte Kenneth die Story gern Touristen, die eine seiner Ausflugstouren buchten. Das kam noch besser an als die Version mit König Artus.

Als wir klein waren, hatte man uns strengstens verboten, dort zu spielen. Zwischen den Felsen entstanden nämlich gefährliche Wirbel, die einen unerfahrenen Schwimmer unter Wasser ziehen konnten. Wir hatten es natürlich trotzdem getan. Ohne Schutzengel läuft eh nichts bei Kindern, hatte meine Mutter geseufzt, nachdem sie uns wieder einmal erwischt hatte.

Und später muss man eben allein klarkommen, dachte ich, als ich vor Aris den ersten der flachen Felsen betrat. Die Oberfläche war vom Wasser glatt geschliffen und mit Algen bewachsen. Man musste also ein wenig aufpassen, wie man seine Schritte setzte – aber ansonsten war es ein Kinderspiel, von Felsen zu Felsen zu schreiten, ob man nun König war oder Schmuggler.

Aris blieb dicht hinter mir. Vor dem letzten Felsen ließ ich ihn vorbei, damit er den Sender dort unterhalb der Wasserlinie anbringen konnte. Es wurde auch langsam Zeit, denn die Sonne neigte sich bereits dem Horizont entgegen.

Aris legte sich an der Felskante auf den Bauch. Ich reichte ihm die Plastiktüte und beobachtete, wie er den Sender im klaren Meerwasser an den Stein unter ihm presste. Das Gerät – oder war es in Wirklichkeit ein Lebewesen? – blieb haften und begann, mit einem sanften Licht zu pulsieren. Aris erhob sich auf die Knie und sah mit undurchdringlicher Miene aufs Meer hinaus. Die untergehende Sonne verlieh seiner hellen Haut einen goldenen Schimmer, seine schwarzen Haare wirkten dagegen noch dunkler als sonst. Unter ihrem Ansatz im Nacken schaute ein Stück der sternförmigen Male aus dem Hemdkragen heraus.

Trotz der vertrauten Kleidung von Kenneth wirkte Aris für mich in diesem Moment wie ein Alien im wahrsten Sinne des Wortes – wie ein Fremdling. Ich hatte plötzlich das unerklärliche Gefühl, dass er nicht aus dieser Welt stammte. Und obwohl es so ein warmer, milder Abend war, fröstelte es mich kurz. Dann aber drehte er sich um, lächelte zu mir hoch – und ich erkannte ihn wieder.

Vorsichtig richtete er sich auf. Ich prustete los. Er blickte an sich hinunter und musste ebenfalls lachen: Sein Hemd war vollkommen beschmiert mit dunkelgrünen, schleimigen Algen.

»Das kannst du mal gleich waschen, mein Freund«, kicherte ich und wies mit großer Geste auf das abenddunkle Meer. »So kommst du den Bernhardts nicht ins Haus!«

»Aber natürlich.« Sprach's, und bevor ich ihn aufhalten konnte, hatte er das Hemd über den Kopf gezogen und ging an mir vorbei, um einen der tiefer gelegenen Felsen als Waschplatz auszuwählen.

Okay ... den Oberkörper kann man wirklich vorzeigen, kommentierte meine innere Stimme bewundernd.

Ich musste ihr recht geben. Fest, muskulös und *echt* gut proportioniert, aber keiner von diesen unnatürlich perfekten Hollywood-Bodys. Und wie ihm die etwas zu weite Jeans locker auf den schlanken Hüften saß ... So eine Figur bekam man definitiv nicht, wenn man nur für den Spiegel trainierte. Dafür musste man wahrscheinlich von morgens bis abends ... ja, was eigentlich? Ich hatte schließlich keine Ahnung von einem typischen Tag im Leben des Aris Unbekannt. Schwimmen vielleicht? Könnte schon hinkommen – bei diesen Armen und Schultern …

Hallo! Jetzt komm wieder klar, Mädchen! Sonst nutzt er gleich seine wunderbar starken Arme, um echt dieses blöde Hemd zu waschen!

Ich verpasste mir rasch eine innere kalte Dusche, sprang hinter ihm her und rief: »Hey, warte mal! Das war doch nur ein Scherz!«

Er drehte sich um – und blieb so abrupt stehen, dass ich gegen ihn prallte. Für einen Moment nahm ich den Duft seiner warmen Haut wahr.

Oh wow …

Zentrale? Noch einen Eimer Wasser, bitte!

Ich trat fix einen Schritt zurück und atmete kurz durch.

»Ein Scherz?« Gut gelaunt drohte Aris mir mit dem verschmierten Hemd. »Na, dann kannst du das ja übernehmen, Frau!«

Offenbar hatte er kein bisschen mitgekriegt, wie sehr mich sein kleiner Halb-Striptease aus dem Konzept gebracht hatte. Und es schien ihn auch nicht weiter zu beeindrucken, dass ihm gerade ein, sagen wir mal, nicht ganz unansehnliches Mädchen gegen die nackte Brust geknallt war.

Hey, vielleicht steht er ja auf Jungs!, schlug meine innere Stimme hilfreich vor.

Vielleicht hältst du jetzt einfach mal die Klappe!, knurrte ich im Stillen zurück.

Na gut. So lässig wie er war ich schon lange. »Vergiss es! Du hast es eingesaut, du wäschst es auch!« Ich stemmte die Hände in die Hüften.

Aris nahm ebenfalls eine herausfordernde Pose ein. »Wir kämpfen es aus, wie wär's?«

»Da verlierst du«, erwiderte ich großspurig. »Ich hab mit Kenneth trainiert, du hättest keine Chance!«

»So?« In seinen grünen Augen blitzte es amüsiert auf. »Das werden wir ja sehen.«

Er griff nach mir, aber ich wich aus und stellte ihm ein Bein. Ich wollte ihn nicht wirklich ins Wasser schubsen, nur ein bisschen aus dem Gleichgewicht bringen. Aber wie das so ist mit undurchdachten Plänen und rutschigen Felsen: Sie sind keine gute Basis.

Und so brachte ich den überraschten Aris tatsächlich ins Wanken. Er suchte einen Halt, fand meinen Arm – und im nächsten Moment landeten wir beide im Meer. Nach Luft schnappend tauchte ich wieder auf, zwei Meter neben mir Aris.

»Große Göttin, ist das kalt!«, prustete er. »Das hatte ich ganz vergessen!«

Ich packte das neben mir treibende Hemd und wollte es rachsüchtig in seine Richtung schleudern. Doch ich erstarrte mitten in der Bewegung. Denn auf Aris' Brust begann ein Netz feiner goldener Linien zu glühen.

Kapitel 9

Aris bemerkte meinen Gesichtsausdruck und blickte an sich hinunter. Mir war sofort klar, dass ich gerade etwas sah, das ich nicht hätte sehen sollen.

Langsam schüttelte er den gesenkten Kopf, als ob er nicht fassen könnte, was er da unbeabsichtigt zugelassen hatte. Aber als er wieder zu mir schaute, lag fast so etwas wie Erleichterung in seinem Blick.

»Was ist das?«, fragte ich.

»Das Zeichen meines Hauses. Die Dornenbienen«, antwortete er schlicht.

Als er Boden unter den Füßen fand und sich aufrichtete, sodass ihm das Wasser nur noch bis knapp über den Bauch reichte, konnte ich das Muster erkennen: Es war die filigrane Darstellung zweier Bienen, im Profil gesehen, die sich einander zuneigten. Mit den Beinen hielten sie zwischen sich eine runde Form – eine Münze oder eine stilisierte Sonne? Feine Linien und Punktmuster umgaben sie. Das kunstvolle Motiv war ungefähr handgroß und saß genau über Aris' Herz.

Auch ich hatte inzwischen Halt gefunden. Um der Versuchung zu widerstehen, die schimmernden Linien auf seiner Brust zu berühren, blieb ich jedoch auf Abstand. »Und … wieso leuchtet es im Wasser?«

»Nur im Meerwasser«, erklärte Aris. »Das Aurikalchos reagiert mit dem Salz.«

»Aha«, erwiderte ich schwach. »Klar.«

Er schien einen Entschluss gefasst zu haben. Oder irre geworden zu sein. Jedenfalls strahlte er mich auf einmal übermütig an und fragte: »Willst du etwas Tolles sehen?«

Mir gelang ein mechanisches Nicken.

»Ich bin nicht so gut darin.« Er legte seine rechte Hand auf die Wasseroberfläche. »Aber das müsste eigentlich klappen ...«

Einen Moment lang passierte gar nichts. Dann aber erschien unter seiner Handfläche ein schwacher Lichtschein im mittlerweile fast schwarzen Wasser. Das Glühen breitete sich langsam weiter aus. Schon hatte es mich erreicht, und ich erkannte, dass es aus unzähligen winzigen Leuchtpartikeln bestand. Die Meeresoberfläche um mich herum sah aus wie flüssiger Goldstaub ... wie ein Universum mikroskopisch kleiner Sterne. Wenn ich meine Arme bewegte, wirbelten die Leuchtfunken in immer neuen Galaxien umeinander. Vor Entzücken vergaß ich zu atmen. Und dann alles andere.

Aris hatte konzentriert den Blick gesenkt und hielt seine Hand ruhig auf der Wasseroberfläche. Das Meeresleuchten reichte nun schon vom äußersten Felsen der *King's Steps* bis zum Strand. Und wir schwebten in seinem Zentrum.

Vorsichtig trat Aris einen Schritt näher und noch einen, bis er direkt vor mir stand. Die Zeichnung auf seiner Brust war jetzt besser zu sehen, und es wirkte, als ob sich die feinen Linien aus dem goldenen Wasser seine Haut hinaufschlängelten.

Magisch. Wunderschön. Und unfassbar anziehend.

Er schüttelte sich das Wasser aus den Haaren und sah mir ins Gesicht. »Atmen«, sagte er mit leisem Lachen.

Ich schnappte nach Luft und musste selber lachen, ungläubig, verzaubert. Dann holte ich mit beiden Armen aus und spritzte nach ihm. Goldene Tropfen zogen eine funkelnde Bahn durch die Luft zwischen uns, wie das fantastischste und seltsamste Feuerwerk der Welt. Und ich vergaß, was ich versprochen hatte: keine Fragen.

»Wie geht das?«, wollte ich wissen. »Warum kannst du so was?«

»Ich kann es eben«, gab er leichthin zurück. »Willst du –«

»Nein, ernsthaft, wie geht das?« Ich ließ nicht locker. »Machen das alle bei euch oder bist du der einzige Wassermagier?« Neckend schnippte ich noch ein paar glitzernde Tropfen in seine Richtung.

Sein Lächeln erlosch.

Ich vermisste es sofort, doch ich konnte einfach nicht aufhören zu fragen. »Hat das auch was zu tun mit diesem – wie war das? Orika…? Oder ist das so was wie 'ne Superkraft?«

»Ella.« Sanft nahm er meine Hand. »Ich kann … ich darf dir nichts weiter sagen.«

»Aber warum nicht?« Jetzt verschwand auch mein Hochgefühl. »Vertraust du mir denn nicht?«

Er antwortete nicht, sah mich nur stumm an.

Langsam wand ich meine Hand aus seinem Griff. Ein Schaudern kroch mir über die Haut, das nichts mit dem kalten Wasser zu tun hatte. Ja – dieses Meeresleuchten war das Schönste, was ich je gesehen hatte. Aber auf einmal machte es mir auch eine Scheißangst. Dies hier war nichts, das ich rational erklären konnte. So etwas gab es einfach nicht auf unserer Welt – kein Mensch konnte das!

Plötzlich drängte sich alles Bedrohliche und Erschreckende in mein Bewusstsein, das in den letzten Stunden auf mich eingestürmt war: fast ertrunken, fast abgestürzt. Todesangst und

Todesdrohung. Geschichten von Verrat, Entführung, Folter. Bootsbesatzungen, die spurlos verschwanden. Fremdartige Technologien, unmögliche Fähigkeiten. Und keine Erklärung in Sicht, für gar nichts. Das Schaudern breitete sich in mir aus, umklammerte mich wie mit eisigen Fangarmen.

Die Sonne war untergegangen. Über uns senkte sich die Dunkelheit herab. Aber das Glühen im Wasser war hell genug, um Aris' Gesicht sehen zu können – die Freude darin war wie weggewaschen. Genau so fühlte ich mich auch, übrig waren nur Verwirrung, Zweifel ... und Angst.

»Ella, es tut mir leid«, sagte er leise. »Ich wollte ... ich dachte, es würde dir gefallen.«

»Mir ist kalt«, brachte ich heraus. »Dir nicht auch?«

Er nickte. Ohne ein weiteres Wort schloss er seine Finger zur Faust, und die Sterne im Wasser um uns herum erloschen, einer nach dem anderen, bis nur noch die schwarzen Wellen übrig blieben. Wir schwammen zum nächstgelegenen Felsen der *King's Steps*, zogen uns daran hoch und kehrten zum Strand zurück. Ich lief voraus, durch den Sand und weiter den Weg hinauf. Erstens zitterte ich vor Kälte und zweitens wollte ich in diesem Moment einfach nur weg – vom Meer, von Aris, aber vor allem von seinen Geheimnissen.

Oben auf der Kuppe holte er mich ein. »Ella, warte doch kurz. Bitte!«

Abrupt blieb ich stehen und drehte mich zu ihm um. Er hatte sich das Hemd wieder übergestreift, aber da die Knöpfe offen standen, war das leuchtende Bild auf seiner Brust noch gut zu erkennen. So schön es auch aussah – in diesem Moment konnte ich den Anblick einfach nicht ertragen.

»Was ist?«, fuhr ich den Unbekannten vor mir an. »Was sollte diese Lichtshow? Was soll das überhaupt alles? *Wer bist du?*«

Er senkte den Blick. »Es tut mir leid«, wiederholte er gepresst. »Ich ... Wenn alles gut geht, bist du mich in spätestens zwei Tagen los.«

»Und wenn nicht alles gut geht?«, fragte ich wütend. »Was dann, hm? Gibt's dann 'ne neue Vorführung?«

»Nein.« Er machte einen Schritt zurück. »Du hast recht. Ich werde sofort gehen. Ich hole nur noch meine Sachen.« Damit ging er in Richtung des Cottages davon.

Ich sah ihm nach und spürte, wie meine Wut in sich zusammenfiel.

Keine Fragen, keine Lügen ... Nicht so einfach, wie es sich anhört, was? Meine innere Stimme war wieder aufgetaucht. *Aber du hast ihn gestern selbst zum Bleiben überredet, vergiss das nicht. Und warum?*

Ja, warum? Okay, wohl auch, weil ich neugierig war. Aber vor allem, weil ich ihm ehrlich helfen wollte. Vielleicht vertraute *er* mir nicht. Aber aus irgendeinem Grund vertraute ich *ihm* – selbst jetzt noch, das wurde mir plötzlich klar. Ich wollte ihn nicht im Stich lassen. Also gab ich mir einen Ruck und lief ihm hinterher.

»Hey, warte!«, rief ich. »Nun sei nicht albern. Bleib.«

Aris ging weiter und schüttelte nur stumm den Kopf, als blieben ihm die Worte in der Kehle stecken. Ich überholte ihn, stellte mich vor ihn und zwang ihn so, stehen zu bleiben. Er sah an mir vorbei. In seinen Augen lag ein seltsamer Glanz. Dann sagte er: »Ich kann nicht bleiben.«

Mir war klar, dass er nicht von den nächsten zwei Tagen redete.

Ich schluckte das meiste von dem hinunter, was mir auf der Zunge lag, und sagte schließlich nur: »Das macht nichts, okay? Aber wir ... du hast es doch schon fast geschafft. Da musst du jetzt nicht die letzten Tage am Strand übernachten. Komm mit zurück und bleib. Keine Fragen mehr, versprochen.« Ich versuchte es mit einem Scherz: »Wenn ich dich so gehen lasse, bringen mich die Bernhardts um.«

Es klappte. Aris lächelte schwach. Schließlich entspannte sich seine Körperhaltung etwas und er nickte. Das letzte Stück zum Haus gingen wir nebeneinander.

Die beiden Schwestern waren schon ins Bett gegangen, und bis auf das Willkommenslicht, das die Lampe über dem Eingang verbreitete, lag das Cottage im Dunkeln. Da ich drinnen den Schalter nicht fand, tasteten wir begossenen Pudel uns im Finstern die Treppe hinauf. Ich beschloss, dass ich heute schon genug herumgerannt war und einfach noch einmal das zweite Gästezimmer der Bernhardts in Anspruch nehmen würde. Sie hatten bestimmt nichts dagegen. Und an die nassen Sachen fremder junger Leute in ihrem Badezimmer waren sie hoffentlich auch schon gewöhnt.

»Duschen wäre jetzt wohl zu laut«, flüsterte ich Aris bedauernd zu. Ich konnte ihn gerade so erkennen, weil das Mondlicht durch das schmale Flurfenster hereinfiel. Auch von der Zeichnung auf seiner Brust war noch immer ein schwacher goldener Schein zu sehen. »Aber wenn dir kalt ist, mach ruhig.«

Er schüttelte den Kopf, obwohl er genau wie ich zitterte.

Ihr müsst euch mal eine andere Art von Date überlegen, spottete meine innere Stimme.

»Ich will nur schlafen.« Er wirkte müde und niedergeschlagen, blieb jedoch weiter im Gang stehen und sah mich an. »Ella.« Seine Stimme klang rau und verstärkte die Gänsehaut, die ich unter meinen nassen Sachen spürte. »Ich habe es ernst gemeint vorhin. Ihr seid gute Menschen und sollt meinetwegen nicht in Sorge sein … oder in Gefahr. Nichts hiervon hätte passieren dürfen. Ich wusste einfach nicht, was ich sonst hätte tun sollen. Aber jetzt habe ich einen Ausweg. Wenn ich erst fort bin, wird für euch alles wieder so sein wie vorher.«

Und für dich?, fragte ich stumm. *Du kehrst zurück in deine wunderbare, schreckliche Heimat. Und dann hoffst du, dass du auf die triffst, die wie du das Meer zum Leuchten bringen. Nicht auf die, die dich mit schwarzem Gift foltern. Was, wenn du das nicht schaffst?*

In diesem Moment wirkte Aris auf mich wieder so fremd, geradezu unnahbar … und unglaublich einsam. Ich hatte einen Kloß im Hals und kam mir mies vor wegen meines Ausbruchs. Irgendetwas musste ich doch sagen oder tun, um das wieder auszubügeln und ihn nicht einfach so wegzuschicken!

Soll ich mit zu dir rüberkommen? Einfach, damit du heute Nacht nicht allein bist? Die Worte lagen mir auf der Zunge. Aber ich hatte Angst, dass er sie falsch verstehen würde, besonders nach dem, was er mir auf dem Weg zum Strand anvertraut hatte. Also sagte ich nur unbeholfen: »Es ist alles gut. Mach dir keine Gedanken um uns. Jetzt schlaf erst mal.«

Er senkte den Kopf und wandte sich um. »Bis morgen.«

Die Tür schloss sich hinter ihm, ich zog meine zu, und dann war jeder von uns allein mit seinen Gedanken.

Keine Ahnung, wie es ihm ging, ich jedenfalls konnte lange nicht einschlafen. Und zwar nicht nur, weil ich so durchgefroren war. Wie immer erschienen mir die Probleme in der Dunkelheit noch größer und drückender, als sie es ohnehin schon waren. Ich kam mir so grenzenlos verpeilt und hilflos vor wie noch nie in meinem Leben. Eine einzige Sache hatte ich in den letzten Tagen richtig gemacht: diesen Kerl aus dem Wasser zu ziehen. Aber dann hörte es auch schon auf.

Was bildete ich mir eigentlich ein? Ich traf reihenweise Entscheidungen, die mit Vernunft nicht wirklich etwas zu tun hatten, da konnte ich mir die Gründe noch so schönreden. Und wofür das alles? Für jemanden, den ich überhaupt nicht kannte.

Und für seine schönen Augen, erklang es in mir.

Das hat überhaupt nichts damit zu tun!, protestierte ich empört.

Vielleicht sieht er das ja anders.

Alarmiert bohrte ich nach. *Was soll das denn heißen?*

Naja. Meine innere Stimme wirkte jetzt ziemlich nüchtern. *Du bist schließlich seine wichtigste Verbündete hier. Vielleicht will er sichergehen, dass du ihn nicht doch fallen lässt. Wird ja langsam ganz schön komisch, das Ganze.*

Du meinst, er hat das im Wasser eben aus Berechnung getan?, fragte ich ungläubig. *Um – um mich zu bezirzen oder so was?*

Warum nicht? Wenn die schönen Augen nicht reichen, muss man eben noch 'ne Schippe drauflegen.

Nein. Ich schüttelte den Kopf. *Das glaube ich nicht. So wirkt er kein bisschen.*

Mhm. Wo du ja so 'ne gute Menschenkennerin bist. Gerade bei Typen.

Luca war eine Ausnahme!, zischte ich wütend zurück. *Und das kann man überhaupt nicht vergleichen!*

Konnte man wirklich nicht. Mein Exfreund sah auch ziemlich gut aus – wobei ich jetzt echt einen neuen Maßstab entdeckt hatte – und gefiel sich sehr in der Rolle als *Gottes Geschenk an die Frauen*. Ich war in seinen Augen maximal Kategorie *guter Durchschnitt* und hatte entsprechend dankbar für seine Beachtung sein sollen. Aris dagegen schien sich seines fantastischen

Aussehens nicht einmal bewusst zu sein, geschweige denn, dass er es für seine Zwecke einsetzte. Oder war ich immer noch zu blöd, um die Anzeichen zu erkennen?

Kann mir auch egal sein, grummelte ich. *Ich will ja nichts von ihm.*

Ach, gaaar nichts?, säuselte es ironisch in mir.

Ich helfe ihm, nach Hause zu kommen, und das war's. Dann ist auch Schluss mit diesen ganzen schrägen Geschichten. Missmutig zog ich mir das Kissen über den Kopf. *Und jetzt Ruhe. Ich muss schlafen.*

Aber das war leichter gesagt als getan. Ich wälzte mich noch ziemlich lange unruhig hin und her, zuckte beim kleinsten Geräusch zusammen und wühlte mich durch einen immer größeren und wirreren Gedankenhaufen. Irgendwann fielen mir doch die Augen zu. Ich schlief tief und traumlos.

Als ich erwachte, stand die Sonne schon hoch. Aus dem Erdgeschoss drang das Klappern von Geschirr an meine müden Ohren. Von draußen hörte ich Snowflakes Möwengebell. Oh Mann, den hatte ich ja völlig vergessen! Zum Glück hatten sich die Bernhardts um ihn gekümmert. Da war wohl etwas mehr fällig als Discounter-Hundesnacks …

Groggy kämpfte ich mich aus dem Bett und tastete nach meinem Handy. Wie spät war es? Aber ich bekam keine Antwort, denn obwohl das Teil seit gestern Nachmittag am Ladekabel hing, blieb das Display schwarz. Es hatte wohl endgültig seinen Geist aufgegeben, als ich es ins Gras gepfeffert hatte. Na super. Jetzt gab es für mich gar keine Chance mehr, meine Mutter anzurufen, denn natürlich hatte ich die Nummer von Lars' Handy nirgendwo notiert. Tja, hoffentlich kontaktierte sie Mrs. Kemp oder Lisa, wenn sie mich nicht erreichte. Und bestimmt konnte ich ihr bei meiner Freundin zur Sicherheit eine Mail schreiben.

Dann kroch mir langsam ins Bewusstsein, dass ich noch ein paar andere Probleme am Start hatte. Das kleinste war, keine Zahnbürste eingesteckt zu haben, als ich gestern in Grannys Cottage gewesen war. Das größte saß hoffentlich unten und frühstückte mit den Bernhardts.

Auf dem Boden vor der Zimmertür fand ich mein Shirt und meine Jeans, sauber zusammengelegt und trocken. Ich hätte die Bernhardts küssen können – wahrscheinlich hatten sie das nasse Zeug im Badezimmer gefunden und eine Runde in den Trockner geworfen. Schnell schlüpfte ich in meine Sachen und stapfte die Treppe hinunter.

In der Frühstücksecke des Wohnzimmers fand ich allerdings nur die beiden Schwestern beim Tee. Sofort meldete sich mein Unbehagen wieder. Wo war Aris? Hatte er sich letzte Nacht etwa doch zu Herzen genommen?

Aber Helen, stilvoll in einen schiefergrauen Rock und Rosenmuster-Bluse gekleidet, beruhigte mich mit ihrer Begrüßung: »Ah, da bist du ja, Ella. Wurde gestern ein bisschen spät, was?« *Zwinker, zwinker.* »Dein junger Mann ist schon seit Sonnenaufgang auf den Beinen. Er wollte unbedingt nachsehen, ob mit dem Sender alles in Ordnung ist.«

»Wir stehen ja auch immer sehr früh auf«, fügte Hildy hinzu und fuchtelte in der Gegend herum, sodass unzählige indische Armreifen klimperten, die bestens zu ihrem orangefarbenen Sari-Outfit passten. »Einen Tee hatten wir um die Zeit aber noch nicht fertig. Sollen wir euch vielleicht etwas einpacken und du nimmst es mit runter?«

Ich nickte dankbar, konnte aber kaum abwarten, bis die alten Damen mir eine Thermoskanne und ein paar aufgebackene Scones in den Rucksack gestopft hatten. Dann rannte ich los, Snowflake laut bellend hinter mir.

Was, wenn Aris nicht am Strand war?

In spätestens zwei Tagen bist du mich los. Ich hatte keine Ahnung, wie er auf diese Zeiteinschätzung kam. Was, wenn der Sender deutlich eher Erfolg gebracht hatte? Kam ich vielleicht schon zu spät?

Doch diese Sorge verflüchtigte sich, sobald ich den Rand der Steilküste erreicht hatte und hinunter in die Bucht blickte.

Aris war noch da.

Er saß auf dem äußersten Felsen der *King's Steps*, ließ die Beine baumeln und hielt sein Gesicht in die Sonne. Über Kenneths Jeans trug er wieder seine rostrote, zerrissene Tunika. Auf dem Stein hinter ihm trocknete Kenneths Hemd.

Ich fasse es nicht, dachte ich. *Er hat es tatsächlich gewaschen.*

Dank Snowflakes Gebell bemerkte er mich natürlich sofort. Ausnahmsweise war ich dem Wunderhund wegen seines Lärms nicht böse, denn so ersparte er mir die Überlegung, wie ich mich am besten ankündigen sollte. Aris drehte sich zu mir um und winkte fröhlich. Ich atmete erleichtert auf. Er war wieder ganz der Alte.

Ganz der Alte, spottete meine innere Stimme. *Du kennst den Typen jetzt noch keine drei Tage! Und wenn es nach ihm geht, werden es auch kaum mehr.*

Ich schüttelte den Kopf, schüttelte die Stimme ab. Dann warf ich Snowflake ein Scone zur Ablenkung hin, damit er nicht versuchte, mir auf die Felsen zu folgen. Vorsichtig sprang ich von Stein zu Stein, bis ich schließlich vor Aris stand.

Er beschirmte seine Augen mit der Hand und blickte lächelnd zu mir hoch. »Bringst du mir etwa das Frühstück?«

»Ausnahmsweise. Schönen Gruß von den Bernhardts.« Ich lächelte zurück, unheimlich froh, dass wieder alles in Ordnung zwischen uns war. Okay, vielleicht war *Ordnung* nicht ganz das richtige Wort, aber hey … Unordnung war eh mehr mein Ding.

Und jetzt hatte ich echt Hunger. Also setzte ich mich neben ihn und wir teilten uns Tee und Scones. Ich biss herzhaft in das krümelige Gebäck und musste an meine Granny denken: wie sie beim Backen mit der immer gleichen blau-weißen Teetasse runde Teigstücke ausgestochen und sich dabei meine kleinen oder großen Sorgen angehört hatte. Wenn die Scones kurz darauf heiß und knusprig auf dem Tisch gestanden hatten, war die Welt jedes Mal wieder im Einklang gewesen – jedenfalls für sie und mich …

Wie sich herausstellte, dachte auch Aris an seine Familie.

»Das ist wirklich guter Tee«, sagte er, nachdem er fast die ganze Kanne allein ausgetrunken hatte. »Vielleicht kann ich einen Beutel davon zurückschmuggeln. Der wäre etwas für meinen Bruder …« Seine Hand griff nach dem goldenen Ring an seinem rechten Zeigefinger, drückte ihn kurz und fest.

Ich sagte nichts, aber er sah, dass ich seine Geste bemerkt hatte.

»Der gehört ihm«, erklärte er leise.

»Kann ich mal …?« Ich biss mir auf die Lippen.

Oh Mann. Du wolltest es doch lassen, Ella!

Aber, oh Wunder: Aris hielt mir tatsächlich seine Hand hin, damit ich den Ring näher betrachten konnte. Die flache Schmuckscheibe darauf schimmerte im Sonnenlicht. Sie war bedeckt mit zarten, eingravierten Linien, die ein unglaublich detailliertes Bild zeigten. Ich kniff die Augen zusammen: Das Motiv der Dornenbienen befand sich im Zentrum, flankiert von einer Frauen- und einer Männerfigur, die, soweit ich es erkennen konnte, beide prächtig gekleidet waren, geradezu zeremoniell. Sie wurden eingerahmt durch eine Landschaft mit Hügeln und tempelartigen Gebäuden. Aber um mehr zu erkennen, hätte ich wirklich eine Lupe benötigt – die Einzelheiten waren einfach zu winzig. Eine wahre Miniatur.

»Das sieht irre kunstvoll aus«, kommentierte ich bewundernd.

Aris zog seine Hand zurück und nickte erfreut. »Die besten Goldschmiede arbeiten für meine Familie. Ich besitze auch so einen Ring. Aber ich habe ihn gegen diesen getauscht. Wenn Ionis wieder gesund ist, bekommt er ihn zurück. Das habe ich ihm versprochen.« Er fuhr sich mit der Hand über die Augen. »Ich ... ich glaube zwar nicht, dass er mich hören konnte, aber vielleicht –«

»Er schafft's bestimmt«, versicherte ich in einem hilflosen Versuch, tröstlich zu klingen. Schließlich hatte ich keine Ahnung, wie es seinem Bruder wirklich ging oder was er hatte.

Aber Aris schien für jeden Strohhalm dankbar. »Ja, da bin ich sicher.« Hoffnungsvoll blickte er mich an. »Ionis ist der Stärkste von uns. Und der Klügste. Eigentlich war er schon immer der bessere Nachfolger für meinen Vater, ob zweiter Sohn oder nicht. Solon wollte vor allem seinen eigenen Kopf durchsetzen. Aber Ionis versteht das alles, die ganzen Allianzen und Intrigen. Wie jeder versucht, seine Interessen zu verfolgen und einen Keil zwischen seine Gegner zu treiben.« Er grinste. »Bei unserer Familie hat das aber noch niemand geschafft. Wir sind uns eng verbunden. Und dabei müsstest du mal hören, was so über uns erzählt wird: Mein Vater sei geisteskrank, mein Onkel ein Giftmischer, meine Mutter ...« Er zog eine Grimasse. »Ich sage besser nicht, was sie über meine Mutter verbreiten.«

Ich konnte es mir lebhaft vorstellen und fragte nicht nach

den schlüpfrigen Details. Stattdessen interessierte mich etwas anderes. »Warum nennen sie deinen Onkel einen Giftmischer?« Das klang wie ein sehr spezieller Vorwurf.

Aris zuckte mit den Schultern. »Vor Jahren, ich war gerade erst geboren, gab es einen Anschlag auf meinen Vater. Man hatte versucht, ihn zu vergiften. Aber das eigentliche Gift war das Gerücht, mein Onkel – sein Bruder – stecke dahinter. Vater hat nie an ihm gezweifelt, aber er musste ihn dennoch ins Exil schicken, um seine Herrschaft nicht zu schwächen. Das war ein schwerer Schlag für meine Familie. Die wahren Verschwörer wurden schließlich entdeckt und Vater holte Onkel Evros zurück an den Hof. Aber so ganz hat unser Haus das nie abgeschüttelt. Trotz seiner Unschuld darf mein Onkel bis heute keine offizielle Position einnehmen. Dafür war er so etwas wie mein Erzieher. Ich glaube, er kennt mich besser als meine Eltern ...«

Aris verstummte. Ihm war wohl bewusst geworden, dass er mehr gesagt hatte, als er sollte.

Doch dass er überhaupt wieder etwas von sich erzählte, ließ Freude und Aufregung in meinem Magen pulsieren. Fasste er endlich Vertrauen zu mir? Um das nicht wieder zu verspielen, riss ich mich zusammen und fragte nicht weiter nach – obwohl ich darauf brannte, mehr über seine Familie und seine geheimnisvolle Heimat zu erfahren.

So saßen wir eine ganze Weile in entspanntem Schweigen nebeneinander, hingen unseren Gedanken nach und sahen hinaus auf das glitzernde Wasser. Ab und an hörte ich Snowflake am Ufer bellen. Er war schon wieder auf Möwenjagd und hatte sich damit abgefunden, dass sein Frauchen unbedingt auf einem Stein im Meer sitzen musste.

Noch immer war es ungewöhnlich warm und windstill. Tristans Party an diesem Abend kam mir in den Sinn. Na, mit dem Wetter hatte er jedenfalls Glück ...

Schließlich richtete Aris sich auf und wischte die letzten Krümel von seiner Hose. »Der Sender funktioniert«, murmelte er. »Aber ich will noch einmal etwas anderes versuchen. Nicht ausflippen, wenn es klappt, in Ordnung?«

Ich warf ihm einen gespielt finsteren Blick zu. Grinsend beugte er sich hinab und legte wieder seine rechte Hand auf die Wasseroberfläche. Mit der nahenden Flut erreichten die Wellen inzwischen fast den oberen Rand des Felsens. Lange konnten wir hier nicht mehr bleiben, wenn wir keine nassen Füße bekommen wollten. Ich packte vorsichtshalber schon einmal alles zusammen und stand auf. Dann sah ich, wie das Wasser unter Aris' Handfläche zu glühen begann. Im Sonnenlicht musste man allerdings schon genau hinschauen, um es zu bemerken. Diesmal breitete sich der goldene Schein nicht ringsherum aus, sondern pfeilartig nach vorn – weg von Aris, hinaus aufs Meer. Sein Gesicht und sein Körper wirkten voll konzentriert. Das hielt er vielleicht fünf Minuten durch, dann entspannte er sich wieder und das Leuchten verblasste.

Er ließ seine Hand im Wasser baumeln und sah seufzend zu mir hoch. »Ich habe das heute Morgen schon ein paarmal probiert, aber ohne Erfolg.«

»Was genau soll denn passieren?«

Er kam nicht dazu, mir zu antworten. Denn plötzlich tauchte ein gewaltiger schwarzer Schatten vor uns auf und riss Aris mit sich unter Wasser.

Kapitel 10

Im ersten Moment war ich so geschockt, dass ich nicht einmal schreien konnte. Entsetzt starrte ich auf das Meer. Doch bis auf ein paar Wellen und weiße Gischtblasen war nichts zu sehen, weder von Aris noch von dem Ding – Monster – oder was auch immer ihn erwischt hatte. *Dann* schrie ich. Ich schrie seinen Namen auf das Wasser hinaus. Aber ich bekam keine Antwort. Nur Snowflakes Gebell wehte vom Strand zu mir herüber.

Da tauchte in der Mitte der Bucht eine riesige, tiefschwarze Rückenflosse auf. Sie durchschnitt die Wasseroberfläche und verschwand wieder in den Fluten. Mir blieb die Luft weg.

Ein Orca.

Ein verdammter Killerwal war in *meiner* Bucht und hatte Aris ins Wasser gerissen! In mir brüllten die Gedanken durcheinander.

Wie ist das möglich?

Woher kommt das Vieh?

Aris ist tot. Das das KANN er nicht überleben, oder?

In diesem Moment tauchte der Schwertwal wieder auf, noch weiter vom Land entfernt. Ich sah den Kopf mit der charakteristischen schwarz-weißen Zeichnung. Und ich sah Aris, der mit seinem Arm immer noch im Maul des Wals hing. In der nächsten Sekunde waren beide wieder verschwunden.

Oh Gott, dachte ich, *dieses Monster schleppt ihn aufs Meer hinaus …!*

Ich stand nur da wie gelähmt und starrte fassungslos auf die Wellen. Was blieb mir anderes übrig? Diesmal gab es wirklich nichts, das ich hätte tun können. Die schwarze Flosse erschien erneut. Mit unglaublicher Geschwindigkeit durchpflügte sie die Wellen.

Und sie hielt genau auf mich zu.

Ich blickte hinab und bemerkte, dass die ansteigende Flut schon den Stein überspülte, auf dem ich stand. *Leichte Beute.* Aber ich konnte mich nicht rühren. Verdammt, ich konnte nicht einmal atmen! Der Schwertwal kam näher, pfeilschnell, unaufhaltsam, ein perfekter Jäger.

Tu was, blöde Kuh!, schrie es in mir. *Er hat dich gleich!*

Nichts tat ich. Bei mir stand alles still, mein Körper totes Gewicht, Kopf und Herz in Schockstarre. Doch als das mächtige Tier meinen Felsen fast erreicht hatte, drehte es mit einem Mal scharf ab. Auf seinem Rücken, festgeklammert an der bestimmt zwei Meter hohen Flosse, erkannte ich Aris. Begeistert winkte er mir zu, während er auf dem schwarz-weißen Monstrum an mir vorbeizog.

Ich wäre in diesem Moment wirklich gern in Ohnmacht gefallen. Stattdessen bekam ich endlich wieder Luft. Und entschied, dass ich genug von dem Scheiß hatte.

»Aris!«, brüllte ich quer über die Bucht, mit einer Stimme, auf die jede Kindergärtnerin stolz gewesen wäre. »Komm sofort zurück!«

Keine Ahnung, ob er mich gehört hatte – aber der gigantische Schwertwal machte tatsächlich im nächsten Moment kehrt und schwamm wieder in meine Richtung. Je näher er kam, desto langsamer wurde er, bis er unmittelbar neben mir längs der *King's Steps* trieb und kaum noch das Wasser kräuselte.

Das Tier war immens groß, bestimmt zehn Meter lang. Im klaren Wasser konnte ich deutlich seinen dunklen Körper erkennen. Wie zur Begrüßung hob es den gedrungenen Kopf mit dem länglichen weißen Fleck hinter dem Auge. Als es sein Maul öffnete, erblickte ich darin eine Reihe großer und sehr spitzer Zähne. Plötzlich fühlte es sich an, als ob statt Blut irgendeine eiskalte wässrige Flüssigkeit durch meine Adern floss. Der Rucksack fiel mir aus der Hand und landete mit einem dumpfen Klatschen auf dem nassen Felsen.

Aris richtete sich auf dem glatten schwarzen Rücken des Orcas auf. Er hielt sich an der Flosse fest, die seinen Kopf knapp überragte, und strahlte mich an. »Ella, sieh nur: Es hat geklappt!«

»Hast ... hast du den jetzt gerade gezähmt, oder was?«, brachte ich mühsam heraus.

»Wie? Nein, nein.« Er schüttelte den Kopf. Glitzernde Wassertropfen flogen aus seinen Haaren in meine Richtung. »Das ist mein Jagdwal. Er heißt Sika.« Voller Zuneigung klopfte er gegen die Flosse, woraufhin das Vieh so etwas wie ein wohliges Quietschen von sich gab. »Er ist meinem Signal gefolgt und hat mich gefunden.«

»Der hätte dich fast umgebracht!«, rief ich ungläubig.

»Ach was«, lachte Aris. »Reiner Übermut. Er hat sich einfach gefreut, mich wiederzusehen.«

»Ja, Haustiere sind so verspielt. Kenne ich von ... Snowflake ...« Vielleicht sollte ich doch ohnmächtig werden? Und dann aufwachen und alles wäre wieder normal?

Keine Chance. Mir würden zwar gleich die Knie einknicken, aber mein Kopf war leider total klar.

Langsam schien bei Aris immerhin der Adrenalinrausch nachzulassen. Gewandt sprang er vom Rücken des Orcas auf den Felsen neben mich. Er legte mir die Hände auf die Schultern und sagte beruhigend: »Ella. Es ist alles in Ordnung.«

»Ist das etwa deine Mitfahrgelegenheit?«, fragte ich benommen. »Gehst ... gehst du jetzt weg?«

Er runzelte die Stirn. »Was? Mit Sika? Aber nein. Wie sollte das denn funktionieren?«

»Stimmt, wie blöd von mir ...«

»Er ist ja ohne Geschirr hier«, fuhr Aris fort, ohne auf meinen Einwand einzugehen. »Und ich habe keine Ausrüstung. Nicht einmal Koirò.«

»Koirò?«

»Ein Kriechgel«, erklärte er leichthin. »Man trägt es auf die Haut auf, zum Schutz und zur Isolierung im Wasser.«

»Das hattest du wohl bei deiner Flucht ...?«, mutmaßte ich.

Er nickte, und ich dachte an Dr. Wilkes, dem Aris' Zustand solche Rätsel aufgegeben hatte. Gegen die Sonne schützte es aber wohl nicht.

»Jedenfalls könnte ich keine so lange Strecke mit Sika überstehen. Das schaffen nur Statt...« Er unterbrach sich. »Aber er wird eine Nachricht von mir an Som überbringen.«

Den Namen hatte er schon einmal genannt. *Und jetzt frage ich nach,* entschied ich. Das schuldete er mir nach diesem Stunt. »Wer ist das?«

»Mein bester Freund. Streng genommen mein Diener. Aber ich bin praktisch in seiner Familie aufgewachsen.« Aris griff in die Hosentasche und holte eine kleine schwarze Filmdose heraus, die er wahrscheinlich von den Bernhardts bekommen hatte. »Som vertraue ich blind. Und er ist der Einzige, den Sika garantiert findet.« Er sprach weiter wie zu sich selbst: »Som schafft es bestimmt hierher, ohne dass es jemand anders bemerkt. Solange ich nicht weiß, wer zu den Verschwörern gehört, darf ich nichts riskieren.«

Sagte der, der sich gerade von einem Killerwal durchs Wasser hatte ziehen lassen ... Da bemerkte ich, dass Blut an seinem Arm hinablief. »Du bist ja verletzt!«

Er blickte unbekümmert an sich hinunter. »Oh. Stimmt. Sika ist es nicht gewöhnt, dass ich keinen Anzug trage. Ist aber nicht tief.«

»Nicht tief, am Arsch«, murmelte ich und ignorierte seinen schockierten Blick wegen meines Kraftausdrucks.

Sorry, Freundchen, dachte ich bei mir, *ich bin zwar gerade fast umgekippt, aber eine Prinzessin auf der Erbse hast du nun mal nicht gefunden!* Rasch schnappte ich mir den Rucksack. Darin befand sich auch ein dünnes Geschirrhandtuch, in dem die Scones eingepackt gewesen waren. Das wickelte ich jetzt um Aris' Unterarm, in den das Wassermonster ein paar saubere Löcher gestanzt hatte. Aris hielt musterhaft still und zuckte nicht einmal, als ich das Tuch mehr schlecht als recht festknotete. Das war entweder ziemlich gute Selbstbeherrschung oder immer noch das Adrenalin.

Dann sagte ich streng: »Und nachher wird das desinfiziert, klar?«

Er verbeugte sich leicht, die Hand ehrerbietig auf der Brust. »Wie Ihr befehlt.« Ein bisschen ernster fügte er hinzu: »Danke, Ella.«

Ich versuchte zurückzulächeln, aber es wurde nur eine Grimasse. Keine Ahnung, warum in Filmen solche Verarztungsszenen immer zu Romantik führen. Auf mich wirkten Blut und Schmerzen kein bisschen anregend. Ich hockte mich hin und spülte mir die Hände im kalten Meerwasser – auf der vom

Schwertwal abgewandten Seite des Felsens, wohlgemerkt. Nur für den Fall, dass die auch solche Fress-Flashs bekamen wie Haie, wenn sie Blut rochen ...

Aris öffnete die Filmdose und entnahm ihr eine kleine Rolle eng beschriebenes Papier. Ich konnte nur einen kurzen Blick darauf werfen, aber die Schriftzeichen waren mir vollkommen unbekannt.

Keilschrift meets Sütterlin, was weiß ich. Auch meine innere Stimme hatte nichts Hilfreiches beizutragen.

Aris kletterte zurück auf Sika. Jetzt bemerkte ich, dass man die Rückenflosse des mächtigen Tiers etwa eine Handbreit über dem Rücken mit einem Ring durchbohrt hatte, an dem eine schmale silberne Kapsel befestigt war. Aris öffnete sie und steckte die Nachricht hinein.

»Die Frequenz, auf die ich den Sender eingestellt habe, ist für meinen Jagdwal reserviert. Die überwacht normalerweise niemand sonst. Aber wenn ich sie Som mitteile, kann er das Signal gezielt anpeilen und findet hierher.«

»Wenn der Sender deinen Wal hergeführt hat, warum hast du dann –« Mit meiner Hand deutete ich das Meeresleuchten an.

»In Landnähe ist es schwer für Sika. Viele fremde Unterwassergeräusche. Ihr seid zu laut. So ...« er imitierte meine Geste, »kann ich ihn zu mir rufen. Leider schaffe ich das nur auf kurze Distanz.«

Dann war dieser »Wasserzauber« wirklich nicht nur eine Lightshow, um fremde Mädchen zu beeindrucken – sondern eine Art Kommunikationsweg? Ich verbiss mir meine Fragen, machte aber große Augen, in der Hoffnung, ihn zu weiteren Erklärungen zu verführen.

Leider bemerkte Aris das nicht und fuhr fort: »Sika schafft

den Weg nach Hause in einem halben Tag. Mein Freund könnte schon morgen hier sein.« Er war einen Moment still. Vielleicht dachte er an seine Heimat. Oder rechnete sich seine Chancen aus … Dann jedoch kam ihm ein anderer, vollkommen idiotischer Gedanke. »Ella?« Er nickte mit dem Kopf in Richtung des Wals. »Willst du es einmal ausprobieren?«

»Ich – auf dem … Nein.« Entschlossen schüttelte ich den Kopf. Ich erinnerte mich lebhaft an das YouTube-Video, in dem ein »zahmer« Killerwal seine Trainerin tötete. Die Frau hatte keine Chance gehabt, als das Vieh sie mit seinem Maul packte und einfach unter Wasser zog. Oder die Naturdoku-Clips, die zeigten, wie geschickt diese Raubtiere mithilfe von koordinierten Angriffen Robben von Eisschollen herunterholten, um sie dann in Stücke zu zerreißen. »Haie mit besserer PR« hatte Kenneth Orcas einmal genannt. Lisa hatte ihm natürlich heftig widersprochen und angefangen, von dem tollen Sozialverhalten der Biester und ihren Familienverbänden zu erzählen und dass ein Schwertwal in Gefangenschaft ja psychotisch werden *muss* und blabla, aber mir hatten die Videos gereicht.

»Auf keinen Fall. Niemals«, fügte ich also hinzu, falls etwas unklar geblieben war. »Außerdem sind meine Sachen gerade trocken. Das ist so selten, seit ich dich kenne.«

»Komm schon.« Aris streckte mir seine Hand entgegen und grinste mich spitzbübisch an. »Ich passe auf dich auf.«

»Du kannst ja nicht mal auf dich selbst aufpassen«, erwiderte ich lahm. Hey – warum hatte ich jetzt einen Schritt in seine Richtung gemacht?

Weil du weißt, dass du so eine Chance nur einmal im Leben bekommst. Und dass du ihm vertrauen kannst. Auch wenn du ihn noch keine drei Tage kennst.

Ich atmete tief durch. *Okay. Auf deine Verantwortung.*

Noch immer widerwillig nahm ich Aris' Hand und setzte vorsichtig einen Fuß auf den Rücken des Schwertwals, der nahezu bewegungslos neben uns im Wasser trieb. Aris ließ sich vor der mächtigen Flosse nieder, lehnte sich an und zog mich zu sich.

»Wieso sitzen wir hier vorne?«, fragte ich flüsternd. Laut zu sprechen traute ich mich nicht.

»Mehr Platz. Und du bleibst vielleicht trocken.«

Ich sah sein verschmitztes Lächeln nicht, aber ich spürte es in meinem Rücken. Genau wie seine kräftige Brust und den flachen Bauch, die mir als Lehne dienten. Um möglichst viel eigenen Halt zu finden, drängte ich meine Beine dicht an seine, bemerkte dabei jedoch vor allem, wie muskulös sich diese unter dem nassen Jeansstoff anfühlten. Ehrlich gesagt, half mir das alles nicht wirklich, mich zu entspannen.

Als ich schließlich wagte, mich ein wenig umzusehen, verstand ich, dass Aris recht hatte mit seiner Platzanweisung. Zwar saß die Rückenflosse ziemlich genau in der Mitte des Orca-Körpers, aber der Vorderteil, wo wir uns befanden, war breiter und ragte aus dem Wasser – solange Sika nicht mit dem Kopf abtauchte. Ganz vorsichtig berührte ich mit den Händen die Haut des Tiers unter mir. Sie war kalt und vollkommen glatt, wie ein prall aufgepumpter Schwimmreifen. Ich hatte nicht die geringste Ahnung, was ich tun sollte, wenn ich ins Rutschen kam.

»Ganz ruhig«, hörte ich Aris' Stimme an meinem Ohr. »Ich halte dich fest.« Sein rechter, verletzter Arm schlang sich locker um meine Taille. Schmerzen bereitete ihm das wohl nicht – oder er konnte sich einfach gut zusammenreißen. Er schien ja ohnehin nicht gerade zum Jammern zu neigen. Nun klopfte er leicht mit der anderen Hand auf den Rücken seines Reittiers. »Sika.« Er fügte etwas in einer Sprache hinzu, die ich nicht verstand, der Orca aber offenbar schon.

Ich spürte, wie sich der gewaltige Körper unter mir in Bewegung setzte. Wieder hielt ich unwillkürlich den Atem an. Ruhig glitt der Schwertwal durch das Meer, mit so sanften Bewegungen, dass unser Sitzplatz tatsächlich einigermaßen über Wasser blieb. Die gleichmäßigen Schläge der Schwanzflosse setzten sich durch den massigen Leib fort, der sich unter uns hob und senkte. Ich hatte keine Ahnung, wie Aris dabei das Gleichgewicht bewahrte, aber es gelang ihm mühelos, und wie versprochen hielt er mich fest.

Sika zog in einem weiten Bogen am Strand vorbei, ließ die Felsen der Steilküste rechts liegen und steuerte dann auf das offene Meer hinaus. Um uns herum glitzerte das Wasser türkisfarben, dann saphirblau. Wann immer der Kopf des Schwertwals eine der flachen Wellen durchstieß, stob eine schneeweiße feine Gischtwolke empor und hüllte uns ein. Bei einem solchen Ritt trocken zu bleiben war natürlich unmöglich, aber das kümmerte mich mittlerweile überhaupt nicht mehr.

»Atmen«, flüsterte Aris hinter mir.

Seine Wange lag kurz an meiner. Es war, als ob ich plötzlich erwachte. Ich holte tief Luft – und schrie auf vor Begeisterung, so unglaublich war das alles, so wenig konnte ich glauben, was ich hier erlebte! Am allermeisten überraschte mich, wie sicher ich mich fühlte. In der Luft um mich herum zerstoben glitzernde Wassertropfen, ich war durchnässt bis auf die Haut und fand so gut wie keinen Halt auf dem tiefschwarzen Rücken unseres unwahrscheinlichen Reittiers. Das Festland hatten wir weit hinter uns gelassen, vor uns nur noch Himmel und Meer. Schwimmend hätte ich den Weg zurück nicht mehr geschafft. Aber ich hatte keine Angst. Mein Rücken ruhte an Aris' Brust, dem einzig warmen Punkt weit und breit. Alles andere um mich herum war geradezu überwältigend kalt, klar und licht.

Schließlich kehrte der Orca zurück zu den *King's Steps*. Die vorderen Steine waren bereits von der Flut überspült. Kenneths Hemd und der Rucksack trieben vermutlich irgendwo in der Bucht. Lisa würde mich umbringen. Aber so richtig erreichte mich der Gedanke gerade nicht. Mit vor Kälte und Anspannung verkrampften Beinen kletterte ich von Sikas Rücken. Der Felsen schien in sanften Wellenbewegungen unter mir zu schwanken. Egal, hielt ich mich eben noch ein bisschen an Aris fest. Das kannte er ja jetzt schon. Ich sah ihn an. Im Gegenlicht der Sonne ließ sich sein Gesicht nur schwer erkennen, aber er schien so glücklich, wie ich mich fühlte. Schließlich fand ich mein Gleichgewicht und ließ ihn widerwillig los.

Aris wandte sich Sika zu. Fest legte er die Hand auf die gewölbte Stirn des Tieres und begann erneut, in seiner eigenen Sprache zu sprechen. Langsam und deutlich formte er die Laute, und ich glaubte, einige Male das Wort »Som« zu hören. Schließlich richtete er sich wieder auf. Wie zur Antwort schüttelte der Orca mehrmals seinen mächtigen Schädel und stieß ein lang gezogenes, hohes Heulen aus. In einer flüssigen Bewegung tauchte er ab und war unter Wasser verschwunden. Im nächsten Moment sahen wir die scharf geschnittene Rückenflosse in Richtung offenes Meer einschwenken. Dann katapultierte der Schwertwal seinen riesigen schwarz-weißen Körper noch einmal aus dem Wasser heraus, tauchte mit einem gewaltigen Klatschen wieder ein ... und war fort.

Wie in Trance stand ich neben Aris und starrte hinaus auf den Ozean. Er murmelte: »Jetzt kann ich nur warten. Aber Sika schafft es bestimmt.« Als er sich zu mir umdrehte, musste er lachen. »Tut mir leid. Jetzt bist du schon wieder nass.«

»Ich vergebe dir«, erklärte ich großzügig. Mein leicht benommenes Grinsen würde ich wohl noch eine ganze Weile nicht loswerden. Dann bat ich: »Sag noch mal was in deiner Sprache.«

Zum einen wollte ich es wirklich gern noch einmal hören, denn es klang sehr schön. Zum anderen hoffte ich, mir ein paar Worte merken zu können, meine Mutter danach zu fragen und vielleicht doch einen Hinweis auf sein Heimatland zu bekommen. Ich kam mir sehr cool und raffiniert vor.

Aris trat an mich heran. Er nahm meine Rechte in beide Hände, sah mir in die Augen und begann nach kurzem Überlegen zu sprechen. Nicht lang – es waren vielleicht zwei, drei Sätze. Ich verstand natürlich überhaupt nichts. Aber in seinen Worten lag eine Ernsthaftigkeit, die mich ahnen ließ, dass ihm das Gesagte etwas bedeutete. Ein leichter Schauer fuhr mir über die Haut. Die Kälte, zweifellos. Was hatte ich mit meiner Bitte noch mal im Sinn gehabt? Ich wusste es nicht mehr …

Als er geendet hatte, fragte ich mit belegter Stimme: »Was hast du denn gesagt?«

Er ließ meine Hand los, räusperte sich kurz und antwortete mit abgewandtem Blick: »Etwas in meiner Sprache.«

Ich wagte nicht, nachzubohren. Einen Moment lang schwiegen wir beide. Schließlich fragte ich: »Also morgen, ja?«

Er nickte. »Wenn alles gut geht.«

»Okay.« Und jetzt? Mein Kopf fühlte sich an wie mit Helium gefüllt, federleicht und kurz vor dem Davonschweben. Aber dann fiel mir zum Glück etwas ein. Ich gab Aris einen leichten Schubs gegen den Arm. »Hey. Wie wär's mit 'ner Abschiedsparty?«

Kapitel 11

Es dämmerte bereits, als wir die Villa der Familie Prideaux erreichten. Zu Fuß – denn wir hatten kein Auto, und wie sich herausstellte, konnte Aris nicht Fahrrad fahren. Ohnehin waren unsere Vorbereitungen zu Tristans Party etwas holprig verlaufen. Ich hatte natürlich überhaupt nicht mit einem solchen Event in meinen Sommerferien in Greycove gerechnet und fühlte mich in puncto Outfit echt überfordert. Das einzige Kleid in meinem Reisegepäck taugte nur für den Strand. Schließlich entschied ich mich für dunkle Shorts und ein weißes, blusenartiges Top mit langen Ärmeln und breitem Halsausschnitt. Dazu legte ich mein einziges echtes Schmuckstück um: eine kunstvoll gearbeitete Silberkette, die meine Mutter mir letztes Jahr aus Afghanistan mitgebracht hatte.

Aris trug wieder Kenneths Jeans, die nach diversen Trocknertouren immerhin etwas eingelaufen waren und ihm nun besser passten – oder, wie er es ausdrückte, »viel zu eng« waren. Das Hemd war in der Bucht verloren gegangen, also blieb nur ein schwarzes T-Shirt. Was bei jedem anderen nach Notlösung ausgesehen hätte, machte bei Aris den Eindruck, als sollte er gleich für ein Streetstyle-Blog fotografiert werden. Daran änderte auch sein verletzter Unterarm nichts. Einen Verband hatte er abgelehnt, angeblich heilten die kleinen Wunden, die die

Zähne seines Riesen-Haustiers hinterlassen hatten, an der Luft besser. Allerdings war er sehr unglücklich über das T-Shirt, da Schwarz laut Aris keine »festliche Farbe« sei. Ich musste ihm mehrfach versichern, dass er den Gastgeber durch seine Kleidung nicht beleidigen würde.

Seine Reaktion auf *mein* Outfit war dagegen etwas ... na ja, zwiespältig gewesen. Er hatte nur einen Blick auf mich geworfen, als ich frisch gestylt von Grannys Cottage zurückkehrte, und direkt einen Schritt rückwärts gemacht.

»Was?!«, hatte ich gefragt – einen Tick aggressiv. Oder enttäuscht? Zugegeben, vielleicht hatte ich insgeheim schon auf ein bisschen Anerkennung seinerseits gehofft.

»Ella. Ähm.« Irgendwie schien Aris nicht in der Lage zu sein, mich direkt anzuschauen. »Deine ... äh, deine Beine sind ganz nackt.« Ich hätte schwören können, im Nebenzimmer Hildy und Helen kichern zu hören.

»Darum geht's ja«, hatte ich so würdevoll wie möglich geantwortet.

»Ist das ... wirklich festlich?«

»Es ist hip. Das zählt auch.«

»Was für eine Art Fest ist das genau?«

Sein Tonfall war sehr misstrauisch geworden, aber ich hatte nur genervt die Augen verdreht und damit die Diskussion beendet. Echt jetzt – dachte er, ich wollte ihn auf eine Orgie schleppen, oder was? Jedenfalls hoffte ich – für uns beide –, dass der Dresscode weniger »Royal Wedding« und mehr »Gartenparty mit Freunden« war. Na ja. Schlimmstenfalls ließen sie uns nicht rein.

Auf dem Weg zum Prideaux-Anwesen kamen wir an langen Reihen geparkter Autos vorbei. Die meisten Wagen waren ziemlich teure Marken mit auswärtigen Nummernschildern. Tristan hatte wohl wirklich seinen ganzen Club eingeladen. Ich stapfte neben Aris her, beobachtete verstohlen, wie er seinerseits unauffällig die Luxuskarossen bestaunte, und fragte mich, wie ich die Vorstellung fand, ihn ab morgen vielleicht nie mehr wiederzusehen.

Die Antwort lautete: Es passte mir nicht wirklich.

Und warum, bitte?, tönte es vorlaut in mir. *Ich denke, du willst nichts von ihm!*

Stimmt ja auch, erwiderte ich stumm. *Ich kenne ihn schließlich fast gar nicht. Aber wenn er morgen verschwindet, dann ... dann lerne ich ihn eben auch nie kennen! Und außerdem ...*

... und außerdem, unterbrach mich meine innere Stimme hämisch, *hättest du nichts dagegen, seine Knutscherfahrung Nummer drei zu werden.*

Was? Nein! Das ist totaler –

»Sind wir da?«

Zum Glück holte mich in diesem Moment der Gegenstand meines inneren Zwiegesprächs zurück in die Realität. Aris hatte recht: Wir standen vor den mächtigen Steinsäulen, die die Auffahrt des Prideaux-Anwesens flankierten und effektvoll angestrahlt wurden. Gleich dahinter war ein Begrüßungstresen aufgebaut, an dem zwei junge Frauen – extra angeheuertes Personal! – Dienst schoben und die Ankommenden checkten. Etwas abseits bemerkte ich zwei schrankähnliche Typen in dunklen Westen mit Security-Aufdruck.

Alles klar, stellte ich fest, *hier ist eindeutig nicht jeder willkommen!*

Ich sah mich um. Der Anblick, der sich mir bot, war noch beeindruckender, als ich ihn von meinen heimlichen Streifzügen mit Lisa in Erinnerung hatte: Am Ende der von Eichen gesäumten Auffahrt öffnete sich der Blick auf das herrschaftliche Anwesen, ein großzügiges, parkähnlich angelegtes Grundstück mit gepflegten Rasenflächen und üppigem altem Baumbestand. Auf einer leichten Anhöhe thronte Prideaux Hall, ein majestätisches Herrenhaus im Barockstil. Seitlich schloss sich eine Terrasse an, von der eine breite Steintreppe hinab in den Garten führte. Dort lag das einzige architektonische Zugeständnis an moderne Ansprüche: ein bläulich in der Dämmerung schimmernder Pool, ebenfalls mit einer Terrasse umgeben, auf der für die Party ein geräumiges weißes Zelt aufgebaut war.

Im Haus brannten in allen Zimmern Lichter, der Park wurde durch unzählige Fackeln und Lampions erleuchtet. Überall auf dem Gelände spazierten schick gekleidete Gäste herum, dazwischen Kellner mit Tabletts voller Häppchen und Begrüßungsdrinks. Wow. Tristan hatte nicht übertrieben mit seiner Ankündigung einer »großen Party«. Aber ob er mich wirklich auf die Gästeliste gesetzt hatte?

Er *hatte*, wie mich die beiden Empfangsdamen umgehend mit professionellem Strahlen informierten. Und auch eine gewisse Lisa Rowe, die, wie ich erfuhr, bereits eingetroffen war. Ich grinste beifällig. War es meiner Freundin also wirklich gelungen, Kenneth zu entkommen. Leider hatten wir es wegen meines kaputten Handys nicht geschafft, uns zu verabreden, aber ich war mir sicher gewesen, dass wir uns irgendwie finden würden.

Ich sah zu Aris, der ebenso wie ich Haus und Garten bestaunt hatte. Beeindruckt erkundigte er sich: »Ist das der Sitz eures Herrschers?«

Im ersten Moment wollte ich lachend verneinen, aber dann dachte ich daran, dass fast alle Einwohner Greycoves, inklusive meiner Freunde, ihre Miete an die Prideaux' zahlten. Dass der sechzigste Geburtstag vom Senior hier größer gefeiert worden war als das Jubilee der Queen. Und wie selbst Kenneth geradezu gesprungen war, als die Familien-Limousine letzten Sommer einen Platten im Dorf gehabt hatte ... Ich zuckte also nur mit den Achseln und antwortete: »Könnte man so sagen.«

Wie aufs Stichwort kam uns in diesem Moment der Thronfolger entgegen. Tristan trug ein figurbetontes weißes Hemd mit dezent eingesticktem Familienwappen auf der Brusttasche, dazu eine dunkelblaue, maßgeschneidert wirkende Hose. Und er schien ausgesprochen erfreut, mich zu sehen.

»Hey, Ella!«, begrüßte er mich und schenkte mir ein gewinnendes Lächeln. Dann aber entdeckte er Aris und sein Blick verdunkelte sich. »Wer ist das denn?«

Ich sah ihn unschuldig an. »Du hast doch gesagt, ich soll noch was Gutaussehendes mitbringen.«

Für einen Moment blitzte Verärgerung in Tristans eisblauen Augen auf, aber er hatte sich gleich wieder im Griff und wandte sich an Aris: »Hi. Tristan Prideaux, ich bin hier der Hausherr.«

Seine Hand bot er ihm nicht an. Meinem Begleiter schien das nicht aufzufallen, er verbeugte sich kurz und erwiderte höflich: »Ich danke Euch für die Gastfreundschaft. Mein Name ist Aris.«

Tristans attraktives Gesicht verzog sich kaum merklich. »Du bist wohl nicht von hier, was?«

»Aris kommt aus Südamerika – Uruguay«, warf ich schnell ein und schickte einen stillen Dank an die Bernhardts für diese Idee. »Er macht hier ein Auslandssemester.«

Tristan zuckte mit den Achseln. »Egal. Ich nenne dich Harry, okay?«

»Wenn das einfacher für Euch ist.« Aris' Ton war zuvorkommend, aber in seinen Augen stand ein amüsiertes Funkeln.

Lässt sich nicht so leicht provozieren, dachte ich erleichtert.

Tristan bemerkte nichts davon und wurde noch eine Spur

herablassender. »Na ja, du weißt ja sicher, wie man sich bei uns benimmt. Die Toiletten sind im Haus, Essen und Getränke gibt's umsonst – aber ich hoffe, du kannst mit Alkohol umgehen. Nicht, dass du mir später die Ladys belästigst.« Er drohte Aris mit einer Geste, die wohl ironisch sein sollte.

»So etwas würde ich nie tun!«, versicherte mein Begleiter mit heiligem Ernst, was Tristan prompt falsch verstand.

Er grinste. »Ach, so ist das?« Er musterte Aris von Kopf bis Fuß. »Hätte ich mir denken können. Ella, warum hast du denn nicht gleich gesagt, dass du eine kleine Freundin mitbringst?«, fragte er in affektiertem Tonfall.

Mir kam ein leiser Verdacht: Konnte es sein, dass Tristan Prideaux, der Traumprinz meiner frühen Teeniejahre, in Wahrheit ein ziemliches Arschloch war? Ich fragte mich, ob Aris verstand, was für eine Nummer Tristan da gerade abzog.

Der zwinkerte mir zu und sagte: »Wir sehen uns sicher später noch. Jetzt erst mal viel Spaß, Mädels.« Er wandte sich ab, um andere Neuankömmlinge zu begrüßen.

Als wir die Auffahrt hinaufgingen, überlegte ich, ob es wirklich eine gute Idee gewesen war hierherzukommen.

»Männerliebe wird bei euch verachtet, ja?«, erkundigte Aris sich interessiert bei mir.

Und wie er die Anspielungen verstanden hat!, dachte ich. *Er kommt vielleicht von sonstwo, aber er ist echt nicht blöd.*

»Eigentlich nicht«, sagte ich, peinlich berührt. »Also, es ist nicht verboten – zumindest nicht mehr –, aber ein paar Hirnis kommen damit immer noch nicht klar. Hast du ja gemerkt.« Ich sah ihn neugierig an. »Bei euch ist Schwulsein kein Problem?«

»Nein, natürlich nicht ...«

Das klang nach einer aufgeklärten Gesellschaft.

»... solange jeder seine Pflicht tut.«

Das weniger. Ich wollte lieber nicht so genau wissen, was er damit meinte. Eins musste ich aber noch klären. Nur fürs Protokoll, versteht sich. »Du, äh, bist aber nicht schwul – oder?«

»Nein.« Er lachte unbekümmert. »Würde vielleicht manches vereinfachen ...«

»Ellaaaa!«

Bevor ich noch etwas erwidern konnte, stürmte Lisa auf uns zu und fiel mir um den Hals. Sie trug weiße Shorts, ein ziemlich heißes rotes Top und hatte wohl schon den einen oder anderen Drink intus.

»Was war denn los, Süße? Ich hab zigmal versucht, dich zu erreichen ...«

»Handy tot, diesmal endgültig«, erklärte ich. »Ich müsste morgen mal an euren Computer, wär das okay?«

»Aber klar! Du, stell dir vor, Tammie ist auch da, mit ihrer ganzen Clique, guck, dahinten. Die hab ich ewig nicht gesehen und wir wollten gerade – oh, *hiii!*« Lisa hatte Aris entdeckt. »Ist er das etwa?«, wisperte sie mir zu. Auf ihrem Gesicht breitete sich ein enthusiastisches Lächeln aus.

Ich wappnete mich innerlich. »Lisa, darf ich dir Aris vorstellen? Aris – meine Freundin Lisa Rowe.«

»Sehr erfreut, dich kennenzulernen«, sagte Aris, wobei er kurz die Hand auf sein Herz legte.

Lisa war begeistert. Und echt ein bisschen beschwipst.

Auweia.

Sie strahlte ihn wortlos an und zerrte mich dann beiseite. »Du hast nichts davon gesagt, dass er so irre gut aussieht!« Ihr »Flüstern« hatte ungefähr Zimmerlautstärke.

»Mann, red doch leise!«, zischte ich und warf einen scharfen Blick zu Aris hinüber. Hatte er das etwa gehört? »Selbst wenn, das spielt ja wohl keine Rolle, oder?«

»Aber findest du nicht, dass –«, hakte Lisa hartnäckig nach.

»Nein!«, schnitt ich ihr das Wort ab. Oh Hilfe, ich brauchte unbedingt einen Themenwechsel! »Hey, Mona Lisa, ich dachte, du wolltest mit Tammie quatschen? Wenn du dich nicht beeilst, ist sie weg!«

Zum Glück wirkte das. Lisa winkte Aris noch einmal euphorisch zu, gab mir zwei Daumen hoch und hüpfte in Richtung Tammie & Co. davon.

Aris sah ihr nach, schlenderte dann zu mir herüber und grinste mich an. »Du findest also nicht, dass ich *irre gut* aussehe?«

Natürlich hatte er das gehört.

Ich verdrehte die Augen. »Braucht dein Ego auch eine Infusion, oder was?«

Er lachte und wurde dann glücklicherweise abgelenkt. »Was machen die da drüben?«

Ich blickte in die Richtung, in die er wies: das Partyzelt auf der Poolterrasse. Musikfetzen klangen herüber, und ich verstand, dass es als Disco dienen sollte.

»Tanzen«, sagte ich. Und dann, weil ich ihm sein Grinsen austreiben wollte: »Hast du Lust?«

Er zuckte mit den Achseln. »Warum nicht? Aber du musst mir die Schritte zeigen.«

»Da gibt's keine Schritte!«

»Keine …? He, was meinst du denn damit?«

Ich antwortete nicht und lief lachend los, ohne mich umzudrehen. Ich wusste, er würde mir folgen.

Auf dem Gartenweg kamen mir drei Mädchen entgegen, die definitiv nicht aus der Umgebung stammten. Alle trugen megastylishe und bestimmt teure Sommerkleider, und mir wurde auf einen Schlag bewusst, wie underdressed ich hier herumlief. Neidvoll musste ich zugeben, dass sie echt toll aussahen. Auch wenn ich mich fragte, ob Pfennigabsätze auf Rasen wirklich die beste Wahl waren. Doch sie staksten sehr geübt und selbstbewusst daher, direkt auf mich zu. Ich trat einen Schritt beiseite, nickte freundlich und erntete einen irritierten Blick.

Als sie vorbeirauschten, hörte ich eine von ihnen sagen: »Wie süß, Tristan hat auch welche aus dem Dorf reingelassen ...«

Die anderen kicherten spöttisch.

»Vielleicht hätten wir auch bei Primark shoppen sollen!«

Noch mehr Gekicher.

Was für Ziegen. Ich tat, als ob ich nichts gehört hätte, und beschleunigte meine Schritte.

»Ella, warte!«

Aris tauchte aus dem Gartendunkel auf und holte mich ein. Mit seiner stolzen Haltung und dem im Lampionlicht schimmernden schwarzen Haar wirkte er wie ein frisch vom Fluch erlöster Prinz. Die Second-Hand-Klamotten verstärkten den Eindruck nur noch.

Hinter mir wurde es urplötzlich still. Ich konnte mir gut denken, warum: Vermutlich fragte sich ein gewisses Trio gerade verzweifelt, bei welcher Luxus-Shopping-Tour Papa ihnen *so etwas* kaufen könnte.

Ich grinste in mich hinein und sagte locker: »Na, auch schon da?«

Aris lächelte zurück. Keine Ahnung, ob er das kleine Intermezzo mitbekommen hatte, aber sein Timing war bühnenreif gewesen. Gemeinsam betraten wir das mit Lichterketten geschmückte Zelt auf der Poolterrasse. An der Rückseite war ein DJ-Pult aufgebaut, die Seitenplanen waren dagegen entfernt worden, sodass die Tanzfläche von drei Seiten offen war. Abgesehen von ein paar lethargisch herumwippenden Gestalten war sie allerdings ziemlich verwaist. Einige Gäste standen unschlüssig am Rand. Ab und an blickte einer zum DJ, der nur auf seinen Laptop starrte, ziemlich schnöselig wirkte und ganz sicher zu Tristans *Posse* gehörte.

Aris musterte die Szene mit kritischem Blick. »Das soll ein Tanz sein?«

Ich zuckte die Achseln. »Wer hat schon Bock bei diesem lahmen Elektroscheiß?«

Dann aber tat sich etwas im hinteren Bereich des Zeltes: Am DJ-Pult gab es Gerangel. Einer der Gäste, mit hoher Wahrscheinlichkeit eher Teil der »Füllmasse« als Clubmitglied, hatte die Initiative ergriffen. Da er ungefähr doppelt so breit war wie der Schnösel, dauerte die Auseinandersetzung nicht lange. Der DJ zog beleidigt ab, vermutlich um sich bei Tristan zu beschweren. Im nächsten Moment brach der monotone Elektrotrack ab – stattdessen knallte nun aggressives Kreischen mit einem treibenden Beat aus den Boxen.

Die Gäste am Rand des Zeltes grölten und klatschten. »Yo! *House of Pain!*« Im Handumdrehen war die Tanzfläche voll.

»Was ist *das* denn für ein Titel?«, fragte Aris und warf ungläubige Blicke auf die Menge, die ziemlich schnell von null auf hundert kam.

»So heißt die Band. Aber der Song is'n Klassiker! Los, komm!«, befahl ich und zerrte ihn hinter mir her zwischen die Tänzer.

»Und wie tanzt man dazu?«

»Wie du willst, siehst du doch!«, lachte ich und verpasste ihm einen Schubs mit der Hüfte.

»Wovon handelt das Lied?« Aris begann zwar gehorsam, sich im Takt zu bewegen, wirkte aber skeptisch. »Ich verstehe den Text überhaupt nicht!«

»Das kommt noch!«

Schon startete der Refrain und erklärte uns genau, was wir tun sollten: *Jump around!*

Keine Fragen offen.

Der Song wirkte wie ein Magnet: Immer mehr Menschen strömten auf die Tanzfläche. Es wurde enger, die Musik lauter. Wir sprangen wie die Irren, Aris direkt vor mir, sein Gesichtsausdruck leicht fassungslos, aber begeistert.

Jump! Jump!

Ich landete versehentlich bei jemandem auf dem Fuß, keine Chance, mich zu entschuldigen bei dem Gedrängel. Beim nächsten Refrain war Aris voll im Rhythmus angekommen und lachte mir atemlos zu. So wie er über die Wiesen an der Steilküste gerannt war, bewegte er sich auch jetzt: leichtfüßig, kraftvoll, selbstsicher. Okay, vielleicht war ihm diese Musik neu – aber tanzen konnte er. Ich war beileibe nicht die Einzige, der das auffiel. Aus dem Augenwinkel fing ich mehr als einen interessierten und bewundernden Blick auf, der diesem Halbgott in T-Shirt und abgetragenen Jeans galt.

Aber er tanzt mit MIR!, dachte ich triumphierend. *Na ja … zumindest springt er im Takt vor mir herum …*

Ich fühlte mich übersprudelnd, als ob ich eine ganze Sektflasche intus hätte. Die Lichterketten über uns funkelten wie Sternschnuppen. Dann bekam ich einen Ellenbogen in den Rücken und stolperte nach vorn. Aris fing mich auf. Sein Gesicht mit den unglaublichen seegrünen Augen war dicht vor mir.

Hallo. Die Schaumblasen perlten in mir hoch und machten mich plötzlich wild und draufgängerisch.

Was soll's, durchfuhr es mich. *Das ist wahrscheinlich eh deine einzige Chance, Mädchen. Morgen ist er weg, wer weiß, wohin.*

Ich reckte mich ein bisschen hoch … und küsste ihn auf den

Mund. Nur ganz kurz und flüchtig. Jedenfalls war das mein Plan gewesen.

Aris ruinierte ihn komplett. Als sich unsere Lippen berührten, erstarrte er kurz. Aber einen Augenblick später küsste er mich zurück. Unerfahren, vielleicht. Dafür umso leidenschaftlicher. Mit dem Arm, der mich aufgefangen hatte, zog er mich zu sich heran, seine Linke glitt hinauf zu meiner Wange. Die harten Beats der Musik lösten sich auf, wurden zu einem fernen Echo meines Herzschlags. Irgendwo am Rand merkte ich, dass meine Hände auf seiner Brust lagen. Durch den dünnen Stoff des T-Shirts spürte ich seine erhitzte Haut, seine Atemzüge. Auf einmal gab es nur noch ihn, den Kuss und das übersprudelnde Gefühl, das meinen ganzen Körper flutete. Ich schloss die Augen und drängte mich seiner Umarmung entgegen, genoss, wie er mich noch fester hielt ...

Dann war der Song zu Ende.

Weil der Aushilfs-DJ keinen Anschluss parat hatte, herrschte plötzlich Stille auf der Tanzfläche. Jemand neben uns brüllte »Ey, sucht euch ein Zimmer!«, ein paar andere lachten – und der Moment war zerstört.

Wir lösten uns hastig voneinander, starrten uns an und hatten wahrscheinlich beide genau denselben *Was war das denn?*-Blick.

Aris wollte etwas sagen, aber ich kam ihm zuvor: »Hab ich einen Durst. Ich hol uns was zu trinken, okay?«

Er nickte leicht benommen.

Kapitel 12

Ein neues Musikstück hämmerte aus den Boxen. Mit wild klopfendem Herzen drängte ich mich zwischen den Tanzenden durch, bis ich den Rand der Terrasse erreicht hatte. Ohne nach rechts oder links zu blicken, stapfte ich durch das Gras in Richtung der Bar, die im Foyer des Herrenhauses eingerichtet war. Meine Wangen glühten. Verdammt, alles an mir glühte!

Dämlich, dämlich, dämlich!, schrie es in mir. *Was genau hast du dir dabei gedacht, Ella?*

Nix, gab ich unglücklich zu, ergänzte dann jedoch bockig: *Ich hab vielleicht angefangen, aber er hat weitergemacht! Oh, und es war so, so …*

Trotzdem wurde mir klar, dass ich da gerade etwas grandios vermasselt hatte. Ohne diese Aktion hätten wir uns morgen mit einem freundschaftlichen Handschlag verabschieden können. Eine Verabschiedung würde kommen, daran zweifelte ich nicht. Schließlich hatte Aris unmissverständlich klar gemacht, dass er in seine Heimat zurückkehren würde. Nein, *musste!* Diese mysteriöse Heimat, über die niemand etwas wissen durfte, am allerwenigsten ihre Lage. Und egal, was dahintersteckte, ein Familiengeheimnis, die Politik oder doch etwas Kriminelles – das Ergebnis blieb dasselbe: Sobald er weg war, war er weg. Und zwar höchstwahrscheinlich für immer.

Nicht gerade die beste Voraussetzung für eine Beziehung, nicht mal für eine Fernbeziehung. Bei all meinem Optimismus kam selbst ich nicht auf die Idee, dass ein einziger Kuss daran etwas ändern würde. Doch genau der stand jetzt zwischen uns und machte alles kompliziert …

Whoa, langsam, junge Dame! Bis vor wenigen Minuten wolltest du angeblich gar nichts von ihm – und jetzt geht's plötzlich um 'ne Beziehung …? Meine innere Stimme ließ mir echt nichts durchgehen.

Oh Mann, das war doch – ich weiß auch nicht …

Ich blieb stehen und atmete erst einmal tief durch. Dann merkte ich, dass ich in meinem Gefühlschaos schon längst am Eingang zum Foyer vorbeigelaufen war. Ich machte kehrt. Auf dem Rückweg kamen mir ein paar Leute entgegen, die damit beschäftigt waren, einer Schnapsleiche ins Haus zu helfen. Sie waren schon ein paar Meter an mir vorbei, da setzte endlich mein Gehirn wieder ein: Die Schnapsleiche – war das nicht Lisa gewesen? Ich drehte auf dem Absatz um und lief hinterher.

Als ich um die Ecke der Villa bog, sah ich gerade noch, wie der Trupp durch einen Nebeneingang verschwand. Aber ich erkannte Lisas rotes Top und ihren goldblonden Pferdeschwanz. Also nichts wie hinterher! Vermutlich war es eh das Beste für uns alle, die Party schnellstmöglich zu verlassen.

An der Tür stand ein gut angezogener Typ, der auf seinem Smartphone herumdaddelte. Als ich an ihm vorbeiwollte, trat er mir in den Weg. »Sorry, Schätzchen, geschlossene Gesellschaft!«

»Ist schon okay«, gab ich zurück. »Ich will nur meine Freundin holen. Ihr ist wohl schlecht geworden, sie wurde gerade hier reingebracht.«

»Ja, genau, oben ist 'ne Krankenstation eingerichtet für solche Fälle«, erklärte mir der Typ gelangweilt. »Da wird sie gut versorgt. Mach dir keine Sorgen.« Damit war die Unterhaltung für ihn offenbar beendet und er stierte wieder auf sein Handy. Ohne allerdings den Weg freizugeben.

»Ich *will* mir aber Sorgen machen«, sagte ich nachdrücklich. »Wir sind zusammen hergekommen, wir gehen auch zusammen. Und du lässt mich jetzt bitte durch.«

»Schätzchen, es ist alles organisiert.« Seine Stimme hatte mittlerweile einen äußerst unangenehmen Ton. »Sie kann hier bequem ihren Rausch ausschlafen und morgen bringt sie ein Taxi nach Hause. Mach 'nen Abgang, klar? Es sei denn«, er warf mir einen anzüglichen Blick zu, »du willst 'ne Runde mit mir um den Block?«

Ich entschloss mich zu einem rapiden Strategiewechsel. »Hey, ist das etwa das neue iPhone?«, gurrte ich in meinem besten Dumme-Schnalle-Ton und trat etwas näher. »Wow! Kann ich mal?«

Gönnerhaft hielt er mir sein Handy hin. Ich nahm es mit ehrfürchtigem Augenaufschlag – und schleuderte es schwungvoll in die Dunkelheit. Dumpf schlug es irgendwo hinter mir im Gras auf.

»Ups!«, sagte ich. »Ganz schön rutschig, das Teil. Das gibt 'ne schlechte Kundenbewertung.«

Der Kerl war kurz vor der Schnappatmung. Einen Moment lang schien es, als wollte er mir eine verpassen, aber dann begnügte er sich mit einem ungläubigen »Du Miststück!« und stürzte seinem kostbaren Smartphone hinterher.

Ich verlor keine Zeit und rannte durch die Tür. Dies musste der Gästetrakt des Hauses sein. Hektisch sah ich mich um. *Oben*, hatte der Typ gesagt. Ich hastete die Stufen der breiten Holztreppe hinauf, die an getäfelten Wänden entlang in den ersten Stock führte. Mittlerweile hatte ich ein ziemlich mieses Gefühl. Wo war Lisa? Ich machte mir Vorwürfe, nicht in ihrer Nähe geblieben zu sein. Wenn sie nun eine ernsthafte Alkoholvergiftung hatte? Im oberen Stockwerk angekommen, blieb ich kurz stehen. Rechts und links führten lange Flure ab. Direkt vor mir befand sich jedoch eine breite, geschnitzte Doppeltür mit aufwendigen Messingbeschlägen. Ich öffnete sie – und *bingo!* Da war Lisa. Aber sie war nicht allein.

Und in einer »Krankenstation« war sie eindeutig auch nicht gelandet.

Hinter der schweren Eichentür lag eher so etwas wie ein Herrenzimmer. Geräumig, mit ebenfalls holzgetäfelten Wänden und Bücherregalen bis zur Decke. Über dem Kamin hingen zwei gekreuzte Säbel, drum herum waren Urkunden, Jagdhörner, alte Stiche und kleinere Geweihe gruppiert. Gegenüber, vor den bodentiefen Fenstern, stand ein mächtiger Billardtisch. Und dann gab es noch eine Sitzecke mit mehreren lederbezogenen Sesseln und einer breiten Couch. Darauf lag Lisa, offenbar bewusstlos, ihr Top halb hochgerutscht. Neben ihr saß der bullige, rothaarige Kerl namens Ralph, den wir am Hafen kennengelernt hatten. Außer ihm befanden sich drei weitere Typen im Raum. Einer davon war Tristan.

Als ich hereinplatzte, drehte er sich um, ärgerlich über die Störung. Doch als er mich sah, verzog sich sein Gesicht zu einem Grinsen. »Hey, Ella!« In der Hand hielt er ein Whiskeyglas, mit dem er mir lässig zuprostete. »Das ist hier eigentlich eine Privatparty ...«

»So was Ähnliches hat dein Wachhund unten auch gesagt«, gab ich zurück, und zwar kein bisschen lässig. Beim Anblick von Lisa in diesem Raum – und in dieser ... Gesellschaft – war mir mein Herz mindestens zwei Etagen tiefer gerutscht.

»Ed?« Tristan runzelte die Stirn. »Der ist aber auch zu nichts zu gebrauchen. Wie bist du an ihm vorbeigekommen?«

»Hab ihn umgehauen«, behauptete ich mit Pokerface.

»Was habe ich euch gesagt?« Tristan breitete die Arme aus und blickte zu seinen Kumpanen. »Deutsche Mädchen gehen eben richtig ran!«

Die anderen lachten gehässig.

Und mir wurde immer mulmiger. »Ich nehme jetzt Lisa und gehe«, kündigte ich an, weit selbstbewusster, als ich mich fühlte.

Tristan kam zu mir herüber und legte mir gespielt freundschaftlich den Arm um die Schulter. »Ich fürchte, Lisa kann nicht allein laufen. Wir kümmern uns um sie, oder, Jungs?«

Wieder bekam er seinen Applaus. Einer der Kerle, der schlaksige Jacob, schien allerdings nicht ganz so begeistert.

Ich schüttelte Tristan ab und versuchte, etwas Abstand zwischen uns zu bringen. »Was hast du mit ihr gemacht?«

»Nichts!« Er blickte mich leutselig an. »Das Häschen verträgt halt keinen Alkohol.«

Gleichzeitig nickte er hinüber zu einem der anderen Typen, dessen schwarzes Hemd einen auffälligen Kontrast zu seinem weißblonden Haar bildete. Charles, erinnerte ich mich. In der Hand hielt er ein kleines Fläschchen mit klarer Flüssigkeit, das er spielerisch hochwarf und wieder auffing.

Mir wurde kalt. Die Kerle hatten das hier geplant.

Lass dir nichts anmerken. Spiel mit. Wenn sie sich ablenken lassen …

Ich begann langsam, rückwärts zur Tür zu gehen. »Ich glaube, ich rufe besser einen Krankenwagen.«

»Wirklich?« Tristan sah mich spöttisch an. »Ich glaube, du bleibst besser hier. Ed?«

Ich drehte mich um.

Game over.

Hinter mir stand der iPhone-Fetischist. Und er hatte miese Laune. »Du Schlampe, das Display ist gesplittert! Das ersetzt du mir!«

»Lass den Schwachsinn!«, fuhr Tristan ihm über den Mund und machte eine herrische Geste in meine Richtung.

Ed verstand und packte mich blitzschnell an den Armen. Ich wehrte mich, aber er griff einfach noch fester zu.

Keine Chance.

»Tristan, sei kein Idiot!« Meine Stimme klang selbst in meinen Ohren ziemlich jämmerlich. »Wenn das rauskommt, landest du im Gefängnis!«

»Gefängnis? Mein Vater *kauft* mir ein Gefängnis, wenn ich will!« Der Prideaux-Erbe warf den Kopf zurück und lachte. »Was sollte denn schon rauskommen? Es steht dein Wort gegen uns fünf. Und wir haben hier bloß zusammen Billard gespielt, stimmt's, Jungs?«

Zustimmendes Gelächter antwortete ihm.

Jetzt hatte ich richtig Angst. Dumpf und schmerzhaft spürte ich mein Herz in der Brust pochen.

Tristan beugte sich vor und raunte: »Nur keine Sorge, es ist an alles gedacht. Ich kenne mich da aus.« Er zwinkerte mir zu. »Genuss ohne Reue, Ella.«

»Du Dreckskerl!« Wieder versuchte ich, mich loszureißen oder wenigstens mit meinem Absatz Eds Fuß zu erwischen. Aber ich zielte schlecht, und er verdrehte mir als Antwort den Arm, bis ich aufschrie.

»Ed!«, rief Tristan ihn scharf zur Ordnung. »Was hatte ich gesagt? Keine Spuren!« Er wandte sich zu Charles und nahm das kleine Fläschchen. Sorgfältig ließ er einige Tropfen in das

Whiskeyglas fallen und schwenkte die Flüssigkeit. »Hey, Ella. Einen Drink?«

Was jetzt?

Weglaufen konnte ich nicht. Also tat ich das Einzige, was mir noch blieb: Ich schrie laut um Hilfe. An der entspannten Reaktion der Typen sah ich jedoch sofort, dass sie hier nichts befürchteten. Draußen tobte schließlich die Party. Niemand würde mich hören. Niemand würde uns helfen, erst recht nicht die von Tristan georderte Security. Und dann musste ich den Mund wieder schließen, so fest ich konnte, denn Tristan hielt mir das Glas an die Lippen. Ich wich aus.

»Hält ihr vielleicht mal jemand den Kopf fest?«, kommandierte er ärgerlich in Richtung der anderen.

Jacob blickte unsicher, aber Charles und Ralph eilten dienstbeflissen herbei.

Da ertönte in meinem Rücken eine Stimme mit leicht fremdländischem Akzent. »Lasst sie sofort los!«

Ich drehte den Kopf. In der Tür stand Aris.

Kapitel 13

Tristan wirkte einen Moment beunruhigt. Dann erkannte er, wer ihn da störte, und lachte. »Na so was, Prinzessin Harry! Tut mir leid, aber für dich haben wir hier *echt* keine Verwendung. Also verzieh dich.«

Das tat Aris nicht. Doch seine Körpersprache war ungewöhnlich unsicher. *Was ist los mit ihm?* Mein Herz, das bei seinem Anblick einen erleichterten Sprung gemacht hatte, zog sich ängstlich wieder zusammen.

Mit leiser, aber fester Stimme sagte er: »Nicht ohne Ella und Lisa.«

»Echt jetzt, Mann?« Tristan schüttelte genervt den Kopf. »Ralph. Charles. Verpasst ihm ein paar und sperrt ihn in die Besenkammer.«

Ich schrie: »Renn weg und hol Hilfe!«

Aber Aris machte keine Anstalten zu gehen. Tatsächlich wirkte er fast wie unter Schock. *Hat er irgendein Flashback oder so was? Eine Erinnerung an seine Entführung?* Was immer der Grund war, der Typ namens Ralph und sein Kumpel Charles konnten ihn mühelos packen und ins Zimmer zerren. Dumpf fiel die Tür hinter ihm ins Schloss und machte meine letzten Hoffnungen zunichte. Jacob stand nur daneben und sah aus, als ob er gern woanders wäre.

Aris rief Tristan mit ungläubiger Stimme zu: »Du bist der Herr dieses Hauses! Warum vergreifst du dich an deinen Gästen?«

»Wenn ich es kann«, Tristan griff sich kalt lächelnd ein neues Glas aus der Hausbar und schenkte sich einen Drink ein, »... warum sollte ich es dann nicht tun?«

Der Kerl ist nicht nur ein Arschloch, schoss mir durch den Kopf, *der ist ein Psychopath*! *Wie sollen wir hier bloß rauskommen?* Ich warf einen verzweifelten Blick zu Lisa auf der Couch. Hatte sie sich gerade bewegt? Kam sie vielleicht wieder zu sich?

Aris sah den »Hausherrn« herausfordernd an. »Du solltest es nicht tun, weil es nicht ehrenhaft ist.«

»Nicht ehrenhaft, hm?« Sein Gegenüber gönnte sich ein sardonisches Lächeln. Dann fiel sein Blick auf die Wand über dem Kamin. »Na gut. Regeln wir das wie Ehrenmänner.« Er nickte Jacob auffordernd zu. »Los, hol die Säbel da runter.«

»Tristan, die gehören deinem Vater. Meinst du nicht ...«

Sein Lakai zeigte zaghaften Widerstand, doch Tristan rief ihn mit einer Stimme wie ein Peitschenknall zur Ordnung: »Hol die Säbel, habe ich gesagt!«

Jacob gehorchte. Keine Minute später lagen sie auf dem Billardtisch. Ich steckte zwar immer noch in Eds eisernem Griff, konnte die Waffen aber gut sehen. Und Waffen waren es, eindeutig. Keine Dekorationsobjekte.

Tristan nahm einen der Säbel auf und testete die Klinge mit dem Daumen. Ein feiner Blutstropfen erschien wie durch Magie auf seiner Haut, und ich ertappte mich bei dem heißen Wunsch, der Dreckskerl möge in die Klinge stolpern und mehr als einen Tropfen verlieren. Stattdessen musste ich zusehen, wie er sich mit ein paar Angeber-Moves aufwärmte. Mit geübter Hand ließ er die Klinge durch die Luft sausen, genau auf Aris zu. Kurz vor dessen Kehle stoppte er ab.

»Na, wie sieht's aus?« Ihm war nicht entgangen, dass »Harry« sichtbar zusammengezuckt war.

Halbherzig machte Jacob einen weiteren Versuch: »Komm schon, Alter, wir sperren ihn ein und dann ist gut, ja?«

»Hältst du jetzt dein Maul?«, fuhr Tristan ihn an. In den Augen hatte er einen grausamen Glanz. Er erinnerte mich an eine Katze, die weiß, dass ihr die Maus nicht entkommen wird, und die sich deshalb Zeit lassen kann.

Und für so einen haben wir geschwärmt?, fragte ich mich fassungslos. *War er schon immer so? Oder passiert das einfach, wenn man zu lange zu viel Macht ausüben darf?*

Er warf Aris einen lauernden Blick zu. »Na los, nimm den Säbel. Wenn du mich besiegst, lassen wir die Schlampen gehen.«

Seine Kumpane ließen Aris los. Langsam, zögerlich, griff er nach dem zweiten Säbel, der auf dem grünen Filz des Billardtisches lag. Seine Hand zitterte leicht.

Hoffentlich sehen das die anderen nicht, flehte ich im Stillen. Aber natürlich sahen sie es und stießen sich grinsend in die Seiten.

Kaum hatte Aris die für ihn eindeutig ungewohnte Waffe in der Hand, machte Tristan auch schon einen geschmeidigen Ausfallschritt. Sein Säbel pfiff durch die Luft. Aris stolperte und konnte der vollen Wucht des Hiebs gerade so ausweichen, doch die Spitze traf ihn knapp über dem Ellenbogen. Blut spritzte aus dem schmalen Schnitt.

Tristan lachte triumphierend: »Erstes Blut für Prideaux!« Seine Kumpel grölten beifällig.

»Tristan, hör sofort auf!«, schrie ich. »Und du lass mich los, Blödarsch!«

Aber Ed beachtete mich gar nicht, sondern feuerte seinen Boss an. Der trieb Aris jetzt mit wuchtigen Schlägen vor sich her, hinaus durch die Tür. Vom Flur her hörten wir seine höhnische Stimme: »Wo willst du denn hin, du Ehrenmann?!«

Charles und Ralph rannten hinterher, um ja nicht zu verpassen, wie ihr Kumpel den Störfaktor fertigmachte. Mein Wächter rang sichtbar mit sich.

»Geh ruhig«, schaltete sich Jacob da ein. »Ich pass auf sie auf.«

Ed überlegte einen Augenblick, entschied dann aber, dass ich es nicht wert war, das Schauspiel zu verpassen. Er stieß mich kurzerhand weg und verschwand ebenfalls durch die Tür.

Ich starrte Jacob an. *Was hat er vor? Hilft er uns etwa doch?*

Der murmelte unsicher: »Na los, hau ab, solange sie abgelenkt sind …«

Wow. Mein Held.

»Hilf mir mit Lisa!«, zischte ich wütend.

Er stand aber nur da wie angewurzelt.

Mir klopfte das Herz bis zum Hals. Aris hatte die Kerle von uns weggelockt, so viel war klar. Aber wie viel Zeit blieb uns? Und welchen Preis würde er dafür bezahlen? Gegen »Mr. Olympia« Tristan hatte er keine Chance. Darüber durfte ich mir jetzt jedoch keine Gedanken machen. Als Allererstes musste ich Lisa in Sicherheit bringen.

Rasch trat ich zu ihr an die Couch und schüttelte sie. »Komm, Süße, wach auf! Ich bin's, Ella! Wir müssen hier weg!«

Sie stieß einen weinerlichen Laut aus und versuchte, mich wegzuschieben. Okay, immerhin schien sie nun wirklich wieder zu sich zu kommen. Ich schnappte mir kurzerhand den Eiswürfelbehälter aus der Hausbar und schüttete ihr den Inhalt in den Ausschnitt. Sie japste und riss die Augen auf. Dann sackte sie gleich wieder zusammen. Verzweifelt zerrte ich sie von der Couch in die Höhe. Das brachte endlich auch Jacob in Gang, er nahm ihren Arm und stützte sie auf der anderen Seite.

Gemeinsam schafften wir sie die Stufen hinunter.

Dann hinaus.

Von den Duellanten war nichts zu sehen, dafür hörte ich aufgeregten Lärm aus Richtung der Poolterrasse. Partygäste liefen an uns vorbei, neugierig, was dort passierte. Ich wagte kaum, es mir vorzustellen. Plötzlich tauchten bekannte Gesichter neben mir auf: Tammie und ihre Freunde.

»Ella? Was ist denn los – geht's Lisa nicht gut?«

Ich war noch nie so froh gewesen, die alte Klatschbase zu sehen. »Hört zu«, sagte ich hastig, »Lisa ist was in den Drink gekippt worden. Sie muss unbedingt von hier weg. Bringt sie nach Hause, zu Kenneth, okay? Los, schnell!«

Meine flehentlichen Worte wirkten überzeugend. Vielleicht war es auch mein Gesichtsausdruck. Tammie starrte mich ausnahmsweise nur groß an und nickte. Sie und ihre Freunde hakten Lisa unter und verschwanden in Richtung Tor.

Jacob hatte sich derweil unbemerkt verzogen. Mir schoss durch den Kopf, dass ich Tammie hätte bitten sollen, die Polizei zu rufen. Aber die nächste Wache lag ewig weit weg – bis da jemand kam, war hier sowieso alles gelaufen. Und wer weiß, wozu Tristans Security fähig war …

Erneut stieg Panik in mir auf und erstickte jeden weiteren vernünftigen Gedanken. Ich lief los in Richtung der Poolterrasse, so schnell ich konnte.

Was ist mit Aris?

Vor so vielen Zeugen würde Tristan ihn doch nicht ernsthaft verletzen, oder? Ich erinnerte mich an den Blick aus seinen eisblauen Augen und merkte, dass ich mir überhaupt nicht mehr sicher war. Verbissen rannte ich weiter.

Ich rette doch keinen vor dem Ertrinken, damit er anschließend von so einem Elite-Psycho aufgespießt wird!

Neben dem Discozelt drängten sich die Gäste dicht an dicht. Irgendwo aus der Mitte hörte ich das Schlagen von Metall auf Metall, dann einen kurzen Schmerzensschrei. Ein Raunen ging durch die Menge. Die Zuschauer schienen nicht recht zu wissen, ob sie anfeuern oder einschreiten sollten. Das hinderte sie allerdings nicht daran, ihre Smartphones in die Höhe zu halten und alles zu filmen.

Drecksbande, dachte ich wütend und drängelte mich rücksichtslos durch die Reihen. Schließlich hatte ich es in den inneren Kreis geschafft.

Und da waren sie, die ungleichen Duellanten: Tristan – etwas verschwitzt, aber siegesgewiss, jeder Zoll ein Gewinner. Sein unversehrtes weißes Hemd leuchtete geradezu höhnisch in dem von Lichterketten beschienenen Halbdunkel der Terrasse. Ihm gegenüber stand – oder vielmehr schwankte – sein schwarzhaariger Gegner. Blut lief aus dem Schnitt am Ellenbogen seinen Arm hinunter. Auch Sikas Bisswunden vom Nachmittag hatten sich wieder geöffnet, sodass sein ganzer Unterarm hässlich verschmiert war. Er atmete schwer, und als Tristan ihm einen weiteren Hieb mit dem Säbel verpasste, konnte er kaum den Arm heben, um die Klinge abzuwehren. Niemand griff ein. Alle glotzten. Ein paar lachten und klatschten sogar, prosteten Tristan mit ihren Drinks zu. Mir drehte sich fast der Magen um bei dem miesen Spektakel.

Ich muss etwas tun, sofort.

Gerade wollte ich mich voller Verzweiflung von hinten auf Tristan stürzen – da entdeckte Aris mich. In seinen Augen las ich die Frage, ob bei uns alles in Ordnung war. Ich nickte und zeigte ihm kurz meinen erhobenen Daumen.

Er verstand. Und nun …

… ging eine Veränderung in ihm vor. Es war, als ob sich ein

Zerrspiegel plötzlich wieder richtete und das wahre Bild zeigte. Irgendwie war es ja auch so.

Auf einmal wandelte sich Aris' gesamte Körperhaltung. Sein Rücken straffte sich, die eben noch scheinbar geschwächten Glieder spannten sich. Eine fast unmerkliche Drehung – und er präsentierte Tristan nicht mehr seinen ganzen Körper von vorne, sondern nur noch die Seite. Seine Wunde schien ihn plötzlich nicht mehr zu kümmern. In einer flüssigen Bewegung hob er den Arm mit dem Säbel. Dann lächelte er. Aber es war ein kaltes, hartes Lächeln, das ich noch nie an ihm gesehen hatte.

Tristan hatte zwar bemerkt, dass sein Kontrahent sich irgendwie verändert hatte, aber er begriff nicht, was das bedeutete. Er verstand es erst in dem Moment, als er einen neuerlichen Angriff startete, dem sein Gegner nun jedoch mit wassergleicher Leichtigkeit auswich. Und dabei blieb es nicht: Ein Aufblitzen, und Tristan blutete plötzlich selbst aus einer Wunde an der Schulter. Sein Schrei klang allerdings eher überrascht als schmerzerfüllt.

Aris blickte ihn an und legte den Kopf zur Seite. »Wollen wir dann endlich anfangen, *Hausherr*?« In seinen grünen Augen sah ich eisige Wut.

Tristan brüllte jähzornig und stürzte sich auf seinen Feind, der die hilflose Fassade jetzt vollkommen aufgegeben hatte und den Angriff mühelos parierte. Und plötzlich verstand ich, dass der große Star des *Oxford Fencing Clubs* gegen jemanden antrat, der nicht auf Punktgewinn trainiert hatte. Sondern der gewohnt war, um sein Leben zu kämpfen.

Aber wie …? Wo …?

Ich konnte nicht weiter darüber nachdenken, zu vieles passierte zu schnell. In Tristans Gesicht stand blanke Fassungslosigkeit, als sein ursprünglich so leichtes Opfer begann, ihn vor aller Augen vorzuführen. Jetzt war *er* es, der vor Aris' erschreckend zielsicheren Hieben zurückweichen musste, und mit jedem Schlag wurde deutlicher, dass er das neue Tempo nicht lange durchhalten würde. Seine Haare hingen ihm nass geschwitzt ins Gesicht, die anfangs so überlegene Haltung fiel in sich zusammen.

Sein Widersacher jedoch, das konnte nun jeder erkennen, hatte die eigene Erschöpfung nur vorgetäuscht. Mit Bewegungen, so kraftvoll und elegant wie ein tödlicher Balletttänzer, trieb Aris Tristan vor sich her über die Terrasse. Auf gewisse Weise war es ein fantastisch schöner Anblick, doch Tristans sichtlich wachsende Panik und Aris' unbändiger, kaum gezügelter Zorn erstickten jede Bewunderung in mir im Keim. Unter den Zuschauern herrschte Totenstille. Erst jetzt, da das Blatt sich gewendet hatte, schienen sie zu begreifen, dass das hier kein harmloser Partyspaß war. Doch noch immer versuchte niemand, das Duell zu stoppen. Alles starrte wie hypnotisiert auf die Kontrahenten. Auch ich stand bewegungslos da und brachte nicht mal ein Wort heraus.

Kurz bevor Tristan den Rand des Pools mit den Füßen berührte, riss er sich noch einmal zusammen und versuchte, mit einem gewaltigen Hieb die Beine seines Gegners zu verletzen. Stattdessen wurde er selbst getroffen. Aris' Klinge erwischte ihn im Gesicht und verpasste ihm eine tiefe Wunde vom Nasenbein quer über die Wange. Tristan taumelte zurück, verlor die Balance und landete im Wasser.

Ein entsetzter Aufschrei ging durch die Menge. Ich glaube, ich schrie auch.

Das war das Ende des Kampfs. Mit einem Blick voller Abscheu warf Aris seinen Säbel zu Boden und trat die Klinge entzwei. Dann ergriff er meine Hand und zog mich davon.

Ich stolperte hinterher. Niemand der Gäste hielt uns auf.

Als wir uns dem Empfangstresen näherten, sah ich die beiden Security-Schränke. Sofort raste mein Puls wieder in den roten Bereich. Der eine sprach gerade hektisch in sein Headset, bellte seinen Kollegen an, dann rannten beide los in Richtung Pool. Uns beachteten sie zum Glück gar nicht. Die zwei Hostessen schauten ihnen verwundert nach, waren aber Profis genug, uns trotzdem anzustrahlen. Ich drängte mich eng an Aris und verdeckte ihnen die Sicht auf seinen verletzten Arm. Arglos wünschten sie uns einen schönen Abend.

Ich schaffte ein schwaches »Danke, gleichfalls!« und zog Aris an ihnen vorbei, durch das Tor und die Straße hinunter. Endlich verschwand Prideaux Hall hinter uns in der Dunkelheit und ich wagte es aufzuatmen.

»Wie ist das möglich?« Aris' Stimme bebte vor Wut. »Wie könnt ihr so jemanden als Herrscher dulden? Er wollte euch Gewalt antun! Und ihr wart seine Gäste! Was geschieht jetzt mit ihm?«

Ich versuchte, ihn zu beruhigen, fand aber kaum die Worte dazu. Zu viel Angst, Verwirrung und Adrenalin tobten durch meinen Körper. »Ich ... ich weiß es nicht. Das Problem ist, dass wir wahrscheinlich nichts beweisen können. Und selbst wenn wir ihn anzeigen, besorgt sein Vater ihm bestimmt die besten Anwälte.«

»*Mein* Vater würde ihn erst entmannen und dann ertränken lassen!«, stieß Aris hervor.

»Kann immer noch passieren, wenn Kenneth davon erfährt ...«, murmelte ich.

Aris nahm meinen schwachen Scherzversuch für bare Münze. »Ihr Bruder? Gut, das ist sein Recht.«

»So läuft das aber bei uns nicht.« Wie konnte ich nur zu ihm durchdringen? »Versteh mich nicht falsch, ich bin dir dankbar. Mehr als dankbar. Aber was du getan hast, gilt bei uns trotz allem als schwere Körperverletzung.«

»Was ich getan habe, ist nur ein kleiner Teil der Bestrafung, die er verdient«, gab Aris heftig zurück. »Welcher Mann kann so etwas auch nur im Entferntesten ...« Schwer atmend blieb er stehen und blickte mich an. In seinem Gesicht standen noch immer Zorn und Unverständnis – doch auch etwas anderes, Größeres: überwältigende, kaum verklungene Sorge.

Um mich.

Ohne nachzudenken, machte ich einen Schritt auf Aris zu und nahm ihn in den Arm. Er erwiderte meine Umarmung heftig, und ich spürte, wie schnell sein Herz schlug. Ich hielt ihn fest, einen langen, langen Moment.

Können wir alles anhalten und so bleiben?, fragte ich das Universum. *Einfach so hier zusammen stehen bleiben und diesen ganzen Irrsinn vergessen? Für, sagen wir mal, sechs Monate? Geht das bitte?*

Seltsamerweise antwortete das Universum nicht. Aber die Zeit schien trotzdem stillzustehen. Ich schmiegte mich noch enger an Aris, unsicher, wer jetzt wen stützte. Wir hatten getanzt, geredet, uns gerettet und geküsst. Zu was machte uns das? Irgendwie spürte ich eine unglaubliche Nähe zu ihm und dabei kannte ich nicht einmal seinen Nachnamen. Seine vielen Geheimnisse kamen mir vor wie eine Mauer, die jemand um ihn errichtet hatte und die er selbst am liebsten einreißen würde. Aber was, wenn ich gar nicht klarkam mit dem, was sich auf der anderen Seite befand?

Ehrlich gesagt hatte ich keine Ahnung, was hier gerade passierte – um mich herum, in mir drin. Ich wusste nur, dass es ein wunderbares und eigenartig selbstverständliches Gefühl war, so in seinen Armen zu sein. Also schob ich all meine wirren, aufgewühlten Gedanken weg, hielt still und spürte, wie langsam die Ruhe in unsere Körper zurückkehrte.

»Ich bin dir bis zur Hausecke gefolgt«, sagte Aris schließlich mit gepresster Stimme. »Weiter nicht, weil ich dachte, du wolltest vielleicht allein sein. Doch dann habe ich dich schreien gehört …«

»Es ist alles gut gegangen«, murmelte ich beruhigend. »Uns ist nichts passiert. Dank dir.«

Er löste sich von mir. »Wohl eher dank des *gebrochenen Flügels.*«

»Gebrochener Flügel …?«

»Wenn ein Raubtier einer Möwe die Eier stehlen will«, erklärte er, »dann täuscht sie manchmal vor, dass sie nicht fliegen kann. So lockt sie es vom Gelege weg.«

Ich musste schmunzeln, trotz der Angst, die mir noch in den Knochen steckte. »Und wir waren dein Gelege.«

Er lächelte zurück. »Ihr wart mein Gelege.«

Ich nahm seine Hand. »Komm, Möwe. Ich glaube zwar, dass das Raubtier für heute genug hat, aber wir sollten dennoch von hier verschwinden.«

Und das taten wir dann auch.

Kapitel 14

Schweigsam marschierten wir zurück zum Haus der Bernhardts. Ich fühlte mich todmüde, war aber gleichzeitig noch total aufgedreht. Es gab weiß Gott genügend Gründe dafür: Vor ein paar Stunden erst war ich auf einem Killerwal durch die Bucht der *King's Steps* geritten. Ich hatte gesehen, wie jemand das Meer zum Leuchten brachte – buchstäblich wie durch Zauberhand. Und die Party des Jahres hatte sich als Albtraum entpuppt, dessen Fallout ich noch gar nicht überblicken konnte.

Mich schauderte bei dem Gedanken, was passiert wäre, wenn Aris mir nicht gefolgt wäre. Wenn ich nicht beobachtet hätte, wie Lisa ins Haus gebracht worden war. Reiner Zufall, verdammt! *Warum, warum bin ich nicht bei ihr geblieben? Wir hätten doch auch zu dritt feiern können, egal, wie peinlich es vielleicht geworden wäre. Was bin ich nur für eine miese, egoistische Freundin …*

Ich merkte, wie ich zu zittern begann, und rieb mir fest über die Arme, um mich wieder runterzubringen. Das würde am Morgen ein böses Erwachen geben für Lisa. Wie sollte ich ihr das bloß beibringen? Und Kenneth erst?

Hoffentlich hat Tammie keinen Mist erzählt.

Nicht zum ersten Mal verfluchte ich mein kaputtes Handy. Ich beschloss, Aris zurück zum Cottage zu bringen und anschließend gleich rüber zu Lisa zu laufen. Und dann … dann mussten wir überlegen, was wir tun sollten …

Als wir von der Hauptstraße in den Weg zum Haus der Bernhardts einbogen, gelang es mir endlich, aus meinen Selbstvorwürfen aufzutauchen.

Wenigstens waren Lisa und ich so weit unversehrt, oder? Wir hatten Glück gehabt. Und Aris … Wieder hatte er mich mit einer bisher unbekannten Facette von sich überrascht. Erst hatte er sich ohne Zögern schlagen und demütigen lassen, damit wir eine Chance zur Flucht bekamen. Dann war er Tristan in einem geradezu mittelalterlichen Kampf entgegengetreten, als ob er in seinem Leben nie etwas anderes gemacht hätte.

Jugend trainiert für Olympia, ertönte es dumpf in meinem Kopf. *Und du dachtest, sein Lieblingssport ist Schwimmen. Ha.*

Ich warf einen verstohlenen Blick zu meinem eigenartigen Ritter hinüber. Wie viel hielt er noch vor mir verborgen? Er war in Gedanken versunken. Sein schönes Gesicht wirkte erschöpft und angespannt. Den verletzten Arm hielt er angewinkelt, er stützte ihn mit dem anderen – mittlerweile waren Schmerzen und Anstrengungen wohl doch zu ihm durchgedrungen. Immerhin hatten die Wunden aufgehört zu bluten. »Sieht schlimmer aus, als es ist«, hatte er meine besorgte Nachfrage abgewehrt. Aber mit Händchenhalten war definitiv Schluss gewesen.

Seitdem hatten wir kein Wort mehr gewechselt. Sollte ich jetzt noch mal ein Gespräch versuchen? Ich konnte einfach nicht allein bleiben mit all den Gedanken, die in meinem Kopf herumwirbelten, und war sicher, dass es ihm ähnlich ging. Umso mehr, da sein Abschied ja unmittelbar bevorstand. Aber was sollte ich sagen? »Hey, warum bewirbst *du* dich eigentlich nicht für die Olympiamannschaft?« Oder vielleicht: »Ich weiß, du musst dein Heimatland geheim halten, aber schreibst du mir 'ne Mail, wenn du gut angekommen bist?« Oder, *ganz* tolle Idee: »Willst du mich noch mal küssen?«

Ich bekam innerlich einen Tritt. *Das geht alles gar nicht, Ella!*

Also entschied ich mich für die höchst originelle Frage: »Ähm … tut dein Arm sehr weh?«

Aris sah auf – und schubste mich in die nächste Hecke.

Der Stoß war so hart, dass ich durch das Blattwerk hindurch auf die andere Seite rollte und dort einen Moment benommen liegen blieb. Von der Straße her hörte ich Aris' Stimme. Er sagte – nein, er *schrie* etwas in seiner Sprache, herrschte jemanden richtiggehend an. Was war denn nun schon wieder los? Rasch, aber vorsichtig erhob ich mich auf die Knie und lugte durch die Ligusterzweige.

Ich konnte kaum glauben, was ich sah.

Ein paar Meter von Aris entfernt standen drei unheimliche Gestalten, die gerade um die Ecke gebogen zu sein schienen. Aris musste sie gesehen und mich beiseitegestoßen haben, damit sie mich nicht bemerkten. Jetzt kamen sie langsam und bedrohlich näher.

Es waren drei Männer, vermutete ich, doch ich konnte ihre Gesichter nicht sehen, denn sie trugen fremdartige Masken. Nein, eher so etwas wie Rüstungen mit geschlossenem Helm und großem Sichtfenster. Das Material schimmerte in einem matten Bronzeton und das Design wirkte archaisch und futuristisch zugleich. Als ob Leonardo da Vinci gemeinsam mit Steve Jobs einen Taucheranzug entworfen hätte.

Scheiße, wo kommen die denn her? Wer sind die?

Die Angst von vorhin war mit einem Mal wieder da – und sie hatte Verstärkung mitgebracht. Mein Herz hämmerte erneut in meiner Brust, erst recht, als ich sah, dass die Kerle bewaffnet waren: Zwei von ihnen hielten seltsame Schusswaffen mit länglichem, schlankem Lauf auf Aris gerichtet.

Im Bio-Unterricht hatte ich etwas über die Fight-or-Flight-Reaktion gehört – ob ein Lebewesen bei Bedrohung also mit Kampf oder Flucht reagiert. Aris' Haltung wirkte so, als könnte er sich nicht entscheiden. Einerseits schien er zutiefst entsetzt, doch gleichzeitig sah ich Zorn in seinem Gesicht, einen ähnlichen Zorn wie im Kampf gegen Tristan. Waren … waren das etwa seine Entführer, die ihn aufgespürt hatten? Noch einmal rief er den Gestalten vor sich etwas zu. Wieder verstand ich kein Wort, aber seine Stimme klang herausfordernd.

Keiner der drei antwortete. Überhaupt hatten sie noch keinen Ton von sich gegeben. Stattdessen kamen sie einen Schritt näher und gestikulierten knapp mit ihren Waffen. Aris hob die Hände.

Okay, Flucht ist definitiv keine Option mehr.

Ich kauerte wie gelähmt vor Schreck am Boden.

Der erste Unbekannte griff nach Aris – aber der wich mit einer blitzschnellen Drehung aus, fasste die bewaffnete Hand und rammte sie seinem Gegner seitlich gegen den behelmten Kopf. Der taumelte zur Seite und fiel benommen auf die Knie.

Bevor der zweite schießen konnte, stürzte Aris sich auf ihn und rang mit ihm um die silbern schimmernde Waffe. Beide gingen zu Boden und ein wildes Handgemenge brach aus. Auch der dritte Unbekannte griff jetzt ein. Zwar war er unbewaffnet, aber es war klar, dass Aris nicht gegen zwei Gegner gleichzeitig gewinnen konnte, so hartnäckig er sich auch wehrte. Die anderen wirkten mindestens genauso entschlossen. Ich hörte Aris schmerzvoll aufkeuchen, als ein harter Schlag seinen verletzten Arm traf. Ansonsten verlief der Kampf in geradezu unheimlicher Stille. Und dann kam der, den Aris zuerst niedergeschlagen hatte, wieder auf die Beine – bereit, seine Kumpane zu unterstützen.

Das riss mich endlich aus meiner Lähmung. Hektisch blickte ich mich um, auf der Suche nach Hilfe, nach irgendeiner Waffe ... und bemerkte, dass ich im Vorgarten der Bernhardts gelandet war ... wo an der Hauswand der Spaten lehnte, mit dem Hildy versucht hatte, Snowflakes Grabungen wieder auszugleichen.

»Hey, Arschloch!«

Ich hatte mich zurück durch den Liguster gedrängt und von hinten an den Froschmann herangeschlichen, der noch etwas unsicher auf den Beinen schien. Auf meinen Ruf hin hielt er inne, fuhr herum – und bekam die volle Breitseite des Spatenblatts gegen den Kopf. Diesmal fiel er um wie gefällt.

Doch zu meinem Entsetzen war seinen Komplizen mit Aris in diesem Moment etwas Ähnliches gelungen: Er lag am Boden und rührte sich nicht mehr.

Sie haben ihn doch nicht etwa ...?

Ich zwang mich, nicht weiterzudenken, und versuchte, so bedrohlich wie möglich zu wirken. Keine leichte Aufgabe für eine verängstigte Partymaus, die nichts als ein Gartengerät in den Händen hielt.

»Verpisst euch, ihr Mistkerle!«, schrie ich und schüttelte grimmig meine improvisierte Waffe. »Die Polizei ist gleich hier!«

Die beiden unheimlichen Angreifer, die Aris niedergestreckt hatten, erhoben sich langsam. Durch die runden Sichtfenster in den Helmen konnte ich zum ersten Mal ihre Gesichter erkennen. Der Schock überrollte mich wie eine Welle aus Eiswasser. Ihre Haut war kalkweiß – geradezu totenbleich. Tiefschwarze Augen ohne Iris oder Pupille starrten mich an. Der eine riss seinen Mund auf, als ob er mich anbrüllen wollte, aber kein

Laut kam über seine Lippen. Stattdessen erblickte ich eine Reihe spitzer, dreieckiger Zähne, die eher in das Maul eines Hais gepasst hätten.

Plötzlich waren meine Hände wie taub. Kaum noch spürte ich den Spatengriff. Die Monsterwesen vor mir erkannten ihre Chance. Der mir am nächsten stand, duckte sich, sprang auf mich zu – doch im selben Moment wurde er zu Boden gerissen. Und zwar von einem großen, zottigen und jetzt unglaublich wilden Hund, der einen Satz über die Gartenpforte der Bernhardts gemacht hatte, um seinem Frauchen beizustehen. Er verbiss sich in den Arm seines überraschten Opfers, zerrte und schüttelte mit einem wütenden, wolfsartigen Knurren, das ich noch nie zuvor von ihm gehört hatte.

Meine Erstarrung löste sich mit einem Schlag. »Gib's ihm, Snowflake!«, feuerte ich ihn an. »*Fass!*«

Als ich aufsah, blieb mir jedoch fast das Herz stehen. Dem dritten Angreifer war zwar auch der Schreck in die Glieder gefahren, doch er hatte sich schon davon erholt und die Situation neu bewertet: Das Tier war eindeutig eine Bedrohung, die warten konnte. Ruhig blickte er über seine außer Gefecht gesetzten Kameraden hinweg. Er hob seine Waffe. Und zielte genau auf mich.

Ein Schuss hallte durch die Nacht.

Der Maskenmann brach zusammen.

»Hast ihn erwischt, Helen!«, ertönte die triumphierende Stimme von Hildy.

Das Gartentor öffnete sich und heraus stürmten die beiden Schwestern Bernhardt. Die eine trug Nachthemd und geblümten Morgenmantel, die andere einen grün-orangefarbenen Pyjama – und jede war bewaffnet mit einem altertümlichen Karabiner, fast größer als sie selbst.

»Hände hoch, ihr Verbrecher!«, kommandierte Helen und brachte ihr Gewehr in Anschlag.

»Kinder, was macht ihr nur für Sachen?«, wollte Miss Bernhardt, die Jüngere, streng von mir wissen. »Was sind denn das für Kerle?«

»Keinen Schimmer«, brachte ich heraus. »Aber sie sind hinter Aris her! Sie haben ihn … ich weiß nicht – er liegt da drüben …«

»Ganz ruhig, Mädchen. Ich glaube, er kommt schon wieder zu sich!«, meldete Helen, die sich neben ihren gefallenen Pensionsgast gestellt hatte und von dort aus die Attentäter in Schach hielt. Von denen war einer noch immer bewusstlos, der andere krümmte sich mit einer blutenden Hüftwunde am Boden und der Arm des dritten hing in Snowflakes Maul fest.

Kein schlechter Spielstand für uns.

»Lauf schnell ins Haus, Kindchen. In der Abstellkammer neben der Küche ist eine Wäscheleine, die nehmen wir zum Fesseln!«, kommandierte die ältere Schwester. »Ach ja, und ich glaube, du kannst deinen Hund zurückrufen.«

Kann ich? Snowflake hörte ja eh kaum auf mich, und so wild, wie er gerade war … Aber zu meiner Überraschung gehorchte er diesmal aufs Wort und sprang an meine Seite, um mir ausgiebig seine kalte Nase gegen das Bein zu drücken. Ich wuschelte und drückte ihn, so fest ich konnte. Irgendwie erdete mich der Kontakt mit seinem warmen Fell und half mir, wieder in die Normalität zurückzufinden. Dann rannte ich ins Haus, den Wunderhund dicht auf den Fersen, holte die fein säuberlich aufgewickelte Wäscheleine und eine Schere.

Die beiden Damen hatten in der Zwischenzeit ihre Gefangenen zusammengetrieben und die Schusswunde als oberflächlich eingestuft. Bei der Diagnose klangen sie direkt ein bisschen enttäuscht – aber sicher bildete ich mir das nur ein. Gedeckt durch ihre Gewehre, machte ich mich daran, die seltsamen Maskierten an Händen und Füßen zu fesseln. Die zwei, die bei Bewusstsein waren, leisteten trotz ihrer Wunden heftige Gegenwehr, und erst ein Warnschuss von Hildy brachte sie zur Ruhe. Noch immer gaben sie keinen Laut von sich, nicht einmal der mit der Schussverletzung. Von Nahem wirkten ihre kreideweißen Gesichter noch unheimlicher, und ich wollte lieber gar nicht wissen, wie der Rest ihrer von den bronzefarbenen Anzügen bedeckten Körper aussah. Gar nichts wollte ich weiter wissen und sie noch weniger anfassen, also machte ich so schnell wie nur irgend möglich. Dann war ich fertig und konnte endlich nach Aris sehen.

Er hatte tatsächlich das Bewusstsein wiedererlangt und setzte sich gerade auf. Unendlich froh kniete ich mich neben ihn. »Hey, alles gut? Was haben sie mit dir gemacht?«

»Luft abgedrückt.« Hustend rieb er sich den Hals. »Geht schon. Aber du? Ihr …?«

Für einen Augenblick sah er verwirrt auf die Szene vor sich: die verletzten und gefesselten Angreifer, Hildy und Helen, die mit ihren Gewehren Wache standen, dazu Snowflake, der sich schwanzwedelnd näherte, um weitere wohlverdiente Streicheleinheiten einzufordern.

Doch dazu kam es nicht.

Abrupt sprang Aris auf – und rannte blitzartig davon, den steilen Pfad hinunter in Richtung Strand. Ich starrte ihm mit offenem Mund nach.

Was zum …?

»Worauf wartest du? Hinterher!«, rief mir Hildy zu. »Helen und ich machen das hier schon!«

Ich nickte und sagte: »Snowflake, bleib!« Ein zweites Wunder geschah – er setzte sich brav. Ich stürmte los, runter zur Bucht. »Aris, warte!«, schrie ich im Laufen. Er gehorchte jedoch genauso schlecht wie sonst Snowflake und wurde nicht einmal langsamer. Wieder kam mir zu Hilfe, dass ich den holprigen Pfad seit meiner Kindheit kannte. Am Rand der Steilküste hatte ich Aris fast eingeholt, stolperte und rutschte hinter ihm den abschüssigen Weg hinunter. »Bleib doch mal stehen! Was hast du denn vor?«

Er rannte verbissen weiter, rief aber über die Schulter zurück: »Ihr Boot! Ganz sicher liegt es beim Sender. Es darf auf keinen Fall …«

Dann hatten wir den Strand erreicht. Aris hetzte über den mondbeschienenen Sand, ohne sich auch nur einmal umzudrehen. Ich kam kaum hinterher. Er erreichte die *King's Steps*, setzte mit großen, riskanten Sprüngen von einem Stein zum anderen. Ich folgte ihm, wenn auch vorsichtiger. Auf dem vorletzten Felsen blieb er stehen und starrte in das Wasser unter sich. Als ich näher kam, sah ich, dass da etwas unter der dunklen Oberfläche war. Ein großes, bronzefarben schimmerndes Etwas.

Ist … ist das ein U-Boot?

»Bitte nicht«, hörte ich Aris murmeln.

Mit einem Mal leuchtete es in der metallischen Hülle auf. Ein weißes Licht begann zu pulsieren, erst langsam wie ein Herzschlag, dann immer schneller. Mit einem Warnschrei trieb Aris mich über die Steine zurück in Richtung Strand, riss mich dann jäh an sich. Eine gewaltige, lautlose Explosion zerfetzte das Wasser hinter uns. Die Druckwelle fegte uns fast vom Felsen, aber Aris schirmte mich mit seinem Körper ab, und es gelang ihm gerade so, uns in Balance zu halten.

Für den Bruchteil einer Sekunde sah ich nichts als einen ultraweißen Blitz. Dann verlosch er urplötzlich, wie erstickt von dem schwarzen Wasser ringsherum. Vor meinen Augen tanzten grelle Nachbilder. Ich hielt die Lider geschlossen, wartete darauf, dass es nachließ. Als ich wieder etwas sehen konnte, war das fremdartige Unterseeboot verschwunden. Mir wurde bewusst, dass ich immer noch dicht an Aris gedrängt dastand. Meine Beine zitterten. Das Luftholen fiel mir schwer. Ihm schien es ähnlich zu gehen. Wie betäubt blickte er auf die Stelle, an der eben noch – ja, was eigentlich gelegen hatte? Seine Rückfahrkarte?

»Zu spät«, stieß er hervor. »Ich dachte, ich schaffe es noch …«

»Hat … hat es sich selbst zerstört?«, fragte ich fassungslos. »Warum? Weil die Besatzung gefangen genommen wurde? Wusstest du, dass das passieren würde?«

Einen Moment lang reagierte er nicht. Dann ließ er mich los. »Die Besatzung! Wie konnte ich nur … Wir müssen sofort zurück!«

Und bevor ich noch etwas sagen oder fragen konnte, hetzte er wieder los, noch schneller als auf dem Hinweg, so kam es mir jedenfalls vor. Ich hatte keine Zeit, über seine Kondition zu staunen oder meine eigene zu bejammern, denn mich trieb die Angst um die Bernhardts an. Sicher, die beiden hatten mich Aris hinterhergeschickt. Und sie hatten mehr als fähig gewirkt, die verletzten Angreifer in Schach zu halten. Doch es waren trotz allem zwei kleine alte Damen, und weder sie noch ich wussten, wozu ihre unheimlichen Gefangenen fähig waren. Aris aber wusste es, ganz klar. Und dieses Wissen war es, das ihm jetzt im Nacken saß und ihn den schmalen, sandigen Pfad hinauftrieb. Schon nach kurzer Zeit hatte er einen großen Abstand zwischen uns gebracht, sodass ich erst deutlich nach ihm die Kurve vor dem Cottage umrundete.

Das Erste, was ich sah, waren die Bernhardts.

Sie lehnten zusammengesunken an ihrem weißen Gartentor und regten sich nicht. Aris kniete vor ihnen. Er sprach leise und beruhigend auf sie ein. Vor Erleichterung kam ich fast ins Stolpern: Sie waren also am Leben und wirkten auf den ersten Blick auch nicht verletzt. Doch an Aris' Körperhaltung konnte ich erkennen, dass absolut nichts in Ordnung war.

Und dann fiel es mir auf: Wo steckten unsere Angreifer? War es ihnen gelungen zu fliehen? Ich konnte keine Spur von ihnen entdecken. Stattdessen bemerkte ich einen roten zylindrischen Gegenstand, der mitten auf dem Weg lag. Es war ein Feuerlöscher. Und daneben, dort, wo ich die Unbekannten gefesselt zurückgelassen hatte, sah ich in dem kalten Mondlicht einen großen schwarzen Fleck auf dem Erdboden.

Einen Brandfleck.

Jetzt roch ich es auch: Ein scharfer Geruch lag in der sommerlichen Nachtluft, wie heißes Metall, Chemikalien ... und noch etwas anderes.

Mir wurde schlecht.

»Wir konnten nichts machen«, hörte ich Hildy flüstern. »Sie standen plötzlich in Flammen. Es ging so rasch ... und war so hell ... wie ... wie eine Magnesiumfackel ...«

»Phosphor«, murmelte ihre Schwester. »Phosphor brennt so. Wie die Brandbomben im Krieg. Wir haben den Feuerlöscher geholt, aber es war zu spät. Es ... es ist nichts von ihnen übrig geblieben. Nichts.«

»Und kein Laut.« Hildy schüttelte fassungslos den Kopf. »Wie kann man bei lebendigem Leib verbrennen, ohne zu schreien?«

»Sie haben geschrien«, sagte Aris tonlos. »Ihr konntet es nur nicht hören.«

Mühsam, fast wie ein alter Mann stand er auf. Sein Gesicht

sah grau aus. Er trat zu der Brandstelle. »Sie müssen gedacht haben, dass ich nicht wiederkomme. Dass sie auf sich allein gestellt sind.« Er hob die Schere auf, mit der ich die Wäscheleine zerschnitten hatte. »Und sie haben das Einzige getan, das noch in ihrer Macht stand. Von uns darf … Unter keinen Umständen dürfen Spuren zurückbleiben …«

Seine Stimme versagte. Dann nahm er die Schere, und bevor ich etwas tun konnte, hatte er sich einen tiefen Schnitt in den linken Handballen zugefügt. Er streckte den Arm aus und sein Blut tropfte auf die verbrannte Erde. Ich hörte, wie er dabei Worte in seiner Sprache flüsterte, die wie ein Gebet klangen. Nach einem Moment der Stille fügte er leise an uns gewandt hinzu: »Egal, was sie sonst getan haben … am Ende waren sie gute Bürger.«

Ich starrte ihn nur an. Er blickte zurück, aber ich glaube nicht, dass er mich tatsächlich sah. Alle Kraft schien ihn verlassen zu haben.

Langsam ging er zu den Bernhardts, kniete vor ihnen nieder und senkte den Kopf. »Wie können Sie mir je vergeben? Ich habe nur Schrecken und Tod in Ihr Haus gebracht.«

Da hob Hildy den Kopf und tätschelte ihm sanft die Schulter. »Nicht nur das, Jungchen, ganz sicher nicht nur das.« Sie seufzte. »Gib dir nicht die Schuld für Dinge, die nicht in deiner Macht stehen. Das übernehmen schon die anderen Leute. Wir wissen es besser.« Sie wandte sich zu ihrer Schwester. »Na komm, Helen. Keine Müdigkeit vorschützen.«

Die Angesprochene zwinkerte ein paar Mal und nickte. Dann war der Bernhardt-Reboot abgeschlossen und beide ließen sich von einem sprachlosen Aris auf die Füße helfen.

Helen strich ihren geblümten Morgenrock zurecht. »Na. Ich denke, ein Tässchen Tee wird uns jetzt allen guttun, oder,

Kinder?« Sie warf uns einen auffordernden Blick zu und marschierte mit Hildy im Schlepptau zurück ins Cottage.

Die Unzerstörbaren Bernhardt-Schwestern, dachte ich.

Es war noch keine Stunde her, da hatten sie Aris und mich vor drei monströsen Fremden gerettet. Dann hatten sie hilflos mit ansehen müssen, wie diese einen grauenvollen Tod starben. Und jetzt boten sie uns Tee an. Ich musste fast heulen.

Kurz darauf saßen wir tatsächlich alle vier in der Sofaecke des engen Wohnzimmers der Bernhardts, jeder mit einem der unausweichlichen Riesenbecher Tee vor sich. Snowflake hatte sich mit hineingedrängt und wich nicht von meiner Seite. Ich hielt mich mit beiden Händen an dem heißen Getränk fest. Zwar brachte ich keinen Schluck hinunter, aber es tat gut, den Dampf in meinem Gesicht zu spüren und den vertrauten Darjeeling-Duft zu riechen. Die beiden Schwestern bemühten sich redlich, neben beruhigendem Geplauder ein bisschen mehr über das zu erfahren, was gerade vor ihrer Haustür geschehen war.

Aber Aris, so erschüttert er auch war, schwieg eisern. Das Einzige, was er schließlich herausbrachte, war: »Ich kann keine Stunde länger unter Ihrem Dach bleiben. Ich muss fort, auf der Stelle, bevor noch etwas Schlimmeres passiert.« Über den kleinen Couchtisch hinweg sah er mich an, bittend und verzweifelt entschlossen. »Ella. Hilfst du mir ein letztes Mal?«

Wie konnte ich das ablehnen?

Ich nickte.

Kapitel 15

»Ella! Gott sei Dank, dir geht's gut!« Kenneths Umarmung drückte mir fast die Luft ab. »Ich hab versucht, dich anzurufen, aber ich und diese blöden Handys …«

»Nicht deine Schuld, meins ist kaputt. Und es ist alles okay bei mir«, beruhigte ich ihn, als ich wieder atmen konnte.

Wir standen im Eingang des schmalen Hauses der Rowe-Geschwister. Im Schein der funzeligen Lampe über der Tür wirkte Kenneths sonnengebräuntes Gesicht ganz blass. Seine Augen waren gerötet.

»Alles okay?!«, krächzte er, kaum dass er mich wieder losgelassen hatte. »Ella, du bist voller Blut!«

»Was? Quatsch …« Ich wollte widersprechen, aber er deutete auf meinen Ärmel, wo Aris' verletzter Arm deutliche Spuren hinterlassen hatte. Puh, zum Glück hatten die Empfangsdamen das nicht bemerkt, als wir vorhin die Party verlassen hatten! »Das ist nicht von mir«, wehrte ich ab. »Spielt jetzt auch keine Rolle. Sag mir lieber, wie's Lisa geht.«

»Schläft.« Er zwinkerte heftig und rieb sich mit der Hand über das Gesicht. »Die … die kleine Spinnerin. Hätte sie mir doch was gesagt. Ich wäre ja –« Er musste kurz durchatmen. »Mrs. Hill ist bei ihr, du weißt schon, die Krankenschwester von nebenan. Zum Glück hatte sie heute Nacht keinen Dienst. Aber,

Ella«, er sah mich besorgt aus seinen braunen Augen an, »was ist denn nun eigentlich passiert? Tammie sagte was von einem Haufen Mädchen, die unter Drogen gesetzt wurden? Und dass da irgendein Ausländer abgestochen wurde? Wissen die Bullen Bescheid?«

Ich verdrehte die Augen. *Danke, Tammie.* »Nein, das mit der Polizei ... also, das müssen wir noch besprechen. Soweit ich weiß, war Lisa die Einzige, die es erwischt hat. Niemand wurde abgestochen. Aber den ›Ausländer‹ hab ich dir mitgebracht.«

Ich trat einen Schritt zurück und Kenneth entdeckte Aris, der ein paar Meter hinter mir gewartet hatte und jetzt, auf mein Winken hin, zögernd näher kam. Er trug wieder seine alte, reichlich mitgenommene Tunika mit der weiten Hose, hatte den Arm frisch verbunden und wirkte vermutlich wenig vertrauenerweckend auf den soliden Kenneth.

Der runzelte zwar die Stirn, fragte aber nur: »Ein Freund von dir?«

Gute Frage.

Ich entschied mich für: »Seit Kurzem. Aris, das ist Lisas Bruder Kenneth.«

Beide musterten sich kurz. Von Aris' natürlichem Charme war aktuell nichts mehr zu spüren, er wirkte angespannt, gehetzt, wie ein Tier auf der Flucht.

Das entging Kenneth natürlich nicht. »In Schwierigkeiten?«

Ich nickte. »Und wie. Ich wollte dich um deine Hilfe bitten.«

»Alles und jederzeit, Kleine«, antwortete er ohne Zögern.

Ich hätte ihn küssen können. »Es ist aber was Großes.«

»Wenigstens illegal?«, fragte er mit hoffnungsvollem Grinsen. So bodenständig er auch war, Kenneth hatte es nicht so mit den Behörden und misstraute jeder Form von Obrigkeit – eine Folge seines elternlosen Aufwachsens, wo immer die Trennung von Lisa und die Unterbringung in verschiedenen Heimen gedroht hatte.

Ich schüttelte bedauernd den Kopf.

»Na, kommt erst mal rein. Ich hab eh grad Kaffee gemacht.«

»Ich warte besser draußen«, sagte Aris zurückhaltend.

»Blödsinn«, knurrte Kenneth und packte ihn mit einem herzlich-ruppigen Griff an der Schulter. »Kein Freund von Ella bleibt bei uns vor der Tür stehen.«

Er schob uns ins Haus, wo ich schnell die schmale Treppe nach oben lief, um nach Lisa zu sehen. Ich fand sie in ihrem winzigen, mit Büchern vollgestopften Zimmer. Sie schlief tief und fest unter ihrer *Eiskönigin*-Bettdecke, zu deren Kauf ich strengstes Stillschweigen hatte versprechen müssen. Ich setzte mich vorsichtig an den Rand der schmalen Matratze und streichelte ihr über die Wange.

»Hey, Süße«, sagte ich leise. »Es tut mir so leid, was passiert ist ...«

Hinter mir räusperte sich jemand. Ich drehte mich um. In der Tür stand Mrs. Hill, eine Tasse Kaffee in der Hand. Ich kannte sie ein bisschen. Sie war Ende fünfzig, Witwe, stabil gebaut, eine äußerst resolute und verlässliche Person. Bestimmt war sie gut in ihrem Krankenpflege-Job. Sie steckte aber auch überall ihre Nase hinein und gab ungefragt ihren Senf dazu. Kenneth konnte sie nicht ausstehen. Dass er sie um Hilfe gebeten hatte, zeigte, wie sehr ihn die Sorge um Lisa mitnahm.

»Guten Abend, Mrs. Hill«, grüßte ich brav. »Ist ... ist alles okay mit Lisa?«

»Guten *Morgen*«, korrigierte sie wichtigtuerisch. »Nun ja, mehr als einen heftigen Kater sollte sie nicht haben, wenn sie aufwacht.« Sie setzte sich auf den Stuhl vor Lisas Schreibtisch und schüttelte missbilligend den Kopf mit dem strengen graubraunen Dutt. »Ihr jungen Dinger lasst euch heutzutage einfach auf zu viel ein, da muss so etwas ja passieren. Erst recht bei den Verhältnissen unter diesem Dach. Ich habe schon immer gesagt, ohne Eltern, das geht nicht gut, die Rowe-Kinder brauchen Aufsicht, Anleitung, Struktur ... eine feste Hand eben!«

»Haben Sie das auch Kenneth gesagt?«, warf ich ein.

Mrs. Hill plusterte sich auf. »Ach, nun ja, er ... er ist ja immer so kurz angebunden ...«

Ich nickte bloß. Bei Kenneth gab selbst Mrs. Hill klein bei. Dann beugte ich mich vor und flüsterte Lisa ins Ohr: »Wenn du wach bist, erzähle ich dir alles. Ich hab nur noch eine Sache zu erledigen. Aber ich komme ganz schnell wieder, versprochen.«

Kurz darauf saßen Kenneth, Aris und ich an dem mit blau kariertem Wachspapier bezogenen Küchentisch. Ich stürzte mich dankbar auf den tiefschwarzen Kaffee, da mir trotz des Irrsinns der letzten Stunden fast die Augen zufielen. Aris simulierte nur höfliches Nippen. Ich war zu müde, um mich zu fragen, wo auf der Welt kein Kaffee getrunken wurde. Mittlerweile hatte ich es aufgegeben, irgendetwas von diesem ganzen abgefahrenen Zeug zu verstehen, das ich mit Aris erlebt hatte. Ich wusste nur, dass ich das hier jetzt irgendwie durchziehen musste. Es gab so viel in Ordnung zu bringen.

Oh Mann, diese Ferien laufen komplett aus dem Ruder ...

Mich fröstelte bei dem Gedanken, dass dort draußen vielleicht noch mehr von den skrupellosen Haizombies warteten. Wer weiß, was sie als Nächstes anrichten würden auf der Suche nach ihrem Entführungsopfer? Fast genauso viel Angst hatte ich vor Kenneths Temperament. Wenn er erfuhr, wer schuld war an Lisas Zustand, würde er wahrscheinlich direkt nach Prideaux Hall stürmen, um Tristan den Hals umzudrehen ... Doch darum konnte ich mir später noch Sorgen machen.

Leise sagte ich: »Ich verspreche dir, ich erkläre alles, wenn … wenn wir ein bisschen Ruhe haben, ja? Es ist nur so, Aris läuft die Zeit weg …«

Kenneth zog die Zuckerdose zu sich heran und grummelte: »Das Wichtigste ist, dass es euch gut geht. Alles andere kriegen wir hin. Haben wir immer.«

Er lächelte und wuschelte mir kurz und heftig durchs Haar. Früher hatte mich das genervt, aber jetzt machte es mich unheimlich froh. Erleichtert lächelte ich zurück.

Nachdem mein bäriger Teilzeit-Bruder seinen Kaffee mit etwa acht Stück Würfelzucker gepimpt hatte, lehnte er sich zurück und blickte mich auffordernd an. »Also, schieß los, Kleine. Um was geht's?«

Ich holte tief Luft. »Kenneth, wir brauchen dein Boot.«

Stunden später wurde ich langsam wieder wach. Eine vertraute Atmosphäre umgab mich: Es roch nach feuchtem Holz, Diesel und Salz. Neben meinem Kopf hörte ich das Glucksen von Wasser. Ich lag in einer Koje der »Minnie«, die unermüdlich durch die Wellen des Atlantiks pflügte.

Wir waren auf dem Weg zu Aris' Plan B.

Einem Plan, dessen Risiken ihm bisher zu groß vorgekommen waren. Jedenfalls bis zu dem Zeitpunkt, da das unheimliche Rollkommando vor dem Cottage der Bernhardts aufgetaucht war und er davon ausgehen musste, dass Plan A gescheitert war. Denn entweder hatten die weißen Zombies mit dem Haifischgebiss doch das Signal des Skriffs angepeilt – oder sie hatten Aris' merkwürdige Brieftaube abgefangen und die Botschaft gestohlen. Ich merkte, dass ihm letztere Möglichkeit sehr zu schaffen machte, denn sie bedeutete wahrscheinlich, dass sein Wal getötet worden war. Aber wie auch immer – es war klar, dass Aris nicht länger auf Hilfe warten durfte.

Und hier kam das Skriff ein zweites Mal ins Spiel: Denn es verfügte nicht nur über einen Sender, sondern zeigte auch die Position von Schiffen seiner Leute an. Einige davon patrouillierten offenbar auf festen Routen und Aris hatte Kenneth die Koordinaten des nächstmöglichen Treffpunkts gegeben, weit draußen auf dem Atlantik, Kurs Westnordwest.

Kenneth war mit uns zum Hafen gefahren, hatte die »Minnie« losgemacht und Kurs gesetzt. Auf einen Punkt weit draußen auf hoher See, um dort *vielleicht* ein Schiff von Aris' Leuten zu treffen. Auf dem hoffentlich – mit ganz viel Glück – *keine* Verschwörer an Bord waren.

Der mieseste Plan B der Welt, meiner Meinung nach.

Ich blinzelte in das Halbdunkel unter Deck. Wie spät mochte es sein? Hatten wir unser Ziel bald erreicht? Nach dem Ablegen hatte Kenneth Aris und mich zum Schlafen unter Deck geschickt und versprochen, uns zu wecken, wenn wir in die Nähe der Koordinaten kamen. Todmüde, wie wir waren, hatte keiner von uns protestiert. Ich vernahm ein leises Geräusch und blickte hoch, hinüber zu der anderen Koje, in der Aris lag. Das blasse erste Tageslicht, das durch das Bullauge fiel, zeichnete sein Profil nach, seine Stirn, die gerade Nase, die sanft geschwungenen Lippen, sein Kinn ... So in tiefen Schlaf versunken, wirkte sein Gesicht verletzlich und unschuldig, doch zugleich stolz und stark.

Wer bist du bloß?, fragte ich mich zum bestimmt hundertsten Mal. *Wo bist du hergekommen? Und ... was mache ich, wenn du gleich wirklich für immer verschwindest?*

Ein leichtes Stöhnen unterbrach meine Gedanken. Ich richtete mich auf. Aris schlief, ja – aber sein Körper zitterte fast unmerklich und sein Gesicht war plötzlich angespannt. Ich sah, dass er seine Hände in die dünne Wolldecke gekrallt hatte, die ihn halb zudeckte. Im ersten Moment hatte ich Angst, dass es ein neuer Anfall war. Dann aber erkannte ich, dass es ein Albtraum sein musste, der ihn im Griff hatte. Aris murmelte etwas in seiner Sprache. Die Worte klangen abgehackt und schienen sich zu wiederholen, wie eine Beschwörung oder ein Gebet.

Rasch stand ich auf, trat an die Koje heran und berührte seine Schulter. Er reagierte sofort, keuchte auf und riss in einer instinktiven Abwehrhaltung die Arme hoch. Einen langen Moment starrte er mich stumm aus weit geöffneten Augen an, die nicht erwarteten, ein vertrautes oder mitfühlendes Gesicht zu sehen. Unwillkürlich dachte ich daran, wie er zum ersten Mal im Zimmer der Bernhardts aufgewacht war – vor einer gefühlten Ewigkeit. Diesmal erkannte er mich jedoch. Und langsam trat ein Ausdruck tiefer Erleichterung in sein Gesicht.

»Alles okay«, sagte ich beruhigend. »Ich bin's bloß.«

Seine Hände hatten kurz vor meinem Gesicht haltgemacht. Ich wollte mir lieber nicht das Ergebnis ausmalen, wenn der Schlag sein Ziel gefunden hätte.

»Tut mir leid.« Aris ließ die Arme sinken und versuchte, seine heftigen Atemzüge unter Kontrolle zu bringen. »Ich … war gerade noch woanders.«

»Kein guter Ort, hm?«, fragte ich vorsichtig.

»Nein.« Er schüttelte den Kopf, wie um sich vollständig von dem Traum zu befreien. »Es war kein guter Ort.«

Dann richtete er sich auf, atmete noch einmal tief durch und schwang die Beine über den Rand der Koje. Ich ließ mich neben ihn sinken. Einen Moment lang herrschte Stille zwischen uns.

»Der äußerste Felsen in deiner Bucht am Morgen«, meinte Aris schließlich. »Als du mir Tee gebracht und neben mir gesessen hast. *Das* war ein guter Ort. Dahin möchte ich noch einmal.« Er blickte mich von der Seite an. Seine kurzen schwarzen Haare waren vom Schlafen zerzaust, und es juckte mich in den Fingern, sie glatt zu streichen. Mir wurde bewusst, dass ich ihm nah genug war, um die Wärme seines Armes an meinem zu spüren.

»Oder«, sagte ich, um mein Herzklopfen zu übertönen, »du besuchst mich mal in Berlin. Das ist meine Heimatstadt. Liegt in Deutschland.« Ich musste schlucken, als Aris ein wenig das Gewicht verlagerte. Die Finger seiner Linken lagen jetzt wie unabsichtlich auf meinem Handrücken. Ich spürte die leichte Berührung viel stärker, als ich sollte. »Wir ... wir machen so Touri-Zeugs, fahren auf den Fernsehturm und ... und wenn du Lust hast, gehen wir ins Olympiastadion, Fußball gucken ...«

»Das klingt toll.« Sein Gesicht war mir zugewandt. In dem Zwielicht unter Deck schienen seine seegrünen Augen fast zu leuchten. »Was ist Fußball?«

Beinahe hätte ich losgelacht, wenn er mich nicht so angesehen hätte, so ... eindringlich und fasziniert, als ob in diesem Moment nichts anderes für ihn existierte außer mir.

»Du bist echt nicht von dieser Welt, oder?«, neckte ich leise und wusste nicht, woher ich die Luft zum Sprechen nahm.

Langsam beugte er sich noch ein wenig näher zu mir. »Doch, bin ich. Nur nicht aus deiner ...«

Will er mich küssen? Moment – wird das etwa ein Abschiedskuss?

Egal ...

Ich lehnte mich Aris entgegen und schloss die Augen. Sein Atem strich sacht über meine Lippen.

»Hey, kommt rauf! Wir sind da!«

Kenneths Stimme dröhnte zu uns herunter und wir fuhren ertappt zusammen. Ich verfluchte Lisas Bruder innerlich für das mieseste Timing aller Zeiten. Aber es half nichts: Der Moment war vorbei.

Gleich darauf standen wir an Deck.

»Westen an!«, brüllte uns Kenneth aus dem Steuerhaus zu, während er versuchte, die Position zu halten. Bei Sicherheit an Bord verstand er keinen Spaß und die Wellen gingen wirklich ganz schön hoch. Aus dem Fach unter den Sitzflächen am Heck zog ich zwei rote Rettungswesten für Aris und mich, coole, moderne Teile, die auf dem Trockenen kaum mehr als schmale Schläuche waren und sich erst beim Kontakt mit Wasser automatisch aufbliesen. Gehorsam legten wir sie an.

Obwohl ich mir einen von Kenneths alten Pullis über mein Party-Outfit gezogen hatte, fror ich in dem heftigen Wind. Shorts und Leinenturnschuhe ohne Socken waren definitiv nichts für den offenen Atlantik. Ich sah mich suchend um. Aber wohin ich auch blickte, nichts als wolkenverhangener Himmel und dunkle Wellen. Selbst wenn die erwartete Patrouille ein U-Boot war – wie sollte die Besatzung ahnen, dass Aris sich gerade auf diesem Kutter befand? Die Erfolgschancen von Plan B erschienen mir kleiner denn je.

Aris stand verloren an der Reling und schaute starr auf das unruhige Wasser. Schließlich wandte er sich um und sah mich an, einen unlesbaren Ausdruck im Gesicht. Der Wind zerrte an seinen Haaren, ließ die Schöße seiner Tunika und den Stoff der weit geschnittenen Hose flattern.

»Ella, ich muss jetzt gehen.« Seine Stimme klang stockend, als würden ihm die Worte vom Wind weggerissen. »Ich werde nie vergessen, was du für mich getan hast. Ihr alle. Ich weiß noch nicht, wie, aber ich finde einen Weg, euch zu danken.«

Bevor ich begriff, was passierte, hatte er die Rettungsweste abgestreift.

»Hey, was machst du denn –«

»Ich muss gehen«, wiederholte er. Seine Finger waren so fest zu Fäusten geschlossen, dass die Knöchel weiß hervortraten. Dann drehte er sich rasch um, setzte einen Fuß auf die Reling und sprang mit einem weiten Satz kopfüber in das aufgewühlte Meer.

Oh Scheiße.

Entsetzt schrie ich: »Aris!«

Und dann, noch lauter, von Lisas Bruder gedrillt: »*Mann über Bord!!!*«

»Was? Wirklich? *Fuck*, was macht ihr dahinten?!«, kam Kenneths erschreckte Stimme aus dem Steuerhaus. »Siehst du ihn?«

»Ja!« Ich lief wie auf Autopilot. »Hinten rechts – ich meine, steuerbord achteraus!«

Was hatten wir diese Situation im letzten Sommer geübt, weil Kenneth wollte, dass Lisa und ich im Notfall Bescheid wussten. Immer abwechselnd war einer der »Mann über Bord« gewesen, einer stand am Steuer und einer führte die Rettung durch. Allerdings war es etwas völlig anderes, das bei ruhiger See in einer sonnigen Bucht durchzuspielen, als im Ernstfall. Jetzt verstand ich, warum Kenneth Lisa und mich so getriezt hatte, einen über Bord Gegangenen auch nicht einen Moment aus den Augen zu lassen. Denn noch konnte ich Aris sehen – er schwamm mit kräftigen Zügen davon, weg vom Boot. Doch Welle um Welle schob sich zwischen ihn und mich, sein Kopf nichts als ein erbärmlich kleiner Fleck in der aufgewühlten See. Das Wasser war eine Landschaft ohne jeden Orientierungspunkt und ich wusste: Wenn nicht ganz schnell etwas geschah, würde ich ihn aus den Augen verlieren.

Was tut er da? Hier draußen ist doch nichts!

Ein schrecklicher Gedanke schoss mir durch den Kopf: »Unter keinen Umständen dürfen Spuren zurückbleiben«, hatte Aris vor dem Haus der Bernhardts gesagt. War es das, was er plante? Warum sonst hatte er die Rettungsweste zurückgelassen?

Die Maschine der »Minnie« begann rückwärtszulaufen, und einen Moment lang kamen wir Aris wieder näher.

Dann stotterte der Motor und stand still.

Kenneth fluchte wütend.

Und ich ... ich traf die dümmste und wichtigste Entscheidung meines Lebens. Aus einem weiteren Fach unter der Bank zerrte ich den Rettungsring mit der sauber aufgeschossenen Leine heraus, band diese hastig mit einem unseemännischen Doppelknoten an der Reling fest – und sprang Aris hinterher.

Kapitel 16

Als ich wieder auftauchte, musste ich nach Luft schnappen, so kalt war das Wasser. Mit einem scharfen Zischen öffneten sich die Luftkammern meiner Weste und sofort spürte ich den Auftrieb. Kenneth brüllte mir panisch hinterher. Aber ich entfernte mich schnell vom Boot.

Zu schnell.

Ich war in eine Strömung geraten, die mich jetzt immer rascher mit sich zog. Wenn ich in ein Wellental geriet, konnte ich die »Minnie« schon nicht mehr sehen. Dann war die Leine des Rettungsrings am Ende angelangt. Dafür hatte ich Aris fast erreicht. Noch ein Schwimmzug und ich war direkt neben ihm. Er bemerkte mich – und ich werde nie den entsetzten Ausdruck auf seinem Gesicht vergessen.

»Ella?! Was hast du ...? Du musst sofort zurück! Schwimm zurück! *Sofort!!*«

»Du bist doch irre!«, schrie ich ihn an. »Willst du etwa *hier* auf dein Boot warten? Los, nimm den Rettungsring!«

Den ich übrigens kaum noch festhalten konnte. Wahrscheinlich versuchte Kenneth, mich an ihm zurückzuziehen. Doch nun registrierte ich, dass das Wasser um uns herum leuchtete. Es glühte und funkelte golden wie an dem Abend, als Aris und ich von den *King's Steps* gefallen waren. Und nicht nur das:

Die Strömung hatte sich vollkommen beruhigt. In einem kreisrunden Bereich von vielleicht zwei Metern Durchmesser war das Meer plötzlich spiegelglatt. In der Mitte des Kreises trieben wir – und dahinter, wie abgetrennt durch eine Glaswand, wogten die grauen Wellen.

»Wie geht das denn?«, stieß ich ungläubig hervor. Ich war so überrascht, dass ich den Rettungsring losließ ... und weg war er.

Aris griff hastig nach mir und zog mich in seine Arme. »Halt dich an mir fest!«

Dann riss uns etwas hinab. Ein gewaltiger Sog, dem nichts entkommen konnte. Die Wellen schlugen über uns zusammen und wir sanken rasend schnell tiefer, in einem Wirbel von goldenen Luftblasen.

So rasch ließen wir die Oberfläche hinter uns, dass ich nicht einmal Angst bekam, als ich dachte: *Jetzt ertrinken wir also doch.*

»Ella! Komm schon, Ella. Wach auf, bitte!«

Ich wollte aber nicht aufwachen. Der Boden, auf dem ich lag, war nachgiebig und warm. Die Luft roch frisch und irgendwie metallisch, aber nicht unangenehm. Und die Stimme, die nach mir rief, war so leise, dass sie mich nicht wirklich beim Dösen störte. Irgendwie kam sie mir bekannt vor, doch ich konnte mich beim besten Willen nicht erinnern, wem sie gehörte. Meine Gedanken drifteten ab.

Dann berührte etwas Kühles meine Stirn und plötzlich wurde mein Körper wieder mit Bewusstsein geflutet. Ich öffnete die Augen – und kniff sie gleich wieder zu. Das Licht um mich herum war zwar sanft und golden, blendete allerdings trotzdem. Neben mir hörte ich jemanden aufatmen. Als Nächstes musste ich mich einer unbequemen Wahrheit stellen: Ich war schon wieder klatschnass.

Das kann echt nicht wahr sein.

Und … wie ist das eigentlich passiert?

Widerwillig beschloss ich, meine Augen nun doch zu öffnen. Das Erste, was ich sah, als sich die Welt um mich herum scharf gestellt hatte, war meine rote Rettungsweste, die luftleer ein Stück neben mir lag. Das Zweite war das Gesicht von Aris. Er saß an meiner Seite und blickte mich so unglaublich erleichtert an, dass ich fast lachen musste.

»Da bist du ja wieder«, flüsterte er.

Benommen krächzte ich: »Aber *wo* bin ich?«

Langsam setzte ich mich auf und blickte mich um. Wir befanden uns in einem runden Raum. Die Wände erinnerten mich an die Oberfläche des Skriffs: feine Schuppen, die perlmuttfarben schimmerten. Unterbrochen wurden sie durch bronzene Metallrippen, die sich hoch über unseren Köpfen trafen und sternförmig ein bläulich pulsierendes Zentrum umschlossen. Es wirkte organisch, wie eine Membran. Im Raum selbst herrschte ein diffuses Licht, dessen Quelle ich nicht ausmachen konnte. Der Boden unter uns war dunkelgrün und bestand aus einem porösen, schwammartigen Material. In der Wand befand sich ein etwa mannshohes Oval, das ebenfalls mit einer bläulichen Membran verschlossen war.

Der Ausgang? Aber von was?

»Wir sind in der Notschleuse einer unserer Außenstationen«, beantwortete Aris meine Frage. »Das automatische Rettungssystem hat uns hereingeholt.«

Super. Erklären, ohne zu erklären. Seine Spezialität.

Eins aber verstand ich trotzdem: »Du wolltest gar nicht zu einem Schiff ...«

Er schüttelte den Kopf. »Nein. Aber die Wahrheit konnte ich euch auf keinen Fall verraten.« Ein paar salzige Tropfen fielen aus seinen nassen Haaren auf mich herunter. Dort, wo seine zerrissene Tunika aufklaffte, schimmerte das geheimnisvolle Bienenbild auf seiner Brust. »Nichts von uns darf an der Oberfläche bekannt werden.«

»An der Oberfläche?«, fragte ich verwirrt. Dann fiel es mir wieder ein: Etwas hatte uns unter Wasser gezogen. »Wie tief sind wir denn?«

Aris schien kurz etwas in seinem Kopf zu überschlagen. »Etwa 900 Meter, denke ich. Aber wir werden noch viel tiefer sinken, jetzt, wo wir sicher eingetroffen sind. Die Stationen sitzen normalerweise nahe am Meeresgrund und steigen nur im Notfall auf.«

Er schwieg einen Moment. In seinem Gesicht spiegelten sich widerstreitende Gefühle. Die Freude über mein Erwachen war verschwunden, an ihre Stelle trat langsam so etwas wie völlige Ratlosigkeit, fast Verzweiflung.

Schließlich fragte er leise: »Warum hast du das nur getan, Ella?«

»Macht der Gewohnheit«, antwortete ich, immer noch groggy. »Ich dachte, du säufst mir wieder ab.«

Das brachte ihn für einen Moment zum Lächeln, aber dann blickte er so unglücklich drein wie zuvor. »Es ist zu spät ...«, murmelte er. »Ich kann dich nicht zurückbringen.« Er atmete tief durch. »Jetzt, wo du hier bist, gibt es nur eine Möglichkeit: Du musst mit mir kommen, Ella.«

Mir wurde etwas mulmig bei seinem Tonfall. »Mitkommen? Wohin denn?«

Er sah mich mit undurchdringlicher Miene an. »In meine Heimat. Nach Atlantis.«

Das saß.

Einen Moment lang war ich völlig sprachlos.

Aris nutzte ihn, um mir auf die Füße zu helfen und eine leuchtende Fläche in der Wand zu berühren. Daraufhin zog sich die Membrantür ringförmig in den Rahmen zurück und gab den Ausgang frei. Dahinter lag ein Gang, der ganz ähnlich konstruiert war wie das Schleuseninnere: bronzefarbene, fein ziselierte Rippen, die weißlich schimmernde, sanft gewölbte Wände stützten und von einem goldenen Licht erhellt wurden. Niemand war zu sehen. Vorsichtig trat Aris aus der Schleuse hinaus und winkte mich zu sich. Hatte ich eine Wahl? Ich folgte ihm. Langsam gingen wir den Gang hinunter und ich fand endlich meine Sprache wieder.

»Was redest du denn da?« Ich konnte nicht fassen, was er mir da gerade beiläufig verkaufen wollte. »Atlantis?! Das ist doch nur so 'ne … so 'ne Legende.«

»Richtig«, sagte er ruhig. »Das Atlantis, das du kennst, ist eine Legende. Und wir tun alles, damit es so bleibt.«

»Nein, im Ernst, das hat sich irgendein oller Grieche ausgedacht. Hab ich in einem Film gesehen.« Ums *Verrecken* würde ich nicht zugeben, dass es ein Zeichentrickfilm gewesen war.

»Du meinst Plato«, nickte Aris. »Ja, er hat als Erster über uns geschrieben. Da hatten wir die Oberfläche aber schon längst wieder verlassen. Kein Wunder, dass er bei vielem so danebenlag.« Er zuckte mit den Schultern. »Ich hab's auch nur einmal gelesen. Bisschen dröge.«

Okay, das wurde mir jetzt echt zu schräg. Ob ich vielleicht doch noch schlief? Ich kniff mir heimlich in den Handrücken.

Aua.

Verdammt.

Aris hatte mein Manöver bemerkt und sah mich verwundert an. Ich grinste verlegen und hob entschuldigend die Schultern.

Alles klar. Ich bin wach und er ist aus Atlantis. Kein Problem.

Ich beschloss, erst mal einfach weiterzumachen. Irgendwann würde sich schon wieder alles normalisieren. Hoffentlich.

Wir näherten uns einer weiteren Öffnung. Diese sah nicht so eigenartig organisch aus wie die andere. Es war eine richtige Tür mit einer ringförmigen Klinke; in die metallene Oberfläche waren feine Muster und detailreiche Abbildungen von Meerestieren eingraviert. Aris machte mir ein Zeichen, still zu sein, und öffnete sie dann behutsam. Dahinter lag ein weiterer Gang – ebenfalls menschenleer. Mir fiel auf, wie vorsichtig Aris sich schon die ganze Zeit bewegte.

»Ist irgendwas nicht in Ordnung?«, flüsterte ich.

»Ich bin nicht sicher«, gab er ebenso leise zurück. »Aber so ein Außenposten müsste auf jeden Fall bemannt sein. Es ist verdächtig, dass uns noch niemand begrüßt hat.«

»Und wenn keiner da ist? Was ist der Plan?«

»Hoffen, dass hier wenigstens noch ein Boot liegt, mit dem wir nach Hause fahren können. Wenn nicht«, in seinem Gesicht spiegelte sich große Besorgnis, »muss ich einen Hilferuf senden. Aber das macht uns zur Zielscheibe.«

Wir schlichen weiter den Gang entlang und hinterließen nasse Fußspuren. Die Lichter hier waren deutlich schwächer, und ich konnte kaum die Türen und Nischen erkennen, die seitlich in die Wände eingelassen waren. Wenn sich eine von ihnen im Schatten öffnete, würden wir es vermutlich erst zu spät bemerken. Aris' Körperhaltung war wachsam und angespannt.

Ich dagegen fühlte mich immer noch wie im Traum. Das schummrige Licht ließ Bronze und Perlmutt um uns herum schimmern wie das Innere einer magischen Schatzhöhle. Unauffällig ließ ich meine Hand über die Wand gleiten. Die wunderschönen Ornamente der Bronzestreben fühlten sich glatt und kühl an. Die perlmuttfarbenen Flächen dazwischen dagegen waren leicht rau und warm. Unter dem Druck meiner Finger gaben sie nach und goldene, fein verzweigte Adern kamen zum Vorschein. Es kam mir fast so vor, als ob ich durch das Innere eines gewaltigen Meerestieres schritt. Vielleicht hätte mich das beunruhigen sollen … aber meine Neugier war stärker als die Sorge, die tief in meinem Magen vibrierte. Ich wollte Aris nicht ablenken, doch ich musste einfach mehr erfahren.

»Hey, ist eure Heimat denn nicht untergegangen, wie es immer heißt?«, wisperte ich ihm zu. »Als Strafe der Götter oder so?« Leider fielen mir keine hilfreichen Details aus der Filmstory mehr ein. Soviel ich wusste, gab es allerdings hundert verschiedene Theorien, was mit dem sagenhaften Kontinent geschehen war, ob es reale Vorbilder gegeben und wo er sich angeblich befunden hatte – von der afrikanischen Küste bis zur Ostsee.

Aris drehte sich kurz zu mir um und sein amüsiertes Lächeln wirkte in dem Schummerlicht irgendwie besonders anziehend. »Die Götter haben uns nicht gestraft, sie haben uns gewarnt. Und die Insel, auf der wir früher lebten, ist nicht untergegangen. Es gibt sie noch. Sie liegt im … wie heißt das bei euch … im Mittelmeer. Ihr nennt sie Candia.«

»Nie gehört. Aber da gibt's ja massenhaft kleinere –«

»Nein, sie ist eine der größten.« Er runzelte die Stirn. »Hm. Vielleicht heißt sie heute anders. Ich habe in Geschichte nie so gut aufgepasst.«

»Oder sie ist inzwischen *doch* untergegangen und ihr habt es bloß nicht mitbekommen«, neckte ich ihn.

»Kann sein.« Aris grinste. »Es ist über dreitausend Jahre her, dass mein Volk die Oberfläche verlassen hat und zurückgekehrt ist.«

»Zurückgekehrt?«

»Auf den Meeresgrund«, sagte er ganz selbstverständlich. »Nach Atlantis. Wo wir herkamen und wo wir hingehören. Unsere Jahre an der Oberfläche waren ein Irrweg.«

»Wie lange hat denn dieser ... Irrweg gedauert?«

»Oh, bloß ein Jahrtausend oder so«, meinte er leichthin. »Ein kleiner Ausflug für die Entdecker und Eroberer. In der Zeit waren uns alle Küsten untertan. Aber dann hat uns das Meer zurückgerufen.« Er hob warnend die Hand. »Warte.«

Wir hatten eine weitere Tür erreicht, die größer und prächtiger verziert war als die anderen und wichtig wirkte.

»Dahinter liegt die Brücke«, raunte mir Aris zu. »Wenn dort jemand ist, hoffen wir, dass er zur regulären Besatzung gehört. Ansonsten ...«

Er sah sich um und begann, die in die Wand eingelassenen Nischen zu untersuchen. Eine enthielt so etwas wie Werkzeuge. Aris zog eine unterarmlange Metallstange mit einem gewundenen Kopfstück heraus, reichte sie mir und fand für sich etwas Ähnliches. »Nur für den Fall.«

Ich musste nicht fragen, welchen Fall er meinte. Und ich wollte wirklich, *wirklich* nicht, dass er eintraf. Zu sehr saß mir noch die Begegnung mit den drei Haizombies in den Knochen. Meine Verzauberung hatte nachgelassen – mehr und mehr drängte sich das Bewusstsein nach vorn, dass ich mich in einer völlig fremden und unberechenbaren Umgebung befand. So langsam färbte die Anspannung ab, die ich bei Aris spürte. Sein Atem ging unnatürlich flach.

»Ist alles okay mit dir?«, fragte ich.

»Ich weiß nicht ...« Er rieb sich mit der freien Hand den Nacken. »Ich habe ein ganz mieses Gefühl. Als ob ... als ob uns hier etwas Schlimmes erwartet. Oder auflauert.«

»Oh klasse, mach mir nur Mut!«, flüsterte ich und griff meine Metallstange gleich noch etwas fester. Ich starrte angestrengt in die Schatten hinter uns, aber da war nichts. Jedenfalls nichts, das ich sehen oder hören konnte.

»Bereit?«, fragte Aris.

Nein!

Ich nickte.

Vorsichtig drehte er den Ring, der auch hier als Klinke diente, lugte durch den entstandenen Spalt und schob die Tür schließlich ganz auf, sodass wir hindurchtreten konnten. Alles war still, dunkel und verlassen. Aris berührte eine glimmende Fläche an der Wand und helles, goldenes Licht erfüllte die Brücke der atlantischen Außenstation. Auch dieser Raum war rund, umgeben von bronzefarbenen Streben und perlmuttschimmernden Wänden. Zusätzlich erblickte ich eine Reihe von Konsolen mit glänzenden Oberflächen, seltsamen kristallinen Bedienelementen und matt leuchtenden Anzeigen. Ein säulenartiger Block stand genau in der Mitte des Raums. In seine Oberfläche waren zahlreiche verschiedenfarbige Metallringe eingelassen, deren Funktion ich nicht einmal erahnen konnte.

Über uns in der niedrigen Decke befand sich etwas wie ein großer runder Monitor, aber er zeigte nichts außer tiefer Schwärze. Plötzlich erschien darauf ein unglaublich hässlicher Fisch, glotzte uns an und verschwand wieder in der Dunkelheit. Ich begriff, dass es sich um ein Außenfenster handelte. Und dass wir uns wirklich tief unter der Meeresoberfläche befinden mussten. Das miese Gefühl war jetzt auch in *meinem* Magen angekommen und dehnte sich unaufhaltsam aus.

»Aris …« Ich sah zu ihm hinüber und verstummte, als ich seinen Gesichtsausdruck bemerkte. Er starrte in einen Teil des Raumes links von uns. Ich folgte seinem Blick und musste schwer schlucken.

Dort, an der Wand und auf dem Boden darunter, waren zwei große, dunkle Flecken. Getrocknetes Blut. Ich war mir ganz sicher, auch wenn ich noch nie so viel auf einmal gesehen hatte.

»Die Besatzung«, sagte er tonlos.

»Und … und wo sind sie jetzt?«, brachte ich heraus.

Er sah kurz hinauf zum Fenster, hinaus in die Finsternis. Ich verstand.

Aris atmete mittlerweile immer mühsamer. Ich nahm seinen Arm, wollte ihn hinausziehen, weg von dem Blut, aber er näherte sich wie ferngesteuert einer Tür, die sich zwischen zwei der Konsolen rechts von uns befand. Er öffnete sie und wurde kreidebleich.

Wir blickten in einen kleinen Raum, der vielleicht das Büro des Stationskommandanten gewesen war. Jemand hatte die wenigen Möbel darin provisorisch an der Rückwand zusammengeschoben, um Platz für einen einzelnen, grob am Boden befestigten Stuhl zu schaffen. An den vorderen Stuhlbeinen und den Armstützen hingen durchschnittene Reste von Seilen. In der Ecke lag ein umgekippter Behälter mit den getrockneten Resten irgendeiner dunklen Substanz.

»Es war hier«, flüsterte Aris heiser. »Natürlich. Wieso habe ich das nicht gleich verstanden. Ich … ich bin so ein Dummkopf. Deshalb war das Festland in Reichweite …« Seine Hände hatten begonnen, unkontrolliert zu zittern. Mit einem Klirren fiel die Metallstange zu Boden, die er gehalten hatte. Er versuchte sichtlich, sich wieder in den Griff zu bekommen. Doch das Zittern wurde eher noch stärker. »Was … ist nur mit mir los …«

»Schock. Trauma«, diagnostizierte ich, ohne zu überlegen. »Komm, du musst sofort weg hier!«

»Zum Boot … da lang …«

Ich verstand ihn kaum, bis ich entdeckte, dass noch eine weitere Tür von der Brücke abging. Es gelang mir, Aris aus dem kleinen Raum hinauszumanövrieren. Ich warf einen Blick über die Schulter zurück. Nur ein Stuhl und ein Gefäß. Mehr brauchte es nicht für eine Folterkammer. Ich merkte, wie ich selbst zu zittern begann, und schloss schnell die Tür hinter uns.

Dann hasteten wir einen weiteren schwach erleuchteten Gang hinunter, aber Aris ging es mit jedem Schritt schlechter. Mittlerweile war er schweißgebadet und bekam kaum noch Luft. Ich versuchte mich zu erinnern, was meine Mutter über traumatische Erfahrungen bei ihren Patienten erzählt hatte, fischte angstvoll nach irgendeinem Rat in meinem Gedächtnis, fand nichts.

Aris kämpfte verzweifelt gegen die Reaktion seines Körpers an, bis er wenige Schritte vor der nächsten Metalltür stehen blieb und sich gegen die Wand lehnte, um Atem ringend, wie im Würgegriff der Erinnerung.

»Komm schon«, versuchte ich, ihn zu ermutigen. »Gleich haben wir's geschafft!«

»K-kann nicht. Es ist … überall …«

Und dann riss es ihn einfach von den Füßen. Ein neuer Anfall.

Ich stürzte an seine Seite und beugte mich über ihn. Ich wollte ihm so unendlich gern helfen und wusste einfach nicht, wie …

In diesem Moment öffnete sich die Tür vor uns mit einem feinen Zischen. Im Rahmen stand ein bleiches Monster, das exakt so aussah wie die drei, die uns vor dem Haus der Bernhardts aufgelauert hatten. Es trug auch solch einen bronzefarbenen Anzug wie die Attentäter, aber keinen Helm. Ich blickte in seelenlose schwarze Augen. Das Wesen starrte zurück und riss dann sein grässliches Haifischmaul auf. Mit einem lautlosen Schrei stürzte es sich auf mich und verpasste mir einen Schlag, der mich schräg den Gang hinuntersegeln ließ. Ich stieß hart mit dem Kopf gegen die Wand und blieb benommen liegen. Wie durch Nebel sah ich, dass sich das Monster über Aris beugte. In seiner Hand hielt es einen schmalen schwarzen Gegenstand, leicht gebogen und spitz wie ein Dorn.

»Lass ihn in Ruhe!«, keuchte ich, aber zu spät: Der Unbekannte holte aus und rammte Aris den Dorn mitten in die Brust.

Kapitel 17

Ich schrie entsetzt und zwang mich taumelnd auf die Beine.

Wo ist diese verdammte Stange?

Als Aris zu Boden gegangen war, hatte ich meine Waffe einfach fallen lassen. Hektisch blickte ich mich um und entdeckte sie ein paar Meter hinter mir. Wenige Schritte und ich hielt sie wieder in der Hand. In meinem Kopf summte es, aber der Nebel verzog sich zum Glück bereits. Ich musste Aris verteidigen. Wenn es nicht schon zu spät war. Meine Waffe drohend erhoben, drehte ich mich um – und stockte mitten in der Bewegung.

Aris hatte sich aufgesetzt. Sein Angreifer kniete vor ihm … und beide lagen sich in den Armen. Dem Monster liefen Tränen über die kreideweißen Wangen. Aris redete mit ihm in eindringlichem Tonfall. Immer wieder machte er kurze Pausen, als ob er eine Antwort erwartete, die jedoch nicht kam. Dann sah er auf und bemerkte mich, wie ich dastand – bereit, zuzuschlagen. Entgeistert starrte er mich an. Langsam ließ ich die Metallstange sinken.

»Ähm«, sagte ich. »Sorry, das ist jetzt ein kleines bisschen verwirrend. Ich … äh, ich dachte, die Haizombies sind die Bösen?«

»Aber doch nicht alle!«, rief Aris. »Und bestimmt nicht Som!«

Das ist Som?! Sein bester Freund ist einer von diesen, diesen …?

Es schien Aris deutlich besser zu gehen. Er kam wieder auf die Beine, unterstützt von dem unheimlichen Neuankömmling.

»Er hat auf dich eingestochen!«, rief ich anklagend, die Stange immer noch fest in der Hand. »Mit diesem schwarzen Dolchdings!«

»Das war das Gegengift.« Er rieb sich kurz die Brust, wo tatsächlich nur eine nadelfeine Wunde zu sehen war, zog eine Grimasse und sagte zu dem Alien neben sich: »Das nächste Mal klärst du aber vorher, ob es das auch zum Schlucken gibt, ja?«

Sein Gegenüber legte den Kopf schief und warf ihm einen Blick zu, der geradezu spöttisch wirkte.

Daraufhin knurrte Aris: »Ich stelle mich überhaupt nicht an!«, als ob der andere etwas gesagt hätte.

Dann sah das Wesen zu mir, und es war, als ob es mich zum ersten Mal richtig wahrnahm. Sein Gesichtsausdruck veränderte sich vollkommen. Es wirkte fassungslos, regelrecht bestürzt, griff seinen Freund am Arm und zog ihn hastig etwas beiseite. Wieder schien so etwas wie ein Gespräch stattzufinden. Ich bekam kein Wort mit, denn das weiße Alien blieb stumm und Aris hatte in seine Muttersprache gewechselt.

Ich stand blöd mit meiner Metallstange daneben, fühlte mich überflüssig und ausgeschlossen. Umso mehr, weil ich mir sicher war, dass es bei der Debatte um mich ging. Das Wesen gestikulierte ausdrucksstark in meine Richtung und schien Aris von etwas überzeugen zu wollen, was dieser offenbar strikt ablehnte. Er verteidigte seinen Standpunkt hartnäckig, machte dabei jedoch immer wieder Gesprächspausen, als ob er eine Antwort erwartete. Schließlich hob er die Hände in der universellen *Schluss jetzt*-Geste. Sein schwarzäugiges Gegenüber gab sich geschlagen und blickte zu Boden. Aris legte ihm die Hand auf die Schulter und machte noch eine leise, vielleicht versöhnliche Bemerkung. Dann sagte er laut: »Und Ella soll alles verstehen. Lass uns also bei Englisch bleiben, ja?«

Das bleiche Wesen namens Som nickte resigniert. Es schaute mich fragend an und berührte rasch mit den Zeigefingerknöcheln Mund und Stirn.

Aris sah meinen verständnislosen Blick und übersetzte: »Darf Som mit dir sprechen?«

Was ist denn das bitte für eine Frage?!

»Aber natürlich!« Ich bemühte mich, offen und freundlich in das unheimliche weiße Gesicht zu sehen. »Also du … äh, Som – klar kannst du mit mir sprechen.«

»Ich danke Euch.« Soms Stimme war tief, volltönend und hatte den gleichen melodischen Akzent wie die von Aris.

Und sie erklang direkt in meinem Kopf.

Ich fuhr zusammen und ließ vor Schreck die Stange wieder fallen.

»Bitte verzeiht, dass ich Euch verletzt habe. Ich dachte, Ihr greift meinen Herrn an.«

Erneut hörte ich Som sprechen, ohne dass er den Mund geöffnet hatte. Okay, das war jetzt … echt freaky …

»Was – wie machst du das?«, flüsterte ich. »Bist du Telepath oder so was?« Mittlerweile war ich bereit, alles zu glauben.

Som rang sichtlich nach Worten. Eindeutig hatte er dieses Phänomen noch nie erklären müssen. »Wir … senden. Ihr nehmt unsere Stimme direkt in Eurem Innenohr wahr. Aber damit alles … gut geht, müsst Ihr dazu in Sichtweite sein.«

»Und warum habe ich dich dann bisher nicht gehört?«

Er wirkte ziemlich betroffen aufgrund meiner Frage. »Ohne Erlaubnis? Das wäre doch respektlos!«

Aha. Mich an die Wand zu klatschen war also in Ordnung, aber Gott bewahre, dass er sich unhöflich benahm!

Cool.

Wieder legte Som den Kopf leicht schräg. Sein feindseliger Blick hatte sich verändert. Jetzt war daraus mehr so etwas wie eine prüfende Musterung geworden. Ob ich die bestehen würde? Ich nutzte die Gelegenheit und sah ihn mir ebenfalls genauer an. Som schien ein ähnliches Alter wie Aris zu haben, war aber etwas kleiner und von gedrungener, kräftiger Statur. Sein kreideweißer, haarloser Schädel war mit einer aufwendigen Bemalung oder Tätowierung geschmückt: feine verschnörkelte Hieroglyphen in Blau, die sich von seiner rechten Augenbraue über die Stirn bis in den Nacken zogen. Aus dem Ausschnitt seines bronzefarbenen Anzugs schaute ein ledernes Band hervor, in das zahlreiche kleine Schmucksteine, Muscheln und sogar eine winzige Goldmünze geknotet waren. Mit jedem Detail, das ich entdeckte, verblasste der seelenlose Haizombie ein bisschen mehr, bis schließlich ein menschliches Wesen vor mir stand. Beunruhigend anders als ich, immer noch fremd … aber ein Mensch. Zudem einer, den Aris seinen besten Freund nannte.

Komm schon, Ella.

Ich zwang mich, meine instinktive Furcht zu überwinden, und streckte ihm meine Hand entgegen. »Schön, dich kennenzulernen, Som. Nenn mich einfach Ella, okay?«

»Es ist mir eine Ehre.« Er ignorierte meine Hand und verbeugte sich stattdessen tief. »Und ich danke Euch für das Leben meines Herrn. Ich stehe für immer in Eurer Schuld.«

Ich seufzte innerlich.

Oje. Schon wieder so was. Kannst du mir nicht einfach einen Drink ausgeben und wir sind quitt?

Der Blick seiner dunklen Augen war für mich schwer lesbar. Leider konnte ich beim besten Willen kein Anzeichen von

Freundlichkeit oder Zutrauen darin erkennen. Seine kühle Höflichkeit bedeutete wahrscheinlich: Ich war erst mal durchgefallen. Und die Diskussion von eben war für ihn noch längst nicht abgeschlossen.

Er hat ganz klar ein Problem mit mir – aber welches?

Ich sah Hilfe suchend zu Aris, doch bevor ich nachforschen konnte, drängte uns mein neuer Bekannter zum Aufbruch. Es fühlte sich wirklich seltsam an, seine Stimme direkt in meinem Kopf zu hören, aber ich begann bereits, mich daran zu gewöhnen.

Trotzdem eine seltsame Art der Kommunikation!

Ich überlegte, ob ich neidisch darauf sein sollte. Wenn ich es richtig verstanden hatte, konnten diese Haimenschen gezielt entscheiden, wer ihre Worte hörte. Das musste ziemlich praktisch sein, wenn man sich, sagen wir mal, in einem Raum voller Menschen privat unterhalten wollte. Man brauchte auch nicht zu brüllen, wenn der Gesprächspartner auf der anderen Seite eines Fußballfeldes stand, solange man ihn nur sah. Und wenn man ihn nicht sah? Was genau galt hier als Hindernis? Eine Mauer? Was, wenn die andere Person direkt neben einem stand, aber durch einen Vorhang oder so verborgen war? Das schien mir jetzt wieder extrem unpraktisch.

Unter Wasser, Schätzchen, schlug meine innere Stimme vor. *Da könnte es sehr nützlich sein.*

Ich musste ihr recht geben. Mein eigener Eindruck und die Anspielungen von Aris ließen ohnehin darauf schließen, dass Som sich im Meer genauso zu Hause fühlte wie an Land. Nur was genau *war* er? Auch ein Atlanter? Wie erklärte sich dann das vollkommen normale Aussehen von Aris?

Normal? Ahahaha ...

Ruhe da, knurrte ich. *Du weißt, was ich meine.*

Ich musste meine Spekulationen jedoch verschieben, um nicht den Anschluss zu verlieren. Som lief mit leicht wiegendem Schritt voraus und rief: »Zum Glück liegt hier noch ein Boot – ein richtig gutes!« Sein freudiger Tonfall machte klar, dass er zwar wie vereinbart auch an mich »sendete«, die Worte aber vor allem für Aris gedacht waren.

Der fragte überrascht: »Wieso, wie bist *du* denn hergekommen?«

Wir gingen durch die Tür, durch die Som zuvor getreten war, und dann durch zwei weitere bläuliche Membranöffnungen. Dahinter lag ein großer, schwach beleuchteter und halb gefluteter Raum – der Anleger.

»Na, mit Sika! Wir sind eben erst angekommen, aber du weißt ja, in so kleinen Räumen hält ihn nichts. Ist bestimmt schon halb auf dem Rückweg.«

»Sika lebt?« Die Freude in Aris' Stimme war nicht zu überhören, doch gleich darauf verzog er betroffen das Gesicht: »Dann haben die Verschwörer doch die Frequenz meines Senders abgehört. Verflucht, ich war schon wieder zu unvorsichtig!«

»Mach dir keine Vorwürfe. Es hat doch geklappt! Zum Glück waren Vels Leute bei Sikas Rückkehr draußen und haben mich sofort geholt.«

»Und da hast du gedacht, wo du schon mal im Anzug bist, machst du einen kleinen Ausritt.« Aris grinste und wich leichtfüßig dem Schubser aus, mit dem sein Freund ihn bedachte.

»Du hattest geschrieben, ich soll unauffällig handeln«, sagte Som. »Also dachte ich, dein Schwertwal wird nicht überwacht, mit dem komme ich gut zu der Station, die dem Festland am nächsten ist. Hier wollte ich einen Notfall vortäuschen und ein Boot verlangen. Damit du schnell und sicher zurückkehren kannst, ohne dass dich jemand sieht ...«

»Und wenn kein Boot da gewesen wäre?«, fragte Aris kritisch. »Oder wenn dir die Verräter hier aufgelauert hätten?«

»Wie sah denn *dein* Plan aus?«, war die spöttische Rückfrage.

Ich musste lachen. »Erwischt!«

Es war witzig, dem Geplänkel der beiden zu lauschen. Ich bekam einen ersten Eindruck davon, wie gut sie tatsächlich befreundet waren. Aris warf mir einen theatralisch gekränkten Blick zu. Soms Gesicht dagegen verschloss sich wieder und wurde zu einer ausdruckslosen Maske. Er hatte wohl einen Moment vergessen, dass ein unerwünschter Zeuge dabei war.

Okay, der weiße Hai will echt nicht mit dir spielen. Da musst du jetzt durch, Schätzchen …

Also schaute ich mich lieber um. Der Unterwasser-Anleger verfügte über einen Steg, an dessen Ende, halb aufgetaucht, der Bruder des Unterseeboots lag, das vor den *King's Steps* explodiert war. Es kam mir größer vor als ein Lastwagen – aber viel eleganter gebaut. Der bronzefarbene Rumpf war lang gestreckt, mit gedrungener Spitze und einem schmal zulaufenden Schwanzstück. Flach und schnittig konstruiert, erinnerte es mich an einen Rochen.

Die breiten segmentierten »Seitenflossen« des Gefährts ermöglichten uns, wie über eine Gangway trockenen Fußes die erhöht liegende Einstiegsluke zu erreichen. Aris ließ mir den Vortritt und ich kletterte rasch an Bord. Längs durch das Innere führte ein schmaler Gang, von dem mehrere Türen abgingen. Die Wände bestanden aus dem mir mittlerweile vertrauten Bronze-Perlmutt-Design. Auch hier gab es zahllose Schmuckelemente: fein ziselierte Rahmen, Friese mit Darstellungen von Meerestieren und verschlungene, goldschimmernde Ornamente. Wer auch immer dieses Boot gebaut hatte, besaß einen ausgeprägten Sinn für Ästhetik.

In der Wand gleich neben der Einstiegsleiter bemerkte ich zudem in Kopfhöhe eine kleine Nische, in der die kostbar gestaltete Goldstatuette einer Frau mit langem zeremoniellem Gewand stand. Sie hielt beide Arme erhoben, ihr Kleid und die Haare wirkten wie vom Wind bewegt. Irgendeine Göttin? Aris und sein Freund berührten die Figur jedenfalls im Vorbeigehen, als ob sie sich eine Segnung abholten. Som fügte noch eine weitere Geste hinzu: Er verschränkte die Hände vor der Brust, hakte die Daumen ineinander und spreizte die übrigen Finger. Dabei schloss er die Augen und senkte den Kopf – einen Moment nur, dann eilte er Aris auch schon nach. Ich ging langsam hinterher, unsicher, wie ich mich am besten verhalten sollte. Hätte ich die Statue ebenfalls berühren müssen? Aber wenn mir niemand etwas erklärte …

Am Bug öffnete sich das Unterseeboot zu einer geräumigen Kommandobrücke mit einem großen halbrunden Sichtfenster und zwei Sesseln. An der Wand dahinter schlossen sich zwei niedrige, komfortabel gepolsterte Bänke an, wo ich prompt platziert wurde. Som und Aris dagegen warfen sich in die Pilotensitze, berührten eine Reihe der fremdartigen Instrumente und sofort glühten überall in den Wänden um uns herum Lichter von Bedienelementen auf. Ich spürte ein sanftes Vibrieren und nahm an, dass der Antrieb hochfuhr.

»Wann geht es los?«, rief ich nach vorn. »Soll ich mich anschnallen oder so was?«

»Wir haben schon abgelegt«, gab Aris über die Schulter zurück. Er klang konzentriert, aber auch begeistert. »Geh ans Heck, wenn du möchtest, da ist ein Bullauge. Bessere Aussicht …«

Das tat ich, und als ich hinaus in die Dunkelheit des Meeres blickte, sah ich hinter uns ein schwach leuchtendes, seesternförmiges Gebilde: die Außenstation. Sie wurde in rasendem Tempo kleiner.

Wie schnell sind wir?, schoss es mir ungläubig durch den Kopf.

»Augen zu!«, rief Aris den Gang hinunter.

Ich schaffte es fast nicht rechtzeitig, bevor der Seestern hinter uns in einem grellweißen Blitz verging. Die Druckwelle erreichte uns bereits nicht mehr. Aris und Som mussten die Explosion per Fernsignal ausgelöst haben. Aber warum hatten sie die Station zerstört – und damit auch die Beweise für Aris' Gefangenschaft und den Mord an der dortigen Besatzung? Dann wurde es mir schlagartig klar: Kenneth kannte die Koordinaten. Und es durfte nichts, absolut *nichts* zurückbleiben, was die Entdeckung einer geheimen Unterwasserwelt ermöglicht hätte. Mit Schaudern dachte ich an die drei Attentäter, die sich, ohne zu zögern, selbst verbrannt hatten, um keine Spuren zu hinterlassen. Egal, auf welcher Seite man stand – über diesen Punkt gab es eindeutig keine Verhandlungen.

Dich findet so jedenfalls auch niemand mehr, Mädchen.

Der Gedanke erwischte mich eiskalt. Ich verstand, dass Aris keine Zeit verlieren durfte, wenn er aufhalten wollte, was auch immer Bedrohliches die Verschwörer planten, nachdem sie sein Geheimnis entdeckt hatten. Aber wurde ich hier nicht gerade irgendwie entführt? Zwar konnte ich nicht glauben, dass Aris etwas Böses mit mir vorhatte – doch was wusste ich wirklich über seine Absichten? Mit einem ziemlich flauen Gefühl im Bauch stapfte ich zurück zum Bug.

Was ich dort vorfand, ließ mich das einschüchternde Kidnapping-Szenario in meinem Kopf allerdings sofort wieder vergessen: Die beiden ungleichen Freunde hatten es sich in ihren Sitzen bequem gemacht und prosteten sich mit Keramikbechern zu, in denen sich irgendeine dunkelgrüne, sprudelnde Flüssigkeit befand. Offenbar musste sich jetzt niemand mehr um die Steuerung kümmern – fuhr das Boot mit Autopilot? Aris strahlte vor Freude und Erleichterung, bestimmt, weil er wieder in vertrauter Umgebung war. Endlich frei von Anspannung und Angst, lümmelte er sich geradezu in seinen Sessel.

Doch kaum hatte ich die Brücke betreten, setzte er sich aufrecht hin, nahm regelrecht Haltung an. *Will er einen guten Eindruck machen?* Ich fühlte mich geschmeichelt. Und auch ein bisschen beruhigt.

Som dagegen, der bis eben noch genauso ausgelassen gewirkt hatte, verwandelte sich zurück in eine Säule. Das traf mich ziemlich, auch wenn ich versuchte, mir nichts anmerken zu lassen.

Mann, was ist bloß los mit dem? Ich hab ihm doch nix getan. Er hat MIR eine verpasst – bin ICH deshalb etwa nachtragend?

Ich setzte mich wieder auf die Bank und bekam auch einen Becher von Som gereicht. Er wirkte sehr formal dabei, aber immerhin. Ich nahm das Getränk betont freundlich und trank vorsichtig. Es schmeckte eigenartig – pflanzlich, irgendwo zwischen bitter und süß. Kaum hatte ich das Gebräu jedoch im Magen, war es, als hätte jemand in mir eine Wunderkerze entzündet. *Wow.* Ich nahm einen weiteren Schluck, dann noch einen und genoss ungläubig, wie sich die knochentief sitzende Müdigkeit und Erschöpfung in mir auflösten. Auch mein Kiefer, wo mich Soms weiße Faust getroffen hatte, tat auf einmal nicht mehr weh. Das Gefühl war fantastisch. Es gab mir den Mut, endlich wieder Fragen zu stellen.

»Fahren wir wirklich nach Atlantis?«, begann ich vorsichtig.

»Nach Hause, ja.« Aris nickte fröhlich.

»Aber wie ist das möglich? Wie könnt ihr auf dem Meeresgrund leben?« Ich hatte einen Vortrag von Kenneth über die Herausforderungen von Tiefsee-Expeditionen im Kopf, bei der er den unvorstellbaren Wasserdruck mit dem Zerquetschen einer Bierdose illustriert hatte. »Überhaupt, warum weiß niemand etwas von euch? Und ...«, ich kam etwas ins Stottern, »... du, Som ... und diese anderen – wer seid ihr?«

»Ich schulde dir wirklich eine Erklärung«, gab Aris zu, wieder etwas nüchterner.

»Du schuldest mir eine ganze Vorlesung«, neckte ich. »Thema: Atlantis – Mythos und Realität.«

Aris warf seinem Freund einen auffordernden Blick zu. »Na, so etwas überlasse ich gern dem Liebhaber verstaubter Schrifttafeln.«

Der hob nur die kahlen Augenbrauen, ging aber nicht auf die Anspielung ein.

»Und wieso sprecht ihr eigentlich Englisch?«, fragte ich Aris, immer noch beschwingt von meinem Powerdrink. »Wenn du noch nicht mal weißt, was Fußball ist?«

»Tradition.« Er zuckte lässig mit den Schultern. »Meine Familie hat schon immer die Sprachen der wichtigsten Küstenvölker im Einflussgebiet unseres Reichs erlernt.«

»Dann gehört Som auch zu deiner ...?«

»Oh nein! Nein«, wehrte der entschieden ab. »Aber mein Herr war so gütig, mich an seinen Lektionen teilhaben zu lassen.«

»Red nicht drum herum«, sagte Aris stirnrunzelnd. Mittlerweile fiel ihm wohl auf, wie steif sich sein Freund in meiner Gegenwart verhielt. »Wir haben meinen Lehrer überredet, Som mit mir zusammen zu unterrichten. Auch in den anderen Fächern.«

»Du hast ihn erpresst, um genau zu sein.«

»Wäre mir allein einfach zu langweilig gewesen«, grinste Aris. Aber ich spürte, dass mehr hinter der Sache steckte als der Wunsch eines Privatschülers nach Unterhaltung. »Komm schon!« Er stieß Som freundschaftlich in die Seite. »Du weißt doch, ich bin ein Faulpelz. Jetzt zeig mal, was in dir steckt. Erzähl Ella von uns. Bitte.«

Diesem Wunsch konnte Som sich wohl doch nicht verschließen. Sorgsam stellte er seinen Becher ab.

»Ich kann Eure Fragen am besten mit unserer ältesten Überlieferung beantworten«, begann er mit fast andächtiger Stimme. »Alles begann am Meeresgrund. Dort herrschte einst ein König über ein mächtiges Unterwasserreich. Eines Tages beschloss er, auch die Welt an der Oberfläche zu erforschen. Sein Reich ließ er in der Obhut seines treuen Statthalters zurück. Lange reiste der König auf den Ozeanen umher. Sein Mut und seine Entschlossenheit beeindruckten die mächtigste Göttin von allen: die Herrin der Winde.«

Ich dachte an die kleine Statue mit den wehenden Kleidern, die Aris und Som so respektvoll berührt hatten. Ein Puzzleteil fand seinen Platz in meinem Kopf.

»Sie führte ihn zu einer grünen Insel, wo sie ihn zum Mann nahm. Gemeinsam schufen sie ein neues Volk und beherrschten mehr als zehn Jahrhunderte alle Meere und Ufer.«

»Jahrhunderte, echt?«, fragte ich verschmitzt. »Ganz schön langlebig, dieser König.«

»Das ist natürlich nur eine Legende. Aber mit einem wahren Kern«, erklärte Som würdevoll. »Nun. Der König bemerkte nicht, dass die Völker des Festlands begehrliche Blicke auf seine Insel mit ihren Reichtümern warfen. Und er hatte vergessen, dass sein treuer Statthalter am Grund des Meeres auf ihn wartete. Da schickten ihm die Götter eine Warnung: ein gewaltiges

Erdbeben, das all seine Paläste zu Staub werden ließ. Seine Frau, die Göttin, verstand die Botschaft, doch der König wollte nicht auf sie hören. Daraufhin verwandelte sie sich in eine gewaltige Flutwelle, die alle Städte am Ufer der Insel zerstörte. Der König, halb verrückt vor Trauer, befahl nun seinem Volk die Rückkehr.«

»Und wer stand winkend am Meeresgrund, vermutlich mit einem Krug Wein in der Hand?«, warf Aris ein und schwenkte seinen Becher.

Som bedachte ihn mit einem strafenden Blick. »Sein Statthalter begrüßte ihn voll Freude. Zwar hatten ihn die Zeit und das Meer so verändert, dass sein Herr ihn kaum wiedererkannte. Doch seine unerschütterliche Treue wurde fürstlich belohnt und so erblühte das Reich in neuem Glanz.«

»Belohnt ... So war es vielleicht am Anfang.« Aris' Stimme klang jäh ernüchtert. »Die Statthalter, also Soms Leute, werden bei uns schon lange nicht mehr geachtet. Ihre Stimme hat kein Gewicht und ihre Treue wird erzwungen, nicht verdient.«

»Zum Glück habe ich einen großzügigen Herrn«, sagte Som.

»Ja, ich bin fantastisch«, wischte sein »Herr« die Bemerkung weg. »Das ändert aber auch nichts daran, dass Statthaltern nur zwei Wege offenstehen: Entweder sie stellen sich in den Dienst der Königsatlanter, so, wie Soms Familie meinem Haus seit Generationen verbunden ist. Dann genießen sie unseren Schutz und einen gewissen Status, müssen aber in allem um Erlaubnis bitten – bei der Heirat, der Wahl ihrer Wohnstätte, einfach bei all ihren Plänen bis hin zu den Namen für ihre Kinder.«

»So eine miese Nummer!«, rief ich empört.

Som warf mir einen Blick zu, der für einen Moment offen und ehrlich überrascht wirkte. Aber schon legte sich wieder der unbewegte Ausdruck über seine Züge.

Aris fuhr fort: »Wenn sie es nicht tun oder in Ungnade fallen, dann sind sie auf sich gestellt und praktisch Freiwild.«

Som sah mein Gesicht. »Es ist nicht so schlimm, wie es sich anhört. Die Dinge sind ... im Gleichgewicht. Und der derzeitige Minos setzt sich seit Jahren für uns ein. Er ist unser mächtigster Fürsprecher, aber selbst er kann nicht alles von heute auf morgen verändern. Viele aus dem Königsvolk hassen ihn für seine Pläne. Und manche von uns ... wollen nicht mehr warten.«

»Tja. Dank mir haben sie jetzt vielleicht etwas in der Hand, um ihre Ziele schon sehr bald zu erzwingen«, sagte Aris dumpf.

»Was meinst du?« Som wirkte höchst beunruhigt.

»Dieses Geheimnis, das sie von dir erpresst haben?«, fragte ich vorsichtig. Oh Mann. Wo war ich hier nur reingeraten?

Aris nickte. »Som ... Es waren Statthalter, die mich entführt haben. Sie nannten sich *Die Arme des Kraken*.« Er warf seinem Freund einen bedeutungsvollen Blick zu. »Kennst du sie vielleicht?«

Einen Augenblick war es völlig still im Raum.

Som sah auf einmal noch bleicher aus als sonst, wenn das überhaupt möglich war. Seine Stimme klang mir heiser in den Ohren. »Aris«, flüsterte er fast unhörbar. »Ich würde dich nie verraten. Niemals. Lieber sterbe ich.«

»Aber das ... Som!« Aris sah bestürzt zu seinem Freund, der wie vom Donner gerührt vor ihm saß. »Das habe ich doch gar nicht gemeint!« Impulsiv griff er dessen Hände, drückte sie ernsthaft und voller Zuneigung. »Komm, lass den Blödsinn, ja? Ich dachte nur ... Du hörst doch alles, was man bei euch redet.«

Langsam löste Som sich wieder aus seiner Erstarrung. Er nickte. »Ich weiß nicht viel über *die Arme des Kraken*. Es ist nur eine kleine Splittergruppe. Sie hassen das Königsvolk und würden euch am liebsten alle vernichten. Fanatiker. Bindungslose. Ich kenne niemanden, der sie unterstützt. Aber es gibt natürlich immer Sympathisanten ...« Er verstummte und senkte den Blick.

Ich hatte den Austausch zwischen den beiden atemlos verfolgt. Einen Moment lang fragte ich mich, ob Aris vielleicht doch Hintergedanken bei seiner Frage gehabt hatte. Und ... ob es vielleicht einen Grund dafür gab. Aber dann schickte ich mich selbst in die Ecke. Mein Misstrauen beruhte schließlich auf nichts weiter als meinen durch Soms Zurückweisung verletzten Gefühlen. Das eine hatte mit dem anderen nichts zu tun ... oder?

Ist dir eigentlich aufgefallen, dass er deine Fragen gar nicht wirklich beantwortet hat?, warf meine innere Stimme ein. *Du weißt genauso viel wie vorher darüber, wie sie am Meeresboden überleben können. »Erklären, ohne zu erklären« scheint eine atlantische Spezialität zu sein!*

Das stimmte tatsächlich. Aber Soms Bericht hatte mir trotzdem genug Input geliefert. Ich beschloss, das Gehörte erst einmal zu verarbeiten und bei passender Gelegenheit nachzuhaken.

»Hauptsache, wir kommen rechtzeitig zurück«, sagte Aris schließlich. »Bevor irgendetwas passiert. Vielleicht können wir die Verschwörer noch aufhalten, was immer sie vorhaben. Und wenn jetzt Ionis auf die Nachfolge vorbereitet wird ... Er hat mich immer gelten lassen. Bestimmt kann ich ihn irgendwie unterstützen oder wenigstens –«

»Aris«, unterbrach Som ihn behutsam. Seine Miene war ernst. »Ich habe schlechte Nachrichten.«

Kapitel 18

Aris blickte Som alarmiert an. »Nein …«

Sein Freund nickte kummervoll. »Ionis ist tot. Er ist kurz nach deinem Verschwinden gestorben.«

»Aber – es ging ihm doch schon besser!«

»Er ist nicht wieder aufgewacht. Am Ende hatte er wohl keine Schmerzen mehr.«

Alle Farbe war aus Aris' Gesicht gewichen. Ich sah, wie sich seine Finger um den Goldring an seiner rechten Hand verkrampften. Den Ring seines Bruders, den er wie einen Talisman getragen hatte und den er Ionis nach dessen Genesung hatte zurückgeben wollen.

»Wer hat –« Er kam ins Stocken, setzte noch einmal an: »Bei der Trauerfeier. Wer hat an meiner Stelle das Opfer dargebracht?«

»Dein Onkel«, antwortete Som leise. »Er hat aber nur den Stab aufgestellt. Das Band befestigst du selbst nach deiner Rückkehr, hat er gesagt. Er glaubt fest daran, dass du noch lebst.«

Aris nickte, die Lippen fest zusammengepresst. Er drehte den Kopf beiseite, starrte hinaus in die Dunkelheit, dann hoch zur Decke der Pilotenkanzel, auf den Boden – als suchte er Halt. Den Ring ließ er nicht los. Ich wollte ihm gern mit meinen Blicken Trost spenden, aber zu mir schaute er nicht.

»Und meine Eltern? Wie ... wie geht es ihnen?«

»Sie geben die Hoffnung nicht auf.« Soms Stimme klang entschuldigend. »Ich hätte versucht, sie zu benachrichtigen, aber das Risiko –«

»Du hast richtig gehandelt.« Aris stand abrupt auf, wandte uns den Rücken zu und machte ein paar rasche Schritte in den hinteren Teil der Pilotenkanzel. Meine Hand, die ich nach ihm ausgestreckt hatte, sah er nicht.

Er rang spürbar um Beherrschung. Dann aber überwältigte ihn die Trauer und er schlug die Hände vors Gesicht. Seine Schultern begannen zu beben. Stumme Schluchzer schüttelten seinen Körper. Mir tat das Herz so weh, dass ich es kaum ertrug. Ich wollte zu ihm gehen, ihn in den Arm nehmen ... Doch als ich aufstand, legte Som seine Hand auf meine Schulter.

Das ist jetzt nicht erlaubt? Ich warf ihm einen ungläubigen Blick zu, den er jedoch emotionslos aus seinen schwarzen Haiaugen erwiderte. *Kalter Mistkerl.*

Alles in mir sträubte sich dagegen, Aris in diesem Moment allein zu lassen. Aber was wusste ich schon über seine Kultur, seine Art zu trauern? Vielleicht musste das bei ihnen jeder mit sich selbst ausmachen. Wenn lautes Klagen oder Anteilnahme dabei tabu waren – hatte ich das nicht zu respektieren? So blieb ich unglücklich auf meinem Platz sitzen und sagte kein Wort, während Aris lautlos und allein um seinen Bruder weinte.

Som war in die leuchtenden Steuerinstrumente vor sich versunken und ignorierte alles andere, mich eingeschlossen. Schließlich erhob er sich. Erst dachte ich, er würde seinen Freund jetzt doch trösten. Stattdessen kniete er vor ihm nieder und senkte demütig den Kopf.

Aris wandte sich langsam um. »Was soll das denn jetzt?«, fragte er mit erstickter Stimme.

»Ihr wisst, was das soll. Der Tod von Ionis hat Euch zum Thronfolger gemacht.«

Auch wenn seine Worte nicht für meine Ohren gedacht waren, trafen sie mich mit ebensolcher Wucht wie der Faustschlag vorhin.

Thronfolger?

... des KÖNIGS?!

»Steh auf und benimm dich wieder normal«, forderte der »Thronfolger« mürrisch und wischte sich mit dem Ärmel über das Gesicht.

Som verharrte jedoch in seiner demütigen Stellung. »Ihr seid jetzt der Ominos und werdet eines Tages König sein. Jeder hat Euch den gebührenden Respekt zu erweisen, erst recht ein Statthalter.«

»Som«, knurrte Aris, »ich schwöre dir: Wenn du nicht sofort mit diesem Schwachsinn aufhörst, verfüttere ich dich an Sika.«

Endlich hob sein weißhäutiger Freund den Kopf. »Ich habe keine Wahl, das wisst Ihr.«

»Dann machen wir es so wie bisher!« Ungeduldig griff Aris nach Soms Hand und zog ihn auf die Füße. Seine Tränen waren versiegt. Und ich erkannte, wie klug Som den Zeitpunkt der Ehrerbietung gewählt hatte. »Spiel den Untergebenen, wenn andere dabei sind. Aber unter uns bleibt alles wie immer, ja?«

Som nickte. »Also gut. Ich spiele weiter deinen Diener. Und du den zukünftigen Minos.« Er grinste. »Mal sehen, ob dir das jemand abnimmt.«

Aris boxte ihm spielerisch gegen die Brust und umarmte ihn dann fest. »Danke, Som.«

Ich hatte mich in den letzten Minuten nicht gerührt. Hier fanden Entwicklungen mit einer Vorgeschichte statt, von der ich keine Ahnung hatte – und damit auch kein Recht, mich einzumischen. Letztlich war ich hier nichts als ein ungebetener Gast, trotz all meiner guten Absichten. Aber hieß es nicht, dass der Weg zur Hölle genau damit gepflastert ist?

Zum Glück schien keiner der beiden Freunde dieses Sprichwort zu kennen. Und schon einen Augenblick später fiel ihnen wieder ein, dass da ja noch jemand an Bord war. Aris sah mich kurz aus den Augenwinkeln an, sagte nichts und wandte rasch wieder den Kopf ab. War es ihm unangenehm, dass ich ihn hatte weinen sehen? Oder … bereute er, dass er mich mitgenommen hatte? Bei dem Gedanken fühlte ich mich ziemlich elend.

Som dagegen warf einen prüfenden Blick auf meine immer noch nassen Klamotten und fragte: »Möchtet Ihr Euch vielleicht aufwärmen? Wir haben eine Dampfzelle an Bord. Letzte Tür am Heck.« Er zeigte in die Richtung.

Untertitel: Verzieh dich und lass uns alleine, kommentierte meine innere Stimme säuerlich.

Ich sah das ganz ähnlich, nickte jedoch dankbar. Keine Ahnung, was eine Dampfzelle war, aber solange sie mit Aufwärmen zu tun hatte, probierte ich sie gern aus. Aris wollte mich im Moment offensichtlich eh nicht in seiner Nähe haben.

»Legt Eure Kleider vor der Tür ab, ich werde sie trocknen. In der Zelle sind Handtücher. Lasst Euch ruhig Zeit.«

Ich warf Som einen bösen Blick zu. *Schon gut, ich habe verstanden.*

Er reagierte nicht.

Ich verließ die Kommandobrücke – allerdings nicht, ohne mich noch einmal an Aris zu wenden. Leise sagte ich: »Es tut mir sehr leid wegen deines Bruders.« Dann verzog ich mich hastig.

Bei der »Dampfzelle«, die unser Rochen bereithielt, war der Name Programm, wie ich schnell herausfand. Zum Glück erwies sich die Handhabung als sehr intuitiv. In der Wand der Kabine, die mit demselben dunkelgrünen, porösen Material wie der Boden der Schleuse ausgeschlagen war, befand sich ein rundes, leuchtendes Bedienfeld. Kaum, dass ich es berührt hatte, füllte sich der Raum mit heißem Dampf. Durch Bewegungen meines Fingers auf der Scheibe konnte ich sowohl die Temperatur als auch die Intensität des Nebels regulieren.

Ein Super-Dusche-Sauna-Hybrid. Fantastisch …

Ich schloss die Augen, legte den Kopf in den Nacken und genoss das Gefühl, von den aufsteigenden Wasserperlen liebkost und aufgewärmt zu werden.

Leider halfen sie mir nicht, Ordnung in meine Gedanken und Gefühle zu bringen. Da war Aris, der meinen Trost nicht wollte. Der vielleicht überhaupt nichts mehr von mir wollte, jetzt, wo er den Rückweg in seine Heimat gefunden hatte – keine Nähe, keine Hilfe, kein Garnix. War ich etwa doch nur ein Mittel zum Zweck gewesen? Ungläubig schüttelte ich den Kopf und öffnete die Augen. Durch den Wasserdampf sah ich die Mitte des Bedienfelds grün aufleuchten. Keine Ahnung, was das bedeutete, aber war Grün nicht immer gut? Ich drückte darauf.

Grün war sehr gut.

Im nächsten Moment füllte die Kabine sich mit dem belebenden Duft nach frischen Kräutern, als ob jemand die Tür zu einem Zaubergarten aufgestoßen hätte. Ich atmete tief ein und machte die Augen wieder zu.

Aber die Ablenkung reichte nicht aus. Zu viel war inzwischen über mich hereingebrochen. Da war diese Thronfolger-Geschichte. Die überforderte mich jetzt *wirklich*. Okay: Aris hatte gleich in unserem ersten Gespräch durchblicken lassen, dass seine Familie wichtig und einflussreich war. Das Wort »Herrscher« war gefallen, soweit ich mich erinnern konnte. Aber König? *König von Atlantis?* Ernsthaft – wie hätte ich mit so etwas rechnen sollen?

Und … und was heißt das für uns?, jammerte ein zaghafter Gedanke in mir.

»Uns«?, fragte meine innere Stimme spöttisch zurück. *Es gibt kein »Uns«. Wird nie eins geben. Und jetzt weißt du auch genau, warum: Er heiratet irgendwann eine passende Prinzessin und fertig.*

Ich will aber nicht, dass er irgendeine blöde Prinzessin heiratet!, wütete ich innerlich.

Komplett kindisch, ich weiß.

Die andere Ella wusste das auch: *Nein? Was willst du denn dann?*

Weißichnich …, grummelte ich in mich hinein. *Ich … ich will noch mal mit ihm tanzen. Noch mehr mit ihm erzählen. Und … und er schuldet mir noch einen Abschiedskuss …*

Okay, das klang ganz schön erbärmlich. Und auch ziemlich unwichtig, wenn man sich das große Ganze ansah. Ich seufzte bedrückt. Gut. Würde ich mich eben zusammenreißen. So eine kleine Verknalltheit bekam ich schon in den Griff. War für ihn ja offenbar auch kein Thema mehr. Und es gab echt noch ein paar andere Dinge, über die ich nachdenken musste. Zum Beispiel die Tatsache, dass ich mich an Bord eines fremdartigen U-Boots befand, das tausend Meter unter der Meeresoberfläche auf der Reise ins legendäre Atlantis war. Ich zweifelte mittlerweile nicht mehr daran, dass dies der Wahrheit entsprach. Welche Chance hätte meine Skepsis auch gehabt, angesichts all dessen, was ich in den letzten Stunden gesehen hatte?

Und welche Chance habe ICH in diesem Durcheinander?

Ich drehte den Wasserdampf noch etwas dichter und heißer. Vielleicht konnte ich einfach alles um mich herum wegspülen ...

Kurz bevor ich so weit war, zusammen mit dem Nebel von den Poren der Bodenbeschichtung aufgesogen zu werden, verließ ich die Zelle wieder. Ich fühlte mich zwar nicht schlauer als zuvor, dafür aber wunderbar warm, entspannt und erfrischt. Im Vorraum fand ich, wie versprochen, einige große Handtücher. Sie bestanden aus unglaublich weichem, saugfähigem Stoff, der hellgrün gefärbt war. Ich trocknete mich ausgiebig ab. Von meinen Kleidern keine Spur. Aber wenn Som glaubte, er könnte mich so aus dem Spiel halten, hatte er sich getäuscht. Kurz entschlossen machte ich mir aus einem weiteren Tuch ein Wickelkleid.

Als ich auf nackten Füßen den Gang zurückschlurfte, hörte ich, wie Aris und Som sich unterhielten. Es war ein ulkiger Effekt, dass Soms Stimme sich tatsächlich erst in dem Moment dazuschaltete, als er in meine Sichtachse geriet. Die beiden saßen mit dem Rücken zu mir und waren so in ihr Gespräch vertieft, dass sie mich nicht hörten. Zu meiner Schande muss ich gestehen, dass ich mich auch nicht sofort bemerkbar machte. Stattdessen blieb ich im Türrahmen stehen und hörte dem Klang ihrer Stimmen zu. Atlantisch klang wirklich schön und Soms Bass mischte sich harmonisch mit Aris' hellerer Lage. Die fremdartigen, melodischen Silben erfüllten den kleinen Raum, und ich ertappte mich bei dem Wunsch, auch ihre Bedeutung zu verstehen.

Damit du so richtig lauschen kannst, was, Fräulein? Eine ganz andere Stimme rief mich streng zur Ordnung. *Schluss damit, sofort!*

Ich räusperte mich verlegen und trat aus dem Gang in die Kommandozentrale. Wer jedoch noch verlegener reagierte, war Aris. Er hatte nämlich genauso wenig an wie ich. Oder sogar weniger, weil er sich sein Handtuch nur nachlässig um die Hüften geschlungen hatte. Das mussten er oder Som wohl aus dem Vorraum gemopst haben, während ich am Verdampfen war. Rasch zog er es höher und versuchte gleichzeitig, tiefer in den Sessel zu rutschen.

Ich sagte betont locker: »Nur keinen Stress, ich hab dich schon mal ohne Hemd gesehen.«

Du hast ihn sogar schon mal ohne Hose gesehen, stichelte meine innere Stimme.

Ich verpasste ihr einen Maulkorb. *Die* Erinnerung hatte ich bisher ganz gut im Zaum gehalten … und das sollte auch so bleiben.

Also zog ich mich wieder auf die gepolsterte Bank zurück und murmelte: »Sorry, ich wollte euch nicht unterbrechen. Die Dusche, äh, Dampfzelle war toll …«

Som reagierte nicht auf mein Friedensangebot, sondern wandte sich wieder an seinen Freund: »Erzähl weiter, bitte. Wer war der Verräter?«

»Lon«, antwortete Aris, sichtlich dankbar für den Themenwechsel. »Du weißt schon, der alte Jagdgehilfe. Ich hatte ihn heimlich kontaktiert, damit ich eine Runde mit Sika drehen kann. Weil ich es nicht mehr ausgehalten habe, die ganze Zeit unter Bewachung im Palast.«

»Und weil du ein Idiot bist«, ergänzte Som hilfreich.

»Und weil ich ein Idiot bin.« Aris lachte, senkte dann aber beschämt den Kopf. »Deshalb habe ich dich auch weggeschickt an diesem Morgen. Du hättest es mir ausgeredet. Jedenfalls … Lon sagte, er habe Sika zu einer anderen Schleuse gebracht, damit uns niemand entdeckt. Er würde mich hinführen. Ich bin nicht einmal auf die Idee gekommen, dass das eine Falle sein könnte. Er kennt mich doch seit meiner Geburt. Tja. Überraschung.«

Som schwieg.

Das große Sichtfenster vorn zeigte nach wie vor nichts als undurchdringliche Schwärze, und nur das leichte Vibrieren unter meinen Füßen deutete an, dass wir uns noch immer pfeilschnell durch das Wasser bewegten.

Schließlich murmelte er: »Als die Suche losging und dich niemand finden konnte ... da dachte ich: Jetzt ist es passiert. Jetzt haben sie ihn auch getötet.«

»Soll ich dir was sagen?« Aris versuchte, einen lockeren Ton anzuschlagen. »Zwischendurch habe ich mir gewünscht, sie hätten es getan.«

»Red nicht so!«, wies ihn sein Freund heftig zurecht. »Du lebst. Du bist zurück.«

»Ja. Dank Ella.« Aris ließ die Worte in der Luft hängen.

Mich durchlief ein freudiger Schauer – und auch Stolz, wenn ich ehrlich war. Trotz meiner Zweifel und Verpeiltheit: Ich hatte etwas Gutes getan, etwas Richtiges.

Von Som würde ich deshalb trotzdem keinen Konfettiregen bekommen. Er blieb stumm, doch der Blick, mit dem er mich streifte, war voller Ablehnung – geradezu Verachtung.

Was für ein Arsch!, schimpfte meine innere Stimme. *Hat er ein Problem damit, dass er nicht der alleinige Retter seines Kumpels ist, oder was?*

Aris war einen Moment still. Dann sagte er niedergeschlagen: »Vielleicht spielt das alles bald sowieso keine Rolle mehr. Was immer die *Arme des Kraken* in meinem Kopf gefunden haben ... sie werden es gegen uns einsetzen. Und ich bin schuld daran.«

»So darfst du nicht denken«, sagte sein Freund. »Wenn sie

eine Schwarze Perle hatten, gab es nichts, *nichts*, was du hättest tun können.« Von diesem Teil seiner Entführung hatte Aris ihm wohl schon vorhin erzählt.

»Oh, sie hatten mehr als eine, siehst du ja. Doch das ändert nichts daran, dass ich ein Verräter bin.«

»Vielleicht auch nicht!« Mir zeigte Som nach besten Kräften die kalte Schulter, doch für seinen Freund hatte er nur ermutigende Worte. »Hör zu, nach allem, was ich darüber weiß, hätte eine völlig ausreichen müssen, um die Barriere zu durchbrechen. Warum haben sie weitergemacht?«

»Ich ... keine Ahnung.« Aris klang hin- und hergerissen zwischen Hoffnung und Ungläubigkeit. »Aber nein. Unmöglich. Dieser Kerl, der mir die Viecher auf die Haut gesetzt hat ... Er wirkte nicht so, als ob etwas schiefläuft. Immer, wenn ich wieder zu mir kam, saß er da, ganz ruhig. Er hat keine Fragen gestellt. Er hat mich nur angesehen. Ob ... ob es weitergehen kann.«

Gott, wie furchtbar. Ich presste mich tiefer in die Bank. *Wer tut so etwas?*

Wie sich herausstellte, dachte Som etwas ganz Ähnliches. »War er auch einer von uns? Hast du ihn erkannt?« Seine Stimme zitterte vor unterdrücktem Zorn.

Aris schüttelte den Kopf. »Er war maskiert. Gesendet hat er nicht, er hat überhaupt keinen Ton von sich gegeben. Ich weiß noch, dass ich dachte: Sie bringen mich doch sowieso um. Warum verbirgt er sein Gesicht vor mir?«

»Wahrscheinlich nicht deinetwegen«, vermutete Som. »Sondern wegen der anderen. Damit sie ihn nicht verraten können, falls sie gefangen werden. Diese Gruppe ist wohl doch größer und besser organisiert, als wir bisher gedacht haben. Ob der Rat der Steine das ahnt?«

Aris' Antwort klang nachdenklich. »Und wenn er sogar dahintersteckt? Der Rat war von Anfang an gegen die Pläne meines Vaters, gerade, was eure Rechte angeht. Gut, alle Ratsleute haben dem Königshaus Treue geschworen. Aber mit ihren Spionen hätten sie das perfekte Netzwerk.«

Rat der Steine? Was das auch war, es klang nach Ärger. Immer brennender fragte ich mich, was uns bei unserer Ankunft in Atlantis erwartete.

Doch bevor ich um eine Erklärung bitten konnte, setzte sich Som auf und sagte: »So, die halbe Stunde ist um. Streck deinen Arm aus. Wie fühlt er sich jetzt an?«

»Besser.« Aris hielt ihm seine Rechte entgegen. Ich sah, dass er einen neuen, dunkelgrünen Verband trug. »Die Schmerzen haben nachgelassen. Danke, Som.« Dann fügte er frech hinzu: »Du solltest Heiler werden.«

»Ich *bin* Heiler«, gab der andere gelassen zurück. »Was du brauchst, ist eine Amme.«

»Besserwisser.«

»Kindskopf.«

Gegen meinen Willen musste ich lachen. Egal, wie er sich mir gegenüber benahm, Som war eindeutig mehr Freund als Diener für Aris. Schon taten mir meine misstrauischen und bösen Gedanken fast leid – da sah ich, wie sich Soms Gesicht aufgrund meiner Reaktion erneut verfinsterte.

»Können wir dann weitermachen mit der Behandlung?«, fragte er Aris, jede Spur von Wärme und Humor wie weggeblasen.

Neben sich auf dem Boden hatte er einige merkwürdige Utensilien aufgebaut – wohl der Inhalt von so etwas wie einem atlantischen Erste-Hilfe-Koffer. Ich fragte mich, ob meine Mutter mit dem Kram etwas hätte anfangen können. Da lagen sauber gefaltete grüne Blätter, fremdartige Instrumente in einer kleinen Lederrolle und ein Glas mit etwas, das aussah wie hellblaue Geleebällchen.

Aris wirkte jedenfalls nicht besonders enthusiastisch. »Ich hab dir schon gesagt, ich brauche diesen Glibber nicht«, maulte er.

»Narben bleiben ohnehin, aber so heilt es wenigstens schneller«, gab Som streng zurück. »Halt still jetzt, oder willst du dich vor deinem Gast lächerlich machen?«

Aha. Dafür war ich ihm also gut genug: zur Einschüchterung.

Interessanterweise gab Aris seinen Widerstand sofort auf und meinte spitzbübisch: »Vielleicht, wenn der Gast dir hilft? Ella kennt sich aus. Ihre Mutter ist eine große Ärztin.«

Som warf ihm einen scharfen Blick zu, nickte dann widerwillig und drückte mir das Glas in die Hand. Die bläulichen Kugeln darin ... bewegten sich.

Igitt, was ist DAS denn?

So leicht ließ Ella Keane sich allerdings nicht wegekeln. Schließlich räumte ich auch regelmäßig das Arbeitszimmer meiner Mutter auf – inklusive wochenlang vergessener Essensreste. Auf Soms Anweisung hin fischte ich nach und nach sechs der glitschigen, zuckenden Bällchen heraus, gab sie ihm – nach außen hoffentlich unerschrocken – in die Hand und sah zu, wie er sie vorsichtig auf den sternförmigen Malen verteilte, die die Schwarzen Perlen auf Aris' Haut hinterlassen hatten. Das Zeug saugte sich erst fest und zog dann langsam ein. Besonders angenehm war das Gefühl aber wohl nicht, denn Aris schloss jedes Mal kurz die Augen und biss die Zähne zusammen.

Ich war total cool und professionell, die perfekte OP-Schwester. Na gut ... Kann sein, dass ich ab und an ein kleines bisschen länger zu dem Patienten hinschielte als unbedingt nötig. Vor allem, als sich ein Wassertropfen von der behandelten Stelle unter seinem linken Schlüsselbein löste, ganz langsam seine definierte Brust und den flachen Bauch hinunterrann und schließlich indiskret unter dem Handtuch verschwand. Wo der Tropfen – Salzwasser, eindeutig – das verborgene Dornenbienenbild berührte, leuchtete die Haut kurz golden auf. Ich schaute wie gebannt und versuchte zu ignorieren, dass eine Wärme in mir aufstieg, die nichts mehr mit der Dampfzelle zu tun hatte.

In diesem Moment hob Aris den Kopf. Unsere Blicke trafen sich. Dann schaute er blitzschnell wieder weg, noch schneller als ich … und wirkte eindeutig ertappt.

Er hat dich abgecheckt! Sogar meine innere Stimme war perplex. *Vielleicht solltest DU dir mal das Handtuch höher ziehen, junge Dame!*

Blödsinn, protestierte ich stumm. *Er will nichts von mir. Von niemandem, um genau zu sein. Hat er doch gesagt.*

Es war keine Rede davon, dass er nicht WILL, kam der hinterhältige Kommentar. *Oder wie war das auf der Party?*

Das zählt nicht, gab ich beschämt zurück. *Ich hab ihn überrumpelt.*

Ach. Und auf der »Minnie« wolltet ihr euch gegenseitig überrumpeln, oder was? Mein Innenleben amüsierte sich offenbar königlich. *Na, jetzt fährst du ja schon mal mit zu ihm nach Hause. Hey – vielleicht sind seine Eltern nicht da! Dann geht ihr auf sein Zimmer, macht ein bisschen Musik an, trinkt was … Und du zeigst ihm, was er bisher so verpasst hat …*

Mann! Klappe jetzt!!!

Wie peinlich konnte man sein?!

Um auf gar keinen Fall noch einmal zu Aris zu blicken, schaute ich nach vorne aus dem Fenster … und erstarrte.

Kapitel 19

Auf einmal war die Dunkelheit vor dem Sichtfenster unseres Unterseeboots nicht mehr undurchdringlich. Wie am Abendhimmel ein Stern nach dem anderen erscheint, tauchten vor uns kleine goldene Lichter auf. Erst hier und da, dann immer mehr, immer dichter, bis sich meinen Augen eine ganze Unterwasser-Galaxie darbot.

Unser Rochen hatte die Geschwindigkeit verringert, sanft glitten wir tiefer. Unter uns wurde der zerklüftete Meeresboden sichtbar: hoch aufragende Berge, lang gestreckte Täler, dazwischen Ebenen aus dunklem Felsen, in die unzählige Lämpchen eingelassen waren. Sie erhellten eine verzaubert wirkende Unterwasserlandschaft, in der fremdartige Fische schwerelos hin und her schwebten – manche durchsichtig wie Glas, manche schlangengleich, andere fedrig wie Tiefsee-Vögel.

Je näher wir kamen und je tiefer wir sanken, desto mehr Farben konnte ich in dem Glühen erkennen: Tiefblau, Rot-Orange, Smaragdgrün … Die Lichter waren durch pulsierende goldene Adern miteinander verbunden, die verschlungene Muster bildeten wie ein gigantisches leuchtendes Netz, das jemand am Meeresboden ausgebreitet hatte. In seinem Zentrum, noch weit entfernt, sah ich eine mächtige Erhebung, die wie die Nabe eines Rades alles andere zusammenhielt und auf sich vereinte.

Der Anblick war atemberaubend.

War das wirklich Atlantis?

»Wie tief sind wir?«, wisperte ich.

Aris lächelte. »Tief.«

»Aber wie ... wie könnt ihr hier leben?« Auf diese Frage hatte ich schon einmal keine Antwort bekommen. Ich hielt den Atem an.

»Was du dort siehst, sind lediglich die ... wie soll ich sagen, die Dächer unserer Welt. Ausgehöhlte Bergspitzen, in denen Schleusen und Kontrollzentren sitzen. Das eigentliche Reich liegt unterirdisch. Stell es dir vor wie eine Luftblase in der Erde, deren Hülle uns schützt. Nur dass die Hülle fortwährend mit Energie versorgt und gewartet werden muss. Die Götter haben uns diesen Ort geschenkt ... bewahren müssen ihn wir Menschen.«

»Aber ... so wie das alles leuchtet ... könnte das nicht trotzdem jemand entdecken? Per Satellit? Oder mit einem Tauchroboter?«

»Wenn sich irgendetwas nähert, das nicht von uns ist, wird man hier nur dunklen Meeresboden sehen. Durch unsere Schleusen gelangt kein Fremder. Und gegen eure Himmelsaugen sind wir ebenfalls abgeschirmt.«

Plötzlich zischte ein Licht auf gleicher Höhe an uns vorbei und ein Summton erfüllte die Brücke.

»Patrouille«, hörte ich Soms warnende Stimme in meinem Ohr.

»Keine Sorge«, gab Aris zurück, »wir nehmen den Code von neulich.« Mit der Rechten berührte er eine kristalline Halbkugel, die in das Bedienpult eingelassen war. Unter seinen Fingerspitzen leuchtete sie in einer kurzen, vielfarbigen Sequenz auf und erlosch dann. Das Summen verstummte. Ich wollte schon aufatmen ... doch dann sah ich, dass das Licht der Patrouille draußen vor dem Fenster Gesellschaft bekommen hatte.

Verdammt viel Gesellschaft.

»Was ist das?«, flüsterte ich erschreckt. »Sind wir in Schwierigkeiten?«

»Ganz im Gegenteil«, sagte Aris zufrieden. »Gut abgepasst, Som.« Er drehte sich zu mir um und schenkte mir ein beruhigendes Lächeln. »Das ist eine unserer Fischereiflotten, die vom Fang zurückkehrt. Wir schließen uns ihr an, dann schaffen wir es unbemerkt in den Hafen.«

»Wenn wir Glück haben«, sagte Som. Er klang deutlich weniger optimistisch.

Aber ich achtete nicht weiter auf ihn, sondern sah fasziniert nach draußen. Es schien, als wären wir mitten in einen gewaltigen Schwarm von Leuchtfischen geraten. Um uns herum wimmelte es von bronzefarbenen Unterseeboten verschiedenster Größe und Form. Eine Zeit lang glitten wir an dem gewaltigsten unter ihnen vorbei – wegen seines Aussehens taufte ich es den »Blauwal«. Wie Adern oder Seepocken bedeckten winzige, blausilbern leuchtende Lichter die Außenhaut. Da, wo ein echter Wal seine Barten hat, besaß das Boot ein großzügiges, elegant geschwungenes Sichtfenster. Dahinter sah ich Menschen geschäftig hin- und hereilen. Begleitet wurde der Wal von einer Unzahl Unterwassergefährte, deren Form mich an riesige Tümmler erinnerte – schnittig konstruiert, aber geräumig. Dazwischen jagten kleine Ein-Mann-Boote wie goldene Pfeile hin und her. Bildeten sie eine Eskorte? Eine Art Begleitschutz? Ich war stumm vor Staunen.

Offenbar hatte der von Aris übermittelte Code nicht nur die Patrouille beruhigt, denn unser Rochen sorgte für keinerlei Aufsehen in der Flotte um uns herum. Wir waren nur ein weiterer Fisch unter all den anderen in diesem einzigartigen, glitzernden Schwarm, der sich zügig seinen Weg hinab zu den erleuchteten Bergen am Meeresboden suchte.

»Sind das viele!«, brachte ich schließlich heraus.

»Wir haben auch viele Menschen zu versorgen.« Aris schien zu freuen, wie beeindruckt ich war. Ich stand hinter seinem Sitz und hielt mich locker an der Rückenlehne fest, sorgsam darauf bedacht, nicht versehentlich die nackte Haut seiner Schultern zu berühren.

»Wo kommen die her?«, fragte ich. »Fischt ihr nicht hier in der Gegend?«

Er schüttelte den Kopf. »Nein, für einen guten Fang müssen wir weit fahren – und vor allem aufsteigen. Atlantis liegt zu tief. Den Druck, die Kälte und Dunkelheit am Meeresgrund hält kaum Leben aus.« Augenzwinkernd fügte er hinzu: »Es gibt natürlich Ausnahmen. Sika zum Beispiel.«

Ich versuchte, mich an Lisas leidenschaftliche Vorträge zum Thema Orcas zu erinnern. »Äh ... aber Schwertwale können doch gar nicht so tief tauchen, oder? Maximal dreihundert Meter, dachte ich?«

»Normale Schwertwale vielleicht.« Aris sah sehr stolz aus. »Sika stammt eben aus einer ganz besonderen Familie, stimmt's, Som?«

Anstatt auf diese Vorlage einzugehen, nickte der weißhäutige Stoffel neben ihm nur knapp und starrte weiter konzentriert auf die Instrumente vor sich.

Sein Freund zuckte mit den Schultern und fuhr fort: »Unsere Fischereiflotten sind wichtig, aber noch wichtiger sind die Algenbauern. Ohne sie ...«

»Wir sind gleich da«, unterbrach Som ihn. »Was tun wir dann? Wollen wir nicht doch versuchen, den Palast zu erreichen?«

Obwohl ich nicht direkt angesprochen worden war, kam ich mir zurechtgewiesen vor und streckte Som hinter dessen Rücken die Zunge heraus. Inmitten des Schwarms glitten wir jetzt immer tiefer, bis der Meeresboden nur noch wenige Meter unter uns lag. Keins der Boote schien auch nur die geringsten Probleme zu haben, den zahlreichen Unebenheiten und Felsvorsprüngen auszuweichen.

»Nein«, sagte Aris, »wir gehen nicht zum Palast. Ich sagte doch schon, dass es zu gefährlich ist. Jeder könnte zu den Verrätern gehören. Und an meine Eltern kommen wir niemals unbemerkt heran, so kurz vor der Zeremonie, das weißt du genau.«

Offenbar hatten die beiden das Thema schon einmal durchgekaut, während ich in der Dampfzelle war.

»Was für eine Zeremonie?«, wollte ich wissen.

»Der Tag des Großen Stiers«, erklärte Aris. »Unser wichtigstes Fest.«

»Jedes Jahr an diesem Tag muss der Minos seinem Volk den Thronfolger präsentieren«, ergänzte Som. »Tut er es nicht, wird seine Herrschaft ernsthaft geschwächt. Dann kann jeder das Königshaus herausfordern und die Krone beanspruchen. Kandidaten gibt es wahrhaft genug.«

»Ich habe den Überblick verloren ...« Aris klang zerknirscht. »Wie viel Zeit bleibt uns genau, Som?«

»Noch drei Sonnenaufgänge.« Er warf seinem Freund einen eindringlichen Blick zu, was ich bei seinen tiefschwarzen Augen immer noch ziemlich unheimlich fand. »Ich verstehe ja, dass wir vorsichtig sein müssen, aber im Palast wärst du am sichersten. Und wenn du deinen Eltern wenigstens eine Nachricht schickst?«

»Ausgeschlossen. Wir wissen nicht, wer die Adern anzapft. Es bleibt dabei: Wir gehen zu Onkel Evros«, erwiderte Aris. »Bei ihm können wir uns unbemerkt verstecken. Als Bruder des Königs hat er auch während der heiligen Rituale überall Zutritt. Er schafft es bestimmt, meine Eltern heimlich anzusprechen und ihnen eine Botschaft von mir zu überbringen.«

Som nickte, wenn auch widerwillig. »Gut, aber dann lass uns wenigstens direkt zu seiner Villa fahren. Sobald wir im Hafen ankommen, suche ich – Achtung, die Leitboje ...«

Unmittelbar vor uns war ein kleiner, leuchtender Ball aufgetaucht. Unter der durchsichtigen Außenhaut sah ich glimmende, pulsierende Mechanismen ... oder waren es Organe? So etwas wie Nesselfäden oder Tentakel bewegten sich langsam an seiner Unterseite. Dann schien die Boje – das Wesen? – Kontakt mit uns hergestellt zu haben und zischte davon, uns voraus. Wie an unsichtbaren Fäden folgte ihm unser Rochen. Auch die anderen Boote der Flotte hatten jetzt solch einen Begleiter bekommen und ordneten sich in einer neuen Formation an. Im felsigen Untergrund vor uns gähnte eine riesige breite Öffnung, in der ein bläulicher Schimmer lockte. Er erinnerte mich an die Membrane, die ich auf der Außenstation gesehen hatte. War dies eine der Schleusen ins Innere von Atlantis? Im nächsten Moment erfüllte das leuchtende Blau die Kommandobrücke, so hell, dass ich die Augen zusammenkneifen musste. Doch schon war unser Boot hindurchgeglitten, ohne den leisesten Widerstand, wie durch eine Lichtschranke.

Aris lehnte sich zurück und drehte seinen Sitz etwas, sodass er nun uns beide anblickte. Sein Gesicht wirkte entschlossen.

»Fang nicht schon wieder an, Som. Wenn ich mich verkrieche, bringt das gar nichts. Ich muss wissen, was die Verschwörer in meinem Kopf gefunden haben. Und deswegen werden wir einen Abstecher zum Letzten Tempel machen, bevor wir zu Onkel Evros gehen. Punkt.«

Was ist denn das jetzt schon wieder? Meine innere Stimme klang leicht hysterisch. *Ich brauche einen Reiseführer! Lonely Planet Atlantis, das wär echt mal eine Hilfe ...*

Aber ich hielt mich eisern an meinen Entschluss: einfach dranbleiben, bis sich alles normalisiert.

»Aris, das ist viel zu gefährlich! Sei doch vernünftig, nur dies eine Mal!« Som legte seinem Freund beschwörend die Hand auf den Arm. »Du musst deinen Vater bitten, die Eingeweihten am Hof zu befragen ...«

Aris schnitt ihm den Protest ab: »Das hatten wir doch schon alles! Kehre ich in den Palast zurück, lässt sich das unmöglich geheim halten. Dann handeln die *Arme des Kraken* vielleicht, bevor wir uns wappnen können. Aber im Letzten Tempel ... Du selbst warst es, der mir von dem Eingeweihten dort erzählt hat. Er ist der Einzige, der mir helfen kann, Zugang zu dem Verschlossenen zu finden.«

Som widersprach hartnäckig: »Wenn es irgendwo Sympathisanten der Verschwörer gibt, dann dort. Ich glaube nicht, dass dich der Eingeweihte überhaupt anhört! Und nur weil das Verschließen eine alte Statthalter-Technik ist, heißt das nicht, dass sich noch irgendjemand außerhalb des Palastes damit auskennt. Hast du bei der Lektion etwa auch geschlafen, dass es heute nur noch der Königsfamilie dient?« Er schüttelte den Kopf. »Nein. Das Wichtigste ist, dich in Sicherheit zu bringen.«

»Das Wichtigste ist Atlantis!« Aris sprang auf. »Du weißt, wozu die *Arme des Kraken* fähig sind! Bindungslose sind es, hast du gesagt – die schrecken vor nichts zurück! Glaubst du wirklich, wir können riskieren, das Verschlossene nicht zu kennen? Das Wissen darum in den Händen unserer Feinde zu lassen ... und einfach zu hoffen, dass es schon nicht so schlimm wird? Hauptsache, ich liege wieder friedlich in meinem Bett?«

Auch Som hatte sich erhoben. So unlesbar sein Gesicht auch sonst für mich war, in diesem Augenblick konnte ich deutlich erkennen, dass er Aris' Plan strikt ablehnte.

Warum? Sorgt er sich wirklich bloß um seinen Freund? Oder geht es um etwas ganz anderes?

Ich versuchte, meine innere Stimme zum Schweigen zu bringen, doch das Misstrauen von vorhin kroch zurück in meinen Kopf.

Unerwartet schaute Aris mich an. »Wie denkst du darüber, Ella?«

»Ich?« Das Funkeln in seinen Augen hatte mir das Herz sofort bis zum Hals schlagen lassen – jetzt rutschte es mir zurück in die Hose.

Ja, DU, zischte es in meinem Kopf. *DU, die keine Ahnung von der ganzen Sache hat. Genau DU hältst besser die Klappe.*

Ausweichend sagte ich: »Ich weiß doch gar nichts von eurer Welt.«

»Aber du hast die Erfahrung aus deiner.« Aris hielt meinen Blick gefangen. »Du hast genug erlebt. Und jetzt bist du hier. Was wir entscheiden, betrifft auch dich. Also: Was denkst du?«

Er meinte es ernst.

Okay. Ich schloss kurz die Augen. Was *hatte* ich erlebt? Einen Überfall brutaler Kerle, die alles riskiert hatten, um ihren Gefangenen zurückzuerobern, sogar die Gefahr, an der »Oberfläche« entdeckt zu werden. Ich wusste, dass Aris bereits ihr drittes Opfer gewesen war. Sie hatten die Königsfamilie angegriffen und ganz gezielt einen Sohn nach dem anderen ausgeschaltet. Das war ihnen sicher nur gelungen, weil sie über Kontakte aus deren unmittelbarem Umfeld verfügten. Die Verschwörer gingen nicht nur skrupellos, sondern auch strategisch vor.

»Also. Wenn sie etwas planen, ein Attentat oder so ...« Ich

dachte daran, was ich über Terroranschläge in meiner Welt wusste. »Wenn sie ein Zeichen setzen wollen, dann bestimmt an einem wichtigen Ort. Oder zu einem wichtigen Zeitpunkt. Wie dieser Festtag, von dem ihr geredet habt.« Ich blickte unsicher zwischen dem seegrünen und dem tiefschwarzen Augenpaar hin und her, die mich aufmerksam ansahen, und fuhr schnell fort: »Wenn das so ist, bleiben uns drei Tage Zeit, die Wahrheit herauszufinden und deinen Onkel zu erreichen. Dann bringt er deinen Eltern nicht nur die Botschaft von deiner Rückkehr, sondern kann sie gezielt warnen.« *Einmal kurz durchatmen, Frau Meisterstrategin!* »Ja, ich denke, du solltest herauskriegen, was das Geheimnis ist – was die Verschwörer planen, meine ich. Wenn das nur in diesem Tempel geht, dann müssen wir eben dahin.«

Aris nickte. Som senkte geschlagen den Kopf. Keiner verlor ein weiteres Wort.

Äh ... wow. Auch ich war sprachlos.

Gratuliere, Schätzchen: Du bist schon wieder ins kalte Wasser gesprungen! Und diesmal hast du noch andere mitgerissen.

Kaum zu glauben, aber die Entscheidung war wirklich gefallen. Ich bildete mir nicht ein, dass es an meinen tollen Argumenten gelegen hatte. War es stattdessen einfach eine Frage der Mehrheit gewesen? Oder hatte Som nachgegeben, weil er bei aller Freundschaft letztlich doch gehorchen musste? Irgendwie gefiel mir diese Antwort am wenigsten, obwohl er sich mir gegenüber so kühl benahm.

Eins musste man ihm lassen: Er stellte sich nicht in die Schmollecke. »Wenn wir zum Letzten Tempel wollen, dürfen wir keine Zeit verlieren«, erklang seine Stimme in meinem Kopf. »Ohne ein schnelles Boot schaffen wir die Strecke nie rechtzeitig. Wir sind gleich im Hafen. Bei dem Betrieb dort mit dem frischen Fang wird uns niemand beachten. Trotzdem müssen wir extrem vorsichtig sein ...« Er warf einen bedeutungsvollen Blick in meine Richtung und sah dann wieder Aris an. »Du kennst das Risiko.«

Oh toll, ich aber nicht!

»Wir lassen Ella nicht an Bord zurück, falls du das meinst«, sagte Aris. Er hatte sich wieder hingesetzt und blickte aufmerksam durch das Fenster nach vorn. Unsere kleine Leuchtboje hatte haltgemacht vor etwas, das wie eine Wand aussah. Eine Kaimauer? Über uns schimmerte Licht – offenbar waren wir aufgetaucht. Automatisch gesteuert legten wir an.

»Dann aber schnell«, drängte Som. »Trotz des Codes wird man das Boot überprüfen. Egal, was wir danach tun, wir müssen sofort von Bord.« Mit diesen Worten eilte er von der Brücke und kam kurz darauf mit unseren – wie versprochen getrockneten – Kleidern zurück.

Aris und Som zogen sich außer Sichtweite im Gang um, während ich rasch in meine Shorts und das weiße Top fuhr. Dankbar bemerkte ich, dass Som das blutbefleckte Teil nicht nur getrocknet, sondern auch gewaschen hatte. Der Wollpullover kam mir jetzt viel zu warm vor, also knotete ich ihn mir einfach um die Taille. Zuletzt griff ich nach der Kette meiner Mutter. Mit dem Verschluss hatte ich etwas zu kämpfen – meine Hände zitterten doch tatsächlich! Denn jetzt wurde mir endlich die Wahrheit bewusst: Es würde sich nichts normalisieren.

Ich war hier.

Hier, in einer fremden Welt unter dem Grund des Atlantiks.

Und gleich würde ich mitten darin stehen.

Als Som zurückkehrte, hatte er seinen bronzefarbenen Anzug abgelegt. Darunter trug er eine einfache ärmellose Tunika in Safrangelb mit hellgrauen, weiten Hosen und geschnürte

Sandalen. Dazu band er sich einen breiten Stoffgürtel mit verschiedenen kleinen Taschen um. Seine Kleidung war bei Weitem nicht so kostbar wie die seines Freundes – dafür aber auch nicht zerrissen und vom Meerwasser ausgebleicht. Das ehemals edle Rostrot von Aris' Tunika war jedenfalls mittlerweile zu einem unansehnlichen Schlammbraun geworden. Nun sah ich auch, dass die blauen verschnörkelten Tattoos auf Soms Kopf über Nacken und Schulter den ganzen rechten Arm hinunterreichten. Auf dem Handrücken endeten sie in einem mir bereits vertrauten Motiv: den Dornenbienen, dem Zeichen von Aris' Familie.

Auf dem Weg zur Einstiegsluke legte Som mir etwas um die Schultern: Er hatte das grüne Handtuch wie einen Kapuzenmantel zurechtgefaltet und eine Schließe improvisiert, die ihn an meinem Hals zusammenhielt. Als wir die Leiter hinaufkletterten, beschwor er mich, auf keinen Fall die Kapuze abzunehmen, solange wir nicht allein waren. Ich hörte kaum hin. Die Anspannung, die in der Luft lag, zog sich um mich zusammen wie ein Netz. Meine Sinne kamen mir plötzlich überreizt vor, jedes Detail der fremdartigen Umgebung drängte sich in mein Bewusstsein. Ich sah und spürte jeden Kratzer im kühlen Metall der Leiterstreben. Unverständliches Stimmengewirr und ein leichter Geruch nach Seetang drangen durch die Luke über meinem Kopf zu mir herunter. Noch eine Sprosse, dann fasste ich den Rand, zog mich hoch, ins Freie … und blickte direkt in die schwarz-gelben Knopfaugen einer Möwe. Tatsache: Das Erste, was ich vom mythischen Atlantis sah, war dieser so vertraute Vogel. Doch er war klein wie ein Spatz, geradezu winzig im Vergleich zu den Exemplaren, die ich von der Küste in Cornwall kannte.

Ich starrte die Möwe verdutzt an. Das passte ihr wohl nicht, denn im nächsten Moment schüttelte sie ihr silberweißes Gefieder, schlug mit den Flügeln und hob ab. Unwillkürlich folgte ich ihr mit den Augen und beobachtete, wie sie hinaufflog zu der gewölbten Decke einer gewaltigen, in den felsigen Meeresgrund gehauenen Höhle. Von oben herab strahlte diffuses goldenes Licht, dessen Quelle ich nicht ausmachen konnte – als ob das Gestein selbst leuchtete. Es erhellte eine immense, weit verzweigte Kaianlage, die Landebrücken für Unterseeboote jeder Größe und Form bereitzuhalten schien. Überall flatterten an langen Stangen befestigte Wimpel in den verschiedensten Farben. Ja, hier herrschte eine frische Brise, die das Hafengebiet mit so etwas wie Meeresluft erfüllte. Und das, obwohl wir uns in einer Höhle befanden – einer Höhle tief unter dem Ozean ...

Die Spatzenmöwe stellte sich dazu sicher keine Fragen, sondern ließ sich mit weit ausgebreiteten Schwingen ungerührt weitertragen, über unzählige Stege hinweg, die alle auf eine sichelförmig geschwungene, lang gestreckte und reich mit Mosaiken verzierte Kaimauer zuführten. Darauf standen in regelmäßigen Abständen weiße, kastenförmige Gebäude. Rundherum herrschte geschäftiges Getümmel aus Männern, Frauen und Kindern, das sich bis in den Schatten der felsigen Höhlenwand fortsetzte. Überragt wurden die hellen Würfelbauten von einer Reihe mächtiger dunkelblauer Säulen, die sich über die gesamte Breite des Kais zog. Jede Säule trug die goldene Figur eines Meerestiers – ich sah einen Delfin, eine Meeresschildkröte, verschiedene Fische und sogar einen Oktopus, dessen Tentakel in lebensechter Pose die Säule umklammerten.

Die Möwe ignorierte diese verlockenden Landeplätze und steuerte stattdessen ein anderes Ziel an: die überlebensgroße Statue einer Frau in fein gearbeitetem festlichem Gewand, dessen Details in leuchtenden Rot-, Blau- und Grüntönen herausgearbeitet waren. Ihre wie vom Wind bewegten Haare schimmerten golden, die Arme hatte sie segnend oder beschwörend erhoben. Sie war eindeutig die Riesenversion der kleinen Figur an Bord des Rochens – die Herrin der Winde.

Inzwischen hatte die Fischereiflotte ebenfalls angelegt. Jedes Boot war bereits umgeben von einem ganzen Heer aus Menschen und Gerätschaften. Es herrschte ohrenbetäubender Lärm: Aufseher brüllten Anweisungen, Arbeiter riefen nach Material, Winden quietschten ... und über allem hing das Kreischen der Möwen. Ich hatte meine Begrüßungsmöwe aus den Augen verloren, aber sicher war auch sie mittlerweile wieder Teil des Schwarms, der aufgeregt um die Schiffe herumflatterte und versuchte, möglichst viele saftige Brocken zu erwischen.

Fasziniert beobachtete ich die Arbeiten am »Blauwal«, dem größten Boot der Flotte, wo nun fast die gesamte Rückenpartie geöffnet war und die Ladung über zwei schlanke, silbrige Kräne herausgeholt wurde. Gerade kämpfte der Mechanismus mit einem besonders schweren Fang: An seinem Haken hing, gut gesichert, ein gigantischer Kalmar. Mit offenem Mund bestaunte ich, wie meterlange, baumstammdicke Tentakel über die glänzende Schiffswand schleiften, geleitet und geführt von zahlreichen Helfern an Deck, die daneben wie Zwerge wirkten. Andere waren mit weniger dramatischen Tätigkeiten beschäftigt: Sie halfen beim Entladen der kleineren »Tümmler«-Boote, deren Fang über mobile Förderbänder an Land gebracht und in offenen Transportkisten verstaut wurde.

Ungefähr die Hälfte der Menschen in dem geschäftigen Gewusel sah aus wie Aris und ich. Okay, eindeutig mehr wie Aris: Sie hatten ausnahmslos dunkles Haar, dessen Schattierungen von rötlichem Braun bis zu Tiefschwarz reichten. Ihre Hautfarbe war meist hell, aber ich entdeckte auch einige dunklere Töne. Bärte sah ich nur bei Männern reiferen Alters – jetzt erst fiel mir auf, dass Aris mich nie nach Rasierzeug gefragt hatte ... Die vorherrschende Kleidung entsprach dem, was ich bereits von meinen »Reiseführern« kannte: Tunika und weite Hose, manchmal auch nur eins von beiden, in gedeckten Erdtönen. Die Höhergestellten dagegen konnte man schon von Weitem an den leuchtenden Farben ihrer Kleider erkennen. Manche trugen zusätzlich ein schmales Cape, das an einer Schulter befestigt war.

Dazwischen liefen weißhäutige »Statthalter« wie Som herum, alle kahlköpfig wie er, egal, ob Mann oder Frau. Bis auf wenige Ausnahmen waren sie mit den niedrigsten Tätigkeiten beschäftigt: schwer beladene Kisten schleppen, Boote hereinziehen und vertäuen, Fische ausnehmen und die Abfälle beseitigen ... Nicht wenige befanden sich im Wasser, tauchten auf und ab – mussten sie die Außenhaut der Flotte überprüfen oder reinigen? Mehr als einen Lendenschurz hatten sie meist nicht am Leib, weshalb ich gut sehen konnte, dass jeder eine eigene Version der verschlungenen, farbigen Hieroglyphen-Tattoos trug, die mir bei Som aufgefallen waren, und auch ganz ähnliche Halsketten aus Muscheln und Perlen. Zeigten sie die Zugehörigkeit zu einem »Haus« des Königsvolks?

Ich konnte kaum eine Minute auf die neue Welt um mich herum gestarrt haben, doch dem Miesepeter unter mir auf der Leiter war das eindeutig zu lang.

»Beeilt euch doch! Wir müssen weg vom Boot, bevor wir Aufsehen erregen.«

Aber ich war wie schockgefroren. Wenn ich erst einen Fuß auf das Deck über mir setzte, gab es kein Zurück mehr. Und obwohl mir klar war, dass ich diesen Punkt sowieso längst überschritten hatte, klammerte ich mich am Rand der Luke fest wie an dem Rettungsring, den ich nie hätte loslassen dürfen.

Eine Hand legte sich sanft auf meine und löste den Krampf. Es war Aris, der als Erster hinausgeklettert war und jetzt vor mir kniete. Ich sah zu ihm hinauf, sah ihn vor dem Hintergrund des verwirrenden, mir so fremden Unterwasserhafens, und es war, als hätte ich endlich das letzte fehlende Steinchen eines Mosaiks gefunden. Jetzt passte alles – seine Kleider, seine Haltung, seine Sprache. Hier gehörte er hin. Gleichzeitig wurde mir bewusst, wie vollkommen fehl am Platz ich selbst hier war. Hatte er sich so bei uns gefühlt, die ganze Zeit über ...?

»Keine Angst«, flüsterte er. »Ich passe auf dich auf.« Mit einem vertraulichen Zwinkern streckte er mir seine Rechte entgegen.

Du hast gedacht, auf den Rücken eines Schwertwals zu klettern war ein Wagnis? Hier kommt das nächste Level, Baby!

Ich ergriff seine Hand, fasste sie, so fest ich konnte, und kletterte die letzten Leitersprossen hinauf. Und dann stand ich vor einem atlantischen Prinzen an Deck eines goldenen Unterseebootes, das uns unter den Meeresgrund gebracht hatte. Ein leiser Windstoß ließ meinen improvisierten Mantel flattern und sandte mir einen Schauer über den Rücken.

»Willkommen in Atlantis, Ella«, sagte Aris mit einem scheuen Lächeln. Ich lächelte tapfer zurück und zwang meine Beine, nicht zu zittern.

Okay, Mädchen. Das Suppenhuhn ist gelandet. Mach das Beste draus.

Obwohl noch klatschnass vom Salzwasser, war die Außenhaut unseres U-Boots kein bisschen glitschig, sodass ich es immerhin ohne peinliches Ausrutschen auf den Steg schaffte. Ein paar Arbeiter warfen uns Blicke zu, aber sie hatten eindeutig zu viel zu tun, um sich mit irgendwelchen Neuankömmlingen außer der Reihe zu beschäftigen.

»Wohin jetzt?«, erklang Soms tiefe Stimme in meinem Ohr. Natürlich galt die Frage nicht mir. »Es ist sehr weit bis zum Tempel. Wir brauchen ein schnelles Boot – oder wenigstens ein unauffälliges. Soll ich mich erkundigen?«

»Lass das nur meine Sorge sein«, sagte Aris. »Wir bleiben zusammen.«

Er schritt zielstrebig durch die Menge der Menschen, die geschäftig auf dem Kai hin- und hereilte. Ich blieb ihm, so dicht ich konnte, auf den Fersen und hielt dabei krampfhaft den Stoff des Handtuchs geschlossen. Mittlerweile verstand ich Soms Anweisung: Ich war weit und breit die Einzige mit blonden Haaren – das allein würde vermutlich sofort einen Volksauflauf verursachen.

Wir waren noch nicht weit gekommen, da ertönte hinter uns ein Schrei. Es war ein einziges Wort, das rasch von den Umstehenden aufgenommen wurde. Wieder und wieder hallte es durch die Luft. Von einem Moment auf den anderen erwachte eine eigenartige Aufmerksamkeit um uns herum. Meine Begleiter sahen sich beunruhigt an.

»Wo ist Euer graues Kleidungsstück?« Soms Stimme klang angespannt.

Ich sah an mir hinunter.

Oh.

Kenneths Wollpullover, den ich mir behelfsmäßig umgebunden hatte, war ... weg. Er musste sich gelöst haben und irgendwo hinter uns zu Boden gefallen sein. Und gerade hatte ihn jemand gefunden. Das Wort schallte mittlerweile durch den ganzen Hafen.

»Was rufen die?«, flüsterte ich eingeschüchtert.

Soms Übersetzung tönte mir unheilvoll in den Ohren: »Itheis. ›Oberfläche‹.«

Und dann passierte etwas Unheimliches: Ein Mann neben mir, der eben noch eifrig Notizen auf einer tabletartigen Leuchttafel gemacht hatte, ließ die Schreibutensilien fallen und griff in eine kleine Gürteltasche. Die Finger, die er wieder hervorzog, waren mit einer grauen Paste beschmiert, mit der er sich jetzt einen groben Strich längs über sein Gesicht zog, vom Scheitel über die Nase bis zum Kinn. Im gleichen Moment veränderte sich die Farbe seines Kurzmantels von Blau zu Aschgrau. Ich starrte ihn an.

Das war ein Fehler.

Er bemerkte meinen Blick und starrte zurück, aus scharfen Augen, denen nichts entging. Auch nicht die Leinenturnschuhe an meinen Füßen. Oder der Saum meiner Shorts, die vorne aus meinem Mantel hervorschauten. Er schrie das Wort und griff blitzschnell nach meinem Arm.

Aris war genauso schnell.

In einer knappen, flüssigen Bewegung stieß er ihm die Handfläche vor den Solarplexus. Der Mann ließ mich los, riss die Augen auf, formte mit den Lippen drei unhörbare Silben ... und sackte stumm in sich zusammen. Doch der Schaden war angerichtet: Plötzlich gingen alle Blicke in unsere Richtung. Angst sprang mich an, lähmend und eiskalt.

Achtung, Lynchmob – in drei, zwei, eins ...

Kapitel 20

In diesem Moment ertönte noch lauteres Gebrüll von der anderen Seite des Kais. Dort hatte das Ausladen eines weiteren Riesenkalmars begonnen – und war mittendrin ins Stocken geraten. Denn neben dem Fischerei-U-Boot war ein schwarz-weiß gezeichnetes Raubtier aufgetaucht, hatte mit seinem zahnbewehrten Maul einige der im Wasser treibenden Fangarme erwischt und versuchte jetzt energisch, seine Beute in Sicherheit zu bringen.

Ist das ... Sika?

Ein Blick in das Gesicht von Aris bestätigte meine Ahnung. Er war begeistert, seinen geliebten Schwertwal wiederzusehen, wirkte aber gleichzeitig auch zerknirscht.

»Oh nein, nicht schon wieder ...«, murmelte er.

Besatzung und Hafenarbeiter versuchten, den mächtigen Orca mit Geschrei und rasch herbeigeschafften Bootshaken abzuwehren, aber es sah aus, als kämpften sie auf verlorenem Posten.

Nicht wenige der eben noch so misstrauischen Menschen um uns herum ließen alles stehen und liegen und rannten in Richtung des Raubüberfalls, um ihren Kameraden zu helfen. Ein Fang wurde hier definitiv nicht leicht aufgegeben.

»Los, los!«, drängte uns Som.

Natürlich: Das war unsere Chance. In dem plötzlichen Aufruhr wirkte es nicht einmal verdächtig, wenn wir losrannten.

Doch so einfach kamen wir nicht vom Haken. Im Laufen bemerkte ich weitere der einschüchternden Gestalten mit der grauen Markierung im Gesicht – plötzlich schienen sie überall zu sein. Sie ließen sich nicht von dem Kampf um den Kalmar ablenken und eilten mit prüfendem Blick durch die aufgescheuchte Menge. Einige hielten Waffen in den Händen, die ganz nach diesen Miniharpunen der drei Attentäter vor dem Haus der Bernhardts aussahen.

»Wer sind die Kerle?«, keuchte ich.

»Agenten vom Rat der Steine«, gab Aris zurück, während er uns den Weg durch die Menge bahnte.

»Und was wollen die?«

Es war Som, der mir antwortete. »Euch.«

Was?! Aber …

Wir rannten weiter, was mittlerweile eine ziemliche Herausforderung war. Nicht nur die Menschen versperrten uns in ihrer Geschäftigkeit den Weg, der Kai war außerdem zugestellt mit Förderbandanlagen, auf denen Transportkisten voller Fische, Seeigel, Muscheln und Ähnlichem entlangsausten, in Richtung der Tunnel, die in die hintere Höhlenwand gehauen waren. Als wir unter einem der Bänder hindurchtauchten, blieb mein Mantel hängen und die Kapuze verrutschte. Ich zerrte sie hastig zurecht, aber zu spät: Ein Junge mit geflickter Tunika sah mein helles Haar und schrie das fremde Wort, das ich bereits jetzt abgrundtief hasste.

Schon waren zwei der grauen Gestalten zur Stelle und nahmen die Verfolgung auf. Vor uns befand sich eine Art Irrgarten aus gespannten Leinen, an denen massenhaft Wasserpflanzen zum Trocknen aufgehängt waren. Irgendetwas zischte knapp an mir vorbei. Ohne einen Blick zurück zu riskieren, rasten wir durch Gänge aus nassen grünen Vorhängen, schlugen Haken und warfen uns schließlich hinter einen Stapel Kisten. Mit wild klopfendem Herzen sah ich zwei Beinpaare an uns vorbeirennen und hinter der nächsten Algenwand verschwinden.

»Was … ist das denn … dieser Rat?«, keuchte ich, so leise, wie ich nur konnte.

Wieder war es Som, der mir antwortete. »Der Rat beobachtet euch. Also die Oberfläche. Um sicherzustellen, dass uns von dort keine Gefahr droht oder, noch schlimmer, die Entdeckung. Nicht auszudenken, wenn sie Euch in die Finger bekämen.« Er warf einen vorsichtigen Blick um die Ecke unseres Verstecks.

Ach, hätte er wirklich was dagegen?, kommentierte meine innere Stimme spitz. Ich scheuchte sie weg.

»Und … und was wollen die von mir?«

Som sah mich unbewegt an. »Sie würden Euch wahrscheinlich direkt an Eure Küste zurückbringen.« Noch bevor ich die Chance hatte, erleichtert zu gucken, fuhr er fort: »Als Wasserleiche. Kein Rätsel für euch. Kein Risiko für uns.«

»Aber –« Meine Stimme klang auf einmal entsetzlich dünn.

Was passiert hier? Die wollen mich … umbringen?! Das ist jetzt nicht wahr! Und … und wieso warnt mich keiner?

Aufgebracht wandte ich mich an Aris. »Dein Vater ist doch der König hier! Kannst du nicht befehlen, dass –«

»Niemand befiehlt dem Rat«, unterbrach Som mich brüsk. »Nichts ist wichtiger, als dass Atlantis ein Geheimnis bleibt. Außer natürlich«, sein Blick wanderte respektvoll zurück zu der riesigen Statue am Kai, »der Wille der Götter.«

Aris sah seinen Freund finster an. Dann wandte er sich zu mir, umfasste meine Schultern und drückte sie beruhigend. »Ganz egal. Ich lasse nicht zu, dass sie dir etwas tun, Ella.«

Verwirrt, außer Atem und verängstigt hielt ich mich an seinem Blick fest. In seinen einzigartigen seegrünen Augen sah ich nichts als Aufrichtigkeit, Entschlossenheit – und noch etwas anderes, das ich nicht deuten konnte … Leider stand Som direkt neben uns und stieß Aris unmissverständlich in die Rippen. Er ließ mich rasch los und blickte verlegen zur Seite. Dann fuhr er sich mit der Hand durchs Haar und sagte: »Der Kerl auf dem Steg hat mich erkannt. Wenn der Rat ein doppeltes Spiel spielt, dürfen sie uns auf keinen Fall in die Finger kriegen. Nicht nur wegen Ella. Los, weiter.«

»Aber wohin?«, fragte Som. Seine sonst so ruhige Stimme klang jetzt geradezu verzweifelt. »Der Rat hat überall Augen und Ohren!«

Ohne mit der Wimper zu zucken, sagte Aris: »Wir gehen auf den Nachtmarkt. Zu Sellia.«

Ich spürte, wie Som bei diesen Worten erstarrte. »Zu Sellia? Aris, das ist eine schlechte Idee.« Sein Tonfall verriet, dass er am liebsten ein paar andere Ausdrücke verwendet hätte.

Doch sein Freund hatte sich bereits umgedreht und lief voraus. Wir folgten ihm so unauffällig wie möglich. Am Ende des Algen-Irrgartens lag nur noch die Felswand vor uns, die die gewaltige Höhle abschloss. Aris schien trotz des Durcheinanders seinen Weg durch die Hafenanlage genau zu kennen. Ich hielt verbissen Schritt, auch wenn mir langsam die Puste ausging. Geduckt hetzten wir an der Wand entlang, vorbei an labyrinthartig aufgestapelten Paletten und Transportbehältern. Ein erstickender Gestank nach fauligem Fisch und verrottenden Pflanzen erfüllte die Luft. Ich musste kurz würgen.

Hey, nichts ist perfekt, nicht mal ein legendäres Unterwasserreich!, zwitscherte es angestrengt fröhlich in mir. *Jetzt kannst du sicher sein, dass du nicht träumst! Cool, oder?*

Total cool. Ich hebe gleich ab. Falls ich mich nicht übergeben muss.

Dann umrundeten wir einen besonders abenteuerlich aufgeschichteten Stapel Kisten und standen vor einer kleinen Öffnung in der Felswand.

»Na bitte«, sagte Aris zufrieden. »Hat sich doch gelohnt, dass ich mich hier öfter mal herumgetrieben habe.«

»Ja, es ist wirklich beruhigend, dass der zukünftige Minos stillgelegte Wartungstunnel besser kennt als die Throngemächer.« Soms Stimme troff vor Ironie.

Leises Lachen antwortete ihm. Aris eilte schon wieder leichtfüßig voraus, hinein in den schummrig beleuchteten Gang. Aus den Augenwinkeln beobachtete ich, wie Som leidgeprüft mit den schwarzen Haiaugen rollte – was nicht schön aussah –, gleich darauf jedoch verstohlen in sich hineinschmunzelte. Er bemerkte meinen Blick. Und, oh Wunder, diesmal verwandelte sich sein Gesicht nicht zurück in die starre Maske. Ich lächelte ihn vorsichtig an.

Er erwiderte es nicht, legte aber leicht den Kopf zur Seite und sagte mit einem Seufzer: »Bitte, nach Euch.«

Ich folgte Aris in den Gang hinein, der nach wenigen Metern zu einer steilen Treppe aus grob in den Felsen gehauenen Stufen wurde. Es ging höher und höher. Die Beleuchtung wurde immer schwächer, sodass wir uns schließlich vorantasten mussten. Doch gerade, als ich dachte, wir wären in einer Sackgasse gelandet, erreichten wir das Ende der Treppe. Jetzt waren es nur noch wenige Schritte und eine scharfe Kurve, dann trat ich aus dem Tunnel hinaus. Und Atlantis öffnete sich für mich.

Wir befanden uns auf einem Plateau eines steil abfallenden, üppig bewachsenen Berghangs – die Außengrenze des unterirdischen Königreichs, an das die Höhle mit dem Hafen offenbar wie eine riesige Eingangshalle angedockt war. Auch hier musste es eine Felsendecke geben. Stattdessen erblickte ich einen blauschwarzen künstlichen Himmel voll goldener Sterne, der sich über einer weiten grünen Landschaft wölbte. Sie war geprägt von sanft ansteigenden Hügeln, zwischen denen immer wieder immense Felsensäulen emporragten. Überall erkannte ich Wohnstätten aus hellem Stein, meist nicht höher als zwei Stockwerke, deren Eingänge von kleinen, vielfarbig schimmernden Lampen erhellt wurden. Selbst die säulenartigen Felsen wirkten dicht besiedelt wie Bienenstöcke. Die Luft war sehr warm und feucht, erfüllt vom Duft nach Erde, fremdartigen Blüten und Wasser.

Wir waren in den Nachtstunden angekommen und das Reich schlief – ein seltsamer Kontrast zu dem Getümmel und der diffusen Helligkeit im Hafen. Doch Stille herrschte auch hier nicht: In der Hügellandschaft vor uns murmelten zahllose Flüsse, Kaskaden und Kanäle. Ich hörte die Rufe unbekannter Tiere, die sich in der üppigen Vegetation verbargen oder auf Jagd gingen. Eine Brise, frisch, aber sanfter als im Hafen, ließ die Blätter rascheln und strich mir durch das Haar.

Und alles, alles – ob Straßen, Lichter oder Wasserwege – führte auf das Zentrum zu: ein gewaltiges Gebäude, groß wie ein Berg, das terrassenförmig anstieg und den künstlichen Himmel selbst zu stützen schien. Es besaß mächtige Seitenflügel – fünf, wenn ich nicht falschlag. Als ob sich ein gigantischer Seestern inmitten der versunkenen Landschaft niedergelassen hätte und seine Mitte bis in das Firmament emporstreckte … Mir wurde klar, dass ich den unterirdischen Teil der Erhebung sah, die ich vor unserer Ankunft im Mittelpunkt des Lichternetzes am Meeresgrund erblickt hatte. Es war der Palast, Sitz des Herrschers von Atlantis – und Aris' Zuhause.

Er schien genauso verzaubert von dem Anblick des schlafenden Königreichs wie ich. »Ich dachte nicht, dass ich das noch einmal zu Gesicht bekomme ...« Von der Seite warf er mir ein kleines, hoffnungsvolles Lächeln zu. »Gefällt es dir?«

Ich nickte, überwältigt von all den Eindrücken. »Aber ... ich verstehe immer noch nicht, wie ihr hier leben könnt. Wie funktioniert das alles?«

»Die Wärme kommt aus den Tiefen der Erde«, erklärte er. »Und alles andere, das Licht, den Antrieb unserer Boote, verdanken wir dem Aurikalchos.« Da war es wieder, dieses seltsame Wort, das er zum ersten Mal erwähnt hatte, als ich ihn nach dem Bild auf seiner Haut gefragt hatte. Er las die Frage in meinem Gesicht und schob nach: »Ein Metall. Vielleicht das seltenste auf der Erde überhaupt. Man findet es nur in dieser Gegend, am Meeresboden. Es ist mit nichts vergleichbar. Vor allem liefert es schier unerschöpfliche Energie.« Er zwinkerte mir zu. »Aber in der passenden Legierung werden daraus richtig gute Schwerter.«

Ich zwinkerte zurück und tippte ihm leicht gegen die Brust. »Und für ein cooles Leuchttattoo hat's auch noch gereicht ...«

Jetzt gerade erhellte das geheimnisvolle Erz jedoch vor allem die Nacht des fantastischsten Ortes, den es auf der Welt geben musste. Beeindruckt blickte ich auf die zahllosen Lichter, die am Himmelsgewölbe und in der sanften grünen Dunkelheit unter mir glühten. »Es ist wunderschön.«

Arìs strahlte und öffnete seine Hände zu einer Geste, als wollte er die ganze Ebene vor sich umfassen und mir als Geschenk überreichen. »Warte nur, wenn es hell wird, dann ...«

»Wenn es hell wird, sollten wir besser auf dem Weg zum Letzten Tempel sein«, sagte Som trocken. »Oder zumindest in irgendeinem sicheren Versteck.«

»Wo ist denn dieser Nachtmarkt?«, fragte ich, um auch mal etwas Konstruktives beizutragen.

Aris zeigte fröhlich in den Abgrund vor uns. »Gleich da unten.«

Ich machte einen Schritt nach vorn und warf einen Blick über den Rand des Felsvorsprungs. Knapp unter uns war ein Holzgerüst im Berghang befestigt, welches über nicht sehr vertrauenerweckende Stufen nach unten führte. Am Fuß der Felswand, bestimmt hundert Meter unter uns, sah ich zahlreiche Öffnungen, in denen vermutlich andere Tunnel endeten, die vom Hafen ins Innere führten. Zwei davon schlossen an befestigte Straßen an, alle anderen waren Wasserwege unterschiedlicher Breite, von denen sich die meisten in die grüne, hügelige Landschaft erstreckten und dicht befahren waren mit flachen Transportschiffen.

Einige der Kanäle mündeten jedoch in eine nahegelegene riesige Wasserfläche. In deren Mitte ballte sich eine schwarze, unübersichtliche Masse zusammen, schwach erhellt von winzigen Lichtern – wie Glühwürmchen in einem Dickicht. Ich kniff die Augen zusammen. Waren es Boote mit hohen Aufbauten? Schwimmende Häuser?

»Ist er das?«, fragte ich. »Dieser ... Nachtmarkt?«

Im nächsten Augenblick riss Aris mich zur Seite. Wieder spürte ich einen scharfen Luftzug an meinem Kopf, sah etwas Silbriges vorbeiblitzen.

»Sie haben uns entdeckt! Schnell!« Ohne eine Sekunde zu verlieren, scheuchte Aris uns zu dem Treppengerüst.

»Du gehst als Erster!« Som versuchte, seinen Freund vorzuschieben.

Der leistete energischen Widerstand. »Vergiss es! Ich gebe euch Deckung. Mich zu töten riskieren sie bestimmt nicht. Los!«

Keine Zeit für Diskussionen. Ein weiteres Projektil zischte an uns vorbei, einschüchterndes Gebrüll erschallte im Tunnel hinter uns. Aris schubste mich auf die Holzplattform unter uns. Ich schaltete alles aus und hetzte die schmalen offenen Stufen hinunter, dicht gefolgt von Som und Aris. Je tiefer wir kamen, desto stärker wackelte die Konstruktion. Verdammt, wann war hier das letzte Mal etwas repariert worden? Auf der nächsten Etage fehlten mehrere Stufen. Ich streckte meine Beine, schaffte es gerade so, unter Soms Gewicht brachen zwei weitere Sprossen, Aris musste springen. Über uns dröhnten die Schritte der Verfolger – nur zu schießen hatten sie zum Glück aufgehört. Holzsplitter rieselten herab.

Noch zwei Stockwerke bis zum Boden. Über mir schrie Som beunruhigt: »Was machst du denn? Komm!«

Aris war zurückgefallen. »Gleich! Lauft weiter!« Ein kurzer Blick und ich sah, dass er an einem der Stützbalken rüttelte.

Los, hinunter, fast geschafft!

Fester Boden. Som zerrte mich weg von der Felswand. Inzwischen hatte Aris zwei Stützen über sich weggetreten und zog an der dritten. Das gesamte Treppengerüst wankte und zitterte. Weiter oben eilten unsere Verfolger in den grauen Mänteln unbeirrt voran. Da ertönte ein grässliches Knirschen: Aris hatte den dritten Stützpfeiler losbekommen. Die Plattform über ihm klappte zusammen, auch die nächsthöhere konnte nicht halten. Das hölzerne Bauwerk faltete sich ziehharmonikagleich ein. Höher und höher raste die Kettenreaktion. Balken stürzten herab.

Und dazwischen war Aris.

Ich stand da wie festgenagelt und beobachtete entsetzt, wie er nur knapp einem herabfallenden Brett auswich, über die Seite des verbliebenen Geländers sprang und sich geschickt an der Seite hinabhangelte. Das letzte Stück ließ er sich fallen, rollte ab und kam wenige Meter vor uns auf die Füße.

Nicht zu fassen.

Er klopfte sich den Staub aus den Kleidern und Haaren. Dann sah er uns an und grinste, als ob er Applaus erwartete.

»Sag mal, geht's noch?!«, fuhr ich ihn stattdessen an.

»Was? Hat doch geklappt!« Immer noch grinsend, nickte er zu den Trümmern hinauf.

Nicht das ganze Treppengerüst war zerstört, aber bis zu uns hinabsteigen würde hier niemand mehr. Die Kerle in den grauen Mänteln hatten es allerdings geschafft, der Katastrophe zu entkommen, und kletterten bereits zurück zum Felsvorsprung mit der Tunnelöffnung. Aufgeben würden sie nicht.

»Du hättest umkommen können!« Soms Stimme klang genauso aufgebracht wie meine.

»Ja, Papa!« Aris verdrehte die Augen. »Aber jetzt haben wir etwas Vorsprung. Und auf den Nachtmarkt folgen sie uns nur mit Verstärkung.« Schon rannte er wieder voraus.

Ich sah Som an. »Macht er so was öfter?«

Der seufzte. »Seit er laufen kann.«

Dann drehte er sich um und eilte Aris hinterher. Ich folgte den beiden. Der Boden unter unseren Füßen wurde rasch weicher und morastiger. Kurz bevor meine hellen Turnschuhe endgültig versaut waren, streifte ich sie ab und hängte sie mir um den Hals. Gut verknotet, wohlgemerkt. So etwas wie die Geschichte mit dem verlorenen Pulli würde mir kein zweites Mal passieren. Som beobachtete mein Manöver mit überraschend anerkennendem Blick.

Gleich darauf erreichten wir einen schmalen, funzelig beleuchteten Bohlenweg. Er führte hinaus auf eine schwarze Wasserfläche – mitten hinein in ein Gewirr aus mehrstöckigen Pfahlbauten, Stegen und Hängebrücken, schwimmenden Plateaus und zahllosen Booten jeder Größe und Form, erhellt durch unzählige Lämpchen und erfüllt von Menschen, Waren, Stimmengewirr, fremdartigen Düften und Musik.

Der Nachtmarkt von Atlantis.

»Werden hier die Fische verkauft, die eure Flotte fängt?«, fragte ich beeindruckt, als wir an einer breiten Plattform entlangliefen, auf der gerade ein gepunkteter Walhai zerlegt wurde. Rundherum hatten kleine Boote festgemacht, deren Besatzung lautstark um Anteile verhandelte.

»Hier wird alles verkauft.« Aris' Lächeln ließ sich schwer deuten.

Som wirkte angespannt und achtete darauf, dass wir dicht zusammenblieben, als wir eine steile Treppe erklommen, um zu einem der höher gelegenen Stege zu gelangen. Je mehr ich entdeckte, desto unruhiger wurde auch ich. Zugegeben, die Umgebung sah geradezu verwunschen aus. Die wild übereinandergestapelten Gebäude der Pfahlbauten waren aus einem hellen, mir unbekannten Holz konstruiert und mit verschnörkelten Schnitzereien versehen. In den Tür- und Fensteröffnungen wehten farbenfrohe Tücher und über unseren Köpfen wiegten sich wie im Hafen unzählige Wimpel in der sanften Nachtbrise.

Ich verstand, was Aris gemeint hatte: Hier wurde nicht nur der Fang der Fischereiflotte angeboten. Hier gab es wirklich *alles*. Wir liefen an endlosen Reihen mit Körben voller exotischer Pflanzen und Gewürze vorbei, deren Farben und Gerüche mich fast überforderten – genau wie das Geschrei ihrer Verkäufer. Bauchladenhändler boten unbekannte Getränke und verführerisch duftende Esswaren an, die mein knurrender Magen und ich sehr gern probiert hätten … doch schon waren wir eine Etage tiefer und schoben uns durch Stände mit wunderschönen Kleidern und Stoffen, zwischen denen seltsamerweise immer wieder Käfige voller bunter Echsen hingen.

Soll man die auch kaufen oder ist das Deko?

Über unseren Köpfen schwebten riesige Glasballons, in denen irgendetwas Leuchtendes herumschwirrte. Ich wollte mir das genauer ansehen, musste mich aber neben Aris und Som an das Geländer pressen, um einer Horde junger Männer Platz zu machen, die offensichtlich auf irgendeine wilde Vergnügung aus waren: Sie drängten rücksichtslos an uns vorbei in ein niedriges Gebäude, aus dem schrille Musik und lautes Johlen herausschallte – dort war wohl gerade eine Vorführung im Gange.

Die Menschen hier waren auffallend anders gekleidet als die Arbeiter im Hafen: Die meisten der zahllosen Flaneure auf den Stegen um uns herum trugen Gewänder in prächtigen Farben, dazu viel Schmuck – Goldreifen oder bunte Perlenschnüre. Vor allem die Frauen, ausnahmslos in bodenlangen, fließenden Kleidern, hatten damit ihr langes dunkles Haar geschmückt, welches sie offen oder in aufwendigen Flechtfrisuren trugen. Statthalter sah ich fast nur auf den unteren Ebenen am Wasser, wo anscheinend das Gros des Fischhandels abgewickelt wurde. Bei den feineren Waren oder auf den Stockwerken, die der Unterhaltung dienten, war nur hier und da einer von ihnen im Gefolge einer schwarzhaarigen Herrschaft zu sehen.

Ich zog meinen behelfsmäßigen Mantel fester um mich und die Kapuze tiefer. Zum Glück wurde von unserem Trio, wenn überhaupt, nur Aris beachtet oder angesprochen. Ich verstand: Trotz des Zustands seiner Kleidung ordnete man ihn hier als jemand Höhergestellten ein, vielleicht einen jungen Adligen, der sich amüsieren wollte. Som und ich dagegen galten als seine Dienerschaft und zählten nicht weiter. Umso besser. Nach dem erschreckenden Vorfall im Hafen hatte ich wahrhaftig kein Bedürfnis danach, im Mittelpunkt zu stehen.

Ich hielt meinen Kopf gesenkt und stapfte tapfer hinter Soms hellgrauen Hosenbeinen her. Dabei bemerkte ich, dass er sich immer wieder unauffällig zu mir umdrehte, wie um sicherzugehen, dass ich ja nicht verloren ging. Wollte er weitere Aufmerksamkeit vermeiden – oder sorgte er sich nun etwa doch um mein Wohlergehen? Er blieb undurchschaubar für mich. Wieder überlegte ich, warum mich sein abweisendes Verhalten so traf. Warum ich es nicht einfach ignorieren konnte. Schließlich war ich noch nie darauf aus gewesen, *Everybody's Darling* zu sein. In der Schule gehörte ich nicht gerade zu den Mega-Angesagten, hatte mir eher einen engen, dafür verlässlichen Freundeskreis gesucht und ließ die »Stars« ihr Ding machen. Vielleicht war es so: Hinter Soms Fassade erahnte ich einen Menschen, der mir normalerweise sympathisch hätte sein können. Hinweise gab es durchaus, beispielsweise seinen trockenen Humor. Nicht zuletzt war er der beste Freund von Aris, allein deswegen hätte ich ihn gern zum Verbündeten gehabt. Er hingegen sah in mir wohl höchstens einen Klotz am Bein, die Unbekannte in der Gleichung – und das in einer Situation, die schon schwierig und gefährlich genug war.

Tja. Kannst du ihm nicht wirklich übel nehmen, oder?

Ich seufzte zustimmend in mich hinein. Doch dann regte sich mein Trotz. *Aber abfinden muss ich mich damit ja wohl auch nicht. Ich bin nun mal hier. Also mache ich das Beste draus!*

An einer etwas weniger belebten Ecke zupfte ich Som am Ärmel und raunte: »Wer ist denn eigentlich diese Sellia, zu der wir gehen?«

Aris hatte mich gehört, blieb stehen und antwortete leichthin: »Ach, bloß eine Bekannte meines Onkels.«

»Eine Verbrecherin!«, korrigierte Som. »Sie bricht zahllose Gesetze des Minos. Schmuggelt. Handelt mit Oréa. Erpresst die Ladenbesitzer. Wer nicht zahlt, verschwindet.« Er warf Aris einen scharfen Blick zu. »Und sie veranstaltet immer noch Krakenkämpfe. Das ist grausam und respektlos!«

»Große Göttin, Som!«, unterbrach Aris ihn aufgebracht. »Denkst du, wir gehen zu meinem Vergnügen dahin? Ich habe dir versprochen, dass ich nicht mehr darauf wette – und das halte ich. Aber Sellia ist die Einzige, die uns helfen kann!«

Moment, warf meine innere Stimme ein. *Jetzt, wo wir »schlechte Idee« genauer definiert haben, können wir bitte noch mal neu abstimmen, was wir machen?*

Laut fragte ich nur: »Kannst du ihr denn vertrauen? Vielleicht denkt sie, deine Feinde zahlen ihr eine Belohnung für dich.«

»Sie weiß ja gar nicht, wer ich bin. Onkel Evros und ich waren hier immer inkognito unterwegs. Und selbst wenn sie etwas ahnt …« Aris zuckte mit den Schultern. »Der Nachtmarkt hat seine eigenen Gesetze. Und Sellia lebt in ihrer speziellen Welt, weder das Königreich noch seine Intrigen interessieren sie. Der Rat der Steine ist ihr verhasst. Und … und an eine Statthalter-Verschwörung verrät sie uns niemals.« Er sah kurz zu seinem Freund, der nicht widersprach, aber aus irgendeinem Grund unangenehm berührt zu Boden blickte. »Hör mal, Som …«, meinte Aris vorsichtig. »Vielleicht ist es besser, wenn ich allein zu ihr gehe. Ich will nicht, dass du wieder –«

Som schüttelte rasch den Kopf. »Ich komme mit«, sagte er. »Einer muss schließlich aufpassen, dass du keinen Blödsinn machst. Aber Sellia tut nichts umsonst. Wie willst du sie bezahlen?«

»Mir wird schon etwas einfallen.« Aris klang selbstsicher. »Ich glaube, sie mag mich.«

»Genau das befürchte ich«, murmelte Som düster.

Aris lachte, aber ich hatte den Eindruck, dass sein Freund den Finger in die Wunde gelegt hatte.

Hm. Wenn ich das richtig verstanden hatte, brauchten wir ein Boot oder zumindest einen Platz an Bord. Wie viel würde so etwas hier kosten? Automatisch ging ich meine schmalen Besitztümer durch: In meiner rechten Hosentasche steckte immer noch mein Ausgeh-Notgroschen – eine Zehn-Pfund-Note, hier natürlich komplett wertlos und sowieso nur noch ein vom Meerwasser durchtränkter Klumpen. Meine Silberkette? Schon besser. Aber wenn bereits ein Wollpullover eine hafenweite Hetzjagd auslöste, durfte ich dieses Schmuckstück erst recht nicht zeigen. Die Vorstellung, das Geschenk meiner Mutter wegzugeben, bereitete mir außerdem ziemliche Bauchschmerzen.

Was dann …?

Ich versank regelrecht in meiner Inventur und achtete nicht mehr auf meine Umgebung. So bemerkte ich die Speerspitze erst, als sie schon fast in meinem Hals steckte.

Kapitel 21

Einen Moment lang bekam ich keine Luft. Nicht, weil mich die Waffe verletzt hatte – nein, glücklicherweise stoppte sie eine Handbreit vor meiner Kehle. Aber sie lag in den Händen eines höchstens zehnjährigen Jungen. Und er war nicht der Einzige, der uns bedrohte: Plötzlich waren wir umringt von einer Horde schwarzhaariger Kinder in abgerissener Kleidung, jedes einzelne bewaffnet mit irgendeinem Speer, einem Messer oder angespitzten Stock.

Ihr Anführer, der aussah, als sei er erst gestern in die Pubertät gekommen, trug ein Lederband mit einem kleinen weißen Muschelhorn um den Hals. Er warf sich in seiner zerlumpten dunkelgrauen Tunika in Pose und herrschte uns mit aggressiven Worten an, die ich natürlich nicht verstand.

Ach du Scheiße, hauchte es in mir. *»Der Herr der Fliegen« auf Klassenfahrt in Atlantis!*

Ich starrte ungläubig von den kleinen Wilden zu der matt glänzenden Metallspitze kurz vor meinem Gesicht und rührte mich nicht vom Fleck. Som neben mir bewegte ebenfalls keinen Muskel. Aris jedoch lachte bloß, schob beiläufig den Speer des Bandenführers beiseite und sprach ein paar Sätze mit ihm.

Was immer er sagte, es wirkte Wunder: Von einem Moment auf den anderen senkten sich die Waffen, die bedrohlichen Mienen wurden freundlich und sogar respektvoll. Übergangslos verwandelten sich unsere Angreifer in eine Eskorte, die uns nun durch das Treiben führte. Oder vielmehr führten sie Aris. Denn so heruntergekommen die Kinder auch wirkten, für Som und mich hatten sie genauso wenig Beachtung übrig wie die anderen Besucher des Nachtmarkts. Ein einziges kleines Kind hatte die Arschkarte gezogen, hinter der »Dienerschaft« die Nachhut zu bilden, und zog ein entsprechend mauliges Gesicht.

Wow. Die Gesellschaft in Atlantis musste wirklich streng hierarchisch sein, wenn sich schon Straßenkinder leisten konnten, derartig auf andere herabzublicken ... Natürlich fügte ich mich klaglos in meine Rolle. Bloß keine Aufmerksamkeit erregen! Daher war ich auch sehr froh darüber, rechtzeitig die Schuhe ausgezogen zu haben. Dieser Teil meines Oberflächen-Outfits konnte nun niemanden mehr misstrauisch machen – und die nackten Füße unterstrichen noch meinen niedrigen Status. Allerdings war ich es nicht gewohnt, so lange barfuß zu laufen, und hoffte sehr, dass wir bald eine andere Lösung finden würden. Erst einmal aber marschierte ich untertänig weiter neben Som über das glatte Holz der Stege ... bis unsere kleine Truppe abrupt zum Halten kam.

Vor uns öffnete sich das Labyrinth des Nachtmarkts zu einer kreisförmigen Freifläche. In ihrer Mitte lag ein riesiger runder Pavillon, dessen Wände aus miteinander verflochtenen, silberweißen Zweigen bestanden. Seine gut zehn Meter hohen Stützpfähle dagegen waren schwarz, sodass das Bauwerk über dem dunklen Wasser zu schweben schien. Fenster gab es nicht, dafür unzählige farbige Lämpchen am Rand des gewölbten Dachs und in den Wandnischen. Um den Pavillon herum verlief eine breite Veranda mit ebenfalls geflochtenem Geländer, das mit golddurchwirkten Tüchern geschmückt war. Dort genossen zahlreiche gut gekleidete Atlanter die warme Nachtluft ... und dem süßlichen Geruch zufolge auch noch etwas anderes. Einige der Gestalten waren jedoch offenbar Wächter, und zwar ausgewachsene und schwer bewaffnete. Zusätzlich bemerkte ich lauernde Posten auf dem Dach. Hier ging jemand keinerlei Risiko ein.

Vier Hängebrücken verbanden den Pavillon mit den umliegenden Stegen, jede so schmal, dass keine zwei Personen nebeneinander darüber gehen konnten – und jede bewacht von einer Gruppe angriffslustiger Kindersoldaten. Der Anführer unserer selbst ernannten Eskorte meldete professionell den Besuch eines guten Kunden – jedenfalls schloss ich das aus dem kurzen Austausch mit den Brückenwärtern.

Wir wurden anstandslos durchgelassen. Als wir dicht hintereinander die Brücke betraten, raunte uns Aris über die Schulter zu: »Som, was auch immer passiert, du bleibst bei Ella. Ich versuche, das Ganze so kurz wie möglich zu halten. Ab jetzt kein offenes Wort mehr auf Englisch.«

Der erste Teil der Ansage passte Som sichtlich nicht, doch er neigte bestätigend den Kopf.

Auch ich nickte stumm. Dann konzentrierte ich mich darauf, sorgfältig einen Fuß vor den anderen zu setzen, um die Hängebrücke nicht unnötig ins Wanken zu bringen. Die Verfolgungsjagd über das morsche Treppengerüst hatte mich ziemlich nervös gemacht.

Aber meine Sorge war unberechtigt: Die Konstruktion war überraschend stabil, das Geländer rechts und links reichte höher als meine Hüfte, und zwischen die Planken unter unseren Füßen hätte kaum eine Kreditkarte gepasst. Was auch immer diese Sellia sonst so trieb – durch einen *Unfall* würde ihr kein Kunde verloren gehen.

Dann hatten wir den Pavillon erreicht und betraten die Veranda. Eine junge Frau in hauchdünner Robe näherte sich Aris mit einladendem Lächeln, doch er winkte sie weg und schritt uns voran durch die fein bestickten, halb durchsichtigen Stoffe, die den Eingang verdeckten. Som und ich folgten. Durch einen breiten Gang kamen wir an mehreren, ebenfalls nur durch zarte Tücher verhängten Séparées vorbei, in denen sich Gott weiß was abspielte. Die Geräusche waren jedenfalls recht eindeutig. Ich hätte mir am liebsten die Ohren zugehalten und starrte strikt auf meine Füße. So bemerkte ich nicht, dass Som stehen geblieben war, und prallte gegen seinen Rücken. Er reagierte kein bisschen sauer und zog mich nur rasch neben sich. Ich wagte es, den Kopf zu heben. Im nächsten Moment wünschte ich mir, ich hätte es nicht getan.

Denn so wurde ich Zeugin eines Kampfes auf Leben und Tod.

Wir befanden uns nun im Innersten des Pavillons – eines großen, kreisrunden Raums, dessen Boden in sanften Wellen zur Mitte hin abfiel. Von der Decke herab hingen zahllose bunte Tücher, an Schnüren befestigte Lämpchen und seltsame Blasen aus Glas, in denen vielfarbiger, leuchtender Dampf waberte. Diese durchsichtigen Kugeln hatten zahlreiche der auf Matten und Kissen lagernden Gäste zu sich herangezogen. Jeder Ballon verfügte über einen schmalen Schlauch mit langem, silbernem Mundstück, das herumgereicht wurde, um daran zu ziehen. Eine atlantische Version der Wasserpfeife – oder vielleicht sogar etwas Stärkeres …? Es war jedenfalls nicht das einzige Rauschmittel, das man hier bekommen konnte: Bei einigen der Gruppen sah ich zwischen Tabletts mit exotischen Früchten und Gebäck auch immer wieder Phiolen in allen Farben des Regenbogens, aus denen die Gäste – von denen übrigens kein einziger ein Statthalter war – ein paar Tropfen in ihre

Gläser fallen ließen. Bei dem Anblick zog sich mir der Magen zusammen. Wie mochte es Lisa inzwischen gehen? Was genau die Wirkung der atlantischen Droge war, konnte ich nur vermuten, aber die Stimmung war, sagen wir, recht ... gelöst.

Ganz anders benahmen sich die Menschen, die sich in der tiefer liegenden Mitte des Raums versammelt hatten. Hier war eindeutig niemand entspannt. Nein, hier wurde gebrüllt und angefeuert, hin und wieder brandete wildes Gejohle oder enttäuschtes Stöhnen zu uns herauf. Die Zuschauer umringten einen großen Käfig von etwa drei Metern Durchmesser. Ich musste zweimal hinsehen, um ihn überhaupt zu bemerken, denn er umschloss den Ort des Geschehens wie ein fein gesponnenes gläsernes Sieb. Ähnlich klein wie bei einem Sieb waren auch die Löcher darin. Ich verstand nicht, warum – denn das, was sich in dem Käfig befand, hätte nicht mal durch klassische Gitterstäbe gepasst. Es war die größte Echse, die ich jemals gesehen hatte, noch größer als Snowflake: ein massives, drachenartiges Vieh, ähnlich gebaut wie ein Waran, mit dunkelroten, schillernden Schuppen und einem Maul voll nadelspitzer Zähne. Die nützten ihm jedoch gerade nicht viel, denn es steckte in der erstickenden Umklammerung eines tiefschwarzen, silberblau geringelten Kraken.

Som neben mir stand stocksteif. Unwillkürlich griff ich seine Hand und drückte sie. Das löste seine Versteinerung. Er warf mir einen kurzen, unlesbaren Blick zu, bevor er sich meinem Griff entzog und tief durchatmete. Dann wiederholte er rasch die seltsame Geste, die ich schon an Bord des Rochens beobachtet hatte: die überkreuzten Hände mit den ineinandergehakten Daumen und gespreizten Fingern.

In einiger Entfernung entdeckte ich Aris, den ich zwischendurch aus den Augen verloren hatte. Er hatte sich zu seinem

Freund umgedreht und schaute ihn an, als ob er um Verzeihung bitten wollte.

Som schüttelte unmerklich den Kopf. »Ist schon gut. Geh.«

Aris drehte sich sofort wieder um und begann, die flachen Stufen hinunterzuschreiten. Mehr als ein Kopf hob sich und sah ihm nach. Doch zum Glück las ich in den Blicken nur die Bewunderung einer schönen männlichen Gestalt, kein Erkennen des Thronfolgers.

Gibt wohl keine Klatschpresse in Atlantis, schloss meine innere Stimme messerscharf.

Som und ich folgten in respektvollem Abstand, bis Aris am Rande der Manege stehen blieb. Das Gebrüll der Zuschauer wurde lauter, offenbar erreichte der Krakenkampf gerade seinen Höhepunkt. Auch ohne mehr darüber zu wissen, teilte ich instinktiv Soms Abscheu: Es war ein grässliches Schauspiel. Der »Drache« kämpfte verzweifelt um sein Leben, kratzte und biss mit allem, was er noch bewegen konnte. Er hatte dem Oktopus bereits eine klaffende Wunde am Kopf zugefügt sowie zwei Arme abgerissen, die, immer noch zuckend und ringelnd, auf dem Boden lagen. Doch der Krake ließ nicht locker. Langsam, geräuschlos, unaufhaltsam wickelten sich die verbliebenen Tentakel immer weiter um seinen schuppigen Gegner. Es war geradezu unheimlich: Wann immer es der Riesenechse gelang, eins ihrer Gliedmaßen aus der Umklammerung zu befreien, glitt wie aus dem Nichts der nächste Fangarm heran und presste das Tier enger an das Kopfteil des Kraken.

Die Echse stieß ein entsetzliches, qualvolles Fauchen aus – ein Schmerzensschrei, ohne Zweifel. Ich hatte keine Ahnung von Oktopus-Anatomie, aber saß nicht irgendwo zwischen den Tentakeln ein Maul? Hatte er gerade zugebissen? Meine Hände verkrampften sich hilflos in meinen Mantel.

In diesem Moment geschah jedoch etwas auf der anderen Seite des Käfigs, das die Zuschauer in noch größere Aufregung versetzte. Ich blickte suchend über die Menge hinweg ... und entdeckte den Grund. Eine Frau hatte sich von ihrem gepolsterten Lager erhoben. Sie war eine beeindruckende Erscheinung – wunderschön, aber auch bedrohlich, wie eine Löwin auf der Jagd. Als einzige Frau trug sie kein Kleid, sondern Männersachen: eine blutrote Hose, darüber eine strahlend weiße, ärmellose Tunika aus fast durchscheinendem Tuch, die sich vorteilhaft von ihrer hellbraunen Haut abhob. Um ihren Hals lag eine Vielzahl von Ketten aus winzigen goldenen und rubinroten Perlen. Die rechte Seite ihres Kopfes war kahl geschoren, über die andere fiel das dunkle Haar in einem breiten, kompliziert geflochtenen und mit Goldstaub bepuderten Zopf. Das lenkte die Aufmerksamkeit noch mehr auf ihre linke Gesichtshälfte, über die eine breite Narbe verlief. Was auch immer sie dort erwischt hatte, es hatte sie das Auge gekostet, welches milchig-weiß, ohne Pupille und Iris, auf den Kampf vor ihr starrte. Seltsamerweise tat dieser Makel ihrer Schönheit keinen Abbruch – er betonte sie sogar.

Sellia, eindeutig.

Alle Blicke richteten sich auf sie, während sie langsam auf den Käfig zuschritt. So engagiert die Zuschauer eben noch den Kampf verfolgt hatten, jetzt wurden sie still und traten zur Seite.

Kurz vor dem Käfig blieb sie stehen, musterte die ineinander verschlungenen Tiere darin mit Kennermiene, warf den Kopf zurück und lachte laut. Dann sagte sie ein einziges Wort. Ihre Stimme klang rauchig und volltönend. Sofort reichte ihr eine Dienerin eine flache Schale, gefüllt mit silbrigem Pulver. Sellia griff hinein und warf zwei großzügige Handvoll in die Luft. Wo der glitzernde Staub den Käfig traf, löste sich dessen

Oberfläche auf – sie schmolz geradezu, wie Eis in der Sonne. Doch die Tiere darin entkamen nicht in den Zuschauerraum, weil sich im gleichen Augenblick unter ihnen die Flügel einer Falltür öffneten. Die Echse bäumte sich ein letztes Mal auf und stürzte dann hinab, noch immer in der tödlichen Umarmung des blauschwarzen Kraken. Aus der Tiefe ertönte ein Aufklatschen, dann war alles still.

Aber nur einen Moment lang. Einige Zuschauer begannen zu murren, unzufrieden über das plötzliche Ende des Kampfes. Vor allem ein fetter Kerl in geschmacklos überladener violetter Robe beschwerte sich lautstark. War er vielleicht der Eigentümer der Echse gewesen? Oder hatte er nur besonders viel auf das falsche Tier gesetzt? Was auch immer der Grund war, er schäumte vor Wut und machte ein paar bedrohliche Schritte in Sellias Richtung. Selbst ich, die diese Frau erst seit wenigen Sekunden kannte, wusste sofort, dass das keine gute Idee war. Für den Mann jedoch kam jede Einsicht zu spät.

Sellia ließ ihn noch ein paar Sätze geifern, dann trat sie mit verheißungsvollem Hüftschwung auf ihn zu und tätschelte ihm die schwabbelige Wange.

Keine Ahnung, woher der Dolch kam, der plötzlich in ihrer Hand lag. Mit einer blitzschnellen Bewegung zog sie ihn dem schlechten Verlierer über die Kehle – so schnell, dass nicht einmal Blut floss – und gab ihm mit der anderen Hand einen kräftigen Stoß vor die Brust. Der Mann taumelte zurück, stolperte über den Rand der Manege und verschwand ebenfalls in der Tiefe. Diesmal herrschte nach dem Aufschlagen im Wasser nichts als tödliche Stille.

Es gab keine weiteren Beschwerden.

Irgendwie war es mir gelungen, nicht entsetzt aufzuschreien. Ich stand nur regungslos da und konnte keinen klaren Gedanken fassen. In meinen Ohren summte irgendein monotones Geräusch, wie ein Testsignal. Doch der Schock über das, was sich gerade vor meinen Augen abgespielt hatte, war kaum in meinem Bewusstsein angekommen, da hatte sich die Szene auch schon komplett gewandelt: Die Falltür war geschlossen und mit einem kostbaren Teppich bedeckt, die Zuschauer hatten sich zerstreut und Sellias Dolch war wie vom Erdboden verschluckt. Jetzt stand nur noch eine zufriedene Geschäftsfrau vor ihren Kunden, die gerade beschlossen hatten, sich anderen Vergnügungen zuzuwenden.

Und dann erblickte sie Aris.

Ihre dunklen Augenbrauen hoben sich, halb berechnend, halb angenehm überrascht. Sie warf ihr goldbestäubtes Haar zurück und trat mit ausgestreckten Armen auf ihren Gast zu. Aus der Nähe sah ich, wie gut sie es verstand, ihre muskulöse und dennoch weibliche Figur in Szene zu setzen. Verdammt, jeder sah das! Und sicher ließ es niemanden kalt. Auch nicht den ungewöhnlich gut aussehenden jungen Mann in ungewöhnlich schäbiger Kleidung, der jetzt herzlich begrüßt wurde. Sellia schlang Aris eine Hand um den Nacken und zog mit der anderen spielerisch an dem zerrissenen Ausschnitt seiner Tunika. Der Riss klaffte gleich noch ein Stück weiter auf, was sie mit einem anerkennenden Blick würdigte.

»Sie fragt, warum sein Onkel ihn so herumlaufen lässt«, übersetzte mir Som diskret ihre Worte. »Aber sie ist erfreut, ihn wiederzusehen.«

Danke. Den zweiten Teil hatte ich auch so verstanden.

Wenn sie sich noch ein bisschen mehr freut, brauchen wir den Brandschutz, knurrte meine innere Stimme.

Ich hätte auch fast geknurrt und rief mich gerade noch erschrocken zur Ordnung. Was war los mit mir? Bestimmt der

Schock. Ich hatte mich nicht unter Kontrolle. Das Letzte, was wir jetzt brauchten, war ein unberechtigter Eifersuchtsanfall! Trotzdem – so, wie diese Frau mit Aris umging ... Ich konnte nicht anders, als mich zu fragen, ob *sie* eine seiner Knutscherfahrungen gewesen war ... und ob hier gerade das Rückspiel vorbereitet wurde.

Das einzig Beruhigende war die Anspannung, die ich in Aris' Schultern sah. Er ließ sich die Vertraulichkeiten gefallen, aber angenehm waren sie ihm nicht, bildete ich mir ein. Schon im nächsten Moment hatte er sich elegant aus der Umarmung gelöst und begann, auf Sellia einzureden. Sie reagierte mit einem kehligen Lachen, schien aber nicht abgeneigt, Näheres mit ihm zu besprechen. Mit einer Geste lud sie ihn ein, sie zurück zu ihrem Platz zu begleiten. Ihre Worte klangen scherzhaft und verführerisch, ihr Lächeln jedoch hatte etwas Raubtierhaftes. Als sie sich bei Aris unterhakte, musste ich wieder an eine Löwin denken – die nach erfolgreicher Jagd ihre Beute davonschleppte. Ein unangenehmes Gefühl ballte sich in mir zusammen, heiß und erstickend. Ich hatte gesehen, was passierte, wenn man bei dieser Frau in Ungnade geriet. Wenn ihr nun nicht gefiel, was Aris ihr vorschlug? Oder wenn sie nicht bekam, was sie wollte?

Bevor sie ihr Lager erreichte, drehte Sellia sich noch einmal um. Ihr Blick fiel auf Som und ihre Augenbrauen zogen sich voller Missfallen zusammen. Sie sagte etwas, hart und voll boshaftem Spott. Höhnisches Gelächter brandete unter den umstehenden Gästen auf. Ein Becher traf Soms Schulter, bespritzte sein Gesicht und die safrangelbe Tunika mit dunkler Flüssigkeit. Er wischte die Tropfen von seiner Wange, verbeugte sich in Aris' Richtung und wurde von diesem mit einer routinierten Geste entlassen.

»Kommt rasch, wir warten draußen«, hörte ich seine Stimme

in meinem Kopf. Sie klang, als hätte er seine Gefühle nur mühsam unter Kontrolle. Er griff meine Hand, zog mich, so schnell es ging, zum Ausgang und dann hinaus auf die Veranda, bis wir eine etwas abgeschiedene Stelle erreicht hatten.

Dort rutschte ich kraftlos an der Wand hinunter auf den Boden – die Beine trugen mich mit einem Mal nicht mehr, als der Schock mich wieder einholte. Mein ganzer Körper zitterte. Mühsam zwang ich mich, langsam und ruhig zu atmen. Nach einer Weile spürte ich, dass Som sich neben mir niedergelassen hatte. Vorsichtig klopfte er mir auf den Rücken. Es gelang mir, den Kopf zu heben. Er hielt mir einen kleinen, zitronengelben Kristall hin.

»Lasst das unter Eurer Zunge zergehen. Es beruhigt.«

Ich war zu aufgelöst, um misstrauisch nachzufragen. Gehorsam steckte ich mir die seltsame Tablette in den Mund. Und wirklich: Nachdem sie sich aufgelöst hatte, breitete sich in meinem Inneren so etwas wie ein frischer Morgennebel aus, der das Herzrasen verlangsamte, meine verknoteten Eingeweide entwirrte und mich wieder auf den Boden zurückführte. Dankbar blickte ich Som an.

Er nickte mir zu, nicht unfreundlich.

Nachdem ich mich sorgfältig vergewissert hatte, dass niemand auf uns achtete, wisperte ich: »Was hat Sellia da eben zu dir gesagt?«

Einen Moment lang dachte ich, er würde nicht antworten. Doch dann hörte ich seine sachliche Stimme in meinem Kopf: »Der Müll muss nach draußen.«

»Scheiße«, hauchte ich. »So was ist das Letzte. Tut mir echt leid, dass du das mitmachen musstest.«

In Soms schwarzen Haiaugen blitzte Überraschung auf – ganz kurz nur, aber ich war mir sicher, es richtig erkannt zu haben. Wurde ich besser darin, in seinem Gesicht zu lesen, oder zeigte er mir langsam mehr von sich?

Doch schon im nächsten Moment war die Maske zurück und er zuckte gleichgültig mit den Schultern. »So ist das eben manchmal. Es macht mir nichts aus.«

Von wegen, dachte ich, sagte aber nichts weiter.

Stattdessen suchte ich nach einem Thema, das mich von dem ablenkte, was eben im Inneren des Pavillons geschehen war – oder was sich dort vielleicht in diesem Moment abspielte. »Kennst du Aris schon lange?«, fragte ich leise.

Som nickte. »Seit seiner Geburt. Natürlich erinnere ich mich nicht bewusst, ich war erst zwei Jahre alt. Aber meine Familie gehört seit Jahrtausenden zum Haus der Dornenbienen und wir haben an allem Anteil.«

»Und wie ... wie seid ihr Freunde geworden?«

»Mein Vater hat Aris' Vater gedient, bis dieser den Thron bestieg. Als ich zehn wurde, hat mich der Minos zum Leibdiener seines jüngsten Sohns ernannt. Das ist eine große Ehre.«

Okay, das war nicht wirklich eine Antwort auf meine Frage, aber besser als nichts. Und hey – er redete mit mir!

Jetzt bloß nicht den Schwung verlieren ... und nicht daran denken, dass unter uns ein Toter im Wasser treibt!

»Äh ... was macht man denn so als Leibdiener?«

Jetzt bekam ich einen Blick zugeworfen, der eindeutig Zweifel an meinen geistigen Fähigkeiten ausdrückte. Die Antwort fiel trotzdem gewohnt höflich aus. »Nun, alles, was der Herr verlangt. Ich kümmere mich um seine Garderobe, seine Ausrüstung, begleite ihn auf Reisen, erledige vertrauliche Botengänge. Ich bin immer an seiner Seite.«

»Echt, immer?« Ich konnte mir die Neckerei nicht verkneifen. »Und wenn der Kleine nachts ein Glas Wasser will?«

Soms Pokerface war unerschütterlich. »Dann bringe ich es ihm.«

»Also seid ihr Zimmerkumpel?«, grinste ich. »Oder schläfst du gleich nebenan?«

»Nein. Auf seiner Türschwelle.«

»Was? Auf dem Fußboden?« Ich starrte ihn an und hoffte inständig, dass er jetzt *mich* veralberte. Doch er verzog keine Miene. Ich konnte es kaum fassen. »Aber Som – das geht gar nicht! Findet Aris das etwa okay?«

Er hob die Schultern. »Nein. Aber ein Königssohn kann nicht einfach tun, was ihm gefällt. Und ich kenne meinen Platz.«

Eigentlich hatte er dazu wohl nicht mehr sagen wollen. Doch mein betroffenes Gesicht musste irgendeinen verborgenen Nerv in ihm berührt haben, denn plötzlich stand ein hoffnungsvolles Funkeln in seinen schwarzen Augen.

»Vielleicht ändern sich die Dinge eines Tages ja doch.« Er verzog den Mund zu einem seltenen, breiten Grinsen. »Aber bis dahin muss jeder, der ihm etwas antun will, an mir vorbei.« Ganz kurz blitzten die dreieckigen Haifischzähne zwischen seinen Lippen hervor.

Brrr. Die hatte ich ja ganz vergessen. Ich grinste trotzdem zurück. *Hey, vielleicht werden wir ja doch noch Freunde …*

In diesem Moment tauchte das Thema unseres Gesprächs neben uns auf. Aris hatte uns wohl schon gesucht und wirkte sehr erleichtert, seine »Dienerschaft« wiederzusehen. Eilig erhoben wir uns.

»Alles in Ordnung? Geht es euch gut?«, fragte er leise.

Wir nickten. Som machte eine kleine Show daraus, seinen Herrn mit einer unterwürfigen Verbeugung zu begrüßen, für den Fall, dass uns jemand beachtete. Rasch folgte ich seinem Beispiel. Dann musterte ich Aris besorgt. Wie war das Gespräch verlaufen? Seine selbstsichere Fröhlichkeit von vorhin war jedenfalls verschwunden.

Das fiel natürlich auch Som sofort auf. »Und dir? Was ist passiert?«

»Wir haben ein Boot«, antwortete Aris nur. »Kommt, schnell.«

Sein Freund und ich tauschten einen beunruhigten Blick. Als wir hastig über die schmale Hängebrücke schritten, fragte Som: »Aber was hast du ihr denn dafür gegeben?«

Aris blieb nicht stehen. »Das Einzige, das ich hatte.«

Als er mit der Rechten das Geländer fasste, fielen unsere Blicke auf seine Hand. Wo der große Goldring gesessen hatte, war jetzt ... nichts mehr.

»Aris«, sagte Som betroffen. »Das war der Siegelring deines Bruders ...«

»Es war Gold«, gab Aris tonlos zurück. »Sie wird ihn einschmelzen und hat ihre Bezahlung. Los, weiter.« Seine Schritte hatten nichts mehr von der Leichtfüßigkeit, die ich von ihm kannte.

Mir wurde ganz anders bei dem Gedanken daran, was für ein Kunstwerk der Ring gewesen war und wie viel er Aris bedeutet hatte. Ich blickte von seinen hängenden Schultern zurück auf den Pavillon, in dem Sellia wie eine Giftspinne in ihrem bunten, glitzernden Netz saß, und wünschte mir, ich könnte das ganze Ding in meiner Hand zerquetschen.

Aber ich konnte gar nichts tun.

Also stapfte ich niedergeschlagen hinter Aris über die nur schummrig beleuchteten Stege und sehnte mich danach, ihn in den Arm zu nehmen wie nach seinem Kampf gegen Tristan. Auch ohne viele Worte zu wechseln, hatten wir beide daraus Kraft geschöpft. Warum war es in meiner Welt möglich gewesen und hier nicht? Jetzt musste er doch keine Geheimnisse mehr vor mir hüten – und trotzdem war nichts leichter für uns geworden. Im Gegenteil.

Unser Weg führte uns in die Außenbereiche des Nachtmarkts, die Beleuchtung wurde immer spärlicher. Auch ging es tiefer und tiefer hinab, hinunter zum Wasser.

Endlich hatten wir unser Ziel erreicht: einen schmalen Anleger, der auf den dunklen See hinausragte, keinen Meter über dem Wasserspiegel. An seinem Ende lag ein breites, längliches Boot, das mich an einen Lastkahn erinnerte. Und daneben, auf dem Steg, stand eine Figur wie aus einem seltsamen Fiebertraum …

Kapitel 22

Es war ein Kind, zehn oder zwölf Jahre alt. Ob Junge oder Mädchen, konnte ich nicht erkennen. Sein magerer Körper steckte in einer hellbraunen, schlecht geflickten Tunika, kaum mehr als ein Sack. Die schwarzen Haare standen ihm wild vom Kopf ab, hier und da mit einer eingeflochtenen bunten Perle verziert. Um den Hals trug es ein weißes Muschelhorn wie der Anführer der Straßenkinder. Die großen Augen in dem fuchsartigen, spitzen Gesicht musterten uns eingehend.

Und über dem Kopf des Kindes schwebte ein Fisch in der Luft.

Es war ein echter lebendiger Fisch, kugelrund und etwa fußballgroß, der in tiefem Orangerot glühte. Glotzäugig stierte er in die Umgebung und bewegte träge seine fedrigen Seiten- und Schwanzflossen, als triebe er im Wasser. Hin und wieder entkamen goldleuchtende Gasbläschen aus seinem Maul und taumelten nach oben fort.

Auch ich glotzte und fragte mich, ob ich langsam durchdrehte. War das irre Bild vor mir real? Stand da wirklich ein Kind und hielt einen leuchtenden Fisch an der Leine, wie zu Hause eins mit einem Luftballon herumgelaufen wäre? Ich warf einen hilflosen Blick zu Som. Zu meiner Erleichterung wirkte auch er ziemlich konsterniert.

»Ist das … ist so was hier normal?«, wisperte ich.

»Aber nein«, gab er stirnrunzelnd zurück. »Das habe ich noch nie gesehen!«

Ich atmete auf. War ich doch nicht verrückt.

»Normalerweise gehen Schwebende Fische in Gefangenschaft sofort ein.«

Mein Testflug in die Normalität machte eine Bruchlandung.

Währenddessen war Aris an das Kind herangetreten, hatte ein paar Worte mit ihm gewechselt und winkte uns ungeduldig heran. »Macht schnell, das Boot legt sofort ab.«

Ich riss mich zusammen, lief die letzten Schritte über den Steg und sprang über die niedrige Reling an Bord.

»Das ist Tiseis, genannt Tis – Sellias beste Kanalratte«, stellte Aris das Kind vor. Es warf mir einen unbeeindruckten Blick aus Augen zu, die fast so schwarz waren wie die von Som. »Sie fährt in unsere Richtung. Hat eine vertrauliche Ladung für den Mittagsmarkt.« In Richtung Som fügte er hinzu: »Keine Sorge, es ist nur *Tee*.«

Sie. Also ein Mädchen. Ich wollte fragen, ob es etwa die ganze Besatzung darstellte – und, verdammt noch mal, was das mit dem Fisch sollte! –, aber ich war mir nicht sicher, ob ich wieder offen sprechen konnte. Also sah ich die Kleine zur Begrüßung nur freundlich an und bemühte mich, nicht allzu sehr auf ihren lebendigen Luftballon zu starren. Sie nickte ernst und gemessen zurück, warf Som einen eher interessierten als abfälligen Blick zu und lief dann eilig zum Heck.

Das flach gebaute Frachtschiff war nur noch mit einer Leine am Steg befestigt. Aris machte sie los, warf sie aufs Deck und sofort setzten wir uns lautlos in Bewegung. Ich vermutete auch hier dieses Aurikalchos als Antrieb. Das schmale Mädchen namens Tis stand am Ruder, einer übermannshohen, metallverstärkten Holzkonstruktion, die sich wie ein gebogener Extramast über das Heck erhob. Von der Spitze hing eine große, mehrfarbige Laterne herab, schön wie ein magischer Lampion, die gleichzeitig als Lichtquelle und Positionslaterne diente, unterstützt durch weitere goldene Lämpchen am Bug und an den Seiten. Die Laterne hatte bei aller Pracht jedoch extreme Konkurrenz durch den orangeroten Leuchtfisch, dessen Leine Tis wie selbstverständlich an der Reling hinter sich befestigt hatte. Stumm wiegte er sich in dem sanften, warmen Fahrtwind, die goldenen Bläschen aus seinem Mund trieben hinter ihm davon wie die seltsamste Heckwelle aller Zeiten.

Das Boot nahm Fahrt auf. Ich blickte zurück in das Glühwürmchen-Dickicht des Nachtmarkts und zu der mächtigen Felswand in der Ferne, hinter der verborgen der Hafen lag. Die Details lösten sich auf in der Dunkelheit, die Felswand wurde zu einem Teil des schwarzen Horizonts. Der wiederum berührte irgendwo hoch oben das atlantische Firmament mit seinen zahllosen künstlichen Sternen. Und darüber ... lagen Tausende Meter Ozean zwischen mir und der Oberfläche. Tausende Seemeilen bis zu meinem Zuhause. Wann ich es wohl wiedersehen würde? Bei diesem Gedanken tat mir der Hals seltsam weh, als ob ich geweint hätte. Aber meine Augen waren trocken. Schlucken konnte ich trotzdem nicht. Ich spürte mehr, als dass ich hörte, wie Aris von hinten an mich herantrat.

Falls du dich fragst, ob das ein guter Zeitpunkt für eine Umarmung ist – die Antwort lautet »Ja«!, soufflierte ihm meine innere Stimme.

Als ich mich zu ihm umdrehte, begrüßte er mich mit diesem scheuen Lächeln, das er für mich reserviert zu haben schien, seit wir in seiner Heimat angekommen waren. Dieses Lächeln, das irgendwie wirkte, als wollte er mir etwas ganz anderes sagen als das, was dann jeweils kam. Nun kam jedoch erst einmal gar nichts.

»Hey«, sagte ich also. »Alles gut bei dir?«

»Ha. Das wollte ich doch fragen.« Er lachte verlegen und fuhr sich mit der Hand durch sein schwarzes Haar. Es war ein bisschen gewachsen seit unserer ersten Begegnung.

Steht ihm auch gut ...

»Tja, Pech. Punkt für mich.« Etwas ernster fügte ich hinzu: »Bei mir ist alles okay. Ich muss mich nur ein bisschen ... gewöhnen ... an all das hier.«

»Meinst du denn, du könntest es? Dich daran gewöhnen?«, fragte er und sah mich dabei ganz eindringlich an.

»An schwebende Leuchtfische und Bootsfahrten im unterirdischen Sternenlicht? Wahrscheinlich schon«, scherzte ich. »An das da vorhin im Pavillon und im Hafen ... eher weniger, glaub ich.«

Mein Gesichtsausdruck war wohl nicht so locker wie meine Worte, denn Aris trat besorgt einen Schritt näher an mich heran und fasste meine Hand. Seine Finger fühlten sich warm und leicht rau an, sein Griff war sanft. Ich sah in seine Augen, deren ungewöhnliche Farbe in der Dunkelheit verborgen blieb und die mich trotzdem fast magisch in ihren Bann schlugen. Wann hatte mein Herz begonnen, so heftig zu schlagen?

»Ella«, sagte er, »ich wünschte, du hättest das nicht miterleben müssen. Dir ... dir darf nichts passieren.«

»Ich bin doch hier. Und sogar in einem Stück.«

Mein schwacher Witz brachte sein Lächeln zurück. Mir war, als drückte er meine Hand noch ein bisschen fester, zöge mich ein winziges Stück näher an sich heran, ohne sich dessen bewusst zu sein. Ich folgte der Bewegung. Es fühlte sich so aufregend und gleichzeitig so natürlich an ...

Dann erklang eine tiefe Stimme und die Spannung zwischen uns war zerstört. »Gib ihr die Sachen.«

Neben uns stand Som. Hatte er uns schon die ganze Zeit über beobachtet? Aris ließ mich augenblicklich los, trat einen Schritt zurück und reichte mir einen flachen Beutel aus grob gewebtem Stoff. Den trug er schon seit unserem überstürzten Abschied vom Pavillon, wie mir jetzt erst auffiel.

»Was ist das?«, fragte ich, enttäuscht, aber auch neugierig.

»Kleider für dich.« Aris machte eine entschuldigende Geste. »Ich wollte so wenig Aufmerksamkeit wie möglich erregen, also habe ich Sellia nur nach etwas zum Anziehen für meinen zweiten Diener gefragt, der, hm, ein kleines Missgeschick hatte. Es sind Männerkleider ... und bestimmt etwas zu groß ...«

»Oh, kein Problem.« Bereitwillig nahm ich ihm den Beutel ab. Wenn sich dadurch eine zweite Hetzjagd vermeiden ließ, würde ich sogar einen Müllsack akzeptieren.

»Ihr könnt Euch unter Deck umziehen.« Som zeigte auf die niedrigen Aufbauten mittschiffs, in denen sich eine geöffnete Luke befand. Ich machte mich auf den Weg, aber er hatte noch eine Ansage für mich. »Legt alles ab. Wirklich alles, auch den Schmuck und das Unterzeug.«

Sein Ton war wieder kühl und reserviert und ich verdrehte unwillkürlich die Augen. *Oh Mann.* Nach unserer Unterhaltung auf der Veranda des Pavillons hatte ich ja gehofft, das Eis gebrochen zu haben. Aber er plante eindeutig keinen Austausch von Freundschaftsbändchen mit mir.

Pfft, sein Pech.

Ich würdigte Som also keiner Antwort und stapfte die schmale Holztreppe hinab in den Bauch des Schiffs. Eine geradezu gemütliche Atmosphäre empfing mich. Erhellt vom Schein eines kleinen Lämpchens lagerten hier große Ballen dicht gepresster dunkelblauer Blätter, die einen starken, aromatischen Duft verbreiteten. Tief und genießerisch atmete ich ein.

Atlantischer Tee ... Wahnsinn.

Ich schlängelte mich an einer kleinen Hängematte vorbei – sicher der Schlafplatz des Fisch-Frauchens – und fand eine Nische zwischen den Ballen, wo ich mich gut umziehen konnte. Zum Glück wirkte mein neues Outfit frisch gewaschen. Es bestand, wie nicht anders erwartet, aus Tunika und Hose sowie einem Paar weicher Sandalen. So etwas wie eine Unterhose war auch dabei. Ich kämpfte ein bisschen mit der ungewohnten seitlichen Schnürung, doch dann hatte ich den Bogen raus. Die Hose funktionierte genauso und war tatsächlich ein gutes Stück zu lang, also raffte ich die weiten Hosenbeine an meinen Fußgelenken zusammen und band alles mit den im Saum angebrachten Bändern fest. Einen BH gab es natürlich nicht, *soo* nötig brauchte ich allerdings ohnehin keinen, wenn ich ehrlich war. Die Tunika bestand aus festem, aber leichtem Stoff und war in einem leuchtenden Dunkelblau gefärbt. Ich zog sie über, knotete den Gürtel fest und blickte kritisch an mir hinunter.

Nicht gerade maßgeschneidert, Baby, seufzte meine innere Stimme.

Aber unauffällig genug? Das war alles, was mich gerade interessierte. *Oh, warte, eins noch ...*

Kurz entschlossen riss ich einen breiten Streifen des grünen Handtuchs ab, das mir als Mantel gedient hatte, band ihn mir um den Kopf und stopfte alle Strähnen darunter. Piraten-Style! Jetzt war von meinem blonden Haar hoffentlich nichts mehr zu sehen. Anschließend wickelte ich meine Oberflächen-Kleidung sorgfältig um die Silberkette, steckte sie zusammen mit den eingesauten Schuhen in den Beutel und kletterte zurück an Deck. Die ungleichen Freunde erwarteten mich auf dem Vorschiff – außer Hörweite unserer kleinen Steuerfrau, was sicher kein Zufall war.

»Und?«, fragte ich unsicher, als ich vor ihnen stand. »Geht das so? Wie sehe ich aus?«

»Toll!«, antwortete Aris enthusiastisch.

Som warf ihm einen eigenartigen Blick zu – vermutlich, weil ich objektiv alles andere als toll aussah. Die Tunika hing trotz des Gürtels wie ein Sack an mir hinunter, die Hosenbeine bauschten sich unvorteilhaft. Das Einzige, was zu meiner großen Erleichterung passte, waren die Sandalen. Trotzdem sah Aris mich so bewundernd an, als ob ich gerade die Wahl zur Miss Unterwasser gewonnen hätte. Irgendetwas kribbelte mir den Nacken hinauf und brachte mich dazu, verlegen den Kopf zu senken.

»Besser als vorher.« Soms deutlich neutraleres Urteil kühlte meine Stimmung merklich ab. Er streckte die Hand nach dem Beutel aus, den ich mir unter den Arm geklemmt hatte. »Gebt mir Eure alten Kleider, ich kümmere mich darum«, sagte er höflich, aber bestimmt.

Ich hielt den Beutel fest. »Danke, nicht nötig. Ich kann selber darauf aufpassen. Die Kette ist von meiner Mutter, die geb ich nicht aus der Hand, bis ich wieder zurück bin.«

Einen Moment herrschte Stille.

Som sah finster zu Aris. »Du musst es ihr endlich sagen.«

Der wich seinem Blick aus.

»Was sagen?« Ich hatte plötzlich ein ganz seltsames Gefühl im Magen. »Aris? Wovon redet er?«

Er antwortete nicht.

Dafür ergriff abermals Som das Wort. »Ihr könnt nicht mehr zurück. Niemand von der Oberfläche darf Atlantis sehen und davon berichten.«

»Aber ich erzähle keinem von euch.« Warum konnte ich plötzlich nur noch flüstern? »Ich verspreche es. Hoch und heilig!«

Er schüttelte nur den Kopf. »Niemand kehrt zurück. Niemand.«

»Ist das wahr?« Ich starrte Aris ungläubig an. »Ich darf nie mehr nach Hause?«

»Ich wollte es dir sagen«, brachte er heraus. »Ich wusste nicht, wie ...«

»Wie wäre es mit: ›Willkommen in Atlantis, Ella. Ich hoffe, es gefällt dir – denn du musst für immer hierbleiben.‹?« Ein bitteres Lachen stieg mir die Kehle hoch. »Ist doch ganz einfach. Guck, ich hab es gerade selbst geschafft!«

Er streckte mir die Hand entgegen wie in einer hilflosen Bitte um Verzeihung, doch ich schlug sie weg und stürmte blindlings an ihm vorbei, die Treppe hinunter, zurück in den Laderaum. Ich hörte seine Schritte auf den Stufen hinter mir.

»Ella ...«

Ohne mich umzudrehen, schrie ich: »Bleib bloß weg von mir, du feiger Mistkerl!«

Die Schritte hielten einen Moment inne, kamen dann aber doch zögernd näher. Ich fuhr herum. Aris stand am Fuß der Treppe, den hochgewachsenen, athletischen Körper leicht gebeugt unter der niedrigen Decke. Es versetzte mir einen brutalen Stich, wie unglaublich anziehend er auf mich wirkte – trotz der heruntergekommenen Kleidung, trotz des verbundenen Arms und der wirren Haare ... trotz seines Verrats. Es machte alles nur noch schlimmer.

»Es tut mir so leid«, sagte er mit rauer Stimme. Selbst im Schummerlicht der kleinen Lampe konnte ich erkennen, dass sein Gesicht aschfahl war.

»Seit wann wusstest du es?«, fragte ich, mühsam die Tränen wegzwinkernd. »Von Anfang an? Schon auf der Außenstation?«

»Ella, bitte, hör doch ... Ich konnte nichts tun. Niemand von der Oberfläche darf etwas über Atlantis wissen. Das ist unser heiligstes Gesetz.« Aris sah mich verzweifelt um Verständnis bittend an.

Ich hatte keins. »Ging es darum in deinem Streit mit Som auf dem Boot?« Herausfordernd ging ich einen Schritt auf ihn zu. »Wollte er mich zurückbringen? Und du hast es verboten? Warum – weil es euer Gesetz ist? Oder wolltest du bloß keine Zeit mehr verlieren?!«

»Nein! Nein, so war es nicht ...«

»Wie dann?«, fragte ich voller Zorn. »Sag es mir! Jetzt will ich alles wissen!«

Er rang sichtlich mit sich. Dann atmete er tief ein und flüsterte: »Som hat gesagt ... Er hat gesagt, wir müssten dich auf der Station zurücklassen.«

Ich brauchte einen Moment, um zu verarbeiten, was das wirklich bedeutete. »Aber ... ihr habt die Station doch gesprengt ...«

Er nickte unglücklich.

Alles drehte sich. Ich griff nach dem Teeballen neben mir, um mich aufrecht zu halten. »Wow ... Ihr seid wirklich ein tolles Team, du und dein Kumpel. Der eine verarscht mich, der andere will mich umbringen.« Meine Stimme zitterte so sehr, dass ich mich selbst kaum verstand. »Geh weg. Geh bloß weg! Lass mich allein.« Ohne abzuwarten, was er tat, kehrte ich ihm den Rücken zu, stolperte zurück in die Nische hinter den Teeballen und sank dort langsam zu Boden.

Wie betäubt starrte ich auf die dunklen Bretter zwischen meinen Füßen.

Du hättest es ahnen können, knurrte meine innere Stimme. *Was war los? Zu beschäftigt mit Sightseeing? Oder mit Prince Charming?*

Ich seufzte. Ja, die Hinweise waren da gewesen, aber ich hatte sie nicht beachtet. Nicht beachten wollen. Ich hatte wohl unbewusst gehofft, dass schon alles gut gehen würde, und war einfach weitergerannt, Motto: *Augen zu und durch*. Bis ich voll gegen die Wand geknallt war.

Ich dachte an meine Mutter, die jetzt vielleicht in einem Flugzeug saß und sich auf unser Wiedersehen freute. An Lisa, der ich noch so viel erzählen wollte. An die Bernhardts, die glauben würden, dass all ihre Hilfe umsonst gewesen war. An Kenneth ... *oh Gott, Kenneth* ... der Mama gestehen musste, dass er mich und meinen neuen Freund in einer Nacht-und-Nebel-Aktion aufs Meer hinausgefahren hatte. Wo wir über Bord gegangen und ertrunken waren. Vielleicht kam er sogar ins Gefängnis, wenn sie ihm nicht glaubten.

Ich merkte, dass mir Tränen die Wangen herabliefen. Wollten die mich wirklich für den Rest meines Lebens hier festhalten? Das konnte doch nicht wahr sein! Aber als ich mich an den Ausdruck in den Gesichtern von Aris und Som erinnerte, glaubte ich es. Und das alles nur, weil ich vor ein paar Tagen mit Snowflake am Strand spazieren gegangen war.

Nein, wisperte es in mir. *Weil du vor ein paar Stunden wie eine Vollidiotin hinter diesem Kerl her ins Meer gesprungen bist. Darum hat dich niemand gebeten. Er jedenfalls bestimmt nicht.*

Ich konnte doch nicht anders!, gab ich verzweifelt zurück.

Siehst du!, kam die Antwort. *Und das ist der wahre Grund.*

Ja. Genauso sah es aus: Ich war eine Vollidiotin, die handelte, ohne nachzudenken. Die sich in einen Typen verknallte, der so derartig in einer anderen Liga spielte, dass er nicht einmal wusste, was eine Liga war. Und der zudem von Anfang an klargemacht hatte, dass er raus war aus dem Spiel!

Nur ... warum hat er dann ...? Da ist doch etwas zwischen uns! Etwas Besonderes. Ich bin vielleicht blöd. Aber nicht so blöd, dass ich das nicht merke.

Tja. Nur ändert das leider gar nichts. Meine innere Stimme war gnadenlos. *Keine Sorge, du kriegst bestimmt ein Apartment in einem dieser schicken Würfelhäuser hier! Falls die »Men in Grey« dich nicht vorher abmurksen. Ach ja, und natürlich nur, falls es euch gelingt, diese Terrorpläne gegen das Königshaus zu verhindern. Sieh es ein, Baby: Liebeskummer ist nicht dein größtes Problem.*

Warum fühlte es sich dann so an?

Wild schluchzend rollte ich mich in meiner Ecke zusammen. Ich wollte nicht mehr nachdenken. Konnte es auch gar nicht mehr. Ich spürte eine grenzenlose Erschöpfung. Und irgendwann kam trotz allem ein unruhiger Schlaf.

Kapitel 23

Alles war fremd. Alles tat weh. Ich wollte nicht aufwachen und musste es doch. Der Holzboden unter mir war hart, in der Luft lag der schwere Geruch unbekannter Pflanzen, und mein ganzer Körper war erfüllt von diesem bitteren Gefühl, das meine Mutter den »Heul-Kater« nannte.

Mühsam setzte ich mich auf und blinzelte in die dämmrige Umgebung. Schräg über mir tanzten Staubkörner in einem schmalen Streifen Sonnenlicht. Es herrschte fast vollkommene Stille, bis auf das ferne Murmeln von Wasser. Müde sah ich an mir hinunter. Es dauerte einen Moment, bis ich begriff, dass da wirklich Ella Keane in dieser blauen Tunika und der stümperhaft geschnürten hellgrauen Hose steckte. Die Hoffnung auf einen wilden Traum hatte sich endgültig zerschlagen – also machte ich mich widerwillig an die Bestandsaufnahme: Es war Morgen ... in Atlantis, das tatsächlich existierte, tief unter dem Ozean. Und ich steckte mittendrin, auf einem Schmuggelschiff mit Kurs auf irgendeinen vergessenen Tempel. Der Beutel mit meinen Sachen war noch da. Ich hatte ihn als Kopfkissen benutzt, niemand hatte meinen Schlaf gestört, um ihn mir wegzunehmen. Und hey: Ich lebte noch! Das musste ich wohl von jetzt an als Erfolgserlebnis verbuchen.

Ein paar Minuten lang blieb ich einfach sitzen. In meinem

Kopf herrschte immer noch heilloses Durcheinander und mein Herz tat mir weh – aber um die Gründe für das alles machte ich lieber einen großen Bogen. Stattdessen rappelte ich mich auf und umrundete vorsichtig den Stapel aus Teeballen, hinter dem sich mein Nachtlager befunden hatte. Das Lämpchen brannte nicht mehr, sodass der größte Teil des Laderaums im Dunkeln lag. Durch die geöffnete Luke jedoch schien Sonnenlicht, das mir den Weg hinauswies. Ich stapfte die Stufen hinauf.

An Deck empfing mich ein unglaublich strahlender Morgen. Jetzt, im beginnenden Tageslicht, konnte ich sehen, dass der künstliche Himmel über mir in einzelne sechseckige Segmente unterteilt war, wie eine gigantische blaue Bienenwabe. Einige davon, weit hinten am Horizont, strahlten wie die Sonne, fast weiß. Je weiter entfernt die anderen davon waren, desto intensiver leuchtete ihr Blau. Ich nahm an, dass das weiße Leuchten im Laufe des Tages von einem Segment zum anderen wanderte und so den Lauf der Sonne für die Atlanter simulierte.

Unser Schiff, das aus hellem, wie poliert wirkendem Holz gebaut war, glitt zügig über die glitzernde Wasserfläche eines schmalen Kanals, auf dem Pflanzen mit winzigen weißen Blüten trieben. Seine Ufer waren von üppigen Wiesen voller Büsche und Bäume gesäumt. Sie bildeten die Ausläufer einer sattgrünen Hügellandschaft, von der jeder Quadratmeter durch Felder oder Obstgärten genutzt schien. Aus dem zarten Nebel, der darüber lag, schauten überall Ansammlungen dicht aneinandergebauter Würfelhäuser hervor. Im Morgenlicht zeigte sich, dass ihre strahlend weißen Fassaden häufig mit prächtigen bunten Fresken geschmückt waren.

Wo die Hügel zu beeindruckenden, säulenartigen Felsformationen anwuchsen, schwangen sie sich hinauf bis zum Firmament. Ihre Gipfel waren von Wolkenkränzen umgeben. Genauer betrachtet, handelte es sich wohl um Dunst: Denn von den Bergspitzen fielen unzählige feine Wasserfälle herab, die über mehrere Felsenstufen den Erdboden erreichten. Dort schienen sie ein weit verzweigtes Netz von Wasserläufen zu speisen, welches die gesamte Landschaft durchzog. In der Ferne erhob sich der Königspalast, massiv und mächtig, wie eine unübersehbare Erinnerung daran, was dieses Reich mit all seinen Schicksalen bestimmte und zusammenhielt.

Ich atmete tief ein. Die Luft war frisch und klar, erfüllt vom Duft der exotischen Natur. Dann drehte ich mich zum Heck – und blickte direkt in die dunklen Augen der kleinen »Kanalratte«. Sie stand unerschütterlich im Schatten des gewaltigen Ruderbaums und hielt eine Art metallische Pinne, die in Hüfthöhe daran befestigt war. Vermutlich gab es da einen raffinierten Mechanismus zur Kraftumsetzung, sonst hätte das schmächtige Mädchen das riesige Ruder wohl kaum bewegen können. Die schwarzen, perlengeschmückten Wuschelhaare wurden ihm vom Fahrtwind nur noch mehr zerzaust.

Ich war mir unsicher, wie ich unserer Bootsführerin begegnen sollte. Was hatten ihr meine ... tja, meine Entführer über mich erzählt? Wusste sie, dass ich von der Oberfläche war? Bestimmt nicht, sonst hätte sie mich nicht so ruhig angeblickt. Allerdings machte die Kleine nicht den Eindruck, dass sie leicht aus dem Konzept zu bringen war.

Um irgendetwas Sinnvolles zu tun, winkte ich ihr zu. Sie erwiderte die Geste mit einer lässigen Handbewegung und einem Gruß, den ich natürlich nicht verstand. Dann griff sie routiniert in einen Beutel an ihrem Gürtel, holte etwas daraus hervor und warf es über ihre Schulter in die Luft. Es landete zielsicher im schnappenden Maul des roten Fischs, der entspannt an seiner Leine im Fahrtwind dahinschwebte.

Okay, das hatte ich also auch nicht geträumt.

Zeit, sich daran zu gewöhnen. Und sich vorzustellen. Ich deutete also in bester »Tarzan-und-Jane-Manier« auf meine Brust und sagte betont deutlich: »Ella.«

Die Kleine klopfte auf den grauen Tunikastoff über ihrem mageren Brustkorb und antwortete mit einem würdevollen »Tis«. Dann zeigte sie auf das Boot und fügte eine ausführliche Erklärung hinzu, die leider komplett an mir vorbeiging.

Zum Ausgleich zeigte ich fragend auf den Fisch und wurde mit einem erfreuten Blick sowie der Auskunft »Frìki!« belohnt.

»Freaky«?

Jetzt musste ich trotz meiner Niedergeschlagenheit ein bisschen grinsen. Der Name passte. Aufgrund meines Interesses bot Tis mir großzügig etwas von dem Fischfutter aus ihrem Beutel an. Irgendwelche getrockneten Würmer, wie's aussah.

Das Frühstück der Champions. Buäh.

Aber ich nahm einen und hielt ihn Freaky hin, der glücklich danach schnappte. Sein Frauchen nickte mir anerkennend zu, so von Fischfreundin zu Fischfreundin. Mit ein paar ausholenden Handbewegungen gab ich ihr zu verstehen, wie beeindruckt ich von ihrem Haustier war. Ich hätte ihr zu gern von Snowflake erzählt, aber das stand natürlich nicht zur Debatte. Dann kam uns ein anderes Schiff entgegen und Tis, ganz Profi, konzentrierte sich wieder auf die Steuerung.

Ich schlurfte zum Vorschiff, lehnte mich an die Reling und versuchte, ein paar klare Gedanken zu fassen. Irgendwo in meinem Hinterkopf tauchte die Frage auf, wo sich eigentlich die anderen beiden Passagiere befanden. Hatten sie auch unter Deck übernachtet? War ich in der Dunkelheit des Laderaums einfach an ihnen vorbeigelaufen?

Und was ... *was* sollte ich jetzt bloß tun?

Als Antwort auf die erste – wesentlich unwichtigere – Frage, hörte ich leise Schritte hinter mir. Ich wandte mich um.

Ah, immerhin nicht mein Möchtegern-Mörder …

Aris sah blass und elend aus, als ob er überhaupt nicht geschlafen hätte.

Gut so!, fauchte meine innere Stimme bösartig. *Geschieht ihm ganz recht!*

Ich selbst fühlte mich längst nicht mehr so angriffslustig. Die durchheulte Nacht hatte Kraft gekostet. Aber dass Aris nicht ehrlich zu mir gewesen war … das hatte eine Wunde in mir hinterlassen, die schmerzte und pochte.

Er trat langsam näher. In den Händen trug er einen Keramikbecher und einen bunt glasierten Teller mit Gebäck, den er mir wortlos hinhielt.

Sühneopfer, dachte ich dumpf und sagte abweisend: »Hab keinen Hunger.«

Wie auf Kommando knurrte mein Magen und entlarvte mich als Lügnerin. Widerwillig griff ich nach dem Geschirr und setzte mich auf eine der Kisten, die vor dem kajüteartigen Aufbau mittschiffs standen. Mein Frühstück bestand aus knusprigen Teigtaschen mit einer würzigen Kräuterfüllung. Sie schmeckten echt lecker, und obwohl ich keinen Appetit hatte, putzte ich alle weg. Der Becher enthielt einfach klares Wasser, doch es tat meiner rauen Kehle gut.

Aris war neben mir niedergekniet und hatte den Kopf gesenkt. Ich wartete darauf, dass er sich wieder erhob oder etwas sagte, aber er blieb stumm und rührte sich nicht. Ungewollt flogen meine Gedanken zurück in eine mondhelle Nacht auf den Klippen von Cornwall. Unser erstes richtiges Gespräch. Da hatte er eine ähnliche Nummer abgezogen, allerdings unter völlig anderen Umständen.

Oh Mann, und was soll ich jetzt machen? Ich kenne mich doch nicht aus mit seinen Bräuchen!

Schließlich knurrte ich: »Lass das. Ich schreie niemanden an, der am Boden kniet. Und ich will dich anschreien.« Mit diesen Worten stand ich selbst auf und ging zurück zur Reling.

Das wirkte.

Aris folgte mir. Verstohlen musterte ich ihn – wie er dastand, die schwarzen Haare noch zerwühlter als gestern, tiefe Schatten unter den Augen, aber kerzengerade. Wie konnte es sein, dass ich ihn zur Hölle wünschte und gleichzeitig wollte, dass er mich in den Arm nahm?

Aber erst einmal musste ich mir Luft machen. Er sollte verstehen, was er bei mir angerichtet hatte. »Meine Mutter wird denken, ich bin tot!«, fuhr ich ihn an. »Weißt du, was das für ein Gefühl ist?«

»Ja«, antwortete er schlicht.

Verdammt.

Ich ließ noch einmal abspielen, was ich gerade gesagt hatte, und beschloss, für einen Moment die Klappe zu halten. Stille breitete sich zwischen uns aus. Zum ersten Mal fühlte sie sich nicht gut an. Vor meinen Augen glitt die wunderschöne Landschaft vorbei, aber ich sah sie nicht wirklich. Stattdessen dachte ich an all das, was mich hierhergeführt hatte … an all meine Entscheidungen, die mal gut, mal schlecht und oft einfach dämlich gewesen waren …

Schließlich hatte Aris genug Mut gesammelt, um noch etwas zu sagen. »Ella«, begann er. Es klang, als traute er seiner eigenen Stimme nicht. »Ich … ich weiß, du kannst mir nicht verzeihen. Aber bitte glaub mir. Ich wollte nie, dass es so weit kommt. Ich hätte alles getan, um dir das hier zu ersparen. Um dich zu beschützen. Aber unser Gesetz darf ich nicht brechen.«

»Ich weiß.« Seltsam: Ich hätte wütend sein sollen. Doch ich war es nicht. Nicht mehr. Irgendetwas in seinen Worten und meinen Gedanken hatte mir den Wind aus den Segeln genommen und nur noch betäubende Verzweiflung hinterlassen. Tonlos fuhr ich fort: »Som wollte mich auf der Station zurücklassen, um mich ... um das Problem aus dem Weg zu räumen. Du hast es nicht zugelassen. *Das* war der Streit, richtig?« In seinem Gesicht las ich die Antwort. Er wollte etwas erwidern, aber ich sprach schnell weiter: »Und vorher hast du alles versucht, um mich abzuhalten. Damit mir genau das hier nicht passiert. Aber ich doofe Kuh muss dir ja nachspringen. Meine eigene Schuld.«

»Nein!« Heftig wandte er sich mir zu, fasste mich an den Schultern und zwang mich, ihn anzusehen. »Nein, Ella, so darfst du nicht denken! Du hast es für mich getan! Du ... du hast *alles* für mich getan!« Er bemerkte, wie fest er mich hielt, ließ mich los und trat schnell einen Schritt zurück. »Dass es dir meinetwegen schlecht geht ... und ich nichts dagegen tun kann – nichts dagegen tun darf! –, den Gedanken ertrage ich einfach nicht. Also habe ich ihn irgendwie ... weggeschoben ...«

Ich schluckte schwer. »Gab es denn wirklich keine andere Möglichkeit?«

Er schüttelte niedergeschlagen den Kopf. »Nein. Als ich dich neben mir im Wasser sah – ich dachte, mir bleibt das Herz stehen. Ich musste dich festhalten, es ging nicht anders. Der Strudel hätte dich hinabgerissen, aber der Schleusenmechanismus erkennt nur unsere Leute. Du wärst ertrunken. Und nachdem du die Station gesehen hattest, war alles zu spät. Das Gesetz ist unumstößlich: Atlantis muss ein Geheimnis bleiben.«

Ich flüsterte: »Aber warum denn bloß?«

»Sag du es mir. Du kennst deine Welt.«

Meine Gedanken schweiften zu all den mir bekannten Beispielen der Menschheitsgeschichte, wo Zivilisationen aufeinandergetroffen waren. Spanier gegen Azteken. Cowboys und Indianer, ha. Die ganze elende Kolonialgeschichte …

Dann dachte ich an das, was ich über Atlantis wusste. Was es verbarg. An das Aurikalchos. Eine schier unerschöpfliche Energiequelle? Allein dafür würden Menschen von oben töten.

»Ihr denkt, es würde zum Krieg kommen. Weil alle haben wollen, was ihr habt«, stellte ich fest. »Aber muss das denn so laufen? Könnte es nicht auch … einen friedlichen Austausch geben? Partnerschaften? Handel?«

»Sieh dich um«, sagte Aris. »Was könnte uns die Oberfläche bieten?«

»Na ja.« Ich versuchte einen Witz. »Wir haben echt tolle Sonnenuntergänge.«

Das brachte ihn kurz zum Lächeln. »Stimmt.« Doch schon verdüsterte sich sein Gesicht wieder. »Es würde Krieg geben. Unausweichlich. Und wir würden euch vernichten.«

»Oh. Okay.« Die absolute Gewissheit, mit der er das sagte, ließ mich frösteln. Bei meiner tollen Beispielsammlung war mir nicht in den Sinn gekommen, dass *wir* die Azteken sein könnten. Was lauerte noch alles in den Tiefen des Meeres?

»Aber …« Ich kam wieder zu meiner Situation zurück. Zu ihrer Ausweglosigkeit, mit der ich mich nicht abfinden konnte. »Hat denn wirklich noch nie jemand von euch erfahren? Niemand von oben hat Atlantis je betreten?«

»Betreten ja«, murmelte er. »Nur nicht wieder verlassen. Schon unsere Vorfahren wussten, dass es wichtig für unser Überleben ist, neues Blut unter uns zu haben.«

Ich starrte ihn groß an. »Im Ernst? Ihr schnappt euch Menschen von der Oberfläche? Um was … um euren Genpool aufzufrischen? Heißt das – ich bin nicht die Einzige?«

»Nein. Wir machen das schon lange nicht mehr. Eure Welt ist zu kompliziert geworden. Zu engmaschig, selbst auf dem Meer. Die letzte Gelegenheit gab es vor über hundert Jahren. Ein sehr großes Schiff. Es sank weit oben im Norden. Tausende von Passagieren waren an Bord, soweit ich weiß.«

Ich traute meinen Ohren kaum. »Meinst du etwa die *Titanic*? Das … das wart ihr?«

»Wie bitte?« Aris sah mich überrascht an. »Nicht doch. Der Ozean ist gefährlich, Ella, auch ohne uns. Es gab irgendeinen Unfall, ein falsches Manöver …«

»Einen Eisberg«, sagte ich düster.

»Oder das, kann sein.« Er nickte. »Aber wir waren in der Nähe. Und, nun ja … Nicht alle Vermissten sind gestorben, verstehst du?«

»Ihr habt sie aufgefischt und hierhergebracht? Ihr habt sie entführt?!«

»Gerettet.«

»Und die Menschen durften nie wieder zurück …?«

»Besser als tot, oder?« Er hob entschuldigend die Schultern.

Besser als tot, hallte es dumpf in mir wider. *Genau wie bei dir.* War »besser als tot« das Beste, auf das ich ab jetzt für mein Leben hoffen konnte?

Ich schluckte und kämpfte die Tränen nieder, die mir wieder in die Augen traten. Aris bemerkte sie trotzdem, und sein Gesicht sah aus, als ob irgendetwas in ihm zusammenstürzte. Einen Moment lang dachte ich, er würde mich endlich in den Arm nehmen, aber er berührte nur kurz unbeholfen meine Hand.

»Ella, hör zu, ich … ich kann dir nicht versprechen, dass du wieder zurückkehren darfst. Aber ich verspreche, dass ich alles tun werde, um dir zu helfen. Was immer in meiner Macht steht, ob jetzt oder … oder in Zukunft – ich werde es tun.«

»Okay«, sagte ich mit erstickter Stimme. Ansehen konnte ich ihn nicht, sonst wäre ich wirklich in Tränen ausgebrochen. »Kannst du mich bitte allein lassen? Ich … ich will … Ich muss das …«

Aris nickte, noch blasser als zuvor. »Es tut mir so leid, Ella«, flüsterte er. »Ich hätte es dir sagen sollen. Wenigstens das.«

Darauf konnte ich nichts antworten.

Und er ging.

Eine Zeit lang blieb ich einfach an der Reling stehen und starrte blind in das schäumende Wasser unter mir. Aris' Worte klangen in mir nach, vor allem der Teil zu Atlantis und dessen Verhältnis zur Oberfläche. Eins war klar geworden: Die Leute hier hatten keine *Angst* vor uns. Nein, sie verachteten uns geradezu und wollten wortwörtlich *ums Verrecken* nichts mit uns zu tun haben. Jahrtausendelang hatte eine zweite Welt der Menschen in den Tiefen des Meeres bestanden, hatte seine eigene Geschichte gelebt und alles dafür getan, seine Existenz geheim zu halten. Wer weiß, wie viele hatten sterben müssen, damit das so blieb.

Ich dachte zurück an die mysteriös verwaisten Boote vor der Küste Cornwalls, von denen Kenneth eins in den Hafen von Greycove geschleppt hatte. Jetzt konnte ich mir zusammenreimen, was geschehen war: Aris' Verfolger hatten die Jachten in der blindwütigen Hoffnung geentert, ihr geflohenes Opfer dort an Bord zu finden. Natürlich durften sie keine Zeugen zurücklassen … und hatten am Ende ihr eigenes Leben gegeben, um das Geheimnis ihrer Heimat zu bewahren. *Gute Bürger.*

Welche Rolle konnte da schon mein Schicksal spielen? Ich war nur ein weiteres Sandkörnchen, das in den Ozean gefallen war. Wie gut meine Absichten auch gewesen sein mochten und dass ich keine Ahnung von den Folgen meiner Handlungen gehabt hatte, interessierte dabei niemanden. Außer Aris vielleicht ... aber der wollte – konnte – mir auch nicht helfen.

Das Schlimme war: Ich verstand ihn.

Mittlerweile hatte ich genug über seine Welt erfahren, um zu wissen, wie groß die Kräfte waren, die hier wirkten und an ihm zerrten. Verdammt, er war kaum älter als ich und würde bald für all das hier verantwortlich sein! Logisch, dass er nicht das Schicksal seines Volks für eine einzelne Person aufs Spiel setzen durfte. Ganz egal ob ... ob ihm diese vielleicht auch wichtig war. Dass er mir die Wahrheit verschwiegen hatte, tat immer noch weh. Aber die Gründe für sein Handeln nahm ich ihm ab.

Und warum auch nicht, dachte ich trotzig. *Hat er sich mir gegenüber je mies aufgeführt? Im Gegenteil. Er hat mich beschützt, mir zugehört, über meine Witze gelacht und ... und da ist dieser Blick, mit dem er mich manchmal ansieht ...*

Jetzt komm wieder runter, Schätzchen, meldete sich meine innere Stimme. *Ob du das hier überstehst, kannst du nicht von einem Kerl abhängig machen. Egal, wie toll du ihn findest.*

Ich finde ihn gar nicht ... Okay. Ich finde ihn toll. Trotz allem. Hatte ich es mir also offiziell eingestanden. *Aber ich komme damit klar. Zufrieden?*

Es ist ein Anfang. So, und jetzt genug mit dem Geheule, ertönte die unmissverständliche Anweisung. *Denk an deine Mutter. Denk an die Bernhardts. Was die schon alles überstanden haben! Pah, wenn's dir hilft, denk meinetwegen an IHN. Er hat es schließlich auch zurück in seine Welt geschafft. Obwohl seine Chancen krass schlecht standen.*

Also gut, verdammt. Ich schniefte noch einmal, hielt mein Gesicht in den frischen Fahrtwind und atmete tief durch. *Werde ich halt die Unzerstörbare Ella sein.*

Dann marschierte ich auf noch etwas zittrigen, aber entschlossenen Beinen Richtung Heck, wo ich den Rest der Besatzung fand. Som stand neben Tis und hörte ihrem eifrigen Geplapper zu. Aris kauerte unbeteiligt etwas abseits am Boden. Beim Nahen meiner Schritte hob er augenblicklich den Kopf. Ich stellte mich neben ihn an die Reling.

»Okay«, eröffnete ich leise meine Ansage. »Ich wollte nur Bescheid geben, dass ich mich wieder eingekriegt habe.« Bevor mich der Mut verließ, fuhr ich fort: »Aber damit das klar ist: Ich werde nicht aufgeben! Ich will zurück nach Hause. Und das schaffe ich auch. Irgendwie. Ob mit deiner Hilfe oder ohne.«

Ich versuchte, neutral und auf Abstand zu bleiben, aber das hoffnungsvolle Lächeln, das in Aris' Gesicht aufging wie eine Sonne, machte es mir schwer.

»Heißt das etwa ... du kannst mir doch verzeihen?«

Sinnlos, es weiter spannend zu machen. »Hast Glück, dass ich so ein nettes Mädchen bin«, grummelte ich.

»Nett ...?« Aris stand langsam auf. Da war es wieder – dieses Leuchten in seinen Augen. »Ella, du ... du bist einzigartig!«

Oh Mann, was lief hier falsch? Warum reichten ein Blick und ein paar Worte von ihm aus, um in mir ein chinesisches Neujahrs-Feuerwerk an Gefühlen hochgehen zu lassen?

»Du bist auch ganz okay«, nuschelte ich und drehte mich weg, damit er meine ganz bestimmt geröteten Wangen nicht bemerkte. Zum Glück ertönte in diesem Moment ein schriller Pfiff hinter mir und lenkte mich ab.

Es war Tis, die gepfiffen hatte. Und es blieb nicht bei dem einen Ton. Sie hatte das Muschelhorn, das sie um den Hals trug, an die Lippen gesetzt und steuerte nur noch mit einer Hand. Ich sah mich um. Abgelenkt durch meinen Kummer hatte ich nicht bemerkt, dass sich unsere Umgebung vollkommen verändert hatte: Statt des lauschigen schmalen Kanals befanden wir uns jetzt auf einer großen, offenen Wasserfläche, die von Schiffen nur so wimmelte. Die meisten waren ebensolche Lastkähne wie unserer, aber es gab auch Fischerboote, schwerfällige floßartige Schleppverbände und kleine Flitzer, die bunt geschmückt mit rasanter Bugwelle zwischen den anderen herumrasten. An Deck tummelten sich schwarzhaarige Atlanter genauso wie Statthalter aus allen Altersgruppen. Manche Schiffe schienen ganze Familien zu beherbergen, auf anderen arbeiteten straff organisierte Besatzungen, die Ausschau hielten, für Abstand sorgten, Signale mit Fahnen und Muschelpfeifen gaben. Ganz klar, wir hatten einen zentralen Knotenpunkt im Netz der unterirdischen Wasserverkehrswege erreicht.

Tis navigierte uns hoch konzentriert durch die atlantische Rushhour und blies immer wieder helle Tonfolgen auf ihrem Muschelhorn. Von den anderen Schiffen erklang das Echo, mal schrill, mal gedämpft, tiefes Dröhnen übertönt von virtuosen Trillern, ein Pfiff lauter als der andere, aber insgesamt seltsam melodisch – ein wahres Pfeifkonzert.

Ich wollte mir die Ohren zuhalten und doch keinen Ton verpassen. »Was ist das?«, fragte ich Aris überwältigt. »Was macht sie?« Ob Tis mich Englisch reden hörte, war mir in diesem Moment egal. Erstens war sie abgelenkt und zweitens hatte sie mein Geschrei am Vorabend sicher sowieso mitbekommen.

Es war Som, der mir antwortete. »Das ist Krìi, die Schiffersprache«, erklang seine ruhige Stimme in meinem Kopf. »Man kann sich Zeichen geben, warnen und auch sonstige Informationen austauschen. Alle Bootsführer beherrschen sie zumindest in Grundzügen, doch Tis ist eine echte Kanalratte. Sie wurde auf dem Wasser geboren und kennt jeden Ton.«

»Danke«, sagte ich, so eisig, wie ich nur konnte. »Aber ich habe Aris gefragt.« Ich schickte ihm einen Blick hinterher, der hoffentlich eins klarmachte: *Ich weiß Bescheid, Arschloch. Du wolltest mich umbringen. Halt dich fern von mir.*

Tatsächlich veränderte sich Soms Gesichtsausdruck sofort. Hatte er eben noch geradezu offen und freundlich gewirkt, glitt jetzt wieder die altvertraute Maske über sein Gesicht.

Botschaft angekommen beim Killerhai, würde ich mal sagen. Meine innere Stimme klang zufrieden.

Ich dagegen war mir irgendwie nicht ganz so sicher. Ein gutes Gefühl hatte ich bei meinem Verhalten nicht. Aber die Enthüllung von Soms Vorhaben auf der Station hatte mich tief getroffen. Unsicherheit und Angst waren zurück. Und auch das Misstrauen. Er war strikt dagegen gewesen, zum Letzten Tempel zu fahren. Jetzt befanden wir uns trotzdem auf dem Weg dahin. Und wenn auch bisher alles gut gegangen war, hatte ich die eigenartige Vorahnung einer Bedrohung, die sich an unsere Fersen geheftet hatte. Ging sie von Som aus? Ich wusste es nicht. Für den Moment jedenfalls verzog er sich ohne ein weiteres Wort in den Laderaum. Aris sah ihm stirnrunzelnd nach, ich jedoch atmete unwillkürlich auf.

Da Tis trotz des dichten Verkehrs die Geschwindigkeit kaum gedrosselt hatte, kamen wir dem Ufer des Sees rasch näher. Geschickt umschiffte sie einen anderen Lastkahn, dessen Aufbauten mit rotgelben Wimpeln geschmückt waren, pfiff dessen langhaarigem Steuermann einen lässigen Gruß zu, den dieser ebenso lässig erwiderte, und lenkte unser Gefährt schließlich in einen neuen Kanal. Sie und Aris nickten sich zu.

»Wir kommen sehr gut voran«, erklärte er mir.

Beeindruckt bat ich: »Frag sie doch, wieso sie sich so gut mit dem Schiff auskennt. Wer hat ihr das beigebracht?«

Tis schien meine Frage zu freuen und begann eine wortreiche Antwort, die Aris mir so zusammenfasste: »Ihre Familie hat schon immer auf Schiffen gelebt, sagt sie, es liegt ihr im Blut. Leider sind ihre Eltern vor ein paar Jahren bei einem Unfall gestorben. Aber sie hat Glück gehabt. Die Große Schwester kümmert sich um sie.« Er warf mir einen verschwörerischen Blick zu. »Damit meint sie Sellia.«

Ich sah die Kleine an, die nur aus Sehnen und Knochen und einem breiten Lächeln zu bestehen schien, wie sie in schlecht geflickter Tunika und mit nackten Füßen auf den Planken des Schiffs stand. *Besonders gut kümmert sich die »Große Schwester« aber nicht!*

»Frag sie, was sie mal werden möchte. Was sie sich für die Zukunft wünscht.«

Aris zog überrascht die Augenbrauen hoch. Was, war das eine ungewöhnliche Frage? Tis jedenfalls lachte nur und warf sich in die Brust.

»Sie wird natürlich dieses Schiff für Sellia führen. Und weil sie so gut darin ist, wird die Große Schwester hoffentlich noch lange zufrieden mit ihr sein.«

Bei diesem Teil hatte ich den Eindruck, dass Tis' Begeisterung ganz kurz ins Wanken kam.

Klar, mutmaßte meine innere Stimme. *Die Kleine ist pfiffig. Bestimmt hat sie schon miterlebt, was passiert, wenn die »Große Schwester« mal NICHT zufrieden ist …*

Ich hielt es für besser, das Thema zu wechseln, und zeigte auf Freaky, den Faszinierenden Fisch. Jetzt legte Tis erst recht los. Mit großen Gesten erzählte sie die Geschichte ihres Lieblings. Ich erfuhr, dass Schwebende Fische in Atlantis nichts Außergewöhnliches waren, aber dass niemand sie als Haustier hielt, weil sie normalerweise nur in Freiheit überlebten. Tis hatte den armen Freaky als Babyfisch gefunden. Er trug einen verschluckten Haken in sich – und obwohl es ihm gelungen war, dem Angler zu entkommen, hatte sich die abgerissene Schnur in einem Ufergebüsch verfangen. Schwebende Fische mussten jeden Tag mindestens ein paar Stunden im Wasser verbringen, was er in seiner Notlage nicht konnte und daher fast an Austrocknung gestorben wäre. Tis, die damals erst sieben war, hatte ihn entdeckt und es irgendwie geschafft, ihn zu retten. Da sie den Haken nicht entfernen konnte, er dem Fisch aber keine Schmerzen zu bereiten schien, hatte sie die Angelschnur einfach als Leine umfunktioniert.

Ihr Gesicht strahlte, als sie die Geschichte erzählte. Eindeutig war Freaky ihr Ein und Alles. Ich dachte an Snowflake, an Sika und musste in mich hineingrinsen. An Deck dieses Lastkahns hatte sich wohl gerade der Club der Besitzer ungewöhnlicher Haustiere zusammengefunden.

Den Rücken an die Reling hinter mir gelehnt, Tis' fröhliches Geplapper im Ohr und im Augenwinkel Aris, der auf der anderen Seite des Ruders saß, fand ich langsam zu mir selbst zurück. Es half, die vorbeigleitende Landschaft zu betrachten. Vor uns tauchte ein beeindruckender Baum auf, dessen Äste sich wie ein Dach über den Kanal spannten. Seine Krone war über und über mit großen, weißgelb schimmernden Blüten bedeckt.

Auch Tis hatte den blühenden Baum bemerkt. Aufgeregt zupfte sie Aris am Ärmel und deutete nach vorn. Sein Gesicht erhellte sich freudig. Im nächsten Moment sprang er in die Luft und griff einen tief hängenden Ast des Baums, unter dem unser Boot jetzt hindurchglitt. Er zog sich hoch und lief trittsicher wie ein Leopard über den Ast, sprang auf den nächsten, zog sich noch höher. Dann verschwand er im Blattwerk.

Was hatte er vor?

Kapitel 24

Beunruhigt versuchte ich, Aris im dichten Gewirr der Äste und Blätter über uns auszumachen. Wenn er nicht gleich zurückkam, würden wir außer Reichweite sein! Neben mir hopste Tis aufgeregt von einem Bein auf das andere. Zwar hatte sie die Geschwindigkeit unseres Bootes verringert, doch stoppen wollte sie ganz offensichtlich nicht. Freaky kam ins Trudeln, als ihn ein niedriger Ast streifte, und stieß vor Schreck ein paar besonders große Leuchtblasen aus. Gleich darauf trieb er wieder ruhig an seiner Leine dahin, wenn auch leicht beleidigt glotzend.

Fast hatte das Boot den mächtigen Baum schon hinter sich gelassen, da raschelte es in den Blättern über uns und Aris tauchte wieder auf. Mit einem gewaltigen Satz stieß er sich vom Ende eines Astes ab, erreichte knapp die Reling, rang dort einen Moment um Balance und landete dann geschmeidig auf dem Deck.

Tis klatschte begeistert und auch ich konnte mir ein beeindrucktes Lächeln nicht verkneifen – obwohl ich mich fragte, was die Akrobatik-Einlage für einen Sinn gehabt hatte. Aber hey, immerhin hätte ihm diesmal schlimmstenfalls ein unfreiwilliges Bad gedroht. Ich verstand erst, als er sich etwas verlegen näherte und mir die große Blüte entgegenhielt, die er im Baum gepflückt hatte.

»Für dich«, sagte er, noch etwas außer Atem.

Ich nahm das Geschenk natürlich nur zu gern an. Von Nahem betrachtet, sah das Gewächs noch schöner aus. Die Blätter waren cremig weiß und von hauchzarten, hellgelben Streifen durchzogen. Aus ihrer Mitte stieg mir ein intensiver, süßer Duft in die Nase, wie Vanille und Mandeln.

Blumen für die Dame, kicherte meine innere Stimme, *nicht schlecht. Wenigstens das läuft hier also genau wie bei uns.*

»Danke«, antwortete ich gerührt, ohne auf den spöttischen Kommentar in meinem Kopf zu achten. »Die ist total schön.«

Aris lächelte. »Sie schmeckt noch besser. Probier mal.«

Ich brauchte einen Moment, bevor ich verstand, dass er das ganz wörtlich meinte. Ungläubig sah ich erst ihn an, dann Tis, der er ebenfalls eine Blüte mitgebracht hatte. Das Mädchen hatte sich bereits die Hälfte in den Mund geschoben. Auch Freaky bekam seinen Anteil, wirkte aber so, als ob er lieber einen Wurm gehabt hätte. Vorsichtig zupfte ich eins der cremeweißen Blätter ab und biss hinein. Es schmeckte ... köstlich. Wie eine Mischung aus Milchschokolade, Salzkaramell und Marzipan.

Oh Gott, ist das lecker! In Windeseile hatte ich auch den Rest verspeist. *Nicht zu fassen. Eine essbare Blume, die nach Schokolade schmeckt. Vermutlich hat sie auch noch null Kalorien!*

Mit einem genießerischen Seufzer schloss ich die Augen und spürte dem wunderbaren Geschmack nach. Als ich sie wieder öffnete, blickte ich in das Gesicht von Aris und musste gleich noch einmal seufzen. Er sah einfach so glücklich aus und gleichzeitig diebisch erfreut, dass es ihm wieder einmal gelungen war, mich mit etwas aus seiner Welt zu überraschen.

Ich sagte: »Okay, jetzt kann ich verstehen, dass ihr Atlantis geheim halten wollt. Für so was würden unsere Blumenhändler garantiert den dritten Weltkrieg anfangen ...«

Er lachte, erleichtert, dass ich wieder Witze über meine Situation machen konnte. Dann reichte er mir die Hand und ich nahm sie, ohne nachzudenken. Entspannt schlenderten wir nach vorn zum Bug. Wir lehnten uns an die Reling, genossen den leichten Fahrtwind und die schöne Aussicht. Die vertraute, selbstverständliche Atmosphäre zwischen uns war zurück und fühlte sich einfach gut an. Aber wie schon zuvor verbot ich mir, diesem Gefühl weiter auf den Grund zu gehen. Solange wir auf diesem Boot waren, hatte uns das Universum ein Time-out geschenkt. Wir mussten nicht rennen, nicht um unser Leben kämpfen, nichts entscheiden. Das war vielleicht nicht viel, objektiv betrachtet, aber ich war bereit, alles zu nehmen, was ich kriegen konnte.

Nach einer Weile fragte ich: »Was habt ihr Tis eigentlich erzählt? Über mich, meine ich? Und ... äh, über euch?«

Aris schien unbekümmert. »Du stammst aus einer entfernten Provinz, wo man einen grässlich rückständigen Dialekt spricht, den kein anständiger Zentralatlanter verstehen kann. Und ich bin der Neffe eines Geschäftspartners von Sellia. Hab's auf dem Nachtmarkt ein bisschen übertrieben mit dem Spaß und versuche jetzt, diskret mit meinen Dienern nach Hause zu kommen. Meinen Namen habe ich nicht geändert, der ist recht verbreitet.«

Ich lachte ungläubig. »So einfach?«

»Na ja.« Aris fuhr sich kurz durch die Haare. »Vor allem ist die Kleine ein echtes Kind des Nachtmarkts. Sie weiß, dass sie keine Fragen zu stellen hat, wenn Sellia ihr einen Auftrag gibt.«

»Sag mal ...« Ich zögerte einen Moment, musste es jedoch einfach ansprechen. »Das ist eine ganz schön harte Nummer, dass diese Frau Kinder für sich arbeiten lässt, oder?«

Aris blickte mich überrascht an. »Aber wenn sie niemanden

sonst haben? So verdienen sie sich immerhin ihren Lebensunterhalt.«

»Gibt es denn keine Alternative?« Ich ließ nicht locker. »Ich meine, habt ihr keine Einrichtungen für Waisen oder so was? Offiziell zuständige Leute? Und was ist mit Schulen? Glaubst du, Tis kann lesen und schreiben?«

»Vermutlich nicht.« Er runzelte die Stirn. »Wir haben natürlich kostenlose öffentliche Schulen. Aber, hm, man muss auch hingehen.«

»Sellia schickt sie bestimmt nicht hin«, bemerkte ich trocken. »Es sei denn, dort würde auch Bedrohen und Bestehlen gelehrt. Ziemlich unfair, oder?«

Darauf antwortete er nicht, aber sein Gesicht wurde nachdenklich. Hatte ich vielleicht etwas angestoßen?

Eine ganze Weile blieben wir einfach still, jeder für sich in Gedanken versunken. Aber anders als an diesem Morgen war das Schweigen nicht unangenehm. Wir standen dicht beieinander, so dicht, dass sich unsere Arme berührten. Ich wusste nicht, wer von uns diese Nähe geschaffen hatte, aber ich genoss es einfach, seine warme Haut an meiner zu spüren.

Plötzlich fuhr sein Kopf hoch, die Augen auf einen Punkt in der Landschaft gerichtet. Ich folgte seinem Blick. Rechts vor uns, ein paar Kilometer entfernt, erhob sich ein beeindruckendes Gebäude. Hier hatten die atlantischen Baumeister eine besonders verschachtelte Würfelstruktur errichtet, die schneeweißen Wände mit Fresken in strahlendem Blau verziert und das Ganze mit einer goldenen Kuppel gekrönt. Auf den Dächern waren lange Fahnenstangen angebracht, an denen schmale Banner in allen Blautönen der Welt flatterten. Der Bau wirkte wichtig und ehrfurchtgebietend ... geradezu sakral. Ein Eindruck, der noch verstärkt wurde durch die Prozession, die offenbar erst vor Kurzem das Gebäude verlassen hatte und sich auf einer gewundenen Straße in Richtung Palast bewegte. Die Entfernung verbarg genaue Einzelheiten, aber ich erahnte die Menge farbenfroh gekleideter Menschen, die ebenfalls zahlreiche Fahnen mit sich führten. Der Wind trug Klänge von Instrumenten und Gesang zu uns herüber ... und hörte ich das Gebrüll von Tieren?

»Ist es das etwa? Unser Ziel?«, fragte ich staunend.

Aris schüttelte den Kopf. »Nein. Das ist der Tempel der Winde. Die Priesterinnen bringen die heiligen Stiere in den Palast, für den großen Festtag übermorgen.« Er konnte die Augen nicht abwenden. »Irgendwo dazwischen ist meine Mutter.«

»Oh«, machte ich, wenig intelligent. »So als Ehrengast? Oder hat sie auch ein Priesteramt?«

»Sie ist die Herrin der Winde.« Seine Stimme klang sehr nüchtern.

Moment mal – was?!

»Äh. Ich dachte, das ist diese ... also, eure oberste Göttin?«

Er starrte weiter mit brennenden Augen zu der Prozession hinüber. »Die Hohepriesterin ist ihre Inkarnation in unserer Welt. Und die Frau des Minos wird automatisch Hohepriesterin. Oft beginnt ihre Einweihung erst mit der Eheschließung, aber Mutter wurde schon seit ihrer Kindheit auf das Priesteramt vorbereitet. Sie ist wahrhaft die Herrin der Winde.«

Oh Mann. Der Vater König, die Mutter Göttin ...

Ich konnte meine Klappe nicht halten. »Ist dir je der Gedanke gekommen, dass du eine ziemlich krasse Familie hast?«

Er lächelte. »Ein- oder zweimal.«

»Und wie ... wie wirst du damit fertig?«

»Ganz einfach: Ich denke nicht darüber nach.« Jetzt sah er zu mir, ein reumütiges, schiefes Grinsen im Gesicht.

Ah. Daher die Erfahrung im Gedanken-Wegschieben, kommentierte meine innere Stimme trocken.

In einem schwachen Versuch, die Unterhaltung zu normalisieren, fragte ich: »Wie ist sie denn so, deine Mutter? Nett?«

»Sehr klug. Würdevoll. Souverän.« Er überlegte einen Moment. »Sie war immer gut zu mir. Nett ... ist vielleicht nicht das richtige Wort.«

»Macht nicht den Eindruck, als ob du oft nachts mit ihr in der Küche quatschst und kalten Döner isst ...«

»Tut ihr das? Deine Mutter und du?« Aris lachte, als ich ein verschmitztes »Wer weiß?«-Gesicht zog. »Das klingt gut.« Dann fügte er hinzu: »Soms Mutter ist nett. Sie heißt jeden willkommen. Auch mich, egal, in welchem Zustand ich schon bei ihnen zu Hause aufgekreuzt bin ...«

Sein Blick glitt wieder flussabwärts, aber wir hatten inzwischen mehr als eine Biegung umschifft und der Tempel der Winde war hinter den grünen Hügeln verschwunden.

Aris sah mich ernst an. »Ella ... bitte denk nichts Schlechtes von Som. Er wollte nur seine Pflicht tun.«

Muss schön sein, einen so pflichtbewussten Freund zu haben, schnaubte meine innere Stimme sarkastisch.

»Sorry«, sagte ich leise. »Aber das kann ich dir nicht versprechen. Vielleicht mit ein bisschen mehr Zeit ...«

Und Abstand. Ich habe keine Übung im Umgang damit, dass mir jemand ans Leder will. Keine Ahnung, wie man so was loswird. Jetzt gerade traue ich ihm nicht.

Und dieses Misstrauen war nicht nur meinetwegen wieder erwacht. Immer drängender fragte ich mich, wie die Verschwörer so nah an die Königsfamilie herangekommen waren. Aber das konnte ich Aris unmöglich sagen. Stattdessen kam ich zurück zu einem potenziell weniger kritischen Thema.

»Und dein Vater? Ist *der* nett?«

»Mein Vater ist überhaupt nicht nett.« Das schiefe Grinsen war wieder da. »Unbeugsam. Aufbrausend wie der Große Stier selbst. Aber er hat sich immer in der Gewalt. Als könnte er seinen Zorn ganz nach Wunsch lenken, um sein Ziel zu erreichen, verstehst du?« Aris warf mir einen Blick zu und sah dann hinunter auf die glitzernde Bugwelle. »Er ist großartig. Und dass er sich so für die Statthalter einsetzt ... Das hat noch kein Minos vor ihm getan. Ich glaube, er weiß einfach nicht so recht, was er mit mir anfangen soll.«

»Wie meinst du das?«

»Na ja ...« Er atmete kurz durch und schlug dann wieder einen leichtherzigen Tonfall an. »Ich bin ja nur der dritte Sohn. Meine Brüder sind – waren deutlich älter als ich, sechs und acht Jahre. Da entsteht schon etwas Abstand. Alle haben immer gesagt, Solon ist genau wie mein Vater. Und dass Ionis nach meiner Mutter kommt. Beide auf ihre Art sehr gute Thronfolger also. Ich dagegen ...«

»Du hast deine eigene Art«, sagte ich.

Er hob amüsiert die Schultern. »Muss wohl so sein. Und jetzt bin ausgerechnet ich der Ominos. Kein schlechter Witz. Ob Vater ihn allerdings komisch findet ...«

»Hey, so darfst du nicht denken.« Ich stieß ihn leicht mit der Schulter an. Mehr traute ich mich nicht.

Aris schien ohnehin in seinen Gedanken versunken. »Es ist jedenfalls ein seltsames Gefühl. Mein Leben lang sind alle davon ausgegangen, dass meine Brüder die Thronfolge unter sich ausmachen. Sie kamen mir vor wie – wie zwei Schlachtschiffe. So zielstrebig ... unbesiegbar ...« Bei diesen Worten fasste seine Linke automatisch nach dem goldenen Siegelring – nur, um ins Leere zu greifen. Er schloss kurz die Augen, und ich merkte, wie viel Überwindung es ihn kostete weiterzusprechen. »Ich war so etwas wie das Beiboot, verstehst du? Von mir hat nie jemand irgendwas erwartet. Früher hat mich das verrückt gemacht. Dann war es mir egal. Vielleicht ein bisschen zu egal. Onkel Evros hat schon recht, ich sollte mir das nicht so zu Herzen nehmen.«

»Er hat sich um dich gekümmert, oder?«, fragte ich mitfühlend.

»Ja. Er war immer für mich da. Hat mir so viel beigebracht. Er ist ganz anders als mein Vater, obwohl sie Brüder sind.« Aris lachte. »Ich meine ... Onkel Evros hatte es auch schwer. Aber er nimmt das Leben nicht so ernst. Du magst ihn bestimmt. Bei ihm gibt es tolle Feste.«

»Oder Ausflüge auf den Nachtmarkt«, ergänzte ich, leicht säuerlich.

Aris zog die Schultern hoch, eindeutig unangenehm berührt. »Das ... so oft war das jetzt auch nicht. Er wollte mich nur ein bisschen ablenken nach, hm, nach dieser Sache vor zwei Jahren. Ich hatte eine Dummheit gemacht. Es gab ein ernstes Zerwürfnis mit meinen Eltern.«

»Oh.« Das klang nicht gut. »Was ist denn passiert?«

Aris wand sich ein bisschen. Es war ihm wirklich peinlich. »Nicht lachen, in Ordnung?«

»Versprochen.«

»Also, ich habe mich heimlich zur Armee gemeldet. Natürlich unter falschem Namen. Ich ... ich wollte wohl etwas beweisen.« Er sah mein ungläubiges Gesicht und sagte trocken: »Schätze, so haben meine Eltern auch geschaut, als sie es herausfanden. Trotzdem ließen sie mich eine Zeit lang gewähren. Ich war ja nur Rekrut, da kann man nicht viel falsch machen. Aber dann kam es unerwartet zum Kampf.«

Gegen wen?, fragte ich mich überrascht, wollte ihn aber nicht unterbrechen.

»Ich habe mich nicht schlecht geschlagen. Das Maß war wohl trotzdem voll. Sie ließen mich sofort zurückholen. Götter, war mein Vater wütend! Was er zu mir gesagt hat damals – die Worte höre ich heute noch. Und Mutter hat mich nur angesehen, so … enttäuscht …«

»Vielleicht hatten sie ja Angst um dich«, meinte ich leise.

Aris lachte. »Mein Vater hat keine Angst. Und Mutter verliert nie die Fassung.« Dann wurde sein Gesicht wieder ernst. »Nein. Ich habe ihnen Schande bereitet mit meinem Ungehorsam. Ich war dumm und egoistisch. Hab mir eingeredet, dass mich das ohnehin alles nichts angeht. Wohin das geführt hat, sieht man ja jetzt. Aber damit muss Schluss sein. Ich darf niemanden mehr enttäuschen.«

Die Entschlossenheit in seiner Stimme war unüberhörbar. Doch ich spürte auch die Angst darin – Angst vor einer Aufgabe, die sich plötzlich und schier unüberwindlich vor ihm aufgebaut hatte.

Vom Beiboot zum Flaggschiff. Würde wohl jedem Respekt abfordern.

»Das schaffst du bestimmt auch. Du hast doch schon so viel geschafft.« Ich drückte seine Hand, um meine Worte zu betonen. »Und … äh, du bist ja nicht allein.«

Eigentlich hatte ich die Berührung sofort wieder lösen wollen, um keinen falschen Eindruck zu erwecken, aber er fing meinen Daumen zwischen seinen Fingerspitzen ein und hielt ihn kurz fest. Es war nur ein winziger Moment, aber er brachte uns beide zum Lächeln. Dann schrillte ein lauter Ton aus dem Muschelhorn herüber. Die Bootsführerin rief nach uns.

»Tis darfst du jedenfalls definitiv nicht enttäuschen«, sagte ich neckend und stieß Aris vor mir her. »Also los: Zeig, was du kannst!«

Am Heck bekamen wir Jobs zugewiesen: Ich half Tis, große bunte Segeltücher auszurollen und an mastartigen Stangen zu befestigen, die sich mittschiffs sowie an einigen Stellen der Reling aufrichten ließen. Wie sich zeigte, dienten sie als Schutz gegen die künstliche Sonne, die mittlerweile direkt über uns stand und ein blendendes Licht herabwarf. Aris wurde währenddessen zum zweiten Steuermann abkommandiert, eine Aufgabe, die er sich bereits des Nachts mit Som geteilt hatte, wie ich nun erfuhr. Klar, so zäh und fähig Tis auch schien, sie konnte nicht pausenlos wach bleiben.

Danach begann der gemütliche Teil der Reise: Wir lagerten im Schatten der farbenfrohen Sonnensegel auf dem warmen, hellen Holz, bekamen noch mehr von dem leckeren Gebäck – das mir jetzt noch besser schmeckte – und lauschten auf die weitschweifigen Ausführungen der Kleinen, die sich wohl vorgenommen hatte, neben unserer Steuerfrau auch unsere Reiseführerin zu sein. Aris übersetzte mir, so schnell er nachkam, was eine ziemliche Herausforderung war und uns alle drei immer wieder zum Lachen brachte. Ich hatte die Ehre, die mittägliche Freaky-Fütterung durchzuführen. Irgendwelche streng riechenden grünen Bällchen, auch nicht besser als die Würmer …

Sein tägliches Tauchbad aber übernahm Tis selbst – sie wollte auf keinen Fall riskieren, ihn zu verlieren, das war klar. Wie sie erklärte, hatten diese Fische nur sehr wenig Kontrolle über die Richtung, in die sie flogen – ohne Leine würde Freaky einfach davonschweben wie ein Heliumballon. Ich sah fasziniert zu, wie der Kugelfisch seine letzten goldenen Luftblasen ausstieß, dabei auf die Größe eines Puppenkopfes zusammenschrumpfte, immer weiter herabsank und schließlich ins Wasser eintauchte. Dort würde er die nächsten Stunden verbringen, Kraft schöpfen und neues Gas bilden, das er aus dem Sauerstoff im Wasser umwandelte – bis er schließlich wieder emporsteigen konnte, frisch »aufgepumpt«. Ich entschied, dass Tis im Club der Besitzer seltsamer Haustiere den Vorsitz verdient hatte.

Som ließ sich die ganze Zeit über nicht sehen, was mir fast ein schlechtes Gewissen bereitete. Aber erstens hatte ich ihn nicht gezwungen, sich unter Deck zu verkriechen, und zweitens konnte ich den Gedanken nicht abschütteln, dass er mich so kaltschnäuzig hatte ausschalten wollen. Auch sonst hatte er mich bei jeder Gelegenheit seine Ablehnung spüren lassen. Okay, es hatte auch freundliche Gesten gegeben. Aber war das nicht einfach nur Berechnung gewesen? Wenn ich an ihn dachte, konnte ich das ungute Gefühl nicht abschütteln. Also ließ ich mich lieber vom Geplauder und der exotischen Landschaft ablenken.

Als es Abend wurde, steuerte Tis eine kleine Bucht an und ging, oh Wunder, vor Anker. Wie mir erklärt wurde, hatten wir bereits den größten Teil des Weges geschafft und konnten uns eine kleine Pause leisten. Wir nutzten sie für ein wunderbares Abendbrot. Während die künstliche Sonne langsam dem Horizont entgegenwanderte und eine kurze Dämmerung einsetzte, bauten wir an Deck eine Art Grill auf, der aus einer großen Keramikschüssel mit Rost bestand. Darauf briet Tis kleine silbrige Fische, die sich den Tag über in den am Schiffsrumpf ausgehängten Schleppnetzen verfangen hatten. Sie wickelte die Fische in Wasserpflanzen ein, die das zarte Fleisch vor den Flammen schützten und gleichzeitig mitgegart wurden. Das alles duftete köstlich und schmeckte noch besser. Und ja, wir aßen mit den Händen – ein sauberes Tuch auf dem Schoß und ein kleines Messer ließen das Ganze trotzdem recht manierlich aussehen.

Aris verschwand zwischendurch kurz unter Deck, vermutlich, um nach Som zu sehen, kehrte jedoch allein und ohne Kommentar wieder zurück. Ich stellte keine Fragen.

Zum Glück saß Tis neben mir und erzählte – soweit ich das mitbekam – ein paar besondere Geschichten über Freaky, dessen Leine sie sich jetzt an einer Schlaufe um das Handgelenk gebunden hatte. Immer wieder warf sie ihm Streifen ungebratener Wasserpflanzen zu. Ich bekam einen Eindruck davon, wie schlecht Schwebende Fische wirklich manövrieren konnten, denn er verfehlte seine Wurfsnacks mehr als einmal und glotzte dann dumm aus der Wäsche. Tis lachte sich jedes Mal kaputt, sammelte die nassen Blätter aber unermüdlich ein und probierte es von Neuem. »Wir trainieren noch!«, übersetzte mir Aris ihre Erklärung.

Die Kleine war wirklich unglaublich. So munter und lebensmutig … Es war kaum zu glauben, dass sie als Waise aufwuchs und niemanden hatte, dem sie am Herzen lag oder der ihr eine Chance gab. Sellia mitzuzählen, weigerte ich mich. Es durfte einfach nicht sein, dass die einzige Zukunft für Tis aus Arbeit für eine kaltblütige Mörderin bestand. Ich nahm mir vor, bei geeigneter Gelegenheit noch einmal mit Aris darüber zu sprechen.

In diesem Moment zog er mich rasch auf die Füße und zur Reling.

»Was denn? Ist was passiert?«, fragte ich beunruhigt, aber er legte nur den Finger auf die Lippen und zeigte auf das dunkle Wasser.

Überall um unser Boot herum brodelte es. Aus der aufgewühlten Oberfläche tauchten goldene Bläschen auf, erst hier und da, dann an Dutzenden Stellen. Sie taumelten schimmernd empor in den nachtblauen Himmel, als ob sie den künstlichen Sternen Gesellschaft leisten wollten. Ich schlug entzückt die Hände zusammen – aber es war erst die Vorhut. Nach und nach lösten sich die Verursacher der wundersamen Leuchtblasen aus dem dunklen Wasser: Es war ein ganzer Schwarm Fische, der sich nach seiner Ruhephase am Grund der Bucht zurück in die Lüfte erhob. Die meisten leuchteten in einem ähnlich intensiven Orangerot wie Freaky, doch ich sah auch viele hellere und dunklere Schattierungen – die Palette reichte von funkelndem Weißgold bis zu kohleglühendem Tiefrot. Ihre fedrigen Flossen kräuselten sich anmutig im Aufwind, glänzende Wassertropfen sprühten wie Funken durch die Luft. Sie benetzten meine Hände, die ich fasziniert nach ihnen ausgestreckt hatte.

Da ertönte vom Heck ein markerschütternder Schrei.

»FRÌKI!«

Ich fuhr herum zu Tis, die entsetzt nach oben blickte. Über ihrem Kopf, schon außer ihrer Reichweite, taumelte Freaky davon, den anderen Fischen nach. Hatte er sich losgerissen? War sie einen Moment unachtsam gewesen? Egal wie, das Unglück war geschehen. Tis schrie wie von Sinnen. Ich stand nur da, hilflos und starr vor Schreck.

Doch Aris setzte blitzschnell auf das Dach des Deckaufbaus, warf sich mit einem gewaltigen Sprung in die Luft … und erwischte das äußerste Ende von Freakys Leine. Im nächsten Moment stand er wieder vor uns und reichte Tis das Band mit ihrem Schwebenden Fisch wie ein freundlicher Ballonverkäufer. Schluchzend vor Dankbarkeit drückte sie ihren Liebling an sich, der aussah, als wüsste er nicht recht, was gerade passiert war.

Als Aris sich wieder neben mich an die Reling stellte, schaffte ich es, meine Erstarrung abzuschütteln. Die ganze Beinahe-Katastrophe inklusive Rettung hatte vielleicht fünf Sekunden gedauert und mich ziemlich mitgenommen – obwohl mir nichts passiert war und ich absolut keinen Beitrag geleistet hatte. Um etwas Dampf abzulassen, knuffte ich ihn heftig gegen den Arm.

»Aua!«, rief er. »Wofür war das denn?«

»Für deine gute Tat.«

»Also, wenn das meine Belohnung ist, lasse ich so was in Zukunft!«, beschwerte er sich und rieb sich theatralisch die getroffene Stelle.

Grinsend wie ein Honigkuchenpferd zeigte ich hinüber zu Tis, die glücklich mit Freaky im Schoß unter dem mächtigen Ruderbaum kauerte und vorsichtig seine Schuppen streichelte. »*Das* ist deine Belohnung«, sagte ich. Und fügte dann ganz ernsthaft hinzu: »Wirklich, hast du toll gemacht.«

»Ja, einmal hochspringen. Man wird Lieder über mich singen.« Aris' Tonfall war scherzhaft, aber in seinen Augen sah ich ehrliche Freude darüber, dass es ihm gelungen war, Tis großen Kummer zu ersparen. Er lehnte seinen Rücken an die Reling und schubste mich mit der Schulter. Ich schubste zurück. Irgendwie löste sich der Kontakt danach nicht.

Rings um das Boot stiegen die letzten Leuchtfische auf und taumelten zwischen goldenen Luftbläschen dem schwarzblauen Nachthimmel entgegen. Die Tropfen fielen von ihren schuppigen Körpern wie Regen auf uns herab. Aris streckte seine Hand aus und fing sie spielerisch auf.

»Und jetzt?«, fragte ich augenzwinkernd. »Willst du die auch zum Leuchten bringen?«

Er schüttelte bedauernd den Kopf. »Nur Salzwasser, weißt du doch …«

»Was? Das ist gar kein …?«

Lächelnd hielt er mir seine Hand hin. »Überzeug dich selbst.«

Ohne nachzudenken, beugte ich mich herab, um das Wasser zu kosten. Es schmeckte tatsächlich nicht salzig. Und weil sich Finger nur sehr schlecht als Behälter für Flüssigkeiten eignen, berührten meine Lippen Aris' Haut. Ein winziger Blitz zuckte durch meinen Körper und suchte vergeblich Erdung. Aris atmete scharf ein. Im nächsten Moment hatte er seine Hand weggezogen, als hätte er sich verbrannt.

Ich versuchte, die Situation zu überspielen. Zeigte übermäßig interessiert auf den Kanal und fragte: »Äh ... woher kommt denn das Süßwasser? Habt ihr Quellen?«

Er stieg sofort darauf ein, räusperte sich und erklärte: »Es ist Meerwasser. Die Filteranlagen sitzen in den Spitzen der Säulenberge. Ihre Betreuung und Wartung ist eine sehr verdienstvolle Aufgabe. Das übernehmen fast immer Statthalter. Manche Familien kümmern sich ... schon seit Generationen darum ...« Die Worte gingen ihm aus.

Und auch mein Kopf war wie leer gefegt. In meinen Lippen kribbelte es noch von dem ungeplanten Kontakt.

Cool bleiben. Denk an deine Vorsätze. Du hast das im Griff.

Ich legte also den Kopf in den Nacken und verfolgte konzentriert, wie der schimmernde Fischschwarm über der Bucht langsam von den warmen Nachtwinden auseinandergetrieben wurde. Die Leuchtfische verschwanden in der Dunkelheit wie verglühende Funken. Dann blieb uns nur noch das Licht der künstlichen Sterne, die sich auf der ruhigen Wasseroberfläche spiegelten. Abendstille breitete sich aus. Ich schloss die Augen, um die Bilder nachwirken zu lassen.

Als ich sie wieder öffnete, bemerkte ich, dass Aris mich unverwandt ansah. Er stand immer noch so dicht neben mir, dass unsere Schultern und Hüften sich berührten. Es kam mir vor, als ob ein leises Zittern durch seinen Körper lief. Oder zitterte ich selbst?

»Hey«, sagte ich. Irgendwie musste ich die Stille zwischen uns durchbrechen. Sie war viel zu aufgeladen. »Was guckst du denn so?«

Ich hab mir da nämlich was vorgenommen, aber das klappt nicht, wenn du mich so ansiehst ...

»Ach, nichts ...« Er machte Ausflüchte, eindeutig. Stieß sich etwas von der Reling ab, als wollte er gehen, ließ es dann doch. »Ich ... habe mich nur gefragt, wie dein Haar in diesem Licht aussieht ...«

Unser Boot lag ganz allein in der dunklen Bucht. Niemand würde mich beobachten. »Finden wir's raus.« Kurz entschlossen zog ich mir das Tuch vom Kopf und wuschelte mir durch meine Frisur, die bestimmt furchtbar aussah.

Aris schien es nicht zu stören. Wie hypnotisiert verfolgte er meine Bewegungen. Mir kam es vor, als ob die Luft zwischen uns plötzlich funkelte.

»Ella ... hast du –« Er kämpfte mit sich. Und verlor. Die Worte brachen geradezu aus ihm heraus. »Hast du dich schon einmal gefühlt, als ob die ganze Welt um dich wie neu erschaffen wurde? Als würdest du alles zum ersten Mal sehen? Und als wäre alles anders, als du gedacht hast? Irgendwie größer – und heller ...? Dass du ... du –« Er verstummte und schaute auf seine Füße. »Entschuldige, ich rede nur Unsinn. Das willst du nicht hören.«

Doch, will ich!, schrie es in mir, alle Vorsätze plötzlich wie weggeblasen. *Aber – das ... das heißt doch nicht etwa ...?*

»Du, ähm ...« Ich schluckte. »Meinst du deine Zeit bei uns an der Oberfläche? Was du da erlebt hast?«

Er schüttelte den Kopf. Nahm sichtlich allen Mut zusammen,

legte mir seine Hände auf die Schultern und drehte mich zu sich. »Ich meine dich, Ella. Nur dich.« Seine Stimme war rau, sein Atem warm. »Du bist meine neue Welt.«

Im nächsten Moment fühlte ich seine Lippen auf meinen.

Alle Gedanken zerstoben in einem Funkenregen, als er mich an sich zog. Ich schlang meine Arme um ihn, versuchte, ihn enger an mich zu pressen, noch mehr von seinem schlanken, starken Körper zu spüren. Wir stolperten ein paar Schritte zurück, bis ich gegen den hüfthohen Deckaufbau stieß. Ohne den Kuss zu unterbrechen, hob Aris mich mühelos hoch, sodass ich auf dem warmen Holzdach zu sitzen kam. Ich merkte, wie er versuchte, ein wenig Abstand zwischen uns zu lassen, aber das konnte ich nicht ertragen, umklammerte seine Hüften mit meinen Beinen und holte ihn wieder ganz nah zu mir heran. Er stöhnte leise auf, vergaß jede Zurückhaltung, ließ sich in meine Umarmung fallen. Seine Hände strichen über meinen Rücken, durch meine Haare, das Tuch lag längst irgendwo am Boden, *egal* ...

Schließlich verlangsamte sich unser atemloses Tempo. Aus dem einen glühenden Kuss wurden mehrere. Kleine Pausen machten jeden neuen etwas sanfter und zärtlicher, gaben uns Zeit zum Luftholen. Ich streichelte Aris' Nacken und seine Wangen, spürte, dass er mir noch etwas sagen wollte. Aber zunächst konnte er mich nur ansehen, ein wunderbares und überwältigtes Lächeln im Gesicht.

Kein Problem. Ich hätte in diesem Moment selbst auch nichts über die Lippen gebracht außer einem weiteren Kuss. Was ... was war das nur ... dieses schwerelose Gefühl, das mich vom Kopf bis zu den Zehen erfüllte? Ich schwöre, wenn er mich nicht so festgehalten hätte, wäre ich selbst davongeschwebt wie ein Leuchtfisch.

Aris schien es ähnlich zu gehen. Ein-, zweimal setzte er zum

Sprechen an, schaffte es aber nur bis »Ella …«. Der leicht benommene, glückliche Ausdruck in seinem schönen Gesicht machte mich ganz schwindelig. War das wirklich meinetwegen? Was hatte ich denn schon groß getan?

Was … haben WIR getan?

Der Gedanke durchfuhr mich wie ein eiskalter Reality-Check. Ich atmete erschreckt ein und merkte an seiner Reaktion, dass er genau dasselbe dachte.

In diesem Moment tauchte eine weiße Gewitterwolke neben uns auf. Som.

»Aris«, hörte ich seine Stimme. Sie klang ruhig und kontrolliert, aber äußerst angespannt. »Ich muss mit dir reden. Jetzt.«

Kapitel 25

Was danach kam, war vielleicht noch schlimmer als die vorherige Nacht. Aris löste sich sofort von mir, seine Haltung ein einziges Schuldbewusstsein. Ohne ein weiteres Wort folgte er Som unter Deck. Ich band mir mit zitternden Händen das Tuch um den Kopf und schleppte mich nach hinten zum Heck. Dort hatte Tis mittlerweile zu ihrer üblichen Form zurückgefunden und war bereits eifrig dabei, das Boot für die Weiterfahrt klarzumachen. Freaky schwebte sicher vertäut als zweite Laterne über ihr an der Reling.

Ich hockte mich hin und versuchte, meine Gefühle wieder unter Kontrolle zu bekommen. Nicht so einfach, nachdem mein Höhenflug in einem üblen Crash geendet war. Zudem schien mein ganzer Körper noch zu vibrieren. Egal, was ich berührte, alles fühlte sich an wie Aris.

Durch die Luke hörte ich undeutlich, wie er mit Som diskutierte. Auch ohne atlantisches Vokabular wurde mir klar, dass das Gespräch nicht gut lief. Soms Seite blieb natürlich unhörbar für mich. Ein einziges Mal wurde Aris laut. Seine Stimme klang wie von hilflosem Zorn verzerrt. Mir war klar, dass es wieder um mich ging. Oder genauer, um das, was ich mit ihm gemacht hatte. Was ich noch mit ihm machen könnte …

»Atlantischer Thronfolger mit Oberflächen-Frau erwischt!«

Was für eine Schlagzeile.

Schließlich herrschte unter Deck nur noch bedrückende Stille. Niemand kam die Treppe herauf. Ich war allein mit Tis, der ich keine Fragen stellen konnte und die wahrscheinlich gar nicht verstand, was ihre Passagiere für ein Problem hatten.

Wie hatte das bloß passieren können? Ich wusste doch genau Bescheid über diese »Finger weg«-Regel. Verdammt, *Aris* wusste genau Bescheid! Und er hatte offensichtlich genug Übung darin, sie einzuhalten. Diese zwei Knutschgeschichten, die er erwähnt hatte, waren ja wohl unentdeckt und folgenlos geblieben. Aber da hatte es sich nicht um Oberflächen-Mädchen gehandelt, die ohnehin schon ein Problem waren und ausgemerzt gehörten ...

Was würde jetzt geschehen? Würde man mir etwas antun, mich zurücklassen, ausliefern ...? Und was drohte ihm? Bei diesen Gedanken wurde mir ganz schlecht vor Angst. Am schlimmsten jedoch war das Gefühl, Aris nicht mehr in meinen Armen zu halten. Es war auch das Unheimlichste. Wie war das möglich, dass er so eine Wirkung auf mich hatte? Wie konnte ich jemanden so sehnlich vermissen, den ich erst ein paar Tage kannte und der sich nur ein paar Meter entfernt von mir befand?!

Aber so war es.

Die Strafe für 'ne Überdosis Endorphine, Schätzchen. Sag Nein zu Drogen. Meine innere Stimme hatte sich den besten Zeitpunkt ausgesucht, um wieder aus der Versenkung aufzutauchen.

Ach was. Dich hatte ich ja gar nicht vermisst, erwiderte ich, biestig vor Kummer.

Tja, so leicht wirst du mich nicht los, Baby.

Da wir aber nicht noch einen Streit an Bord gebrauchen

konnten, hielt ich lieber Funkstille in meinem Kopf und versuchte, mich zu beruhigen. Über mir leuchtete die prächtige Positionslampe. Hin und wieder schien auch das tröstliche Orangerot des hin- und hertaumelnden Freaky über mir auf. Mein Herz schlug langsamer. Die Augen fielen mir zu.

Ich erwachte mit den ersten Strahlen der künstlichen Sonne am Horizont. Stöhnte auf, als sich meine verkrampften Muskeln gegen die plötzliche Bewegung wehrten. Ich war tatsächlich einfach an Deck eingeschlafen, was noch ungemütlicher als im Laderaum gewesen war. Dann merkte ich, dass mir jemand in der Nacht eine Decke übergelegt hatte. Aris? Tis? Ich setzte mich auf, in der Hoffnung, einen der beiden zu entdecken – und blickte direkt in die schwarzen Augen von Som.

Er stand am Ruder und steuerte das Boot.

Hat wohl die Frühschicht erwischt, murmelte es verschlafen in mir.

Ich zuckte unwillkürlich zusammen unter seinem, wie mir schien, strafenden Blick. Als er mich ansprach, war seine Stimme jedoch unerwartet sanft. »Guten Morgen. Ich hoffe, Ihr fühlt Euch wohl?«

»Nein. Ich fühle mich beschissen.« Kein Grund, mit der Wahrheit hinterm Berg zu halten. Ich sah, wie er leicht zusammenzuckte. Wegen meiner unflätigen Sprache oder weil er sich getroffen fühlte?

»Das tut mir leid.« Er kontrollierte den Kurs und wandte sich dann wieder zu mir, mit einem Gesichtsausdruck, der wohl Aufrichtigkeit und Mitgefühl ausdrücken sollte.

Ich fiel nicht darauf herein. »Hör bloß auf«, sagte ich hitzig.

»Ich weiß Bescheid. Du hast von Anfang an versucht, mich loszuwerden. Und jetzt fühlst du dich bestätigt. Gratuliere.«

Er wich meinem Blick nicht aus. »Glaubt mir, ich will Euch nichts Böses.«

Ich rutschte ein Stück weiter an die Reling und zog die Decke fester um mich. In diesem Moment brauchte ich jede Verstärkung, die ich kriegen konnte.

»Wo ist Aris?«

»Unter Deck.« Som schien einen Augenblick zu überlegen und setzte dann hinzu: »Aber ich denke, er würde jetzt lieber allein sein.«

»Das kann er mir selbst sagen.« Mit diesen Worten stand ich auf und schüttelte die Decke ab. *Verdammt, ich darf mich nicht einschüchtern lassen!*

In diesem Moment kam Tis die Treppe hinaufgehüpft ... gefolgt von Aris. Der hüpfte nicht. Und mein Anblick schien ihn auch nicht gerade zu erfreuen. Freaky fest an der Leine, kletterte das magere schwarzhaarige Mädchen auf das flache Kajütendach, betrachtete mit Kennermiene unsere Umgebung und gab ihr Urteil ab.

Aris übersetzte es mit ausdruckslosem Tonfall: »Spätestens heute Abend erreichen wir unser Ziel. Tis wird uns wie vereinbart absetzen und dann weiterfahren zum Mittagsmarkt.«

»Okay ...«, sagte ich, weil mir nichts Besseres einfiel und niemand sonst etwas erwiderte.

Echt jetzt?, tobte es in mir. *Verdammt, gestern hat er dich geküsst, als hinge sein Leben davon ab! Und jetzt bekommst du nur ein Update zur Reiseroute? Ist das etwa alles?*

Wie sich herausstellte, war das *nicht* alles.

Aris machte ein paar schwere Schritte Richtung Bug. Doch er drehte sich noch einmal zu mir um, so langsam, als müsste er sich mit aller Macht dazu zwingen. Sein Gesicht wirkte hart und extrem angespannt. »Ella. Das gestern ... tut mir leid. Es war ein Fehler. *Mein* Fehler. Es wird nicht wieder vorkommen.«

Meine innere Stimme war fassungslos. *Aber DIR tut es nicht leid! Sag ihm das!*

Nichts sagte ich.

Mir war zu elend von der emotionalen Achterbahnfahrt, durch die mich die vergangenen Tage getrieben hatten. Diese letzte Kurve gab mir den Rest. So blieb ich einfach stumm an meinem Platz und sah undeutlich, wie er mir den Rücken zuwandte und langsam zum Vorschiff ging.

Ich kauerte mich wieder auf meine Decke, schloss die Augen und sperrte alle Gedanken aus. Für eine Weile gelang mir das auch. Wir machten weiterhin gute Fahrt. Einmal glitten wir an einer Uferböschung vorbei, in der ein schwarzhaariger Junge eine Herde schneeweißer Ziegen saufen ließ. Ich sah ganz genau hin: Ja, es waren eindeutig Ziegen. Der Junge bemerkte mich und winkte herüber. Automatisch erwiderte ich die Geste. Wie kamen Ziegen an den Meeresgrund ...? Und wie war das mit den Möwen, den Stieren? Hatten die Atlanter bei ihrer Rückkehr von der Oberfläche vielleicht ein paar Mitbringsel im Gepäck gehabt? Meine Gedanken kreisten dankbar um dieses neue Rätsel.

Etwas später drückte mir Tis einen Becher mit heißer blauer Flüssigkeit in die Hand. Der Duft kam mir verdächtig vertraut vor. Da hatte sich wohl jemand an der Ladung bedient? Ich sah hoch, in ein herzlich lächelndes Kindergesicht, und musste einfach zurücklächeln.

Guck, die Welt ist nicht untergegangen, meldete sich meine innere Stimme zurück. *Denk an die Bernhardts: abwarten und Tee trinken.*

Ich nickte unwillkürlich.

Noch ist nicht aller Tage Abend!, plapperte es aufmunternd in mir weiter. *Die Hoffnung stirbt zuletzt!*

Ja, danke. Es fing an zu nerven.

Andere Mütter haben auch hübsche Söhne ...

Ist gut jetzt!, knurrte ich.

Ups. Zu früh?

Ich blieb mir selbst eine Antwort schuldig und konzentrierte mich lieber auf das exotische Gebräu vor mir. Es hatte keine Wunderwirkung wie dieser Powerdrink an Bord des goldenen Rochens, schmeckte aber angenehm würzig mit einer süßlichen Note und tat einfach gut. Ich bemerkte dankbar, dass Tis mir auch etwas zu essen mitgebracht hatte. Gebäck war offenbar aus, aber sie hatte ein paar der in Wasserpflanzen gerösteten Fische von gestern Abend aufgehoben.

Warum nicht.

Som hatte seinen Platz am Steuer inzwischen wieder an die eigentliche Schiffsherrin abgetreten und sich zu Aris Richtung Bug verzogen. Jetzt stand Tis an ihrem angestammten Posten, steuerte entspannt mit einer Hand und genehmigte sich ebenfalls einen der Frühstücksfische. Freaky schien nichts dagegen zu haben, schwebte wie immer friedlich glotzend an seiner Leine dahin und schnappte ab und zu nach den Brocken, die ihm sein Frauchen zuwarf.

Zwischen den einzelnen Bissen textete mich die Kleine wieder munter zu und ich konnte mich kaum gegen ihre ansteckende Fröhlichkeit wehren. Irgendwie gelang es uns ganz gut, uns zu verständigen, wenn auch nur mit Händen und Füßen. Ich glaubte zu verstehen, dass wir uns auf einem wenig befahrenen Seitenkanal befanden, der für den Transport von »vertraulichen Waren« besser geeignet war als die großen, direkteren Kanäle. Dass sie aber stolz war, uns dank ihrer Steuerkünste trotzdem pünktlich an das gewünschte Ziel zu bringen. Dass die »Große Schwester« sie sicher belohnen würde.

Der Gedanke an Sellia ernüchterte mich schlagartig. Zu gern hätte ich versucht, mit Tis ein bisschen über ihre Vorstellung von einem guten Leben zu sprechen. Mir war klar, dass ich mich kaum in der Position befand, irgendjemandem als Vorbild für gute Entscheidungen zu dienen. Aber es wurmte mich einfach, dass das Schicksal der Kleinen niemanden zu kümmern schien.

Klar, weil du ja auch genau Bescheid weißt über die sozialen Verhältnisse hier, spottete es in meinem Kopf.

Dass Kinder von Verbrechern als billige Arbeitskräfte ausgenutzt werden, sollte nirgendwo okay sein, fauchte ich zurück.

Aber natürlich war das Argument meiner inneren Stimme nicht von der Hand zu weisen: Ich hatte keine Ahnung von dieser Welt und einen verdammt großen Haufen eigener Probleme.

Das immer noch größte saß irgendwo unsichtbar hinter dem Kajütenaufbau am Bug und wollte nichts mehr mit mir zu tun haben. Oder hatte sich zumindest darauf besonnen, dass es nichts mit mir zu tun haben *durfte*.

Ich wusste nicht, welche Vorstellung mir weher tat: dass vielleicht einfach nur an einem romantischen Abend die Hormone mit ihm durchgegangen waren ... oder dass es mehr war, er aber nach reiflicher Überlegung beschlossen hatte, es dabei bewenden zu lassen. *Wie kann er das nur tun! Er ... er kann doch nicht solche schönen Sachen sagen ... und mich SO küssen ... und dann einfach den Stecker ziehen?*

Aber es war ja nicht »einfach« geschehen. Nein. Ich war nicht blind. Aris hatte an diesem Morgen schlimm ausgesehen. Ähnlich wie in dem Moment, als er den Ring seines Bruders hatte aufgeben müssen. Als ob ihm eine Zentnerlast aufgebürdet worden war, die ihn unbarmherzig zu Boden drückte und jeder Leichtigkeit beraubte. In beiden Fällen hatte er schließlich das getan, was er tun musste. Vermutlich hätte mich seine Selbstdisziplin beeindruckt, wenn ihre Auswirkungen auf mich kein solcher Schlag in die Magengrube gewesen wären.

Wo immer die Gründe lagen, sie sorgten jedenfalls dafür, dass Aris sich den ganzen Vormittag nicht mehr am Heck sehen ließ. Es war, als ob verfeindete Mächte das Schiff unter sich aufgeteilt hatten: Den einen gehörte der Bug, die anderen kontrollierten das Heck und der Laderaum war die demilitarisierte Zone.

Genau dahin zog es mich nun. Denn so schön es war, die prächtig grüne Landschaft von Atlantis vorbeigleiten zu sehen – im Moment wollte ich mich nur verkriechen. Meine Ecke hinter dem Teeballen schien mir dafür besser geeignet als das offene Deck. Ich rollte mich dort ein und schob mir wieder den Stoffbeutel mit meinen Oberflächen-Sachen unter den Kopf. Dass ich sie bisher erfolgreich verteidigt hatte, fand ich seltsam tröstend.

Du wirst doch jetzt nicht wieder heulen, oder?, fragte meine innere Stimme kritisch.

Ich würdigte sie keiner Antwort. Aber ich heulte wirklich nicht. Ich schlief einfach ein, vollkommen erledigt.

Irgendwann erwachte ich. Es musste Mittag sein – hier unten im Laderaum war es drückend heiß. Ein goldener Lichtstrahl fiel durch die Luke zu mir herab und rief mich mit geradezu hypnotischer Macht an Deck, wo Tis ganz sicher immer noch das Steuer fest in der Hand hielt.

Die fröhliche Entschlossenheit der Kleinen beeindruckte

mich immer wieder. Es musste doch möglich sein, ihr eine bessere Perspektive als das Leben in Sellias Bande zu ermöglichen – oder zumindest den Wunsch danach in ihr zu wecken.

Vielleicht sollte ich genau jetzt versuchen, Aris darauf anzusprechen. Es war ein neutrales Thema, und kein Mensch hatte gesagt, dass wir überhaupt nicht mehr miteinander reden durften.

Als ich an der Hängematte vorbeiging, merkte ich, dass sie belegt war – und zwar von Som, der wohl den verlorenen Nachtschlaf nachholte. Ha. Ein Grund mehr, sofort den Laderaum zu verlassen. Ich zupfte also mein Kopftuch zurecht, hoffte, dass es nicht allzu schlimm aussah, und kletterte leise die sonnenbeschienenen Stufen hinauf.

An Deck empfing mich ein frischer Lufthauch, das Glitzern und Flüstern des Wassers und die beschatteten Planken. Die gehissten bunten Segeltücher ließen mich erst vermuten, dass ich mit meiner Zeiteinschätzung nicht ganz falsch gelegen hatte; aber die Sonne stand schon deutlich tiefer, was eher auf späten Nachmittag hindeutete. Ich sah zum Heck: Richtig, da stand Tis am Ruder, unbeweglich und konzentriert. Über ihr wiegte sich die rotschimmernde Form von Freaky in der warmen Luft. Er wirkte nass und glänzend, als ob er gerade sein tägliches Bad hinter sich hatte.

Ich nickte seinem Frauchen zu, deutete zum Bug und fragte: »Aris?«

Sie nickte eifrig, fügte aber noch einen Schwall Worte hinzu, der danach klang, als sollte ich mich lieber fernhalten. Was, hatte Som sie auch schon rekrutiert?

Bockig tat ich so, als ob ich nichts verstand. Dass mich Aris nicht mehr küssen wollte, war eine Sache, aber komplett den Umgang verbieten lassen würde ich mir nicht.

Ich schlurfte also an den hölzernen Aufbauten vorbei; doch als ich sie fast umrundet hatte und sich das Vorschiff meinem Blick öffnete, blieb ich wie angewurzelt stehen.

Ja, Aris war hier. Aber er hatte das selbst gewählte Exil am Bug genutzt, um seine ramponierte Kleidung zu waschen, die er bei seiner halsbrecherischen Aktion auf dem Treppengerüst erneut eingesaut hatte. Jetzt flatterte sie – wieder leidlich sauber – an der Reling. Ihr Eigentümer, der wohl auch selbst im Wasser gewesen war, lag bäuchlings auf den schattigen warmen Planken. Sein Kopf ruhte auf seinen Unterarmen. Er war in tiefen Schlaf versunken … und komplett unbekleidet.

Ich fuhr hinter die Ecke zurück, die Wangen noch heißer als die Sonne über uns.

Okay, ganz ruhig, flüsterte es hektisch in mir. *Er hat dich nicht bemerkt. Sonst hat's auch keiner mitgekriegt. Alles ist cool.*

Aber *ich* war nicht cool. Ich war alles andere als das. Ich war aufgeregt. Durcheinander. Neugierig … Und nach kurzer Zeit bereit, doch noch einen kurzen Blick um die Ecke zu werfen.

Aris hatte sich keinen Millimeter bewegt. Ich konnte nicht anders, ich musste hinschauen, ganz genau, obwohl mir das Herz so sehr in der Brust klopfte, dass ich sicher war, er würde es hören. Mein Blick schweifte über seinen nackten Körper, der auch gut einer dieser griechischen Statuen von Göttern oder Helden hätte gehören können. Er lag ausgestreckt da, die Muskeln seiner starken Arme und langen, schlanken Beine ausnahmsweise vollkommen entspannt. Hier und da glitzerten Wassertropfen auf seiner hellen Haut, vor allem in der leichten Beuge, die seine Wirbelsäule machte. Sein Gesicht war beschattet und abgewandt, sodass ich den Ausdruck darin nicht erkennen konnte. Aber seine ganze Körperhaltung war friedlich. Diesmal quälten ihn keine Albträume.

Ich war ihm so nah, dass ich nicht nur die Male der Schwarzen Perlen in seinem Nacken erkennen konnte, sondern auch zahlreiche weitere kleinere Narben – an seiner linken Schulter, unterhalb der Rippen ... Spuren brutaler Geschichten, von denen ich längst nicht alle kannte. Und dann waren da noch die halb verheilten Wunden, die Sikas Zähne und Tristans Säbel an seinem Arm hinterlassen hatten und die jetzt nicht mehr durch einen Verband verdeckt waren.

Eine ungeahnte Welle von Zärtlichkeit stieg in mir auf. Ich ließ mich auf die Knie hinab, reckte mich an der Ecke vorbei und streckte die Hand aus, um ihm über das schwarze, noch leicht feuchte Haar zu streichen.

So ein Angebot und du suchst dir den Kopf aus? Meine innere Stimme klang mehr als ungläubig.

Ich ignorierte sie. Nichts von dem, was ich in diesem Moment fühlte und tat, wollte ich analysieren. Ganz vorsichtig berührte ich die Haare über seiner Stirn, strich sachte darüber.

Im nächsten Moment steckte mein Handgelenk in Aris' festem Griff. Sein Kopf fuhr hoch.

Von wegen Tiefschlaf.

Wilder Schreck durchzuckte mich, lähmte meine Glieder und Gedanken. Nicht einmal rot vor Scham konnte ich werden, so überrascht war ich. Ihm ging es wohl nicht anders. Den Oberkörper leicht aufgestützt durch den anderen Arm, hatte er bereits erkannt, dass ihm keine Gefahr drohte ... aber das machte die Sache nicht einfacher. Sein Griff lockerte sich, doch los ließ er mich nicht. Er sagte nichts, sah mich nur an mit seinen einzigartig seegrünen Augen. In seinem Blick stand so viel, doch ich konnte nicht alles deuten. Überraschung war da. Verwirrung, ganz sicher. Aber vielleicht auch so etwas wie Sehnsucht ... und Hoffnung?

Ich fand meine Stimme wieder. Ein bisschen. Immerhin genug, um herauszupressen: »Sorry … Ich wollte dich nicht …«

Aris schüttelte nur ganz leicht den Kopf und wandte seine Augen nicht ab. Wenn er es war, der ohne Kleidung vor mir lag – warum fühlte dann *ich* mich unter seinem Blick so … entblößt? Seine Finger hielten immer noch mein Handgelenk umfasst, doch so vorsichtig, dass ich sie kaum spürte. Dafür flatterte und zitterte es in mir und irgendetwas tat mir seltsam weh – mein Magen, mein Herz?

Mit einer kaum merklichen Bewegung beugte er sich ein wenig vor, lehnte sich meiner Hand entgegen. Unwillkürlich drehte ich die Innenfläche so, dass ich im nächsten Moment seine Wange an ihr spürte. Er schloss seine Augen, einen Herzschlag nur, vielleicht zwei. Dann drückte er meine Handfläche an seine Lippen. Die sanfte Berührung brannte. Alles in mir wollte mehr davon.

Da flatterte das Segeltuch und ließ ein paar der gleißend hellen Sonnenstrahlen durch. Einen Augenblick lang hing das Licht zwischen uns wie ein Fallgitter. Aris schien es genauso zu empfinden. Er ließ mich rasch los, setzte sich auf und wandte mir den Rücken zu.

»Bitte entschuldige mich«, sagte er förmlich. »Ich muss mich wieder anziehen.«

Ich nickte stumpf, merkte zum Glück selber, dass er das nicht sehen konnte, und sagte kleinlaut: »Natürlich. Ich … ich bin hinten bei Tis.«

Unsicher kam ich auf die Füße und stolperte zum Heck, ohne mich noch einmal umzusehen.

So fies das klingt, in diesem Moment war ich zum ersten Mal froh, dass Tis mich nichts fragen konnte. Daher durfte ich einfach im Schatten des Hecksegels zu Boden sinken und auf die weiß gescheuerten Planken zwischen meinen Knien starren. Konnte ich eigentlich nur dämliches Zeug machen? Das Spannen war ja schon peinlich genug, aber sich dabei auch noch erwischen zu lassen! Nur: So, wie er reagiert hatte ... Abweisend oder verärgert sah anders aus. *Er will das nicht. Diesen Abstand zwischen uns. Hält er es genauso wenig aus wie ich?* In diesem Moment war ich mir sicher: *Er spürt es auch. Diese besondere Verbindung zwischen uns. Und wenn er könnte, wie er wollte ...*

Meine innere Stimme hatte eine deutlich deprimierendere Erklärung anzubieten: *Er ist ein schätzungsweise 18-jähriger Kerl, der noch nie eine feste Freundin hatte. Und du schmeißt dich ihm in Serie an den Hals. Was soll er tun, dich über Bord werfen? Sei froh, dass er höflich bleibt.*

Eine Ewigkeit blieb ich so sitzen, bis vor mir Schritte ertönten. Ich hob erschreckt den Kopf – und war noch nie so froh gewesen, Som statt Aris zu sehen. Doch sein Gesicht wirkte ernst, geradezu finster. Mir wurde ganz anders. Hatte er doch etwas mitbekommen? Oder schlimmer noch – hatte Aris ihm davon erzählt?

Dann merkte ich, dass er mich gar nicht beachtete. Stattdessen reckte er sich und fixierte am Sonnensegel vorbei einen fernen Punkt am Himmel. Einige Sekunden stand er ganz still da, die Augen mit der weißen Hand beschirmt, und starrte unverwandt nach oben. Er sagte etwas auf Atlantisch zu Tis, das diese beunruhigt zusammenzucken ließ. Anschließend übersetzte er seine Worte für mich: »Wir werden verfolgt.«

Okay. Meine innere Stimme klang resigniert. *Schätze, das Time-out ist offiziell zu Ende.*

Kapitel 26

»Sie haben einen Erkenner.«

Aris war zu uns ans Heck gekommen. Er vermied jeden Blickkontakt mit mir, sah in den Himmel, kniff ernst die Augen zu und tauchte rasch wieder zurück in den Schatten der Segeltücher.

»Der Rat der Steine, ganz sicher. Außer der Armee hat sonst niemand Zugriff auf diese Technologie. Verflucht.«

»Was ist denn das – ein Erkenner?«, fragte ich besorgt.

In diesem Moment stieß Som einen Warnschrei aus und riss Aris zu Boden. Etwas zischte blitzschnell vom Himmel herab und zerfetzte das Segeltuch über uns. Einen Moment lang schwirrte und glitzerte es um mich herum wie ein silberner Hornissenschwarm. Ich schrie auf und schlug schützend die Hände vor das Gesicht, auch Tis kreischte erschreckt. Doch der Spuk war schon vorbei: Ein scharfer Luftzug, ein Sirren, dann stob die funkelnde Wolke davon und stand wieder in der Ferne über uns am Himmel.

Aris stieß einen atlantischen Fluch aus und rappelte sich wieder auf. »Ein ganzer Schwarm! Die neueste Generation! Jetzt werden wir sie nie los ...«

»Wenn wir Glück haben, wurde dein Gesicht nicht erkannt«, antwortete Som, als er ebenfalls auf die Füße kam.

»Ja, aber deins! Und das von Ella und Tis!«

»Das spielt keine Rolle.«

»Du hast recht.« Aris atmete tief durch. »Sie wissen sowieso schon zu viel.« Seine Miene hellte sich etwas auf. »Aber nicht, wohin wir wollen. Da gehe ich jede Wette ein. Sonst würden sie uns einfach dort abfangen. Tis!«, rief er. »Hol alles aus dem Boot heraus, was du kannst! Wenn sie uns nicht vor der Dämmerung einholen, haben wir eine Chance!«

Im Eifer des Gefechts hatte er Englisch gesprochen. Rasch wiederholte er seine Worte auf Atlantisch. Tis nickte bestätigend und verschob ein paar der Metallringe, die an ihrer Pinne angebracht waren. Im nächsten Moment machte das Boot unter mir einen kleinen Satz, und ich merkte, dass wir die Geschwindigkeit erhöht hatten. Allerdings war der Unterschied nicht sonderlich beeindruckend.

Klar, dachte ich ernüchtert. *Wir befinden uns auf einem Lastkahn – und Tis hat bisher auch nicht gerade gebummelt ...*

Som und Aris tauschten besorgte Blicke aus. Sie sahen das vermutlich genauso wie ich. Niemand brauchte mir mehr zu erklären, was gerade passiert war. Dieser »Erkenner« war eindeutig so etwas wie eine atlantische Überwachungsdrohne. Der Rat der Steine hatte seine Agenten hinter uns hergehetzt, vermutlich auch an Bord eines Bootes. Bis sie in Reichweite waren, behielt uns der Hornissenschwarm da oben im Auge und sorgte dafür, dass wir nicht unbeobachtet von Bord flohen.

Wie weit war es wohl noch bis zu unserem Ziel – und bis zur Dämmerung? Aris setzte darauf, dass uns die Flucht im Dunkeln gelingen konnte. Aber würde das wirklich reichen? Diese silbernen Hornissen hatten doch bestimmt einen Nachtsichtmodus ... Und unsere Verfolger konnten jeden Moment hinter der Flussbiegung auftauchen.

In Tis hatte es offenbar ebenfalls gearbeitet. Nun stieß sie einen ganzen Schwall mir unverständlicher Wörter aus, untermalt von ausholenden Gesten, was ihre zielsichere Steuerung keinen Augenblick störte. Besonders oft deutete sie zu der Luke, die in den Laderaum führte. Meine Begleiter hörten aufmerksam zu. An ihren Gesichtern erkannte ich deutlich, dass Som dem Vorschlag der Kleinen zustimmte und Aris strikt dagegen war.

Ich hielt es nicht mehr aus. »Was sagt sie? Was sollen wir tun?«

»Das hier ist ein Schmugglerboot. Es gibt eine geheime Klappe im Rumpf, über die die Ware notfalls ungesehen von Bord geschafft werden kann.« Som sprach hastig und hoffnungsvoll. »Tis sagt, wir könnten darüber das Schiff verlassen ... Und sie steuert weiter, um unsere Verfolger in die Irre zu führen.«

Aris fiel ihm ins Wort. »Das bedeutet, Tis auf dem Boot zurückzulassen, wenn die Agenten es entern. Auf Gedeih und Verderb. Das kann ich nicht zulassen.«

»Hör auf damit!« Som packte ihn an den Schultern. »Denk daran, wer du bist! Worum es hier geht! Nichts ist wichtiger als Atlantis. Das waren *deine* Worte!«

»Ich lasse kein Kind für mich kämpfen!« Mit einem Ruck wand sich Aris aus Soms Griff.

Die beiden ungleichen jungen Männer standen einander gegenüber, keiner bereit, von seinem Standpunkt abzulassen.

»Som hat recht.«

Überrascht sahen die beiden mich an. Ich blickte zurück, in seegrüne und tiefschwarze Augen.

»Aris, du musst das hier durchziehen. Wir anderen ... wir können dir helfen. Aber am Ende geht es doch um alle, oder? Nicht um ... um einen Einzelnen. Das darf dich nicht aufhalten.«

»Denkst du das wirklich, Ella?« Aris' Stimme klang geradezu schmerzerfüllt. »Könntest du das denn? Tis zurücklassen? Oder ... oder mich, wenn es andersherum wäre?«

Tapfer hielt ich den Blickkontakt und erwiderte leise: »Nein. Vermutlich nicht. Aber du schon. Weil du musst. Oder?«

Und das war die Wahrheit. Alles in mir sträubte sich dagegen, aber ich wusste, dass es nicht anders ging. Wenn das Geheimnis in Aris' Kopf so war, wie er befürchtete, dann standen gerade deutlich mehr als vier Menschenleben auf dem Spiel. Und es gab nur einen Weg, dem zu begegnen: den Letzten Tempel zu erreichen, die versteckte Botschaft herauszufinden und rechtzeitig das Schlimmste zu verhindern.

Som musste Aris begleiten, schon allein, um die Statthalter im Tempel zu überzeugen, die sich mit dieser rätselhaften Verschlussmethode auskannten. Und mich anstelle von Tis an Bord zu lassen, brachte gar nichts: Ich wusste nicht, wie man das Boot steuerte, und stand bereits auf der Abschussliste des Rats. Tis dagegen, nur ein Kind, dazu schlau und geschickt, hatte eine Chance. Letztendlich waren wir alle drei nur Sandkörnchen in einem gigantischen, erbarmungslosen Getriebe.

Zum Kotzen, aber korrekt. Was für ein Scheißspiel ...

In diesem Moment ertönte ein Warnruf vom Heck. Unsere kleine Steuerfrau hatte sich nicht ablenken lassen und hatte bemerkt, dass hinter uns ein Boot aufgetaucht war. Unsere Verfolger waren jetzt in Sichtweite. Und sie holten auf. Plötzlich war aus dem abgelaufenen Time-out ein Countdown geworden. Die Sonne näherte sich allerdings tatsächlich dem Horizont. Das Wasser um uns herum verdunkelte sich bereits und lange Schatten krochen in das Ufergebüsch. Vielleicht hatte unser Fluchtplan doch eine Chance auf Erfolg?

Som warf Aris einen wilden, auffordernden Blick zu. Der riss sich aus seiner Erstarrung. »Unter Deck, los.« Dann drehte er sich noch einmal zu dem zerzausten Mädchen am Ruder um. »Tis«, presste er heraus. »Wenn du das hier überstehst … geh nicht zurück zu Sellia. Komm zum Palast. Frag nach Som, er wird mich benachrichtigen. Mein Haus hat Einfluss und wird dich aufnehmen. Aber ich gebe dir auch jede andere Belohnung.«

Er merkte, dass er schon wieder versehentlich die falsche Sprache benutzt hatte, und korrigierte sich schnell. Tis' dunkle Augen leuchteten auf. Lachend gab sie ein paar prahlerische Sätze zur Antwort. Vermutlich etwas in der Art wie *»Sollen nur kommen! Frìki und ich gegen den Rest der Welt!«* Dann aber wurde ihr fuchsartiges Gesicht ernst. Ganz leise flüsterte sie etwas. Aris hielt inne, sichtlich getroffen. Doch sie schnitt ihm jede Antwort ab, indem sie ihn energisch wegscheuchte, hinter uns her, die wir schon auf der Treppe standen und angespannt warteten. Wir sprangen die Stufen hinab, hinein in das Dämmerlicht des Laderaums.

»Was hat sie noch gesagt?«, fragte ich schüchtern.

Die Antwort bekam ich von Som. »Sie glaubt … dass er ein guter König sein wird.«

Ich schluckte beklommen. Hatte sie uns also durchschaut.

Sag ich doch, murmelte es in mir. *Die Kleine ist pfiffig!*

Dann half ich rasch den beiden anderen, die bereits die Teeballen an einer Stelle beiseiteräumten. Nach einigem Herumtasten am Boden fanden wir ein paar gut getarnte Planken, die sich herauslösen ließen. Darunter öffnete sich ein breiter, sorgfältig ausgekleideter Schacht. Knapp einen Meter tief führte er durch den untersten Teil des Rumpfes hinab ins Wasser. Keine Ahnung, wieso wir mit einem solchen Loch in der Bootshülle nicht sanken, aber es funktionierte ganz offensichtlich.

Hättest vielleicht besser in Physik aufpassen sollen. Oder es ist wieder so eine atlantische Zaubertechnik …

Jetzt, da ich in die Dunkelheit blickte, die rauschend unter uns vorbeischäumte, wurde mir schlagartig klar, was wir hier wirklich vorhatten.

Som übernahm es, mir das Ganze noch einmal knallhart vor Augen zu führen: »Wir haben nur eine Chance, wenn wir es ungesehen in das Gebüsch am Ufer schaffen. Das bedeutet: erst senkrecht hinabschwimmen und dann unter der Wasseroberfläche bleiben, bis die Deckung erreicht ist. Tief tauchen und lange, bei schlechter Sicht. Traut Ihr Euch das zu?«

Unter seinem prüfenden Blick wurde mir ganz mulmig, aber das konnte ich auf keinen Fall zugeben. »Kein Problem.« Ich versuchte, kühl und zuversichtlich zu antworten.

Aris schien nicht überzeugt. Voller Besorgnis wandte er sich zu mir, und sein seegrüner Blick brannte so sehr, als ob es nie den Entschluss gegeben hätte, Abstand zu halten. »Keine Angst, Ella. Wir helfen dir«, versprach er.

Mein dämliches Herz hüpfte und wollte sich ihm schon wieder entgegenwerfen. Mühsam hielt ich es im Zaum.

»*Du* hilfst niemandem!«, befahl Som. »Sieh zu, dass du unentdeckt an Land kommst! Das ist das Einzige, was zählt!«

»Nein.« Aris trat einen Schritt zurück. »Auf keinen Fall lasse ich Ella im Stich.« Alles in seiner Haltung zeigte, dass er diesmal nicht nachgeben würde.

»Wir haben keine Zeit für so etwas!« Som klang geradezu verzweifelt. »Die Agenten sind gleich hier!« Dann aber blickte er von seinem Freund zu mir. Ich wusste nicht, was er sah, aber es brachte ihn dazu, einzulenken. »Nun geh schon, du Dummkopf«, seufzte er. »Ich passe auf sie auf, versprochen.«

Aris wirkte erleichtert, ich war es dagegen nicht. Sollte Som nicht vor allem daran gelegen sein, seinen zukünftigen König in Sicherheit zu bringen? Warum diese Sorge um mich?

Plötzlich durchzuckte es mich eiskalt. »*Tut mir leid, mein Freund, ich konnte nichts machen, sie ist ertrunken …*« Natürlich! Das war seine Chance, mich endlich unauffällig loszuwerden.

Übertreibst du jetzt nicht? Meine innere Stimme klang irritiert. *Gut, er will dich nicht dabeihaben – aber auf der Station war das doch eine ganz andere Situation. Da kannte er dich noch nicht, und jetzt …*

Jetzt hat er sogar einen Grund mehr, schon vergessen?

Die Angst hatte sich fest in meinen Magen verbissen und ließ sich nicht durch Vernunft zähmen. Erst recht nicht, als ich sah, wie Aris dem weißhäutigen jungen Statthalter neben sich einen Blick zuwarf, in dem nichts als Dankbarkeit und Vertrauen stand. Ich allerdings fühlte in diesem Moment genau das Gegenteil.

Aris setzte sich auf den Rand des Schachts und begann, konzentriert ein- und auszuatmen. Er wusste genau, was er vorhatte und wie er es angehen musste. Im Unterschied zu mir. Er lächelte mich ermutigend an, holte ein letztes Mal tief Luft und verschwand ohne ein weiteres Wort in der nassen Schwärze des Wassers.

Über uns knallte es, und ich hörte, wie Tis einen empörten Schrei ausstieß. Wieder machte unser Boot einen merklichen Satz nach vorn. Irgendwie war es ihr gelungen, noch etwas mehr Tempo aus dem Kahn herauszukitzeln. Eine harte Kurve schleuderte mich fast zu Boden. Ausweichmanöver? Unsere Verfolger mussten uns fast eingeholt haben.

Das hatte natürlich auch Som verstanden. Er schob mich zum Schacht. »Ihr zuerst. Ich folge Euch und helfe.«

»Vergiss es.« Ich schüttelte sein Hand ab und trat zurück. »Du hast es selbst gesagt: Wichtig ist vor allem, dass Aris sein

Ziel erreicht. Du bist *ihm* verpflichtet, oder? Also hilf ihm. Ich komme sehr gut allein klar.«

Er zögerte. »Lasst mich wenigstens Euren Beutel nehmen. Er wird Euch beim Schwimmen nur stören.«

»Ich komme schon klar.«

»Aber ...«

»Willst du noch mehr Zeit verlieren?«

Das beendete die Diskussion.

Som schluckte alle weiteren Widerworte hinunter und glitt rasch über den Rand des Schachtes. Doch er wandte sich noch einmal um. »Es ist ein schwerer Tauchgang, unterschätzt das nicht. Das Ufer scheint nah, aber die Strömung ist stark. Wenn Ihr im Wasser seid, müsst Ihr Euch sofort kräftig nach unten abstoßen. Lasst Euch auf keinen Fall vom Boot ...«

»Ja, ja, hör schon auf. Ich weiß, was ich tue!«, schnitt ich ihm barsch das Wort ab.

Unser Boot machte noch einen scharfen Schlenker, dann erzitterte es heftig. Der Schreck würgte mir kurz die Luft ab. Hatte man uns gerammt? Für Som jedenfalls gab es den Ausschlag. Er warf mir einen letzten, unlesbaren Blick zu und verschwand dann im Schacht.

Jetzt stand nur noch ich inmitten der durcheinandergeworfenen Teeballen, zwischen die das wild schwankende Lämpchen wüste Schatten warf. Die unbestimmte Furcht vor Som verwandelte sich in eine ganz konkrete Angst vor dem dunklen Wasser unter mir.

Ich wollte da nicht hinunter. Auf gar keinen Fall.

Zwar hatte ich nicht gelogen: Ich konnte gut schwimmen und auch recht lange tauchen. In einem Hallenbad. Oder bei ruhiger See vor der Küste von Cornwall. Wo ich unter Wasser gute Sicht hatte und jederzeit zurück an die Oberfläche konnte, wenn mir die Luft ausging. Aber was jetzt auf mich wartete, klang eher nach Kampftaucher-Einsatz. Wenn ich das hier versaute, verriet ich bestenfalls unseren Fluchtweg ... und schlimmstenfalls war ich erledigt.

Meine innere Stimme hatte sich panisch in einem Hinterzimmer meines Kopfes verbarrikadiert und weigerte sich herauszukommen. Ich war also wirklich allein. Und durfte nicht länger warten. Rasch streifte ich mir den Gurt des Beutels über Kopf und Schulter und zog ihn fest. Über mir knallte es wieder. Tis' Stimme klang schrill und wütend, aber auch angsterfüllt.

Luft holen. Luft holen. Luft holen.

Und hinein in das schwarze Wasser. Es war frisch, aber nicht unangenehm kalt. Trotz meiner Vorbehalte versuchte ich, Soms Ratschlag zu folgen. Ich umklammerte den Rand des Schachtes und stieß mich so kräftig nach unten ab, wie ich konnte.

Es war nicht genug.

Unter dem Rumpf herrschte ein unglaublicher Sog, der mich sofort ins Taumeln brachte. Ich stieß hart mit dem Kopf gegen den über mir dahinrasenden Bootskörper, verlor die Orientierung, schlug hektisch mit den Beinen – und hing plötzlich fest. Irgendetwas hatte meinen linken Knöchel erwischt. Eine Leine? Eins der Netze, die am Rumpf befestigt waren? Was immer es war, ich konnte mich nicht davon befreien. Ich zappelte hilflos wie ein Fisch am Haken, als mich das Boot mit sich fortriss.

Verzweifelt kämpfte ich gegen die Strömung an, die mich wild herumwirbelte und die Verstrickung meines Beins nur noch fester werden ließ, versuchte, mit den Händen die Fäden meiner Falle zu erreichen – doch gegen die gewaltige Kraft des Wassers hatte ich keine Chance. Das fliehende Boot über mir zog mich gnadenlos voran.

Schon ging mir die Luft aus. Die nasse Umklammerung war

überall um mich, drückte mir gegen die Augen, den krampfhaft geschlossenen Mund, drang in meine Ohren, die Nase ... und ich musste doch Atem holen!

Luft. Ich brauche Luft.

Jetzt sofort.

Aber um mich herum war nur schwarzes Wasser, in mir nichts als nackte Panik.

Game over, Ella.

War schön mit dir.

Kapitel 27

Meine Lungen brannten. Die Fußfessel hielt mich gnadenlos. Mein Kopf voller Rauschen und Entsetzen. Ich wusste, Ertrinken war grausam, Kenneth hatte mir die Warnung nachdrücklich eingehämmert: kein friedliches Einschlafen, kein fotogenes Davongleiten, stattdessen ein Bewusstsein, das bis zuletzt gegen den Tod ankämpfte, ein Körper, der verzweifelt nach Sauerstoff rang, bis er versuchte, Wasser zu atmen, bis er irgendwann ...

... eine Stimme hörte?

»Haltet aus. Ich bin gleich da.«

Noch bevor ich verstand, was passierte, tauchte neben mir ein weißer Schatten auf. Ein Gesicht presste sich auf meins. Und plötzlich ... hatte ich wieder Luft.

»Ganz ruhig. Den Mund geschlossen halten. Nicht die Beine bewegen.«

Ich gehorchte wie unter Hypnose.

Som. Som war hier!

Ich spürte, wie er sich gegen die Strömung an meinem Körper hinabkämpfte, mein gefangenes Bein erreichte. Ein Ruck, und ich war frei. Blitzschnell drehte Som sich in dem tobenden Wasser um, presste mich an seine Brust und tauchte kraftvoll nach unten weg. Auf dem Rücken schwimmend hielt er mich vor seinem Bauch umklammert, während er sich mit schlangenartigen Bewegungen schnell und sicher von dem über uns davonschießenden Boot entfernte und uns in die Nähe des Ufers brachte. Jedenfalls nahm ich das an – denn ich konnte in dem schwarzen Wasser nichts außer Soms hellem Körper erkennen.

Som jedoch bewegte sich absolut zielstrebig; seine Haiaugen schienen ihm trotz der Dunkelheit klare Sicht zu ermöglichen. Und ... wurde ich langsam irre, oder sah ich zwischen den gespreizten Fingern, die an mir vorbeizogen, plötzlich große Schwimmhäute? Mir wurde klar, wie unglaublich dumm ich gewesen war, seine Hilfe abzulehnen. Hatte ich nicht genug Hinweise darauf bekommen, dass Wasser das eigentliche Element der Statthalter war? Und wie blind war ich überhaupt gewesen, ihm nur die schlimmsten Absichten zu unterstellen? Doch mein halb ertränktes Gehirn hatte keine Kraft, wirklich darüber nachzugrübeln. Ich hing als reiner Ballast in Soms Armen und ließ mich von ihm mitziehen. Im Schwimmen drehte er sich zu mir und gab mir neue Luft. Ich verschwendete keinen Gedanken an die Haifischzähne in seinem Mund, auch nicht daran, ob die mir gespendete Luft ihm vielleicht selbst fehlen würde. Ich hatte vollkommen abgeschaltet.

So ließ ich mich auch widerstandslos durch das Schilf am Ufer des Kanals und schließlich die dicht bewachsene Böschung hinaufziehen. Mit verständnislosen Augen sah ich gerade noch, wie unser Lastkahn die nächste Kurve des Kanals umschiffte und hinter dem sich dort erhebenden Hügel verschwand. Das Boot der Verfolger befand sich dahinter, aber irgendwie war es Tis gelungen, sich wieder einen Vorsprung zu verschaffen.

Doch das alles sollte erst sehr viel später bei mir ankommen. Jetzt kauerte ich erst einmal auf allen vieren im Ufergebüsch, keuchte und spuckte und versuchte reflexartig, das Wasser wegzuwischen, das mir aus den Haaren über das Gesicht lief. Ich konnte das Gefühl einfach nicht ertragen. Dann brach ich zusammen und blieb zitternd liegen.

Irgendwann konnte ich den Kopf wieder bewegen und meine Augen meldeten sinnvolle Signale an mein Hirn. Vor allem, dass neben mir mein Retter saß.

»Danke«, brachte ich hervor, »danke, Som!«

Er half mir mit sanftem Griff, mich wieder aufzusetzen. Von den Schwimmhäuten zwischen seinen Fingern war nichts mehr zu sehen. Hatte ich mir die nur eingebildet oder zogen sie sich auf dem Trockenen einfach zurück?

Das Atmen fiel mir langsam leichter. Ich holte tief Luft, wieder und wieder, als müsste mein Körper sich vergewissern, dass es endlich möglich war. Noch immer spürte ich mit jeder Faser den entsetzlichen Druck des Wassers. Das Zittern wurde sogar noch stärker und schon liefen die Tränen über mein ohnehin nasses Gesicht.

»Ich habe leider nichts mehr zur Beruhigung für Euch«, bedauerte Som und strich mir ermutigend über den Rücken. »Die Verpackung dieser Kristalle war nicht dicht genug. Alles aufgelöst und weggespült.«

»Alles, außer mir«, flüsterte ich. »Danke. Oh, vielen Dank.« Durcheinander, wie ich war, konnte ich die Worte nicht zurückhalten. »Ich ... ich hätte nicht gedacht, dass du umkehren würdest ... wegen mir ...«

Seine Hand hielt inne. »Fast wäre ich zu spät gekommen. Es tut mir so leid!«

Wie hatte ich sein Gesicht je für unlesbar halten können? Es stand Kummer darin, eindeutig. Ich hatte ihn verletzt, mit meinem Misstrauen, meiner Kälte.

»Nein ... nein, *mir* tut es leid!« Hastig versuchte ich, wenigstens ein bisschen zu retten. »Ich weiß ja, dass ich hier nichts zu suchen habe. Und alles falsch mache. Du, du wolltest das Richtige tun …«

»Trotzdem habe ich nicht richtig gehandelt. Ich war verblendet – von allem, was man bei uns über die Oberfläche erzählt. Und ich war … ich war voller Angst …«

»Echt? *Du* kannst Angst haben?« Mein dämlicher Sinn für Humor hatte sich schon wieder aufgerappelt – und knallte gegen die Mauer von Soms Ernsthaftigkeit.

Bekümmert bat er: »Verzeiht mir, bitte, wenn Ihr könnt.«

»Nur, wenn du mich endlich duzt und Ella nennst.«

Er hob den Kopf, sah mein Lächeln … und erwiderte es. »Verzeih mir, Ella.«

»Aber natürlich. Und du – verzeihst du mir? Ich … ich verspreche auch, keinen Ärger mehr zu machen …« Ich biss mir auf die Lippen, weil ich so viel sagen wollte und nicht wusste, wie.

Er nickte ganz selbstverständlich, das Gesicht offen und voller Freundlichkeit. Erleichterung durchströmte mich. Mir kam es vor, als könnte ich erst jetzt wieder wirklich frei atmen.

Doch dann sah ich mich beunruhigt um. »Wo ist Aris?«

Som lachte leise. »Ein paar Flussbiegungen hinter uns. Das Boot hat uns ein bisschen Vorsprung verschafft. Keine Sorge. Ich habe ihn schon gesehen und gesendet, dass bei uns alles in Ordnung ist. Er wird bald hier sein.«

»Um *ihn* hattest du Angst, oder?«, fragte ich vorsichtig.

»Es war dumm.« Das kreideweiße Gesicht mit der blauen Tätowierung verzog sich in unangenehmer Erinnerung. »Nach seinem Verschwinden … war ich verrückt vor Sorge. Ich konnte nicht mehr klar denken. Plötzlich wart Ihr da … warst du da – eine Fremde. Von der Oberfläche. Unsere größte Bedrohung.

Und niemand darf etwas von der Oberfläche nach Atlantis bringen. Weder Mensch noch Ding. Bei Todesstrafe nicht.«

»Was?« Ich riss entsetzt die Augen auf.

»Nein, nein, keine Sorge«, beschwichtigte Som. »Inzwischen konnte ich darüber nachdenken. Der Ominos steht unter dem Schutz der Götter. Seinen Tod zu fordern – das wagt nicht einmal der Rat der Steine.«

»Und … und was ist mit dir?«

Jetzt legte Som den Kopf schief – eine typische Statthalter-Bewegung, die sich Aris von ihm abgeschaut hatte, wie mir klar wurde. »Ich bin doch nur ein Diener. Die Verantwortung trägt der Herr.« Seine Stimme in meinem Ohr wurde wieder nüchtern. »Ich beschütze ihn schon mein ganzes Leben lang, verstehst du? Und ich dachte … ich muss ihn auch vor dir beschützen. Aber das war ein Fehler. Das weiß ich jetzt.«

Eifrig stimmte ich zu: »Ja, weil ich … also, weil ich wirklich keine Gefahr bin …«

»Nein. Weil ich es nicht kann.«

Seine Stimme klang resigniert, seine tiefschwarzen Augen blickten mich direkt an. Obwohl wir im Schatten des Ufergebüschs saßen, blieb ihm sicher nicht verborgen, wie mir eine leichte Röte ins Gesicht stieg. Klar, worauf er anspielte.

»Also, das … Ich … Glaub mir, das gestern Abend, das war wirklich eine Ausnahme. Er … äh, hat sonst gar nichts versucht. Kein bisschen.« Diesen Moment auf der »Minnie« ließ ich jetzt einfach mal unerwähnt. Und den auf der Party erst recht.

»Ja. Ich weiß, dass er seinen Schwur ernst nimmt.«

Oh Mann. Soms Worte erinnerten mich daran, wie krass ich die ganze Sache gefunden hatte, als Aris mir beiläufig davon erzählt hatte: kein Liebesleben für die atlantischen Königskinder, damit ja kein »Bastard« den Thron beanspruchen konnte …

Und irgendwann Endstation arrangierte Ehe. *Supernummer.* Irgendwie hatte ich das alles nicht so richtig ernst genommen. Und ganz sicher hatte ich nicht geahnt, dass diese Spielregeln auch mich treffen würden …

»Er musste das schwören?«

»Natürlich. Vor seinen Eltern und Brüdern.«

Ich traute meinen Ohren kaum. *Wie peinlich …*

»Ähm. Das klingt ja nach einer lustigen Familienfeier.«

Som sah mich ernst an. »An diesem Tag war das Mädchen gestorben, das sein ältester Bruder geschwängert hatte.«

»Oh Gott.« Erschreckt und beschämt schlug ich die Hände vor den Mund. Warum war es gestorben? Aber ich hatte zu viel Angst vor der Antwort, um zu fragen.

»Aris hat das nie vergessen. Anders als Solon ist es ihm auch nicht besonders schwergefallen, sich von Frauen fernzuhalten. Ihnen nachsehen, ein bisschen flirten, das ja. Aber nicht mehr. Und eine Bestimmte hat ihn noch nie interessiert.« Som warf mir einen nachdenklichen Blick zu. »Ganz sicher hat er noch nie eine so angesehen wie dich.«

»Ach komm …« Okay, jetzt war ich bestimmt knallrot. Ich klemmte mein Kinn zwischen die Knie und blickte verlegen auf den Kanal, der in der Dämmerung kaum noch zu erkennen war. »Also da … da gab es doch mindestens zwei Geschichten …«

Das ließ Som aufhorchen. Aber er wirkte nicht beunruhigt … eher amüsiert. »Hat er dir das etwa erzählt? Dass er Frauengeschichten hatte?«

»Na ja, es war von Knutschen die Rede«, nuschelte ich.

»Ach. Das.« Jetzt grinste Som so breit, dass seine spitzen Zähne deutlich zu sehen waren. »Vielleicht hörst du von ihm eines Tages die ausführliche Version. Aber ich verstoße wohl nicht gegen sein Vertrauen, wenn ich sage, dass es keine ausführliche Version gibt.«

Ich grinste probeweise zurück. Nicht, weil ich mich über Aris lustig machen wollte, sondern weil es ein so ungewohntes, gutes Gefühl war, offen mit Som zu reden. Hatte mich meine Intuition also doch nicht getrogen: Er war einer von den Guten. Und wundersamerweise war er zu dem Schluss gekommen, dass auch ich in diesen Club gehörte.

»Sag mal«, fragte ich vorsichtig, »glaubst du, wir haben eine Chance? Das hier alles zu überstehen, meine ich?«

Er warf einen nachdenklichen Blick den Kanal hinunter. »Der Tempel ist nicht mehr weit. Und hoffentlich hilft meine Anwesenheit, den Eingeweihten zu überzeugen. Wenn wir die Pläne der Verschwörer rechtzeitig aufdecken können – umso besser. Aber zumindest sollte es uns gelingen, die Villa von Evros zu erreichen. Dann ... wären wir in Sicherheit.«

Mir entging nicht, dass sich sein Gesicht bei den letzten Worten leicht verzogen hatte. »Ist irgendwas mit Aris' Onkel?« Ich wagte einen Schuss ins Blaue. »Magst du ihn nicht? Wegen des Nachtmarkts und so ...?«

Som lachte, allerdings klang es etwas gezwungen. »Ach nein. Er mag *mich* nicht.«

»Warum? Du bist doch der beste Freund seines Neffen!«

»Ich bin der *Diener* seines Neffen«, korrigierte Som trocken. »Und, nun ja, ich bin eben ... das ...« Er deutete an sich hinunter.

»Er mag dich nicht, weil du ein Statthalter bist?« So langsam wurde mir klar, wie groß die Widerstände waren, gegen die Aris' Vater kämpfte – wenn schon der eigene Bruder seine Überzeugungen nicht teilte!

Som winkte ab. »Spielt keine Rolle, es ist nichts Persönliches. Er behandelt mich immer anständig. Und für Aris würde er alles tun. Also hilft er auch dir. Ich denke, er hat eine Schwäche für, hm, verzweifelte Fälle. Er war ja schließlich selbst einmal einer.«

»Du meinst diese Intrige, wegen der er ins Exil musste?« Ich erinnerte mich an die Geschichte, die Aris mir erzählt hatte.

»Nicht nur das.«

Mein neugieriges Gesicht brachte Som dazu, eine Erklärung nachzuschieben: »Vor Jahrzehnten hat Evros eine tiefe Enttäuschung überwinden müssen. Und ein großes Opfer für die Familie gebracht. Du musst wissen, dass ursprünglich *er* Aris' Mutter Atheia heiraten wollte. Seinem Bruder war ihre ältere Schwester versprochen, doch sie starb kurz vor der Hochzeit. Nun ... die Verbindung zwischen den beiden Familien war zu wichtig. Und der zukünftige Minos brauchte eine Gemahlin. Also löste Evros die Verbindung. Er wollte auf keinen Fall die Zukunft seines Hauses gefährden.«

»Und Atheia? Hat die auch jemand gefragt?«, warf ich kritisch ein. Irgendwie gefiel mir die Richtung nicht, in die das Gespräch plötzlich lief.

Soms nüchterner Gesichtsausdruck war mir Beweis genug, dass es hier um mehr als eine Familienanekdote ging. »*Niemand* wurde gefragt, Ella. Jedenfalls nicht nach persönlichen Vorlieben. Das darf keine Rolle spielen, wenn es um das Königshaus geht. Jeder muss seine Pflicht tun.«

Ich stieß einen Seufzer aus.

Schon klar.

Aber anders als zuvor konnte ich Som nicht mehr böse sein, weil er mich erneut – und nicht gerade subtil – daran erinnerte, dass ich mir keine Hoffnung in puncto Aris machen durfte. Denn mittlerweile war ich mir in einer Sache sicher: So gewissenhaft und pflichtbewusst Som auch war – vor allem anderen wollte er nicht, dass sein Freund unglücklich wurde. Und auch mir wünschte er nichts Schlechtes.

Ich holte tief Luft. »Du … du musst dir wirklich keine Sorgen machen wegen Aris und mir«, sagte ich tapfer. »Das … äh, das kam vielleicht bisher nicht so rüber, aber ich bin ein vernünftiges Mädchen. Kann sein, dass ich … ein bisschen verknallt bin in Aris. Okay? Aber das …« *Komm schon, Ella, du schaffst das.* »Aber das geht auch wieder vorbei. Kein Ding.«

Wow. Bravo! Klang fast so, als ob du es selbst glaubst. Meine innere Stimme troff vor Ironie.

Wütend brachte ich sie zum Schweigen. *Tu ich auch! Ich hab das im Griff, verdammt! Und jetzt Klappe!*

Inzwischen war es dunkel geworden. Entschlossen erhob ich mich. Die Halbzeitpause war vorbei, das Spiel musste weitergehen. Ich bekam wieder Luft, meine Beine trugen mich. Alles einsatzbereit.

Dann raschelte es im Gebüsch neben uns und wie aufs Stichwort tauchte ein tropfender Aris auf.

Wie er da plötzlich vor mir stand – etwas außer Atem von seinem Lauf durch das unwegsame Gelände, die nassen Sachen eng an seinem durchtrainierten Körper anliegend, strahlend vor unverhohlener Erleichterung – hätte ich mich am liebsten in seine Arme geworfen. Aber ich rief mich zur Ordnung.

In meinem Ohr hörte ich Soms ruhige Stimme: »Ich habe ihm noch nicht gesagt, wie knapp es für dich war. Möchtest du, dass er es weiß?« Er sendete nur an mich.

Unmerklich schüttelte ich den Kopf. *Nein. Kein Drama.*

Stattdessen begrüßte Som Aris also mit »Was soll denn die Trödelei?« und bekam dafür einen freundschaftlichen Rempler. Ich sah, dass auch zwischen den beiden wieder alles okay war, was mich mehr freute, als ich gedacht hätte.

»Echt, wir dachten schon, wir müssen hier übernachten!«, ergänzte ich neckend, während ich mir das Kopftuch neu band. »Stimmt's, Som?«

Der Angesprochene nickte grinsend und Aris warf uns einen verwunderten Blick zu. Doch er kam nicht dazu, uns zu fragen, woher die neue Eintracht kam. Denn in diesem Moment tauchte kanalabwärts ein neuer Stern am Himmel auf. Er leuchtete orangerot und stieg langsam taumelnd höher, getrieben vom sanften Nachtwind.

Freaky.

Meine Hände krallten sich verzweifelt in den nassen Stoff meiner Tunika. Was war geschehen? Freiwillig hätte Tis ihren geliebten Fisch niemals aufgegeben. Konnte sie fliehen, als der Rat der Steine unser Boot enterte? Vor meinem inneren Auge sah ich, wie sie im letzten Moment über die Reling sprang und dabei notgedrungen Freakys Leine losließ. Aber auch ein anderes Bild drängte sich mir auf, schrecklich und ungebeten: ein magerer kleiner Körper, der reglos an Deck lag, durchbohrt von einem silbernen Pfeil …

Kein Laut drang den Kanal zu uns hinauf.

Aris und Som standen neben mir, stumm wie Statuen. Auch sie hatten den Leuchtfisch entdeckt und wussten genau wie ich, was das bedeuten konnte. Keiner sagte ein Wort. Alle drei konnten wir nur schweigen und hoffen.

Als der Wind den kleinen Funken außer Sicht hinter den nächsten dunklen Hügel trieb, rissen wir uns los und machten uns auf den Weg.

Geführt von Som, schlugen wir uns durch das Uferdickicht, überquerten ein paar ordentlich bestellte Felder und erreichten dann eine gepflasterte Straße. Weiter ging es durch die sorgsam genutzte Kulturlandschaft von Atlantis, vorbei an zahlreichen Höfen mit ihren ahnungslos unter den Flachdächern schlummernden Bewohnern. Viele Hauseingänge waren mit Girlanden geschmückt, überall waren Stangen mit schmalen Bannern aufgestellt, die leise in der nächtlichen Brise raschelten. Bunte Lämpchen erhellten die Fenster und aus den Innenhöfen zog der aromatische Duft verbrannter Kräuter.

Bestimmt Vorbereitungen auf den großen Festtag morgen.

Noch aber war alles ruhig, obwohl die Nacht gerade erst begonnen hatte. Nur ein einziges Mal sahen wir jemanden: Wir wollten gerade ein kleines Gehöft passieren, da öffnete sich plötzlich die Hintertür und ein Mann mit langen schwarzen Haaren trat heraus. Er trug ein kleines Kind auf dem Arm, das unruhig zappelte und jammerte. Vielleicht war es krank, vielleicht wollte es einfach nicht schlafen. Sein Vater hob es hoch und deutete in den Sternenhimmel. Bestimmt sagte er so etwas wie: »*Schau, es ist doch Nacht. Alle schlafen.*« Alle, außer den drei Schatten, die an seinem Hof vorbeihuschten und die er zum Glück nicht bemerkte …

Wir erreichten die Ausläufer eines mächtigen Säulenberges. An seiner Spitze lag unser Ziel, wie Som mich informierte. Ich fühlte mich ein wenig in meiner Erwartung getäuscht: »Der Letzte Tempel« – das hatte so mysteriös geklungen … Lagen solche Orte nicht immer fernab jeder Zivilisation? In irgendwelchen unzugänglichen Tälern oder inmitten eines wilden Dschungels?

Was, 20 000 Meilen unter dem Meer ist dir nicht genug?, fragte meine innere Stimme sarkastisch.

Du weißt genau, was ich meine, maulte ich. *Von hier aus könnte ich locker bis zum nächsten Bauernhof werfen! Und ich bin 'ne miese Werferin!*

Das ließ ich aber natürlich bleiben und stapfte hinter Aris

und Som den Berg hinauf. Sie hatten einen schmalen Pfad eingeschlagen, der sich stetig aufwärtsschlängelte. Höher und höher ging es, vorbei an zahllosen erkennbar bewohnten Höhlen, die in den üppig bewachsenen Fels gehauen waren. Auch hier hatten die Bewohner – ausnahmslos Statthalter, wie ich erfuhr – die Eingänge geschmückt und mit vielfarbigen Glaslampen dekoriert. Und genau wie in der Ebene unter uns war alles in tiefem Schlaf versunken. Atlantis ging früh zu Bett.

Und doch … Irgendwie saß mir ein seltsames Kribbeln im Nacken. Als ob uns unsichtbare Augen folgten und ein lautloses Wispern jeden Schritt unseres Aufstiegs begleitete … Um mich abzulenken, fragte ich: »Wo ist denn jetzt dieser Tempel? Etwa ganz oben?«

Belustigt erklang Soms Stimme in meinem Kopf. »Der *Berg* ist der Tempel. Aber der Eingang ist auf dem Gipfel, ja.«

»In den meisten der Haushöhlen hier wohnen ganz normale Menschen, die froh sind über so eine würdige Nachbarschaft«, erklärte Aris. »Die Tempeldiener und der Eingeweihte leben ganz oben auf dem Berg. Er ist dem Beschützer der Statthalter geweiht.«

»Wir nennen ihn Der aus der Tiefe«, fügte Som ehrfürchtig hinzu und legte seine Arme wieder in dieser seltsamen Geste vor die Brust: die Hände überkreuzt, die Daumen ineinander verhakt, die anderen Finger breit gespreizt. »Seinen wahren Namen kennen nur die Eingeweihten.«

»Ach, es gibt noch einen Gott? Nur für die Statthalter?« Das überraschte mich, da ich doch gesehen hatte, wie Som sich auf dem U-Boot genau wie Aris seinen Segen bei der Herrin der Winde abgeholt hatte.

»Jeder kann ihn ehren. Aber uns hat er beigestanden in der langen Zeit, als wir in Atlantis auf die Rückkehr des Königsvolks gewartet haben. Deshalb hat er für uns eine besondere Bedeutung.«

»Sag es ruhig.« Aris setzte leichtfüßig über eine große Wurzel, die sich quer über den steil ansteigenden Pfad streckte. »Auch ihn haben die meisten aus dem Königsvolk vergessen. Ich glaube, viele *wollen* sich gar nicht daran erinnern, was die Statthalter für uns getan haben. Dass sie das Reich bewahrt haben, während der König jahrhundertelang an der Oberfläche weilte. Deshalb sollen auch ihre Tempel verschwinden. Diesen hier konnte Vater retten. Es ist nicht die einzige Weihestätte – davon gibt es überall noch viele kleine – aber der letzte echte Tempel.«

»Oh Mann«, murmelte ich betroffen. Ich hatte zwar nicht wirklich etwas mit Religion am Hut, aber eine so zielgerichtete, einseitige Ausrottung schockierte mich trotzdem. »Ihr habt echt noch viel Arbeit vor euch, deine Familie und du ...«

Um nicht immer nur hinterherzuhecheln, schritt ich kräftiger aus und überholte die Jungs. Verlaufen konnte man sich hier ja nicht, es ging einfach immer weiter hinauf. Zum Glück verfügten meine Sandalen über anständige Sohlen, die mir auf dem holprigen Pfad einen festen Tritt verschafften. Die goldenen Sterne über uns sorgten für überraschend helles Licht – außer an den Stellen, wo von Schlingpflanzen überwucherte Bäume den Weg überspannten und dunkle Schatten warfen.

»Was ist er denn für ein Gott, dieser Der aus der Tiefe?«, fragte ich Som neugierig über die Schulter. »Wie sieht er aus?«

In diesem Moment umrundete ich eine Kurve – und lief fast in die zahlreichen Arme des mannshohen Kraken, der dort auf einem Felsen saß. Erschrocken zuckte ich zurück. Hinter mir ertönte zweistimmiges Gelächter.

Ich sah genauer hin und begriff: Der Krake war nicht lebendig, sondern eine detailreich aus dem dunklen Gestein herausgemeißelte Statue.

»So sieht er aus.«

Ich hörte das Grinsen in Soms Stimme und streckte ihm die Zunge heraus. Dann schaute ich mir das Tier genauer an. Seine Tentakel umklammerten in täuschend echter Nachbildung den Felsen unter sich und ringelten sich am Boden so zusammen, dass sie den Rand eines kleinen runden Wasserbeckens bildeten. Zu seinen, nun ja, Füßen lagen bunt eingewickelte Päckchen, eine blau glimmende Lampe und mehrere mir unbekannte Früchte. Opfergaben, ganz klar.

Plötzlich fanden weitere Puzzleteile ihren Platz in meinem Kopf: der Name der Verschwörergruppe ... Soms Abneigung gegen Sellias Krakenkämpfe ... und natürlich diese gebetsartige Geste, die ich bei ihm beobachtet hatte. Jetzt erkannte ich darin das Symbol für einen Oktopus – die verschränkten Daumen bildeten seinen Kopf, die restlichen acht Finger die Arme ...

Von nun an waren die Kraken unsere ständigen Begleiter: Zu Dutzenden säumten sie den Weg, mal so auffällig und groß wie die erste Statue, dann wieder klein und kaum in dem dunklen Gestein der Felswände zu entdecken. Die meisten waren sehr kunstvoll und lebensecht gearbeitet, aber ich sah auch gröbere, stilisierte Versionen, die vielleicht aus ganz frühen Epochen stammten. Jede der großen Statuen wachte über ein Wasserbecken.

In eins davon steckte ich verstohlen meine Hand und probierte: Es war Salzwasser – als ob der Krake daraus an Land gekrochen wäre und sich jederzeit wieder zurückziehen könnte ... Ein Schauer überlief mich und ich musste mich ernsthaft zur Ordnung rufen. *Sie sind aus Stein, verdammt!*

Trotzdem blieb ich von da an lieber zwischen Som und Aris.

Nur für den Fall ... Je höher wir kamen, desto mehr brauchte ich all meine Kräfte, um das flotte Marschtempo meiner Begleiter zu halten.

Sind wir bald da?, maulte meine innere Stimme. *Mir ist langweilig! Ich will ein Eis!*

Genervt und kurzatmig sah ich nach oben – zum Glück waren wir der Dunstwolke, die die Wasserfälle am Gipfel verursachten, schon erheblich näher gekommen.

Dann umrundeten wir eine letzte Kurve. Vor uns lag eine große, in die Felswand hineingehauene Plattform. Sie war von grob dreieckigem Grundriss, als ob jemand ein Stück Berg mit einem gigantischen Tortenheber entfernt hatte. Rechts von uns öffnete sich der Platz wie ein Balkon und ermöglichte einen atemberaubenden Blick auf das schlafende Königreich, das tief unter uns lag. Hinter der Felskante ging es steil hinunter. Links von uns, wo sich die Schenkel des Dreiecks trafen, lag eine Höhle, aus der geheimnisvoll silberblaues Licht sickerte.

Als mein Blick höher wanderte, vergaß ich einen Moment das Atmen – halb vor Schreck, halb vor Staunen: Denn über dem Eingang der Höhle, hineingemeißelt in den Felsen, thronte Der aus der Tiefe: der Vater aller Kraken. Steinerne Fangarme, so dick wie eine tausendjährige Eiche, hingen hinab zum Boden und formten gleichsam die Pfeiler des Höhleneingangs. Am Boden ringelten sie sich weiter, umschlossen das gesamte Plateau in einer ewigen Umarmung. Die Spitzen der Tentakel, naturgetreu ausgestattet mit Saugnäpfen, umringten acht Wasserbecken. Deren Oberflächen waren so glatt und still wie schwarzes Eis.

In der Mitte des Platzes aber stand eine einzelne, Furcht einflößende Gestalt. Und sie wirkte kein bisschen so, als wollte sie uns willkommen heißen.

Kapitel 28

Es war eine Statthalterin – groß und schmal gebaut, fast hager, mit kräftigen Muskeln in Armen und Beinen. Sie trug nichts als einen weißen Lendenschurz und eine Vielzahl von ineinander verschlungenen Ketten aus winzigen grauglitzernden Perlen. Umso besser sah man die Tätowierungen aus dunklen Hieroglyphen, die sich von Kopf bis Fuß über ihren bleichen Körper schlängelten. Eng an ihrem Hals lag ein ledernes Band mit Schmucksteinchen und Muscheln.

So viel zu der Theorie, dass dies die Zugehörigkeit zu einer Adelsfamilie ausdrückt. Diese Frau dient bestimmt niemandem außer ihrem Gott.

Ihre Rechte hielt eine prächtige, elfenbeinfarbene Lanze mit einem armlangen, gedrehten Kopfstück, das wie das Horn eines Fabeltiers aussah. Seine Spitze zeigte auf uns und hieß uns drohend, stehen zu bleiben.

Aris schob sich schützend vor mich. Mit Som an seiner Seite trat er auf die Wächterin zu. Er legte seine Hände zu dem Krakensymbol zusammen, verbeugte sich tief und sprach die Statthalterin mit respektvollen Worten an. Es half jedoch nichts. Sie bleckte drohend ihre Haizähne, sprang blitzschnell vor und stieß Aris die Breitseite ihres Speers vor die Brust. Hart getroffen ging er zu Boden. Er kam sofort wieder auf die Füße, wehrte sich aber nicht und zeigte nur seine offenen, unbewaffneten Hände. Ich unterdrückte einen Schrei, als die Wächterin nachsetzte, doch bevor sie noch einmal zustoßen konnte, hatte Som sich dazwischengeworfen und rief ihr etwas zu.

Was immer es war, es brachte sie tatsächlich zum Einhalten. Ihre feindselige Haltung änderte sich allerdings nicht und auch ihre Waffe hielt sie weiterhin stoßbereit erhoben.

Verängstigt drängte ich mich näher an Aris. Ich merkte, wie er sich bemühte, aufrecht zu stehen, obwohl er den schweren Schlag noch zu spüren schien.

Som hatte die Atempause genutzt, um rasch Tunika und Hose abzustreifen. Jetzt trug er nur noch einen Lendenschurz, Sandalen und das Band um seinen Hals. Im hellen Sternenlicht sah ich, dass seine blauen Tätowierungen nicht nur über seinen Kopf und einen Arm verliefen, sondern sich auch um seinen Oberkörper und die Beine hinabwanden. Und wenn ich auch noch immer keine Ahnung hatte, was sie eigentlich bedeuteten – die Wächterin wusste es genau. Erstaunen leuchtete in ihrem Gesicht auf.

»Soms Familie ist eine der ältesten und würdigsten unter den Statthaltern«, flüsterte Aris mir als Antwort auf meine stumme Frage zu. »Jetzt, wo sie den Beweis sieht, muss sie ihn anhören.«

Diese Tattoos sind also eine Art Stammbaum? Wow …

Selbstbewusst, aber voller Ehrfurcht richtete Som das Wort an die Tempelwächterin. Aus ihrer Mimik schloss ich, dass sie antwortete – also sendete. Doch noch immer drang kein Laut an mein Ohr.

»Was sagt sie?«, wagte ich, Aris zuzuraunen.

Er erwiderte nur leise: »Ich höre auch nichts. Keine Erlaubnis.«

Richtig. Da war doch was. Trotz meiner Angst beeindruckte mich erneut, dass Statthalter selbst in solch einer Situation die Regeln ihrer Höflichkeit wahrten. Oder wollten sie uns bloß von der Diskussion ausschließen? Som jedenfalls wurde von der Wächterin nun ganz anders angesehen. Es gab mir ein gutes Gefühl, dass man ihn zumindest unter seinesgleichen würdigte – musste er doch als Diener von Aris regelmäßig Demütigungen durch die Angehörigen des Königsvolkes einstecken.

Um unser Anliegen stand es dennoch nicht gut, das konnte ich auch ohne Untertitel erkennen. Som blieb ruhig und brachte all unsere Gründe sicher bestmöglich vor – aber die Anwesenheit von Aris und mir auf dem heiligen Tempelberg der Statthalter wurde eindeutig als unentschuldbares Sakrileg gewertet.

Und so wurden die Gesten der Wächterin immer ablehnender – bis sie das Ende ihres Speers so hart auf den Felsboden stieß, dass ich die Vibration bis in meine Fußsohlen spürte.

Plötzlich war das Felsplateau voller Menschen.

Um genau zu sein, waren es acht Statthalter, die lautlos wie Geister aus den Wasserbecken ringsherum aufgetaucht waren. Jeder hielt einen Speer in der Hand, der dem mächtigen Exemplar der Wächterin ähnelte. Wie lange hatten sie dort unter Wasser gelauert?

Auf ein Zeichen der Wächterin hoben sie ihre Waffen und kamen langsam auf uns zu, um uns von der Plattform zu treiben – doch auf einmal hielten sie inne, als sei ein unhörbarer Befehl ergangen.

Aber wer hatte gesprochen?

Som warf Aris und mir einen beunruhigten Blick zu – auch er schien nicht zu wissen, was gerade geschah. Und dann bewegte sich ein Schatten am Rande des Plateaus.

Jedenfalls dachte ich das im ersten Augenblick.

Im nächsten aber erkannte ich, dass dort ein Mensch zwischen den Steinen gekauert hatte, der sich jetzt langsam erhob. Es war ein Statthalter – ein sehr alter – mit ungewöhnlich dunkler grauer Haut, die ihn fast mit der felsigen Umgebung verschmelzen ließ. Dünn wie ein Skelett und sehr groß, wirkte er, als könnte ihn der leiseste Lufthauch umwerfen. Doch seine Bewegungen waren geschmeidig und lautlos. Er trug nichts am Leib außer der unvermeidbaren Muschelkette und einem ebenfalls steingrauen Lendentuch. Als er wie ein Geist neben die Wächterin in die Mitte der Plattform trat, traf uns ein Blick aus einzigartigen Augen: Sie leuchteten strahlend weiß. Alle Bewaffneten verbeugten sich tief vor ihm. Wir drei taten es ihnen gleich. Niemand musste mir erklären, dass dies der Eingeweihte war, den wir gesucht hatten.

Er hatte wohl die Diskussion im Verborgenen mit angehört und wollte uns, anders als sein Empfangskomitee, offenbar nicht davonjagen. Stattdessen trat er zwischen Som und Aris und blickte mit seinen hellen Augen vom einen zum anderen. Jetzt, wo er direkt vor mir stand, sah ich, dass er keine natürlich graue Haut hatte – sie war nur dicht an dicht mit winzigen dunklen Schriftzeichen bedeckt. *Wahnsinn.* Stammte er also aus einer uralten Familie? Oder ... erzählte sein Körper etwa die Geschichte *aller* Statthalter?

Der beeindruckende alte Mann wandte sich an Aris und mich. In einer Art kollektiver Geste für alle Tempelwächter vollführte er die gleiche Handbewegung, mit der Som bei unserer ersten Begegnung das Gespräch eröffnet hatte: Er berührte Mund und Stirn und sah uns dabei fragend an. Wir nickten – Aris routiniert, ich eher aus Herdentrieb. Untereinander klärten Statthalter die »Sendeerlaubnis« vermutlich irgendwie anders, denn Som war ja bereits ohne sichtbares Zeichen angesprochen worden.

Mit einem Mal war ich zugeschaltet. Die Stimme des Eingeweihten war erstaunlich kräftig und volltönend wie eine Kirchenglocke. Sie schwang geradezu durch mich hindurch.

»Der aus der Tiefe hat euer Anliegen vernommen«, hörte ich. Und fiel fast um vor Überraschung.

Ich hörte meine Sprache!

»Wieso spricht er Englisch?«, zischte ich Aris zu.

Der warf mir einen verständnislosen Blick zu. »Tut er doch gar nicht. Verstehst du ihn etwa?«

Ich konnte nur nicken. Und vergaß alle weiteren Fragen, als der Eingeweihte Som und Aris näher zu sich winkte. Still und gerade stand er vor ihnen, wie eine Säule aus dunklem Fels. Seine leuchtenden weißen Augen glitten prüfend über die ungleichen jungen Männer vor sich.

Schließlich sagte er an Som gerichtet: »Kind, wieso bringst du einen der Herrscher hierher?«

Som antwortete mit fester Stimme: »Ich bringe Euch meinen Freund.«

Der prüfende Blick schien sich noch zu intensivieren, konzentrierte sich jetzt auf Aris. Mir war unbegreiflich, wie dieser so ruhig dabei bleiben konnte. Selbst ich, die ich nicht im Fokus der Aufmerksamkeit stand, fühlte die hellen Augen wie ein Brennen auf meiner Haut.

Schließlich nickte der Eingeweihte. »Ich spüre die Gefahr, die euch besorgt. Sie ist Wirklichkeit, für uns alle. Der aus der Tiefe wird euch helfen.«

Ungläubige, ehrfürchtige Stille folgte auf seine Worte.

Doch ein wütender Schrei durchbrach sie nach wenigen Augenblicken. Es war die Wächterin, die ihn ausgestoßen hatte, und sie hatte noch mehr zu sagen. Ihre Worte konnte ich nicht verstehen – die Sprachmagie des Eingeweihten wirkte nicht bei ihr – aber es war klar, dass sie mit seiner Entscheidung nicht einverstanden war. Aufgebracht gestikulierte sie in Aris' Richtung.

Der geisterhafte große Mann ließ sie ausreden, bevor er wieder seine tiefe Stimme erhob. »Es gibt keine Feindschaft zwischen Königsvolk und Statthaltern. Die Legenden sind wahr. Der Bund wird sich erneuern. Hier steht der Beweis vor uns. Kannst du es nicht sehen?« Sein knochendürrer Arm zeigte auf Som und Aris.

Und ich verstand, was er meinte: die Sage, die selbst ich kannte, die aber viele des Herrschervolks vergessen wollten, um die Statthalter weiter kleinzuhalten und auszunutzen. Ein Schauer durchlief mich, als ich die Tragweite seiner Worte begriff. Erneut war der König zurückgekehrt von der Oberfläche und wieder hatte er sich auf die Treue seines Statthalters verlassen können. Gemeinsam würden sie Atlantis vor dem Untergang retten. Gab es jetzt die Chance, die Herrschenden daran zu erinnern, wie alles angefangen hatte? Was sie ihren Dienern zu verdanken hatten? War dies vielleicht der friedliche Anfang vom Ende der Jahrtausende währenden Unterdrückung?

Die Wächterin jedenfalls glaubte wohl nicht daran. Sie blickte erzürnt und verletzt, verbeugte sich jedoch gehorsam unter dem durchdringenden Blick der leuchtenden Augen. Auf ein Zeichen von ihr zogen sich die acht Speerträger zurück, stiegen über den Rand der Wasserbecken und versanken lautlos darin. Einen Moment später war von ihnen nichts geblieben als leichte Wellen an der schwarzen Oberfläche.

Der Eingeweihte war offenbar der Meinung, dass es keine Zeit zu verlieren gab, denn er schritt ohne ein weiteres Wort auf den bläulich schimmernden Höhleneingang zu. Som und Aris folgten auf seinen Wink. Ich stolperte mit etwas Abstand hinterher. Niemand hatte mich gerufen – und trotzdem fühlte ich mich auf seltsame Weise mitgezogen.

Das Innere der Höhle war kühl, fast eisig, ein krasser Kontrast zu der Wärme, die draußen herrschte. Die Kälte biss sich sofort durch meine dünne Kleidung und ließ meinen Atem in kleinen Wolken sichtbar werden. Doch die Gänsehaut, die ich an meinen nackten Armen spürte, rührte nicht nur von der Temperatur. Vor mir formte sich der Fels zu einer kuppelartigen Decke. Sie wölbte sich über ein grob in den Stein gehauenes großes Bassin. Das unruhige Wasser darin strahlte in kaltem Blau und war die einzige Lichtquelle der Höhle. Wurde es durch verborgene Lampen erhellt? Leuchtete es von selbst? Ich konnte es nicht erkennen. Die Lichtreflexe der Wellen tanzten unruhig über Wände und Decke der Höhle, sodass der Eindruck entstand, als befänden wir uns tief unter Wasser. Ich dachte unwillkürlich an meinen beinah tödlichen Tauchgang und musste einen Moment um Atem ringen.

Der grauhäutige Geistermann stieg, ohne zu zögern, über den Rand des Beckens und wandte sich dann zu Aris um. »Königssohn, du weißt, das Verschließen ist schwer und nicht ohne Gefahren. Noch schwerer und gefährlicher ist das Öffnen vor der Zeit. Du brauchst einen Anker. Eine vertraute, standhafte Seele, die dir hilft, dich nicht in den Abgründen deiner Erinnerungen zu verlieren.«

»Ich weiß«, antwortete Aris. Er versuchte, ruhig zu wirken, aber mir war, als könnte ich das Klopfen seines Herzens hören. »Damals war mein Bruder Ionis da. Jetzt … hilfst du mir, Som?«

Ohne einen Wimpernschlag zu zögern, nickte sein Freund. Dankbar drückte Aris ihm die weiße Hand. Auch ich fühlte mich tief erleichtert, obwohl ich nicht wusste, von welchen Gefahren der Alte sprach. Doch mein Misstrauen gegenüber Som hatte sich mittlerweile in Luft aufgelöst, und ich sah in ihm, was er wirklich war: ein Fels in der Brandung, der Aris nie im Stich lassen würde. Und auch mich nicht.

Doch als die beiden Freunde vortreten wollten, hob der Weise die Hand und hielt Som zurück. In seinem zerfurchten Gesicht stand Bedauern. »Tapferes Kind, in dieser Prüfung kannst du ihm nicht beistehen.«

»Aber wieso nicht?«, protestierte Aris. »Som kennt mich sogar noch besser als mein Bruder!«

Der alte Mann schüttelte den Kopf. »Ihr seid ein Geist, aber nicht ein Blut. Nur ein Getreuer aus deinem Volk kann dir beistehen.«

»Aber – Statthalter und Könige *sind* eins! Wir sind dasselbe Volk!«, rief Aris verständnislos. »Ihr selbst habt doch unsere Geschichte erwähnt ...«

»Die lange Zeit der Trennung hat uns verändert. Äußerlich und innerlich. Diese Schlucht ist auch für euch zu tief. Du brauchst einen anderen Anker, Königssohn.«

Ich sah, wie die beiden Freunde mit den Worten des Alten rangen. Hörte, wie sie vergeblich versuchten, ihn umzustimmen. Wie sie schließlich einsehen mussten, dass er ihnen keine Steine in den Weg legen wollte, sondern schlicht die Wahrheit sagte, auch wenn sie ihnen unbegreiflich schien. Und ich verstand, was ich tun musste. »Kann ... kann *ich* helfen?«

Aris und Som fuhren zu mir herum.

Das Gesicht des Eingeweihten jedoch zeigte keine Überraschung. Im Gegenteil, er schien nur auf mein Angebot gewartet zu haben. Ich erinnerte mich an das seltsame Gefühl, das ich beim Betreten der Höhle gehabt hatte. Dass mich etwas geradezu magisch hineingezogen hatte. Was hatte der alte Statthalter in mir gesehen?

Er winkte mich zu sich heran.

Hey, was soll das?, heulte meine innere Stimme auf. *Willst du schon wieder einfach irgendwo reinspringen?*

Zögernd trat ich an den Rand des Beckens und fuhr fröstelnd zusammen. Die Kälte, die die Höhle erfüllte, ging von der bläulich schimmernden Wasserfläche aus. Der Eingeweihte schien sie nicht zu spüren, obwohl er bis zu den Knien darin stand. Seine leuchtend weißen Augen ruhten prüfend auf mir. Dann streckte er die graue, faltige Hand aus. Ich musste mich arg zusammenreißen, um nicht zurückzuweichen, aber er berührte mich nicht.

»Die Verbindung ist neu ... aber stark«, sagte er. »Du wirst ein guter Anker sein, Ella Keane.«

»Nein!«

Noch bevor ich mich fragen konnte, woher der Alte meinen Namen wusste, war Aris vorgetreten und versuchte, mich vom Becken wegzuziehen. »Es ist zu gefährlich! Ich bitte Euch: Ella stammt aus einer anderen Welt. Sie weiß nicht, was sie dabei erwartet!«

»Sie weiß, dass sie dir helfen kann.« Der Blick des Eingeweihten glitt zurück zu mir. »Nicht wahr?«

Ich nickte stumm.

»Und dir, Königssohn, bleibt keine Wahl, wenn du dein Volk retten willst. Keine Wahl ... und keine Zeit. Wie entscheidest du?«

Es ist okay, versuchte ich Aris zu sagen, *ich weiß doch eh nie, was ich tue.* Doch mein Mund war zu trocken zum Sprechen. Ich konnte nur hoffen, dass er es in meinen Augen las.

Tatsächlich schien er zu verstehen. Dann sah er zu Som, der zustimmend den Kopf neigte. »Also gut«, flüsterte er endlich.

»Dann kommt.«

Aris nahm meine Hand. Ich erwiderte seinen Griff, so fest

und ermutigend ich konnte. Gemeinsam stiegen wir über den Rand des Beckens.

Scheiße, ist das kalt!

Der Eingeweihte wich langsam zurück und winkte uns, ihm zu folgen. Ich musste mich mit aller Macht zwingen weiter zu gehen. Mit jedem Schritt wurde das Wasser tiefer. Aris ließ meine Hand nicht los, und ich spürte, wie auch er bereits vor Kälte zitterte.

Als wir schließlich vor dem alten Statthalter in der Mitte des Bassins standen, reichte uns das Wasser bis knapp unter die Brust. Ich spürte meine Füße nicht mehr. Ein goldener Schimmer neben mir ließ mich den Kopf wenden. Wo Aris' zerrissene Tunika aufklaffte, leuchtete jetzt wieder das Bild der Dornenbienen auf seiner Brust. Wir standen in Meerwasser.

Er bemerkte meinen Blick und bewegte seine Lippen. Sicher war ich nicht, aber ich glaube, er sagte meinen Namen. Mein Mund formte eine lautlose Antwort: »Aris …«

Mehr brachte keiner von uns fertig.

Es war genug.

»Bleibt standhaft. Bleibt zusammen.« Mit diesen Worten legte der Eingeweihte seine Handflächen auf das Wasser vor uns. »Königssohn, ich leite dich jetzt zum Ort des verschlossenen Wissens. Der Weg dorthin führt dich vorbei an deinen Erinnerungen. Die schlimmsten von ihnen wollen dich vielleicht fortreißen. Doch wenn dein Anker stark genug ist, wird er dich halten.«

Die Kälte kroch immer tiefer in mich hinein. Keine Ahnung, wie ich trotzdem so ruhig stehen bleiben konnte. Der Atem von Aris und mir floss weiß von unseren Lippen. Bei dem Eingeweihten war nichts davon zu sehen. Ich blickte hinunter, um mich zu vergewissern, dass ich noch immer Aris' Hand hielt, denn ich hatte überhaupt kein Gefühl mehr in meinen Gliedmaßen. Aber ich konnte sie nicht mehr erkennen.

Der bläuliche Schimmer wurde schwächer. Von allen Seiten kroch die Dunkelheit auf uns zu. Die Kälte um mich herum verwandelte sich in eisige Furcht in mir. Das Wasser war jetzt vollkommen schwarz. Ich spürte nichts mehr und konnte auch nichts mehr sehen … bis auf die hellen Augen des Weisen. Sie zogen mich an wie ein Leuchtfeuer, meine einzige Hoffnung in einer Nacht auf stürmischer See.

Dann schloss er die Augen.

Und eine dunkle Welle schlug über mir zusammen.

Flackerndes Licht. In meinen Ohren gellt eine Sirene. Der Gang ist eng, voller Menschen. Schwerter klirren, dazwischen silberne Blitze. Mein Atem rast. Im Nacken Angstschweiß.

Ein Warnruf meines Hauptmanns: »Hinter dir!«

Ich fahre herum, sehe ein Gesicht. Ein Soldat, älter als ich, mir fremd, sein Blick ist hasserfüllt. Ich weiche aus. Sein Streich ist zu langsam, geht fehl. Meiner trifft. Ein gurgelnder Schrei. Das Gesicht verschwindet. Ich schmecke Blut, nicht meins.

Hier ist nicht, was ich suche. Weiter.

Zurück ins kalte Dunkel.

Die Gestalt eines Mädchens, einer jungen Frau. Sie liegt auf einer Steinbank, reglos, leblos, die Haare umrahmen ihren Kopf wie ein nasses schwarzes Laken. Auch ihre Kleider sind feucht. Durch den dünnen Stoff sehe ich die sanfte Wölbung ihres Bauchs.

Ich weiß, warum sie tot ist, und die schreckliche Gewissheit drückt mir fast die Luft ab.

Neben ihr steht mein Bruder, erschüttert, aber voller Trotz.

Vater wendet sich ab von ihm, seine Miene wie ein Gewittersturm. Er spricht zu mir, seine Stimme wie Donner. »Sieh hin!«

Ich will gehorchen, aber ich habe hier schon alles gesehen.

Ich muss weiter.

Finsternis hüllt mich ein, lichtet sich wieder.

Ein anderes Gesicht, kreideweiß, schwarze Augen. Ein Statthalter? Warum regt sich nichts in seinen Zügen? Ich erkenne den Grund: eine Maske. Wie für die heiligen Tänze. Aber ... ist denn ein Festtag?

Die maskierte Gestalt richtet sich auf, ist plötzlich so viel größer als ich – natürlich, weil ich sitze. Ich blicke an mir hinunter. Warum bluten meine Handgelenke? Sie sind festgebunden. Ich bin an den Stuhl gefesselt. Da ist etwas auf meinem Unterarm. Etwas Weiches, Durchsichtiges. Darin ein winziger ... schwarzer ... Punkt ... Die weiße Gestalt lehnt sich zurück.

Und der Schmerz zerreißt mich.

Kriecht in mich hinein. Breitet sich aus. Reißt mich ganz langsam in Fetzen, erbarmungslos, Stück für Stück.

Ich muss schreien und merke: Es geht nicht. Nicht mehr. Ich habe schon zu viel geschrien. Da ist nur noch schwaches Wimmern und Würgen.

Der Schmerz kommt in Wellen, eine höher als die andere, wie bei auflaufendem Wasser. Ich weiß, die letzte wird tiefschwarz sein und mich fortzerren, ins Vergessen. Sie kann nicht schnell genug kommen.

Was der Schmerz von mir übrig lässt, zerstört die Panik. Mein Herz schlägt zu schnell, viel zu schnell. Ich kann mich nicht bewegen, bekomme keine Luft, ich will nicht sterben, nicht so, aber ich ertrage es nicht mehr, ich ertrage es nicht, nicht noch einmal, aufhörenbitteaufhören ...

Ella. Das bist nicht du.

Komm her.

Ich erkenne die Stimme. Es ist meine eigene.

Plötzlich ist der entsetzliche Schmerz fort. Ich stehe auf, es ist ganz leicht. Vor mir herrscht undurchdringliche Dunkelheit. Aber ich habe keine Angst. Ich will weitergehen. Dann fällt mir etwas ein und ich drehe mich um.

Dort, im Licht, sitzt ein junger schwarzhaariger Mann gefesselt auf einem Stuhl. Seine Haltung ist verkrampft, das Gesicht nass vor Schweiß und Tränen. Er scheint außer sich vor Qualen, deren Ursache ich nicht erkennen kann. Vor ihm steht eine maskierte Gestalt. Sie hilft ihm nicht. Sie wartet – wer weiß, worauf.

Ich warte nicht.

Nur ein paar Schritte und ich stehe vor dem jungen Mann. Sein Name fällt mir ein.

»Aris«, sage ich. »Steh auf und komm mit mir.«

Er hebt den Kopf. Seine Augen sind von einem Grün, das ich noch nie gesehen habe. Der Schmerz darin wird von einem Hoffnungsschimmer verdrängt. Ich reiche ihm meine Hand. Wie eigenartig: Sie ist durchscheinend, leuchtet. Die Hand, die sie ergreift, sieht genauso geisterhaft aus, aber ich kann sie spüren. Ihre Wärme.

Ich helfe Aris hoch. Gemeinsam gehen wir fort. Die weiße Gestalt hält uns nicht auf. Sie steht reglos vor dem Stuhl, blickt hinab auf den gepeinigten, verkrümmten Körper, der jetzt nur noch eine leere Hülle ist …

Mein Begleiter führt mich, er kennt den Weg. Die Dunkelheit vor uns lichtet sich, Schwarz wird zu Grau. Wir stehen vor einer Mauer. Aris zögert einen Moment, als ob er schon oft in dieser Sackgasse gelandet ist. Dann aber erfüllt ihn neue Kraft. Sein Leuchten wird heller, er lächelt mir zu, wir gehen weiter.

Es ist gar keine Mauer. Es ist ein Wasserfall, der sich für uns teilt. Mühelos durchschreiten wir den glitzernden Vorhang. Auf der anderen Seite erwartet uns ein wunderbarer Anblick: In tiefer Dunkelheit erhebt sich eine Säule aus goldenem Licht. Sie wächst höher und höher, bis in den Himmel – es ist der Himmel von Atlantis.

Plötzlich erfüllt mich eine schreckliche Vorahnung. Doch es ist zu spät: Die Säule erreicht das Firmament. Risse breiten sich aus. Der Himmel stürzt ein. Und auch die Säule bricht zusammen, wird zu einer gewaltigen Flutwelle, die alles zerstört und verschlingt. Schon hat uns das goldene Wasser erreicht, reißt mich mit sich, weg von Aris. Ich klammere mich verzweifelt an seine Hand, aber die Flut ist so kalt, raubt mir jede Kraft. Ich verliere den Halt, schreie, schlucke Wasser …

Ich schlug die Augen auf. Einen Moment zwinkerte ich orientierungslos. Dann flößte mir jemand etwas Heißes zu trinken ein und ich fand zu mir zurück.

Ich saß in der Höhle. Doch statt des bläulichen Wassers erhellten kleine bunte Lämpchen die Dunkelheit. Es war auch überhaupt nicht mehr kalt. *Mir* war nicht kalt. Ungläubig tastete ich meine Kleidung ab: Ich war nicht nass! Selbst der Beutel mit meinen Sachen von der Oberfläche war nicht einmal feucht.

Meine Augen suchten in dem Dämmerlicht nach dem Eispool. Fanden ihn nicht. Der Boden der Höhle war trocken und eben. Vor mir hockte Som und musterte mich mit besorgter Miene, einen Becher mit dem dampfenden Getränk in der Hand, das er mir verabreicht haben musste. Er reichte ihn mir und ich trank dankbar.

»Wo ist das Wasserbecken?«, krächzte ich.

Er blickte mich nur verständnislos an.

Was war hier los? Auch von dem grauhäutigen Statthalter konnte ich keine Spur entdecken. Wie viel Zeit war vergangen? Der Höhleneingang lag in tiefer Dunkelheit, also herrschte immer noch Nacht. Dann bemerkte ich, dass ich neben Aris saß. Seine Kleider waren ebenfalls trocken. Wie ich hielt er einen Becher mit dampfender Flüssigkeit in der Hand. Ich wollte ihn schon erleichtert anlächeln, als ich erkannte, dass er totenblass war.

»Ich habe es gesehen«, flüsterte er und stellte seinen Becher ab. »Du warst auch da, oder, Ella?«

»Ja. Aber ich weiß nicht, was ich gesehen habe«, gab ich leise zu.

»Den Untergang von Atlantis.« Er barg das Gesicht in den Händen.

»Erzähle.« Soms Stimme erklang tröstlich in meinem Kopf. Seinem Freund half sie, sich zusammenzureißen.

»Es … es gibt einen uralten Mechanismus, konstruiert von den Gründern, tief verborgen im Herzen unseres Reichs«, begann er. »Einmal ausgelöst, lässt er sich nicht mehr stoppen. Er … flutet und zerstört alles.«

»Oh Mann, krass«, hauchte ich. »Wieso baut man so was?«

Aris zuckte schwach mit den Schultern. »Wenn wir untergehen, soll unseren Feinden nichts von uns bleiben.«

»Jedenfalls verstehe ich, dass man das Wissen über solch eine Maschinerie geheim halten will«, seufzte ich. »Aber … was können die Verschwörer mit diesem Geheimnis anfangen? Ich meine, wenn alles zerstört wird – dann gehen sie doch ebenfalls unter. Dann bleibt nichts und niemand übrig, oder?«

Aris und Som tauschten einen Blick aus, und ich hatte ganz

kurz den Eindruck, dass da etwas ungesagt blieb. Aber ich vergaß meine Nachfrage, als Som erwiderte: »Die *Arme des Kraken* sind Fanatiker. Vielleicht wollen sie alles Dem aus der Tiefe opfern. Ich habe solche Gerüchte gehört. Vielleicht denken sie aber auch, sie können das Königshaus erpressen. Wenn sie den Schlüssel zum Untergang in Händen halten ... dann müsste der Minos ihnen jede Forderung erfüllen. Er würde alles tun – schon allein um zu verhindern, dass irgendjemand von dem Mechanismus erfährt.«

In meinen Ohren rauschte es, als könnte ich schon die herannahenden Fluten hören. »Und wenn ... wenn sie genau das bereits machen? Deinen Vater erpressen, meine ich? Wenn das der Grund ist, warum bisher noch nichts passiert ist, obwohl sie dich schon vor über einer Woche entführt haben und alles wissen? Sie haben den Mechanismus besetzt, stellen Forderungen, und das Königshaus hält es geheim, um eine Panik zu vermeiden?«

»Das können sie nicht.« Endlich schlich sich wieder ein Lächeln in Aris' Gesicht. »Denn wenn sie auch Bescheid wissen – den Schlüssel, der die Katastrophe auslöst, haben sie nicht.«

»Und wo ist der?«, wollte Som wissen.

Aris' Lächeln wurde breiter. »Er sitzt vor euch.«

Sein Freund schnappte hörbar nach Luft. »Sie brauchen *dich*, um den Mechanismus in Gang zu setzen?«

»Na ja. Nicht unbedingt mich.« Aris nahm einen Schluck von seinem Getränk. »Jedes Mitglied der Königsfamilie besitzt die Macht. Aber mich, hm, mich hatten sie ja schon. Weil ich als Einziger dumm genug war, den Schutz des Palastes zu verlassen.«

»Deshalb wollten sie dich unbedingt wieder einfangen!«, stellte ich mit großen Augen fest. »Nicht nur, um ihre Tat zu vertuschen. Ohne den Schlüssel – ohne dich – können sie gar nichts unternehmen!«

Er nickte. »Sehen wir zu, dass das so bleibt.«

Na, dann schauen wir doch mal, ob wir den Kerlen nicht etwas Sand ins Getriebe streuen können! Meine innere Stimme klang schon wieder unternehmungslustig.

Ich war noch nicht ganz so weit, aber ich ließ mir gern von Aris auf die Füße helfen. Danach hielt er meine Hand weiter fest. Ich dachte daran, wie unsere ineinander verschlungenen Finger in der unheimlichen Vision vorhin geleuchtet hatten. Ihn ganz warm und real bei mir zu haben, fühlte sich entschieden schöner an. Gleichzeitig fragte ich mich, ob es okay für ihn gewesen war, mich so tief in sein Inneres eindringen zu lassen. Was ich gesehen und gefühlt hatte ... das gehörte schließlich nur ihm. Doch in seinem Gesicht las ich keine Spur von Widerwillen oder Zurückhaltung. Es kam mir im Gegenteil sogar so vor, als ob ein kleiner Teil unserer rätselhaften Verbindung weiter fortbestand. Ich spürte, dass er noch immer aufgewühlt war ... genau wie ich. Er zog mich näher heran, neigte seinen Kopf zu mir – als ob er mir etwas im Vertrauen sagen wollte, aber erst die richtigen Worte finden musste ...

Aus den Augenwinkeln sah ich, dass Som sich beiläufig abwandte, um uns einen Moment für uns zu schenken. Er schickte sich an, die Höhle zu verlassen. Doch weit kam er nicht. Auf einmal stand die Wächterin im Eingang. Sie wirkte aufgebracht, das Gesicht verzerrt. Verwirrt fragte ich mich, warum sie ihren weißen Lendenschurz gegen einen roten getauscht hatte.

Dann bemerkte ich den silbernen Pfeil, der in ihrer Körpermitte steckte.

Kapitel 29

Die schwer verletzte Statthalterin verschwendete keine Zeit mit langen Reden. Sie sendete zwei knappe Sätze und die Reaktion meiner Begleiter reichte mir aus: Etwas Schreckliches war geschehen. Som sprach drängend auf sie ein, bot vermutlich sein Können als Heiler an, aber sie wehrte ihn barsch ab und hieß uns, ihr zu folgen – sofort. Kein Hinweis, wo der Eingeweihte sich befand und ob er in Sicherheit war.

Als wir die Höhle verließen und über das Plateau eilten, hörte ich Tumult weiter unten am Berg. Ich warf einen Blick über die Felskante und sah entsetzt, dass sich eine bewaffnete Truppe den Weg nach oben freikämpfte. Auf dem dunklen Pfad lagen bereits mehrere reglose weiße Körper – Tempelwächter, die ihr Heiligtum verteidigt hatten. Doch die Angreifer trugen keine grauen Mäntel, wie ich automatisch angenommen hatte. Aber wenn es nicht die Agenten vom Rat der Steine waren – wer dann …?

»Die *Arme des Kraken*«, hörte ich Soms Stimme in meinem Ohr. »Irgendjemand hier muss uns verraten haben! Verflucht, ich wusste es …«

»Was machen wir denn jetzt?«, keuchte ich angstvoll, als wir hinter der blutüberströmten Frau herrannten – den Pfad hinauf, der mit jedem Meter schmaler und unwegsamer wurde.

Doch nicht nach oben, jammerte meine innere Stimme hysterisch. *In Horrorfilmen rennen sie auch immer nach oben und dann ist Ende Gelände!*

»Wir gehorchen der Wächterin!« Aris hielt kurz an, um mich vorbeizulassen, stieß mich dann plötzlich grob gegen die Felswand. Ein silberner Pfeil zischte knapp an uns vorbei und vergrub sich in dem Gestrüpp vor uns. Wie ich die Dinger hasste! Wir hetzten um eine Kurve und waren für den Moment außerhalb des Schussfeldes.

»Warum hilft sie uns? Sie war doch vorhin nicht auf unserer Seite?!«

Ich stolperte in eine unerwartete Bodenwelle, fing mich gerade noch und hörte Som antworten: »Sie hat gesagt, der Eingeweihte glaubt an uns. Sie glaubt an den Eingeweihten. Und sie will Freiheit und Frieden für ihre Kinder.«

Das machte mich sprachlos. Also biss ich die Zähne zusammen und rannte weiter. Doch wohin konnte uns der Weg schon führen außer in eine Sackgasse?

Als ob er meine Gedanken gelesen hätte, rief Aris mir zu: »Nur Mut! Es gibt einen Ausweg!«

»Was, etwa fliegen?!« Okay, jetzt klang ich selbst hysterisch.

Die Antwort wartete hinter der nächsten Kurve. Hier endete unser Pfad vor dem letzten, flach ansteigenden Teil des Berges, der voller Gesteinsbrocken, Geröll und aufragender Felsnasen war. Aus dem Schatten erhoben sich zwei junge Statthalter, die langärmelige dunkle Kittel, Hosen und sogar so etwas wie gefütterte Kappen trugen. So kalt war es doch selbst hier oben nicht? Die Wächterin blieb zusammengekrümmt stehen, stützte sich schwer auf einen Felsvorsprung. Eindeutig gab sie Anweisungen, denn die beiden vor ihr nickten verständig und winkten uns dann zu sich. Hinter uns auf dem Pfad hörte ich Schritte herannahen, doch sonst nichts, kein wütendes Geschrei, keine drohenden Stimmen, die uns aufforderten, stehen zu bleiben oder aufzugeben. Natürlich, wir waren in Hörweite, aber durch den gewundenen Pfad außer Sicht. *Noch.*

Aris stand bei der verletzten Wächterin, redete auf sie ein, wollte sie wahrscheinlich dazu bringen, mit uns zu fliehen – wie auch immer das gehen sollte. Doch sie fertigte ihn mit einem Satz ab, stieß ihn fort.

Som ergriff meinen Ellenbogen und zog mich mit sich über das Geröllfeld, das die beiden halbwüchsigen Statthalter bereits behände erklommen. Der erste kletterte auf einen besonders großen Felsen. Der Felsen schüttelte sich, drehte einen Kopf mit gelb leuchtenden Augen und entfaltete in einer flüssigen Bewegung mächtige Flügel.

Ich schrie.

Der Felsen brüllte.

Som legte mir rasch die Hand auf den Mund und hielt mich fest. »Bleib ruhig, Ella, es ist nur ein Schwarm Flugrochen. Ihre Hirten nehmen uns mit.«

»Das … was – auf denen? Nein …« Ich bekam keinen klaren Satz zusammen.

Mittlerweile war der ganze Hang in Bewegung geraten. Überall öffneten sich graue Schwingen, wendeten sich Köpfe, die aus kaum mehr als zwei fledermausartigen Ohren zu bestehen schienen. Unsichtbare Mäuler stießen dumpfes Röcheln und lang gezogenes Heulen aus. Der Schwarm geriet in Aufruhr. Schon stießen sich die ersten Tiere ab, ließen sich in die Aufwinde fallen, wobei jedes einen langen Schweif mit breiter fedriger Spitze entrollte.

Der zweite Hirte gestikulierte hektisch in meine Richtung. War irgendwo dazwischen das Zeichen für eine Gesprächseröffnung gewesen? Ich konnte zwar keinen Fuß vor den anderen setzen, nickte aber mechanisch. Sofort brach ein Schwall unverständlicher Anweisungen über mich herein. Auf so ein Vieh sollte ich? So heftig hatte ich noch nie den Kopf geschüttelt. Doch dann war Aris neben mir, legte mir die Hände auf die Schultern und kam mit seinem Gesicht ganz nah an meins heran.

Was, jetzt willst du mich küssen?, dachte ich verwirrt.

Aus den Augenwinkeln sah ich die Wächterin. Auf ihre Lanze gestützt, drehte sie sich um und humpelte den Pfad zurück, um sich unseren Verfolgern entgegenzustellen. Ein Wimmern kroch mir die Kehle herauf.

Sie würde sterben.

Für uns.

Aris, der mich natürlich *nicht* küssen wollte, packte mich fester bei den Schultern, zwang mich aus meiner Betäubung heraus. »Steig auf das Tier, das der Hirte dir zeigt! Schnell, Ella!«

»Etwa allein? Spinnst du?«

»Es folgt den anderen, du musst dich nur festhalten.«

»Was heißt hier *nur*?« Mein Wimmern wurde zu einem halbirren Lachen. Um uns herum graue, glatte Rücken, das nasse Schlagen von ledrigen Flügeln. Heiseres Brüllen. Der steile Berghang. Ein tiefer Fall.

Aber auch: Aris' Gesicht mit den grünen Augen, die mich so flehend ansahen wie noch nie. »Sie geben dir einen mit Geschirr. Bitte, Ella, du musst das schaffen! Mehr als einen Reiter kann der Rochen nicht tragen!«

Ich gab auf. Ließ mich zu einem der Felsen zerren. Imitierte mehr schlecht als recht die Bewegungen, die der junge Hirte mir vormachte, und setzte erst eins, dann das zweite Bein auf den breiten, leicht gewölbten Rücken des mächtigen Flugrochens. Tatsächlich, er war umspannt von einem netzartig verflochtenen Geschirr, in das ich meine tauben Füße und Hände schob.

Das Tier unter mir richtete sich auf und hob sich dem Himmel entgegen wie ein Brustkorb, der sich mit Luft füllt. Ich spürte nicht einmal, wann wir den Boden verließen. Weiter und weiter breitete der Rochen seine Flügel aus, bis die ledrige Flughaut so aufgespannt war, dass sie fast durchsichtig wirkte.

Ich klammerte mich fest und sah mich um. Die Sterne erleuchteten die Umgebung mit hellem Licht. Wir schwebten neben dem Geröllfeld über dem Abgrund. Ein Stück hinter mir erblickte ich Som, der bestimmt nicht zum ersten Mal auf so einem Vieh saß und doch genauso beunruhigt zurückschaute wie ich – zu seinem Freund.

Aris' Rochen hob gerade langsam ab, wie in Zeitlupe, begleitet von einigen kleineren Tieren der Herde. In diesem Augenblick stürmten fünf weiße Gestalten das letzte Stück den Pfad hinauf und erreichten das Geröllfeld. Zwei hielten diese kleinen Harpunen in den Händen, die ich bei den Agenten gesehen hatte, zwei hatten Schwerter, der fünfte … trug die elfenbeinerne Lanze der Wächterin. Er war eine unheimliche Gestalt: riesengroß, mit einem Schädel, der oberhalb des Mundes komplett schwarz gefärbt war, sodass man seine Augen nicht erkennen konnte. Der Anführer?

Plötzlich war eine Stimme in meinem Kopf, dunkel, heiser, hasserfüllt. Sie schrie, sie drohte. Der Kerl da unten fragte jedenfalls nicht um Erlaubnis, bevor er sprach. Stattdessen riss er den Arm mit der Lanze zurück, zielte genau auf Aris – und warf.

Das Projektil raste mit unaufhaltsamer Wucht auf sein Ziel zu. Und Aris … er machte keine Anstalten, sich zu ducken. Wie erstarrt saß er da und sah dem Tod entgegen.

Doch der zweite Hirte auf seinem Rochen hatte das Vorhaben verfolgt und eine Warnung gesendet. Nicht an Aris – nein, an dessen Reittier, das nun einen Flügel einklappte, seitlich wegkippte und so knapp dem mörderischen Speer entkam. Dabei verlor es allerdings sein Gleichgewicht, trudelte nach unten weg, immer schneller …

Ich schnappte entsetzt nach Luft. In meinen Ohren gellte Soms Stimme, der den Namen seines Freundes schrie. Er wurde übertönt vom Wutgeheul des Dunklen, der sein Ziel verfehlt hatte.

Kurz vor einer spitz vorspringenden Felsnase fing sich der attackierte Rochen, flog eine weite Aufwärtskurve, bis er unsere Höhe erreichte, beide Schwingen nun elegant aufgefächert … auf dem Rücken Aris, den der Schreck endlich aus seiner Erstarrung gerissen hatte. Hartnäckig klammerte er sich fest.

Doch die Gefahr war noch nicht vorüber. Die beiden Verschwörer mit den Schusswaffen schickten uns einen Schwarm silberner Pfeile hinterher. Sie erwischten ein Jungtier aus dem Gefolge von Aris' Rochen, das wild flatternd zurück in das Geröllfeld fiel, die Schützen dabei aber leider verfehlte. Ein weiterer Schuss traf den zweiten Hirten in den Kopf. Er rutschte vom Rücken seines Reittiers und stürzte lautlos in die Tiefe. Ich verlor ihn fast sofort aus den Augen. Und dann kniff ich sie zu, ganz fest, und drückte mich so eng wie möglich in das Geschirr.

Ein warmer Aufwind riss uns in die Höhe, die gesamte Herde. Einen Moment lang spürte ich die mächtige Dunstwolke des Gipfels auf der Haut, dann korrigierte mein Rochen seine Flugbahn, schoss hinunter und dem Schwarm hinterher, der jetzt dem Ruf des verbliebenen Hirten folgte. Wie einen bösen Traum ließen wir den Säulenberg mit dem Letzten Tempel hinter uns. Nur die hasserfüllte Stimme tobte weiter in unseren

Köpfen. Sie verstummte erst, als wir eine niedrige Wolkenbank erreichten, die uns gnädig vor den Blicken des Finsterlings verhüllte.

Wir glitten eine Zeit lang blind mitten durch das Dunstfeld, was die Rochen nicht zu behindern schien, mir aber klarmachte, warum die Hirten sich in eine Ganzkörpermontur hüllten. Die Nebelschleier waren kalt und klamm und ich zitterte sowieso schon am ganzen Leib.

Schließlich sank der Schwarm tiefer, und ich wagte endlich, den Kopf wieder zu heben. Was ich sah, war mit nichts zu vergleichen. Wir schwebten hoch über dem legendären Königreich. Über uns wölbte sich der nachtblaue Himmel mit seiner bienenwabenartigen Struktur. Tief am Boden spiegelten sich die künstlichen goldenen Sterne im verschlungenen Netz der Wasserwege. Dazu gesellten sich zahllose farbige Lichter, die größere Alleen und Siedlungen erleuchteten – und natürlich den Palast, der wie eine geheimnisvoll glimmende Fackel den Mittelpunkt der schlafenden Landschaft erhellte. Hier und da lagen weiße Nebelschleier über den Kanälen und stiegen träge in die Höhe, um irgendwann auf einzelne Wolkenfetzen zu treffen. Und all das existierte unter dem Grund des Atlantiks, Tausende von Metern unter der Meeresoberfläche. Die Vorstellung war mir nie unwirklicher erschienen …

Atemberaubend kalte Luft rauschte an mir vorbei, aber ich war mittlerweile zu sehr von dem Ritt gebannt, um mich daran zu stören. Die Rochen flogen nicht, das erkannte ich nun – sie segelten. Jedes Tier hatte eine Spannbreite von mindestens zehn Metern. Jetzt, da sie ihre Schwingen voll ausgebreitet hatten, sah ich auch, dass sie keinesfalls eintönig grau waren. Das betraf lediglich den lang gestreckten Rumpf. Die durchscheinende, ledrige Flügelhaut dagegen war ganz unterschiedlich gemustert, als ob ein irrer Künstler sie als Leinwand benutzt hätte – ich sah Punkte, Streifen, Kringel und bildete mir sogar ein, verschiedene Farben zu erahnen ... Nur die winzigen Augen leuchteten bei allen Tieren in dem gleichen giftigen Glühwürmchen-Gelb.

Langsam entspannte ich mich etwas und schaffte es sogar, Som meinen erhobenen Daumen zu zeigen. Wie Aris schien er das Zeichen nicht zu kennen, verstand aber offenbar die Bedeutung. Von seinem schwarzhaarigen Freund sah ich leider nicht viel, da dessen Reittier die meiste Zeit auf der anderen Seite des Schwarms dahinglitt. Unser Flug dauerte nicht lang – oder vielleicht kam es mir auch nur so vor. Bald schon sank der Schwarm tiefer und immer tiefer, bis wir schließlich auf Höhe der Baumwipfel über einem breiten, schwarzglitzernden Kanal dahinsegelten. Und dann wurde es wieder hektisch.

Ich merkte bereits an Soms Tonfall, dass er versuchte, mir etwas schonend beizubringen. Und so war es auch. Wie sich herausstellte, würden die Rochen nicht landen. Ihr Körperbau machte es ihnen unmöglich, vom Boden aus wieder zu starten. Das hieß für uns: Wir mussten im Flug abspringen.

Hey, kein Problem, brechen wir uns ruhig den Hals! Das hatten wir heute noch nicht! Meine innere Stimme schaltete sich wieder ein.

Som beschwor mich, genau auf ihn zu hören und auf keinen Fall zu früh loszulassen.

Ich lasse einfach gar nicht los, wie wäre das?

Aber als der Moment kam, folgte ich seinen Worten wie ein Schlafwandler. Tiefer glitt mein Rochen, noch tiefer, fast bis auf die Wasseroberfläche. Drehte nach links ab. Die Uferböschung kam auf mich zu. Der Rochen zog hoch, der Luftwiderstand bremste ihn für Sekundenbruchteile.

»Jetzt!«

Fast wollten sich meine verkrampften Finger nicht aus dem Geschirr lösen, doch dann bekam ich sie frei. Ich zog die Beine an, wollte mich nach hinten abrollen, aber mein Beutel brachte mich aus dem Gleichgewicht. Ich rutschte zur Seite ab, landete auf dem breiten, glatten Flügel, glitt ihn kopfüber hinunter, überschlug mich … und der Aufprall am Boden trieb mir den Atem aus dem Körper. Dann lag ich still im hohen Gras, das heftig vom Luftzug der gewaltigen Schwingen bewegt wurde. Wie Schatten mit Karfunkelaugen rauschte der restliche Schwarm über mich hinweg, gewann dann wieder an Höhe, schwang sich immer weiter hinauf, bis alle Flugrochen aus meinem Gesichtsfeld verschwunden waren.

Ich rappelte mich mühsam auf und tastete meinen Körper ab. *Nicht zu fassen: Alles heil.* Meine Knie und mein Po würden zwar ein paar fette blaue Flecken davontragen, aber das war ein lächerlich kleiner Preis für die Nummer, die ich hier gerade überlebt hatte. Ich machte ein paar unsichere Schritte, drehte mich um … und lag in der ungestümen Umarmung von Aris, der den Absprung ebenfalls unbeschadet überstanden hatte. Vermutlich auch etwas eleganter.

Er presste mich an sich, so fest, dass ich schon wieder kaum Luft bekam. Worte sprudelten aus ihm heraus, Worte in seiner Muttersprache, die ich nicht kannte und doch verstand. Wir hatten es geschafft. Keinem von uns war etwas passiert. Auch Som nicht, der neben uns auftauchte und versuchte, unbeteiligt woanders hinzusehen. Aris legte seine Stirn gegen meine und schloss die Augen. Es fühlte sich so gut an, in seinen Armen zu sein, die mich stark und sanft zugleich umfassten. Er hielt mich und ich ihn.

Hier gehöre ich hin. Der Gedanke schoss durch mich hindurch. Doch er wurde sofort verjagt von einem anderen: *Du hast hier nichts zu suchen!*

Langsam, widerwillig lösten wir uns voneinander. Ja, wir hatten es geschafft. Aber diese unausgesprochene Sache zwischen uns hatte sich nicht geändert. So wie es aussah, wussten weder Aris noch ich, wie wir damit umgehen sollten.

»Okay«, sagte ich schließlich verlegen, »wo sind wir? Und was machen wir jetzt?«

Aris blickte sich kurz um, dann erschien ein spitzbübisches Lächeln auf seinem Gesicht. »Jetzt gehen wir zu Onkel Evros und plündern seinen Weinkeller.«

Ich folgte seinem Blick. Keine zwanzig Schritt entfernt öffnete sich der Hof eines großzügigen, prachtvoll geschmückten Hauses, an das zahlreiche kleinere Nebengebäude angedockt waren. Die Villa von »Onkel Evros«, kein Zweifel.

Wir warteten einige Minuten, um sicherzugehen, dass unsere Landung niemanden alarmiert hatte, und als alles ruhig blieb, setzten wir uns in Bewegung. Doch plötzlich war die Luft erfüllt vom Schwirren Hunderter geflügelter Tierchen, die uns wie eine Wolke aus grünen Funken einhüllten.

»Oh nein …«, hörte ich Soms Stimme, aber er klang nicht besorgt, eher genervt. Wir hatten etwas aus der örtlichen Fauna aufgescheucht.

Eins der Wesen landete auf meiner Hand. Erst dachte ich, es sei ein großer Schmetterling, aber dann bemerkte ich, dass seine Flügel aus winzigen, dicht übereinanderliegenden Federn bestanden. Sie schillerten dunkelgrün und leuchteten bei jeder Bewegung auf. »Wow«, hauchte ich, um es nicht zu verscheuchen. »Was ist das?«

Aris warf einen kurzen Blick darauf. »Äh … vielleicht ein Schillerfalter? Ist das ein Schillerfalter, Som?«

»Ein Smaragdfalter.«

»Du bist so ein Streber!« Er grinste und raunte mir dann zu: »Sei aber lieber vorsichtig, die ...«

»Au!« Hektisch schüttelte ich das Vieh ab.

»... beißen«, beendete er seinen Satz. »Normalerweise schwirren die bei den Abfällen rum oder wenn irgendwo ein totes Tier liegt.«

Die wunderschönen Federschmetterlinge waren also so etwas wie atlantische Schmeißfliegen. Ich fühlte mich ein wenig ernüchtert. Doch jetzt war sowieso keine Zeit für längere Biologiestudien. Die letzten Meter bis zur Villa legten wir geduckt im Laufschritt zurück, schlichen dann hinter Aris her zur Rückseite.

»Sein Arbeitszimmer liegt nach hinten hinaus«, wisperte er mir zu. »Bestimmt ist er noch wach. Er findet schlecht ins Bett, oft erst im Morgengrauen ... Die Dienerschaft schläft aber sicher längst.«

Tatsächlich brannte Licht hinter einem der Fenster, schmal und hoch wie eine Schießscharte, das sich hinter der nächsten Ecke befand. Während Aris und ich nervöse Blicke um uns warfen, trat Som an die Hintertür des Hauses. Sie war recht niedrig, aber mit üppigen Schnitzereien versehen, die sich filigran um das Dornenbienenwappen in der Mitte rankten. Aris und mich winkte Som zurück, in die Schatten. Niemand sollte uns sehen, falls doch die falsche Person aufmachte.

Dann hob er die Hand und klopfte.

Kapitel 30

Nach einiger Zeit, die sich ewig zu dehnen schien, öffnete ein Mann in dunkelgrüner Robe und sah stirnrunzelnd hinaus. Er hatte die Figur eines Gladiators, einen kahlen Schädel, einen sorgfältig gestutzten dunklen Bart und ein joviales, wenn auch übermüdet wirkendes Gesicht. In der Hand hielt er einen Becher aus rot-schwarz glasierter Keramik. Er erkannte Som und schaute überrascht … Dann trat Aris ins Licht.

Dem Mann fiel der Becher aus der Hand, zerschellte am Boden und bespritzte seine nackten Füße mit einer hellroten Flüssigkeit, was er jedoch nicht im Geringsten beachtete. Stattdessen stieß der Gladiator – eindeutig »Onkel Evros« – einen Freudenschrei aus und riss seinen Neffen an die Brust.

Som sendete hastig einige Sätze in seiner Sprache, woraufhin der Mann uns rasch hineinwinkte und die Tür hinter uns schloss. Aris zog er am Arm mit sich, Som und mir schenkte er vorerst keine weitere Beachtung. Ich nutzte den Moment, um neugierig einen Blick in das erste atlantische Heim zu werfen, das ich kennenlernte.

Wir befanden uns in einer Art Atrium – einem recht kleinen, fensterlosen Zimmer, das jedoch ein Oberlicht besaß, durch das ich den künstlichen Sternenhimmel sah. Zwei mit Vorhängen versehene Türöffnungen gingen von dem Raum ab.

Die eine führte sicher ins Arbeitszimmer mit dem schießschartenförmigen Fenster, die andere in die übrigen Gemächer der Villa.

Ein kunstvolles Meerestiere-Mosaik schmückte den Fußboden. In die mit farbenfrohen Fresken bemalten Wände waren kleine Nischen eingelassen, in denen einige Lämpchen ein sanftes goldenes Licht verbreiteten. Mitten im Raum stand ein niedriger Holztisch mit kostbaren Einlegearbeiten, um den vier breite, sehr gemütlich aussehende Diwane gruppiert waren, auf denen bestickte Kissen lagen.

Hier platzierte Evros nun seinen Neffen, während er weiter auf ihn einredete – mit gesenkter Stimme, aber offensichtlich sehr bewegt. Endlich gelang es Aris, ihn mit ein paar Worten zu unterbrechen.

Befremdet fragte sein Onkel: »Englisch? Warum das denn?« Sein Akzent war deutlich stärker als der seines Neffen.

Aris wies beredt zum Eingang, wo Som und ich immer noch standen wie bestellt und nicht abgeholt. Evros' Blick fiel auf mich. Ich hielt das für mein Stichwort und zog mir das Tuch vom Kopf. Er sah meine blonden Haare und seine Augen weiteten sich.

»Ein Mädchen von der Oberfläche? Das … Junge! Bist du wahnsinnig? Wie konntest du das tun? Wenn der Rat der Steine das erfährt!«

»Es war ein Unfall«, versuchte Aris zu erklären. »Aber – Onkel, ich verdanke Ella alles. Sie hat mich gerettet. Ich erzähle es dir gleich. Kannst du nicht irgendetwas für sie tun, deinen Einfluss nutzen …?«

»Meinen *Einfluss*?« Der kräftige Mann lachte bitter. Ich erinnerte mich, dass er durch eine üble politische Intrige ins Abseits geraten war. An dieser undankbaren Position hatte sich wohl bis heute nichts geändert. Doch als er den Gesichtsausdruck seines Neffen sah, wurden seine Züge weicher. »Na, wir lassen uns schon etwas einfallen. Komm her, Mädchen.« Er winkte mich zu sich, stand auf und legte mir seine Hände auf die Schultern. »Du hast meinem Neffen geholfen und das werde ich nie vergessen. Sei willkommen.«

Ich sah ihm unsicher in das eindrucksvolle, wenn auch etwas verlebte Gesicht, das jetzt schon viel wacher wirkte. Der kahle Schädel ließ ihn auf den ersten Blick älter erscheinen, als er war. Ich schätzte ihn auf höchstens Ende vierzig, und obwohl er den Freuden des Nachtmarkts und Ähnlichem zugetan war, hatte er auf sich geachtet: Seine muskulöse Statur strahlte ungebrochene Stärke aus und die Furchen in seinem Gesicht schienen mir eher Lachfältchen zu sein. Dieser Mann wirkte auf mich wie jemand, der es gewohnt war, den Stier bei den Hörnern zu packen, und der sich durch nichts so leicht unterkriegen ließ. Es war deutlich erkennbar, wie sehr Aris' Rückkehr ihn überwältigte. Aber ob er auch mir helfen würde – oder konnte? Zumindest warf er mich nicht gleich hinaus. Ich lächelte ihn vorsichtig an und er erwiderte es mit einem breiten, direkten Grinsen. Irrte ich mich oder lag sogar etwas wie Bewunderung in seinem Blick? Bevor mir das Ganze jedoch unangenehm werden konnte, bot er mir galant den Arm und führte mich zu dem Diwan, wo ich einen Platz neben Aris bekam. Es fühlte sich an, als ob ich gerade einen geheimen Test bestanden hätte.

Som glitt währenddessen lautlos in eine Ecke des Raumes und blieb dort diskret stehen, eine Handlung, die für ihn vertraut zu sein schien. Ich warf ihm einen besorgten Blick zu, aber er legte nur leicht den Kopf zur Seite und sendete, ganz sicher nur an mich: »So ist es eben. Mach dir keine Gedanken.«

Komplett konnte ich sie jedoch nicht ausschalten. *Wie Som*

das nur aushält? Kann nicht leicht sein für eine Freundschaft, wenn der eine in Gesellschaft stets gehorsam im Hintergrund bleiben muss, während der andere einen Ehrenplatz bekommt …

Besagter Freund war zu sehr auf den beeindruckenden Mann vor ihm fokussiert, um unseren lautlosen Dialog zu bemerken. Sein Onkel fand offenbar, dass er lange genug auf Antworten gewartet hatte, und sagte: »So, Kleiner, was ist denn nun eigentlich passiert? Und was soll diese Heimlichtuerei? Warum bist du hier und nicht im Palast?«

Aris holte tief Luft und berichtete seinem Onkel in knappen Worten, was ihm in den letzten Tagen widerfahren war. Som und ich hielten dabei brav die Klappe und bemerkten sehr wohl, dass Aris keine Details über das fatale Geheimnis erwähnte. Stattdessen sprach er nur von einer »Bedrohung für das ganze Königreich«, die er dringend mit seinem Vater besprechen müsse. So nah er seinem Onkel auch zu stehen schien, Aris nahm seine neue Verantwortung bitterernst.

Der kräftige Mann ihm gegenüber hörte zu, ohne ihn zu unterbrechen. Sein Gesicht wurde dabei immer finsterer, wirkte an den schlimmsten Stellen geradezu entsetzt. Ein paar Mal konnte er ein empörtes Keuchen nicht unterdrücken und fuhr auf, als hielte er es kaum aus, untätig auf seinem Platz sitzen zu bleiben.

Schließlich beschrieb Aris, wie ein Verrat uns zur überstürzten Flucht aus dem Letzten Tempel gezwungen hatte und wie uns der Weg hierher gelungen war. Als er geendet hatte, setzte er sich gerade hin und sah seinen Onkel an, als erwartete er ein Urteil.

Evros jedoch schwieg einen langen Moment, als ob er nicht fassen könnte, was er gerade gehört hatte. Schließlich atmete er tief ein, fuhr sich mit seinen großen Händen über das Gesicht und sagte leise: »Es ist meine Schuld. Götter, wie konnte ich nur so dumm sein …«

»Wovon redest du, Onkel?«, fragte Aris verwirrt.

Der andere schien ihn gar nicht zu hören und fuhr fort: »Immer habe ich dich ermutigt, deinen eigenen Weg zu gehen. Dir die Freiheit zu nehmen, die deine Position dir ermöglicht, egal, was deine Eltern davon hielten. Nach Solons Bestattung … all die Zeit, in der Ionis mit dem Tod gerungen hat … und du, praktisch eingesperrt, weil sie plötzlich nichts mehr riskieren wollten … Ich habe es doch gesehen, das hat dich fast die Wände hochgetrieben. Was konnte falsch sein an einem kleinen Ausflug, hm? Einen großartigen Rat habe ich dir da gegeben. Fast … fast hätte er dich umgebracht …« Er konnte nicht weitersprechen. Es war ein geradezu unheimlicher Anblick, diesen großen und starken Mann so außer Fassung zu sehen.

»Nein, Onkel. Das kannst du mir nicht abnehmen.«

Evros sah ihn fragend an.

Aris fing seinen Blick auf und sagte fest: »Es war meine Entscheidung, mich aus dem Palast zu stehlen, wider besseres Wissen. Gegen den Willen meiner Eltern. Dafür trage ich allein die Verantwortung. Genau so werde ich es ihnen auch erklären und die Folgen tragen. Ganz egal, was sie … was sie deshalb von mir halten werden …«

Jetzt kam seine sichere Haltung doch etwas ins Rutschen. Ich wollte ihm sagen, dass es nicht seine Schuld war, dass er mehr als genug für seine Unbedachtheit bezahlt hatte, wollte ihn irgendwie aufbauen, stützen … Aber ich wagte es nicht. Auf keinen Fall durfte ich noch mehr Ärger verursachen, indem ich meine unangemessene Zuneigung verriet. *Die* Lektion hatte ich gelernt.

Unerwartet schaltete Som sich aus seiner Ecke ein: »Deine

Eltern lieben dich. Sie sind krank vor Sorge. Und wenn es auch heimlich geschehen muss, lassen sie dich Tag und Nacht suchen.«

»Natürlich«, schnaubte Evros bitter. »Sie suchen den Thronfolger.« Er war wohl kein Fan von den Erziehungsmethoden im Haus der Dornenbienen.

»Sie suchen ihren Sohn.« Soms Ton war respektvoll, aber nachdrücklich.

Ich blickte ihn mindestens genauso dankbar an wie Aris. Und auch der Hausherr wandte sich beeindruckt zu ihm um. Es kam mir so vor, als nähme er Som zum ersten Mal richtig wahr. »Auch du hast deinen Herrn nie aufgegeben, oder?«, fragte er. »Das war doch nicht nur Pflichtgefühl, habe ich recht?«

Som nickte stumm. Eine Antwort wagte er nicht, wohl aus Angst, was er vielleicht über seine Freundschaft zu Aris verraten würde.

Evros musterte den jungen Statthalter stirnrunzelnd. Ich merkte, dass ich unwillkürlich die Luft anhielt. Aris ging es genauso. Dann nickte sein Onkel langsam. »Mir scheint, ich habe dich bisher falsch eingeschätzt, Bursche. Hm. Wenn das alles hier vorbei ist, reden wir. Jetzt ist nicht die rechte Gelegenheit. Aber …« Er machte eine kurze Pause. »In der Zwischenzeit solltest du hier bei uns sitzen.«

Damit winkte er Som heran. Der gehorchte zögernd und setzte sich dann, nach nochmaliger Ermutigung, auf den freien Diwan. Er wirkte tief berührt. Ich konnte wohl kaum richtig erfassen, was diese Geste für ihn bedeutete, aber meine Freude darüber ließ sich schwer verbergen. Sah ich hier etwa das erste Anzeichen dafür, dass der Eingeweihte im Letzten Tempel recht gehabt hatte? Auch Aris' Augen strahlten, das erdrückende Schuldgefühl war für den Moment vergessen.

Sein Onkel blickte in die Runde, wie wir da vor ihm saßen – für sein Verständnis ein sicherlich mehr als ungewöhnliches Trio: ein Königssohn, ein Statthalter und ein Mädchen von der Oberfläche. Leise lachend schüttelte er den Kopf. Dann wurde er ernst und schlug unternehmungslustig die Hände zusammen. »Nun, Kinder, wir müssen schnell und vorsichtig handeln. Wer weiß, wo die *Arme des Kraken* überall Verbündete haben. Und wenn auch noch der Rat der Steine hinter euch her ist, dürfen wir erst recht nichts riskieren.« Er überlegte einen Moment. »Noch schläft alles. Wenn ich gleich mit dem Boot aufbreche und deine Eltern im Palast aufsuche, bin ich vor Morgengrauen zurück. Ihr schließt euch hier ein und gebt keinen Laut von euch. An sich lege ich für meine Diener die Hand ins Feuer, aber in diesem Fall gehen wir besser kein Wagnis ein. Das Letzte, was wir brauchen, ist ein Neugieriger, der wegen einer Oberflächen-Sichtung das ganze Haus zusammenschreit …« Er stand auf und klopfte seinem Neffen kräftig auf die Schulter. »Du weißt ja, hier kann man gut unterkriechen. So wie letztes Jahr, hm? Als diese Buchmacher hinter dir her waren?« Verschwörerisch zwinkerte er mir zu. »Eine Woche hat er sich bei mir versteckt – ob vor denen oder vor seinem Vater, weiß ich gar nicht mehr. Aber mein Weinkeller war hinterher leer!«

»Du hast auch ganz schön gebechert, gib's ruhig zu!« Aris lachte, wirkte jedoch peinlich berührt. Ich bemerkte, wie er mir verstohlen einen Blick zuwarf. *Die* Story hätte er wohl lieber nicht vor mir ausgebreitet …

Sein Onkel schüttelte grinsend den Kopf und wandte sich zum Gehen. »Wie gesagt, wir haben keine Zeit zu verlieren. Aber ihr seid sicher hungrig und durstig. Ich hole euch noch rasch etwas aus der Küche. Hilfst du mir, Mädchen?«

Bereitwillig stand ich auf und folgte ihm. Es ging tiefer hinein in die geräumige Villa, durch ein paar Flure, die ebenfalls mit goldenen Lämpchen schwach erhellt waren. Alles blieb still. Vermutlich schliefen die Diener in einem anderen Teil des Gebäudes. Bei dem Gedanken an Schlaf musste ich unwillkürlich gähnen. Wie spät mochte es sein?

Schließlich erreichten wir einen großen Raum mit einer gewaltigen, von gekachelten Arbeitsbänken umgebenen Feuerstelle, die durch eine breite Kaminöffnung beschirmt war. Überall standen sorgfältig sortierte Utensilien, Vorratsbehälter, Geschirr aus Holz und Keramik. Evros begann, in den irdenen Gefäßen und Holzkisten herumzustöbern. Er war es wohl nicht gewohnt, sich hier selbst zu versorgen, und wusste nicht recht, wo welche Vorräte verstaut waren. Dabei versuchte er, mich in ein Gespräch zu verwickeln.

»Und, Mädchen – halt das hier mal – du bist wirklich von der Oberfläche?«

Aha, jetzt kommt's, schloss meine innere Stimme messerscharf. *Er will wissen, was ihm sein Neffe da ins Haus geschleppt hat … Sag jetzt bloß nichts Falsches!*

Ich nickte schüchtern und versuchte, die schwere Schüssel gerade zu halten, die er mir in die Hand gedrückt hatte und jetzt rasch mit allerlei Früchten füllte.

Sinnend blickte er mich an. »Weißt du, es gibt nicht wenige Leute, die halten die Oberfläche für eine Legende … Sie glauben, dass es da vielleicht wirklich einmal große Städte und Reiche gegeben hat, aber dass Kriege und Katastrophen längst allem Leben ein Ende gemacht haben.«

»Wissen Sie, dass man genau dasselbe bei uns über Atlantis sagt?« Wider Willen musste ich lachen.

Er stimmte ein. Dann fragte er: »Und sehen dort oben alle so aus wie du?«

Ich war mir nicht sicher, worauf er anspielte. »Was meinen Sie denn genau?«

»Du hast so helle Haut. Ich hätte gedacht, dass euch die ständige Sonne dunkel färbt.«

»Oh, na ja, das hängt echt mehr davon ab, wo man so lebt. Und was man für ein Typ ist ...« Uff, wie sollte ich das auf die Schnelle erklären? Außerdem musste ich jetzt noch eine zweite Schüssel festhalten, in die Evros kleine Teigtaschen stapelte.

»Und diese Haare! Golden, wie die der Göttin ...« Er sah mich unverhohlen an. »Aber wieso die Knabenfrisur? Willst du die schöne Frau verbergen, die in dir steckt?«

Die Frage traf mich total unvorbereitet. Was sollte das denn jetzt? Wollte er mir ein Kompliment machen? Ich wand mich unter seinem Blick und suchte vergeblich nach einer Antwort.

»Jedenfalls klappt das nicht.« Er zwinkerte mir komplizenhaft zu. »Ist meinem Neffen auch aufgefallen, oder?«

Ooookay. Daher weht der Wind. Bleib cool, Baby!

Ich brachte jedoch nur ein undeutliches »Ähm ... weiß nicht ...?« heraus. Die ganze Situation wurde mir immer unangenehmer, und ich hoffte, dass wir bald zurückgehen würden.

»Jetzt mal ehrlich, Mädchen.« Evros griff sich ein paar Becher und klemmte sich eine große Karaffe unter den Arm. »Er mag ja dumm sein, aber doch nicht blind.«

»Aris ist nicht dumm!«, erwiderte ich hitzig.

Dröhnendes Lachen antwortete mir. Und ich wurde knallrot.

Wie kann man nur so blöd sein, schimpfte es in mir. *Jetzt weiß er, dass da etwas ist!*

Doch zu meiner Überraschung wirkte der kahlköpfige Mann mit der Gladiatorfigur nicht erbost. Er musterte mich noch einmal ausführlich von Kopf bis Fuß, als ob er am Ende eine Beurteilung schreiben müsste. Sein abschließendes Grinsen wirkte sogar irgendwie anerkennend. Hatte Som recht gehabt mit seiner Einschätzung, dass Evros etwas übrig hatte für hoffnungslose Fälle?

Wie war das, er nimmt das Leben nicht so ernst? Vielleicht wünscht er sich das ja auch für seinen Neffen ..., mutmaßte meine innere Stimme.

Jedenfalls sagte er nichts weiter und führte mich zügig zurück. Ich war froh, meine glühenden Wangen hinter seinem breiten Rücken verstecken zu können. Als wir das Atrium betraten, machte er keinerlei Andeutungen über unser Gespräch, riet nur nochmals, uns auf keinen Fall sehen zu lassen und nur ihm zu öffnen. Dann schloss sich die Tür hinter ihm.

Ich fiel erleichtert auf den Diwan und ließ mich in die weichen Kissen sinken. Aris und Som dagegen stürzten sich auf die Mahlzeit.

»Was, kein Wein?«, maulte Aris, als er den Inhalt der Karaffe verteilte.

»Aber fast«, grinste Som und schob mir einen Becher herüber. Er enthielt köstlichen hellen Traubensaft, süß und frisch. »Du musst nur ein paar Monate warten.«

Die nächsten Minuten herrschte »gefräßiges Schweigen«, wie meine Mutter es immer nannte. Das Obst war ein faszinierender Mix aus Bekanntem und Unbekanntem: In der Schüssel lagen Trauben und Feigen, aber auch so etwas wie Litschis mit zartblauem Fruchtfleisch und honigsüße Beeren in tiefroten Erbsenschoten. Wann hatte ich das letzte Mal etwas gegessen? War das wirklich der Frühstücksfisch gestern Morgen gewesen? Die Teigtaschen erinnerten mich an den ersten atlantischen Snack, den ich auf dem Boot bekommen hatte ... Den nächsten Bissen brachte ich nur mühsam hinunter. Aris bemerkte meinen Stimmungswechsel und sah mich besorgt an.

»Glaubst du, Tis hat es geschafft?«, fragte ich leise.

Er antwortete nicht.

»Schnell und schlau genug ist sie«, sagte stattdessen Som. »Vielleicht steht sie schon morgen im Palast und verlangt einen Suchtrupp für ihren Fisch.«

»Das wäre ihr zuzutrauen!« Ich lächelte ihn hoffnungsvoll an, bereit, jeden optimistischen Vorschlag zu akzeptieren.

Aris jedoch blickte niedergeschlagen zu Boden. »Sie ist nicht die Einzige, die ich im Stich gelassen habe. Die Tempelwächterin ist vermutlich tot. Der Hirte ganz sicher. Und Lon ... Ich weiß nicht, was mit ihm geschehen ist.«

Lon? Ich musste einen Moment in meiner Erinnerung graben, dann fiel es mir wieder ein: Es war der Statthalter, der Aris zuerst an die Verschwörer verraten hatte und dem er, wie ich vermutete, schließlich doch seine Befreiung und die Flucht mit dem Skriff verdankte.

»Gib dir nicht die Schuld«, sagte Som.

»Nein? Wem dann?« Aris fuhr sich mit der Hand durch das schwarze Haar. »Ich muss es wiedergutmachen. Ihre Familien finden. Und ... und ich muss mich würdig erweisen ... Damit es nicht umsonst war, was sie für mich getan haben.«

»*Jetzt* musst du dich jedenfalls erst einmal ausruhen«, meinte sein Freund fürsorglich. »Wir alle können Schlaf gebrauchen. Auch wenn dein Onkel Erfolg hat, wird es ein harter Tag. Und es ist nicht mehr lang bis zum Morgen.«

Aris nickte abwesend.

Som hatte auf jeden Fall recht: Bei seinen Worten hatte ich gemerkt, dass ich zum Umfallen erschöpft war. Also löschten wir die Lämpchen in den Wandnischen und streckten uns auf den bequemen Diwanen aus. Aris und ich lagen über Eck, zufälligerweise Kopf an Kopf.

Zufällig, klar.

Som schlief bereits nach kurzer Zeit, wenn ich seine tiefen Atemzüge richtig deutete. Ich aber lag auf dem Rücken und blickte durch das Oberlicht hinauf in den Himmel mit seinen fremden goldenen Sternen. Ich war unglaublich müde, aber mir ging so viel im Kopf herum, dass ich einfach nicht einschlafen konnte.

Und dann hörte ich Aris' Stimme. »Ella?«

Ich drehte mich auf den Bauch und hob den Kopf. Er lag ebenfalls auf dem Bauch und sah mich an. Von oben schien gerade genug Licht, dass ich sein Gesicht erkennen konnte. Es sah abgekämpft und bedrückt aus.

Leise sagte er: »Ich habe mich noch gar nicht bedankt … für deine Hilfe im Tempel. Das war wahnsinnig mutig von dir.«

»Vielleicht auch einfach nur wahnsinnig«, flüsterte ich zurück. Bei seinem vertraulichen Tonfall hatte mein Herz wieder begonnen, schmerzhaft zu klopfen. Doch die unfreiwillige Erinnerung an das gerade erst Überstandene dämpfte meine Aufregung. Der eiskalte, dunkle Pool, die hypnotischen weißen Augen des alten Statthalters … Das, was ich dann gesehen – und miterlebt hatte …

»Es war grauenhaft«, gestand ich. »Nicht nur das Bild von dieser goldenen Flutwelle. Auch das davor.«

»Was meinst du?«, fragte er erschrocken.

»Diese Erinnerungen, von denen der Eingeweihte gesprochen hat. Deine Erinnerungen. Irgendwie waren es plötzlich meine eigenen. Ich wusste zuerst gar nicht, wer ich war.«

»Und … und hast du … *alles* gesehen?«

»Ich bin nicht sicher.« Die Bilder in meinem Kopf verblassten langsam, aber ich wusste seltsamerweise noch ganz genau, wie ich mich dabei gefühlt hatte. »Ich habe gegen irgendwen gekämpft … und ein totes Mädchen gesehen. Dann war ich gefesselt. Und plötzlich hatte ich entsetzliche Schmerzen, überall. Ich … ich musste schreien – aber es ging nicht …«

Aris drückte den Kopf in das Kissen unter sich, als könnte er sich so vor dem verstecken, was ich sagte. Schließlich sah er wieder hoch, mit einem gequälten Ausdruck in den Augen. »Es ist mir die ganze Zeit gelungen, es wegzuschieben«, wisperte er. »Ich dachte, ich hätte es auf der Station zurückgelassen. Aber es ist wieder da … immerzu … Ella, dir darf es nicht auch so gehen. Du musst es vergessen. Versuch es, bitte.«

»Ist schon gut. Es war ja nur kurz.«

Für mich. Für dich nicht. Ein paar Tage, hast du gesagt. Ich will mir gar nicht vorstellen, was das mit dir gemacht hat … Und du gibst dir auch noch selbst die Schuld daran. Mit einfach vergessen ist es da bestimmt nicht getan …

Doch ich behielt meine Gedanken für mich. Er wollte kein Mitleid und keine Ratschläge, das merkte ich deutlich. Er wollte nur weg von der unerträglichen Erinnerung.

Und es war nicht die einzige, die ihm zusetzte, wie seine nächsten Worte zeigten: »Dieser Statthalter … mit dem dunklen Gesicht …«

»Der den Speer nach dir geworfen hat?«

Aris nickte. Sein Atem ging mühsam. »Das war einer von denen, die mich entführt haben. Ihr Anführer, glaube ich. Sein Name ist Kio. Er war auch auf der Station. Hat die Befehle gegeben. Mir gesagt, was sie mit mir vorhaben. Aber die … die Befragung hat er dem anderen überlassen. Dem Maskierten.« Er senkte den Kopf und ich verstand seine Worte kaum noch. »Als ich ihn auf dem Berg wiedergesehen habe – ich weiß nicht, was da mit mir passiert ist. Ich war wie gelähmt. Ich konnte überhaupt nichts tun.«

»Was hättest du denn tun wollen?«, flüsterte ich. »Wir mussten doch fliehen und ... und hatten nicht mal Waffen ...«

»Ich weiß nicht. Irgendetwas. Damit nicht noch jemand für mich stirbt.«

Vor meinem inneren Auge tauchte das Bild auf, wie der Hirte auf dem Rochen in den Kopf getroffen wurde und in die Tiefe stürzte. Unwillkürlich streckte ich meine Hand nach Aris aus. Auf halbem Weg spürte ich, dass er denselben Impuls gehabt hatte. Unsere Finger verschlangen sich ineinander. Seine zitterten.

Ich hielt ihn fest.

Und fand nach einer Weile die Worte, die uns beide wieder beruhigten: dass wir es geschafft hatten. Jetzt kannten wir das Geheimnis und wussten sogar, dass die Verschwörer es ohne Aris nicht für sich nutzen konnten. Der Weg in den Palast – in die Sicherheit – lag unmittelbar vor uns. Sobald der Minos alles wusste, ließen sich die Terroristen und Verräter mit Sicherheit aufspüren und die Gefahr für Atlantis war gebannt.

Es schien zu helfen. Ich fühlte, wie Aris langsam ruhiger wurde. Und ich? Ich hatte aus ganz anderen Gründen Angst vor dem kommenden Tag. Ja, wir würden im Palast sein, mutmaßlich außer Reichweite der Attentäter. Aber ich war immer noch das Mädchen von der Oberfläche, das niemals hierher hätte kommen dürfen. Aris dagegen ... Er war der Thronfolger und damit meilenweit von mir entfernt. Ich hatte nicht mehr von ihm als seine Hand, die in meiner lag. Aber sein Griff war wieder fest, und ich wusste, dass er zu sich zurückgefunden hatte. Und dann merkte ich, wie sich sein Daumen bewegte, ganz leicht über meine Finger strich. Nur eine winzige Geste, aber so voller Zärtlichkeit, dass ich sie im ganzen Körper spürte. Es vertrieb alle anderen Gedanken aus meinem Kopf. Mir war egal, was zwischen uns stand, was alles dagegensprach. Ich wusste nur, dass ich mich noch nie *so* gefühlt hatte. Dachte Aris das Gleiche? Ging es ihm wie mir? Aber selbst wenn – was dann …?

Ich hab das im Griff. Ich hab das im Griff.

Das sagte ich mir immer wieder vor. Gleichzeitig wünschte ich mir nichts sehnlicher, als in seinen Armen zu liegen und von ihm zu hören, dass er das mit uns wollte – was immer es auch war … Dass es einen Weg gab und wir ihn gemeinsam finden würden … Keiner von uns schlief ein, während der künstliche Himmel allmählich heller wurde und die goldenen Sterne im aufziehenden Tageslicht verschwanden. Die Zeit verging. Langsam wurde es anstrengend, mit ausgestrecktem Arm halb auf der Seite zu liegen. Doch keiner von uns ließ los.

Zumindest nicht, bis uns plötzlich ein dumpfes Klopfzeichen an der Tür aus unserer Vertrautheit riss. Evros war zurück. Schon sprang Som auf, um ihm die Tür zu öffnen. Hatte er überhaupt geschlafen? Aris und ich richteten uns hastig auf und versuchten beide, möglichst nicht zueinander zu sehen. Stattdessen blickten wir erwartungsvoll den kahlköpfigen Mann in der dunkelgrünen Robe an, der jetzt vor uns stand.

»Es ist alles in Ordnung, Kinder!«, verkündete er triumphierend. Ob die Dienerschaft etwas mitbekam, spielte wohl keine Rolle mehr. »Junge, dein Vater stellt eine Eskorte zusammen. Alles Männer, denen er blind vertraut. Sie sind in Kürze hier.« Er lachte. »Darauf trinken wir, hm?«

»Aber nur, wenn du etwas Besseres herausrückst als Traubensaft!«, rief Aris, erhob sich rasch und umarmte ihn.

»Typisch!« Sein Onkel lachte herzhaft und schlug ihm auf den Rücken. »Mal sehen, was wir da machen können …« Er verschwand einen Moment hinter dem Vorhang, der zu seinem Arbeitszimmer führte, und tauchte kurz darauf mit einer verkorkten Tonkaraffe auf, die mit feinen rot-schwarzen Mustern verziert war. »Na kommt, setzt euch wieder ... Du auch, Bursche«, fügte er mit Blick auf Som hinzu, der unsicher in der Nähe der Tür stehen geblieben war. Jetzt aber leuchteten seine schwarzen Haiaugen auf und er glitt rasch auf den vierten Diwan. Evros rückte unsere Becher zurecht – für sich selbst hatte er auch einen mitgebracht – und goss uns großzügig ein.

Rotwein am frühen Morgen. Cooles Katerfrühstück, ertönte es beeindruckt in mir.

Was soll's, erwiderte ich stumm, ein bisschen schwindelig vor Übermüdung und Erleichterung. *Wenn wir in Rom sind – ich meine, in Atlantis, machen wir's wie die Atlanter ...*

»Auf dich, mein Junge.« Unser Gastgeber hob den Becher mit seinem muskulösen Arm. »Auf deine glückliche Rückkehr. Und auf deine Freunde, die dich hergebracht haben.«

Wir prosteten uns zu, was hier ohne Anstoßen gemacht wurde, und tranken. Aris leerte seinen Becher mit einem Zug, was ich trotz bester Absichten nicht ganz schaffte. Ich warf einen Seitenblick zu Som, der bestimmt auch keiner von der »Auf Ex!«-Sorte war. Doch er hatte einen eigenartigen, nachdenklichen Ausdruck im Gesicht und beachtete mich nicht.

Sein Freund dagegen schwenkte gut gelaunt den Becher in Richtung seines Onkels, der sich entspannt in die Kissen seines Diwans zurückgelehnt hatte. »Wie, ist das alles? Ich dachte, wir wollten feiern!«

Evros gluckste belustigt. »Die Karaffe ist leer, das war der Rest meiner persönlichen Reserve hier hinten. Na, Bursche, hol uns doch Nachschub. Du weißt ja, wo ...«

Ha. Ganz so schnell ändern sich die Dinge wohl doch nicht, kommentierte meine innere Stimme trocken, als Som sofort aufstand und sich zur Tür wandte. Doch plötzlich taumelte er zur Seite, ließ die Karaffe und den Becher fallen und brach zusammen. Die Tongefäße zersplitterten auf dem Mosaikfußboden und die tiefrote Neige breitete sich unter seinem Körper aus wie eine Blutlache.

Kapitel 31

»Som!«, rief Aris erschreckt. »Onkel, was ist mit ihm?«

»Ach, die Fischfressen sind eben nichts Gutes gewohnt«, winkte Evros ab.

Ich starrte ihn an. Sein Tonfall hatte sich total verändert, war voller Verachtung. Ich wollte aufspringen, um nach Som zu sehen. Aber ich konnte mich nicht bewegen. Meine Glieder waren mit einem Mal bleischwer und ich fühlte sie kaum noch. Aus den Augenwinkeln sah ich, dass es Aris genauso ging. Wie festgewachsen hing er auf dem Diwan.

»Was … war in dem Wein?«, fragte er stockend.

»Nur ein paar Tropfen konzentriertes Oréa. Meine Spezialmischung, zur Entspannung. Etwas anderes hatte ich gerade nicht da.« Evros' Grinsen war voll falscher Freundlichkeit. »Leider reagieren die Weißfische darauf ja etwas … heftig.«

»Aber, Onkel – was soll das? Du weißt doch –«

»Sagen wir einfach, ich wollte sichergehen, dass ihr unter diesem Dach weilt, bis meine anderen Gäste hier sind.« Evros stellte seinen Becher ab und reckte sich ausgiebig. »Du kennst sie, glaube ich … Sie nennen sich *Die Arme des Kraken.*«

Atemlose Stille folgte seinen Worten.

»*Du*«, keuchte Aris dann ungläubig. »*Du* arbeitest für die Verschwörer?«

Der kräftige Mann vor ihm stieß ein verächtliches Lachen aus. »Nichts als nützliche Idioten, dieser Kio und seine Bande. Seit ich ihnen Informationen aus dem Königshaus liefere, fressen sie mir aus der Hand. Diese erbärmlichen Aufrührer denken, sie könnten mich benutzen. Dabei tun sie nichts weiter, als meine Befehle auszuführen!«

Ich traute meinen Ohren kaum.

Was passiert hier?

Hatte uns wirklich der Mann hintergangen und außer Gefecht gesetzt, auf dessen Hilfe wir die ganze Zeit gehofft hatten? Dem wir vertraut hatten? In meinem Kopf stürmten die Gedanken durcheinander. Sie waren das Einzige an mir, das sich noch frei bewegen konnte, alle anderen Körperteile fühlten sich an wie im Winterschlaf, kalt und unendlich schwer. Verzweifelt versuchte ich, meine Arme zu bewegen, aber es gelang mir kaum, mit den Fingern zu zucken.

Und was ist mit Som?

Von meinem Platz aus konnte ich nur sehen, dass er vollkommen still am Boden lag. *Zu* still. Auch Aris rührte sich nicht – doch ich hatte das schreckliche Gefühl, dass ihn die Worte seines Onkels mehr lähmten als die Droge im Wein.

Mit dünner Stimme fragte er: »Dann ... hast du meine Brüder töten lassen und meine Entführung befohlen?«

Ein grässlich zufriedenes Grinsen breitete sich in Evros' bärtigem Gesicht aus. »Erstaunlich, was selbst ein grobes Werkzeug vermag, wenn es von den richtigen Händen geführt wird ...«

Aris unterbrach das selbstgefällige Gerede. »Was hast du mit Lon gemacht?«

Einen Moment runzelte sein Onkel verständnislos die Stirn, dann konnte er den Namen zuordnen. »Die Ratte, die dich befreit hat? Na, was wohl, Fischfutter ist er jetzt.« Er schnaubte verächtlich. »Will erst den großen Freiheitskampf unterstützen und merkt dann, dass er nicht den Magen dafür hat! Der alte Narr dachte doch wirklich, du solltest nur als Pfand für Verhandlungen mit dem Königshaus dienen. Seine dumme Visage beim Anblick der Schwarzen Perlen ... und wie er Kio angebettelt hat, dich zu schonen!« Er warf den Kopf in den Nacken und lachte schallend, doch im nächsten Augenblick wurde sein Gesicht finster. »Wir hätten ihn gleich beseitigen sollen. Aber wer konnte ahnen, zu was das Knochenbündel noch fähig war?«

»Also wusstest du, was sie mit mir vorhatten? Dass sie mich –« Aris konnte einen Moment nicht weitersprechen. »Ich bin der Sohn deines Bruders! Du hast mich aufgezogen! Wie ... wie konntest du das nur zulassen?«

»Wer spricht denn von *zulassen*?« Ein grausames Lächeln lag auf Evros' Gesicht. »Hast du wirklich nicht geahnt, wer hinter der Maske steckt?«

Mir blieb fast die Luft weg.

»Ich habe es ausprobiert, weißt du?« Der kahlköpfige Mann zog den Ärmel seiner grünen Robe hoch und hielt Aris den nackten Arm hin. Knapp über seinem Ellenbogen sah ich den schrecklich vertrauten sternförmigen Abdruck einer Schwarzen Perle – allerdings schon verblasst zu einer silberfarbenen Narbe. »Ich wollte selbst erfahren, ob es wirklich so schmerzhaft ist, wie man sagt. Ob es sich *lohnt*.«

Aris starrte seinen Onkel an und brachte keine Silbe heraus.

Der neigte sich vor und sprach weiter, mit einer teuflischen Freude daran, was seine Worte in dem hilflosen Jungen vor sich auslösten. »Oh, es hat sich gelohnt. Schade nur, dass der Minos nicht sehen konnte, wie tapfer sein Jüngster war! Der edle Spross aus dem großmächtigen Haus der Dornenbienen – nicht mehr als ein zuckender, elender Wurm ... Wo ist er jetzt,

Bruder, dein verfluchter Stolz?« Seine Stimme senkte sich zu einem höhnischen Flüstern. »Du hast nach ihr geschrien, erinnerst du dich? Nach deiner Mutter. Aber sie ist nicht gekommen. Sie hat dich im Stich gelassen. Genau wie mich.« Geradezu versonnen fuhr er fort: »Deine Brüder zu beseitigen war nur eine Notwendigkeit ... eine Fingerübung. Aber du. Du hast ihre Augen. Wenn du wüsstest, wie gut es tat, den Schmerz darin zu sehen. Denselben Schmerz, den sie mir damals zugefügt hat. Als sie deinen Vater geheiratet hat.«

»Onkel, sie hatte doch keine Wahl«, flüsterte Aris. »Keiner von euch hatte eine Wahl. Auch Vater nicht.«

»Sie war mir versprochen. *Mir.* Ich bin ihr immer treu geblieben«, zischte Evros zurück. »Aber sie hat ihre Schwüre vergessen. Und ich sollte folgsam zusehen, wie sie sich meinem Bruder in die Arme warf! Wie sie ihm Kinder gebar, eins nach dem anderen. Kinder, die *meine* hätten sein sollen.«

Ich hielt es nicht mehr aus, trotz meiner Angst. »Sie sadistisches Schwein!«, unterbrach ich ihn heftig. »Glauben Sie echt, dass *Sie* hier das Opfer sind?«

Er wandte sich gelassen zu mir. »Hört, hört, das Oberflächen-Weibchen spricht. Und mit so viel Feuer! Ich verstehe, warum du es behalten willst, Neffe.« Mit einem widerlichen Grinsen beugte er sich ganz nah zu mir heran und raunte: »Er hat bei dir gelegen, was? Hast du ihn zum Mann gemacht?«

»Gar nichts ist passiert!«, fauchte ich. »Nicht, dass Sie das was angeht!«

Evros schüttelte bloß den Kopf und sagte abfällig zu Aris: »Also nicht einmal an der Oberfläche bringst du das fertig. Ha, dein tumber Bruder hat sich damals weniger bitten lassen. Was soll's. Stirbst du eben als Kind.«

Beiläufig trat er an eine verschlossene Wandnische heran,

öffnete sie und griff nach einer schlanken Phiole, die Gott weiß was enthielt. Er nahm einen tiefen Zug, atmete heftig aus und fuhr dann fort: »Aber mehr warst du ja ohnehin nie, oder? Armer kleiner Prinz! Ganz allein und verloren! Mama reibt sich auf zwischen dem Amt der Hohepriesterin und den politischen Ränkespielen … während Papa nur an die Weißfische und seine beiden Ältesten denkt. Zum Glück war Onkel Evros für dich da. Bei ihm hast du gelernt, wie man Spaß hat, oder?« Er kicherte in sich hinein. »Und dann dein kindisches Aufbegehren, das Soldatspielen! Hat auch niemanden beeindruckt. Ja, leider musste ich deinen Eltern oft genug berichten, dass ich dich einfach nicht im Zaum halten kann. Ach, Bruder! So eine Enttäuschung, der Junge! Was habe ich nur falsch gemacht?«

Giftmischer, schoss es mir durch den Kopf. Seine Worte waren schlimmer als das Zeug, das er uns in den Wein gekippt hatte. Mir war übel vom Zuhören. Seit Jahrzehnten rührte Evros dieses Gift in seinem Inneren an, weil er das ihm geschehene Unrecht nicht überwinden konnte. Doch er hatte es gut verborgen – anfangs vielleicht, weil er noch Hoffnung hegte. Aber dann war aus der arrangierten Ehe seiner Versprochenen eine echte Liebesbeziehung geworden. Und Evros hatte begonnen, sein Gift subtil in der Familie zu verteilen, die ihm angeblich über alles ging. Auf einmal sah ich klar vor mir, wie es geschehen war: wie er seine vertrauenswürdige Fassade perfekt aufrechterhalten und sich scheinbar für das Glück seines Bruders gefreut hatte – nur, um im Hintergrund seine Rachepläne zu schmieden. Ganz sicher war es in Wahrheit doch er gewesen, der vor Jahren den Mordanschlag auf Aris' Vater verübt hatte. Der hatte es nicht glauben wollen, ihn stattdessen sogar zum Erzieher seines jüngsten Sohnes berufen. Und das hatte Evros genutzt, um den Keil zwischen diesem und seinen Eltern tiefer und tiefer zu treiben.

Aris ging nicht auf die ätzende Häme ein, sosehr sie ihn auch treffen mochte. Tonlos sagte er: »Bitte, sieh nach, ob Som noch atmet. Oréa kann tödlich sein für Statthalter.«

»Na, das hoffe ich doch sehr!«, erwiderte Evros, böse grinsend. »Der und seine verfluchte Familie haben mich oft genug behindert. Was musstest du dich auch immer bei denen rumtreiben? Halten dir Moralpredigten … Und du hörst auch noch auf sie! Was hat ein Sklave den Herrn zu belehren? Eine verdammte Schande …« Er verpasste dem regungslos am Boden liegenden Som einen harten Tritt.

Der Körper zuckte nicht einmal mehr. Aris gab keinen Laut von sich, aber ich konnte ein Aufschluchzen nicht verhindern. *Som* … Das durfte nicht wahr sein. Und ich war noch immer so gelähmt, dass ich nicht einmal richtig weinen konnte.

Evros schnaubte zufrieden. »Na, *das* Problem wäre erledigt. Und jetzt ist endlich die Zeit gekommen, mit dem Rest dieser verrotteten Welt aufzuräumen.« Er deutete mit dem Kopf nach oben, zu dem quadratischen Fenster in der Decke, hinter dem der bienenwabenartige Himmel sich langsam zu einem leuchtenden Blau verfärbte. »Der Tag des Großen Stiers bricht an. Atlantis ist erwacht, kannst du es hören? Alle werden sie da sein, sich versammeln, um zu feiern. Die Königskinder, die Weißfische. Wer will da schon auf einem Außenposten bleiben? Oder im Hafen? Sie ahnen nicht, was sie heute wirklich erwartet!« Er rieb sich die Hände. »Diese jämmerlichen Revolutionäre glauben, sie sorgen für eine reinigende Flut, die ihr Volk befreit. Das Meer bedeckt das Land, die Unterdrücker ersaufen, und wenn das Wasser nach ein paar Stunden zurückgeht, sind nur noch die Fischfressen übrig. Ein guter Plan. Aber es geht noch besser.« Er stellte sich hinter Aris, legte ihm gespielt väterlich die Hände auf die Schultern und beugte sich zu ihm herab. »Es war so gut verpackt in deinem hübschen Kopf, was in Wahrheit geschieht. Doch du hast es brav deinem Onkel erzählt. Wenn sich die Schotten erst öffnen ... dann wird alles weggerissen, alles. Das Firmament stürzt ein, das Meer holt sich den Rest. Atlantis geht unter – und niemand wird übrig sein, um in den Trümmern zu herrschen!« Er richtete sich auf, warf den Kopf in den Nacken und lachte wieder dröhnend.

Der Mann war wahnsinnig, eindeutig. Und wir waren ihm ausgeliefert. Ich wollte aufspringen, wegrennen, zuschlagen, irgendetwas. Aber meine Glieder waren immer noch gänzlich taub.

Und Som ... Som ist tot.

Mit einem langen Zug leerte Evros die Phiole und schleuderte sie achtlos in eine Ecke. Aus leicht glasigen Augen blickte er auf Aris herab. »Sie werden dich mitnehmen, die Erben des Untergangs. Versuch ruhig, sie umzustimmen ... sie werden dir nicht glauben. Ich habe ihnen bereits gezeigt, wo der Mechanismus versteckt ist, und die Codes gegeben, die sie zum Öffnen brauchen. Alles ist vorbereitet. Nur der Schlüssel fehlt, um es in Gang zu setzen.« Er musterte Aris mit hämischer Berechnung. »Ein königlicher Schlüssel ... Bis vorhin dachte ich schon, ich müsste das selbst übernehmen. Aber dann klopfst du doch tatsächlich wieder an meine Tür! Was für eine Fügung! So kann ich neben deinen Eltern stehen, wenn alles um sie herum zusammenbricht. Wenn sie erkennen, dass nichts von ihnen bleiben wird, gar nichts. Und dass sie es *mir* zu verdanken haben.«

Endlich fand Aris die Sprache wieder. »Du glaubst, du hast das Recht, dich zu rächen«, sagte er rau. »Aber die Strafe der Götter wird dich treffen.«

Evros warf ihm einen verächtlichen Blick zu. »Die Götter

strafen uns nicht. Sie belohnen oder ignorieren uns. Und ich bin es leid, ignoriert zu werden.«

In diesem Moment ertönte ein Klopfsignal an der Tür.

»Ah, da ist ja die versprochene Eskorte. *Meine* Eskorte.«

Evros öffnete und eine Gruppe von acht weißhäutigen Statthaltern betrat den Raum. Halb verborgen unter ihren Mänteln trugen sie Schwerter, Dolche und einige dieser harpunenartigen Schusswaffen. Sie blickten finster und entschlossen drein.

»Im Namen von Dem aus der Tiefe – seid willkommen!«, begrüßte Evros sie mit großer Geste. »Kio, wie versprochen liefere ich dir den Schlüssel zum Ende eurer Unterdrücker!« Dann grinste er und schlug sich vor den Kopf. »Wie dumm von mir! Der Pöbel versteht ja kein Englisch.« Er wiederholte seine Worte noch einmal auf Atlantisch. Sie verfehlten ihre Wirkung nicht.

Der Anführer namens Kio sah Aris hasserfüllt an. Seine Stimme erschallte in meinen Ohren, heiser, tief und beängstigend. Wieder ohne Ankündigung oder gar Erlaubnis, was einen ultimativen Tabubruch in der Kommunikation der Statthalter bedeutete, so viel hatte ich verstanden. Das Benehmen passte zu seiner unheimlichen Erscheinung. Hochgewachsen für einen Statthalter, breitschultrig und mit einem Gesicht, dessen gesamte obere Hälfte inklusive Stirn und Kopfhaut so dicht mit winzigen schwarzen Hieroglyphen tätowiert war, dass es aussah, als löste sich sein Kopf oberhalb der Nase in Dunkelheit auf. Er trug nur ein kiltartiges Kleidungsstück und einen dunklen Mantel. Auf seinem bloßen Oberkörper sah ich mehrere Narben – als ob sich irgendeine Bestie darum geschlungen und nicht mehr losgelassen hätte. Waren das die Abdrücke von Saugnäpfen – von Tentakeln? Der aus der Tiefe war wohl kein gnädiger Gott … Und noch etwas fiel mir auf: Weder Kio noch einer seiner Leute trugen ein schmückendes Band um den

Hals, so wie ich es zuerst bei Som und seitdem auch bei allen anderen Statthaltern bemerkt hatte.

Der Finsterling gestikulierte wütend in Richtung des »Unterdrückers« vor ihm. Dann jedoch fiel sein Blick auf die blasse Leiche am Boden und ein zufriedenes Grinsen breitete sich auf seinem Gesicht aus. Er hatte den Diener seines Opfers erkannt – den er für einen Verräter seines Volkes halten musste. Beifällig nickte er Evros zu und gab einen Befehl. Zwei seiner Kumpane ergriffen Soms leblosen Körper und schleiften ihn hinaus. Wir hörten ein Klatschen, wie wenn etwas Schweres ins Wasser fällt.

Sie hatten ihn in den Kanal geworfen. Wie Abfall.

Neben mir gab Aris einen erstickten Laut von sich. Der Anführer der Rebellen drehte sich höhnisch zu ihm um – und entdeckte mich. Mit einem raschen Schritt war er bei mir, packte meine Haare in einem harten Griff und zwang mir den Kopf in den Nacken. Seine andere Hand hielt plötzlich einen Dolch. In meinen Ohren ertönten weitere barsche Worte, Fragen, die ich natürlich nicht verstand. Vor Schmerz und Angst traten mir Tränen in die Augen. Was wollte der Kerl von mir?

In diesem Moment sprang Aris auf – er konnte sich wieder bewegen! Er begann, eindringlich auf Kio einzureden. Ich merkte, dass das, was er sagte, einige der Verschwörer durchaus erreichte, aber der Anführer schnitt ihm das Wort ab – mit einem so harten Schlag ins Gesicht, dass er Aris von den Füßen riss. Schon waren die anderen neben ihm und hielten ihn mit Tritten am Boden. Er versuchte hochzukommen, war jedoch noch zu schwach und schaffte es kaum, sich schützend zusammenzurollen.

Ich stieß einen Schrei aus und wollte zu ihm stürzen, doch obwohl auch bei mir die Wirkung des Betäubungsmittels nachließ, war ich noch nicht fähig zu raschen Bewegungen. Einer der Verschwörer, mit einem aufwendigen grünen Tattoo im Gesicht, drückte mich mühelos zurück auf den Diwan. Evros schaltete sich ein. Nach ein paar kurzen Sätzen zu Kio gab dieser seinen Kumpanen das knappe Kommando, von Aris abzulassen. Sie zerrten ihn wieder auf die Beine. Er versuchte, sich das Blut aus dem Gesicht zu wischen, doch die Aufrührer hielten seine Arme fest.

Sein Onkel wandte sich augenzwinkernd an mich. »Keine Angst. Ich habe dafür gesorgt, dass sie dich mitnehmen und dir vorerst keins deiner Goldhärchen krümmen. Der Junge wird leichter zu kontrollieren sein, wenn es um deinen hübschen Hintern geht. Auch wenn er nichts damit anzufangen weiß ...« Ich hätte kotzen können bei dem anzüglichen Grinsen, das er mir zuwarf. Mit täuschend sanfter Geste fuhr er mir über die Wange. »Wirklich schade, dass ich dir nicht zeigen konnte, was ein echter atlantischer Mann ist.«

»Ja, ich werde mich nachts in den Schlaf weinen«, sagte ich mit so viel Abscheu, wie ich nur in meine Stimme legen konnte.

»Du hast keine Nacht mehr, Mädchen«, erwiderte er unbekümmert. »Aber immerhin werdet ihr gemeinsam ertrinken. Sage niemand, der gute Evros habe keinen Sinn für Romantik!«

Er nickte den Verschwörern zu. Sie rissen mich hoch, warfen Aris und mir Kapuzenmäntel über und stießen uns zur Tür hinaus.

»Warte im Jenseits auf mich, Junge!«, rief Evros höhnisch zum Abschied. »Ich bringe dir deine Eltern!«

Aris, weiß vor verzweifelter Wut, schrie etwas in seiner Sprache. Er rammte einem seiner Bewacher den Ellenbogen in die Seite und schaffte es fast, sich auch von dem zweiten loszureißen, um sich auf seinen Onkel zu stürzen. Doch die anderen zwangen ihn brutal zurück, und ihr Anführer zischte ihm eine Drohung zu, die eindeutig auf mich gemünzt war. Wie Evros vorausgesagt hatte, gab Aris jeden Widerstand auf. Dennoch knebelten sie ihn nun und fesselten ihm die Hände vor dem Körper.

Mir taten sie das nicht an, aber mit zwei grimmigen Wärtern neben mir und umringt von den anderen hatte ich ohnehin keine Chance. Kurz überlegte ich, um Hilfe zu rufen – doch wer würde mich verstehen? Und falls jemand nachfragte, mussten die Verschwörer nur vorgeben, eine von der Oberfläche zum Rat der Steine zu bringen.

Ohnehin waren die wenigen Menschen, die bereits auf den Beinen waren, vollauf mit sich und den Vorbereitungen für die Festlichkeiten beschäftigt. Manche schienen Prozessionen abzuhalten, trugen mit bunten Bändern und Wimpeln geschmückte Stangen vor sich her, die am Kopfende in zwei oft vergoldete Spitzen ausliefen. Ein symbolischer Stierkopf, wie ich dumpf begriff. Niemand beachtete uns.

Vor mir stolperte Aris voran, angetrieben von harten Stößen in den Rücken und in die Seite. *Ihr Schwachköpfe, er ist nicht euer Feind!*, wollte ich die finsteren Kerle um mich herum anschreien. Doch was hätte es geholfen?

Wir marschierten lange und in völligem Schweigen. Vor Angst konnte ich kaum geradeaus gehen. So viel war in den letzten Stunden auf mich eingestürzt und schon wieder wie weggewischt durch die neuerliche Todesgefahr, die uns unerwartet und hinterhältig angesprungen hatte. Ich konnte mir nicht im Entferntesten ausmalen, wie Aris sich fühlen musste. Im Handstreich hatte er seinen besten Freund verloren und zugleich erfahren, dass sein vertrautester Verwandter ein Intrigant und Verräter war, der bereits seine Brüder auf dem Gewissen hatte. Und nun sollte er selbst als Werkzeug dienen, das den Untergang seiner ganzen Welt besiegelte.

Ich sah die fremde und doch so schöne Landschaft um mich herum, hörte die zahllosen Stimmen, die sangen, lachten und beteten und die in Kürze für immer verstummen sollten. Ich dachte an den Vater, der seinem Kind in der Nacht die Sterne gezeigt hatte. An Tis, die vielleicht doch noch lebte und irgendwo nach Freaky suchte. Ich versuchte, nicht daran zu denken, wie es sein würde zu ertrinken.

In der verzweifelten Anstrengung, nicht vollends durchzudrehen, konzentrierte ich mich auf den Weg vor mir und bemerkte, dass wir zwischen immer mehr Menschen direkt auf den Palast zumarschierten. Befand sich die Weltuntergangsmaschinerie etwa dort?

Wäre ja passend für ein Geheimnis des Königshauses.

Und ich hatte recht mit meiner Vermutung, denn nun erreichten wir die Ausläufer des mächtigen Herrschersitzes. Hier verließen wir unauffällig die Hauptstraße mit den heranströmenden Feiernden. Eine Zeit lang trieben die *Arme des Kraken* uns durch einen trockenen und wohl schon lange nicht mehr genutzten Kanal, hinein in einen völlig überwucherten Bereich, wo jemand erst kürzlich einen frischen Trampelpfad angelegt hatte. Schließlich erreichten wir etwas, das ich für einen stillgelegten Brunnen hielt. Als ich einen Blick in den Abgrund warf, fiel mir auf, dass metallene Sprossen in die Wand eingelassen waren, die hinunter in die Dunkelheit führten.

Auch Aris sah hinab.

Für einen schrecklichen Moment schien es mir, als könnte ich seine Gedanken lesen: ob sich das Vorhaben der Verschwörer aufhalten ließ, wenn er einen raschen Schritt über den Rand machte? Aber er kam nicht dazu, den Impuls in die Tat umzusetzen. Der Kerl mit dem grünen Tattoo lockerte ihm die Fesseln, band ihm stattdessen einen Strick um das Handgelenk, dessen Ende er sich um die Hüften knotete. Der »Schlüssel« würde nicht verloren gehen.

Die Rebellen waren gut vorbereitet, denn sie hatten kleine Lampen dabei, die sie sich um den Hals hängten. Aris und ich bekamen keine, als sie uns nun zwangen, zwischen ihnen die Sprossen hinabzuklettern. Es ging tief hinab. Sehr tief. So tief, dass meine Arme schmerzten und zitterten und ich schon dachte, ich müsste loslassen – da erreichten wir endlich den Grund.

Wir standen in einer in den Felsen gehauenen Höhle, von der mehrere Gänge abzweigten. Zwischen den Verschwörern entstand eine Diskussion, die Kio kurzerhand beendete, indem er Aris heranwinkte. Auf einen Befehl ihres Anführers löste der mit dem grünen Tattoo das Seil und fesselte dem Gefangenen erneut die Hände, nahm ihm jedoch den Knebel aus dem Mund. Er sollte ihnen eine Frage beantworten. Aris' Gesichtsausdruck und Körperhaltung zeigten mir, dass er sich weigerte.

Es nützte ihm nichts. Kio bellte ein kurzes Kommando und sofort zerrten zwei der abtrünnigen Statthalter Aris nacheinander in die Öffnungen der Höhlengänge. Bei der dritten geschah, was sie erhofft hatten: Irgendein in den Wänden verborgener Sensor reagierte auf das Aurikalchos-Bild, das Aris auf der Brust trug. Es leuchtete auf ... und im Gestein des Tunnels begannen feine goldene Adern zu glühen, die sich in einer Richtung fortsetzten und den Weg verrieten.

Einer meiner Bewacher gab mir einen unsanften Stoß in den Rücken. Ich taumelte nach vorn und schaffte es, mich neben Aris zu schieben. »Wie geht es dir?«, flüsterte ich ihm zu. »Haben sie dich schlimm erwischt?«

Er schüttelte den Kopf und wisperte rasch zurück: »Ella. Bleib stark. Wir überstehen das.« Aber ich hörte, wie sehr er versuchte, die Angst in seiner Stimme vor mir zu verbergen.

Und ich fühlte mich überhaupt nicht stark. Schon schrillten uns harsche Worte in den Ohren, begleitet von der unmissverständlichen Geste einer gezückten Schusswaffe. Wir sollten schweigen.

Schließlich erreichten wir eine metallene Tür, die so verstaubt und angelaufen war, dass man sie kaum von den umgebenden Felswänden unterscheiden konnte. Doch die Adern im Gestein leiteten uns unfehlbar darauf zu und ließen im Zentrum der Tür ein rundes Bedienfeld aufleuchten. Die Verschwörer stießen Aris davor, rissen ihm die Tunika bis zum Gürtel auf, sodass die filigranen Zeichen auf seiner Brust voll sichtbar waren. Verschiedenfarbige Punkte erschienen in dem Leuchtfeld inmitten der Tür und Kio berührte sie ohne Zögern in einer bestimmten Sequenz. Das musste der Code sein, von dem Evros gesprochen hatte. Die Tür öffnete sich.

Die goldenen Adern im Gestein flossen hinein und breiteten sich aus – als ob eine magische Spinne ihr Netz aus Lichtstrahlen an Boden und Wänden weben würde. Trotz der erdrückenden Angst im Bauch blickte ich mich voller Staunen um. Wir standen in einer großen, kathedralenhohen Höhle – oder vielmehr einem von Menschenhand geschaffenen Saal, der seesternförmig von zahlreichen tiefen Nischen umgeben war. In seiner Mitte war ein großes, kreisrundes Bassin in den Boden eingelassen. Die Leuchtadern liefen darauf zu und brachten den Beckenrand zum Glühen, der die Wasserfläche wie ein Ring voll feiner Ornamente umfasste. Auch an den Wänden waren die goldenen Adern emporgeklettert und liefen an der Decke auf einen Punkt zusammen, der direkt über dem Becken lag. Dort oben erglühte jetzt ebenfalls ein Ring.

Es kam mir vor, als ob wir ein verwunschenes unterirdisches Schloss betreten hätten. Dabei handelte es sich um die Selbstzerstörungsanlage für eine ganze Welt. *Schrecklich schön.*

Inzwischen hatte sich ein paar Meter vor dem Wasserbecken ein etwa hüfthoher Quader aus dem Boden hochgeschoben. Er war durchsichtig und glitzerte, wie ein massiver Block aus Kristall. Gekrönt war er von einer ebenfalls kristallinen Kugel, so groß wie ein Apfel, die dort in einer sanften Mulde lag.

Bei ihrem Anblick trat ein unheimlicher Glanz in Kios dunkle Augen. Er packte Aris im Nacken, zerrte ihn vor den Quader und zwang seine Handfläche auf die Kugel. In ihrer Mitte erschien erst ein goldener Funke, dann erstrahlte der ganze transparente Ball wie eine winzige Sonne.

Im nächsten Moment erfüllte ein Raunen und Murmeln den Raum und es durchzuckte mich eiskalt: Hatte der Finsterling den Mechanismus ausgelöst? War jetzt schon alles zu spät?

Mit einem heiseren Triumphschrei stieß Kio seinen Gefangenen zurück zu den anderen und legte die eigene Rechte auf das leuchtende runde Steuerungselement. Langsam, ganz langsam begann er, es im Uhrzeigersinn zu drehen.

Ich schob mich vor und griff nach Aris' gefesselten Händen. Sollten sie mich doch anbrüllen dafür oder schlagen – ich konnte nicht anders. Seine Finger schlossen sich um meine, so fest wie damals, als er mir das erste Mal in die Augen gesehen hatte, im Gästezimmer der Bernhardts.

Niemand beachtete uns.

Alle starrten in die Mitte des Raumes, wo jetzt das Wasser in dem runden Becken golden aufglühte und zu brodeln begann. Auch wir konnten unsere Augen nicht abwenden. Denn nun baute sich ein Strudel darin auf, der schneller und schneller kreiste, kontrolliert von der Kristallsonne unter Kios Hand. Das goldene Glühen wurde immer intensiver – und plötzlich, mit einem ohrenbetäubenden Rauschen, erhob sich der Strudel zu einer gigantischen Wassersäule. Sie stieg empor, immer höher, bis sie den leuchtenden Ring an der Decke des Gewölbes erreicht hatte. Unfassbare Wassermassen bewegten sich in ihr nach oben, doch kaum ein goldglühender Tropfen fiel außerhalb des Beckenrandes auf den steinernen Boden. Ich erkannte sie wieder: Das war die Vision, die Aris und ich in der eisigen Dunkelheit des Letzten Tempels gehabt hatten. Jetzt wurde sie vor unseren Augen Wirklichkeit.

Und wir konnten nichts dagegen tun.

Die Verschwörer blickten wie hypnotisiert auf das Mysterium vor ihnen, in fast anbetender Faszination. Für sie war die Wassersäule weder das Zeichen für den drohenden Weltuntergang noch für den Massenmord an allen Atlantern, die nicht unter Wasser atmen konnten. Nein, sie sahen darin nur einen Vorboten der Befreiung ihres Volkes.

Doch Kio ließ ihnen keine Zeit innezuhalten. Er trat zurück von dem Quader, auf dem die Steuerungskugel jetzt pulsierte wie ein Herzschlag. Unbeeindruckt vom Tosen des Wassers gab er einen weiteren Befehl. Schon hatten zwei Statthalter Aris an den Armen gepackt und zogen ihn nach vorn.

Wie festgefroren stand ich da und musste zusehen.

Ich wusste, was sie vorhatten. Sie wollten ihn hineinstoßen in das goldene, wirbelnde Wasser. Es würde ihn, den Schlüssel, verschlingen … und die Tore zum Untergang von Atlantis würden sich öffnen.

Kapitel 32

Aris setzte sich zur Wehr, mit aller Kraft, die er noch hatte. Ein gezielter Tritt und ein Kopfstoß – der Wächter zu seiner Linken krümmte sich zusammen und ließ seinen Arm los. Wären Aris' Hände nicht gefesselt gewesen, hätte er es vielleicht geschafft, sich freizukämpfen. So aber gelang es dem anderen Kerl, ihn lange genug in Schach zu halten, bis ein dritter und vierter Verschwörer herbeigerannt waren. Der eine verpasste Aris mit dem Kopfstück seines Dolches einen solchen Schlag gegen die Schläfe, dass er zusammensackte und nur durch den Griff der anderen auf den Beinen blieb. Und ich stand noch immer starr vor Entsetzen, konnte keinen Muskel rühren, als ob mir Evros erneut dieses Oréa eingeflößt hätte. Ich hörte ein hilfloses Wimmern und wusste, es stammte von mir.

Doch plötzlich hörte ich noch etwas anderes. Eine Stimme erklang, direkt in meinem Ohr.

»Lenk sie ab.«

Ich kannte diese Stimme.

Es war die von Som.

Som war am Leben. Und er war hier!

Wie ist das möglich?!

Ich hatte keine Zeit, darüber nachzudenken. »Lenk sie ab«, hatte er gesagt. Also stieß ich einen herzzerreißenden Schrei aus. Die drei Statthalter, die in meiner Nähe standen, wandten sich zu mir um, waren jedoch nicht schnell genug, um mich aufzuhalten. Ich stürzte nach vorn, warf mich Kio vor die Füße und umklammerte seine Beine.

»Bitte!«, flehte ich. »Tu das nicht! Lass ihn leben!«

Mittlerweile strömten mir die Tränen über das Gesicht. Ich wünschte, es hätte daran gelegen, dass ich so eine begabte Schauspielerin war. Aber in Wahrheit war es das ganze Entsetzen, das sich in mir aufgestaut hatte und jetzt hervorbrach. Den Finsterling überzeugte es jedenfalls. Seine harsche, ungeduldige Stimme schmerzte in meinen Ohren, als er grob versuchte, mich abzuschütteln.

Und dann passierte alles auf einmal.

Von den vier Verschwörern, die Aris zu der goldsprühenden Wassersäule zerrten, brachen zwei aus heiterem Himmel zusammen. In ihren Körpern steckten glänzende Metallspitzen. Aris nutzte geistesgegenwärtig den Moment, um sich loszureißen und vom Rand des Wasserbeckens zurückzuspringen. Mit einem Wutschrei schleuderte Kio mich von sich. Dann musste er in Deckung hinter den Kristallquader hechten, denn zwei silberne Blitze schossen dicht an ihm vorbei. Ich rollte über den Steinboden und kam, oh Wunder, taumelnd auf die Füße. In meiner Hand hielt ich den Dolch, den ich dem Finsterling aus dem Gürtel gezogen hatte.

Mission accomplished, Drecksack.

Ein Blick zur Tür bestätigte mir, dass es wirklich und wahrhaftig Verstärkung für das Team Überlebenskünstler gab: Som hatte einen der Aufständischen hinterrücks überwältigt, ihm die Schusswaffe abgenommen und damit die Bewacher von Aris erledigt. Doch jetzt stürzten sich zwei andere Verschwörer auf ihn.

Ich wollte ihm helfen, aber erst musste ich zu Aris, der ein paar Meter Abstand zwischen sich und seine Wächter gebracht hatte. Fast rannte er mich über den Haufen, bremste erst im letzten Moment ab. Ein rascher Schnitt und seine Hände waren wieder frei.

Er riss mir den Dolch aus der Hand und stieß mich zurück. »Bleib hinter mir!«

»Kein Problem!«, keuchte ich atemlos.

Der erste Verfolger hatte uns erreicht, lief geradewegs in Aris' Klinge und ging zu Boden. Sein Blut spritzte auf meine Füße. Ich schrie entsetzt auf und stolperte zur Seite. Der zweite stellte es etwas schlauer an, hielt Abstand und zückte sein Schwert. Gleichzeitig hob sein Anführer hinter ihm seine Schusswaffe und zielte auf uns. Aris machte einen raschen Ausfallschritt, direkt ins Schussfeld, ich sah das Projektil silbern aufleuchten und für einen Moment schien die Zeit stillzustehen. Dann folgte der Schwertkämpfer vor uns Aris' Bewegung. Er hatte Kios Schuss hinter sich nicht bemerkt und wurde in den Hals getroffen. Aris fing ihn auf, bevor er zu Boden fallen konnte, und zwei weitere der handspannenlangen, nadelartigen Pfeile bohrten sich in seinen menschlichen Schutzschild.

Kio brüllte und fand ein neues Ziel, um Aris aus der Deckung zu locken: mich. Ich sah, wie er auf mich zielte, aber auch ohne Schockstarre hätte ich niemals rechtzeitig reagieren können.

Aris schon. Blitzschnell ließ er den Toten los und warf sich vor mich. Der Schuss traf ihn in die Seite. Vor meinen entsetzten Augen brach er zusammen, verletzt und schutzlos. Die perfekte Zielscheibe. Doch der tödliche Pfeil blieb aus. Klemmte die Waffe? Musste der Kerl nachladen? Ich konnte noch immer keinen Muskel rühren, stand nur geduckt und zitternd da. Aris zögerte dagegen keine Sekunde: Ohne sich zu erheben, schleuderte er den Dolch und traf Kio genau in die Kehle. Der taumelte ein paar Schritte zurück und fiel dann schwer zu Boden, nur wenige Meter von der goldenen Wassersäule entfernt, die er für seine Erlösung gehalten hatte. Endlich verstummte die furchtbare Stimme in meinem Kopf.

Aris warf mir einen raschen, besorgten Blick zu, fragte jedoch nichts – ich hätte sowieso kein Wort herausgebracht –, kam wieder auf die Füße und riss das Schwert des Gefallenen an sich. Ohne auf seine Wunde zu achten, stürmte er hinüber zu Som.

Der hatte inzwischen einen weiteren Gegner niedergekämpft. Der Verbliebene war jedoch kurz davor, ihn zu überwältigen, hatte ihn zu Boden gedrückt und versuchte, ihm den Lauf seiner Schusswaffe ins Gesicht zu zwingen. Som wehrte sich hartnäckig, aber ihm ging sichtlich die Kraft aus. Der Verschwörer, es war der mit dem grünen Tattoo, bemerkte nicht, dass eine neue Gefahr hinter ihm aufgetaucht war, bis ihm ein Schwertstreich ein abruptes Ende setzte.

»Brauchst du vielleicht Hilfe?«, fragte Aris, atemlos, ein wildes Grinsen in seiner Stimme. Er streckte seinem Freund die Hand entgegen und half ihm auf die Beine.

Som antwortete trocken: »Ich dachte, die Hilfe braucht *ihr*. Also bin ich unter Wasser geblieben, bis ihr aufgebrochen seid. Danach war es nicht schwer, euch zu folgen.«

»Aber wie konntest du –«

»Bitte.« Som schnaufte belustigt. »Ich bin Heiler. Glaubst du, ich rieche es nicht, wenn mein Wein mit Oréa versetzt ist?« Er zuckte bedauernd mit den Schultern. »Leider habe ich nicht sofort verstanden, was dein Onkel vorhat, und konnte euch nicht mehr warnen. Und dann dachte ich, es ist besser, mitzuspielen.«

»Du Irrer!« Aris umarmte ihn heftig. »Du hättest trotzdem sterben können! Mach das nie wieder!«

»Versprochen. Aber jetzt fahr erst mal den Mechanismus herunter, damit wieder alles gesichert ist«, erwiderte sein Freund.

Mir schwindelte, doch das lag nicht an meinem Schock oder der unendlichen Erschöpfung: Der Mechanismus ließ sich herunterfahren? Es gab also noch eine Chance für Atlantis! Ich merkte, wie sich trotz meiner Benommenheit ein Lächeln in mein Gesicht stahl. *Dann ... dann haben wir es aber wirklich geschafft, oder?* Langsam trottete ich auf die beiden zu.

Eine Stimme wie ein Messer schnitt durch meinen Kopf – hasserfüllt, heiser und stockend. Entsetzt fuhr ich herum und sah, dass Kio nicht tot war. Er hatte sich aufgerichtet, direkt neben dem kristallinen Steuerungsblock. Blut lief ihm aus Kehle und Mund und malte ein neues grausames Bild auf seinen Körper. Bevor wir reagieren konnten, riss er die Steuerungskugel an sich und sprang zum Rand des Beckens, hin zu der tosenden, goldglühenden Wassersäule.

Anklagend richtete er eine Hand auf Aris, schrie noch einmal so laut, dass ich mich fast zusammenkrümmte vor Schmerz.

»Sein Plan ist gescheitert, aber wenigstens einen Unterdrücker will er vernichten!«, hörte ich Soms schockierte Übersetzung. »Aris, wir müssen –«

Kio schleuderte die Kugel zu Boden, so fest, dass ihre Splitter bis zu uns flogen. Dann machte er einen letzten Schritt rückwärts, stürzte in das rasende Wasser und wurde von ihm mitgerissen, hoch hinauf, fort.

Keiner von uns hatte Zeit, auch nur einen Gedanken zu fassen. Denn der leuchtende Strudel begann zu schwanken. Die bis eben noch so stabile Säule löste sich auf und begann, wilde Kaskaden zu versprühen.

Sie fällt zusammen!, schrie es in mir. *Sie fällt zusammen und überflutet den ganzen Saal! Raus hier, sofort!*

Ein Blick zu Aris und Som sagte mir, dass sie das genauso verstanden hatten. Ohne eine Sekunde zu verlieren, rannten wir los. Hinter mir hörte ich das Brüllen des Wassermonsters, das Kio entfesselt hatte, aber ich blickte mich nicht um. Wir rasten auf den Ausgang zu, hindurch, hinaus. Kaum auf der anderen Seite, stolperte ich gegen Som, ging mit ihm in einem Knäuel zu Boden und sah noch, wie eine gigantische goldene Welle heranbrandete. Im nächsten Moment hatte Aris die Tür hinter sich zugeschlagen und verriegelt. Das Schloss rastete hörbar ein, und dann war es, als würde sich auf der anderen Seite ein zürnender Gott gegen die Wand werfen. Alles um uns erzitterte, die Lichtadern in den Felswänden flackerten und erloschen. Mit einem Mal herrschte Dunkelheit – und unheimliche, endgültige Stille.

Ich fürchtete schon, taub geworden zu sein. Dann beruhigten sich meine überreizten Sinne und ich vernahm, zuerst wie aus weiter Ferne, dann immer näher, gehetztes Atmen. Meinen Atem. Den von Aris. Und den von Som. Wir waren noch da, alle drei, auf der richtigen Seite der Tür. Und jetzt, ganz langsam, kamen auch die leuchtenden Linien im Gestein wieder zum Vorschein.

Som rappelte sich auf.

Ich nicht.

Meine Beine fühlten sich an wie durchweichtes Papier und mir war eiskalt. Wie durch einen Filter nahm ich wahr, dass Som an Aris' Seite war und dessen Wunde entdeckt hatte, die heftig blutete. In Windeseile holte er irgendwelches Erste-Hilfe-Zeug aus seinen Gürteltaschen. Dabei hörte ich undeutlich, wie er mit seinem Freund schimpfte.

»Warum sagst du das nicht gleich – halt still jetzt! Glatter Durchschuss, immerhin, und kein Organ getroffen ...«

»Dann ist es nicht so schlimm, ja? Ah, he, vorsichtig …«

»Es ist nicht tödlich und macht dich nicht zum Krüppel. Aber es ist trotzdem eine schwere Verletzung. Stillhalten, habe ich gesagt. Ungünstige Stelle, dafür fehlt mir das passende Verbandszeug …«

»Tut mir leid. Nächstes Mal lasse ich mir in den Arm schießen, in Ordnung?«

»Spar dir deine Scherze. Gut, so müsste es erst einmal gehen, wenn du nicht zu viel herumzappelst. Hier, gegen die Schmerzen.«

Ein blau glitzernder Kristall wechselte die Hände, und ich sah, wie Aris erleichtert die fremdartige Medizin hinunterschluckte.

Ich kauerte immer noch bewegungslos an der Stelle, wo ich zu Boden gefallen war. Abwesend registrierte ich, dass ich angefangen hatte zu heulen. Die Tränen liefen mir unkontrolliert die Wangen herab, aber ich brachte keinen Laut heraus. Aris erkannte, in welch erbärmlichem Zustand ich war, kniete bei mir nieder und zog mich in seine Arme.

»Ella, komm, komm her …«

Ich heulte weiter, zitternd an seine Brust gepresst.

»Sch … ruhig … Du bist in Sicherheit. Wir haben es geschafft, Atlantis ist gerettet.« Er hielt mich ganz fest.

Endlich fand ich meine Stimme wieder. »Sie sind alle tot, oder?«

Grimmig nickte er. »Jetzt ja.«

»Wie kannst du … so was … das alles …« Hilflos gestikulierte ich in Richtung der schweren Tür, hinter der gerade acht Menschen gestorben waren.

Zugegeben, seit ich in Atlantis angekommen war, hatte sich mein Bild von Normalität bereits deutlich verschoben. In Sellias Pavillon war vor meinen Augen ein Mord geschehen. Und die Erinnerung an den erschossenen Hirten würde ich auch nicht so bald loswerden. Doch das gerade eben war noch viel schlimmer gewesen, viel näher. Ja, ich hatte Aris schon vorher kämpfen gesehen. Er hatte mir erzählt, dass es zu seiner Armeezeit ernst geworden war. Durch unsere mysteriöse Verbindung im Letzten Tempel war ich sogar quasi dabei gewesen, verdammt! Nur hatte ich das Ganze bis jetzt nicht wirklich zu Ende gedacht: Er hatte Menschen getötet. Heute war nicht das erste Mal gewesen.

»Ich habe wenig Zeit mit sinnvollen Dingen verbracht«, erwiderte er leise. »Aber so etwas … das kann ich.« Seine Stimme klang nicht, als ob er stolz wäre auf das, was er und Som gerade getan hatten. Dann riss er sich zusammen, sah mir in die Augen und lächelte mich aufmunternd an. »Du warst großartig eben, Ella. Du *bist* großartig.«

Ich versuchte zurückzulächeln, aber es wollte mir nicht recht gelingen. Aris zog mich in seinen Schoß, sodass ich mich an ihn lehnen konnte.

»Ich … ich dachte echt, die bringen uns um«, murmelte ich.

Er strich mir übers Haar, sanft, vorsichtig. »War kein schlechter Versuch. Aber sie haben nicht mit deiner raffinierten Oberflächen-Tücke gerechnet. Selbst ich habe geglaubt, du hast Angst um mich.«

Das brachte mich zum Lachen, was in einem Schluckauf endete. »Du Vollidiot! Ich *hatte* Angst um dich!«

Aris hielt mich fest in seinem Arm. Ich lehnte meinen Kopf an seine Schulter und hörte zu, wie er weiter leise und beruhigend auf mich einsprach, Belanglosigkeiten erzählte: Dinge, die er bei uns an der Oberfläche gesehen hatte – diese »Autos«, wie funktionierten sie? Und warum hatten wir Essen, das wie

Schmetterlinge aussah? Er erzählte von Orten, die er mir hier zeigen wollte – da gab es einen wunderbaren Baum, auf den er immer mit seinen Brüdern geklettert war, und eine geheime Höhle, die nur Som und er kannten ... Langsam entspannte ich mich und genoss es einfach, ihm so nah zu sein, seinen gleichmäßigen Atem in meinem Rücken zu spüren.

Som hockte etwas entfernt von uns am Boden. Ich schaute zu ihm hinüber. Er hob den Kopf und blickte zurück. Sein Gesichtsausdruck war freundlich, voller Anteilnahme ... und gleichzeitig unglaublich traurig. Er hatte etwas verstanden, was selbst mir zu diesem Zeitpunkt immer noch nicht klar war.

Schließlich sah ich ein, dass es Zeit war, mich aus dieser Umarmung loszureißen, so wenig ich es auch wollte. Ich wusste ja, dass wir auf glühenden Kohlen saßen: Wir mussten diese Zeremonie erreichen, bevor Aris' Eltern vor aller Welt zugeben würden, dass sie keinen Thronfolger vorweisen konnten. Und vor allem mussten wir den Dreckskerl Evros unschädlich machen.

Niemand von uns wusste, wie weit der Tag schon fortgeschritten war – und noch viel weniger, was in der Zwischenzeit vielleicht im Palast vorgefallen war. Schließlich hatten wir immer noch keine Ahnung, welche Rolle der Rat der Steine bei der ganzen Sache spielte. An der Verschwörung war er nicht beteiligt – Evros hätte sich ansonsten bestimmt nicht nehmen lassen, sich mit einem weiteren Verbündeten zu brüsten. Aber es schien mehr als wahrscheinlich, dass dieser atlantische Geheimdienst nicht nur hinter mir her gewesen war.

Zu meiner großen Erleichterung ging es nicht wieder zurück zu der endlos langen Leiter in dem alten Brunnenschacht. Stattdessen führte Aris uns einen Gang entlang, welcher in langsamen Windungen anstieg. Immer wieder mussten wir auch steile Treppen hinaufsteigen. Wir befanden uns in einem labyrinthartigen Teil des Palastkellers, der sonst wahrscheinlich von niemandem betreten wurde. Die glühenden Adern in den Felswänden begleiteten uns weiterhin und spendeten Licht, doch sie wiesen uns nicht mehr die Richtung. Aris und auch Som bewegten sich trotzdem mit geradezu traumwandlerischer Sicherheit. Ich war mir sicher, dass sie sich hier schon oft herumgetrieben hatten – vermutlich verbotenerweise. Nachfragen konnte ich jedoch nicht, denn wir hetzten den Weg so schnell entlang, wie wir nur irgend konnten. Die Felswände neben uns wurden zu Mauerwerk, die grob gehauenen Gänge zu leicht verstaubten, aber ordentlich angelegten Fluren. Die Leuchtadern verloren sich, dafür schien nun ein diffuses Licht von der Decke herab. Es ging durch ein paar vergessen wirkende Türen – und plötzlich standen wir mitten im Palast.

Wir waren in einem belebten Korridor gelandet, dessen fensterlose blassgelbe Wände mit einem abstrakt gemusterten Fries geschmückt waren. Auch hier gab es eine geschickt versteckte Deckenbeleuchtung. Meine Füße standen auf dunkelblau glasierten Fliesen.

Zahlreiche Menschen eilten an uns vorbei, die einen schwarzhaarig, die anderen kahlköpfig und mit kreideweißer Haut, doch alle sichtbar festlich herausgeputzt. Manche zogen Kinder hinter sich her, andere trugen große Tabletts und Körbe voller Erfrischungen.

Ich bewunderte die mit bunten Perlenschnüren verzierten Flechtfrisuren der Frauen des Königsvolks. Von den Männern trug niemand Kopfschmuck, aber ihr dunkelbraunes oder tiefschwarzes Haar – und auch der eine oder andere Bart bei den Älteren – war ebenfalls sorgfältig frisiert und glänzte. Ihre Gewänder waren sehr farbenfroh: Smaragdgrün, Safrangelb, Purpur, mehr Blautöne, als ich mir je hätte vorstellen können …

nur das Rostrot, welches Aris' verblichene Tunika einst gehabt hatte, sah ich kein zweites Mal.

Auch die Statthalter hatten sich für den großen Tag herausgeputzt – das bedeutete bei ihnen wohl, so wenig wie möglich Kleidung in erdigen Tönen zu tragen, um ihre verschnörkelten farbenfrohen Tätowierungen besonders gut zur Geltung zu bringen. Ausnahmslos jeder von ihnen hatte eine Halskette angelegt in der Art, wie Som sie trug, und bei keinem sah sie gleich aus.

Meine Begleiter blickten sich um und wirkten erleichtert. Der emsige Betrieb in dem großen Korridor zeigte ihnen, dass die Zeremonie noch in vollem Gange war. Wir mussten uns in einer der Hauptadern im Inneren des Palastes befinden. Die Menschen um uns herum waren entweder Nachzügler oder sie gehörten zur Dienerschaft, die mit Aufträgen hin- und hereilten.

Wir ließen uns vom Strom mitziehen. Ich war froh, dass ich noch immer den Kapuzenmantel umhatte, mit dem ich meine auffällige Haarfarbe verbergen konnte. Aris hatte seinen allerdings längst verloren und machte auch sonst keine Anstalten, sich in irgendeiner Form unauffällig zu verhalten. Er schritt zielstrebig voran, als ob ihm dieser Ort gehörte ... und so war es ja auch. Jetzt, wo wir sein Zuhause erreicht hatten, wollte er sich wohl nicht mehr verbergen.

Immer häufiger beobachtete ich, dass Köpfe sich zu ihm umdrehten und überraschtes, ungläubiges Getuschel sich hinter uns erhob. Auf dem Nachtmarkt hatte niemand den dritten Sohn des Königs erkannt, aber in dieser Umgebung war es unausweichlich.

Schließlich trat uns jemand in den Weg – ein stämmiger dunkelhaariger Atlanter in auffällig weißer Tunika mit kurzem roten Mantel. Am Gürtel trug er ein Schwert und eine dieser

Mini-Harpunen – der erste Bewaffnete, den ich in der Menge sah.

Was will der denn? Haben wir ein Problem?, quiekte meine innere Stimme eingeschüchtert.

Wie sich herausstellte, hatten wir ausnahmsweise einmal *kein* Problem. Aris richtete einen kurzen, selbstbewussten Satz an den Bewaffneten. Dieser fiel sofort auf die Knie und stammelte ein paar Worte, unter denen ich immerhin »Ominos« heraushörte.

»Ein Soldat der Palastwache«, hörte ich Soms Erklärung. »Er wird uns keine Schwierigkeiten machen.«

Eindeutig nicht. Er bekam von Aris ein paar knappe, aber dringlich vorgebrachte Befehle, die der Mann mit eifrigem Nicken und Salutieren bestätigte. Dann wandte er sich um und eilte in einen seitlich abzweigenden Gang davon.

Wir gingen zügig weiter. Der Korridor endete zwischen zwei mächtigen dunkelroten Säulen – und dahinter öffnete sich die größte Halle, die ich je gesehen hatte. Ihre Ausmaße erinnerten an ein Stadion, ihr Bau an ein gigantisches, kreisrundes Amphitheater. Die Sitzreihen stiegen steil an, wurden jedoch regelmäßig von breiten, mit dunkelroten Säulen abgesetzten Terrassen in verschiedene Etagen unterteilt. Hier befanden sich weitere Eingänge, die rege genutzt wurden. Über alldem wölbte sich eine Kuppeldecke, die in indirektem goldenem Licht erstrahlte. Oder leuchtete die Kuppel selbst?

So gut wie alle Plätze auf den steinernen Bänken waren besetzt mit den Bürgern von Atlantis – dunkelhaarigen Angehörigen des Königsvolks, weißhäutigen Statthaltern, Männern, Frauen, Kindern, alle in Festtagskleidung und voll gespannter Erwartung. Sie blickten hinunter in die Arena, wo sich inmitten des sandigen Bodens ein mächtiger runder Stufenaltar erhob, der sich nach oben hin zu einer Plattform von vielleicht zwanzig Metern Durchmesser verjüngte. In ihrer Mitte befand sich eine dunkelrote Kreisfläche, umgeben von einem Streifen in Tiefblau – wie eine gewaltige Iris mit blutiger Pupille. Eine niedrige, von fünf Öffnungen durchbrochene Brüstung umgrenzte sie. In eigens dafür vorgesehenen Halterungen dieser Einfassung steckten zahlreiche Stangen, gekrönt von vergoldeten, stilisierten Stierköpfen und geschmückt mit bunten Bändern. Sie wirkten wie Fahnenmasten oder Siegeszeichen.

Dort oben in dem roten Rund, im Zentrum aller Aufmerksamkeit, standen ein Mann und eine Frau in festlichen Gewändern. Um sie herum schritten blau gekleidete Priesterinnen langsam im Kreis, in den Händen Flöten und Trommeln. Auf den ringförmig angelegten Stufen des Altars verteilte sich eine kleine Armee von Würdenträgern, Wachen und Dienern, die ebenfalls wie gebannt nach oben sahen. Feierlicher Gesang klang nun zu uns herauf und viele im Publikum stimmten ein.

Da alle Augen das Geschehen auf dem Stufenaltar verfolgten, gelang es uns, vergleichsweise unbeachtet die Sitzreihen hinabzusteigen. Für die meisten Zuschauer waren wir vermutlich nur ein paar Nachzügler, die noch einen Platz suchten. Ich warf beeindruckte Blicke in die Menge. Die Stimmung pendelte irgendwo zwischen Festgottesdienst und Rummelplatz. Neben berückt mitsingenden Gästen saßen andere, die sich fröhlich unterhielten, mitgebrachte Erfrischungen genossen und versuchten, ihre überdrehten Kinder im Zaum zu halten. Mir fiel auf, dass es keine räumliche Trennung zwischen Statthaltern und Königsvolk gab, wenn auch meist die Angehörigen einer Gruppe beieinandersaßen. Die Geräuschkulisse war ohrenbetäubend und in der Luft lag der schwere, aber irgendwie anregende Duft verbrannter Kräuter.

Von all den Eindrücken schwirrte mir der Kopf, doch ich setzte tapfer einen Fuß nach dem anderen auf die präzise gearbeiteten Stufen aus hellem Stein.

Endlich standen wir ganz unten. Von hier aus konnte ich sehen, dass der Sandboden der Arena geradezu durchgepflügt wirkte, wie von gewaltigen Hufen zertrampelt. *Der Große Stier …?* Doch was immer hier gewütet hatte, Tier oder Gottheit, es war fort.

Aris zupfte nervös an seiner Tunika herum, fuhr sich durchs Haar und wusste trotzdem nicht, wohin mit seinen Händen. Mir wurde klar, dass er Angst hatte. Vor dem Wiedersehen mit seinen Eltern. Er drehte sich zu Som. »Kann ich so … Wie … wie sehe ich aus?«

»Furchtbar«, gab der nüchtern zurück.

So weit wäre ich jetzt nicht gegangen. Aber … mitgenommen, das eindeutig. Wirres Haar, die Kleider zerrissen und blutbefleckt, im Gesicht ebenfalls Blut aus der Platzwunde an der Schläfe, wo ihn einer der Verschwörer mit seinem Dolchgriff getroffen hatte.

»Hör auf damit«, sagte Som streng, als sein Freund weiter vergeblich versuchte, seine Kleidung zu richten. »Sie sollen ruhig sehen, was du durchgemacht hast.«

Aris blickte von ihm zu mir.

Ich nahm seine Hand und drückte sie kurz. »Nur noch ein paar Meter«, sagte ich aufmunternd. »Gleich ist alles gut. Wir sind direkt hinter dir.«

Er nickte dankbar und bat Som: »Gibst du ihnen Bescheid?« Dann straffte er den Rücken und trat hinaus in die Arena.

Som schaute jetzt ernst und konzentriert hinauf zum Königspaar. Er sendete, unbehelligt vom Lärm um uns herum. Und die Reaktion ließ nicht auf sich warten. Inmitten der dort oben

Versammelten brach sichtbar Unruhe aus, als der Minos von Atlantis und die Herrin der Winde – *Aris' Eltern, verdammt!* – ungläubig aufsahen, die Zeremonie unterbrachen und an die Brüstung traten. Auch die Zuschauer hatten mittlerweile gemerkt, dass etwas Außergewöhnliches vorging.

Aris schritt über die Freifläche auf den mächtigen Stufenaltar zu. Wir folgten ihm in gebührendem Abstand. Ich konnte sehen, dass er sich zwang, langsam und entschlossen über den unebenen Sand zu gehen. *Würdevoll.* Ein paar Meter vor dem Fuß der ringförmigen Treppen blieb er stehen und fiel auf die Knie. Alle Augen waren nun auf ihn gerichtet. Auf den Rängen herrschte Totenstille.

Der Thronfolger war zurück.

Und die Würde des Königshauses musste gewahrt werden. Allerdings hatten Aris' Eltern wohl beschlossen, diese »Dienstanweisung« in den Wind zu schlagen. Denn kaum hatten sie ihn erkannt, stieß sein Vater einen markerschütternden Schrei aus, und seine Mutter ließ den prachtvollen goldenen Kelch los, den sie in den Händen hielt. Er fiel zu Boden und rollte scheppernd zwischen den dicht gedrängten Umstehenden die Stufen hinab. Keinen Herzschlag später eilte das Herrscherpaar hinterher, und ich musste nicht erst in die schockierten Gesichter der versammelten Würdenträger blicken, um zu verstehen, was für ein Bruch des Protokolls das war.

Dann waren die beiden bei ihrem Sohn und rissen ihn in ihre Arme. Es war klar, dass sie nicht damit gerechnet hatten, ihn lebendig wiederzusehen. Und es war auch klar, dass Aris keinen solchen Empfang erwartet hatte. Ich hörte, wie er etwas stammelte, vermutlich eine offizielle Grußformel. Das einzige Wort, das ich verstand, war »Minos«.

Oh Mann. Schätze, es ist echt schwer, ein normales Familien-

leben zu führen, wenn der Sohn seinen Vater mit »König« anreden muss!

Da erklang Soms Stimme in meinem Kopf – wie gewohnt ruhig und gemessen, aber ein Blick in sein Gesicht zeigte mir, dass ihn die Szene vor uns alles andere als kaltließ. Rücksichtsvoll, wie er war, versuchte er, mir etwas von der Unterhaltung zu übersetzen. »Er ... er bittet um Verzeihung.«

Zorn flammte in mir auf. »Muss er sich echt dafür entschuldigen, dass er gefoltert und fast umgebracht wurde?«, zischte ich.

Som hob zerknirscht die Schultern. »Oh. Das war missverständlich. Es ist der Minos, der sich entschuldigt. Für ... viele Dinge ...« Er konnte es kaum glauben, das sah man deutlich.

Ich schaute hinüber zu den dreien. Die Familienähnlichkeit war unverkennbar, allerdings hatte Aris eindeutig mehr von seiner Mutter. Sie war eine unglaublich schöne Frau, schlank und hochgewachsen, mit genau denselben seegrünen Augen in einem stolzen und würdevollen Gesicht. Ihr langes Haar schimmerte hell wie das der Statue im Hafen, doch es war nicht blond, sondern durchwunden von unzähligen goldenen Perlenschnüren und zusätzlich goldbestäubt. Sie trug ein eng anliegendes Gewand in kräftigen Blau-, Grün- und Rottönen, abgesetzt mit schwarzen Mustern. Kostbares Geschmeide schmückte ihre Ohren und Arme, um ihren Hals lag eine aufwendig gearbeitete Kette mit einem Anhänger: die Dornenbienen, das Zeichen des Königshauses.

Aris' Vater dagegen hatte eine kräftige und muskulöse Statur und sah aus, als ob jemand den Donnergott Zeus auf die Erde – oder vielmehr an den Meeresgrund – verbannt hätte. Sein schwarzes, lockiges Haar war genau wie sein sorgfältig gepflegter Bart bereits von grauen Strähnen durchzogen. Er trug eine lange Robe in Rostrot mit einem prächtigen goldenen Gürtel. Das war sein einziger Schmuck, abgesehen von einem schmalen Goldreif um die Stirn, den ich für die Königskrone hielt. Sein Gesicht wirkte ausgesprochen Ehrfurcht einflößend, und ich konnte mir vorstellen, dass es sehr schwer sein musste, vor seinem Zorn oder auch nur Unwillen zu bestehen. Jetzt aber waren seine Augen voller Tränen.

Aris stand zwischen seinen Eltern und wirkte glücklich, aber benommen, schien sich geradezu durch ihre Umarmungen zu stützen. Ich fragte mich, wie lange er sich noch auf den Beinen halten konnte.

In diesem Augenblick unterbrach ein wütender Protestschrei das glückliche Wiedersehen.

Kapitel 33

Aus einem der Eingänge auf der gegenüberliegenden Seite betrat ein kleiner Trupp Soldaten die Arena, angeführt von dem, den Aris auf unserem Hinweg angesprochen hatte. In ihrer Mitte führten sie Evros.

Das Volk auf den Zuschauerrängen, das bis eben noch gespannt geschwiegen hatte, brach in aufgeregtes Raunen aus. Es war klar, dass es eine Erklärung dafür forderte, warum ein Mitglied des Königshauses festgenommen worden war.

Aris löste sich von seinen Eltern und trat seinem Onkel entgegen. Er begann zu sprechen, bemühte sich um Ruhe, und alle hörten zu. Som musste mir nicht übersetzen, dass er in knappen Worten schilderte, was vorgefallen war, dass Evros sie alle verraten hatte und was sein wahnsinniger Plan gewesen war. Im Gesicht von Aris' Eltern sah ich Fassungslosigkeit und Wut.

Dein Schicksal ist besiegelt, du elender Mistkerl, dachte ich rachsüchtig.

Das sah Aris' Vater offenbar genauso, denn er wies die Soldaten mit kaltem Zorn an, seinen Bruder abzuführen. Doch der hatte ganz offensichtlich nichts weniger im Sinn, als sich in sein Schicksal zu fügen. Stolz reckte er das Kinn und begann zu sprechen. Dabei wandte er sich sowohl an den König als auch an die Zuschauer, die natürlich ganz Ohr waren.

»Was ist?«, wisperte ich Som nervös zu. Mir war nicht entgangen, dass sich eine sorgenvolle Anspannung über ihn gelegt hatte. »Was sagt er?«

»Er streitet alles ab«, übersetzte Som stockend. »Sehr überzeugend. Man beschuldigt ihn angeblich fälschlich – wie damals. Er fragt nach Beweisen für seine Schuld. Er sagt –« Hier musste er kurz stoppen, denn plötzlich deutete Evros anklagend genau auf ihn. »Er sagt, der wahre Schuldige sei ich. Ich sei Teil der Verschwörung und habe Aris getäuscht.«

»Aber das ist doch totaler Blödsinn!«, rief ich erschrocken aus. »Du hast uns gerettet! Das können wir auch bezeugen, Aris und ich!«

»Ja«, sagte Som gepresst. Ihm war nicht entgangen, dass die Wachen jetzt ihn misstrauisch anblickten. »Nur darf niemand aus dem Volk, erst recht kein Statthalter oder jemand von der Oberfläche, ein Mitglied des Königshauses anklagen. Damit steht Aussage gegen Aussage.«

Empört wollte ich mich über diese Ungerechtigkeit beschweren – doch in diesem Moment erhob Evros die Arme und rief theatralisch einige Sätze in das gespannt lauschende Rund. Er hatte kaum geendet, da brüllte Aris' Vater auf, seine Mutter wurde totenblass und um uns herum erhob sich ohrenbetäubendes Geschrei. Viele der Würdenträger stürmten die Stufen des Altars herab und umringten ihren Herrscher. Vor uns brach eine hitzige Debatte aus, in deren Zentrum Aris' Mutter zu stehen schien.

Was ist denn jetzt?

Verstört wandte ich mich an Som, der neben mir stand wie vom Donner gerührt. »Was hat er gesagt?«

Es dauerte einen Moment, bis ich meine Antwort bekam. »Evros fordert sein Recht als Mitglied des Königshauses, seine

Unschuld zu beweisen. Einen Prozess lehnt er ab. Er will das Urteil der Götter.«

»Und ... und was heißt das?«, fragte ich atemlos, obwohl ich eine grässliche Ahnung hatte.

Soms Stimme klang jetzt ganz dünn in meinen Ohren. »Ein Kampf auf Leben und Tod. Hier und jetzt. Gegen seinen Ankläger.«

Alle Augen richteten sich auf Aris' Mutter. Als Hohepriesterin hatte offenbar sie zu entscheiden, ob Evros' Forderung berechtigt war. Aber es sah nicht so aus, als ob ihr eine Wahl blieb. Sie schloss die Augen und rang um die vermutlich schwerste Entscheidung ihres Lebens.

Dann nickte sie.

Donnernder Beifall schlug über uns zusammen. Evros schien zwar nicht direkt Freunde unter den Zuschauern zu haben, dafür hatte Aris' Vater genügend Feinde, wie ich wusste. Die brauchten nur etwas von einem Statthalter-Komplott zu hören, um sich in ihren Ansichten bestätigt zu sehen. Und nun versuchte das Söhnchen ihres politischen Feindes auch noch, die Schuld auf einen aus dem Königsvolk abzuwälzen! In den Gesichtern der Statthalter im Publikum sah ich dagegen Schrecken und Ablehnung. Nicht wenige begannen, mit ihren Kindern aus der Menge zu verschwinden.

Aris' Eltern blickten mit versteinerten Gesichtern hinüber zu Evros, der sie auf grausamste Art hintergangen hatte. Und als wäre das alles nicht genug, zwang er sie nun auch noch, dabei zuzusehen, wie sich ihr einziger verbliebener Sohn erneut in Todesgefahr begab.

Auch ich schaute zu Evros hinüber. Die Wachen hatten von ihm abgelassen. Er stand da, völlig entspannt, einen widerlich selbstzufriedenen Ausdruck im Gesicht, gerade so, als ob alles nach seinem Wunsch ginge. Ihm gegenüber sah ich Aris, der sich mit äußerster Kraftanstrengung bis hierher durchgekämpft hatte, an diesen Ort, an dem er endlich in Sicherheit hätte sein sollen – und wieder wurde ihm der Boden unter den Füßen weggezogen. Sein Onkel grinste ihn leutselig an. Er breitete die Arme aus, als wollte er seinen Neffen herzlich umarmen, und machte einen Schritt auf ihn zu.

Aris wich kein Stück zurück. Stattdessen streckte er seine rechte Hand aus. Nicht nach vorne – seitlich nach hinten, in unsere Richtung. Halblaut und ohne sich umzudrehen, sagte er etwas, das mir niemand übersetzen musste: »Som. Hol mir mein Schwert.«

Irgendwie hatte ich danach einen kleinen Filmriss. Als ich wieder klar denken konnte, war etwas Zeit vergangen. Ich stand am Rand der obersten, kreisrunden Plattform des Altars, umringt von Menschen und doch völlig allein. Som war verschwunden, um seinen Auftrag auszuführen. Und Aris sprach mit seiner Mutter – oder vielmehr sprach der Thronfolger mit der Hohepriesterin, wenn ich ihrer beider Haltung inmitten der anderen Priesterinnen richtig deutete.

Ich zog meinen Mantel wie einen Schutzschild um mich, drückte mich an die Brüstung und starrte auf den dunkelblauen Mosaikfußboden unter meinen Füßen. Jetzt, wo ich nicht mehr rennen oder schreien oder um mich zu schlagen brauchte, fühlte ich mich klein, verwundbar ... und unglaublich fremd.

Nur keine Aufmerksamkeit erregen.

Ich hatte zwar keine Ahnung, ob der Rat der Steine noch hinter mir her war, aber ich war auch nicht scharf darauf, es herauszufinden. In diesem Moment kam Evros zu mir herübergeschlendert. Solange er das heilige Rund des Altars nicht verließ, durfte er sich frei bewegen, das hatte ich zu meinem Missvergnügen mitbekommen. Seit er uns in seiner Villa an die *Arme des Kraken* ausgeliefert hatte, war ihm genug Zeit geblieben, sich für den großen Tag herauszuputzen. Statt der grünen Robe trug er jetzt eine Tunika in königlichem Rot, dazu ein kurzes Cape und Hosen aus einem kostbaren silberglänzenden Stoff sowie einen mit Goldstickereien verzierten Gürtel.

Stilvoll geht die Welt zugrunde, oder was?

Anerkennend grinste er mir zu. »Du bist ja noch da, Mädchen. Nicht schlecht!«

Ich gab keine Antwort und sah an ihm vorbei, was ihn leider überhaupt nicht entmutigte.

Er beugte seinen kahlen Schädel etwas näher zu mir. »Nach dem Kampf, wenn sich der Staub gelegt hat, wirst du einen neuen Freund brauchen. Ich lasse gern mit mir reden …«

»Nur werden Sie dann nicht mehr reden *können*!«, zischte ich ihn an. Und bereute es sofort, denn meine wütende Reaktion schien ihm bestens zu gefallen.

Er legte mir vertraulich die Hand auf den Arm. »Du hast einen Narren an meinem Neffen gefressen, das verstehe ich gut. Sag mir: Was gefällt dir am besten an ihm? Ich schneide es heraus und mache es dir zum Geschenk.«

Angewidert schüttelte ich ihn ab.

Doch seiner Stimme konnte ich nicht entkommen. »Wie wäre es mit seinen Augen, hm? Echte Schmuckstücke. Er hat wirklich das Beste von seiner Mutter geerbt …«

Was ist los mit mir? Seine Nähe fühlte sich an wie ein ekelhafter Geschmack, den ich nicht loswerden konnte. Ich stand nur da, wie gelähmt durch seine Worte.

Genauso hat er es geschafft, flüsterte meine innere Stimme. *Er kann sein Gegenüber perfekt einschätzen und weiß, wie er dessen Schwachstellen ausnutzen muss, um an sein Ziel zu kommen. Verglichen mit seiner Familie, die er jahrelang manipuliert hat, bist du nur ein kleiner Fisch.*

Evros grinste weiter jovial, seine Körperhaltung offen und unbeschwert. Für die Umstehenden musste es so aussehen, als ob wir uns zwanglos unterhielten. Auch in der Fähigkeit, trotz seiner Abgründe den sympathischen Lebemann zu geben, hatte er es zur Meisterschaft gebracht. Und er war noch nicht mit mir fertig. »Oder, warte … ist es etwa sein Herz, das du willst?«, raunte er mir zu. »Ein Wort, Mädchen, und ich serviere es dir auf einem goldenen Teller.«

»Lassen Sie mich in Ruhe«, brachte ich endlich heraus, zitternd vor Abscheu und Angst.

Plötzlich war Som an meiner Seite, brachte durch seinen Körper geschickt Abstand zwischen Evros und mich. Mit ausdruckslosem Gesicht sagte er förmlich: »Die Priesterinnen erwarten Euch, Herr. Zur Vorbereitung.«

Evros nickte zufrieden und klopfte ihm voll hinterhältiger Freundlichkeit auf die Schulter. Wenn er überrascht war, den jungen Statthalter lebendig zu sehen, ließ er sich zumindest nichts anmerken. »Dich, Bursche, lasse ich nach meinem Sieg auf dem Krakenfelsen anketten. Ein paar Stunden Todeskampf werden dich lehren, deine hässliche Fratze nicht in die Geschäfte von Königen zu stecken …«

Er winkte mir noch einmal fröhlich zu und spazierte dann quer über den roten Mittelkreis zur anderen Seite der Plattform, wo man ihm in der Tat erwartungsvoll entgegenblickte. Auf halbem Weg begegnete er seinem Neffen. Evros rief ihm etwas zu, wobei er anzüglich in meine Richtung deutete. Ich sah, wie Aris kurz die Hände zu Fäusten ballte – aber er behielt sich in der Gewalt und ging rasch weiter.

Als er bei uns ankam, erkannte ich an seinem Gesichtsausdruck, dass er die Begegnung noch nicht ganz abgeschüttelt hatte. Som kniete nieder und bot Aris sein Schwert dar. Der nahm es rasch und hieß seinen Freund mit einer knappen Geste, wieder aufzustehen. Ich blickte mich verstohlen um. Die Szene war tatsächlich nicht unbeobachtet geblieben. Mehrere schwarzhaarige Würdenträger hatten beifällig registriert, dass der Thronfolger einen in ihren Augen angemessenen Umgang mit seinem Diener pflegte – trotz der bedauerlichen Ideen seines Vaters. Jetzt wandten sie sich wieder ab und fuhren mit ihren Vorbereitungen fort.

Wie kann man in so einer Atmosphäre eine Freundschaft aufbauen?, fragte ich mich wieder. Aber irgendwie war es den beiden gelungen. Ich trat zu ihnen.

Aris zog gerade sein Schwert aus der mit schmalen goldenen Bändern geschmückten Lederscheide und schwang es ein-, zweimal locker hin und her. Ich schaute es mir genauer an. Es sah etwas anders aus als die Waffen, die ich aus Ritterfilmen kannte. Die Klinge war lang, vielleicht einen knappen Meter, und verjüngte sich elegant: Am Heft maß sie gut fünf Zentimeter, an der Spitze war sie nur noch so schmal wie mein Daumen. Das Metall glänzte in einem Ton irgendwo zwischen Silber und Gold. Eine Aurikalchos-Legierung, ich erinnerte mich an Aris' Worte. Der Griff dagegen war eindeutig vergoldet, mit einem halbrunden, massiven Knauf aus hellgelbem Edelstein und einem knappen Handschutz. Ich fand, es wirkte wie ein Kunstwerk, obwohl es keinerlei Verzierungen aufwies ... und eindeutig oft benutzt worden war.

Aris steckte es wieder zurück in die Scheide. Mit irgendwelchen angeberischen Aufwärmübungen wollte er sich anscheinend nicht abgeben. Und bei dem krassen Workout der letzten Stunden war das wohl auch kaum nötig.

»Töte ihn schnell«, riet Som ernst. »Gib ihm keine Zeit. Du kennst ihn. Und einen längeren Kampf hältst du nicht durch in deinem Zustand.«

Aris antwortete nicht. Das beunruhigte mich, doch seinen Freund noch viel mehr, der diese Art von ausweichendem Schweigen offenbar gut kannte.

»Versprich es mir, Aris. Versprich es!«, drängte er.

»Ich weiß nicht, ob ich das kann«, antwortete Aris schließlich. »Ich musste noch nie jemanden umbringen, den ich kannte. Er ist trotz allem mein Onkel. Und ... und ich will, dass er mit dem lebt, was er getan hat.«

»Er wird damit leben, dass er dich getötet hat, du Narr!«, fuhr Som ihn an. Dann griff er in die kleine Tasche an seinem Gürtel. »Hier, schluck das runter.« Er hielt Aris verstohlen einen kleinen grünlichen Kristall hin.

Aris blickte ihn misstrauisch an. »Was ist das?«

»Zur Stärkung. Ein Geheimrezept meiner Familie. Mach schon.«

»Nein!« Aris schüttelte den Kopf. »Das wäre Betrug.«

Som warf ihm einen harten Blick zu. »Was, glaubst du, wird dir durch die nächste Stunde helfen? Deine Ehre?«

»Die Götter werden mich beschützen.«

Ich konnte mich nicht länger zurückhalten. »Einen Scheiß werden sie!« Ich ignorierte die schockierten Gesichter der beiden, nahm Som den Kristall aus der Hand und stopfte ihn Aris in den Mund. »Wehe, du lässt dich von dem Kerl abstechen! Und jetzt runter damit!«

Völlig überrumpelt schluckte er.

»Du ... du wirst gewinnen, hörst du?!«, sagte ich heftig. »Ich habe gesehen, wie gut du kämpfst. Diesen alten Sack da schaffst du auch noch!« Ich wusste nicht, wem ich mit meinen Worten mehr Mut machen wollte – ihm oder mir.

»Du findest, ich kämpfe gut?« Er warf mir ein schiefes Grinsen zu und nickte in Richtung seines Onkels. »Er war mein Lehrer.«

Oh Scheiße.

»Aber dann ...« Meine Stimme hörte sich selbst in meinen eigenen Ohren schrecklich schwach an. »Dann *musst* du tun, was Som sagt! Du hast gar keine andere Wahl!«

»Wenn ich es schaffe, ihn zu entwaffnen«, erwiderte Aris, »und ihn zu einem Geständnis zu zwingen, hier, vor aller Welt und mit den Göttern als Zeugen, dann –«

»Verdammt noch mal, was soll das?«, unterbrach ich ihn. Wut und Angst trieben mir die Tränen in die Augen. Ich zwinkerte sie weg. »Willst du dich umbringen? Ist das dein toller Plan?«

Er stand ganz ruhig da, mit gesenktem Blick. Leise sagte er: »Ich will nicht sterben. Große Göttin, nein. Aber es ist eine Möglichkeit.« Er blickte zu Som. »Wenn das passiert –«

»Ich kümmere mich um Ella. Sei unbesorgt.«

Aris nickte.

Ich wollte schreien. Das konnte doch nicht wahr sein, dass die beiden hier seelenruhig seinen Tod und meine höchst unsichere Zukunft verhandelten?! Von Soms Aussichten im Falle von Evros' Sieg mal ganz zu schweigen. Ein Blick in ihre Augen, ob seegrün oder tiefschwarz, überzeugte mich allerdings davon, dass ihre Seelen alles andere als ruhig waren.

Nun tat sich etwas in der Mitte des heiligen Runds. Diener hatten dort ein großes, perlmuttfarbenes Gefäß in Muschelform aufgebaut und bis zum Rand mit Wasser gefüllt. Priesterinnen in blauen Gewändern standen daneben, erwartungsvoll in unsere Richtung gewendet. Es war Zeit für die Kontrahenten, sich dort einzufinden. Aris zog sein Schwert wieder aus der Scheide und reichte sie Som, der sie annahm und angemessen ehrerbietig den Kopf neigte.

»Ella.« Aris legte mir seine freie Hand auf die Schulter und sagte: »Hab Vertrauen. Wir sehen uns wieder.«

Er wollte mir Mut machen. Uns allen, wahrscheinlich. Aber in seinem Gesicht konnte ich lesen, wie es in ihm aussah – er hatte entsetzliche Angst vor dem, was er jetzt tun musste: töten. Oder sterben. Für einen Moment wirkte es, als wollte er noch etwas sagen, noch viel mehr. Doch er konnte nicht. Und auch ich brachte kein Wort heraus.

Som schon. Seine Stimme hallte in meinem Kopf wider. »Er hat deine Brüder ermordet. Dich kriegt er nicht. Sorg dafür.«

Aris nickte entschlossen.

Dann fasste er sein Schwert fester und trat mit hoch erhobenem Kopf in das dunkle Rot des inneren Kreises. Ich sah ihm hilflos nach und fragte mich, welche Chancen er sich wirklich ausrechnete. Selbst in meinen Augen wirkte er ausgebrannt, fast erloschen.

Kann ein grüner Kristall das ausgleichen?

»Was hast du ihm eigentlich gegeben?«, fragte ich Som unsicher. »Gibt's ... gibt's da irgendwelche Nebenwirkungen?«

Genau, Ella, ätzte meine innere Stimme, *mach dir Gedanken um seine Leberwerte, wenn er gleich ein Schwert im Bauch stecken hat! Du blöde Kuh!*

Aber Som schüttelte sowieso nur niedergeschlagen den Kopf. »Gefärbten Zucker. Ich konnte so schnell nichts anderes auftreiben.« Er sah mich unglücklich an. »Wenn ... wenn er glaubt, dass es ihm hilft, dann hilft es vielleicht auch ...«

Ein gottverdammtes Placebo. Ich hätte fast gelacht.

Doch ich riss mich zusammen und folgte den anderen, die nun das innere Rund der Plattform freimachten – sie wichen an den Rand zurück oder erklommen zur besseren Sicht die Brüstung und hielten sich an den dort aufgestellten Stangen fest. Die anderen zogen sich auf die unteren Stufen oder gleich auf die umliegenden Ränge der Arena zurück. Som und ich verteidigten unseren Platz auf dem blauen Streifen innerhalb der Einfassung. Ein paar Meter neben uns entdeckte ich Aris' Vater zwischen den Würdenträgern und Dienern. Er musste natürlich nicht drängeln, bekam aber auch keinen erkennbaren Ehrenplatz. Vor dem Urteil der Götter war offenbar auch der Minos nur ein Sterblicher wie alle anderen. Er sah unverwandt zu seinem Sohn. Was mochte in ihm vorgehen? Wie konnte er das nur aushalten – zwei Kinder hatte man ihm schon genommen und auch das dritte konnte er nicht schützen, trotz all seiner Macht. Seine Reaktion vorhin hatte mir gezeigt, dass er nicht nur der unerschütterliche, unnahbare König war, als den ich ihn mir nach Aris' Beschreibung vorgestellt hatte. Ich fragte mich, wie viel in dieser Familie von allein kaputt gegangen war ... und wie viel Evros bewusst zerstört hatte.

In der Mitte des heiligen Runds begann Aris' Mutter eine förmliche Ansprache. Ganz ruhig stand sie da, ihr Gesicht ernst, umgeben von einer fast greifbaren, einzigartigen Aura. Obwohl sich kein Lüftchen in der Arena regte und auch die Bänder an den aufgestellten Siegeszeichen völlig still herabhingen, bewegten sich ihre Haare und der Stoff ihres Gewandes – wie durch eine Brise, die sonst niemand spürte.

»Sie ist wahrhaft die Herrin der Winde«, flüsterte ein geisterhaftes Echo in meinem Kopf.

Auf ihr Zeichen hin schöpften zwei Priesterinnen mit goldenen Muschelhörnern Wasser aus dem großen Perlmuttgefäß, das daraufhin sofort zur Seite geräumt wurde. Gemessenen Schrittes gingen sie einmal um den inneren Kreis herum und gossen dabei den Inhalt ihrer Kelche auf die Grenze zwischen den roten und den blauen Mosaiksteinen. Diese begann zu glühen. Es handelte sich also um Meerwasser, und in den Boden war Aurikalchos eingelassen. Ein leuchtender Ring umgab nun den Schauplatz des Gottesurteils – und markierte wahrscheinlich auch dessen Begrenzung. Ein ehrfürchtiges Raunen ging durch die Menge auf den Rängen. Manch einer der umstehenden Würdenträger wich noch ein Stück zurück, um die heilige Markierung nicht durch eine unbeabsichtigte Berührung zu entweihen. Auch ich versuchte unwillkürlich, ein bisschen mehr Abstand zwischen meine Füße und die schimmernde Linie zu bringen.

Dann deutete die Hohepriesterin nacheinander auf Evros, den Angeklagten, und Aris, den Kläger. Beide hatten ihre Tuniken abgelegt und standen sich mit freiem Oberkörper gegenüber. Sie trugen nur noch ihre weiten, an der Hüfte geschnürten Hosen, die bei Evros makellos silbrig glänzten, bei seinem Gegner allerdings wirkten, als ob sie längst zu den Putzlumpen gehörten. Was dabei ebenso zum Vorschein kam: die frische, nur provisorisch verbundene Wunde in Aris' Seite. Doch ein Grund, den Kampf zu stoppen oder zu verschieben, war dies offensichtlich nicht.

Die Priesterinnen übergossen die beiden Kontrahenten mit Meerwasser. Auf der Haut von Neffe und Onkel, genau über dem Herzen, erschienen goldene Linien, die das filigrane Bild der Dornenbienen formten. So konnten sich alle Anwesenden davon überzeugen, dass es sich wirklich um Mitglieder des Königshauses handelte. Alles war rechtens. Oder so rechtens, wie es sein konnte, wenn etwas grundfalsch lief wie hier ... Ich biss die Zähne zusammen und zwang mich, ruhig zu atmen. Jetzt verließen auch die Priesterinnen das innere Rund und nahmen ihre Plätze im blauen Außenkreis ein. Widerspruchslos rückten die anderen Anwesenden für sie zur Seite. Aris' Mutter stellte sich genau gegenüber ihrem Ehemann auf, sah ihm noch einmal tief in die Augen und sprach ein einziges Wort.

Damit war der Kampf eröffnet.

Kapitel 34

Die Kontrahenten standen sich zunächst eine Weile reglos gegenüber, abwartend, taxierend. Keiner von beiden nahm eine dieser Posen ein, die ich so oft in Filmduellen gesehen hatte. Aris hatte die Beine leicht gebeugt, die Schulter mit dem Schwertarm etwas nach hinten gedreht, bereit zum Zuschlagen – oder Ausweichen. Sein Onkel stand bequem da, breitbeinig, brachte seine muskulöse Statur zur Geltung.

Tänzer gegen Gladiator, schoss es mir durch den Kopf. *Wie kann das gut ausgehen?*

Doch schon wenige Augenblicke später sah es so aus, als sei der Kampf entschieden, kaum, dass er begonnen hatte: Aris machte ein paar rasche Schritte auf seinen Onkel zu, scheinbar voreilig, und lockte den selbstbewussten Evros aus der Deckung. Mit einem höhnischen Fluch riss der sein Schwert hoch, ließ es herabsausen – doch Aris war nicht mehr vor ihm. Unglaublich leichtfüßig hatte er sich mitten in der Bewegung gedreht, war an Evros' ungeschützter Seite vorbeigesprungen und stand jetzt in dessen Rücken, das Schwert zum Stoß erhoben.

»Schlag zu!«, schrie Som in meinem Kopf.

Aber Aris tat es nicht. Er zögerte, einen entscheidenden Moment lang, schon hatte Evros sich umgedreht und ging wie ein wütender Stier auf seinen Neffen los.

»Dieser Dummkopf!«, hörte ich Soms verzweifelte Stimme. »Er will ihn wirklich nicht töten …«

Ich krallte meine Hände so fest in den Mantelstoff, dass das Gewebe anfing zu reißen. Ich hatte gedacht, es wäre schlimm gewesen, den Kampf auf der Poolterrasse von Prideaux Hall zu beobachten. Nun hielt zwar niemand sein Smartphone in die Höhe, aber dafür akzeptierten die Zuschauer hier, dass in Kürze vor aller Augen jemand getötet werden würde. Nein, sie akzeptierten es nicht nur – sie hießen es gut! Denn es war ja »der Wille der Götter«. Ich fühlte mich so elend, dass ich kaum noch Luft bekam. Aber ich konnte der Situation genauso wenig entkommen wie die beiden Gegner in dem leuchtenden Ring vor mir.

Evros hatte inzwischen verstanden, was ihn vor dem Todesstoß in den Rücken gerettet hatte, und stieß ein hämisches Lachen aus. Seine Taktik änderte sich: Statt mächtiger Hiebe wurden seine Vorstöße subtiler. Aris jedoch ließ sich nicht davon einlullen. Alle Sinne angespannt, fing er auch die kleinste Finte seines Onkels ab, parierte und wich aus mit einer Geschmeidigkeit, die kaum zu fassen war nach alldem, was er in den letzten Stunden und Tagen durchgemacht hatte, ganz zu schweigen von seiner Verwundung. Vielleicht war der Glaube an ein Stück gefärbten Zucker nicht ganz unbeteiligt daran?

Ein guter Teil der Zuschauer war auf seiner Seite: Immer wieder brandete anerkennender Applaus auf, wenn ein Schwertstreich von Evros ins Leere ging. Es waren vor allem die Statthalter im Publikum, die klatschten, pfiffen und ihn wahrscheinlich – für mich unhörbar – anfeuerten. Denn in gewisser Weise kämpfte Aris auch für Som – und damit für sie.

Langsam begann ich, wieder Mut zu fassen. »Es läuft gut, oder?«, rief ich Som mit hoffnungsvollem Lächeln zu.

Doch es erfror auf meinen Lippen, als ich seinen finsteren Gesichtsausdruck sah. »Das wird nicht halten. Evros hat mehr Reserven. Er kann es sich leisten, den Kampf hinauszuzögern. Aris nicht. Sieh hin.«

Som hatte recht. Weil ich nun wusste, worauf ich achten musste, bemerkte ich, dass die Bewegungen des jüngeren Kämpfers in dem goldglühenden Ring mit jedem Moment einen Hauch ungenauer wurden, ein winziges Stück langsamer. Doch noch etwas fiel mir auf: Evros warf immer wieder Blicke zu Aris' Mutter, die das Schauspiel mit versteinerter Miene verfolgte. Ich verstand, dass er ihre ungerührte Maske zerbrechen wollte, egal wie. Schon einmal hatte er ihren Sohn in seinen Händen gehabt und das auf grausamste Weise ausgenutzt. Jetzt, da sie gezwungen war zuzusehen, würde er keine Gelegenheit verpassen, sie durch ihn zu verletzen. Und dabei würde er sich Zeit lassen.

Ich glaubte zu erkennen, dass auch Aris den Plan seines Onkels durchschaut hatte. Nur hatte er sich selbst ein kaum zu überwindendes Hindernis aufgebaut: Denn so schwer es sein musste, einen erfahrenen und begabten Schwertkämpfer wie seinen Onkel zu töten – ungleich schwerer war es sicher, ihn zu entwaffnen und so in die Enge zu treiben, dass er am Leben blieb und gestand.

Umso überraschter war ich, als Aris plötzlich das Tempo erhöhte und seinen Onkel mit ein paar gut gezielten Schlägen auf die andere Seite des roten Runds trieb – genau in unsere Richtung. Sein Gegner war darauf tatsächlich nicht vorbereitet, verlor einen Moment den Gesichtsausdruck hämischer Zuversicht und ließ sich zu einem unvorsichtigen Manöver hinreißen. Aris nutzte die Chance sofort, stieß vor und erwischte Evros mit einem Schwertstreich am Oberschenkel. Der brüllte auf, konnte sich jedoch aus der Angriffslinie drehen und schaffte es, Aris einen harten Tritt in die Magengrube zu versetzen, der ihn ein paar Meter zurücktaumeln ließ. In der Mitte des inneren Rings ging er in die Knie und rang um Atem. Ich sah voller Schrecken, dass sich der provisorische Verband gelöst hatte und seine Hüftwunde wieder ungehindert blutete. Ein Aufschrei ging durch die Menge. Auch die Vertreter des Königsvolkes ließ das Geschehen nicht kalt.

Evros stand genau vor Som und mir und hielt sich das Bein, entschied aber augenscheinlich, dass die Wunde nur oberflächlich war.

Verdammtes Pech.

Doch er setzte nicht gleich nach vorn, um die Gunst des Moments auszunutzen. Stattdessen lehnte er sich zurück – zu mir.

»Jetzt pass auf, Mädchen«, wisperte er mir zu. »Die Augen, wie versprochen!« Damit stieß er sich ab und näherte sich erneut seinem jungen Gegner.

»Du musst ihn warnen!«, zischte ich Som zu, der dicht neben mir stand und alles gehört hatte.

Er zögerte keinen Moment und sendete.

Aber war es nicht schon zu spät?

Evros startete einen Angriff, der sich als Finte erwies. In Kopfhöhe durchbrach er Aris' Deckung. Sein Schwert stieß vor – und fügte seinem Neffen einen tiefen Schnitt am Jochbein zu, ganz knapp unter dem rechten Auge. Im letzten Moment war es Aris gelungen, die entscheidenden Zentimeter auszuweichen. Jetzt sprang er zurück, brachte erneut Abstand zwischen sich und seinen Onkel. Er versuchte nicht einmal, das Blut abzuwischen, das ihm die Wange hinunterlief.

Ich stieß einen erstickten Schrei aus. Som fasste reflexartig nach meiner Hand. »Glück gehabt, die Wunde ist nicht über dem Auge. So ... so trübt ihm das Blut nicht die Sicht ...« Es klang, als redete er uns beiden gut zu.

Ich warf einen Blick hinüber zu Aris' Mutter. Während sein Vater direkt am Rande des Ringes stand und seine Wut und seinen Schrecken herausbrüllte, bewegte sie noch immer keinen Muskel. Still und aschfahl verfolgte sie das Geschehen, und ich konnte nur erahnen, was für ein Sturm in ihr toben musste.

Das Blatt hatte sich jetzt deutlich gewendet. Evros hatte seinen Gegner aus dem Gleichgewicht gebracht – und mittlerweile machten sich dessen Erschöpfung und der Blutverlust nur allzu bemerkbar. Dieses Mal, das war mir klar, gab es keinen »gebrochenen Flügel«, kein Simulieren von Schwäche. Dieses Mal taumelte Aris wahrhaftig unter den Hieben seines Gegners, weil dieser seinen Vorteil gnadenlos ausnutzte.

Und da kam er, der Schlag, der ihm das Ende bringen sollte.

Er kam gewaltig, zielsicher, genau in Richtung seines Herzens. Aris' Schwertarm zitterte, war nicht schnell genug, um zu parieren. Reflexartig riss er die Linke hoch, vor die Brust – und die Spitze von Evros' Schwert fuhr ihm genau durch die Handfläche. Sein Schrei ging unter im entsetzten Aufstöhnen der Menge. Ich selbst konnte nicht mehr schreien, klammerte mich nur verzweifelt an Som. Doch schon hatte Aris die Hand losgerissen und schwang sein eigenes Schwert in einer verzweifelten, ziellosen Abwehrbewegung. Durch reines Glück landete die Breitseite der Klinge hart auf dem linken Ohr seines Onkels. Der brüllte auf, für einen Moment halb taub, und stolperte ein paar Schritte zurück.

Mehrere Herzschläge lang standen sich die Gegner gegenüber, schwer atmend, regungslos, konzentriert auf ihre Wunden. Aris schwankte, der Schmerz zwang ihn fast erneut in die Knie. Er hatte seine linke Hand fest zur Faust geschlossen.

Zwischen seinen Fingern quoll dunkles Blut heraus und fiel in schweren Tropfen auf die roten Mosaiksteine zu seinen Füßen.

Auch sein Onkel war angeschlagen. Doch noch immer war der körperliche Vorteil auf seiner Seite. Und seine irre Rachsucht schien ihm nur noch mehr Kraft zu verleihen. Schon schüttelte er den Kopf, wie um das Dröhnen in seinem Ohr zu vertreiben, und warf einen prüfenden Blick hinüber zu seinem jungen Gegner. Was er sah, war offenbar ganz nach seinem Geschmack. Ein grausames Grinsen breitete sich auf seinem Gesicht aus.

Und ich kann nichts tun.

Ich muss aber etwas tun!

Meine Gedanken rasten panisch durcheinander. *Aris braucht Hilfe. Irgendeine Ablenkung. Einen ... psychologischen Vorteil ...*

Und ich hatte einen Einfall.

Rasch wandte ich mich an Som. Der nickte kurz und blickte dann gezielt zur anderen Seite des heiligen Runds. Dorthin, wo Aris' Mutter stand, starr vor Entsetzen. Doch als sie Soms Botschaft verstanden hatte, zögerte sie keinen Moment. Zuerst schloss sie kurz die Augen. Dann wandte sie sich um und begann, durch die Menge der versammelten Priesterinnen und Würdenträger zu schreiten, immer am Rand des leuchtenden Rings entlang. Sie warf keinen Blick mehr zur Mitte der Plattform.

Evros, der sich gerade auf Aris hatte stürzen wollen, bemerkte die Veränderung sofort. Er runzelte ungläubig die Stirn, aber als er begriff, dass sich seine einstige Versprochene wirklich abgewandt hatte, im Moment seines unmittelbar bevorstehenden Triumphs, stieß er einen wütenden Schrei aus. Som übersetzte mir seine Worte, auch wenn ich gut darauf hätte verzichten können.

»Atheia!« Evros brüllte ihren Namen. »Sieh her! Verflucht, schau dir an, was deinetwegen geschieht!«

Sie ging einfach weiter, ging bis zu Aris' Vater, ihrem Ehemann. Der wusste zwar nicht, warum sie ihren offiziellen Platz inmitten der Priesterinnen verlassen hatte, streckte ihr jedoch seine Hand entgegen – was Evros zu einem weiteren Wutschrei veranlasste. Atheia schenkte ihm keine Beachtung. Stattdessen legte sie ihrem Mann die Arme um den Hals und gab ihm einen innigen Kuss.

Und Evros verlor das, was er bis eben noch an Zurechnungsfähigkeit und Kontrolle über sich gehabt hatte. Mit einem wahnsinnigen Aufbrüllen riss er sein Schwert hoch und stürmte nach vorn, auf das Königspaar zu, das schutzlos direkt hinter dem leuchtenden Ring stand – und keine Chance haben würde, seinem Angriff zu entgehen. Evros sollte sein Ziel jedoch nie erreichen. Etwas Goldenes glänzte hinter ihm auf. Sein Schwert fiel zu Boden, zusammen mit vier seiner Finger.

Aris hatte ihn aufgehalten.

Obwohl sein Onkel schwer verletzt zusammenbrach, gab er sich noch immer nicht geschlagen. Auf den Knien versuchte er, mit der linken Hand sein blutverschmiertes Schwert zu erreichen. Doch sein junger Gegner war schneller und verpasste dem kahlköpfigen Mann einen solchen Tritt unter das Kinn, dass der zurückgeschleudert wurde und wuchtig auf dem Rücken landete. Bevor er sich aufrappeln konnte, war Aris über ihm, setzte ihm einen Fuß auf den unverletzten Arm und hielt ihm die Spitze seines Schwerts an die Kehle.

»Sag ihnen, was du getan hast!«, schrie er. Som übersetzte weiter für mich. Ich erkannte Aris' Stimme kaum wieder. »Gib es zu, oder, bei allen Göttern, ich mache dir ein Ende!«

Evros spuckte ihm einen blutigen Fluch entgegen. Der Tritt

hatte ihn mehrere Zähne gekostet. Aris, zitternd vor Zorn, Schmerzen und Erschöpfung, senkte seine Klinge und stach sie tief in die rechte Schulter seines Onkels. Der heulte auf, schnappte nach Luft ... und begann dann zu lachen. Er lachte und lachte. Nicht irre, nicht wie von Sinnen – sondern schallend, aus tiefster Brust, wie ein Mann, der alles gesehen hat und nichts mehr fürchtet.

»Also gut«, brachte er schließlich heraus, immer noch glucksend. »Du hast gewonnen, Kleiner. Ich gestehe. Ich gestehe alles, was man mir vorwirft! Kommt und legt mich in Ketten!«

Langsam zog Aris sein Schwert zurück. Er blieb wachsam, doch sein Onkel war ja entwaffnet und machte keinen Versuch, einen letzten Angriff zu starten. Ich sah, wie sich auf ein Handzeichen des Minos Soldaten die Stufen hochdrängten. Aris sah es auch, nahm den Fuß vom Arm seines Onkels und trat zurück.

Evros hustete und richtete sich halb auf einen Ellenbogen auf. Er musterte den Mann, der Atheia im Arm hielt, mit einem heuchlerisch-demütigen Blick. »Und, Bruder, werde ich gleich hingerichtet? Oder gibt es jetzt doch einen Prozess?« Er bekam keine Antwort und sah wieder hinauf zu Aris. »Sicher willst du alles über die Verschwörung wissen. Ich kann es dir erzählen. Oh, ich kann dir noch viel mehr erzählen ...« Jetzt richtete sich sein Blick lauernd auf Aris' Mutter. »Aber, Atheia – bist du sicher, dass der Kleine auch alles hören sollte?« Er lachte erneut, schloss dann aber die Augen, senkte den Kopf und verstummte. Evros war geschlagen, das war jetzt endlich auch bei ihm angekommen.

Aris warf ihm noch einen Blick voller Verachtung zu, wandte sich dann ab und entfernte sich von ihm. Langsam, fast schlurfend, kraftlos. Seine Arme hingen herab, das rechte Hosenbein und die linke Hand rot vor Blut. Die andere hielt das Schwert so tief, dass dessen Spitze fast über den Boden schleifte. Aber seine Augen leuchteten auf, als sie ein bestimmtes Gesicht in der Menge fanden: meins.

Erlaubt oder nicht, mich hielt nichts mehr auf meinem Platz außerhalb des Rings. Ich stürmte los, fiel ihm um den Hals und spürte, wie er versuchte, mich trotz seiner Verletzungen in die Arme zu nehmen. Als er sein Gesicht in meiner Halsbeuge vergrub, rutschte mir die Kapuze herunter. Ein aufgeregtes Getuschel ertönte, als die Menge meine kurzen blonden Haare bemerkte.

Ich richtete mich auf, wollte herausfordernd um mich schauen – und erblickte etwas ganz anderes: Zwar hatten die Soldaten Evros fast erreicht, doch der stemmte in diesem Moment seinen Oberkörper hoch. In der unverletzten Hand hielt er plötzlich einen kleinen Dolch. Blitzschnell zielte er auf den ungeschützten Rücken seines Neffen und warf. Instinktiv stieß ich Aris zur Seite. Der Dolch verfehlte ihn knapp – und traf mich in die Brust.

Ich stürzte zu Boden.

Aris sah mich fallen, fuhr herum, sah seinen Onkel ... Mit einem Aufschrei sprang er vor, holte aus und durchbohrte Evros mit seinem Schwert.

Som war neben mir, riss mir die Klinge aus der Brust und presste einen Fetzen safrangelben Tuchs auf die Wunde. »Es ist in Ordnung, alles in Ordnung«, hörte ich seine Stimme, die gezwungen ruhig klang. »Nicht tief, sieh selbst, kaum bis zu den Rippen ...«

Er hatte recht. Die Klinge war geradezu lächerlich kurz. Da lieferte selbst ein knappes B-Körbchen ausreichend natürliches Polster. Und doch quoll so viel Blut zwischen seinen kreideweißen Fingern hervor ... Unter Schock, wie ich war, verspürte ich keine Schmerzen. Meine Glieder fühlten sich seltsam schwer an, mein Kopf dagegen ganz leicht. Ich blickte zur Mitte des roten Runds, wo Aris schwer atmend über dem Körper seines niedergestreckten Onkels stand.

Evros war noch nicht tot. Mit letzter Kraft hob er den Kopf und warf seinem Neffen einen durchdringenden Blick zu. »So wichtig ist dir das Oberflächen-Mädchen?« Er hustete wieder und ein feiner Blutfaden rann ihm aus dem Mund. »Das ... ist gut.« Seine Stimme wurde schwächer. »Vielleicht lernst du doch noch ... deine Eltern zu hassen ...« Dann schloss er die Augen und lag still.

Aris ließ sein Schwert los, stolperte zu uns herüber und fiel neben mir auf die Knie. »Ella«, flüsterte er atemlos, »kannst du ... bist du schwer verletzt?«

»Som sagt, ich soll mich nicht so anstellen ...«, murmelte ich mit einem schwachen Grinsen.

Aris blickte rasch zu seinem Freund, sah ihn bestätigend nicken und warf mir ein erleichtertes Lächeln zu. Ich wollte etwas fragen, aber meine Zunge war wie gelähmt. Ein heißes Brennen stieg in mir auf. Ich fühlte mich, als bräche der Boden unter meinen Füßen weg. Wie von ganz weit her hörte ich Aris entsetzt meinen Namen rufen. Doch ich konnte ihn weder sehen noch spüren. Vor meinen Augen wurde alles dunkel.

»Du müsstest mal hören, was sie über meine Familie erzählen ...« Wie ein fernes Echo hallten die Worte in meinem Kopf wider, die Aris vor endlos langer Zeit gesagt hatte. *»Mein Vater ist angeblich geisteskrank, mein Onkel ... ein Giftmischer ...«*

Dann wusste ich nichts mehr.

Kapitel 35

Ich schwebte. Um mich herum war nichts als sanftes grünes Licht, ohne Anfang und Ende. Ich war schwerelos, nichts tat mir weh, ich hatte keine Angst. Wo ich mich befand, wusste ich nicht, aber es war mir auch egal. Als ich meinen Mund öffnete, sah ich, wie silbrige Luftblasen aus ihm entkamen, die langsam davontrieben. Nach oben. Es gab also ein Oben. Und ich war unter Wasser. Ich schwebte nicht – ich schwamm ... Mein Blick folgte gedankenverloren den Luftblasen. Sie waren auf dem Weg zur Oberfläche. Dort, weit entfernt über meinem Kopf, konnte ich einen hellen Schein erkennen. Das Glitzern der Sonne auf dem Wasser. Aber es war grell und weit weg. Es schien unnötige Mühe, sich dorthin aufzumachen.

Viel lieber blickte ich unter mich, dahin, wo das Grün immer dunkler wurde. Zögernd bewegte ich meine Arme und Beine. Ja, es war leicht, tiefer zu schwimmen, viel leichter als nach oben. Ich sank fast von selbst. Und jetzt tauchten in der grünen Schwärze unter mir winzige funkelnde Lichter auf. Dort am Meeresgrund war etwas. Etwas Wunderschönes, das auf mich wartete. Dorthin wollte ich. Ich ließ mich weiter sinken. Atmete ganz tief aus und sah zu, wie die letzten Silberblasen meine Lippen verließen und nach oben wegtaumelten.

Ich bemerkte eine Bewegung unter mir. Etwas verdeckte einen Teil der Lichter. Etwas Großes, das rasch näher kam. Schon war es auf meiner Höhe. Ich sah schwarz-weiße Haut, einen gedrungenen Kopf, eine mannshohe Rückenflosse, scharf geschnitten wie ein Schwert. Ein Orca.

Ein Orca mit seegrünen Augen. Er war auf dem Weg zur Oberfläche.

»Komm mit mir, Ella«, hörte ich seine Stimme in meinem Kopf. *»Hier kannst du nicht bleiben. Du musst atmen ... genau wie ich ...«*

Ich wollte es nicht, aber meine Hände griffen wie von selbst nach seiner Rückenflosse, hielten sich fest. Der Schwertwal schwamm mit mir steil nach oben. Die Lichter am Meeresgrund wurden kleiner, schwächer, verschwanden schließlich ganz in der Dunkelheit. Und das glitzernde Sonnenlicht auf der Wasseroberfläche kam immer näher. Es blendete so sehr, dass ich meine Augen schloss.

Und langsam ...

... ganz langsam ...

... wachte ich auf. Ich blieb zunächst hinter dem Schutz meiner Augenlider, fühlte und lauschte zögernd um mich herum.

Was ist passiert? Wo bin ich?

Unter mir spürte ich glatten, kühlen Stoff ... ein Laken. Ich lag in einem Bett. Ein sanfter Luftzug strich über mein Gesicht, brachte den Duft fremder Blumen und Kräuter mit sich ... und etwas, das mich an eine frische Meeresbrise erinnerte, salzig und klar. Jemand war an meiner Seite und sprach leise zu mir. Dann fühlte ich einen sanften Kuss auf meiner Stirn.

Mit perfektem Gefühl für Timing öffnete ich meine Augen.

Und schaute in die von Aris.

Um uns herum herrschte Dunkelheit, sparsam erhellt durch ein kleines buntes Lämpchen am Kopfende meines Betts und silbriges Licht, das durch ein Fenster mit luftigen Vorhängen fiel. Ich war während der atlantischen Nacht wieder zu mir gekommen.

»Hey ...«, protestierte ich heiser, »ein richtiger Dornröschen-Kuss war das aber nicht ...«

Aris lachte leise. Es klang glücklich und zutiefst erleichtert. Meine Kehle fühlt sich rau an. Begierig trank ich aus dem Becher Wasser, den er mir an die Lippen hielt.

»Langsam ...«, wisperte er. Und dann, *natürlich*: »Was ist Dornröschen?«

Ich lächelte schwach. »Ein Oberflächen-Märchen. Da muss eine Prinzessin hundert Jahre in ihrem verwunschenen Schloss hinter der Dornenhecke schlafen. Bis ein schöner Prinz kommt und sie wachküsst.«

Um mich herum schien es wieder dunkler zu werden. Der Schlaf kehrte zurück, um mich zu holen.

Doch ich konnte erkennen, dass Aris mich ansah. Seine Stimme klang sehnsüchtig und wie aus weiter Ferne. »Ich glaube, in *meinem* Märchen hat die Prinzessin den Prinzen wachgeküsst. Aber ... er kann sein Schloss nicht verlassen. Die Dornenhecke ist zu hoch.«

»Kein Problem«, murmelte ich schläfrig, »Man braucht nur ein gutes Schwert, dann kommt man da schon durch. Ich ... kenne wen, der eins hat ...«

Ich sah ihn lächeln, sah, wie er sich steif und vorsichtig erhob. Seine linke Hand war mit einem dunklen Verband umwickelt. Er bemühte sich sichtlich, sie still zu halten. »Schlaf weiter, Ella«, flüsterte er. »Werde wieder ganz gesund. Ich ... ich muss jetzt gehen.« Aber er blieb stehen und schaute wehmütig auf mich herab. »Ich wünschte, du ... wir ...« Er streckte seine unverletzte Rechte aus, als wollte er mich berühren, brachte die

Geste jedoch nicht zu Ende. Die Finger fest zur Faust geschlossen, zog er die Hand wieder zurück.

Bitte bleib, wollte ich sagen. *Nur noch ein bisschen … Ich muss dir von diesem komischen Traum erzählen …* Leider gehorchte mir meine Zunge nicht.

Inzwischen war es so dunkel vor meinen Augen geworden, dass ich sein Gesicht kaum noch erkennen konnte. Es schien angespannt, als ob er sich einen heftigen Schmerz verbiss.

Er drehte sich von mir weg, langsam, wie gegen seinen Willen. Ganz leise hörte ich ihn noch sagen: »Ich bin so froh, dass es dir besser geht …«

Lautlos wie ein Schatten durchquerte er den Raum, ging aber nicht zur Tür. *Er klettert durchs Fenster*, dachte ich benommen, *was soll denn DER Quatsch?* Dann schlugen die Wellen der Bewusstlosigkeit wieder über mir zusammen.

Als ich das nächste Mal erwachte, war heller Tag, und mein Zimmer war voller Leute. An meinem Bett stand eine ältere atlantische Frau – eine Ärztin, vermutete ich. Ihr Haar war bereits ergraut und wurde in einer strengen Flechtfrisur aus ihrem Respekt einflößenden Gesicht zurückgehalten. Sie trug eine dunkelblaue Robe mit kupferfarbenem Gürtel und dazu passendem Schmuck. Gründlich und wahrscheinlich nicht zum ersten Mal untersuchte sie mich, wobei ihr ein junger, ernst dreinschauender Mann assistierte, der eine Tunika in gleicher Farbe wie ihr Gewand trug.

Im Hintergrund drückten sich drei Statthalter-Dienerinnen herum, die sich geschäftig bemühten, das Zimmer noch vorzeigbarer zu machen, als es sowieso schon war. Auf dem mit bunten Mosaiken geschmückten Tisch in der Mitte des Raumes platzierten sie eine große, bauchige Henkelvase, die schwarz auf Rot mit einem Oktopus bemalt war und überquoll von Blüten, die bestimmt nirgendwo sonst auf der Erde wuchsen.

Während der Untersuchung ließ ich meinen Blick weiter durch das Zimmer schweifen. Es war sehr geräumig und licht. Seine Außenwand bestand praktisch nur aus hohen, schmalen Fenstern, an denen helle, silberdurchwirkte Vorhänge sacht in der leichten Brise wehten. Von meinem Platz im Bett aus sah ich nichts als den blauen künstlichen Himmel dahinter. Wir mussten uns also recht hoch befinden – wahrscheinlich in einem der oberen Stockwerke des Palastes. Die Decke des Zimmers strahlte in einem beeindruckenden Goldton. Grünglänzende Fliesen zierten den Fußboden und in den hohen, blassblauen Wänden entdeckte ich zahlreiche Nischen mit Lämpchen aus buntem Glas, Geschirr und anderen Gebrauchsgegenständen.

Die Ärztin ließ mich einen großen Becher mit einer Flüssigkeit trinken, die wie grünliche Milch aussah und irgendwie fischig schmeckte. *Buäh.* Aber ich machte keine Zicken. Eigenartigerweise kam mir der Geschmack bekannt vor – hatte man mir davon schon mal etwas während meiner Bewusstlosigkeit eingeflößt?

Als Nächstes sah sich die Ärztin die Stelle an, wo Evros mich getroffen hatte. Ich hatte mir mittlerweile zusammengereimt, dass der Mistkerl den Dolch vergiftet haben musste. Kein Wunder, dass er siegessicher gewesen war, mit solch einem miesen Trick in der Hinterhand ... Der Assistent reichte der Ärztin eins dieser blauen Geleebällchen, das ich von Som kannte, und im nächsten Moment hatte ich es auf der Haut sitzen. Mit mehr Faszination als Ekel beobachtete ich, wie sich das Glibberteil nach und nach auflöste und schließlich spurlos in mir verschwand. Ich hatte kaum etwas davon gespürt, bis auf angenehm kühle Feuchtigkeit. Wieso nur hatte Aris so abwehrend darauf reagiert? Doch dann wurde mir bewusst: Es war nicht Soms Behandlung gewesen – sondern die Erinnerung an die Schwarzen Perlen auf seiner Haut ...

Meine Wunde tat noch ziemlich weh, heilte aber gut, wie ich selbst fand. Auch die Ärztin wirkte sehr zufrieden mit meinem Zustand. Allerdings fühlte ich mich unglaublich schwach und leicht elend. Wie lange hatte ich hier bewusstlos gelegen? Und ... wie ging es Aris? Wo war er?

Ich beschloss, dass meine Herkunft von der Oberfläche kein Geheimnis mehr sein konnte, und sprach die grauhaarige Frau vor mir höflich auf Englisch an. Ich bekam jedoch keine Antwort auf meine Fragen. Ja, natürlich verstand niemand im Raum auch nur ein Wort von dem, was ich sagte. Aber ... da war noch etwas anderes.

»Um miteinander zu reden, braucht man nicht dieselbe Sprache zu sprechen«, sagte meine Mutter gern. »Zur Not geht es auch mit Händen und Füßen. Man muss nur *wollen.*«

Und das stimmte – wie ich in meinen »Unterhaltungen« mit Tis bestens hatte überprüfen können. Doch hier lief ich gegen eine Wand. Zumindest auf die Worte »Aris« oder »Ominos« hätte es eine Reaktion geben müssen, so falsch *konnte* ich das gar nicht aussprechen. Aber es gab keine.

Die Ärztin, an die ich meine Fragen hauptsächlich gerichtet hatte, schüttelte nur den Kopf und hob in sorgfältig simuliertem Nicht-Verstehen die Schultern. Ihr Assistent blickte an mir vorbei. Und die Statthalterinnen verschmolzen professionell mit dem Hintergrund, worin sie wahrscheinlich mehr als genug Übung hatten. Auch die Erwähnung von Soms Namen führte zu keinem anderen Ergebnis.

Ich war erst überrascht, dann leicht verärgert, schließlich besorgt. Wurde mir hier etwas verheimlicht? War ... war etwas mit Aris? Aber auf diese Fragen gab es natürlich erst recht keine Antwort. Und so musste ich mit hilfloser Unruhe ertragen, wie die Ärztin mir noch einmal den Becher nachschenkte, nachdrücklich darauf deutete und sich dann samt ihrem Assistenten mit einer tiefen Verbeugung zurückzog. In der Bugwelle folgten die Statthalterinnen.

Die Tür schloss sich hinter ihnen und ich blieb allein zurück. So allein war ich seit Tagen nicht gewesen. Vor allem aber hatte ich mich noch nie so allein *gefühlt*. Wo war Aris? Wie ging es ihm? Und ... und war es ihm etwa egal, wie es *mir* ging? In der Zwischenzeit war ich schon fast zu der Überzeugung gelangt, dass sein Besuch nur ein Traum gewesen war. Denn warum sollte er nachts zu mir kommen? Und dann auch noch durchs Fenster?

Ich lag still und ließ den Nachmittag heraufziehen, grübelte und fühlte mich immer elender, was jedoch nichts mit den Nachwirkungen meiner Vergiftung zu tun hatte.

Meine innere Stimme war auch keine Hilfe. *Was bildest du dir eigentlich ein, wo du gerade in seiner Prio-Liste stehst? Er hat mehr als eine Hölle hinter sich und wahrscheinlich stürzt hier gerade ganz schön was auf ihn ein. Mal ganz abgesehen von all diesen krassen Familiengeschichten. Du stellst dich schön brav hinten an.*

Eine Zeit lang versuchte ich mich abzulenken, indem ich Pläne für die Zukunft schmiedete. Ich begann mit dem bestmöglichen Szenario: Nach meiner problemlosen Genesung würde ich im Palast wohnen dürfen. Aris und Som blieben meine Freunde und ich konnte sie regelmäßig sehen. Nachdem etwas Zeit vergangen war, ließen sie sich überzeugen, mir heimlich zur Rückkehr nach Hause zu verhelfen. Dort angekommen, würde Aris beschließen, noch ein bisschen bei mir zu bleiben und … und …

Und dann wurde mir bewusst, was für ein Luftschloss ich da eigentlich aufbaute. Sie würden mich nicht gehen lassen.

Niemals.

Mein Leben war gerettet, oder? Genau wie das der Menschen, die in früheren Zeiten beinahe bei einem Schiffbruch ertrunken wären. Besser als tot? In diesen Stunden kam es mir schlimmer vor. Dass mich niemand besuchte, nicht einmal Som, konnte kein Zufall sein. Nein, vermutlich war es genau das, was mich hier in Zukunft erwartete: ein Leben als Gefangene. Oh, gemütlich würden sie es mir schon machen! Aber ansonsten gingen sie ganz sicher kein Risiko ein, dass ich jemanden mit meinem Oberflächen-Geheimnis kontaminieren könnte.

Ich würde Mama nie wiedersehen. Sie würde denken, dass ich ertrunken war – und wahrscheinlich Kenneth die Schuld daran geben. Und was sollte Lisa denken? Lisa, die mir die ganze verrückte Geschichte geglaubt und mich bei allem unterstützt hatte, ohne zu wissen, worauf sie sich da wirklich eingelassen hatte …

Mein Kopf tat mir weh, meine Brust noch mehr. Mit brennenden Augen und einer Kehle voller Schluchzer ließ ich mich tiefer in die Kissen sinken. Ich wünschte mir, sie könnten wie Wellen über mir zusammenschlagen. Denn trotz allem, was ich erlebt und getan hatte, war ich noch immer nichts als ein Sandkörnchen im unerbittlichen atlantischen Getriebe.

Ich döste weg, und als ich wieder erwachte, war es Abend. Jemand hatte ein Tablett mit einem Haufen verführerischer Speisen auf das Tischchen neben meinem Bett gestellt. Ich hatte keinen Appetit, probierte aber lustlos ein paar Happen. Dann nahm ich mich zusammen und würgte den Becher mit meiner Medizin hinunter.

Ihr Dessert, Madam: grüne Fischmilch. Enjoy.

Danach lag ich wieder nur noch da und starrte vor mich hin, während das Licht draußen schwächer und schwächer wurde. Ein-, zweimal hörte ich leise Stimmen vor meiner Tür, aber niemand kam herein, und ich war zu kraftlos, um nachzusehen.

Bleib ruhig liegen, Sandkörnchen.

Die kleine Lampe neben meinem Bett begann zu glühen. Ihr buntes Glas warf mosaikartige Lichtflecken auf die Wand neben meinem Kopf. Ich sah unverwandt auf die dunkler werdende Fensterfront vor mir, voller Unruhe und Zweifel. War die Öffnung in meinem Traum nicht schmaler gewesen? *Hatte* ich geträumt? Wenn nicht – würde Aris wiederkommen? Und was … *was* sollte bloß aus mir werden? Irgendwann glitt ich weg in den Schlaf.

Niemand besuchte mich, nicht einmal im Traum.

Der nächste Morgen kam und mit ihm die drei Statthalterinnen von gestern. Sie räumten in völliger Stille mein Essenstablett vom Vorabend weg und tauschten es durch ein neues aus. Einen weiteren Becher Fischmilch gab es auch, aber immerhin eine Nummer kleiner. Keine von ihnen machte das Zeichen für eine Gesprächseröffnung, und ich hatte keine Ahnung, wie ich sie dazu bringen konnte, mit mir zu sprechen. Auf meine schüchternen Grüße und Fragen zeigten sie immer noch keine Reaktion. Ich war mir nun fast sicher, dass man ihnen die Unterhaltung mit mir verboten hatte. Aber warum? Dass ich nicht von hier war, sahen sie doch schon an meiner Haarfarbe! Ich zupfte an einer fettigen Strähne und zog eine Grimasse. Okay, inzwischen war das Blond wohl nicht mehr ganz so aufsehenerregend ...

Als ob die Statthalterinnen meine Gedanken gelesen hätten, brach plötzlich Geschäftigkeit unter ihnen aus, und sie brachten mir alles Nötige für eine wahrhaft königliche Morgentoilette: eine tiefe Schüssel aus rot-schwarz glasierter Keramik, verziert mit Szenen einer Unterwasserjagd und gefüllt mit dampfendem klarem Wasser. Handtücher, heiß und angefeuchtet, parfümiert mit erfrischenden Kräutern, ein zweiter Stapel trocken und leicht angewärmt. Ein Tablett voller Tiegel und Fläschchen mit Salben und Ölen, die allesamt unglaublich gut dufteten.

Als Letztes schob die kleinste der Statthalterinnen eine fein ziselierte Metallplatte weg, die in einer Ecke des Zimmers in den Boden eingelassen war. Darunter kam eine mit grün-goldenen Mosaiksteinchen ausgekleidete flache Senke zum Vorschein. Die drei schauten mich höflich, aber eindeutig erwartungsvoll an. Ich verstand – und zögerte.

»Guckt dir schon keiner was weg!«, hörte ich meine Mutter sagen.

Sie hatte ja recht. Als ich kurz Luft holte und mir das schlichte hellgraue Nachthemd über den Kopf zog, löste das weder einen Skandal noch seltsame Blicke aus, nur leichte Ungeduld, weil ich schließlich bitte aufstehen und in die Senke steigen sollte, um das Zurechtmachen zu erleichtern. Ich gehorchte, aber meine Beine waren so wackelig, dass mich eine der Statthalterinnen stützen musste. Wie ich nun merkte, war dieser Platz so etwas wie eine Duschecke. Ich ließ mich mit warmem Wasser übergießen, das wie von Zauberhand zwischen den Mosaiksteinchen unter meinen Füßen verschwand, danach einseifen, abspülen, in Handtücher einwickeln, kämmen, eincremen … alles natürlich sehr zuvorkommend. Bei dieser Prozedur stellte ich fest, dass es mir weitaus weniger unangenehm war, mich vor ein paar fremden Frauen auszuziehen, als mich derartig bedienen zulassen. Aber meine vorsichtigen Einwände hatten keine Chance.

Und dann zauberten sie mir ein neues Kleid an den Körper. Zum ersten Mal steckte ich in einem echten atlantischen Frauengewand, sogar in meiner Größe. Es war vielleicht nicht besonders aufwendig gearbeitet, aber ebenso schön wie alles, was ich hier bisher gesehen hatte: ein graublauer Stoff, leicht und fließend, bestickt mit feinen Silberfäden, an der Taille geschürzt durch einen weißen Gürtel. Bauch und Rücken hinauf führten jeweils zwei Tücher, die auf den Schultern mit silbernen Fibeln zusammengehalten wurden und mir einen sehr schmeichelhaften Ausschnitt an Rücken und Dekolleté verschafften. Glücklicherweise war der Stoff vorne breit genug, um die Wunde in meiner Brust zu verhüllen, die durch das ganze Gezerre an mir wieder ziemlich schmerzte.

Zum Schluss streifte mir die kleinste der Statthalterinnen noch ein paar silberne Armreifen über die Handgelenke – ganz ohne Schmuck ging es hier eindeutig nicht. Bei der Gelegenheit fiel mein Blick auf das schmale Band, das sie um den Hals trug. Neben ein paar bunten Steinchen und einem Perlmutt-Schneckenhaus war daran auch eine winzige Goldmünze befestigt – genauso eine, wie ich sie an Soms Kette bemerkt hatte! Aber ich kam nicht dazu, sie danach zu fragen, denn in diesem Moment öffnete sich die Tür. Und ich bekam hohen, völlig unerwarteten Besuch.

Die Statthalterinnen zerstieben geradezu bei dem Versuch, sich zu verneigen und gleichzeitig alle Utensilien beiseitezuschaffen. Sie hatten ganz offensichtlich nicht damit gerechnet, bei ihren Anstrengungen gestört zu werden – erst recht nicht durch die Hohepriesterin und Königin von Atlantis selbst …

Doch Aris' Mutter, die jetzt in der Tür stand, winkte ab und richtete ein paar leise, freundliche Worte an sie. Trotzdem verschwanden alle drei samt ihren Gerätschaften so schnell nach draußen, dass es eigentlich eine kleine Staubwolke hätte geben müssen. Übrig blieb die einzige, die nirgendwohin flüchten konnte: Ella Keane von der Oberfläche, fehl am Platz, verpeilt und völlig überfordert.

Was … was mache ich denn jetzt?

Ich hatte noch nie vor einer Königin gestanden, erst recht nicht vor einer, die die Mitregentin eines mythischen Reichs und obendrein die Inkarnation einer Göttin war. Sie sah anders aus als bei unserer letzten Begegnung. Ihre Kleidung war schlichter, keine zeremonielle Robe, sondern ein ähnliches Gewand wie meins, nur in königlichem Rostrot. Um den Hals trug sie wieder einen Dornenbienenanhänger, aber diesmal nicht als Teil eines schweren Colliers, sondern an einer einfachen Kette aus türkisen und goldenen Perlen. Ihr Haar war heute nicht vergoldet und fiel ihr in tiefschwarzen, weniger kunstvoll als gestern arrangierten Locken hinab. Geblieben war die Aura natürlicher Würde und Autorität, die sie umgab. Der Gesamteindruck war einfach atemberaubend.

Trotz meines brandneuen Outfits kam ich mir in ihrer Gegenwart vor wie etwas, das man besser unter den Teppich kehren sollte. Ich beschloss, es den Statthalterinnen gleichzutun, und versuchte eine Verbeugung. Und einen Gruß. »Ähm. Guten Tag, Eure … Eure Hoheit …« Ich blickte wieder hoch, kam mir kritisch gemustert vor und plapperte nervös los: »Sorry, war das richtig so? Ich … ich kenne mich da echt nicht aus, soll ich Euch so anreden oder …«

Sie wartete auf eine Pause in meinem Gestammel und sagte dann ruhig, in nahezu akzentfreiem Englisch: »Die korrekte Anrede ist ›Herrin der Winde‹. Aber in diesem Rahmen bestehe ich nicht darauf, Miss Keane.«

Ich klappte den Mund auf und wieder zu.

Ohne auf meine Verwirrung einzugehen, fragte sie: »Wollen wir uns setzen? Ich bin gekommen, um der Frau zu danken, die mir meinen Sohn zurückgebracht hat.«

Ihre Stimme war freundlich, ihr Tonfall ausgesucht höflich. Warum kam ich mir trotzdem so vor, als würde ich zu meiner Urteilsverkündung gebeten …?

Kapitel 36

Wie an unsichtbaren Fäden gezogen, folgte ich Aris' Mutter zu dem Tisch in der Mitte des Zimmers und sank dankbar in einen der beiden Stühle. Ich war noch so schwach, dass mich selbst diese wenigen Schritte ohne die Hilfe der Statthalterinnen ins Schwitzen brachten.

Die Tür öffnete sich lautlos und zwei Dienerinnen in blassroten Kleidern glitten herein. Die eine griff sich die immense Blumenvase und verschwand mit ihr, die andere stellte stattdessen ein hölzernes Tablett mit goldenen Einlegearbeiten auf den Tisch. Darauf befanden sich eine dampfende Kanne und zwei dünnwandige Becher aus rot-schwarz verzierter Keramik. Aus der Kanne stieg ein Duft auf, der mir seltsam bekannt vorkam, doch ich konnte ihn nicht zuordnen. Im nächsten Moment schloss sich die Tür hinter den Statthalterinnen. Ich war wieder allein mit der Königin und fühlte mich ziemlich eingeschüchtert. Zu gern hätte ich statt dieses feinen Geschirrs einen der Riesenbecher aus dem Hause Bernhardt in den Händen gehabt, um mich dahinter zu verstecken.

Da das aber nun mal nicht ging, murmelte ich: »Nicht ›Miss Keane‹, bitte. Einfach Ella.«

Anmutig neigte die beeindruckende Frau vor mir den Kopf. »Dann danke ich dir, Ella.« Sie griff nach der schweren Kanne und füllte beide Becher mit einer blauen Flüssigkeit. »Möchtest du einen Tee?«

Natürlich – Tee! Daher kannte ich den Duft! Für einen Moment stand ich wieder im Laderaum des Schmugglerbootes und atmete den würzigen Duft der dunkelblauen Blätter in den aufgestapelten Ballen ein. Doch das brachte auch den Gedanken an Tis mit sich und ich riss mich rasch wieder zurück in die Gegenwart.

»Äh … gern. Und Ihr – Ihr braucht mir nicht zu danken. Das war alles mehr Glück als Verstand.«

»So habe ich es nicht gehört.« Sie warf mir einen forschenden Blick zu und reichte mir einen der Becher. »Aber erzähl mir, wie du es erlebt hast.«

Das konnte ich kaum ablehnen. Stockend begann ich zu sprechen, bemühte mich um eine möglichst klare Zusammenfassung. Ich begann ganz am Anfang – an dem Nachmittag, als ich bei einem Spaziergang in meiner Lieblingsbucht einen verunglückten Surfer im Wasser treibend entdeckt hatte … Kaum konnte ich glauben, wie weit weg mir die Strände und Klippen von Cornwall in diesem Moment vorkamen. In meiner Erzählung achtete ich darauf, Aris' Handlungen in ein möglichst günstiges, »würdevolles« Licht zu rücken. Und vor allem vermied ich … gewisse Details. Als ich geendet hatte, war mein Tee schon fast kalt. Hastig schlürfte ich ein paar Schlucke des leicht süßlichen Getränks.

Die Ehrfurcht gebietende Frau mir gegenüber schaute mich nachdenklich an und sagte dann wie zu sich selbst: »Du hast uns unsere Zukunft wiedergegeben. Wie könnten wir weniger für dich tun?«

Ich sah auf, unsicher, was jetzt kam.

Mein Blick wurde aufgefangen von ihren seegrünen Augen.

»Morgen dankt Atlantis seinen Rettern. Du wirst verstehen, dass nicht du im Mittelpunkt stehen kannst.«

»Weil ich von der Oberfläche bin.«

Sie nickte. »Das wird nie jemand erfahren. Natürlich hat dein Haar für Gerede gesorgt, aber ein paar gezielte Gerüchte werden genügend andere Erklärungen bieten.«

Du bist also Futter für atlantische Verschwörungstheorien, Baby. Auch nicht schlecht.

»Dieser Tag soll den Statthaltern gehören«, fuhr die Königin fort. »Aus ihren Reihen kamen die Verschwörer – aber es war auch ein Statthalter, der sein Leben riskiert hat, um die Anschlagspläne zu durchkreuzen. Diese Botschaft muss alle erreichen, unmissverständlich.«

Jetzt nickte ich, eifrig. »Auf jeden Fall! Ohne Som wären wir alle längst Fischfutter, das steht fest – äh, also …« Ich schlug mir die Hand vor den Mund.

Lässig, Ella. Und so taktvoll!

Aber Atheia lächelte nur milde. »So ist es. Ich bin sicher, sein schnelles Handeln war auch deine Rettung. Er hat den Dolch entfernt, bevor sich das Gift weiter verteilen konnte. Und er hatte ein Gegengift dabei, das eine erste Abwehr deines Körpers ermöglichte. Trotzdem war es ein harter Kampf um dein Leben.«

Ich schauderte. »Wie … wie lange war ich denn bewusstlos?«

»Vier Tage.«

Vier Tage! Ich schnappte entsetzt nach Luft. Kein Wunder, dass ich mich so matt fühlte. Vier Tage, die einfach aus meinem Leben verschwunden waren.

Aber du bist noch hier!, wisperte meine innere Stimme ermutigend. *Die Unzerstörbare Ella, weißt du noch?*

»Nun.« Die Königin riss mich aus meinem Schock. »Der junge Statthalter wird geehrt und belohnt werden, vor aller Augen.

Dich aber empfangen wir im Anschluss zu einer privaten Zeremonie in den königlichen Gemächern. Dort sollst du deine Belohnung selbst wählen. Alles, was in unserer Macht steht, darfst du von uns erbitten.« Sie sah mich bedeutungsvoll an. »Verstehst du?«

Natürlich verstand ich. Was sie mir anbot, war die Freiheit – die Rückkehr an die Oberfläche.

Sie lassen dich echt gehen! Meine innere Stimme brach in ungläubigen Jubel aus. *Du darfst zurück zu deiner Mutter! Nach Hause!*

Einen Moment lang war ich völlig überwältigt und kämpfte heftig mit dem Schluchzer, der in meiner Kehle hochstieg. Meine Gefühle waren mir wohl überdeutlich ins Gesicht geschrieben, denn Atheia schenkte mir ein verständnisvolles Lächeln, bevor sie diskret zur Seite blickte, damit ich mich wieder fangen konnte. Mir kam in den Sinn, dass es in der hiesigen Gesellschaft wohl wirklich nicht üblich war, Tränen oder Ergriffenheit offen zu zeigen ... Darum hatte ja auch Aris so hartnäckig versucht, die Trauer um seinen Bruder zu verbergen.

Aris.

Was ist mit ihm? Warum kommt er nicht zu mir? Der Gedanke traf mich mit voller Wucht.

Ich entschloss mich, ihn laut auszusprechen. »Verzeiht, aber ... wann kann ich denn Euren Sohn sehen?«

»Er wird natürlich bei dem Empfang anwesend sein«, gab seine Mutter zurück, ohne mit der Wimper zu zucken.

Doch ich ließ nicht locker. »Ich meine ... ich würde ihn gern treffen. Um zu sehen, wie es ihm geht und ... und so.«

Noch immer veränderte sich ihre Miene nicht. »Es geht ihm gut. Sei unbesorgt. Aber auch seine Wunden müssen heilen. Und er kennt seine Pflicht. Er muss sich auf seine neuen Aufgaben als Thronfolger vorbereiten. Lernen, welche Allianzen jetzt wichtig sind. Was er zu tun hat, damit endlich Frieden einkehrt.«

Frieden? Herrscht denn Krieg? Ich wollte erst ungläubig nachfragen, dann fiel mir wieder ein, was Aris von seiner Zeit als Rekrut erzählt hatte. Von Kämpfen, in denen er gelernt hatte, Menschen zu töten. Widerwillig gestand ich mir ein: Soviel ich auch schon in Atlantis erlebt hatte – im Grunde wusste ich so gut wie nichts über diese Welt.

Vor allem eins wurde mir schlagartig klar: dass dieser unglaubliche Typ, mit dem ich in der letzten Zeit fast jede Stunde verbracht hatte, der beim Wettrennen schummelte, dem ich die schönsten Küsse meines Lebens verdankte, der das Meer für mich zum Leuchten gebracht und mir Schokoladenblumen geschenkt hatte, mit einem Mal nicht mehr da war. An seine Stelle war eine Person getreten, die eine Aufgabe hatte, einen Titel, eine Funktion … und die eines Tages nichts anderes mehr sein würde als das.

Jemand wie ich konnte dabei nur stören.

Dass seine Mutter mir mitfühlend die Rückkehr nach Hause ermöglichte, hatte also wahrscheinlich nicht nur etwas mit Dankbarkeit zu tun. In mir brandete eine Welle heißen Widerstands auf. Herausfordernd stellte ich eine Frage, die ich wohl besser für mich behalten hätte: »Und wenn ich mir morgen wünsche, dass Euer Sohn mich zurückbegleitet?«

Die Hohepriesterin vor mir sah mich ruhig an. »Das könntest du. Aber würdest du es tun?«

Ich hielt ihrem prüfenden Blick einen Moment lang stand. Dann holten meine Gedanken die Gefühle ein. *Was wäre das für ein schrecklicher Wunsch! Das hier ist seine Welt. Hier wird er geliebt und gebraucht. Und er ist gerade erst zurückgekehrt.*

Die Welle brach.

»Nein«, sagte ich leise, mit gesenktem Kopf.

»Warum solltest du auch?« Ihre Stimme war immer noch ruhig, kontrolliert, aber mit einem unmissverständlichen Unterton. »Du weißt, dass ihn sein Weg nicht an die Oberfläche führt. Nicht wahr?«

In meinem Traum schon, dachte ich. *»Du musst atmen … genau wie ich …«* Die Worte hallten in mir wider. Doch ich nickte abermals, langsam, unglücklich. Sagen konnte ich nichts.

Du hast eh schon zu viel gesagt, knurrte meine innere Stimme. *Wenn sie vorher nicht Bescheid wusste, weiß sie es spätestens jetzt.*

Atheia stellte ihren Becher zurück auf das Tablett und erhob sich. »Morgen also. Wie ich höre, bist du das einzige Kind deiner Mutter. Sie wird so froh sein, dich wieder in ihre Arme zu schließen.« Sie wandte sich zum Gehen, sah aber noch einmal zu mir her. »Du bist sehr jung …« Ihre Stimme klang jetzt unerwartet warm und mitfühlend. Bedauern schwang darin mit, vielleicht auch Erinnerungen. »Das war ich auch einmal. Manchmal senden uns die Götter Prüfungen, die allzu hart erscheinen. Doch du hast schon viele davon gemeistert, vergiss das nie. Und du wirst wieder glücklich werden.«

Es klang wie eine Prophezeiung. Zwar glaubte ich nicht an so etwas, trotzdem lief mir ein leichter Schauer den Rücken hinab.

Die Tür schloss sich.

Und ich war allein

Ich lag bäuchlings auf dem Bett. Keine Ahnung, wann und wie ich vom Stuhl dorthin zurückgewechselt war. Ich weinte nicht. Ich lag nur da und presste den Kopf in das bestickte Laken, als ob ich die Welt um mich herum auf diese Weise ausblenden könnte. Ich wollte einfach alles verschwinden lassen, und wenn es nur für einen Moment war. Aber zwei Sätzen konnte ich nicht entkommen.

»Er kennt seine Pflicht.«

»Die Dornenhecke ist zu hoch.«

Es war kein Traum gewesen. Aris hatte sich hergeschlichen, um sich zu verabschieden. Und ich hatte es nicht verstanden. Das Blut pochte in meiner Wunde, doch der eigentliche Schmerz saß darunter.

Ich fühlte mich wie amputiert.

Hey, komm schon ..., erklang es in mir. *Du warst noch nie so intensiv mit jemandem rund um die Uhr zusammen. Das ... das sind nur Entzugserscheinungen!*

Nein. Das ist was ganz anderes.

Denn jetzt, *jetzt*, war mir etwas klar geworden, das Som nicht erst in den dunklen Katakomben des Palastes erkannt hatte: Was ich für Aris fühlte, war keine kleine Verknalltheit, die schnell wieder verging. Nein. Alles Verdrängen und Kleinreden hatte nichts geholfen. Das hier war etwas Großes, etwas Ernstes. Vielleicht mein Für-immer-und-ewig. Und ich hatte es überhaupt nicht im Griff.

Ich liebte Aris.

Und zwar nicht nur, weil er der interessanteste, mutigste, schönste Junge war, den ich je getroffen hatte. Sondern weil ich ihn ganz wollte, von Kopf bis Fuß, von innen und außen, mit allem Drum und Dran. Ich wollte seine Fröhlichkeit und seine Verzweiflung, seine Neugier und seinen Zorn, sein freches Grinsen und diesen Blick in seinen Augen, mit dem er nur mich ansah. Ich wollte mich noch einmal peinlich benehmen, wenn er nichts oder nur ein Handtuch trug. Und ich wollte wissen, wie es sein würde, wenn nicht mal ein Handtuch zwischen uns wäre.

Und ein Pony, ergänzte meine innere Stimme dumpf. *Wenn wir schon bei Sachen sind, die du nicht kriegen wirst, wünsch dir auch gleich ein Pony. Ihn bekommst du jedenfalls nicht. Du wirst nicht mal mehr mit ihm sprechen. Und was er selbst will, das weißt du auch nicht. Wobei das ja wohl eh keine Rolle spielt.*

Ich blieb liegen.

Irgendwann wurde es Nacht.

Und dann wieder Morgen.

Ich wachte auf und fühlte mich völlig zerschlagen. Meine Augen brannten und der »Heul-Kater« steckte mir tief in den Knochen. War ich wohl doch nicht so stoisch geblieben. Schwerfällig stand ich auf und schaute an mir hinunter. Das schöne blaugraue Gewand hatte ich jedenfalls vollkommen zerknittert.

Klasse Aktion, Ella, echt erwachsen.

Langsam tapste ich hinüber zur Fensterfront. Die leichten, hellen Vorhänge wehten mir in der frischen Morgenbrise entgegen. Von draußen hörte ich Vogelschreie. Konnte das sein? Ich lehnte mich hinaus. Tatsächlich. An meinem Fenster zog ein Schwarm dieser winzigen silbergrauen Möwen vorbei. Ein scharfer Stich Heimweh durchzuckte mich, überlagerte für einen ganz kurzen Moment den anderen Schmerz.

Spatzenmöwen, Flugrochen, Dornenbienen … und eine dumme Gans. Was für ein Zoo.

Ich ließ meinen Blick weiterschweifen. Unter mir, vielleicht acht Stockwerke tief, sah ich den Erdboden des Königreichs. So hoch oben befand sich mein Zimmer also gar nicht, gemessen an den Ausmaßen des Palastes. Das Licht der künstlichen Sonne glitzerte auf den zahllosen Wasserläufen, ließ die hell gepflasterten Straßen leuchten und machte aus den wie achtlos in die Landschaft gestreuten Würfelhäusern die Spielzeuge eines Riesenkindes. Es sah wunderschön aus, berührte mich aber nicht.

Bedrückt ließ ich den Kopf hängen. Schaute die glatte Wand hinab. Wie sollte überhaupt jemand zu diesem Fenster hinaufklettern? Gut, da gab es einen schmückenden Sockel, der wohl einmal um die ganze Etage herumführte. Aber er war so schmal, dass man seinen Fuß schon quer an die Wand pressen musste, um sich überhaupt zu halten. Viel zu riskant. Aris' Besuch war nur ein Wunschtraum gewesen, nichts weiter.

Doch dann bemerkte ich den dunklen Fleck in der äußersten Ecke der Fensterbank. Er sah aus wie ein Blutfleck. So wie beispielsweise von jemandem, der mit seiner verletzten Hand und seiner Schusswunde besser im Krankenbett geblieben wäre, anstatt halsbrecherische nächtliche Klettertouren zu unternehmen. Meine Augen weiteten sich ungläubig.

Scheint ihm immerhin ganz schön wichtig gewesen zu sein, der Abschiedskuss …

Aber für wehmütige Gedanken hatte ich keine Zeit, denn jetzt öffnete sich die Tür. Herein kam die kleine Statthalterin, deren Halskette mir am Vortag aufgefallen war. Sie war allein und etwas außer Atem. In den Händen hielt sie einen schweren Korb mit allerlei Utensilien. Rasch setzte sie ihn ab und schloss mit einem verschwörerischen Blick die Tür. Dann trat sie auf mich zu und berührte mit dem Zeigefingerknöchel Mund und Stirn. Nicht zu fassen – jemand wollte mit mir sprechen! Ich nickte mechanisch.

Kaum hatte ich das getan, verbeugte sie sich tief. Ihre Stimme in meinem Kopf rief: »Danke! Vielen, vielen Dank!«

Ich war einigermaßen überrascht. »Gern geschehen. Äh … wofür denn?«

Moment mal.

»Hey, du … du kannst ja meine Sprache! Wie –« Ich musste wohl ein sehr dummes Gesicht gemacht haben, denn ihr fröhliches Lachen perlte in meinen Ohren.

»Ich bin Sjin. Som … kleiner Bruder. Wie Aris.« Sie trat einen Schritt zurück und strahlte mich an. »Er ist zurück. Am Leben. Danke!«

Soms »große« Schwester! Die mir knapp bis zur Brust ging. Trotz meiner miesen Laune musste ich lächeln. Ich erinnerte mich, dass Aris von Soms Familie wie von seiner eigenen gesprochen hatte. Dort hatte man das wohl auch so empfunden. Ich beugte mich herab und umarmte Sjin, was sie überraschte, aber wohl nicht unangenehm fand.

»Hey … das ist ja cool! Ich bin Ella.«

Das weiß sie doch längst, du Hirni!

Ich ignorierte meine innere Stimme und half der kleinen Statthalterin, den Korb auszupacken. Ganz zuoberst hatte sie ein Frühstückstablett balanciert, das wieder mit einem Haufen exotischer Leckereien gefüllt war.

»Magst du was davon abhaben?«, fragte ich und fügte schnell hinzu, weil sie skeptisch guckte: »Das schaffe ich eh nie allein. Ich glaub, mein Magen ist nur noch so groß.« Mit Daumen und Zeigefinger deutete ich etwa Erbsengröße an und Sjin kicherte.

Ich stellte das Tablett auf das Bett, wir setzten uns daneben und ließen es uns schmecken. Oder besser, *sie* ließ es sich schmecken – mir stand das verheulte Gefühl noch zu sehr vor dem Magen. Als Kompromiss beschloss ich, nur die abgefahrensten Sachen zu probieren, darunter einen silberbestäubten Kringel, den ich für ein Gebäckstück hielt, der aber unerwartet fruchtig schmeckte. Von der Fischmilch keine Spur, wie ich erleichtert bemerkte.

Jetzt, da ich mir Sjin genauer ansehen konnte, fiel mir auf, dass sie etwas älter wirkte als ihr Bruder. Ihr Gesicht war rund und freundlich, und da sie sich offenbar bereits festlich zurechtgemacht hatte, also echt ziemlich wenig Stoff am Leibe trug, konnte ich bestens erkennen, dass sich bei ihr die Schnörkel-Tattoos in Blau und Korallenrot vom Kopf bis zu den Füßen rankten. Ein kleines Dornenbienenbild schmückte ihren rechten Handrücken und zeigte ihre Zugehörigkeit zum Königshaus.

Auch sie musterte mich neugierig während des Essens und fragte schließlich schüchtern: »Bist du wirklich von der Oberfläche?«

Oh Mann, durfte ich das jetzt zugeben oder nicht? Wenn ich es richtig verstanden hatte, sollte das ein Geheimnis bleiben.

Direkt verboten hat's mir aber auch keiner, dachte ich dann trotzig, *außerdem kennt Som eh die Wahrheit. Und wenn er seiner Schwester schon die Fremdsprachen beibringt, die er heimlich in Aris' Unterricht lernt, vertraut er ihr ja wohl.*

Also nickte ich bestätigend.

Sjins schwarze Augen weiteten sich, aber eindeutig eher fasziniert als erschrocken. »Wie ist es da?«

Puh, was sollte ich darauf antworten? Ich wusste ja nicht mal wirklich, wie es *hier* war. Ich entschied mich für: »Anders.«

Die kleine Statthalterin nickte eifrig, als ob ihr das tatsächlich weitergeholfen hätte, und wollte dann wissen: »Wer ist Minos?«

»Ähm, weißt du, an der Oberfläche gibt es mehr als ein ... äh, Reich. Es gibt sogar richtig, *richtig* viele und alle sind verschieden. Aber die meisten haben keinen König mehr, soweit ich weiß.«

»Keinen König?« Ihre Augen wurden noch größer.

»Deshalb gibt es natürlich trotzdem eine Regierung«, schob ich hastig nach.

Meine innere Stimme lehnte sich gemütlich zurück. *Ella Mortadella erklärt die Demokratie. Das wird lustig!*

Aber Sjin runzelte bereits mitleidig ihre kalkweiße Stirn. »Dann habt ihr nur gewählten Rat? Oje. Entscheidungen … dauern lange, ja?«

Ich musste lachen. »Da ist was dran.«

»König ist besser.« Sie grinste breit, wobei ganz kurz ihr Haifischgebiss aufblitzte, und biss herzhaft in eine dunkelblaue Frucht. »Wir haben auch Berater. Sie … schlagen vor. Aber König allein entscheidet.«

Das heißt trotzdem nicht, dass er machen kann, was er will, dachte ich im Stillen. So viel hatte ich von atlantischer Politik immerhin verstanden. Der Segen der Götter war eine Sache, aber der Minos war genauso auf das Wohlwollen des Volkes angewiesen und musste Verbündete in den einflussreichen Häusern suchen. Immerhin hatte er seinen Thronfolger rechtzeitig wiederbekommen und musste sich keinem unmittelbaren Machtkampf stellen …

Mir kam ein Gedanke. »Sjin, weißt du, wo Aris ist? Kannst du ihm vielleicht eine Nachricht von mir bringen?«

Sie schüttelte den Kopf, ihre Miene war mit einem Schlag ernsthaft betrübt. »Nein. Unmöglich. Jetzt ist er Ominos. Kein kleiner Bruder mehr. Nur noch hier.« Sie berührte bedeutungsvoll die Goldmünze an der Kette um ihren Hals.

»Da …? Wie meinst du denn das?« Das Sprechen fiel mir plötzlich wieder schwer.

»Mein Familienband.«

Endlich erfuhr ich, was es mit dieser besonderen Statthalter-Kette auf sich hatte: Jeder der kleinen Anhänger stand für einen Menschen, der zur Familie gehörte – egal ob blutsverwandt oder nicht. Und man suchte für jeden etwas aus, das einem passend erschien. Bei Sjin stand die Perlmuttschnecke für ihre Mutter, eine kleine glasierte Tonscherbe für ihren Vater, das Korallenstück war Som und die Goldmünze ... das war ihr anderer »kleiner Bruder« Aris. So hatten Statthalter ihre Liebsten immer bei sich. Auch dann noch, wenn jemand gestorben war – oder wenn man ihn auf andere Weise verlor. Langsam begriff ich, was der neue Titel wirklich für Aris' Zukunft bedeutete und wie wenig Freiheit ihm von jetzt an blieb.

Sjin merkte, dass ihre Worte mich still und trübselig gemacht hatten, auch wenn sie den wahren Grund offensichtlich nicht kannte.

Som vertraut ihr, aber zum Tratsch neigt er wohl nicht, dachte ich dankbar.

Um mich aufzuheitern, schlug seine Schwester einen munteren Ton an: »Komm! Ich mache dich schön. Für den Empfang beim Minos. Wie eine Prinzessin.«

»Ich bin aber keine«, wehrte ich niedergeschlagen ab. »Lass mal, das geht schon so.«

Bist du bescheuert?!, heulte es in mir auf. *Nimm, was du kriegen kannst! Und ... und abzulehnen wäre sicher SEHR unhöflich!*

Ich sah Sjins enttäuschtes Gesicht und wusste, dass meine innere Stimme zumindest damit recht hatte.

Was soll's, seufzte ich im Stillen. *Wenn ich mich schon verabschieden muss, dann wenigstens mit Stil ...*

Kapitel 37

Zu meiner Überraschung musste ich mich nicht wieder in die Duschecke stellen. Wir blieben nicht einmal in meinem Zimmer! Stattdessen nahm Sjin mich bei der Hand und zog mich mit sich, hinaus auf den Gang.

»Komm schnell! Wenig Zeit!«

Ich folgte ihr. Wir liefen an zwei Frauen vorbei, die ähnlich gekleidet waren wie der Soldat neulich – und genauso bewaffnet. Sie hatten mir echt Wachen vors Zimmer gestellt?! Zum Schutz – oder um sicherzugehen, dass ich mich nicht heimlich davonmachte?

Keine Sorge, Mädels! Ausbrecherkönigin Ella ist zu beschäftigt mit ihrem Liebeskummer.

Dass ich jetzt mit Sjin abzog, war aber offenbar okay. Ohnehin ging es nur um die Ecke und durch eine weitere Tür. Dahinter befand sich … ein Badetempel. Ein anderes Wort fiel mir nicht ein für den prächtigen Raum, den wir nun betraten – ich voller Staunen, Sjin total geschäftsmäßig. Perlmuttschimmernde Säulen stützen weiße Wände, die den dunkelgrün gefliesten Boden mit dem goldenen Deckengewölbe verbanden. In der Mitte befand sich ein herzmuschelförmiges Tauchbecken, ebenfalls perlmuttern ausgekleidet. Darin dampfte bereits klares, duftendes Wasser. *Oh wow … Die tollste Badewanne der Welt!*

Ich durfte mich sogar allein ausziehen und stieg hinein. Meine noch nicht verheilte Wunde war kein Problem, wie mich Sjin informierte, denn sie hatte extra für einen heilenden Badezusatz gesorgt. Der Boden des Beckens fiel zur Mitte hin steil ab, sodass ich dort gerade noch stehen konnte. Ich nutzte die Gelegenheit, um einmal ganz unterzutauchen. Das Wasser war wunderbar warm, und ich bemerkte erleichtert, dass mir weder meine Nahtoderfahrung unter dem Schmugglerboot noch der Eispool im Letzten Tempel das Vergnügen am Baden ausgetrieben hatten. Dann kehrte ich zum Rand zurück, wo es eine breite Stufe gab, die dazu einlud, sich auszustrecken und zu entspannen. Als ich zu Sjin aufschaute, wurde mir jedoch schnell klar, dass Entspannung heute nicht auf dem Programm stand. Sie wirkte total zappelig und aufgeregt. Einen kurzen Moment fragte ich mich, warum sie mich nicht zur Eile antrieb. Dann kam mir der erschreckende Gedanke, dass sie mir als *Dienerin* zugeteilt war – und trotz unseres freundschaftlichen Gesprächs wohl nicht riskieren wollte, die »Herrschaft« mit allzu viel Drängelei zu verärgern.

Oh Mann, wie krass!

Aber weil ich die hiesigen Zustände leider nicht mal eben durch ein paar nette Worte ändern konnte, tat ich alles, um das geplante Schönheitsritual zu beschleunigen. Soms Schwester sollte meinetwegen keinen Ärger bekommen. Es folgte Haare waschen – zweimal, trotz aller Eile –, Ausspülen mithilfe eines künstlichen Wasserfalls, den Sjin durch irgendeinen verborgenen Knopf von der Decke rauschen ließ, Abtrocknen, Hautpflege mit duftendem Öl, und schließlich ging es, eingewickelt in ein unglaublich weiches Badetuch, zurück in mein Zimmer. Die Wächterinnen waren uns übrigens diskret zum Badetempel gefolgt und eskortierten uns auch auf dem Rückweg.

Kein Risiko.

Danach half mir Sjin in ein neues Gewand. Sein Schnitt ähnelte dem ersten, doch der zarte Stoff war mehrlagig und so kunstvoll gerafft, dass er in sanften Wellen von meiner Taille aus zu Boden floss. Gefärbt war er in einem leuchtenden Grünblau.

Wie der Atlantik bei Sonnenschein ...

Der Eindruck verstärkte sich noch durch die unzähligen winzigen echten Perlen, mit denen das Gewand bestickt war – am Oberteil glitzerte nur hier und da eine, doch in Richtung des Saums drängten sie sich immer dichter, wie Schaumkronen auf einem Wellenkamm. An den goldenen Schulterspangen war ein fein gewirktes silberweißes Tuch befestigt, das wie eine Schleppe meinen Rücken hinabfiel. Meine neue Vertraute zeigte mir, dass man es auch als Schleier oder Kopfbedeckung nutzen konnte, es locker um den Arm oder die Hüfte geschlungen trug.

Anschließend zog sie mir weiche, ebenfalls perlenbesetzte Ledersandalen über die Füße und trug Goldpuder auf meine Zehen, die Fingerspitzen und Wangenknochen auf. Beim Frisieren verzweifelte sie zunächst an meinen kurzen Haaren, entschied aber, dass der passende Schmuck den Gesamteindruck retten musste. Ich bekam also kunstvoll mit Meerestieren verzierte Goldreifen an Handgelenke und Oberarme sowie dazu passende lange Ohrgehänge. Um den Hals legte sie mir eine Kette aus türkisen und goldenen Perlen mit einem Dornenbienenanhänger. Ich kannte diese Kette.

Erst gestern hatte die Königin sie getragen.

An ihren Sohn darfst du nicht denken, aber sie leiht dir den Familienschmuck ... Das nenne ich mal gemischte Signale!

Endlich war Sjin mit mir zufrieden und führte mich vor einen blank polierten Silberspiegel.

Wahnsinn!, hauchte meine innere Stimme. *Baby, jetzt könntest du echt die Wahl zur Miss Unterwasser gewinnen. Hey ... wetten, dass IHN das auch nicht kaltlässt?*

Genau, erwiderte ich bitter. *Es wird ihn so umwerfen, dass er eine jahrtausendealte Tradition vergisst, seine Familie und Freunde für immer aufgibt und mit mir zur Oberfläche durchbrennt.*

Mit der Zeit wurde Sjin immer aufgeregter, und ich verstand zum Glück, dass ich sie offiziell »entlassen« musste – damit sie selbst noch rechtzeitig zur Feier für ihren Bruder kam. Kaum hatte ich das getan, dankte sie mir noch einmal, verabschiedete sich herzlich und tanzte geradezu aus der Tür hinaus. Ich konnte nur erahnen, was diese Ehrung für Som und alle anderen Statthalter bedeutete – aber ich hoffte von ganzem Herzen, dass es ihnen half.

Ich dagegen blieb in meinem Zimmer zurück, aufgebrezelt wie noch nie zuvor in meinem Leben ... und auch so einsam wie noch nie zuvor. Alles war still in diesem Teil des Palastes, und mir blieb nichts übrig, als auf den Schlag meines unruhigen Herzens zu hören. Mit Sjin waren auch die fröhliche Stimmung und die Ablenkung verschwunden. Gedankenverloren bemerkte ich, dass in unserer Abwesenheit jemand das Frühstückstablett entfernt und stattdessen eine neue, einladende Mahlzeit auf den Tisch gestellt hatte. Doch ich war nicht einmal neugierig.

In mir herrschte eine kaum erträgliche Anspannung. Würde man mich wirklich gehen lassen? Würde all das hier in Kürze kaum mehr als eine Erinnerung sein? Eine irre Geschichte, wie sie nur in den obskursten Internetforen zu finden war und die mir niemals jemand glauben würde? Was sollte ich bloß meiner Mutter erzählen – und meinen Freunden? In diesem Moment war es mein Zuhause in Cornwall und Berlin, das mir vorkam wie eine Legende.

Gleichzeitig erschienen mir alle Gedanken und Gefühle wie mit Watte umhüllt. Nichts kam wirklich bei mir an. Am allerwenigsten das schreckliche Bewusstsein, dass ich Aris an diesem Tag zum letzten Mal sehen würde. Bei einer offiziellen Zeremonie am Hofe, wo wir vermutlich nicht ein persönliches Wort miteinander wechseln konnten. Aber würde ihm das überhaupt so viel ausmachen wie mir? War die Geschichte für ihn mit der nächtlichen Verabschiedung abgeschlossen? Auch diese Fragen fühlten sich weit entfernt von mir an.

Irgendwann klopfte es an meine Tür. Ich ging öffnen, obwohl man draußen wohl eher eine Aufforderung zum Eintreten erwartet hatte. Doch die beiden streng aussehenden Frauen in der rot-weißen Uniform der Palastwache vor mir fingen sich schnell wieder und bedeuteten mir, ihnen zu folgen.

Wir marschierten gewundene Gänge und Korridore entlang, die immer tiefer ins Zentrum des Palastes hineinführten, bis wir schließlich vor einer prachtvoll geschmückten bronzefarbenen Tür standen. Darüber sah ich den steinernen Kopf eines Stieres mit vergoldeten Hörnern, davor standen zwei grimmige Wächter mit mannshohen Doppeläxten. Als sie uns kommen sahen, öffneten sie die Flügel der Tür. Dahinter lag ein breiter, von tiefroten Säulen gesäumter Gang, ein weiteres Tor mit weiteren Wächtern und dann … Ich taufte es im Stillen »das königliche Wohnzimmer«.

Vielleicht zwanzig Menschen hatten sich hier versammelt, alle würdig und festlich gekleidet. Sie saßen oder lagerten auf bequemen Hockern und Diwanen. Etwa ein Viertel von ihnen waren Statthalter – und sie wirkten nicht wie Diener. Die Decke über unseren Köpfen war vergleichsweise niedrig und ließ den Raum in einem gedämpften goldenen Licht schimmern. Es wurde überstrahlt von einer leuchtend blau ausgemalten Kuppel, die sich über dem hinteren Teil des Zimmers wölbte. Sie warf ein unwirkliches Licht auf das mehrstufige Podest mit den zwei kunstvoll gearbeiteten steinernen Thronen – und auf die drei Menschen, die von der königlichen Familie von Atlantis übrig geblieben waren.

Alle Blicke richteten sich jetzt auf mich ... und die anwesenden Gäste erhoben sich respektvoll.

Ich musste schwer schlucken.

Eine meiner Wächterinnen räusperte sich diskret und deutete mit dem Kinn nach vorn.

Hilft nix, Baby.

Ich ging, nein, ich *schritt* durch die Versammlung, deren handverlesene Teilnehmer vor mir zur Seite wichen. Es war so still geworden, dass das leise Rauschen meines Perlensaums auf dem dunkelblauen Fliesenboden der einzige vernehmbare Laut war. In meinen Ohren rauschte es jedoch noch viel stärker. Ein paar Meter vor dem Podest blieb ich stehen und verbeugte mich. Danach hielt ich den Kopf gesenkt. Ich traute mich einfach nicht, hochzusehen.

Als alles still blieb, niemand lachte oder mich anschrie, tat ich es doch.

Auf den Thronsesseln saßen der Minos und die Herrin der Winde. Diesmal waren beide in rötlich gefärbte Gewänder gekleidet und auch der König trug außer seiner Krone kostbaren Goldschmuck an Hals und Handgelenken. Zwischen ihnen stand ... der Thronfolger.

Es ließ sich nicht anders sagen.

Irgendjemand hatte Aris lange genug festgehalten, um seine schwarzen Haare etwas nachzuschneiden, sorgfältig zu kämmen und ihm einen silbernen Stirnreif aufzusetzen. Er trug eine rostrote Tunika mit goldenen Stickereien, ganz ähnlich der, in der ich ihn gefunden hatte – damals, in einer anderen Welt. Die dazugehörige weite Hose war dunkelblau und wurde ergänzt durch eine gleichfarbige Stoffbahn, die vom Gürtel hinauf zu seiner rechten Schulter führte, dort mit einer goldenen Fibel befestigt war und ihm wie ein schmaler Mantel über den Rücken fiel. Die festliche Kleidung betonte seinen athletischen, schlanken Wuchs.

Es war das erste Mal, dass Aris in meiner Gegenwart etwas anhatte, das nicht geborgt oder zerschlissen war. Er sah fantastisch aus.

Wie ... wie ein Prinz.

Daran änderten auch die verbundene Hand und die Wunde unter seinem Auge nichts. Sie verheilte bereits, aber die Narbe würde er sicher für den Rest seines Lebens tragen. Kerzengerade und unbeweglich stand er da. In seinem Gesicht war ein Ausdruck, den ich noch nie bei ihm gesehen hatte. Oder vielmehr war es vollkommen ausdruckslos. Seine seegrünen Augen strichen über mich hinweg, ohne dass sich an seiner Miene etwas änderte. Ich erkannte ihn kaum wieder.

Das Rauschen in meinen Ohren wurde lauter.

Der Minos hatte sich erhoben und hielt eine Ansprache – vermutlich sogar auf Englisch, ich bekam trotzdem kein Wort mit. Irgendwann wurde mir bewusst, dass er aufgehört hatte zu reden und auf etwas wartete: meine Antwort auf seine Frage.

Ich fuhr verlegen zusammen und stammelte eine Entschuldigung. Doch in seinem Gesicht sah ich keine Gewitterwolken, nur Verständnis und Geduld. Die Königin auf dem Thron neben ihm blickte ebenfalls freundlich, wenn auch vielleicht eine Spur angespannt.

Der Minos wiederholte seine Worte: »Was also können wir dir geben, Ella Keane? Was ist dein Wunsch an uns?«

Ich holte tief Luft.

Stieß sie wieder aus.

Und sagte mit dünner, aber fester Stimme: »Ich möchte wieder nach Hause, Eure Majestät. Zu meiner Familie. Bitte.«

Ein Raunen erhob sich unter den Würdenträgern im Saal. Aber ich war mir sicher: Nichts von dem, was gerade passierte, überraschte irgendjemanden der Anwesenden. Bestimmt befanden sich hier nur die engsten Vertrauten der Königsfamilie – die, die ein Geheimnis wie das meine wahren konnten.

Und so blickten auch alle beifällig, als der Ehrfurcht gebietende Mann auf dem Thron seinen Kopf neigte und sagte: »Es sei dir gewährt.«

Ich schaffte es, mich nochmals zu verbeugen.

Er schenkte mir einen Blick, in dem echte Wärme lag, doch sie erreichte mich nicht. Denn gleichzeitig war der Thronfolger einen Schritt vorgetreten. Auch er hatte noch etwas zu sagen. Ich starrte ihn an, versuchte, in diesem stolzen, steinernen Gesicht eine Spur von dem Aris zu entdecken, den ich kannte. Oder zu kennen geglaubt hatte. Dann erhob er seine Stimme und machte jede Hoffnung zunichte.

»Ella Keane, der Ominos dankt dir für alles, was du getan hast«, sagte er ohne jede Spur einer Emotion. »Atlantis ist gerettet. Das Haus der Dornenbienen wird bestehen. Kehre zurück zu den Deinen, mit dem Segen der Götter. Vergiss uns nicht, aber erzähle niemandem von uns. Das ist das Letzte, was wir dir auferlegen.«

Sein ausdrucksloser Blick ruhte auf mir. Er schien eine Antwort zu erwarten. *Alle* schienen eine Antwort zu erwarten.

Sag was, zischte es in mir. *Irgendwas Würdevolles. Lass dich nicht unterkriegen! Verdammt, wenn er das schafft, schaffst du das auch!*

Ich stammelte: »Okay …«

Der Thronfolger senkte wortlos den Kopf und trat zurück auf seinen Platz zwischen König und Königin. Was danach kam, hatte aber wohl doch niemand erwartet. Denn der Minos und seine Gemahlin erhoben sich. Gemeinsam mit ihrem Sohn verbeugten sie sich vor mir. Tief. Hastig taten es ihnen alle anderen Anwesenden nach.

Ich war nicht so dumm oder borniert, um nicht zu verstehen, welche außergewöhnliche Ehre mir hier erwiesen wurde. Trotzdem konnte ich nur zu Aris sehen und wünschte mir brennend, ein einziges Mal senden zu können wie die Statthalter … um ihm wenigstens einen Satz zu sagen, der allein für uns beide gedacht war. Doch *dieser* Wunsch wurde mir nicht erfüllt.

Und der Moment verstrich.

Köpfe hoben sich, Rücken wurden gestreckt, die Mitglieder der Königsfamilie nahmen wieder ihre Plätze ein und auch die Würdenträger fanden zurück auf die Liegen und Bänke. Dann neigte der Minos huldvoll sein Haupt. Ich war entlassen.

Jemand fasste meine Hand, führte mich zügig hinaus. Blindlings ließ ich mich fortziehen, durch die prächtigen Doppeltüren, Gänge entlang, Treppen hinauf, die sich immer höherschraubten.

Irgendwann kam ich kurz ins Stolpern. Zwei Hände stützten mich respektvoll. Jetzt erst bemerkte ich, dass sie Som gehörten. Seine tiefschwarzen Augen blickten mich besorgt an. »Geht es wieder, Ella?«

Ich konnte nicht anders, ich fiel ihm um den Hals.

»Solltest du nicht auf deiner großen Feier sein?«, fragte ich dann mit erstickter Stimme.

»Ach«, winkte er ab, »feiern können sie auch ohne mich.«

Ich sah, dass um sein Handgelenk ein breites, schön verziertes goldenes Armband lag. Und dass seine Hand verbunden war.

»Was ist dir denn da passiert?« Meine Stimme klang schon fast wieder wie ich selbst.

Er strahlte mich an. »Der Minos persönlich hat mir das gegeben. Vor aller Augen. Und ich trage jetzt ein echtes Zeichen des Königshauses!« Er schwenkte bedeutungsvoll seine verbundene Hand und erklärte, was er meinte: Man hatte das Bild der Dornenbienen auf seinem Handrücken mit Aurikalchos nachgezogen und die Haut musste sich noch davon erholen. Das war sicher eine immense Ehrung. Eine, die er sich mehr als verdient hatte. Ich umarmte ihn nochmals.

»Aber ... was machst du denn nun hier?«, wollte ich dann erneut wissen.

Som sah mich an, als ob ich die seltsamste Frage der Welt gestellt hätte. »Ich bringe dich nach Hause, Ella.« Er nahm wieder meine Hand und zog mich weiter. »Komm, wir müssen uns beeilen.«

Ich lief tapfer neben ihm her, immer kurzatmiger. Zwar war ich unglaublich dankbar, dass es Som war, der mich begleitete, wenn ich schon auf diese Weise verschwinden musste. Aber die große Eile erfüllte mich mit Bitterkeit. »Sie können es wohl kaum abwarten, mich loszuwerden.«

Som warf mir einen Blick zu. »Sie wollen sichergehen, dass der Rat der Steine nicht doch noch eingreift.«

Bockig knurrte ich: »Soll er ruhig. Dann kann ich gleich fragen, was sie mit Tis gemacht haben.« Ich sah Som hoffnungsvoll an. »Oder – ist sie aufgetaucht ...?«

Er schüttelte den Kopf. »Nein.« Und fügte dann aufmunternd

hinzu: »Aber das muss nichts heißen. Wir lassen sie auf jeden Fall suchen.«

Ich schluckte, nicht wirklich ermutigt durch seine Worte.

Wir marschierten eilig weiter durch die gewundenen, ansteigenden Gänge, ohne dass uns jemand begegnete.

»Sag mal, Som ...«, setzte ich schließlich erschöpft wieder an. »Hat sich denn geklärt, ob der Rat in dieser Verschwörung mit drinhängt? Oder was die Verfolgungsjagd auf dem Boot sollte?«

Som blieb nicht stehen. »Soweit ich gehört habe, streiten die Ratsleute jede Tätigkeit ab, die den Interessen der Krone irgendwie zuwiderlaufen könnte. Laut ihrer Version haben sie die ganze Zeit über lediglich ein Element von der Oberfläche verfolgt. Das erklärt allerdings nicht, warum sie die Sichtung des Thronfolgers im Hafen nicht gemeldet haben. Und sie haben zu keinem Zeitpunkt versucht, Kontakt zu uns aufzunehmen, sondern gleich das Feuer eröffnet ...« Er zuckte mit den Schultern. »Das Königshaus kann ihnen keine unlauteren Absichten nachweisen. Sie schieben alles auf unerfahrene und übereifrige Agenten. Damit müssen wir uns vorerst zufriedengeben. Nun ja. Der Minos hat dem Rat der Steine noch nie vertraut. Und ab sofort wird er doppelt wachsam sein. Doch im Moment ist das Wichtigste, dich vor ihrem Zugriff zu schützen.«

Mein Trotz war noch immer nicht besiegt. »Ich kann denen doch egal sein! Schließlich verschwinde ich jetzt auf Nimmerwiedersehen von hier.«

Nun blieb Som doch stehen. »Ella. Du kehrst zurück zur Oberfläche – mit allem, was du über uns weißt. Seit den Tagen der Gründer bist du die Erste und Einzige, der das je ermöglicht wurde. Und um genau das zu verhindern, gibt es den Rat. Nichts ist wichtiger, als dass Atlantis ein Geheimnis bleibt.«

Er sah mich eindringlich an. »Nichts ... außer dem Willen der Götter. Ich vermute, dass Aris' Mutter eine vertrauliche Vereinbarung mit dem Rat getroffen hat. Als Herrin der Winde hat sie mehr Einfluss als jeder andere hier. Aber selbst das könnte dich nicht schützen, wenn es auch nur den leisesten Zweifel an deiner Verschwiegenheit gäbe.« Bittend drückte er meine Hand. »Deshalb darfst du wirklich kein einziges Wort über uns verlieren. Zu niemandem. Der Rat schreckt vor nichts zurück. Und seine Agenten finden dich und die Deinen auch an der Oberfläche, glaub mir.«

»Okay«, presste ich heraus. Ich glaubte ihm – und fühlte mich nur noch verwirrter und unglücklicher als zuvor. Gemeinsam hatten wir es geschafft, eine schreckliche Bedrohung auszuschalten. Aber plötzlich sah es so aus, als ob es da noch eine andere gab, die im Hintergrund lauerte. Würde ich von nun an immer das Gefühl haben, über die Schulter blicken zu müssen? Weil irgendwo hinter mir, knapp unter der Wasseroberfläche, eine Geheimorganisation nur darauf wartete, dass mir ein falsches Wort herausrutschte?

Willenlos ließ ich mich von Som weiterziehen.

Nach einer halben Ewigkeit erreichten wir endlich eine bronzefarbene Tür, die mit dem Zeichen des Königshauses geschmückt war. Dahinter, erklärte mir Som mit gedämpfter Stimme, lag die private Landebucht der Königsfamilie. Er wickelte den Verband ab und hielt seine Rechte vor ein rundes Bedienfeld. Ich sah, dass die Haut auf seinem Handrücken gerötet war ... und auch, wie das Dornenbienenbild darauf golden aufleuchtete.

Schon ließ sich die Tür öffnen. Wir gingen hindurch – und standen vor einer dieser eigenartigen blauen Membranschleusen. Ich begriff, dass wir die höchste Spitze des Palastes erreicht hatten, die den künstlichen Himmel durchbrach und sich bis in den Ozean darüber erstreckte.

Hinter der Membran lag ein lang gezogener Raum mit niedriger, gewölbter Decke. Seine Wände waren mit detailreichen, sanft schimmernden Reliefs verziert, die Wasserpflanzen und Meerestiere zeigten. Zwei Stege führten zu vier halb abgetauchten Unterseebooten. Eins davon war der goldene Rochen, mit dem wir hergekommen waren.

Som aber blickte in eine andere Richtung – zu der Seite, die halb im Dunkeln lag. Er murmelte: »Wie hat er denn das wieder geschafft …«

Meine Augen folgten seinem Blick. Und dort, am anderen Ende des Raums, stand Aris.

Kapitel 38

Noch immer in sein königliches Gewand gekleidet, wirkte Aris mehr denn je wie ein Abgesandter aus einer anderen Welt. Eine Welt, in die ich nicht gehörte und in die es von jetzt an keinen Weg mehr für mich geben würde. Ich hatte es geschafft, diese ganze Abschiedszeremonie zu überstehen, ohne mich oder ihn durch einen peinlichen Gefühlsausbruch zu verraten. Aber als ich nun in seine Augen blickte, war alles vorbei – meine ganze mühsame Zurückhaltung, sein perfekt kontrollierter Auftritt.

Aris rannte auf mich zu, ich flog in seine Arme, und dann küssten wir uns. Unsere Lippen trafen sich wieder und wieder und er musste mir gar nichts erklären. In kurzen Atempausen versuchte er es dennoch: »Ich konnte nicht anders … Niemand darf Verdacht schöpfen, dass du und ich … Sonst –«

»Es ist okay, wirklich«, versuchte ich eine Entgegnung zwischen neuerlichen Küssen. »Warum angele ich mir auch den Erben eines mythischen Königreichs. Anfängerfehler!«

Das brachte tatsächlich so etwas wie ein Lächeln in sein Gesicht. Er hielt mich noch fester und flüsterte mir ins Ohr: »Jetzt und hier … kann ich nichts dagegen tun …«

»Ich weiß«, unterbrach ich ihn sanft. »Ich weiß …«

Einen langen Augenblick standen wir nur da, eng umschlungen. Dann atmete Aris tief ein und ich zuckte schmerzvoll zusammen. Besorgt löste er sich von mir. Seine Hand berührte vorsichtig den Stoff meines Ausschnitts, ein kleines Stück über der verheilenden Stichwunde.

»Tut es noch sehr weh?«, fragte er leise.

Stumm nickte ich.

»Ich glaube, ich kenne das Gefühl.« Er nahm meine Hand in seine und legte sie auf seine Brust. »Ich stehe immer noch in deiner Schuld, Ella. Mehr denn je. Und ich ... ich möchte nicht, dass es je anders ist.« Er hielt kurz inne, als versuchte er, Mut zu schöpfen. »Ich weiß, du musst jetzt gehen. Und ich muss bleiben. Aber hör mir zu: Wir werden uns wiedersehen.«

Ich senkte meinen Blick. »So was musst du jetzt nicht sagen.«

»Das ist kein leeres Versprechen.« Er berührte meine Wange mit seiner unverletzten Hand und hob mein Gesicht, bis ich ihm wieder in die Augen sah. »Glaubst du mir?«

Ein schwaches Lächeln stahl sich auf meine Lippen. »Ich hab dir schon ganz andere Sachen geglaubt.«

»Du sollst mir doch noch so viel beibringen über deine Welt ...« Er grinste schief. »Ich weiß immer noch nicht, was Fußball ist.«

Das brachte mich sogar zu einem kleinen Lachen.

Dann küsste er mich noch einmal. Diesmal war es wirklich der Abschiedskuss. Ganz bewusst, langsam und zärtlich, so intensiv, dass mir die Knie weich wurden und alles um uns herum verblasste und versank. Ich stürzte mich in diesen Kuss wie ein Schiffbrüchiger in ein Rettungsboot. Wir umarmten uns so fest, wie wir konnten, egal wie weh es tat.

Ich weiß nicht, wie man sich ohne Einsatz der Kehle räuspern kann, aber Som gelang es. Zurückhaltend, verlegen erklang seine Stimme in unseren Köpfen: »Wir ... müssen wirklich los – sonst bricht der Tag an, bevor wir die Oberfläche erreichen ...«

Widerwillig beendeten wir den Kuss, aber Aris hielt mich weiter im Arm. In meinem Körper spürte ich jeden seiner Atemzüge und wie er unter meiner Berührung erschauerte. Seine seegrünen Augen waren ganz dunkel. Es wirkte nicht, als könnte er mich überhaupt je loslassen.

Also löste ich mich von ihm.

Es war das Schwerste, das ich bis dahin hatte tun müssen. Ich drückte noch einmal seine Hand und versuchte, so etwas wie ein ermutigendes Lächeln aufzusetzen. Aris hatte offenbar dasselbe vor. Und wie mir misslang es ihm gründlich. Einen Augenblick lang schien es, als wollte er noch etwas sagen. Einen Augenblick lang lagen auch mir Worte auf der Zunge.

Wichtige Worte.

Sie blieben mir in der Kehle stecken. Und er schwieg ebenfalls.

Ich folgte Som zum Schiff und kletterte hinter ihm in die Einstiegsöffnung. Ein letztes Mal blickte ich zu Aris hinüber. Er hob die Hand zu einem schwachen Gruß. Ich schaffte nicht einmal das, als unser Boot sich langsam, fast unmerklich in Bewegung setzte.

Und wenn du ihn doch nie wiedersiehst? Meine innere Stimme klang fast noch verzweifelter, als ich mich fühlte. *Wenn dies doch das letzte Mal ist, und du hast es nicht gesagt?*

Ein Funke glühte in mir auf, entfachte den letzten Rest meiner Kraft wie ein Leuchtfeuer. Ich stemmte mich rasch aus der Öffnung hoch und schrie zum Kai zurück: »Aris! Wie sagt man ›Ich liebe dich‹ in deiner Sprache?«

»Ytharei ...«, hörte ich ihn antworten. Er wirkte wie vom Blitz getroffen. Aber dann rief er, noch lauter als ich: »Ella! Ytharei!«

Auf einmal konnte er sie abstreifen, die unsichtbaren Fesseln, die ihn an seinem Platz hielten. Er rannte los, den Kai hinunter, sprang auf den bereits halb versunkenen Ausleger des goldenen Rochens und kniete im nächsten Moment vor mir an der Luke. In fliegender Hast beugte er sich zu mir herab, umfasste mit beiden Händen mein Gesicht.

»Das war es, was ich dir die ganze Zeit sagen wollte«, stieß er atemlos hervor. »Erst wusste ich nicht, wie – dann ... dann habe ich es nicht gewagt ... Ich liebe dich, Ella. Ich liebe dich.«

Das Leuchtfeuer in mir flammte auf und wurde zu einem wilden, alles überstrahlenden Hochgefühl. »Ich liebe dich auch«, flüsterte ich und meine Stimme zitterte fast gar nicht. »Ytharei, Aris ...«

Wir küssten uns, einmal und noch einmal, versuchten vergeblich, diesen allerletzten Augenblick auszudehnen. Meine Hände fuhren durch seine Haare, über seinen Nacken und die kräftigen Schultern. Ich wollte so viel von ihm berühren wie möglich, ihn mir einprägen, ihn festhalten ...

Dann begann sich die Luke mit einem warnenden Summen zu schließen. Einen Sekundenbruchteil noch fühlte ich Aris' Hand an meiner Wange, sah den Ausdruck in seinen Augen, voller Glück und Verzweiflung. Im nächsten Moment hatte er sich losgerissen, schaffte es gerade noch, zurück auf den Kai zu springen. Das Boot sank tiefer, die Luke rastete zischend ein. Ich hörte, wie das Wasser darüber zusammenschlug.

Mein Herz raste, meine Lippen brannten. Lange konnte ich mich nicht bewegen, klammerte mich nur mit zitternden Händen an der Leiter fest und spürte, wie der Rochen Fahrt aufnahm. Ich wusste: Jede Sekunde, die verstrich, entfernte mich weiter von Atlantis, von Aris, bis wieder ein ganzer Ozean zwischen uns liegen würde.

Und es gab nichts, was ich dagegen tun konnte.

Irgendwann gelang es mir, meine verkrampften Finger zu lösen. Langsam, wie mechanisch, stieg ich die Leiter hinab.

Den größten Teil der Rückfahrt verbrachte ich in der Dampfzelle und heulte mir die Seele aus dem Leib. Aris liebte mich. So sehr wie ich ihn. Aber ich musste fort, er musste bleiben und nichts, *nichts* würde uns wieder zusammenbringen. Seine Worte hatten mich trösten sollen, aber in Wirklichkeit war alles vorbei.

Wie … wie soll ich das nur aushalten …? Und er …?

Ich konnte nicht vergessen, wie verloren Aris gewirkt hatte, als er auf dem Kai gestanden und mir nachgesehen hatte. Er war zurück in seiner Welt, aber alles hatte sich für ihn verändert. Vor ihm lag jetzt der gnadenlose Weg zum Thron, mit allem, was dazugehörte … und irgendein Mädchen von der Oberfläche war bestimmt kein Teil davon.

Immerhin habe ich es gesagt. Er weiß es. Er weiß es. Und er liebt mich auch. Ein neuer Schluchzer kroch mir die Kehle hinauf. *Ich werde ihn nie wiedersehen …*

Bei diesem Gedanken packte mich das heulende Elend noch fester im Nacken und schüttelte mich, bis ich mich nicht mehr wehrte. Kraftlos sank ich auf dem dunkelgrünen Boden der Dampfzelle zusammen und weinte und weinte.

Als ich schließlich rotäugig und schniefend in den Vorraum schlurfte, um mich abzutrocknen, sah ich, dass das Prinzessinnenkleid und der Goldschmuck verschwunden waren. An ihrer Stelle lag mein Partyoutfit … und die Silberkette meiner Mutter. Fassungslos presste ich die Sachen an mich. Som musste in Evros' Haus zurückgekehrt sein und sie heimlich für mich geholt haben. Ich schlüpfte in Unterwäsche, Bluse und Shorts, zog mir die schmutzigen Leinenturnschuhe über die Füße und legte die Kette um. Es war ein merkwürdiges Gefühl, als ob ich mir zugleich mit den Kleidern auch mein altes Leben wieder überstreifte – vertraut und gleichzeitig vollkommen fremd geworden.

Langsam und, wie ich dachte, lautlos tapste ich nach vorn zur Kommandobrücke, doch Som bemerkte mich trotzdem sofort. Ich fragte mich, wie sehr ich ihn damals wirklich im Gespräch mit Aris überrascht hatte? Er sah mir freundlich entgegen. Ich versuchte, mich zu bedanken, für meine Sachen, für mein Leben, für alles – aber meine Worte stolperten über die letzten nicht geweinten Tränen.

Som unterbrach mein Gestammel und bugsierte mich sanft in den zweiten Sitz. Dann verschwand er nach hinten und kehrte gleich darauf mit einem Becher zurück, den er mir in die Hand drückte. Darin befand sich eine goldfarbene, heiße Flüssigkeit von milchiger Konsistenz, die süß und nach unbekannten Gewürzen schmeckte. Dankbar und ohne zu fragen trank ich. Mit jedem Schluck spürte ich, wie sich Wärme in meinem Inneren ausbreitete, jede Faser erfüllte, die das Dampfbad nicht erreicht hatte. Auf die Wärme folgte Ruhe. Und langsam auch wieder ein paar klare Gedanken. Ich atmete tief ein.

Willkommen zurück, Unzerstörbare Ella, wisperte es in mir.

Pah. Ich kam mir eher wie ein Scherbenhaufen vor.

»Wir haben keine Chance, oder?«, fragte ich Som leise.

Natürlich wusste er ganz genau, wovon ich sprach. Er legte den Kopf schief und sah mich mit seinen schwarzen Haiaugen an. »Wie groß war die Chance, dass ihr euch überhaupt begegnet?«

Ich verstand, was er mir sagen wollte: *Kleiner als null. Und doch ist es passiert.*

Stumm nickte ich. In kleinen Schlucken leerte ich den Becher mit dem wunderbar tröstlichen Getränk, während ich durch das Sichtfenster vor mir hinaus in die undurchdringliche Schwärze des Atlantiks starrte.

Nach einiger Zeit war ich so weit, dass ich noch einen vernünftigen Versuch unternehmen konnte, Som zu danken.

Er winkte nur ab. Doch dann hatte er tatsächlich eine Bitte.

»Ella, hm … Ich weiß, wie viel sie dir bedeutet, aber«, er deutete verlegen auf meine Kette, »würdest du mir ein Teil davon schenken? Es muss auch nur ein ganz kleines sein …«

Es dauerte einen Moment, bis ich verstand. Als der Groschen gefallen war, hakte ich, ohne zu zögern, eine kleine Silberperle ab und legte sie ihm in die kreideweiße Hand. Tief berührt sah ich zu, wie er das Schmuckstück in sein Familienband einfügte. Er knotete es direkt neben die winzige Goldmünze.

Ich schluckte den Kloß hinunter, der sich in meiner Kehle bildete. »Du … du passt auf ihn auf, ja?«

Er erwiderte meinen Blick aus seinen unergründlichen schwarzen Augen und nickte. »Immer.«

Schließlich erreichten wir unser Ziel. Som hatte mich vorgewarnt, dass alles sehr schnell gehen musste, da wir trotz der Eile erst nach Tagesanbruch angekommen waren. Ich umarmte ihn noch einmal fest, kletterte dann die Leiter hinauf und hinaus durch die Luke. Rasch balancierte ich über den goldglänzenden Seitenausleger. Ein Schritt – und ich stand auf dem äußersten Felsen der *King's Steps.*

Das atlantische Unterseeboot versank blitzschnell, kaum dass ich es verlassen hatte. Ein sanfter Wirbel an der Oberfläche des ansonsten ruhigen Meeres war alles, was zurückblieb. Und auch den löschten die blassgrünen Wellen in wenigen Augenblicken aus.

Ich starrte hinaus auf das leere Meer. Dann ließ ich meinen Blick über die vertraute Bucht schweifen. Ein paar Silbermöwen glitten dicht über dem Wasser dahin. Die Sonne war gerade erst aufgegangen und schickte ihre ersten Strahlen über einen wolkenlosen Himmel. Der Horizont wirkte fast hellgelb und wölbte sich langsam einem verblassenden Nachtblau entgegen. Vorn am Flutsaum glitzerte der feuchte Sand. Den hinteren Teil des Strandes und auch Stewarts Bootsschuppen überschatteten die Klippen.

Wie konnte es sein, dass die Landschaft sich überhaupt nicht verändert hatte, obwohl doch die Welt in mir eine ganz andere geworden war? Ich schauderte und steckte die Hände in die Taschen meiner Shorts. Meine Rechte stieß auf etwas Unerwartetes. Ich zog den kleinen Gegenstand heraus.

Es war eine Muschel.

Eine halbrunde, goldgestreifte Schneckenmuschel, etwa so groß wie eine Walnuss. Sie schimmerte im Morgenlicht wie nasses Aurikalchos. Aris hatte mir ein Abschiedsgeschenk in die Tasche geschmuggelt!

Wunderschön.

Einem kindlichen Reflex folgend, hielt ich sie an mein Ohr. Doch statt des erwarteten Meeresrauschens hörte ich ... seine Stimme. Sie klang weit entfernt und brachte ihn mir doch wieder so nah, dass ich es kaum ertrug.

»Ella ... Wir werden uns wiedersehen.«

Das war alles.

Es war so wenig – und doch unerwartet viel.

Verdammt, es muss reichen!

Der Funke glomm wieder auf. Ich spürte, wie neue Entschlossenheit in mir hochstieg. Ganz fest schloss ich meine Hand um die Muschel und drückte sie an mein Herz. Dann steckte ich sie zurück in die Tasche und ging langsam über die *King's Steps* an Land. Durch den Sand stapfte ich, dann den schmalen Pfad hinauf, der zum Haus der Bernhardts führte. Von oben erklang stürmisches Gebell.

Okay. Ich bin wieder zu Hause.

Aber ein Stück von mir war dort draußen geblieben, unter den Wellen.

Und ich wusste: Irgendwie würde ich es mir wiederholen.

Danksagung

Kein Mensch ist eine Insel, wie es so schön heißt – aber wenn doch, dann unterhält jede dieser Inseln Schiffsverkehr mit den anderen. Ich bin einer der glücklichen Menschen mit einem sehr dicht getakteten Fährplan. Und wenn ich auch dieses Buch allein geschrieben habe, wäre ich wohl kaum ans Ziel der Veröffentlichung gekommen ohne die Unterstützung dieser ganz besonderen Inselbewohner:

Danke also an …

Gerlinde Moorkamp, die weiße Ritterin unter den Literaturagentinnen, die erste »Profileserin«, die an meine Texte geglaubt hat; sowie an das ganze Team der Literarischen Agentur Silke Weniger.

Frauke Reitze, den größten anzunehmenden Glücksfall unter den Lektorinnen; sowie an die ganze fantastische Mannschaft beim Coppenrath Verlag.

Carolin Liepins, Superheldin der Grafik, die dieses wunderschöne Cover für Ellas Geschichte geschaffen hat.

Astrid, die sich unermüdlich mein Gejammer angehört, mich immer wieder aufgebaut und super Feedback gegeben hat. Chica, we did it!

Maria, ohne die es dieses Buch geben würde, aber nicht diese Danksagung. (Nicht hauen! Liebe dich! In Wahrheit für deinen unerschütterlichen Optimismus und deine kompromisslose Unterstützung.)

Sinja und Diana, die mir ihren medizinischen Sachverstand für den richtigen Umgang mit halb ertrunkenen/unterkühlten Patienten geliehen haben und die einen Bewusstlosen *immer* ins Krankenhaus bringen würden … 😉

Iris, an deren Küchentisch frühmorgens die Partyszene entstanden ist. Wir sehen uns zu selten!

Geelke, für deine Freundschaft.

Neo, der immer noch wissen will, wie mein erstes Buch weitergeht.

Birgit, die diese Geschichte mag, obwohl sie so was sonst nicht liest.

Amity, Caye, Tanja Winzeule und alle meine anderen LeserInnen auf fanfiktion.de, die dieses Buch toll fanden, bevor es ein Buch war – und die ersten, denen ich es geglaubt habe, weil sie mich nicht kannten und daher nicht nett sein mussten … 😉 Ihr seid der Wahnsinn!

Ulrike, für offene Ohren und Himbeertorte.

Papa und Philipp, für alles.

Martin, Mimi und Mats – die besten Gründe, auch mal nicht zu schreiben.

Anna Fleck wurde 1974 in Norddeutschland geboren. Ihre Kindheit verbrachte sie in Bullerbü, Phantásien und im Auenland, ihre Jugend vorwiegend auf Gallifrey, Vulkan und der Scheibenwelt. Sie ist Romanistin, Kulturmanagerin und PR-Beraterin, schafft aber lieber neue Welten per Tastatur und Zeichenstift. Heute lebt sie mit Mann und Kindern im Norden von Berlin und fährt so oft wie möglich ans Meer – egal an welches …

»Meeresglühen – Geheimnis in der Tiefe« ist der Debütroman von Anna Fleck. Der zweite Band der Trilogie erscheint im Herbst 2021.
Mehr über die Autorin auf Instagram @anna_fleck_autorin und auf www.anna-fleck.de.